U0908492

谨以此书

献给中国民间文艺工作者

资助项目

中国民间文艺家协会70年发展史

A 70-Year Development History of Chinese Folk Literature and Art Association

中国民间
文艺家协会
编

學苑出版社

图书在版编目（CIP）数据

中国民间文艺家协会70年发展史 / 中国民间文艺家协会编 . -- 北京 : 学苑出版社， 2020.11
ISBN 978-7-5077-6080-4

Ⅰ . ①中… Ⅱ . ①中… Ⅲ . ①文艺工作者—协会—概况—文集 Ⅳ . ① I03-53

中国版本图书馆 CIP 数据核字 (2020) 第 229041 号

责任编辑：洪文雄
编　　辑：郭人杰
书籍设计：张亚静
排　　版：罗家洋
出版发行：学苑出版社
社　　址：北京市丰台区南方庄 2 号院 1 号楼
邮政编码：100079
网　　址：www.book001.com
电子邮箱：xueyuanpress@163.com
联系电话：010-67601101（营销部）、010-67603091（总编室）
印 刷 厂：北京雅昌艺术印刷有限公司
开本尺寸：210 mm × 285 mm　1/16
印　　张：34.75
字　　数：670 千字
版　　次：2020 年 11 月第 1 版
印　　次：2020 年 11 月第 1 次印刷
定　　价：360.00 元

编辑说明

一、《中国民间文艺家协会70年发展史》是中国民间文艺家协会（1987年以前称中国民间文艺研究会，1987年改为现名，下文简称中国民协）70年发展的历史文件以及成果资料文集，涵盖了自1950年中国民协成立至2020年这70年间的重大事件、会议文件，由中国民间文艺家协会70年发展史编委会组织编写。

二、本书共分“历届组织机构”“历次代表大会文件”“重要文献”“大事记”“附录”五部分。第一部分为历届组织机构；第二部分、第三部分呈现了各时期的文件原貌；第四部分梳理了中国民协70年学术研究及对外交流等方面的重大事件；第五部分以表格、数据图的形式展示了“山花奖”历届获奖名单、70年来的学术研究出版成果以及中国民协的会员数据情况。

三、文字方面原则上尊重原文献，不做硬性统一，对有需要的地方进行夹注，并更改字体，以区别原文件；表述时间等信息不明确的另加注释于版心一侧。第一部分、第二部分、第三部分标点符号等内容按照国家出版标准进行修改。

四、本书注释采用文内夹注和脚注两种形式。

夹注，在第一部分、第四部分、第五部分，用于对民族、时间、单位名称等内容进行说明，在第二部分、第三部分的历史文件中，用于对一些内容进行补充说明，并更换字体以区别于原文件中的夹注内容，如原文中的“柯族”，我们使用全称改为“柯（尔克孜）族”。

脚注，用于对该文件出处进行说明；对该文标题、写作时间地点及内容修改进行说明；对同一人名不同写法做说明，如当时文件的“张子臣”，后来都改为“张紫晨”，为同一人；对原文件版式做说明，如P18“第三条 本会的主要工作如左”，需加注释说明原文件为竖排，我们保留了文件文字原貌。

五、本书所有内容均以时间先后排序。目录统一为主标题加作者姓名，对于以单位形式发出的倡议书、规划、通知、呼吁书等文件，目录只列出文件主标题。

前言

从人民中来，到人民中去

——中国民间文艺家协会70年

潘鲁生

今年，中国民间文艺家协会成立70周年了。1950年3月，我国民间文艺领域的资深专家与著名学者发起成立了“中国民间文艺研究会”，郭沫若任首任理事长，钟敬文和老舍任副理事长。沈雁冰、周扬、吕骥、赵树理、郑振铎、柯仲平、田汉、江绍原、丁玲、艾青、胡蛮、程砚秋、欧阳予倩、吴晓铃、魏建功、游国恩、阿英、马健翎、李季、安波、光未然、蒋天佐、戴爱莲、田间、连阔如、王亚平、柯蓝、陈荒煤、李伯钊、周巍峙、王春、林山、俞平伯、孙伏园、马可、张庚、常惠、古元、王尊三、张仃、杨绍萱、容肇祖、黄芝岗、楼适夷、贾芝、常任侠、吴晓邦等文学、历史学、民俗学、人类学、民族学以及音乐、舞蹈、美术、戏剧、曲艺等领域的文化艺术名家成为首批理事。高峰在望，大家云集，开始在全国范围内统一组织实施中国民间文艺的传承、保护与研究工作，民研会成为民间文艺保护发展与研究的专门机构。1987年5月，“中国民间文艺研究会”更名为“中国民间文艺家协会”，一直致力于组织、规划、指导全国性民间文学、民间艺术及民俗文化的考察、采集、保护、传承工作，实施中国民间文化遗产抢救与保护，开展国内外有关民间文化的学术交流、展览展示、民间文艺表演活动，举办民间文艺“山花奖”评奖，保护民间文艺工作者权益，全方位服务推动中国民间文艺事业发展。70年来，民间文艺融入时代，参与社会转型期的文化建构与发展，走过了一段坚实的历程。从中华人民共和国成立之初，继承解放区民间文艺传统发展群众文艺活动，到20世纪50年代以来，对民间文学进行集成性的采集与研究整理；从21世纪开启中国民间文化遗产的抢救工程，到新时代，以人民为中心，传承发展中华优秀传统文化，实施“中国民间文学大系”和“中国民间工艺集成”两大工程；70年来，几代民间文艺的收集者、研究者、创作者和千千万万基层工作者，以高度的文化自觉面对现代化与传统的激烈碰撞，行走田野，默默耕耘，为传承中华民族的匠心文脉做出了坚实的奉献。如果说面向未来需要更深刻地理解历史，那么，在新中国民间文艺的发展历程中，这种坚定的文化自信、学术追求和使命担当，就是文化薪火相传走向发展的基础和动力。民间文艺的生机和活力正是我们民族文化创造力最生动的表征。

一、民间文化的守护

中国民间文艺研究会从成立之初就将根本任务确立为“广泛地搜集我国现在及过去的一切民间文艺资料，运用科学的观点和方法加以整理和研究”。第一届代表大会理事长郭沫若在成立大会上的讲话中指出，本会组织专家学者开展民间文艺搜集、整理、研究工作的目的：保护珍贵的文学遗产并加以传播，学习民间文艺的优点，从民间文艺里接受民间的批评与自我批评，从民间文艺里获得最正确的社会史料，发展民间文艺。周扬主席在成立大会的开幕词中提出：“成立民间文艺研究会是为了接受中国过去的民间文艺遗产”，“今后通过对中国民间文艺的采集、整理、分析、批判、研究，为新中国新文化创作出更优秀的更丰富的民间文艺作品来”。由此开始在全国范围内统一组织实施中国民间文艺的传承、保护与研究工作。在“民研会”的积极组织和推动下，从20世纪50年代初开始，民间文艺作品的搜集整理掀起高潮，各民族神话、史诗、传说、故事、歌谣、长诗等得到系统、科学、全面地采集和整理，形成了席卷全国的全民性民歌搜集与创作运动热潮。不仅出版了一系列歌谣集、民间故事等丛书，而且通过专家学者对民间文艺的阐述，为民间文艺正名，从几千年的中国文学史、文化史中找到了民间文艺的伟大贡献，一部分民间文学作品进入文学史。1956年10月2日，《人民日报》发表社论《重视民间艺人》，1958年4月14日，再次发表社论《大规模地收集全国民歌》，肯定了前期各民族民间文学的搜集成果。这一时期的民间文艺思想和学术构想，对今天的民间文艺学科建设、跨文化理论研究以及新时代民间文艺工作都有重要先声与启示意义。

20世纪80年代，西方文艺思潮涌入，在传统与现代、中国本土艺术与西方中心主义艺术的交流与冲突中，以钟敬文主席为代表的民间文艺研究者坚持对民族民间文化艺术的学术立场，以数十年如一日的坚守与付出编纂民间口传文化巨著，足迹遍及山村田野，以执着的文化追求力挽狂澜，避免民族民间文化的瑰宝散佚在转型冲击的浪潮中。1983年，民间文学三套集成，即《中国民间故事集成》《中国歌谣集成》《中国谚语集成》调查编纂工作启动，此后历经数十年，全国编纂出版90卷。民间文学三套集成工作实践经验及其系列田野调查与普查成果，为21世纪中国民间口头文学的抢救与保护工作竖起了一座文化丰碑。

进入21世纪，面对经济快速发展过程中民族民间传统文化受到的冲击，在冯骥才主席的带领下，中国民间文艺家协会于2001年组织实施“中国民间文化遗产抢救工程”，动员全国广大民间文化工作者对民间文化遗存进行广泛深入的普查，盘清民间文化家底，取得了综合性的田野文化成果。这期间，确立中国民间文化保护的体系和对象，以文字、图片、录音、摄影、摄像存立体记录，对各种文化事项作综合调查，全面呈现和展示我国民间文化生态，得到了全国各地的认同和响应。随着《中国木版年画集成》等一批学术成果的出版，全社会掀起了民间文化关注与抢救保护的热潮。

新时代，传承发展中华优秀传统文化，把人民对美好生活的向往作为奋斗目标，民间文艺开启了新的征程。由中国文联牵头组织，中国民间文艺家协会实施的中国民间文学大系出版工程正式启动，在全面搜集整理中国民间文学文本及汇通民间文学理论体系的基础上，甄选出版中国民间文学的原创文献，为中华民族文化保留弥足珍贵的鲜活文化记忆。同时，中国民间文艺家协会还组织编纂《中国民间工艺集成》，系统辑录和整理长期处于散佚状态的民间工艺，填补我国在民间文艺集成编纂方面的空白，从国家文化发展战略层面推进民间工艺的传承和转化，从而在文化传承、工艺发展、乡村振兴等方面发挥积极作用。

二、学术立会的传统

中国民间文艺家协会始终秉承学术立会的传统，以严谨的学术研究作为民间文艺保护、传承与创作发展的支持和保障。钟敬文主席等老一辈开创者注重民间文艺研究的顶层设计，提出民间文艺思想和学术构想，提出了民间文艺学“原理研究”“历史研究”“批评评论”“方法论和资料学”的学科体系，强调“田野作业”的研究方法，指出既要注重客观地调查和比较，也要关注社会生活的特性，以强烈的学科意识引领我国民间文艺的发展。在这样的学术视野和学风带动下，民间文艺工作者从更开阔的生活和文化源流上看待民间文艺，努力把民间文艺的经验现象深化为学理认识，深化对于中国民间文艺发生发展的基本脉络与面貌、美学精神和文化特征的研究与探索，建构中国的民间文艺学科。几十年来，民间文艺家协会团结专家、民间文艺家在理论研究、田野调研、保护实践、创办学术刊物开展交流等各方面都取得了扎实的进展。事实证明，民间文艺的学科建设、跨文化理论研究以及严谨扎实的田野调研有助于我们认清研究对象，把握发展规律，明确工作方法，是开展实践和解决现实问题的重要基础，发挥了积极作用。

民间文艺的抢救保护实践始终建立在田野作业的基础上，强调民间文艺采集与研究的科学性和全面性。民研会成立伊始通过的《征集民间文艺资料办法》明确要求：“应记明资料来源、地点、流传时期及流传情况等；如系口头传授的唱词或故事等，应记明唱讲者的姓名、籍贯、经历、唱讲的环境等；某一作品应尽量搜集完整，仅有片断者，应加以声明；切勿删改，要保持原样；资料中的方言土语及地方性的风俗习惯等，须加以注释。”此文件明确了新中国民间文艺事业的人文理念、科学方法、发展路径，为全国范围内开展民间文艺活动定下基调和规范。贾芝、刘锡诚等前辈都曾深入就“搜集民间文学作品必须坚持‘忠实记录’的原则”“要特别注意保留生动的民间语言”以及“要把采录和研究结合起来”等方法和机制做出阐释。冯元蔚主席等扎根少数民族地区开展调研，将民族民间文学的作品采录拓展到民族文学史、民族语言学、民族哲学的广阔领域，将民族民间文艺的调研经验、研究方法和理念贯穿到中国民间文艺保护与发展的工作实践之中。进入21世纪，冯骥才主席倡导和组织实施的“中国民间文化遗产抢救工程”，高度重视学术理论对田野方法的支持，致力建构符合我国实际的文化工作方法论，积极引入文化人类学、民俗学以及文化遗产保护最前沿的理念和方法，为抢救和保护工作提供科学的理论指导，形成了田野作业的学术方法体系。

民间文艺的研究与保护应遵循民间文艺的规律。新时代，响应中央部署实施中华优秀传统文化传承发展工程，《中国民间文学大系》《中国民间工艺集成》两大工程“文”“艺”并举，相辅相成，旨在编纂出版世代传承的民间文学大系，辑录和整理长期处于散佚状态的民间工艺。《中国民间文学大系》的编纂始终关注民间文学的“活态性、生活性、历史性和文化性”，注重“大系”的“科学性、广泛性、地域性、代表性”，科学系统地开展编纂工作。《中国民间工艺集成》的编纂深入把握传统工艺的经验实质，把握传统工艺的生活基础和价值，重视发掘工艺思想，关注历史发展过程中传统工艺创新演化的节点、条件和转化机制，系统梳理传统工艺创新转化的动因、路径和规律。“两大集成”旨在为生活存录，为劳动者立传，为匠心文脉的创造者立档存志，在编纂过程中强调学术规范，深入把握民间文化的本质和发展规律，从而讲好中国故事、弘扬中国智慧、传播中国精神。

三、服务人民的使命

民间文艺从人民中来，到人民中去，是人民群众的文化创造，也是维系乡愁记忆、追求幸福生活的精神食粮。在基层文艺工作中，民间文艺工作者致力于使人民成为民间文艺的主角，不断梳理和保护具有地方特色的民间文艺，做细做精基层文化活动，使基层群众有舞台，有热情，有传承，有创造，唱响民歌，创作民艺，传诵优秀的民间故事，不断丰富城镇社区和广大乡村的民间文化生活。民间文艺工作者深入生活、扎根人民，悉心把握民间文艺的需求，汲取民间的文艺营养，努力创作具有乡土基础、生命活力、文脉传承的民间文艺作品，夯实民间文艺的生活基础，更好地服务人民、服务生活。

几十年来，中国民间文艺家协会组织开展了一系列民间文艺的基层文化活动。在“我们的节日”主题活动中，充分发挥民间文艺传承民俗、广接地气的优势，紧紧抓住“人民的节日人民办，人民的节日人民过”的特点，在传统节日的重要发源地、流传地，在节日特色鲜明、群众参与广泛的地区，在边疆或内陆偏远地区少数民族聚居区，开展地域特色浓郁、群众喜闻乐见、形式多姿多彩、具有时代风貌的节庆文化活动。不仅让春节、元宵节、清明节、端午节、七夕节、中秋节、重阳节七大传统节日在民俗传承和文化内涵得到了进一步的挖掘和弘扬，也使得诸多沉寂已久、濒临消亡的地域性节庆礼仪或二十四节气习俗等重新回归民众的视野与生活，让各民族群众充分享有传统节日带来的人伦亲情与过节欢愉。中国民协特别注重利用民俗节日，面向群众，面向基层，面向社会，以展览、展示方式，举办大型专题民间文艺活动，在群众游艺活动中，培养对传统节日的情怀，激发对本土文化的热爱。通过传统民俗节日这一特定时间与特定区域人群空间联结在一起，很好地激发和调动了民众对传统节日的记忆，以及他们对民间艺术的热爱。

加强民间文化传承，促进民间文艺创作，中国民协实施了一系列落地举措。其中，“山花奖”的评选，是一种扎根乡土、心系人民、潜心创作、服务社会的引领和示范，通过民间文艺的精品创作、学术研究和发展实践，更好地坚守中华文化立场，传承优秀传统文化，弘扬中国精神，传播中国价值，塑造中国形象，凝聚中国力量；更好地立足当代中国现实，推进优秀传统文化创造性转化与创新性发展；更好地扎根生活、服务人民。中国文联、中国民协共同主办的“中国民间艺术节”迄今已举办11届，展现民间文艺成果，展示地域文化品牌，对弘扬优秀传统文化、丰富群众文化生活、服务区域文化经济发展发挥了积极作用。与此同时，通过命名民间文艺之乡、建立中国民间文化保护与传承基地和研究中心等途径，促进各地培育民间文化品牌，整合民间文化资源，加强民间文化建设。中国民协还在全国各地举办了各种形式的“中国民间工艺传承人培训班”，培养优秀民间工艺传承人，推动民间文化保护传承，促进民间文化产业发展。

新时代，在一系列文化展览和交流活动中，广大民间文艺家坚定文化自信，进一步参与到讲好中国故事、弘扬中国智慧、传播中国精神的文艺创作中来，民间文艺展现了新时代的生活气象和精神。中国民协联合全国各省市自治区及地方民协开展一系列丰富多彩的活动，故事会、秧歌节、山歌展演以及“中国民间工艺品博览会”等异彩纷呈，各地针对不同领域、不同年龄段的专题性传承人培训活动持续开展，使民间文艺在新时代在祖国各地续写生活的史诗，续传匠心文脉。在党的关怀下，民间文艺事业繁荣发展，展现生活风貌，融入时代气息。在“中国精神·中国梦”全国农民画创作展中，广大农民画创作者坚守民间美术特色，突出“农民叙事”风格，书写了变迁中的乡愁记忆，描绘了发展中的乡村风貌，表现了农村田野上的中国梦，产生了积极反响。在上海合作组织青岛峰会的艺术表演中，民间年画、风筝、剪纸作为富有特色的艺术语言，展示了美好的生活画卷。在共庆新中国70华诞的宴会现场，选用陕西民间剪纸纪念品《普天同庆》和山东民间面塑作品《盛世欢歌》作为陈设，寄托了人民群众对中华人民共和国70华诞的美好祝愿。

新时代，习近平总书记从中华民族伟大复兴的历史高度对文化发展的重要意义做出深刻阐释，从社会主义文艺的本质与规律出发对“以人民为中心”的文艺发展方向做出部署。新时代，民间文艺传承与发展的文化使命、工作方法、作风理念等提升到了新的高度、新的境界、新的视野。即我们不仅要以回望历史、珍视遗产的视野看待民间文化的传统和艺术，更要以奋斗的生活、人民的需求看待民间文艺的使命和方向；我们不仅要采撷研究民间文艺的精品瑰宝，还要脚踩坚实的大地，接地气，助发展，让民间文艺保持田野的芬芳，维系最真切的乡愁，激荡时代的心声；我们不仅要以艺术的视野看待民间文艺，还要回归人民的生活、社会的发展理解民间文艺。乡村的手艺、节日的歌舞、民间的口头文学等等不仅是传统和历史的产物，也将融入新时代的创造，在新时代的文化、经济、生态等领域发挥综合多元的作用。在党的文艺方针指引下，民间文艺步入了新的发展历程，也将如遍野山花，维系乡愁记忆，高扬民族文艺精神，英姿摇曳，生机盎然，迎来新的繁荣。

潘鲁生

2020年10月

中国民间文艺家协会

70 年

【发展史】

目录

第一部分　历届组织机构

第二部分　历次代表大会文件

70

第一部分

历届组织机构

中国民间文艺家协会历届领导机构名单

第一届

理 事 长：郭沫若

副理事长：老舍 钟敬文

秘书组组长：贾芝

秘 书 长：林山（1957.06）

第二届

主 席：郭沫若

副 主 席：周扬 老舍 郑振铎

秘 书 长：林山

代理秘书长：刘超（1961.07—1966.05）

中国民研会筹备恢复领导小组（1978.04）

组 长：贾芝

成 员：钟敬文 毛星 马学良 吉星 杨亮才

第三届

主 席：周扬

副 主 席：钟敬文 贾芝 毛星 顾颉刚 马学良 额尔敦·陶克陶（蒙古族） 康朗甩（傣族）

秘 书 长：王平凡

副秘书长：程远

1983年3月，成立中国民研会临时领导小组，由延泽民牵头。

1983年8月，成立中国民研会书记处。

书记处书记：刘锡诚（常务） 马振 吉星 陶阳 张文

第四届

名誉主席：周扬

主　　席：钟敬文

副 主 席：马学良　毛星　冯元蔚（彝族）　刘锡诚　刘魁立
阿布杜秀库尔·吐尔迪（维吾尔族）　姜彬　贾芝　蓝鸿恩

书记处书记：廖东凡（常务）　吉星　陶阳　张文　贺嘉　杨亮才（1986.08）

1986年10月四届二次理事会改为秘书长制

1987年3月，中宣部批准，成立党的临时领导小组

组　　长：刘锡诚

组　　员：赵铁信（1988.05）　杨亮才　吉星　王浩

时　　间：1988年5月

代理秘书长、副秘书长：赵铁信

副秘书长：廖东凡　王浩

1990年3月，钟敬文提名，由常务理事王平凡主持工作。

1990年8月，中国民协成立分党组。

分党组书记、秘书长：杨志杰

分党组成员、副秘书长：冯君义　林相泰

第五届

名誉主席：钟敬文

首席顾问：贾芝

顾　　问：马学良　毛星　蓝鸿恩　阿布杜秀库尔·吐尔迪（维吾尔族）
王平凡　田兵　刘锡诚

主　　席：冯元蔚（彝族）

副 主 席：杨志杰　刘魁立　姜彬　农冠品（壮族）

分党组成员、秘书长：冯君义

分党组成员、副秘书长：林相泰（1990.8—2000.03）

分党组书记：卢正佳（1997.07—2000.10）

分党组副书记：刘春香（女，1997.07—2004.05）

代理秘书长：刘春香（女，1998.02.18）

分党组成员、副秘书长：向云驹（1998.12）

副秘书长：贺嘉

第六届

名誉主席：钟敬文　冯元蔚（彝族）　贾芝

顾　　问：姜彬　刘魁立　卢正佳

主　　席：冯骥才

副 主 席：白庚胜（纳西族）　刘春香（女）　刘铁梁　江明惇　农冠品（壮族）　杨继国（回族）　余未人（女）　张锠　林德冠　郑一民　赵书（满族）　曹保明

分党组书记：白庚胜（2001.11）

分党组副书记、秘书长：刘春香（女）

分党组成员、副秘书长：向云驹　黄美荣（女，2004.11—2008.03）

第七届

名誉主席：贾芝　冯元蔚（彝族）

顾　　问：刘魁立　卢正佳　赵书（满族）　江明惇　农冠品（壮族）

主　　席：冯骥才

副 主 席：罗杨　韦苏文（壮族）　白庚胜（纳西族）　刘铁梁　余未人（女）　张锠　郑一民　杨继国（回族）　林德冠　陶思炎　夏挽群　常嗣新　曹保明

分党组书记：罗杨（2007.06）

分党组成员、秘书长：向云驹

分党组成员、副秘书长：赵铁信（2006.08）　吕军（2008.05）

第八届

名誉主席：贾芝　冯元蔚（彝族）

顾　　问：卢正佳　白庚胜（纳西族）　刘铁梁　刘魁立　江明惇　农冠品（壮族）　杨继国（回族）　余未人（女）　张锠　林德冠　郑一民　赵书（满族）

夏挽群　陶思炎　常嗣新

主　　席：冯骥才

副 主 席：马雄福（回族）　王勇超　韦苏文（壮族）　叶舒宪　刘华　乔晓光　吴元新　沙马拉毅（彝族）　罗杨　索南多杰（藏族）　曹保明　潘鲁生

分党组书记、秘书长：罗杨

分党组成员、副秘书长：张志学（2011.09）　吕军　周燕屏（女）

第九届

名誉主席：冯元蔚（彝族）　冯骥才

顾　　问：卢正佳　白庚胜（纳西族）　刘铁梁　刘魁立　江明惇　农冠品（壮族）　杨继国（回族）　余未人（女）　张锠　林德冠　郑一民　赵书（满族）　夏挽群　陶思炎　常嗣新　罗杨　曹保明

主　　席：潘鲁生

副 主 席：万建中　马雄福（回族）　王勇超　韦苏文（壮族）　叶舒宪　乔晓光　刘华　李丽娜（女）　邱运华　吴元新　沙马拉毅（彝族）　苑利　索南多杰（藏族）　程建军

分党组书记、秘书长：邱运华

分党组成员、副秘书长：周燕屏（女）　吕军　侯仰军（2018.06）

70

第二部分

历次代表大会文件

中国民间文艺家协会
第一次全国代表大会

中国民间文艺研究会成立经过纪要

本会经过两月余的筹备，于本年[1]三月二十九日举行成立大会。到会会员及来宾二百余人。大会主席周扬报告筹备经过后，郭沫若、茅盾、老舍、郑振铎相继讲话。大会通过了《中国民间文艺研究会章程》和《征集民间文艺资料办法》，决定总会设于首都，各地可依具体情况并遵照会章规定设立分会。最后选出正副理事长三人，理事四十七人。四月十二日，召开第一次理事会，会上议决设立常务理事会，选出常务理事十一人（正副理事长在内），并暂定各组组长人选。本会遂正式开始工作。

[1] 1950年。

中国民间文艺研究会成立大会开幕词[1]

中共中央宣传部副部长、中国文学艺术界联合会副主席

周　扬

今天我们开这个会，召集了许多文艺界的朋友。成立民间文艺研究会是为了接受中国过去的民间文艺遗产。民间文艺是一个广阔的富藏，它需要我们有系统、有计划的来发掘。在“五四”时期曾有些爱好民间文艺的文艺工作者，出版过不少各种的关于歌谣的刊物。在我们解放区也曾有过地方戏剧的研究，如今天优秀的歌剧作品，都是研究民间文艺的成果。但我们觉得最出色的民间艺术还没有发掘出来。今后通过对中国民间文艺的采集、整理、分析、批判、研究，为新中国新文化创作出更优秀的更丰富的民间文艺作品来。不仅让对民间文艺有素养的文艺工作者来参加，还让那些只爱好民间文艺并非文艺工作者来参加。我们的民间文艺专家要和广大的民间文艺采集者紧密结合。

[1] 讲话时间为1950年3月29日，本文原载《周扬文集》第2卷，北京：人民文学出版社，1990年。

我们研究民间文艺的目的

——在中国民间文艺研究会成立大会上的讲话[1]

中国民间文艺研究会第一届理事长

郭沫若

各位同志：

今天民间文艺研究会成立，主席周扬同志要我来讲几句话。我感到非常惶恐：第一，这些日来我好象是青蛙跳上了乾坎，专心稿科学行政的工作，把文艺从脑子里赶了出去，叫我今天来谈文艺，实在有些生疏；第二，说实话我过去是看不起民间文艺的，认为民间文艺是低级的、庸俗的。直到1943年读了毛主席《在延安文艺座谈会（上）的讲话》，这才启了蒙，了解到对群众文学、群众艺术采取轻视的态度是错误的。在这以后渐渐重视和宝贵民间文艺。可是直到现在还没有做过深入的研究，更没有写过什么东西，不象在座的钟敬文先生是民间文艺的研究家，老舍先生是民间文艺的写作家，我什么也不是，也说不出什么。

民间文艺包括范围很广，文学之外还有各种艺术。如果要我全面地来发表意见，是不可能的事。但如果回想一下中国文学的历史，就可以发现中国文学遗产中最基本、最生动、最丰富的就是民间文艺或是经过加工的民间文艺的作品。

最古的诗集是《诗经》，其中包括《国风》、大小雅、三颂（周、鲁、商）。《国风》是当时（春秋末，战国初）的民歌民谣，大雅小雅主要是周代的宫廷文学，周颂是周朝祭神的颂歌，鲁颂是鲁国祭祀的赞美诗，商颂是宋襄公时代的祭祀之歌，也是贵族文学。所以一部《诗经》，只有《国风》是来自民间的，雅、颂都是贵族文学、宫廷文学。但是比较起来，《国风》的价值远超过雅、颂。也就是说民间文学的价值远超过贵族化的宗庙文学、宫廷文学。

再说到众所周知的《楚辞》。屈原写《离骚》是采取了民间的文艺形式而又发展了的。其他有些也是民间文艺作品，经过宋玉、景差等人加工的。这证明了经过正当

[1] 讲话时间为1950年，本文原载《民间文艺集刊》第一册，新华书店，1950年。

地加工的民间文学是最有价值的，是有最长的生命的。

两汉引以自傲的赋，实际上是一种象两扇大门一样死板的，比明清的八股还要没有价值的东西。两汉遗留给我们的最有价值的是乐府，而乐府正是从民间来的诗歌。它们所达到的艺术水准，现在的诗人还达不到。

六朝盛行骈文，但是这些东西在今天已没有价值。有价值的是民间的，尤其是在南朝流行的《子夜歌》《读曲歌》等。这些作品都是非常佳妙的、非常动人的。

再往下跳跃一大步吧，可以看到奇峰突起的元朝戏剧。在中国文学史上是个突然的高潮。现存的元曲数量很多，大都是有价值的。元朝的统治者是个外来民族，还不知道利用文学艺术作为统治人民的工具。一般文人巴结不上，只得下求，创作以人民为对象的作品，使民间文艺开放了奇花异彩，至今仍具有很大吸引力。明清小说如《水浒》《西游记》《三国演义》等，都是承袭了民间的传统如变文、评话等创作出来的中国文学史上的伟大成就。

《国风》《楚辞》、乐府、六朝的民歌、元曲、明清的小说，这些才是中国文学真正的正统。以前认为是正统的那些事实上有许多是走入了斜道的，在今日已经毫无价值的东西。

今天，经过了毛主席的启示，我们应当彻底改正以前民间文艺的错误观点。民间文艺是无尽的宝。从事文艺工作的人应当特别重视它，并且加以研究。

我们今天成立民间文艺研究会，就是要对中国古代和现代的民间文艺进行深入的研究。我们研究的目的，我想到的有五点：

（一）保存珍贵的文学遗产并加以传播。中国幅员广大，各地有各地方的色彩，收集散在各地的民间文艺再加以保存和传播，是十分必要的。我很喜欢《国风》这个“风”字，这“风”用得真是不能再恰当了。民歌就是一阵风，不知道它的作者是谁，忽然就象一阵风地刮了起来，又忽然象一阵风地静止了，消失了。我们现在就要组织一批捕风的人，把正在刮着的风捕来保存，加以研究和传播。在中国五千年的历史上，捕风的工作是做得很不够的，象《诗经》这样的搜集就不多。因此有许多风自生自灭，没有留下一点踪迹。今天我们不能重蹈覆撤。不能再让它自生自灭了。

（二）学习民间文艺的优点。我们搜集了民间文艺，并不是纯粹为了当做艺术品来欣赏，甚至奉为偶像，而是要去寻找它的优点来学习。在诗歌，要学习它表现人民情感的手法、语法，学习它的韵律、音节。同时，还可以借民间的东西来改造自己。民间艺术的立场是人民，对象是人民，态度是为人民服务。凡是爱人民的即爱护之，反对人民的即反对之。我们的作家应当从民间文艺中学习改正自己创作的立场和态度。

（三）从民间文艺里接受民间的批评与自我批评。文艺不仅是现实生活的反映，而且是现实生活的评价与批判。民间文艺中，或明显的、或隐晦的包含着对当时社会，尤其是政治的批评。所以今天我们研究民间文艺不单着眼在它的文学价值，还要注意其中所包含的群众的政治意见。今天我们大家都要有自我批评，更要收集群众意见。在民间文艺中就提供了不少材料。民间文艺是一面镜子，照出政治的面貌来。这个道理，并不是今天才发现的，古人也早已有此见解。据说古代统治者派遣采诗官，采集诗歌在朝廷演奏，借以明了民间疾苦。这种事是否的确有，不能确定，但至少有人有过这种想法。在音乐方面，古人也知道“审乐而知政”，从民间音乐的愉悦或抑愤中考察政治的清明或暴虐。我们不好单把民间文艺当作一种艺术来欣赏，一种文学形式来学习，还必须借民间的镜子来照照自己。

（四）民间文艺给历史家提供了最正确的社会史料。过去的读书人只读一部二十四史，只读一些官家或准官家的史料。但我们知道民间文艺才是研究历史的最真实、最可贵的第一把手的材料，因此要站在研究社会发展史、研究历史的立场来加以好好利用。

（五）发展民间文艺。我们不仅要收集、保存、研究和学习民间文艺，而且要给以改进和加工，使之发展成新民主主义的新文艺。在中国历史上长久流传的文学艺术，如《离骚》、元曲、小说等，都是利用民间文艺加工的。这对我们是个很好的启示。今天研究民间文艺最终目的是要将民间文艺加工、提高、发展，以创造新民族形式的新民主主义的文艺。

老百姓的创造力是惊人的

——在本会成立大会上的讲话[1]

中国民间文艺研究会第一届副理事长

老　舍

假若我们能到外国的博物馆与艺术馆去参观，我们就可以看到中国部门的陈列品都是：玉器、磁器、铜器、银器、佛像。这些都是工人做的。文人的作品不过是几张书生画与书法而已。工人的作品替中国人挣得荣誉，而文人的书画不过聊备一格。有些外国人收集并研究了中国的窗楞图案、墙纸、年画、剪纸，及地毯的花样等等，著为专书；一经发表，便对他们的工业美术起了很大的影响。创作这些图案与花样的都是无名的、民间的艺术家。他们大概多数的并没受过教育，可是他们创作的图案是那么大雅，他们的用色施彩是那么调谐活泼，使世界上的人都赞赏钦佩。不信，请细看看我们的磁器与地毯。我们的老百姓的创造力实在是惊人的。回过头来，看看那些写四六文与诗词的人，他们到底有多大的供献呢！

就文学来说，我在少年的时候，曾经学写过旧诗与古文，虽然工力不深，可是也能照猫画虎地写出一些，并不太难。自从对日抗战以来，我就用心学习民间文艺，可是直到今天还没有写成篇象样的，足见不大老容易。

在学习写作民间文艺的过程中，我觉得最困难的是我们不了解老百姓的生活，于是也就把握不到他们的感情，不明白他们如何想象。因此，说评书的就有那么些人围着听，而我们的作品不能深入民间。说评书的了解老百姓的感情、心理与想象；我们不懂。我有很多的文艺界友人，可是没见过任何一位，曾写出一个足以使识字的与不识字的人听了都发笑的笑话。笑话的创造几乎是被老百姓包办了的。许多热心旧戏曲改革的朋友也因此而气闷，他们因为不了解老百姓，所以就不明白老百姓为何接受这个，而拒绝那个。哼，民间的玩艺儿很够我们学习多少年的呢！

自然，民间的东西不会都是好的。有一位法国人有一回对我说：“我从来没有听过比［打牙牌］更软的调子，这调子连一钉点抵抗性也没有！”那么，我们若不下工夫

[1] 讲话时间为1950年3月29日，原载《民间文艺集刊》第一册，新华书店，1950年。

去检选，而随便的用这种靡靡之音去作宣传，岂不是劳而无功么？

我以为收集民间文艺中的戏曲与歌谣，应注重录音。街头上卖的小唱本有很多不是真本，而且错字很多。我们应当花些钱去录音，把艺人或老百姓口中的活东西记录下来。歌词是与音乐分不开的；一经录音，我们才能找到言语与音乐密切结合的关系。

中国民间文艺研究会第一届理事会及各组负责人名单

理事长

郭沫若

副理事长

老　舍　钟敬文

常务理事

周　扬　吕　骥　艾　青　赵树理　俞平伯　欧阳予倩
程砚秋　常　惠　郭沫若　老　舍　钟敬文

理　事

沈雁冰　周　扬　吕　骥　赵树理　郑振铎　柯仲平　田　汉
江绍原　丁　玲　艾　青　胡　蛮　程砚秋　欧阳予倩
吴晓铃　魏建功　游国恩　阿　英　马健翎　李　季　安　波
光未然　蒋天佐　戴爱莲　田　间　连阔如　王亚平　柯　蓝

荒　煤　李伯钊　周巍峙　王　春　林　山　俞平伯　孙伏园

马　可　张　庚　常　惠　古　元　王尊三　张　仃　杨绍萱

容肇祖　黄芝岗　楼适夷　贾　芝　常任侠　吴晓邦

各组负责人

秘书组组长　贾　芝

民间音乐组组长　吕　骥　马　可

编辑出版组组长　蒋天佐

民间文学组组长　钟敬文　楼适夷

民间美术组组长　胡　蛮

民间戏剧组组长　欧阳予倩

民间舞蹈组组长　戴爱莲

中国民间文艺研究会章程[1]

中国民间文艺研究会

第一条　本会定名为中国民间文艺研究会。

第二条　本会宗旨，在搜集、整理和研究中国民间的文艺学、艺术，增进对人民的文学艺术遗产的尊重和了解，并吸取和发扬它的优秀部分，批判和抛弃它的落后部分，使有助于新民主主义文化的建设。

第三条　本会的主要工作如左[2]：

甲、广泛的搜集我国现在及过去的一切民间文艺资料，运用科学的观点和方法加以整理和研究。

乙、刊行、展览或表演整理、研究的成绩，以帮助推动民间文艺的创作、改进与发展。

丙、举行学术性的座谈会及演讲会，进行关于民间文艺的专题报告及讨论。

丁、协助或发起有关民间文艺的保存、研究等活动。

第四条

甲、凡具有左列两项条件之一，由会员二人的介绍，经本会理事会通过者，得为本会会员。

（1）对文艺具有素养，并热心民间文艺的整理、研究及改进者。

（2）对民间文艺有兴趣，并在搜集上有一定成绩者。

乙、凡能供给民间文艺资料，愿意参加本会者，经许可后，得为“通讯会员”。

第五条　本会会员有遵守会章，履行决议，发展本会事业等义务，及选举、被选举、建议、批评，并受赠本会刊物等权利。

第六条　会员有违反会章，破坏本会工作或信誉者，经理事会或会员大会或代表大会的通过，得给以警告或开除的处分。

[1] 此章程于1950年3月通过。原文载《民间文艺集刊》第一册，新华书店，1950年。

[2] 原文件版式为上下两栏竖排，文中出现“如左”“左列”均为文件原样。

第七条 本会每三年召开会员大会或代表大会一次。大会的任务为：

（1）订定或修改本会章程。

（2）报告、检讨及计划本会工作。

（3）选举理事长、副理事长和理事。

第八条 本会设理事长一人，副理事长二人，理事四十七人，组织理事会，领导全会工作。

第九条 理事会下设左列七组：

（1）秘书组（2）民间文学组（3）民间美术组（包括绘画、图案、雕塑、建筑等）（4）民间音乐组（5）民间戏剧组（包括一切地方戏、扮演故事、皮影戏、傀儡戏等）（6）民间舞蹈组（7）编辑出版组。

每组设组长一人，干事若干人。

第十条 本会经费，除募集外，拟请求政府资助。

第十一条 本会设在首都。各地有会员五人以上者，经理事会通过后，得成立小组；有会员十五人以上，事实上有必要且条件许可者，经理事会通过后，得成立分会（小组及分会章程另订之）。

第十二条 本章程经成立大会通过后施行。如有未妥善处，得于会员大会或代表大会上修正之。

中国民间文艺家协会
第二次全国代表大会

采风掘宝，繁荣社会主义民族新文化

——在中国民间文学工作者大会上的报告[1]

贾　芝

一、新形势、新局面和当前的问题

现在世界的形势是：东风压倒了西风，苏联有三个卫星上了天；在国内，工业和农业并举，在“鼓足干劲，力争上游，多快好省地建设社会主义”的总路线的指引下，全民欢腾跃进。这种跃进的盛况，首先辉煌灿烂地反映在群众自己作的新民歌里面。

千条龙，万条龙，
首尾衔接上高峰。
张口喷出江海水，
满山遍野响淙淙。
天干也要吃饱饭，
乾坤掌在人手中。

——四川

这就是中国人民以集体的威力移山倒海，大建设、大跃进的一幅壮丽图景。

亮不过星星蓝不过天，
香不过园里的牡丹。
伟大不过的是人民，
把河水引上了荒山。

——甘肃

这是人民对自己的力量所唱的衷心的赞歌。

铁撅头，二斤半，

[1] 此次会议实际上是中国民间文艺家协会第二次全国代表大会。报告时间为1958年7月9日，此文为作者1958年7月27日修订版本。

一下挖到水晶殿。
龙王见了就打颤，
就作揖，就许愿，
缴水缴水我照办。

——陕西

连神仙也得折服，只好认输缴水。

连神仙也得折服，
只好认输缴水。
劈开悬崖凿开川，
东西山上架飞泉。
流水哗哗空中走，
好似仙女弹丝弦。

——湖北安陆

这是多么优美动听的歌，正如仙女在弹丝弦一样。

古人说：诗言志。过去，劳动人民在旧民歌里多半是申述痛苦，表示反抗；现在他们是歌唱新生活，“言”建设社会主义的“大志”；革命的浪漫主义气概与革命的现实生活相结合，产生了脍炙人口的诗歌。这样的诗歌在全国各地方、各民族大量产生。它们是我们时代的社会主义的新国风。

由于毛主席的倡议，搜集民歌的运动，目前已经在许多地区轰轰烈烈地展开了，它成了全党全民的事情。这也是一件破天荒的大事。4月14日《人民日报》发表了社论。郭沫若理事长最近也发表了《答〈民间文学〉编辑部问》的谈话。在党的八大第二次会议上，周扬同志作了《全党动手，搜集民歌》的发言，毛主席又再次提到全面搜集民歌的问题。从4月初起，各省、市、自治区党委，相继发出了搜集民歌的紧急通知。截至到现在为止，在短短的几个月内很多省、市、自治区都已经出版了不计其数的民歌选集、资料、歌谣刊物和小册子。有的农业合作社、工厂也都出版了自己的跃进诗歌。采诗本来是中国古有的宝贵传统，但这一次声势的浩大，规模的广阔，目的和从前的不同，远非古代的“采诗之官”所能够想象。一向受鄙视的民间文学，今天正大步地迈进文学艺术的“大雅之堂”。全党全民采风的创举，在很短时间内已经做出了令人振奋的成果。

在这种新的形势下，民间文学工作怎样跟上去呢？

我们的大会是一个跃进会，也是一个促进会。这次开会的目的，就是要在新的形势面前明确我们的民间文学工作的道路和方针、任务，从全民采风到全面发掘中国各民族的民间文学宝藏，要制订一个全面规划，也要讨论一些方法和措施的问题。而要做到这些，我们首先必须对于民间文学的价值、作用、范围，对中国民间文学蕴藏的丰富性，有足够的认识和估计。

民间文学是劳动人民的文艺创作。中国是一个统一的多民族的国家，地广人众，历史悠久，各民族的民间文学也如我国的天然物产一般，蕴藏无限丰富。中国人民有着光荣的革命传统和灿烂的文化传统。从古至今，劳动人民的生活、斗争和理想，痛苦和欢乐，生动如画地反映在群众自己的创作里面；民间文学保存了一部分我国民族文化传统的精华。民间文学一向都和阶级斗争、生产斗争密切结合着，它最直接地表现了劳动人民的思想情感，乃是人民的“心声”。民间文学包含着劳动人民长时期反抗阶级压迫和跟自然作斗争的丰富经验，是人民群众的集体智慧和艺术幻想的结晶。民间文学在阶级社会中尽管也接受了剥削阶级的影响或者为反动统治者窜改利用，但它基本上是劳动者的文学，是被压迫者的文学。正如劳动人民所生产的物质财富养活了所有的人一样，不识字的诗人和小说家的作品哺育了历代杰出的诗人和作家，同时它又是人民群众自我教育的武器和用以娱乐解闷的美妙的艺术。

目前群众文艺创作的繁荣，是我国社会经济基础改变以后上层建筑发生的一个显著变化。社会主义革命胜利的结果，文学艺术创作已经不是少数人的事情，而开始成为千百万劳动人民自己的事情。体力劳动与智力劳动开始取得结合。新民歌的涌现，是大跃进中最吸引人、最鼓舞人的现象之一。哪里有劳动，哪里有斗争，哪里就有诗歌；越是革命干劲冲天、群众文化工作活跃的地方，民歌、快板也就产生的越多。新民歌不同于旧民歌的最突出的地方，就是它与劳动生产、与政治斗争在新的思想基础上更加紧密地结合在一起。它产生于火热的斗争中，而反过来又成为鼓舞革命干劲、动员生产热情的有力的宣传武器；它旗帜鲜明地表扬先进、批评落后；它是行动口号，是决心书，是刺枪，而同时又是激动人心、鼓舞斗志的美丽的诗篇。

新民歌的飞跃发展，又是群众文化革命的标志之一，它对文化革命也有促进的作用。过去劳动人民受教育的权利被剥夺了，用文字写作的权利被剥夺了，文化掌握在少数人的手里；劳动人民的文学只能是口头创作，口头流传，他们所创作的东西虽然有很多出色的作品，虽然也孕育了诗歌文学的发展和繁荣，却又偏偏要受到反动统治阶级的鄙视，不能登什么“大雅之堂”。现在，群众一面学习文化，学习科学技术，同时在生产大跃进中进行新民歌创作，这种诗歌创作对鼓励文化学习也很有好处。他们将要在不太长的时间内成为科学技术的主人和文学艺术的主人。群众在掌握了文化以后，就会用文艺写作来表现自己，无须像过去一样单靠同情他们的作家来表现他们了；而大跃进诗歌的出现，正是劳动人民自我表现、自我歌唱、成群结队地走进文学艺术领域的开始。

新民歌起着开一代诗风的作用；不仅如此，而且它对各种文艺创作（如音乐、戏剧、美术、舞蹈……）的发展都将发生很大的影响。它将成为带动新文艺进一步群众化、民族化的火车头。

我们的任务就是：发掘民间文学的珍宝，配合文化革命，大力促进群众文艺创作的发展，促使新文艺进一步成为富于民族风格的劳动人民自己的文艺。

过去我国各个革命时期的革命民歌，对鼓舞、发动群众进行革命斗争，参加生产建设，都起了积极的作用，但今天群众创作的新民歌，对建设社会主义社会所起的推动作用，比以前要大得多，也广泛得多；说它是向共产主义进军的号角，最为恰当。

民间文学是劳动人民生活历史的生动记录，长久为人民群众应用和喜爱，除了许多作品都具有极高的文学价值而外，它还具有多方面的学术价值。它是研究历史学、民族学、民俗学以至农业、工艺等科学的珍贵资料。

内容丰富多彩、形式千变万化的中国民间文学，大致包括群众口头创作、民间曲艺和民间戏曲三大类。而群众口头创作里又有民歌、民谣、快板、史诗、长篇叙事诗、民间故事、传说、神话、童话、寓言、笑话、谚语、俗语等；在民间曲艺和民间戏曲方面，曲种、剧种名目繁多，不下数百种。这三类民间创作，在新时代已经从各方面发生了显著变化，在广阔的天地中有了新的发展。

中国各民族的民间文学宝藏是这样的丰富，而我们的工作整个说来还处在拓荒的阶段，这就使我们必须大步前进，才能满足社会主义文化建设的需要。我们的工作肯定非走群众路线不可。在工作的进程上，首先要注意开展普遍地调查采录工作；而且整理翻译作品和研究工作要能够及时跟上去，以便使我国各民族的民间文学都得到科学整理、广泛传布和正确的评价。

目前民间文学工作所处的形势的特点是：一、生产大跃进；二、文化大跃进；三、有党的重视。党的重视是使民间文学迅速发展，成为全党全民的事情的关键。这次大会上我们大家要讨论的，就是如何贯彻总路线、多快好省地开展民间文学工作，如何组织全国研究、编选和翻译的力量。为了适应新形势，促进社会主义新文化的繁荣，加速我国社会主义建设，我们要做促进派。

二、反对资产阶级的道路，坚持社会主义的道路

中华人民共和国成立以来，在党和政府的正确的文化政策和民族政策的指导下，

全国各地的民间文学工作，像其他任何工作一样，取得了巨大的成绩。

民间文学工作在“五四”新文化革命中就受到了注意，特别到了1942年《在延安文艺座谈会上的讲话》发表以后，在文艺为工农兵服务的方针的指导下，民间文学的搜集整理和研究工作，才有了正确的方向和新的发展。在“五四”新文化运动中，北京大学首倡搜集歌谣，是当时反对封建文化，提倡民主和科学在文学方面的重要表现之一。在《北京大学日刊》上发表的第一批歌谣中，有李大钊搜集的几首歌谣和注释，曾经鲜明地表现了马克思主义的阶级观点。但是在“五四”新潮流中提倡搜集歌谣的人也有介绍西欧的资产阶级民俗学，而热心提倡歌谣和民俗研究的人，其大都是胡适一派。

无产阶级思想和资产阶级思想，在民间文学工作上一开始就已经可以看出它们的对立。鲁迅、瞿秋白在保卫新兴的无产阶级文学事业、反击资产阶级的进攻中捍卫了民间文学。鲁迅反对了梁实秋、第三种人的“艺术至上”和鄙视民间文学的反动观点，说“从唱本说书里可以产生托尔斯泰、弗罗培尔”。鲁迅不但在自己的著作里广泛地论述和应用民间的文学艺术，而且曾经对民间文学的许多方面（从搜集整理工作到民间文学的产生、估价，民间文学与作家创作的关系，民族形式的革新，等等）作了马克思主义的解释，奠定了中国民间文学的马克思主义理论的初步基础。

但是，过去在长期的反动统治下，民间文学的搜集整理和研究工作受到了极大的限制。革命文艺工作者在白色恐怖下多半从事革命斗争，而且“五四”新文化运动中介绍外国的东西多，向传统文化学习不足，作家们的小资产阶级的立场没有得到改造，一般人对民间文学采取了轻视的态度。在老革命根据地，情况完全不同。1929年，毛主席在古田会议的决议中非常强调搜集革命歌谣，把革命歌谣看作群众宣传鼓动工作的重要武器。劳动人民的创作在当时受到了极大的重视，革命民歌成为发动群众、鼓舞革命战争的最好的文艺形式之一。它可以说是工农兵新文艺的幼芽。在毛主席延安文艺座谈会讲话以后，在解放区，民间文学的搜集整理和研究工作，完全是以马克思主义的立场观点进行的，而且曾经进行了有组织的下乡搜集。新的人民文艺创作，如《白毛女》《王贵与李香香》《兄妹开荒》等作品，都汲取了民间文学的丰富营养。

全国革命胜利以后，在文艺为工农兵服务的方向下，民间文学受到了普遍的重视。民间文学，特别是新民歌，在全国各地、各民族有了新的发展和繁荣。在第一个五年经济建设计划里，文学艺术工作方面规定了“百花齐放、推陈出新”的方针；对各地方、各民族的民间文艺的发掘和研究，也有明文规定。八年来，民间文学艺术的搜集整理和研究，首先是搜集整理工作，有着蓬蓬勃勃的发展。

在广泛的搜集整理工作中，我们首先看到了我国各地方、各民族的民间文学的丰富多彩。民间文学成了一个日益旺盛的百花齐放的花园。像内蒙古地区汉族的“爬山歌”，蒙古族的各种民歌、“好力宝”和英雄叙事诗，山西的“席片子”“开花”，河南、山东的“唱曲”，南方各省的“四句头山歌”、湖北的五句歌，甘肃、青海一带的“花儿”，北方的秧歌，藏族的“拉夜”，壮族的“欢”，两广的“客家山歌”，纳西族的“骨器”“喂猛达”，白族的“打歌”“大本曲”“西山调”，侗族的“大歌”“小歌”，等等。这些形式不同、风格迥异的民间歌谣，八年来在历次运动中又都产生了大量的新作品，开放出新的花朵。各民族的史诗、叙事诗和长篇故事也发掘了不止一二部，像彝族的《阿诗玛》和另一部长诗《逃往甜蜜的地方》，彝族的《梅葛》，傣族的《娥并与桑洛》《召树屯》《兰嘎西贺》，苗族的《苗王张老岩》《张秀眉》，傈僳族的《逃婚调》，蒙古族的《江葛尔》《格斯尔的故事》，最近几个地方都发现了长短不同的藏族的《格萨尔》，等等。这些传统作品都是异常珍贵的，有的已经列入了世界文库。民间故事传说的搜集，也是近年来民间文学工作中的显著成果之一。革命的民间故事，像关于毛主席的传说，关于朱总司令、贺龙及其他革命领袖的传说，红军的传说，义和团的故事等，都显示了中国人民的力量，其中新的民间传说还显示了人民群众对中国共产党的热爱。各民族传统的故事、童话、寓言、地方传说，许多都非常优美，并且很有教育意义，它们总是歌颂英雄，反对横暴，幻想幸福，寓有教训，等等。据不完全统计，截至目前，全国50多个民族，已经有40个民族用汉文发表了他们的长诗短歌、民间故事以及其他形式的民间创作。

民间曲艺和民间戏曲发掘出来的作品也丰富得很。而且地方戏已经作了普查。全国各地多次的音乐、舞蹈、曲艺和地方戏剧的会演，对于发掘民间文学传统作品和发展新创作，都起了有力的推动作用。民间戏剧，像二人台《走西口》，花鼓戏《打鸟》，花灯戏《十大姐》，黄梅戏《借罗衫》等作品，民间曲艺像山东快书《武松传》，扬州评书巨著《水浒传》（王少堂）等，都是民间文学的出色作品。

还应该特别提到记录民间艺人、歌手的作品的问题。很多传统作品是保留在民间艺人、歌手的脑子里；在少数民族，如傣族的“赞哈”、纳西族的“东巴”、彝族的“贝玛”一类歌手，他们实际上就是民族文化的保存者。而且，民间艺人、歌手，在党的团结和教育的政策下，许多人八年来都创作了很好的新作品，对群众宣传教育工作起了很大的作用。像蒙古族歌手色拉西用马头琴弹唱歌颂毛主席，快板诗人王老九歌唱翻身幸福，是出现得比较早的。韩起祥最近又创作了一部《翻身记》。在座的傣族赞哈康朗甩，用自己熟悉的民族形式歌唱了社会主义，出版有《从森林眺望北京》，他还与其他赞哈们到水库工地上参加劳动和演唱，深受群众欢迎。在座的还有蒙古族艺人琶杰和毛依罕。琶杰的艺术语言的丰富是惊人的，他在农业合作化运动中创作了富于童话色彩的《两只羊羔》。毛依罕的好力宝《铁牤牛》已译为汉文，大家都已很熟悉。他们都以自己熟悉的民族形式歌唱了社会主义。新疆维吾尔自治区哈萨克的老歌手司马古勒的艺术才能也是惊人的。1952年，在阿尔泰人民政府争取谢尔得曼归顺政府举行谈判的时候，他拿上他的“冬不拉”到山里用他的歌声帮助政府代表团说服了谢尔得曼和他的代表们。在他的动人的歌里让人信服地说明了真理。这样一些例子各地都还有很多，不一一列举。

八年来，工农兵的新的口头创作及其他民间文学，在反映解放以后人民的生活、斗争上，在艺术形式上，都有了新的发展，例如战士的枪杆诗是一个显著例子。最近工人、农民和士兵的民歌快板，不但在生活内容上同旧时代的歌谣有显著的不同，而且也已经不全是口头创作，开始用书面创作了。无论是过去的枪杆诗或今天的大跃进歌谣，都没有拘泥于旧形式，但它们都具有民间歌谣的格调。

民间文学的搜集整理和研究工作也在蓬蓬勃勃地发展，而且近两三年来，逐渐由个人、个别部门的零星搜集进入一个地区的有计划地、有组织地搜集。例如云南是比较突出的例子。云南曾经组织了6个调查组到6个不同的民族地区进行搜集工作，并且召开了全省民间文学工作会议。各自治州、市、县也都很重视这个工作，曲靖地委也曾经组织过20多人在当地调查，搜集了彝族的史诗、民歌和很多传说。云南省的民间文学工作（之）所以开展得比较好，最主要的原因是解放以后省委就很注意这个工作，对思想问题和方法问题随时都有指示。《阿诗玛》的被发掘就是一个例子。贵州军区早在1951年就发动过全军记录民歌的活动。中共贵定县委也曾经为军区政治部宣传部号召征集万首民歌，给全县土改工作干部发出过通知，结果搜集了很多土改民歌。这也是一个很突出的例子。此外，像内蒙古、延边等地，都进行了有组织的搜集、整理、翻译和研究工作。

八年来全国各地的民间文学工作成绩是巨大的，发展也很快。但是道路是不平坦的，并不是一帆风顺。

从“五四”以后，无产阶级的新文艺就是在不断同资产阶级思想作斗争中成长和壮大起来的。除了李大钊、鲁迅、瞿秋白，特别是毛主席从在老苏区提倡革命歌谣到在延安文艺座谈会上的讲话奠定工农兵的文艺方向，以至新中国成立以后全国民间文学工作的广泛开展，这一条无产阶级的道路而外，还有一条资产阶级的道路。

鲁迅是新文化运动的旗手，无产阶级文艺事业的保姆，他既反对过遗老遗少的国粹主义，也反对了第一个攻击无产阶级文学运动的梁实秋。梁实秋公开蔑视民间文学，认为文学应当是表现“人性”的，永远是只有少数人才有福气享受的“专利品”，而民间文学是“另外一种”“低级的”东西，因为“劳工劳农也需要少量的艺术娱乐”。反对工农兵文艺方向的民族虚无主义者也说：“民间文艺是封建文艺”；有的则说民间文艺里面“只有极少的要素才能和民众在生活上的进步要求联接着”。这些谬论，大家现在是很容易看穿的。资产阶级民俗学源于资本主义国家为了巩固对本国人民的反动统治和发展殖民主义的要求。资产阶级民俗学者对劳动人民的创作并没有真正尊重。中国资产阶级民俗学者就是把民间文学看成是古代的“文化的残留物”。热衷一时的是“外来说”或“因袭论”，说世界上有那么一批抽象的故事情节，在国与国之间传来传去，与任何时代和民族都没有什么关系；而其发展变化，也是古老的形式的简单重复和改头换面，没有什么新的发展。因袭论者反对民间文学的民族特点，甚至说什么民族的“表面特征”会妨碍人们深刻地理解构成民间创作的基础的“人类共同特征”。这明显地表现了资产阶级唯心主义的观点。他们反对“从民间来到民间去”，把整理传播民间文学、直接为群众服务的方针，讥讽为“狭隘的功利主义”。

民间文学工作的两条道路：一种是从无产阶级的世界观和为人民服务的立场出发，尊重劳动人民的创作，发展民间文学艺术，使群众创作与作家的创作衔接起来，而且为繁荣社会主义的文化科学研究工作提供珍贵资料；另一种是从资产阶级的世界观和资产阶级个人主义出发，鄙视民间文学，或者把民间文学当作古董和花瓶，猎奇、垄断、低级趣味，并不懂民间文学中所反映的劳动人民的思想情感。以资产阶级的思想情感，是不能理解劳动人民的创作的；他们这些人都瞧不起劳动人民，当然也就会轻视民间文学或者以贵族老爷的态度鉴赏民间文学；他们甚至以贵族老爷的态度擅自要取消中国民间文艺研究会，使这个会有近三年之久为了存在而挣扎。

两条道路的斗争，还表现在对待少数民族的民间文学工作方面，这就是大汉族主义和地方民族主义。以大汉族主义的态度对待少数民族的作品，是十分错误的。有人轻率地改纳西族人民的东西，把纳西族的《猎歌》里的恋爱方式改为拥抱、接吻，引起纳西族的强烈反感，尤其恶劣的是伪造了《古老的傣族歌》。以这种轻视或任意窜改伪造少数民族作品的态度去记录整理，很难把兄弟民族的优秀作品准确地介绍给读者，更谈不到帮助兄弟民族发展他们的社会主义新文艺。新疆维吾尔自治区的地方民族主义分子死抱着所谓“民族文化”不放松，反对党和政府的“推陈出新”的文艺政策，而同时他们所谓“民族文化”却不包括民间文学。在这些地方民族主义分子的把持下，新疆各民族的丰富的民间文学的搜集和研究工作长期未被重视，受到了很大的损害。最近在新疆的地方民族主义也已受到了应有的批判。各民族地区的社会主义的文学艺术事业就迅速地繁荣起来。

但是，两条道路的斗争并没有完结，轻视民间文学的现象还相当普遍。凡是深受资产阶级文艺思想的影响的人都瞧不起民间文学。今天在文艺界和知识青年里面还有不少人是这样。有些人脑子里装满了托尔斯泰、巴尔扎克，却没有中国老百姓的文艺创作，看不清社会主义文学艺术的发展方向。资产阶级学术思想在反右斗争中已有初步揭露，但还没有受到彻底地批判。有一些人把民间文学当作个人猎取名利的工具，例如什么盗宝、独霸、窃取别人劳动的果实，不与别人合作等怪现象。系统地彻底地批判资产阶级唯心主义的观点及资产阶级的思想作风，是十分必要的。我们应当是一边浇花，一边还要锄草。

道路不同，方法也就不同。我们的方法，在对民间文学的分析研究上，是历史唯物主义，是辩证法，是阶级分析的方法；而资产阶级的方法，是唯心主义，是形而上学，是形式主义和繁琐的考证。我们强调深入群众，从群众的实际生活了解活生生的民间文学，同时也由古而今，全面研究；资产阶级专家则坐在书斋里，脱离实际，以搬弄古书吓唬人。在推动民间文学工作上，我们主张走群众路线，发挥社会力量和集体协作的精神，资产阶级却只管个人，不要群众，等等。当然，方法问题并不全与道路有关。在民间文学工作上，我们必须反对右倾保守思想，采取跃进的方法。最主要的就是认真地贯彻群众路线。群众路线的工作方法是党的基本的工作方法，在民间文学工作方面也不可例外。

三、我们今后的任务

我们今后的任务就是：

（一）全面搜集，重点整理

新民歌当然是应当首先注意搜集的，现在各地都已经这样做了；问题是还要强调全面搜集。不但要全面搜集民歌，而且应当根据各地方、各民族的不同情况，有计划地发掘全部民间文学宝藏。全国各地方、各民族都有新时代和旧时代的各种各样的民间文学作品，应当广泛地进行搜集。搜集民歌时要争取音乐工作者的合作，记下曲谱，让词曲一块保存流传。此外，很多地方几乎一山一水、一草一木都有着美丽的故事传说，反映了民族的心理、风俗，反映了劳动人民向往美好生活的斗争和愿望。要把从古至今所有优美的民间故事传说都记录下来。少数民族的作品必须很好地搜集和翻译。我国各少数民族大都能歌善舞，他们的口头文学非常丰富和优美，而且至今流传着一些很有价值的史诗、长篇叙事诗。有文字的民族，他们的经典里有很大一部分是古代记录的民间文学。这些都是国家的重要的文化财富。深刻地反映了劳动人民的生活经验的谚语及其他形式的民间创作，应当有计划地逐步搜集和选编。我国民间曲艺和民间戏曲特别丰富而有特色，也应当尽快地搜集出版。搜集要全面，又要有计划、有步骤。首先搜集近百年，特别是近40年来的革命作品和各民族的重要的传统作品。在全面搜集的基础上，有重点地进行整理编选。先整理对建设社会主义帮助大的、富有教育意义的作品，例如目前的新民歌、优美的民间故事、在群众中流传最广的歌颂英雄人物的民间说唱以及优秀的长篇叙事诗，等等。

在民间文学工作中过去也有厚古薄今的倾向，就是看不起新时代的群众文艺创作，尤其恶劣的是搬弄古书来吓唬人，或者是把人民群众过去的作品当古董玩弄。应当反对这种错误的观点。但是，这不等于说可以容许轻视至今仍然活在群众口头上的传统作品。以马克思主义的观点搜集、整理和研究我国各民族的丰富的传统作品，这个工作今天不是已经做得太多了，而是刚刚开始，还需要大力来做。传统作品，特别是各地方、各民族的著名史诗、传说，可以是长期研究的对象，但必须尽快地记录下来。因为这些作品多半保留在老年人的记忆里，若不赶快搜集，就会有失传的危险。旧时代民间文学既然是被压迫人民自己的口头文学，过去又长期处于受鄙视的、自生自灭的地位，在旧时代失传的不知有多少，我们不能让它再失传了。记录这些作品是我们时代的光荣职责。传统的文学艺术是发展社会主义新文化的深厚基础。韩起祥、琶杰、康朗甩、毛依罕等人的作品所以动人，富有民族传统艺术的特色是一个很重要的原因。今天群众的歌手、快板诗人，也大多是熟悉本地民间歌谣传统的人。我国少数民族地区现在正由经济落后的社会飞跃到社会主义社会，从各民族自己固有的文学艺术推陈出新，发展社会主义内容、民族形式的新文艺，对于推进民族地区的社会主义建设具有重大的作用。而且，长期活在群众口头上的作品，深受群众欢迎，很多都是最能代表民族风格的珍品。必须很好地记录保存，加以推广流传。有人以为反对厚古薄今就是只要搜集和研究新歌谣，认为注意搜集传统作品就是厚古薄今，这是对民间文学工作的任务的片面了解，也是对厚今薄古的原意的误解。

旧时代的作品有旧时代的局限性，不能要求古代人按照现代人的观点和口味来创作。所以搜集旧时代的民间文学必须采取历史唯物主义的观点；要看到劳动人民的创作基本上是健康的，同时它也有受时代限制的一面。以是否合乎现代的观点为标准来衡量旧时代的作品，或者企图把旧时代的作品改成现代作品的样子，是违反历史的一种粗暴行为。但是，旧时代的民间文学里也确实有一些宣传封建迷信、色情或低级趣味的东西，其中有的是由于劳动人民受了反动统治阶级的思想的影响，或者由于从前社会经济和生活条件的落后，有的根本就不是劳动人民的创作。因此，搜集者还要有阶级分析的观点，要有马克思主义的历史主义的观点，不能把旧时代的作品一概看成合理的存在。要全面搜集，但也要有所选择。内容反动、落后而有研究价值的作品，我们也要搜集，可以把它们作为科学研究资料，另行整理编印。

在记录、整理作品的方法上，我们提倡忠实记录，适当加工。

首先强调忠实记录。民间文学工作需要树立科学态度、科学方法。因为把群众的作品忠实地记录下来，是一切工作的基础。作为科学研究资料，如果真伪莫辨，是无法判断问题的；作为文学作品，群众也喜欢看到真正的民间创作，而不要看涂抹得似是而非的东西；整理加工也首先需要有忠实的记录作底本。群众的作品，往往不免有粗糙的地方；旧时代的作品，更不免含有封建性的糟粕。作为文学读物在群众中推广流传，为了使作品在艺术上、思想上更加完美，流传得久远，可以容许整理加工，但这种整理加工应当是以慎重负责的态度适当地进行，必须反对乱改。随便记录一个作品的轮廓，任意增补，是完全错误的。乱改也是错误的。没有群众的思想感情的人，不了解群众的生活、风俗，或者不能掌握群众的语言和民间创作的风格的人，很容易把群众的东西改坏。这是特别值得我们注意的。

但是，我们也反对对待民间文学的国粹主义态度。就是不分情况地反对任何改动，把落后的东西也一概看成是合理的。所谓“一字不动论”，还不仅表现了迂腐的学院派的保守观点，而且实际上阻碍着把优秀的民族文化遗产加以整理和传播，阻碍着民间文学工作为社会主义服务。

我们提倡出两种版本：作为科学研究资料出版，如实记录，不动内容，语言忠实。作为文学读物，要求有科学地整理和选编工作。在挑选和写定作品的时候，要审慎地分清精华与糟粕。有必要加以改动或由几种异文整理成一个较完整的作品时，修改整理后应署名负责，并说明原文保存在什么地方，以便日后研究。以民间创作为基础加以改编，或者采用民间的题材写成新作品，这些工作是很有意义的，可以产生很好的作品，我们欢迎诗人、作家们从事这种工作；但应当说明，这是属于创作的范围，不能把它与整理工作混同起来。

记录和整理任何作品，都要特别注意保留生动的民间语言。语言没有光彩，就会使作品失去光彩。因为文学本来是语言艺术。有人把四川话“又歪又恶”改作“厉害得很”，显然是乏味了。民歌中的方言，尤其不可改动，一般人不易了解的地方，应详加注释。

当然，整理加工到适当的程度，并不容易，我们需要不断总结经验，进行研究。

（二）大力推广，加强研究

民间文学工作应当从两方面为群众服务，为社会主义建设服务：一方面采取各种方式开展推广工作，使优秀的民间文学作品在群众中广为流传，使作家、科学家在参加社会主义和共产主义建设中从民间文学中汲取营养，获得珍贵材料；另一方面，加强研究工作，用马克思主义的观点来研究我国民间文学，以便丰富文艺理论，促进我国社会主义的文学艺术的发展。

研究工作首先是面向群众，普及第一。要经常到群众中去，不能关门研究。例如首先需要评论群众的新民歌，研究民间文学在新时代的发展变化，回答群众（例如少先队辅导员）所提出的关于民间文学的问题等。研究作家向民间文学学习的问题，也很迫切。另外还要迅速组织人力，建立和加强民间文学的系统的科学研究工作，特别是要有计划地从事马克思主义的中国民间文学理论建设和研究各民族的重要的传统名著。在研究工作中必须贯彻“百花齐放、百家争鸣”的方针，探讨真理。为了建立研究工作，还要及时建立资料档案工作、出版科学本，并且汇编资料。要尽快解决少数民族的作品的翻译问题。应当学习苏联及其他国家的民间文学研究工作方面的经验。因此，也很需要在一定的时间内，译出苏联及其他各国关于民间文学的重要理论名著和著名作品。

建设研究工作中的一个最大的问题是队伍问题。现在全民采风，有党的领导，群众动手，人力是雄厚的。但是还必须有一些专业人员作为基本队伍。队伍问题如不能得到妥善解决，各方面都会仍然跟不上去。这个队伍里，包括搜集整理、编辑、翻译和研究等各方面的人员；特别是研究和翻译人员，需要有计划地加以培养。

队伍的首要来源是在各地从事搜集整理工作的人。要在普遍开展搜集整理工作的基础上，培养一支又红又专的民间文学工作队伍。事实证明，能够深切理解中国民间文学的是深人群众的实际工作者，并不是只坐在书斋里啃书本的人。任何人不到群众里去，不了解群众的生活、风俗和语言，就很难了解劳动人民的作品。把群众的文学作品神秘化起来，最没有道理。凡是在党的领导下，能够认真学习毛主席的著作，虚心向群众学习，具有科学的态度，努力钻研的人，都可以成为专家。

现在有很多地方都建立了关于搜集大跃进歌谣的临时机构，而且各部门都参加了采风运动。今后需要考虑：一、由临时机构改变为经常性的机构。二、不只是搜集编选大跃进的歌谣，还必须筹划组织民间文学的研究机构，进行全面搜集和研究。三、各省、市、自治区，要有一个统一的领导机构，或由一个部门总管其事。

民间文学方面的科学研究部门、学校和政府部门（群众艺术馆、文化馆等）、群众团体几方面如何协作分工，需要很好地研究解决。

我国各民族的民间文学是这样的丰富，在大跃进的形势下到处是诗，到处是歌；我们不但要采当前的社会主义新国风，要发掘全部民族文化遗产，而且最好从此建立采风制度，一直采录下去，有风就采，好歌必录。我们可以预想到，在不长的时间以后，单是各地、各民族的各式各样的长诗短歌，就可能编选出好多部，加上民间故事、传说及其他各种形式的民间文学，会构成一个内容丰富、色彩缤纷的中国民间文学大宝库。

现在还刚在发动全民采风，在社会主义的民间文学工作道路上我们才仅仅迈了一步，我们所担负的任务是艰巨的、光荣的。前程远大得很。为了在总路线的光辉照耀下多快好省地大力开展民间文学工作，我们要努力做到：一、必须是政治挂帅，走群众路线。只有走群众路线，众人动手，遍地开花，我们也才能飞跃前进。二、要努力浇花锄草，兴无灭资，以配合文化革命，促进群众创作与作家创作的新发展，促进社会主义的民族新文化的繁荣。三、我们要提倡敢想、敢说、敢做和实事求是相结合的思想作风。要努力培养工人阶级的专家，把民间文学工作队伍建立起来。

我们要鼓足干劲，力争上游，迎接文化革命的高潮。只要我们坚持社会主义的道路，努力学习马克思列宁主义和毛泽东思想，走群众路线，发扬共产主义的协作精神，我们就会使民间文学工作对祖国的伟大的社会主义和共产主义建设事业作出出色的贡献。

中国民间文艺家协会
第三次全国代表大会

团结起来，为繁荣和发展我国的民间文学事业而努力

——在中国民间文学工作者第二次代表大会上的报告[1]

中国民间文艺研究会筹备恢复领导小组组长

贾　芝

我们的这次大会，是在全党工作着重点转向社会主义现代化建设的新形势下召开的，具有特别重大的意义。

从1958年中国民间文学工作者第一次代表大会到这次代表大会，已有二十一年了；从1960年第三次文代会期间召开中国民间文艺研究会扩大理事会，到现在也有十九年了。在这期间，我们经历了极不寻常的变化。今天我们能够重新欢聚一堂，共议恢复和重建民间文学工作、为四个现代化宏伟目标服务的大事，是值得庆贺的。在经历了林彪、“四人帮”洗劫民族文化的一场大破坏之后，我们面临的任务是迅速地、不失时机地抢救、搜集和研究各民族民间文学。这是繁荣、发展我国社会主义文艺和科学的百年大计。因此，全国各族人民、广大民间文学工作者和爱好者，对我们这次大会寄托着很大的希望。我们的责任是重大的，任务是光荣的。

我们这次大会的目的是总结历史经验，制定工作规划，明确今后任务，团结全国民间文学工作者，同心同德，群策群力，做好民间文学工作，为完成新时期的总任务而奋斗。我们有必要回顾过去的艰难曲折的战斗历程，进而讨论我们今后的工作任务。

我的这个报告，仅仅是抛砖引玉，希望大家共同讨论，求得正确的结论。

一

三十年来，特别是建国后的头十七年，民间文学工作取得了很大的成就。

十七年中，我国民间文学工作者，对各民族民间文学，包括历代产生、流传的和

[1] 此次会议实际上是中国民间文艺家协会第三次全国代表大会。报告时间为1979年11月4日，本文原载《民间文学》1980年第1期。

新创作的民间文学，进行了大规模的、有计划的普查和采录。我们的搜集工作，无论在数量上、质量上都超过了以往任何时代。

1958年在毛泽东同志的倡议下，全国掀起了一个新的采风运动。这次采风运动，不仅搜集了大量的新民歌和旧民歌，而且带动了整个民间文学的调查研究工作。同年召开的中国民间文学工作者第一次代表大会，规定了“全面搜集、重点整理、大力推广、加强研究”的民间文学工作方针；《人民日报》发表了《大规模地收集全国民歌》的社论；《民间文学》发表了郭沫若同志《关于大规模收集民歌问题答〈民间文学〉编辑部问》。在党的领导下，一个群众性的、各民族的民间文学搜集工作蓬蓬勃勃地开展起来。各地搜集出版了大量的各民族民间文学传统作品；搜集出版的新民歌，更是不计其数。

在搜集工作中，我们特别注意发掘了解放前不可能受重视的历代农民起义的作品，如关于陈胜、吴广、黄巢、方腊、李自成、洪秀全以及太平天国、捻军、义和团的传说、故事和歌谣。对中国共产党诞生以来的有关第一次、第二次国内革命战争、抗日战争和解放战争时期的歌谣和革命故事，也广泛地进行了搜集。

我们的伟大祖国是一个多民族的国家。五十多个民族共同创造了中华民族的灿烂文化。蕴藏量尤为丰富的少数民族的民间文学，是祖国文化宝库的一个巨大的组成部分。各族人民中流传的口头文学，记载了从原始社会、奴隶社会、封建社会以至半封建半殖民地社会的各个历史发展阶段的社会生活、风俗习惯、道德信仰等等，这些作品实际上是各民族的，尤其是没有文字的民族的百科全书。

解放前，由于反动统治阶级的民族歧视，少数民族民间文学很少有人过问；解放后，在党的民族政策和文艺政策的指引下，我国各民族民间文学五光十色、璀灿夺目的宝库才一座座被打开。我们的采风队深入到民族地区，受到了少数民族人民的热烈欢迎。彝族人民高兴地唱道：“从前，我们在高山上唱歌，歌声被风儿吹走了；我们在河边唱歌，歌声被河水冲走了；今天呵，我们唱的歌，毛主席派人记下来，还要印成书。”少数民族人民是多么欢迎我们民间文学工作者把他们的口头文学搜集起来，印成书流传后世呵！十七年中，我们发掘了大量的少数民族的民间文学作品：仅民间叙事诗就搜集了上百部，《阿诗玛》《嘎达梅林》《江格尔》《召树屯》《娥并与桑洛》等已为国内外所传颂。特别令人兴奋的是长篇英雄史诗的发掘工作获得了可喜的成果。流传在青海、西藏、甘肃、四川、云南、内蒙等省区的史诗《格萨尔》，是早已闻名世界的长篇史诗。现已搜集了近两千万字的资料。关于柯尔克孜族的史诗《玛纳斯》，“文化大革命”前曾经收集了大量的资料，现在又把著名歌手朱素甫·玛玛依[2]请到北京来录音。

[2] 也译为居素普·玛玛依，本书中出现的“朱素甫·玛玛依”“居素普·玛玛依”为同一人。

此外，云南、贵州、青海、广西等省区在十七年中也搜集和编印了大量的少数民族民间文学第一手资料。

随着各民族民间文学的大量搜集和调查，民间文学研究工作也逐步开展起来。尽管理论研究工作在全部工作中是个比较薄弱的环节，但也取得了明显的成绩。首先，我们力求以马列主义、毛泽东思想为指导，坚持历史唯物主义的科学态度，为无产阶级革命事业服务、为最广大的人民服务。这是建国后民间文学工作的一个新起点，也是以往民间文学研究难以具备的优越条件。其次是专业队伍和广大业余爱好者相结合。群众性的搜集和研究大大改变了从“五四”到三十年代只有少数专家在极端困难的条件下进行搜集研究工作的状况。第三个特点是理论联系实际，研究工作和搜集工作相结合，研究历史和研究现状相结合。解放后，广大民间文学工作者和社会科学研究工作者深入农村、深入边疆少数民族地区进行调查研究，特别是大专院校语言文学系的师生参加普查和搜集，发掘了大量的民间文学作品，写出了一些有学术价值的调查报告和论文。历史学家、语言学家、民族学家，也从不同角度参加了民间文学的采录和研究工作。建国后，我们对民间文学工作的方针、政策、理论，以及对民间文学的社会地位和功能，民间文学的特征及其发展规律等等，都进行了一定程度的研究，并就民间文学工作的某些重要的理论和实践问题展开过有益的讨论。在民间文学史的研究方面，也迈出了第一步。现已记录、搜集的有关少数民族民间文学的大量资料，和在此基础上编写的一部分少数民族的文学史和文学概况，为改变过去中国文学史实际上只是汉族文学史的状况，为撰写我国多民族文学史准备了条件。为了开展研究、培养人才，许多大专院校开设了民间文学课。所有这些，都为我们建立我国新的民间文艺学打下了初步的基础。

建国以来，我们逐步地建立起一支民间文学工作者的队伍。

首先要指出的是，在各族人民中间涌现了一大批战斗在生产劳动第一线的优秀的民间诗人、歌手、故事家。他们既是各民族民间文学的创造者，又是民间文学遗产的保存者和传播者。他们在广大人民群众中间享有盛名。如柯尔克孜族歌手朱素普·玛玛依、傣族歌手康朗甩、庄相，苗族歌手唐德海，白族歌手杨汉，壮族歌手陈国贤，傈僳族歌手李四益，土家族歌手田茂忠；以及盲诗人韩起祥、工人诗人黄声笑、农民歌手姜秀珍、渔民诗人李永鸿等等。这些活跃在人民群众中间的民间歌手、民间诗人，不只用歌声揭露旧社会的黑暗，而且以高度的政治激情和精湛的艺术技巧歌颂社会主义的光明和共产主义的美好理想。

建国后还涌现出一大批新时代的民间文学搜集者和研究者。

他们当中除了专业力量，还有一支巨大的民间文学业余爱好者队伍。热心于这项工作的有诗人、作家、音乐家，有文学工作者、语言学工作者、历史学工作者，有大专院校的师生，基层的宣传干部和文化馆、站的工作人员，以及广大的业余爱好者。我们这支队伍忠诚于党的文化艺术事业，热爱人民，热爱人民的口头文学创作，勤勤恳恳、踏踏实实地为党和人民工作。有了这么一支经得起严峻考验的队伍，只要组织起来，团结一致，我们就一定能够坚持把我国民间文学工作做好。

当我们回顾既往、展望未来的时刻，我们不能不以沉痛的心情怀念曾经战斗在我们行列中间的一些老前辈和民间文学工作者。杰出的无产阶级文艺战士、中国民间文艺研究会的主席郭沫若同志的逝世，对于我国民间文学事业是一个重大的损失。他在中国民间文艺研究会成立大会上的讲话，他对民间文学的论述以及他亲自参加民歌编选工作的热忱，至今还在激励着我们。我们也十分怀念已故的曾经为民间文学事业做出过贡献的郑振铎同志、老舍同志、何其芳同志、阿英同志；著名的民间歌手、民间诗人王老九、爬杰[3]、毛依罕；以及各地被“四人帮”迫害致死的歌手，如：傣族的康朗英、波玉温、刀宝乾，白族的张明德，苗族的阿泡，纳西族的和顺莲，满族的霍满生；还有在搜集整理工作中做出显著成绩的张士杰同志及其他许多辛勤的民间文学工作者。他们在民间文学方面的功绩是不可磨灭的。

大家都知道，民间文学在我国各族人民的社会生活中产生了巨大的影响，在国际上也引起强烈的反应。

我国各民族的民间文学，在劳动人民同自然界、同阶级敌人的长期斗争中，曾经发挥了巨大的作用，在劳动人民的社会生活中，一向占有极其重要的地位。今天，在我国各族人民建设社会主义和共产主义的过程中，它仍在发挥着巨大的作用。民间文学的社会地位正愈来愈被人们所认识。这是劳动人民在历史进程中的地位和民间文学对人民社会生活的多方面的影响所决定的，不是任何人可以贬低或否定得了的。

民间文学在劳动人民的生活和斗争的土壤中生根、开花，包含着人民群众的丰富的经验和智慧，在艺术上为群众所喜闻乐见，因而具有很大的认识作用、教育作用、借鉴作用、美的欣赏和娱乐作用。优秀的民间文学作品具有“永久的魅力”。如《阿诗玛》出版后彝族人民把它当作是本民族的骄傲，青年们说“我们个个都是阿黑”，姑娘们说“我们个个都是阿诗玛”。《梅葛》出版后，彝族人民欣喜若狂，奔走相告，象过节一样庆祝了几天几夜。几百年前的包公、海瑞等清官的传说，至今还在人民中间流传，人们今天还可以从中吸取宝贵的教训。每一个儿童，在接触社会之前首先接受的是民间传说、故事、儿歌、谜语的薰陶和教育。民间文学曾经哺育了很多杰出的诗人和作家。从1942年毛泽东同志发表《在延安文艺座谈会上的讲话》到建国以来产生的许多优秀作品，如《白毛女》《王贵与李香香》《百鸟衣》《刘三姐》《望夫云》等

[3] 当时写作爬杰，后来统一译为巴杰。

等，都是诗人、作家、艺术家向民间文学学习所取得的丰硕成果。

民间文学的价值还远远超过了一般文学艺术的范围。举凡历史学、考古学、语言学、民族学、民俗学、伦理学、哲学以及农业、工艺等科学，都曾从民间文学中获得过极其珍贵的资料。马克思、恩格斯在他们的著作中，曾大量引证民间文学的资料。英国科学家李约瑟在他所著的《中国科学技术史》一书中，引用了我国不少民间文学资料，并盛赞“中国学者……在北京编辑出版了一种出色的杂志《民间文学》”。

我国各民族丰富多彩的民间文学，早为世界所瞩目。国外研究中国民间文学的人越来越多了。不少国家翻译出版了我国各民族的民间文学作品。国外的一些民间文学理论著述也经常援引我国的民间文学作品和论著。近年来，在国际文化交流中，我国的民间文学工作越来越多地受到国外学者的广泛注意。

二

三十年来，民间文学工作所取得的成就是不可低估的，但是在前进中也有不少缺点和错误，特别是遭到林彪、“四人帮”极左路线的严重破坏，这使我们积累了正反两方面的宝贵的历史经验。

我国的民间文艺学是近代才产生的一门年轻学科，它在自己的历史发展中走过了不平凡的道路。

六十年前，在伟大的“五四”运动中，在科学与民主的旗帜下，我国进步的知识界发起了搜集和研究民间口头文学的学术活动。一部分进步的作家、学者提倡搜集近世歌谣，成立了北大歌谣研究会，出版了《歌谣》周刊。中国最早的马克思主义传播者和中国共产党的创始人之一李大钊和新文化运动的主将鲁迅都曾经参与了这个运动。三十年代，在南方一些省份，民间文学和民俗学研究也曾有较大的开展；发起搜集歌谣以至提倡民俗学研究，是当时新文化运动中提倡平民文学、反对贵族文学的一个重要表现，是我国现代民间文学科学的可贵的开端。老的一代民间文学工作者如刘半农、朱自清、顾颉刚、常惠、钟敬文、容肇祖、杨成志等，对在“五四”运动烽火中诞生的新的民间文学工作起了开拓的作用。在左翼革命文学运动中，中国文化革命的最英勇的旗手鲁迅在关于文艺大众化问题的文章及其他著述中，对劳动人民的口头创作给予了极高的评价。鲁迅对民间文学的一系列基本问题，包括民间文学的起源、民间文学的意义和价值、民间文学与作家文学的关系，以至搜集工作等问题，都作了精辟的论述。

党在领导历次革命战争的过程中，在各革命根据地也曾对民间文学搜集工作给予很大的重视。特别是1942年毛泽东同志的《在延安文艺座谈会上的讲话》，指明了发展革命文艺的正确方向，强调作家要深入生活，并向民间文艺学习，高度评价人民群众文艺创作的意义，从而为我国民间文学工作开辟了马克思列宁主义的道路。

新中国成立以后，民间文学工作得到了前所未有的发展。但我们也经历了十分艰难曲折的道路。从开国到1956年社会主义改造基本完成，处在初创时期的新中国民间文学工作，克服了种种困难，开始呈现出“百花齐放，百家争鸣”的繁荣景象。但是在1957年的以及其他的政治运动中，我们也犯了一些错误。特别是把学术问题当成了政治问题，混淆了人民内部矛盾与敌我矛盾两类不同性质的矛盾，伤害了一些同志，例如对郑振铎、钟敬文等同志的批判都是错误的。1955年，在“鼓足干劲，力争上游，多快好省地建设社会主义”总路线的鼓舞下，广大社员在开山劈岭、战天斗地的集体劳动中，创作了很多新民歌，反映了我国人民要求迅速改变“一穷二百”面貌的壮志豪情。毛泽东同志倡导搜集民歌，掀起全国采风运动，大大促进了民间文学的普查、采录和研究，对全面开展民间文学工作产生了重大影响，然而，经济工作中的“瞎指挥”“浮夸风”和“共产风”的错误，也影响到民歌创作。当时在文化工作中还提出了“人人写诗”“人人唱歌”的错误口号，命令工农群众停工停产来放“文艺卫星”大轰大嗡，摊派写诗，弄虚作假，后来又提出了“写中心”“唱中心”的口号，这些都违背了民间文学的发展规律，严重地影响了民间文学事业的健康发展。1960年以后遇到天灾人祸，三年经济困难，特别是在文艺界过分地强调意识形态领域的阶级斗争，错误地解释“厚今薄古”的口号，甚至提出“大写十三年”的错误口号而简单粗暴地否定其他题材，在这种形势下，民间文学的处境每况愈下。虽然1962年，由于制定了《文艺八条》，民间文学工作曾一度出现了新的起色，但是1963年以后，“左”的干扰日益严重，正常的民间文学工作步履艰辛，越来越难。从1966年到1967（1976）年的十年间，在林彪、“四人帮”的（疯）狂破坏下，民间文学成为一个重灾区，我们经历了一场空前的浩劫。林彪委托江青炮制的《部队文艺工作座谈会纪要》，颠倒黑白，肆意诽谤党的文艺战线，为从文艺界开刀篡党夺权大造反革命舆论。林彪、“四人帮”和他们的那个“顾问”推行了一条极左的反革命路线，他们把《纪要》当做“法宝”，对文艺界实行了封建法西斯“全面专政”。党的革命文艺路线被诬蔑为“文艺黑线”，党对文艺工作的领导被诬蔑为“黑线专政”。革命文艺团体都被诬蔑为裴多菲俱乐部。民间文学界也不能幸免。许多优秀的民间文学作品被打成“封、资、修”毒草，许多歌手、艺人、民间文学工作者惨遭迫害，大量的资料遭到焚毁，机构统统被“砸烂”，队伍被打散了，整个民间文学工作中断了十年之久。

林彪、“四人帮”对民间文学的摧残和破坏，是历史上所罕见的，后果是极为严重的。但是，广大人民群众并没有在林彪、“四人帮”的淫威面前屈服。就在林彪、“四人帮”逞凶的日子里，也产生了和流传着许多辛辣地讽刺林彪、“四人帮”的政治笑话；天安门前出现的悼念周总理、痛斥“四人帮”的革命风谣，表达了民心，极大地鼓舞了人民群众对“四人帮”的斗争。在我们民间文学队伍中也涌现出一些中坚分子，他们不惧怕林彪、“四人帮”的帽子、棍子，从没间断过民间文学的搜集、整理、研究和保护工作。有的同志，在“四人帮”把《格萨尔》打成“大毒草”，大肆焚毁《格萨尔》手抄本及民间文学资料的紧急关头，冒着被打成反革命的危险，从火中抢救了近百本手抄本藏入地洞，使这一珍贵资料逃脱了“四人帮”的劫火而得以保存，这种不畏强暴、敢担风险的可贵精神，是广大民间文学工作者与“四人帮”顽强斗争的一个范例。

今天林彪、“四人帮”这几个反革命小丑已被彻底地揭露了，但是，他们为了卑鄙的目的，仇视革命、仇视人民、公开毁灭民族文化的罪行，我们和我们的子孙后代永远都不应当忘记。我们必须从这场浩劫中认真总结惨痛的教训，决不让历史的悲剧重演！

有哪些经验教训值得我们吸取呢？

第一，必须彻底批判林彪、“四人帮”的极左路线，肃清极左思潮的流毒和影响。

林彪、“四人帮”一伙污蔑和否定民间文学的谬论之所以能够猖獗一时，原因自然是多方面的，其中值得我们引以为戒的，就是他们利用了我们民间文学工作中曾经存在过的某些“左”的错误倾向。过去我们的工作中长期存在着“左”的干扰，诸如，在如何认识民间文学的精华与糟粕问题，如何对待遗产问题，如何对待民间文学的今古问题，如何对待提供文学读物和进行科学研究问题，特别是如何理解文艺与政治的关系，如何正确区分学术问题、思想问题和政治问题的界限等，在这样一些带有根本性的涉及到民间文学工作方针、政策的关键问题上，“左”的观点、“左”的作法，都曾经给我们的工作造成不少的困难和危害。这种“左”的观点，用革命的词句装潢起来，有一定的欺骗性。早在1962年周总理就曾批评过“五子登科”的错误，强调实行艺术民主。然而在很长一段时期，“左”的干扰受不到批判，相反却愈演愈烈，以致一些“左”的口号和简单化、公式化的东西到了林彪、“四人帮”的手里，发展到登峰造极的地步，变成这帮反革命分子篡党夺权的武器。我们必须从中记取应有的教训。

今天，应当清醒地看到，经过“四人帮”所造成的长达十年之久的浩劫，思想上、理论上的混乱和人们的心有余悸，至今还在群众中留下极其恶劣的影响和阴影。我们必须继续拨乱反正，正本清源，恢复马克思列宁主义、毛泽东思想的本来面目，恢复革命传统，坚持辩证唯物主义和历史唯物主义，执行党的方针政策。而拨乱反正，首先要为那些惨遭迫害的民间文学工作者、民间歌手、故事家落实政策；一切冤、假、错案都要平反昭雪，不留尾巴。同时，还必须进一步彻底批判林彪、江青合伙炮制的那个臭名昭著的《部队文艺工作座谈会纪要》。这是一个阴谋文件。它是林彪、“四人帮”大兴文字狱篡党夺权的反革命纲领。只有彻底揭露和批判《纪要》，才能彻底解除“四人帮”及其帮派体系的反动理论武装，才能明辨是非，批倒极左路线。我们必须坚持实践是检验真理的唯一标准的马克思主义原则，不断同极左路线的奇谈怪论作斗争，肃清极左思潮的流毒和影响。

第二，必须正确理解文艺与政治的关系，从民间文学的特点出发，按民间文学发展的规律办事，才能使民间文学真正地为无产阶级政治服务。

长期以来，在文艺和政治的关系上存在一些片面的、狭隘的、庸俗的和机械的理解。这种错误的“左”的理解，危害极大，在民间文学方面的主要表现是：

1. 只强调民间文学的教育作用，而否定了它在无产阶级革命事业中的其他多方面的作用，包括它的认识作用、美学作用和娱乐作用。即使谈教育作用也把它理解得很狭窄，认为只有反映社会主义思想的新作品才能为社会主义服务。然而这恰恰是与民间文学的特点及其在人民革命事业中所能发挥的作用相违背的。简单、庸俗地理解民间文学的思想意义和作用（包括为无产阶级政治服务）并据此对它提出种种苛求，就会使它丧失为无产阶级政治服务的优越条件。

2. 要求民间文学不断地以配合各个时期的中心工作为自己的任务，或者竟以政治运动来代替民间文学工作，这就很难使这门学科根据自己特有的规律和要求，有计划、有步骤地向前发展，以建立我国的无产阶级的民间文艺学。当然，对民间歌手、民间诗人来说，希望他们更多地创作新的作品，宣传党的政策，这是需要的，也是他们的光荣职责。但是，如果把民间文学工作仅仅限制在这个范围里，那就会削弱以至取消民间文学工作。我们的工作既要注意当前的现实斗争需要，也要注意为无产阶级革命的长远利益服务，这两者是一致的。至于不断地搞运动，而且以政治运动来代替民间文学的科学研究工作，这就不仅妨害了以马克思主义的立场、观点和方法建立研究劳动人民的文艺创作的这门新学科，而且也容易混淆政治问题与思想问题、学术问题。不彻底改变过去的不正常的状况，我们就不可能有计划地开展民间文学的专业活动，就不可能充分发挥极其丰富的我国各民族民间文学应有的巨大作用，就不可能建立中国的马克思主义的民间文艺学，就不可能使我们的民间文学工作沿着正确轨道前进。

3. 林彪、“四人帮”出于篡党夺权的政治目的，大搞阴谋文艺，一味地强调“突出政治”“政治可以冲击一切”，把“政治标准第一”变为“政治标准唯一”，以至把文艺与政治完全等同起来，并且鼓励任意编造所谓民间文学作品，伪造民歌，以便假借民意推行他们的极左路线。这在理论上和实践上造成极度的混乱，完全无视民间文学本身的特点，破坏了这一工作的特殊规律。

由此可见，狭隘地、片面地、机械地理解文艺与政治的关系，而不从民间文学的特点和规律出发来办事，其结果恰恰是削弱了，以至取消了民间文学为无产阶级政治服务，妨碍了人民群众的民间文学创作活动正常地健康地向前发展，阻碍和破坏了民间文学的研究工作。

第三，必须发扬艺术民主，解放思想，坚持“双百”方针。

三十年来的实践证明，只有发扬民主，才能真正实行毛主席提出的“百花齐放，百家争鸣”的方针，集思广益、明辨真理，使民间文学工作更好地活跃和开展起来。周总理曾经多次谈到艺术民主问题，他要求党的各级领导要尊重艺术规律，用民主的方法领导文艺，反对瞎指挥，反对对文艺统得过死，干涉过多。

民间文学是人民群众的心声，任何个人都不能根据自己的意愿去人为地灭绝它或者制造它。“四人帮”妄图砍杀民间文学，但砍不完也杀不尽，他们要禁歌却适得其反。他们伪造所谓“反击右倾翻案风民歌”，结果他们自己和这些伪造品一样都成了短命鬼。这种事例除掉在政治方面的深刻意义之外，还说明，民间文学有着自己的发展规律，这种规律可以认识，可以利用，但决不能随个人的意愿而改变，绝不以个人的意志为转移。

民间文艺学在我国因为是一门年轻的科学，很多新情况和理论问题需要研究。我们必须为民间文学研究创造一个良好的民主空气。不因争论问题而影响团结，也不因拘于情面而妨碍对真理的追求。对不同意见，包括错误意见，只能用民主的办法、讨论的办法去解决，不能用强制的办法、“五子登科”的办法去解决。在这方面我们必须记取历史的教训。

三

民间文学工作由于长期受到“左”的干扰，特别是受到“四人帮”的摧残和破坏，在思想上、理论上所造成的混乱，至今还没有彻底澄清，还严重地影响着民间文学工作的正常开展。我们有很多工作需要恢复和重建，需要从头做起。当前有几个实际工作问题，需要经过大家讨论，取得比较一致的认识。下面我想谈一点个人意见，提供大家参考。

第一，对待民间文学遗产的态度问题。

如何正确对待民间文学遗产，严格区分民间文学的精华与糟粕，是民间文学工作中的一个重要问题。正如大家所知道的，民间文学既是劳动人民对自己的伟大赞歌，又反映了他们的憧憬和愿望；既是他们斗争的实录，又是生活的教科书：所以我们必须对它采取珍视和尊重的态度。我们不应当隐讳过去反动统治阶级的思想对民间文学所必然产生的某些影响，但因此而夸大民间文学的“糟粕”的一面，显然是极端错误的。生活在一定历史条件下的原始人、奴隶、农民，在自已的艺术创作中，不仅不能超越自己的阶级局限性和历史局限性，而且必然地要反映这种局限性。不加分析地把这种局限性都当作“糟粕”，从而贬低或者否定民间文学的价值和地位，这显然也是错误的。

长期以来，民间文学受到了种种责难，其中比较重要的有这样两点：一是说，很多作品描写和歌颂了“帝王将相”；二是说，宣扬了宗教迷信。这种观点直到现在仍然还有一定的市场，因此必须通过讨论加以澄清。

在阶级社会的民间文学里，国王、官吏常常是被人民群众反对、鞭挞和讽刺的角色。但是一部分民间文学作品确实正面描写了国王、皇帝、驸马、王子、公主等形象。这是否就是替帝王将相张目，为统治阶级进行鼓吹呢？很多神话、史诗、传说、故事等民间文学作品产生于人类历史发展的早期阶段。这些作品所表现的大都是与当时整个部族的历史命运密切相关的重大题材，例如英雄史诗就是这样的作品。这些作品中的英雄人物是与整个社会集体相联系的。至于后来到了奴隶社会和封建社会，这些英雄人物尽管在民间文学的流传和演变过程中增加了一定的阶级色彩，但依然保留了为整个民族集体而战斗的本色，因此受到本族人民群众的传诵。身受封建制度残酷压迫的农民群众，渴望有为民作主的清官，有爱民如子的皇帝，并且把这种幻想的形象在自己的艺术创作中加以描绘和歌颂，这样的民间文学创作反映了封建时代农民阶级的局限性和人民的心理，是不应受到责难的。人民群众把真实存在的历史人物（包括皇帝、官吏在内）在一定的历史条件下为人民作过的一些好事，把他们可以为人民所欢迎的某些特点和侧面，反映在民间文学作品里，同样并不奇怪。这些作品既反映了人民群众局限性的一面，也反映了人民群众革命性的一面，人民群众通过这些形象，说明了自己对现存社会和反动统治者的强烈不满和抗议，表达了人民群众要求正义，要求公正，要求改变现状的愿望。因此，对这些作品必须进行科学的分析，而不应当轻易地加以否定。

对民间文学作品中的宗教和迷信的影响，也必须采取分析态度，而不能简单地作为否定民间文学的口实。

从根本意义上说，民间文学是人民群众劳动生活的产物。大多数民间文学作品的思想倾向是非宗教或反宗教的。但是有一部分民间文学体裁和作品确实同宗教有着密切的关系。

生活在原始社会的人，受外界力量的支配，不能理解和控制这种力量，因而产生了对这种力量的恐惧。正是这种恐惧产生了神。宗教作为一种意识形态，是在人们日常生活中支配着人们的那种外界力量在人们头脑中的幻想的反映，在这种反映中，人间的力量采取了非人间力量的形式。神话作为一种艺术形式，也产生在自然崇拜盛行的历史时期，也是对于自然界的幻想的反映。

恩格斯曾经指出："整个希腊神话是从它本身所具有的古雅利安人对自然的崇拜发展而来的。"可见，神话同原始宗教的神并非彼此无关的两件事，而是密切联系在一起的。

神话一方面同原始宗教观念有密切关系，但同时作为一种艺术形式却深深地扎根于现实，是对现实的一种艺术加工，是按照人间生活、人的面貌、思想感情、意志和行为来描写天上的神，神话表现了人们力图驾驭这种力量，以使其为人所用的强烈愿望。

在阶级社会里，人为的宗教逐渐成了占统治地位的剥削阶级的意识形态。人民群众的宗教观念也必然地要影响到他们的文学艺术创作活动。要求生活在宗教思想占统治地位的旧社会的劳动人民，在自己的传统作品中丝毫没有宗教迷信的痕迹，那是不可能想象的事情。在我国多数民族的民间文学中，有一部分作品受佛教的影响，较多地宣扬听天由命、轮回报应等宗教思想。对于这一类宗教色彩较浓甚至严重影响到主题思想的作品，既要恰如其分地加以批判，同时，也应看到，这类作品反映了一个民族、一个历史时期的思想发展的一定侧面，对于了解人类社会、了解各个民族，对于历史科学研究有很大的参考价值。

还有很多民间文学作品，虽然渗进了一部分宗教的成份，但它只是利用宗教形象的外壳来反映人民的革命斗争，反映人民的民主性的幻想。这些作品是人民群众的苦难、愿望和斗争的表现。

例如在太平天国的革命传说、义和团的传说中就有这样的作品，对这样的作品不应该指责和排斥，而必须采取珍惜和分析的态度。

总之，对民间文学遗产必须采取正确的批判继承的态度，在理解民间文学遗产的精华、糟粕问题上，任何简单的、狭隘的形而上学的态度，对民间文学工作都是很有害的。

在对待民间文学遗产的态度问题上，还有一种错误的认识，这就是狭隘、片面地理解民间文学遗产的“古为今用”与“政治教育作用”的问题。关于这一点我在前面已经谈过一些了。

马克思曾经把希腊神话中普罗米修斯的形象称为“哲学史上最崇高的圣者和殉道者”。恩格斯曾经高度评价德国人民所创造的《浮士德》等两部传说，说它们“是属于所有民族的民间诗歌的最深刻的创作”，“是取之不尽的宝藏，每个时代都不改变它们的性质，都可以把它们当成自己的东西”。这两位《共产党宣言》的伟大作者绝没有象我们的某些同志那样要求原始人、奴隶或宗法制农民超越他们的历史条件，达到无产阶级的政治高度，也没有用所谓无产阶级的标准去改造他们或者否定他们，相反地，却对他们所创造的民间文学的宝贵遗产给予了极高的评价，指出这些作品在现实生活当中能够产生巨大的力量。无产阶级革命导师们关于民间文学作品的论述，对于帮助我们正确理解民间文学古为今用和政治教育作用问题，具有重要的指导意义。

我们所谈的民间文学遗产，其实大部分既是过去历代人民的文学遗产，同时也是今天流传在人民中的现实存在的文艺。这些具有长久生命力的传说作品，经过人民不断丰富加工，在今天人民群众的文艺生活中仍然占有一定的地位。民间文学的教育意义是多方面的，民间文学的古为今用的道路也是十分广阔的，不应当把它加以狭隘片面的理解。过去在民间文学工作中存在着对文艺和政治的关系的简单化和庸俗化的理解，认为只有反映社会主义时期生活和思想的新作品才能教育人民，为政治服务，这种狭隘、片面的认识否定了反映人民斗争历史经验的传统民间文学，抹杀了它的历史认识作用、美学作用、教育作用，对民间文学工作产生了十分恶劣的影响。这是所以产生对待民间文学遗产错误态度的根本原因。

第二，如何认识社会主义时期的民间文学。

新中国的成立标志着我们各民族劳动人民进入世界历史的一个新纪元。劳动人民的社会地位完全改变了。随之而来的是人民群众的文艺创作活动获得了广阔天地。

在这种形势面前，一部分同志认为，民间文学必然要消亡甚至已经消亡了。有一些人还希望人为地加速某些民间文学作品的消亡。

我们认为在目前和可以预见的将来，民间文学作为一种以口头流传为特点的艺术形式是不会消亡的，它不是在某个特定的历史时期短暂存在的艺术形式，同时它也不是一成不变的艺术形式。它是劳动人民利用口头文学形式进行集体创作，伴随着历史而不断发展、不断变化的一种语言艺术。

在历史的长河中，有些民间文学体裁是消亡了。但是，另外一些民间文学体裁，在长期的进程中经过不断的发展和变化，如今依然充满着青春的活力。

今天在广大人民群众之中，特别是在少数民族地区，以往时代的民间文学作品还在大量地流传。这些广泛流传着（的）民间口头文学是活的艺术，现实的艺术。过去时代创造的民间文学作品只要是适合于人民群众的思想艺术要求，群众爱讲、爱唱、爱听，它就构成当代民间文学的一个有机的组成部分。

从“五四”运动算起，我国新民主主义革命和社会主义革命已经经历了半个多世纪的历史，这期间人民群众创作了大量的各个革命时期的新的歌谣、新的民间故事和传说，这些都应该说是民间文学的新发展。无论是为了研究我国无产阶级的革命历史或是为了进行革命传统教育，无论是为了加强民间文艺学的科学研究、为了繁荣社会主义新文艺或促进民间口头文学的繁荣和发展，我们都必须采当代之风，努力搜集、推广和大力扶植这些新时代的民间文学。

由于人民群众掌握了文字，这就使一部分新的民间文学在创作和流传过程中出现了新的情况。比方歌手掌握了文字，在创作民歌的过程中，在演唱前后自己用文字把它记下来。由于这种作品是工人、农民所创作的，而且从思想内容到整个艺术方法、艺术手段，都建立在民间创作的基础上，所以最易于在人民群众中广泛传播，并且在传播的过程中不断得到集体的丰富和加工，从而有些作品也成了人民群众集体智慧的结晶。

上面列举的这几种类型的作品，都应当属于现阶段的民间文学的范围。

民间文学作为一种独立的、以说唱为特点的艺术形式，在社会主义时期，依然具有它自己的特点，依然按照它自己的规律向前发展着。人民群众在现实生活中总还是要用口头文学的艺术形式，发挥自己的才能，反映对现实的认识和内心情感。人民群众总是要在各种适当的场合讲故事，说笑话，编顺口溜，传唱本地区流行的民间歌曲……民间文学作品在思想内容上的鲜明的时代性、阶级性和人民性，民间文学在反映社会生活时所特有的美学原则，在创作和流传过程中的口头性、集体性、传统性、变异性等特点，在新的历史条件下发生了一些变化，但这些特点今天并没有丧失。因而新创作的民间文学也并没有超越原有的范畴成为另一种艺术现象；从另外一方面说，其他属于文学范畴的事物也还不能代替民间文学在人民生活中所占有的地位。

每一门学科都有自己的任务和对象。把本来不属民间文学范畴的事物也说成是民间文学，把民间文学的领域无限地扩大，这是不恰当的。同样的，无视人民群众当前的口头创作活动和发展，把我们的全部工作局限在一个狭小的范围里，也是不对的。我们要和其他学科互相配合，分工协作，共同努力，为提高和发展我国的民族文化而奋斗。

第三，民间文学的搜集整理问题。

搜集、出版我国各民族民间文学作品，是时代赋予我们的光荣任务，也是大家十分关心的问题。为了适应新时期民间文学事业发展的要求，我们认为，需要有一个共同遵守的准绳。

搜集民间文学作品必须坚持“忠实记录”的原则，力求使这种记录保持民间文学作品的本来面目。必须特别强调“忠实”二字，因为忠实的记录是民间文学一切工作的基础。

民间文学是人民群众的语言艺术创作，这种口头文学在长期的历史传统基础上集体创作，并在流传中不断加工演变，往往有多种异文，又多与民间音乐、民间表演艺术结合在一起，它在人民群众的思想生活和文化生活中具有重大的教育作用和美学作用。此外，它还不仅仅是一种单纯的文艺创作。它既反映了各民族人民在不同历史时期对现实世界的认识，又记载了各民族的风俗习惯、生活制度并且还是这些风俗习惯和生活制度的一部分。

它在人民群众的生产活动和社会生活中具有远远超出一般艺术形式之外的功能和价值。民间文学的功能的多样性，至今还是它的特点之一。民间文学保存和传播了人民群众关于劳动生产、气象、医学、哲学、法律、道德标准等各方面的知识。民间文学有的不仅在艺术上达到了很高的成就，而且对其他艺术创作，对社会科学甚至对自然科学都有着重要的认识价值。

在建国后的一段时间里，我们比较着重地看到了民间文学的文学价值，这当然是对的，但却忽视了搜集和发表同民间文学有关的民俗资料以及其他历史、语言等资料。而脱离开这些重要的社会历史、人民生活的丰富资料，就不可能全面地、深刻地、正确地理解民间文学，就会以一般文学的概念去简单化地认识民间文学。今后我们的采录搜集工作必须同时注意调查、记录同民间文学有关的各种民俗、历史、民族、语言等资料，绝不可以只记录作品而无视其他方面。

民间文学是人民的语言艺术，语言是构成作品的首要因素。

民间文学的艺术魅力和独到之外，也是通过它的生动形象的语言表现出来的。因此，对于劳动人民的这种口头语言艺术是不能脱离开它原有的语言而侈谈忠实于它的原貌的。为了使人民群众的创作保持原貌传于后世，在记录时必须以忠实于讲、唱的语言为原则，要求尽可能把歌手、故事家所唱、所讲的一切都按原样记录下来，既不加入自己个人的任何“补充”，也不随意删削所讲唱的内容。

在记录方法上，最好是采用录音机，在目前不能普遍采用录音机的情况下，我们比较赞同一些同志提倡的逐字逐句的记录或用国际音标记音的方法。由于各种具体情况和条件的限制要这样做会碰到不少困难，但是只要我们努力，这些困难是可以克服的。民间文学工作者也像其他专业工作者一样，应当有基本的专业训练。

忠实记录，当然并不是一项单纯的技术性工作，我们首先要树立为人民服务的思想，要尊重劳动人民的艺术创作，要解决立场、观点、美学趣味的问题，要深入群众，和群众打成一片。也只有这样，我们才能提高认识，做好采录工作。

我们民间文学工作者要特别注意把整理同改编和再创作严格地区别开来，分清工作的性质。不要用改编和再创作来代替整理工作。“整理”是有别于一般文学创作的、对口头文学作品从口头到文字的一种特殊的定稿过程。整理应当努力保持作品的本来面目，保持口头创作特有的叙述方式、艺术构思和艺术风格，而不能随意改动原作品的主题、情节和语言，不能加入个人的创作。整理的目的只能是最充分地显示这个民间文学作品本来所具有的最完美的面貌，而不是改变它的本来面貌，进行修饰加工。

任意删改，胡乱编造，把民间原来的作品搞得面目全非，这种错误倾向由来已久，这对民间文学工作是极端有害的。我们必须大声疾呼，坚决反对不忠实记录和乱改乱编的作法。对久经流传的民间文学作品尤其要持慎重态度，下一番研究功夫。对民间创作的艺术手法，语言特点要加以尊重、爱护，不能轻易地“整”掉。我们有些做民间文学工作的同志，还有一些出版机关好心的编辑同志，不顾民间文学的特点和艺术规律，以对待一般文学作品的艺术要求来对待民间文学，而随意进行删改加工，破坏了民间文学的原有风格，糟踏了民间文学作品。尤为恶劣的是竟还有人伪造历史歌谣和少数民族民歌。许多赝品的出现，歪曲了劳动人民生活历史的真实性，让人真伪莫辨。这种作品当然丧失了民间文学的价值。我们要从人民的根本利益出发，采取严肃认真、实事求是的科学态度，反对乱改甚至伪造民间文学作品的不良作风，关于这一点希（望）引起所有民间文学工作者的严重注意。

由于“四人帮”对我国民间文学的疯狂摧残，由于搜集工作被延误了十年之久，许多口传的作品搜集不到了，今天还健在的熟知本民族民间文学的老歌手、故事家、老艺人已近暮年，尽速抢救各民族民间文学遗产，是摆在我们面前的当务之急。我们必须努力做好这项工作，完成历史交给我们的使命。我们要提倡共产主义协作精神，树立为国家保存文化财富的观念。让我们把第一手资料积累起来，使它在社会主义革命和社会主义建设中多方面地、长久地发挥作用。

四

随着党的工作着重点的转移，摆在我国民间文学工作者面前的任务是十分光荣的，也是十分艰巨的。在“四人帮”被粉碎后的三年当中，全国的民间文学工作者做了大量的工作，中国民间文艺研究会和各地分会陆续恢复和重建，重新开展了各民族民间文学的搜集、出版和研究工作，蒙受迫害的民间文学工作者、民间歌手陆续得到平反和昭雪，被打成毒草的民间文学作品陆续恢复了名誉。在兰州、昆明、成都先后召开了有关民间文学和少数民族文学的工作会议，前不久召开的全国少数民族民间歌手、民间诗人座谈会，在全国范围内产生了巨大影响。此外在教育部的支持下，部分高校恢复了民间文学课程，并开始招收研究生、培养民间文学工作专门人才。所有这一切，都为进一步开展民间文学工作打下了良好的基础。

但是，必须看到，我们的工作还做得很不够，距离我国社会主义现代化建设的需要还相差很远，远远跟不上时代对我们的要求。我们一定要遵照党的十一届三中全会的精神，解放思想，开动机器。调动一切积极因素，团结起来向前看，进一步搞好民间文学工作，为繁荣我国的文学艺术而努力奋斗。

关于今后的任务，我们提出以下五点，提请代表同志们讨论评议：

第一，制定全国各民族民间文学工作规划。

1958年第一次全国民间文学工作者代表大会曾经通过“全面搜集、重点整理、大力推广、加强研究”的工作方针，并经中央批准转发全国遵照执行。实践证明，这一方针是正确的、必要的。

今后我们在工作中还应继续执行这一方针。

制定切实可行的民间文学工作规划，是搞好我国民间文学工作的重要环节。我们要就民间文学的全面普查、全面搜集、调查研究、组织机构、出版发行、人材培养等各项任务做出全面的安排。中国民间文艺研究会和各地分会，以及有关的机构，要分别制定全国和本地区的民间文学工作规划。在制定民间文学工作规划的时候，要根据党和国家的需要，同时要结合民间文学的实际情况，既要解放思想，敢想敢做，又要从实际出发，切实可行。

要把无产阶级的革命精神和实事求是的科学态度结合起来。这里我要特别提一下：建国以来我们做了大量的搜集工作，取得了很大的成绩，这项工作是十分必要的，因为它是一切民间文学工作的基础。现在各族的许多老歌手和群众中熟知故事、叙事诗的人已经为数不多了，如不迅速把保存在他们口中的民间创作记录下来，很多珍贵的作品即将淹没失传。所以在制定规划的时候，必须强调抢救民间文学遗产，这是摆在我们面前的当务之急。我们草拟了一个全国民间文学工作发展规划（草案），提请代表们讨论、审议、修改、充实，一经确定下来，我们就要努力执行。

第二，大力加强民间文学研究工作，建立中国的马克思主义民间文艺学，使我们的科学研究为广大人民服务，为四个现代化服务。

我国无比丰富多彩的各民族民间文学，为我国民间文学理论研究和历史研究提供了广阔天地。过去由于“左”的干扰，特别是由于林彪、“四人帮”的破坏，研究工作较为薄弱，甚至中途夭折了。今后我们必须把在群众中蕴藏着的极大的积极性充分调动起来、组织起来，必须培养专业队伍，与群众相结合，把我们的科学研究工作搞上去。在对民间文学的基本特征、一般规律、美学实质的认识方面，在对民间文学在人民生活和文化发展中的地位和作用的评价方面，在对民间文学的历史和现状的研究方面，在民间文学领域方法论的探索方面，有大量的科学研究课题摆在我们面前。我们现在正在进行的搜集、翻译、出版、宣传、推广等一系列实践活动，也要求我们在理论上加以认识和概括，要求有正确的理论作为指南。我们必须以辩证唯物主义和历史唯物主义为指导，深入我国各民族民间文学的实际，创立中国的马克思主义的民间文艺学，为祖国的四个现代化的长远利益和宏伟目标服务。

实现祖国的四个现代化，不单是一项经济建设任务，而且是一项伟大的战略决策；不只是一场技术革命，更重要的是一场社会革命。它将彻底改变我国的经济面貌，同时也一定要改变整个上层建筑各个领域的面貌和全体人民精神生活的面貌。我们民间文学工作者通过自己的搜集、出版工作，通过对民间文学客观规律的科学探索即理论和作品研究工作，能够为祖国四个现代化这样一场伟大的社会革命做出应有的贡献。

在科学研究工作中，我们要坚决贯彻“百家争鸣”的方针，坚持实践是检验真理的唯一标准，鼓励民间文学工作者解放思想、发扬民主、突破“禁区”，就学术问题各抒己见，展开自由讨论，提倡和衷共济、团结战斗的空气。

我们将积极创造条件开辟更多的园地，并经常组织学术活动。

第三，迅速恢复和健全民间文学工作机构，不断壮大民间文学工作队伍。

我们希望全国省、市、自治区一级都能建立中国民间文艺研究会分会，并做好发展和组织会员活动的工作，团结和组织地方的民间文学工作者，把本省本地区的民间文学工作搞好，并且在总的规划下联合作战，协同工作，做到全国一盘棋。原来已经建立过分会但还没有恢复的，希望赶快恢复；没有建立的，要积极创造条件，在短期内建立起来。有条件的地专一级（包括个别的县）和高等院校，也可建立专业或业余的民间文学学会或研究会。省一级的民间文学工作机构，一定要配备若干名专职干部，进行日常组织工作。

对一切被林彪、“四人帮”诬陷迫害的民间歌手、民间诗人、故事家、民间文学工作者，一定要迅速给予平反昭雪。被打成“毒草”的民间文学作品，要恢复名誉。对现在生活没有着落的民间艺人、歌手，要给以适当的照顾。被打散了的民间文学专业队伍要尽快恢复。对现在还分散在其他行业中的专业工作者，希望有关领导部门要顾全大局，准予归队。同时要积极提高现有民间文学工作者的专业水平，并从广大业余民间文学工作者中发现、选拔人才，不断壮大民间文学工作者专业队伍。还要特别注意培养少数民族干部和翻译人才，建议各地民族学院每年为国家培养和输送一定量的少数民族文学研究和翻译人才。同时希望有关文艺团体和大专院校也注意这项工作，通过办短训班、带徒弟，组织实地调查采录工作等方式，尽快培养一批民间文学工作者。

为了调动广大民间文学工作者的积极性，表彰民间文学工作者的成绩，中国民间文艺研究会准备今后定期对优秀的民间文学作品、学术论文、调查报告等进行奖励；对成绩卓著的民间歌手、诗人、故事家授予“人民歌手”“优秀歌手”“人民故事家”等称号。

第四，建立民间文学资料馆。

民间文学是关于我国民族文化、文学艺术和民族历史的最宝贵的第一手资料。对这些资料必须认真收集、妥善保管和充分利用。为此中国民间文艺研究会拟建立一个全国性的资料馆。各省、市、自治区有条件的也应建立相应的资料馆或资料室。资料馆的主要任务是把各民族、各地区的民间文学资料，包括作品、史料、录音、图片、实物等等，统统收集起来，采用科学的方法加以分类保存、借阅、流通，建立各种民间文学资料档案，编辑出版《民间文学资料丛刊》，供民间文学工作者以及文艺界、史学界、民族学界、语言学界及其他科学研究部门、外交部门、国家机关参考使用。资料是研究的基础，没有资料，就一切都谈不到。只有在充分占有真实的、系统的、丰富的第一手资料的基础上去进行研究，才能对民间文学的规律有所认识，才能得出比较可靠的结论，才能谈得上吸取精华、剔除糟粕、批判继承，才能对发展民族文化、繁荣社会主义文艺创作有所贡献。各民族民间文学资料是国家的文化财富，广大民间文学工作者要树立为国家保存文化财富的观点。

第五，加强国际交流。

绚丽多采的我国各民族民间文学是世界文化宝库中极可珍贵的一部分。把这一部分珍宝献给世界各国人民，是我国民间文学工作者的光荣责任。同时也有必要把世界其他民族劳动人民的口头创作介绍给我国人民。民间文学研究工作，是一项国际性很强的研究工作，我们必须批判地吸取国外十九世纪以及现代的民间文艺学的研究成果，作为我们研究工作的借鉴。我们必须打破闭关锁国的局面，加强国际交流。我们要有计划、有重点地翻译出版外国的民间文学作品和科学论著，尤其是以我国民间文学为研究题目的科学论著。同时也要采取适当的方式向国外介绍我国的优秀民间文学作品和科学论著。我们要积极参加国际性的学术活动，加强同世界各国民间文学工作者的学术联系。

同志们，我们正在做着我们前人所没有做过的事业，我们的任务是光荣的，前途是光明的。民间文学的春天正降临祖国大地。

回顾过去，展望未来，我们的工作是大有作为的。我们一定要在以华国锋同志为首的党中央领导下，奋发图强，努力攀登民间文学的科学高峰，在四个现代化的社会主义伟大建设中为繁荣我国的社会主义科学文化事业作出贡献。

中国民间文艺家协会
第四次全国代表大会

民间文学工作者在新时期的任务

——在中国民间文艺研究会第四次会员代表大会上的报告[1]

中国民间文艺研究会第三届书记处书记（常务）

刘锡诚

代表同志们：

中国民间文艺研究会第四次会员代表大会现在开幕了，我受第三届理事会的委托，向大会作五年来工作情况和今后任务的报告，请同志们审议。

在正式报告工作之前，有必要根据今年7月7日在京举行的第三次常务理事扩大会议的决定，对历次代表大会的情况作一番历史的清理和说明。中国民间文艺研究会成立于1950年3月29日。当时开国未久，长期被分割在解放区、国统区和香港的民间文学工作者会师在北京，在党和政府的关怀与支持下，经过一段时间的筹备之后，召开了有首都文艺界、教育界和新闻出版界的知名人士参加的中国民间文艺研究会成立大会，并产生了第一届理事会。这次成立大会应当看作是中国民间文艺研究会第一次代表大会。1958年7月9日至7月15日在北京召开的全国民间文学工作者大会，出席会议的代表虽然不是从会员中选举产生的，但在当时的历史条件下却有广泛的代表性。这次会议上修改了中国民间文艺研究会章程，并选举产生了第二届理事会。因此，这次会议实际上是中国民间文艺研究会第二次代表大会。1979年11月4日至10日在中国文学艺术工作者第四次代表大会期间召开的中国民间文学工作者第三次代表大会，选举产生了第三届即本届理事会，修改并产生了中国民间文艺研究会第三个章程。这次代表大会实际上应为第三次会员代表大会。根据上述情况和惯例，现在正在举行的本次代表大会，应定名为中国民间文艺研究会第四次会员代表大会。

第三次会员代表大会以来，已经过去了整整五年。这五年中间，有好几位对我国民间文学事业作出过卓越贡献的老前辈先后谢世了，他们是：副主席、常务理事、历史学家和神话学家顾颉刚先生，常务理事、民歌研究家钱静人同志，常务理事、作家

[1] 报告时间为1984年11月19日。选自《民间文学》1984年第12期。

兼民间文学组织工作者程秀山同志，理事、民间故事搜集家萧甘牛同志，理事、苗族歌手唐德海同志，顾问、语言学家魏建功先生，顾问、民俗学家江绍原先生。他们的逝世是我国民间文学战线的重大损失，在此，我提议，全体代表向他们表示深切的哀悼与怀念。

过去的五年，是我们国家社会主义现代化建设取得突飞猛进的巨大发展的五年。党的十一届三中全会和十二大所确定的方针，特别是十二大向全党和全国各族人民提出的建设有中国特色的社会主义、开创社会主义现代化建设新局面的宏伟任务，以及在此之后采取的对外开放、对内搞活经济等一系列正确的政策，使我们的国家在如此短暂的时间之内发生了地覆天翻的巨大变化，社会主义现代化建设出现了蒸蒸日上的局面。我们的代表大会就是要根据十一届三中全会和十二大的正确方针，根据刚刚闭幕的十二届三中全会的精神，总结和审视三十多年，特别是近五年来我国民间文学工作正反两方面的经验，肯定成绩，找出缺点，继续消除“左”的思想的影响，讨论和制定在新的历史时期民间文学工作的方针和任务，讨论如何继续采取有力措施开创社会主义民间文学事业的新局面，以适应社会主义现代化建设特别是精神文明建设的需要。本次代表大会还要根据改革的精神，讨论如何在民间文学战线进行体制改革，选举产生第四届理事会修改并通过新的会章。

不久前，胡耀邦同志对第五次全国文代会的召开和准备工作作了重要指示，他要求把第五次文代会开成一个大鼓劲、大团结、大繁荣的大会。耀邦同志的这一重要指示，对我们是一个很大的鼓舞。我们一定要努力实现党中央和胡耀邦同志的热切期望，同心同德，群策群力，努力把我们的代表大会开成一个大鼓劲、大团结、大繁荣的盛会。

前进中的民间文学事业

三次代表大会以来，民间文学事业在拨乱反正中有了长足的发展。这发展主要表现在下列五个方面：

第一，一大批中青年民间文学工作者和爱好者涌现出来，其中成绩卓著的人物，成为中国民间文艺研究会及其分会的会员。

当我们召开第三次代表大会的时候，总会的会员仅有二百二十余人，现在我们的会员人数已经达到了一千四百人，增长了四倍半。加上各地分会的会员，总数超过了八千人。这些民间文学工作者除少数在专业机构中工作而外。绝大多数生活在基层，他们接近劳动群众，熟悉他们的口头文学，利用业余时间辛勤地从事着民间文学的搜集和研究工作。周扬同志说过，中国民间文艺研究会本来应该是一个大协会。如今会员人数成倍增长，使得我们的会开始显示出真正的群众性。与我们这样一个地域辽阔、人口众多的多民族国家相比，一千四百个会员数量自然还是太少了，我们还要下力气培养大批的民间文学爱好者，逐步扩大民间文学队伍。为了提高民间文学队伍的素质，提高马克思主义理论和民间文学专业知识的素养，中国民间文艺研究会于1982年在京举办了培训骨干经验交流会，于1984年暑期在威海举办了分会领导干部读书会，各地分会也举办了类似的培训班和经验交流活动。中国民俗学会和少数民族文学学会也分别于1983年暑期举办了讲习班。这些活动受到了各省基层群众文化工作者、教师、民间文学工作者的欢迎，成为提高干部素质的一种可行的方式。举办评奖活动也是培养干部的一种重要方式。1983年11月，我会举办了1979—1982年全国民间文学作品评奖活动，有八十六部民间文学作品获奖。其中有不少获奖者都是近几年涌现出来的中青年民间文学工作者。一部份省（市、自治区）分会，也先后举办了本省范围内的民间文学作品评奖。

三次代表大会以来，民研会系统及其他科研单位，在组织机构方面发生了很大的变化。省民研分会“文革”前只有八个，现在除台湾省外，二十九个省（市、自治区）都先后建立了分会，有不少地（市、州）和县，也建立了自己的民间文学组织。中国社会科学院在文学研究所设立了民间文学研究室。新组建的少数民族文学研究所也集中了一批民间文学专业研究人员，从事少数民族的民间文学研究工作。全国大约有二十所高等院校设立了民间文学教研室或研究室。有些地（市、州），特别是少数民族聚居地区，设立了民族民间文学的研究所。各省（市、自治区）民研分会和各类研究机构的建立健全，推动了有计划、有步骤、有领导地开展我国民间文学工作，使民间文学战线的工作空前地活跃起来。

第二，民间文学报刊应运而生，在社会主义精神文明建设中起着独特的作用；民间文学书刊的出版和发行量成倍地增长，受到读者的欢迎。“文革”前的十七年间，民间文学报刊仅有寥寥几家。《光明日报》曾出《民间文学》专刊，本会先后出版《民间文艺集刊》（不定期）和《民间文学》（月刊，其中1962年—65年为双月刊），上海文艺出版社出版《民间文学集刊》（不定期）；北京市在五十年代初曾出版《说说唱唱》（月刊）发表一部分民间文学作品。党的十一届三中全会以后，形势大变，各省纷纷创办民间文学报刊。除上海分会主办一报（《采风》半月报）一刊（《民间文艺集刊》半年刊），福建分会主办一报（《海峡民风》月报）一刊（《故事林》双月刊）外，有十一个分会分别办了一种刊物（或报纸），即山西分会的《山西民间文学》、吉林分会的《民间故事》、浙江分会的《山海经》、安徽分会的《乡音》、贵州分会的《南风》、河北分会的《民间故事选刊》、广东分会的《天南》、湖南分会的《楚风》、江苏分会的《乡土》、西藏分会的《邦锦梅朵》和江西分会的《乡情》。此外，花山文艺出版社主办了《河北民间文学》《河北故事报》，云南少数民族文学所主办了《山茶》，广西民族出版社出版了大型综合杂志《三月三》，新疆人民出版社出版了《新疆民间文学》，上海文艺出版社出版了《故事会》，辽宁省抚顺市出版了《故事报》。

这些刊物以发表民间文学读物为主，同时也发表一定数量的民间文学理论和知识文章，成为正在成长中的青少年，特别是农村的青少年的良师益友，对于推动我国各民族、各地区的民间文学的搜集、出版、研究、保存和发扬民间文化遗产，普及民间文学知识起了十分有益的作用。为了提高我国民间文学的学术研究水平，我会于1982年创办了学术理论杂志《民间文学论坛》（季刊，明年一月起改为双月刊），少数民族文学研究所于1983年创办了学术研究杂志《民族文学研究》（季刊）。这两个刊物，加上上海分会主办的《民间文艺集刊》，为民间文学理论工作者提供了园地，对于发展我国马克思主义的民间文学理论，扶植和培养理论研究人材，起了积极的作用。

各类民间文学书籍的出版也出现了崭新的局面。上海文艺出版社民间文学编辑室有计划地编辑出版了许多民间文学书籍，加强了丛书和理论书的出版，对民间文学事业作出了贡献。中国民间文艺研究会于1980年创办了中国民间文艺出版社。几年来，该出版社出版了近百种各类民间文学图书，作为一个专业性的出版社，在民间文学书籍出版方面发挥着越来越大的作用。该出版社前几年还创建了云南版，云南版在总社统一领导下，发挥地方的积极性，出版了二十余种图书。此外，中央和地方的许多出版社都很重视中外民间文学作品和理论著作的出版，使民间文学出版工作出现了建国以来最好的局面。据不完全统计，从第三次代表大会以来截止到1984年八月底，全国共出版民间文学作品六百多种（包括民族文字），其中五十二个民族的民间文学作品得到出版。民间文学出版工作的突出特点是科学性越来越得到重视。忠实记录的，保持了口述者朴素风格的民间文学，日益受到出版社的重视，出版后获得民间文学界的普遍好评。以一个故事家讲述的民间故事编辑成一本结集出版，这在我国，还是第一次，为我国民间故事的搜集和研究工作，开了一个好头，使我们有可能把故事家作为一个有艺术个性的艺术家来研究。出现了编辑民间故事科学版本的尝试。

这期间，我国共翻译出版了一百〇三个国家的九十五种民间文学作品，包括已经成为人类重要文化遗产的希腊史诗《奥德修记》、法兰西民族史诗《罗兰之歌》、西班牙民族史诗《熙德之歌》、古巴比伦史诗《吉尔加美什》、印度史诗《罗摩衍那》、芬兰史诗《卡勒瓦拉》等。这期间还出版了四十余种民间文学理论著作，几种高等院校民间文学概论课的教材，四个民族的六种文学史（其中很大一部分篇幅是关于民间文学发展史的）。

第三，民间文学搜集工作在广大的地区扎扎实实开展起来，并且取得了巨大的成绩。由于拨乱反正，批判和消除“四人帮”对民间文学界遗留的“左”的影响，坚持进行尊重劳动群众的口头创作，以及搜集工作的科学性的宣传教育，在大多数省（市、自治区）的大部分专业干部和一部分业余搜集者中，提高了对民间文学的认识和社会主义责任感，重视了搜集工作的忠实性和科学态度，许多省的分会和高等学校的中文系克服人力不足、资金困难，组织力量进行了全面普查或重点搜集。总会除先后组织会员到贵州、甘肃、青海等地进行参观和采风外，还先后派出两个采风小组到山东泰安地区和内蒙古河套一带搜集民间故事。我们的会员中，也有好几位著名的搜集家不顾年老体弱，长期或短期在农村进行搜集工作，有的同志受到省委和报刊的表扬。总会、分会、群艺馆、文化馆、高校、研究机关有组织地进行的和会员、爱好者个人进行的搜集工作，取得了丰硕的成果。积累了大量翔实可靠、弥足珍贵的民间文学资料，培养了一大批从事民间文学搜集工作的干部。例如，湖北分会编印了《湖北民间文学资料》十四集，黑龙江分会编印了《黑龙江民间文学》（资料汇编）十集，贵州分会编印了《贵州民间文学资料》二十四集，青海分会编印了《青海民间文学资料》二十六集。许多省（市、自治区）分会，在组织全面普查或重点搜集的基础上，出版了本地区的民间文学丛书。

全国许多省、地、县的群众艺术馆和文化馆（站）编印了本省、本地区、本县的民间文学资料集，为挖掘、积累和发扬本地区的民间文化作出了贡献。这几年史诗和长篇叙事诗的搜集与出版工作成绩特别显著。西藏和其他有关地区发现了几十位出色的演唱《格萨尔》的歌手（不久前，他们曾在拉萨集会），具有重要意义，这不仅为我们提供了《格萨尔》的重要演唱本和章节，而且表明史诗《格萨尔》依然活在人民口头，这在世界上也是罕见的，我们应当引以为骄傲。流传于西藏、青海、甘肃、四川云南广大藏族群众中的藏族史诗《格萨尔》和流传于内蒙古自治区蒙古族群众中的蒙古族史诗《格萨尔》[2]的搜集和出版工作，从五十年代起就得到了这些省（自治区）的党政领导机关、民委和文联的支持，最近几年又相继成立了各省（自治区）的工作组或办公室。1980年，由中国民间文艺研究会和少数民族文学所联合召开了《格萨尔》工作会议，组织了全国协调小组。1982年全国文科规划会议上，将这一项目列为全国“六五”和“七五”重点项目，改由少数民族文学所负责组织联系，成立了全国性的领导小组。

柯尔克孜族的英雄史诗《玛纳斯》从五十年代起进行过几度联合搜集工作，六十

[2] 蒙古语称为《格斯尔》。

年代记录的居素普·玛玛依的六部演唱本，不幸在“文革”中惨遭佚失。最近，在中国文联资料馆的帮助下，这六部遗失的记录翻译稿中的部分又失而复得。这是我国民间文学界的一桩值得庆幸的大喜事！鉴于资料散失，不得不请居素普·玛玛依再重新演唱、重新录音，再根据录音重新写定和翻译整理。流传在新疆自治区境内的蒙古族史诗《江格尔》，新疆民研分会也成立了专门机构在进行搜集、整理、翻译工作。居住在黑龙江省的赫哲族，是一个人口不多的民族，但他们的“依玛堪”（史诗）却为世人所瞩目。近几年由中国社会科学院文学研究所与中国民间文艺研究会黑龙江分会合作进行了有效的记录工作，全部资料已作了初步翻译整理。长篇叙事诗不仅为南方诸民族所富有，北方的许多民族如哈萨克、蒙古等民族中也广泛流传。粉碎“四人帮”以来，仅云南一省就搜集出版了一百〇三部长篇叙事诗（“文革”前搜集出版了三十六部），其中傣族的《阿銮的故事》和《兰嘎西贺》引起了民间文学理论界的重视。四川省搜集出版了羌族的第一部古老的长篇叙事诗《木姐珠与斗安珠》。东北三省发掘搜集了大量满族的民间文学，在国内外引起了注意。最近几年来，江、浙、沪以及湖北等广大地区也发现和搜集了些长篇叙事诗，推翻了汉族没有民间叙事诗的结论。五年来，我们在民间文学搜集工作方面所取得的成绩是值得自豪的。

第四，民间文学研究工作有了一定程度的加强和改善。少数民族文学学会于1980年举行了学术年会，中国民间文艺研究会于1981年和1983年分别举行了两次学术讨论会，1984年举行了一次民间文学理论著作选题座谈会，提倡和吸引更多的民间文学工作者和毗邻学科的研究者对民间文学进行研究，提倡研究工作者深入地进行专题研究，逐渐扭转目前研究工作的杂而浅的局面。许多省分会也从本省的实际情况出发，举办了本省的民间文学学术年会。除了这类综合性的学术年会而外，近年来专题性的学术会议此起彼伏，势头令人高兴。1981年甘肃召开了花儿学术讨论会，并成立了花儿学会。少数民族文学研究所于1983年在西宁召开了史诗讨论会，《民间文学论坛》于1984年在四川召开了神话界说座谈会，本会研究部召开了民间故事分类问题座谈会，少数民族文学学会在贵州召开了少数民族神话学术讨论会，文学研究所与湖北分会联合召开了机智人物故事讨论会，河北分会召开了孟姜女传说学术讨论会，浙江、上海、江苏分会联合召开了《白蛇传》学术讨论会、两次吴歌学术讨论会，云南少数民族文学研究所召开了傣族文学讨论会等等。这些综合性的和专题性的学术会议，既活跃了学术空气，通过切磋学问提高了学术水平，又培养了理论研究队伍。民间文学期刊、社会科学学报、考古学和史前研究刊物、民族学和史学研究刊物，在推动和活跃民间文学研究和扶植培养作者方面，做了大量有益的工作。各种刊物通过开展学术讨论，如关于改旧编新、1958年新民歌的评价、宗教与民间文学的关系、傣族叙事诗与印度文学的关系、神话的传说、关于图腾与民间文学的关系、关于民间故事中的机智人物等问题的讨论，不仅对民间文学的实际工作，特别是搜集工作的科学化起了推动作用，而且大大提高了我国民间文学研究的学术水平。

尽管研究工作落后于搜集工作，搜集工作与研究工作有分离与脱节的现象，研究工作还处于非常薄弱的状态，但我们高兴地看到，我国民间文学研究工作正在起飞，我国民间文学研究的学术水平正在逐步提高。从宏观的角度看，我们在神话和史诗研究领域里的进展较为突出，大有异军突起之势。神话学的进展，概括地说主要表现在两个方面：（一）对迄今流传在人民口头上的（主要是少数民族，特别是那些在建国时仍然处在原始氏族阶段的民族）神话材料的搜集，其中也包括在中原地区发现的若干古典神话的延续，推翻了过去关于中国神话贫乏、仅有断简残篇的片面结论，大大地丰富了中国和世界近代神话学。值得特别指出的是，大量有关开天辟地、宇宙创造的神话材料的发现，填补了这类神话材料缺乏的空白，纠正了史学家们关于中国神话中仅有圣贤英雄人物的史迹材料的传统观点。（二）从多方面研究神话，既注意学习和继承我国前辈学者（特别是“五四”以后许多卓有成就的学者）的研究成果，又吸收外国现代神话学的新的成果和新的方法，开阔了视野，打破了神话学研究的长期停滞状态和庸俗社会学的影响。这两方面的进展，为发展我国马克思主义的神话理论迈出了坚实的一步。我国的史诗研究从无到有，近几年已粗具规模，从中央到地方，已经初步形成了一支上百人的研究队伍，并且在若干重要方面取得了一些进展。我国是一个至今还在人民口头上和通过手抄本流传着多部史诗和长篇叙事诗、拥有许多世界知名的史诗演唱家的国家。以史诗而论，从祖国西南边陲的西藏起，穿过大西北的青海、新疆、甘肃以及北方的内蒙古大草原，到东北的黑龙江，在极其广阔的幅员上和几个民族的居民中，形成了一个史诗流传地带。我国史诗研究者们，正在记录、整理和研究这些史诗，可望不久的将来能陆续问世。我国民间故事研究方面，开始呈现出多角度研究的新趋向，在某些方面正在向纵深掘进，如对某些人物形象（如机智人物）的探讨，对个别故事家的研究。民间故事的类型研究与比较研究也已经迈出了第一步。民歌研究方面，逐步克服过去只重视歌词的记录与研究，而忽视与民歌有关的社会环境、民俗、传统文化以及曲舞的倾向，综合研究得到了重视。近几年，我国古代民间文学的钩沉、整理和研究工作，特别是中国上古神话的系统化方面和有关上古神话传说题材的出土文物（例如对马王堆出土帛画）的研究，取得了令人欣喜的成绩。中国近现代民间文艺学史的研究，无论是史料的发掘与搜集，还是理论与社团的评价，做了大量拓荒性的工作。《中国现代民间文艺学史》已列入国家“六五”期间社会科学重点项目。《中国大百科全书·文学卷》民间文学分支的撰写工作已经完成，对我国民间文学的理论与实践，作了有意义的概括与总结。《中国新文艺大系》民间文学卷正在编纂之中。

对外国民间文学的研究和中外民间文学的比较研究也出现了新的形势。以丝绸之路为中心，对中亚文化与我国民间文学的关系的研究，提出了一些新的课题。中印民间文学的相互影响，佛教对我国民间文学的影响，特别是对藏族民间文学的影响，引起了研究者的兴趣。随着印度史诗《罗摩衍那》全译本的出版，印度文学研究会今年十月在杭州举行了这部史诗的学术讨论会。

随着民间文学理论研究的发展，群众性的分科研究团体纷纷出现。少数民族文学学会、中国民俗学会、中国神话学会、中国寓言文学研究学会、中国俗文学学会、中国民间故事学会、中国楹联学会、中国歌谣学会、中国新故事学会相继宣告成立。这些专业研究团体的出现，是学术研究活动空前活跃的标志，是民间文学战线上的新事物，它们反过来促进了民间文学分科研究向纵深发展。还应看到，毗邻学科对民间文学的研究，也促进了民间文学研究水平的提高。

第五，积极而慎重地开展国际学术交流。几年来，我们认真执行对外开放政策，走出去，请进来，与外国民间文学界的同行进行学术上的交流与切磋。一方面，我国古老的文明，丰富而极有价值的民间文学遗产，应该通过这种交流向外国学术界的朋友宣传；另一方面，由于长时间的闭关锁国状态，使我们眼界比较狭窄，对世界民间文学学术研究现状若明若暗，为提高我国民间文学学术水平和国际地位，为使民间文学工作对社会主义精神文明建设作出贡献，迫切需要打开眼界，从国外取得借鉴，吸取其优秀的成果和方法为我所用。开展国际学术交流和国际合作，对民间文学界来说，更有其必要性和迫切性。因为民间文学领域里有许多共同的课题，不是一国研究就可以穷其真理得出正确结论，而是需要国际合作的。比如地理上相互阻隔的地区和民族，往往有相似的神话和故事，就是一个从十九世纪以来虽然经过许多国家的学者研究而至今仍然聚讼纷纭的课题。为此，近几年来，我国学者和日本学者多次进行互访，我国学者应土耳其邀请去土出席了国际民俗学大会，去加德满都参加了联合国教科文组织举办的亚洲口头传统文化学术讨论会，访问了北欧的芬兰和冰岛。不久前，以国际民间叙事文学研究会主席航柯教授为团长的芬兰文学协会代表团应邀到我国回访。上海分会主办的上海民间艺术展览会到南斯拉夫等国展出并进行访问。贵州省民间文学代表团访问日本。中国民间文学代表团即将访问巴基斯坦。这些年来，我们共派出代表团五起，共十二人次，接待来访代表团十一起，共六十三人次。这些国际学术交往，沟通了情况，交流了信息，开拓了视野，活跃了思想，对我国民间文学事业是大有裨益的。

民间文学战线所取得的巨大成绩，是贯彻十一届三中全会精神，拨乱反正，肃清“左”的思想影响，坚定地执行“双百”方针和对外开放的方针的结果。我们这条战线上，有一批扎扎实实、默默无闻、埋头苦干的实干家、组织家，他们在困难的条件下，发扬开拓精神，打开工作局面，为发展我国社会主义民间文学事业立下了汗马功劳。民间文学战线大好局面的出现，与他们的辛勤劳动是分不开的。最后，我们的成绩的取得，是与各级党委和政府的领导和支持分不开的。

民间文学战线存在的几个问题

我们应当充分地估价几年来民间文学战线所取得的成绩，任何低估民间文学战线所取得的成绩的做法，都是错误的，都是对今后开展工作不利的。但是，我们应该清醒地看到，民间文学战线还存在着一些亟待改进的问题。

第一，由于缺乏一定数量的专业民间文学工作者和专业团体，在许多省（市、自治区），民间文学还没有形成一条战线，民研分会缺乏抓得住的、可以开展工作的对象。本会与其他艺术协会有所不同，它的工作职责是组织和推动对几千年以来、几百年以来、几十年以来乃至社会主义时代流传于劳动群众中间的口头文学的搜集、研究和出版。因此，各分会应当尽其可能地促进本省、本地区这条战线的形成。研究会是由会员组成的，会员是研究会的工作对象。研究会的会员至少要包括四种人：民间歌手；故事家；搜集家；研究家和组织家。1979 年 9 月，我会曾与文化部、国家民委一起召开过少数民族民间诗人、歌手座谈会，对平反冤案和落实艺人的政策起过积极的作用。从五十年代起，我们就发现和吸收了一大批著名的故事家、歌手和说唱家入会，党和政府给予他们很高的政治地位，对他们在保存民族文化遗产方面所做的贡献，给予高度的评价。不久前湖北分会和湖北省群众艺术馆联合授予刘德培“故事家”的称号，黑龙江分会授予赫哲族葛德胜“史诗演唱家”、满族傅英仁“故事家”的称号。但据调查，还有不少地方对故事家、歌手、演唱家的政策没有认真落实，甚至连成立于五十年代的云南西双版纳赞哈协会至今未能恢复活动，有些演唱民间作品的人，至今仍被视为精神污染的传播者。这种现象并不是个别的，在不少地方都存在，这应由中国民间文艺研究会及其有关分会向当地党政领导机关反映，或聘请法律顾问予以保护。搜集家和研究家是民间文学的两支队伍，没有他们，便没有民间文学工作。各地分会要积极创造条件争取设立一定数量的民间文学专业搜集家和研究家，要吁请各级党委宣传部门和文联领导机构重视民间文学干部的稳定性。有一批稳定的、具备一定专业知识的民间文学工作干部是搞好民间文学工作的保证，不要轻易把稍微做出一点成绩的民间文学工作干部调任别的工作，也不要把一些没有专长、不好安排的干部安插到民间文艺研究会。同时，要积极努力促进社科院系统、高教文科教学系统、民委文化系统、文化局群众文化系统建立和健全一定的民间文学搜集、研究、教学机构，只有当这些系统建立了一定的搜集、研究和教学机构并且配备了一定数量的专业人员，这条战线才算是健全了，分会的工作也才有了骨干和工作对象。

第二，我们的民间文学搜集工作固然取得了巨大的成绩，特别是近几年一些重要的作品得到了抢救，但搜集工作是不平衡的，许多省（市、自治区）三十五年来还没有进行过一次较为全面的搜集，如果我们绘制一张采风地图，恐怕有不少地、县至今还是空白。尤其是少数民族地区，空白点更多，抢救的任务不仅十分繁重，而且刻不容缓。我们缺乏有一定体系的、足以代表我们伟大国家民间文学的成套选集。忠实记录、有相当学术价值的综合选集或专题选集还很少见。我们的理论研究远远跟不上搜集工作的发展，远远不适应现代化建设的要求，缺乏一批有真知灼见的理论著作。我们必须千方百计改变这种状况，努力提高学术水平，组织力量写出一批有较高质量的学术著作来，从而开创个新的局面。

第三，从党中央来说，十一届六中全会标志着指导思想上的拨乱反正已经解决了，但这并不等于说具体的业务部门和学术领域里就已经完成了拨乱反正的任务。“左”的思想的残余，庸俗社会学思想的影响，以及其他错误倾向，还相当普遍地存在着。

在搜集工作中，篡改、伪造民间文学，不尊重劳动群众的艺术创造的现象，在民间文学报刊上屡有出现。在理论研究工作中，不能运用马克思主义的历史唯物主义，而简单化地用“为政治服务”的观点解释民间文学的现象也是存在的。邓小平同志在《目前的形势和任务》中说：“我们坚持‘双百’方针和‘三不主义’，不继续提文艺从属于政治这样的口号，因为这个口号容易成为对文艺横加干涉的理论根据，长期的实践证明它对文艺的发展利少害多。但是，这当然不是说文艺可以脱离政治。文艺是不可能脱离政治的。”我们民间文学战线的同志应该进行认真的学习，提高认识。

第四，由于十年内乱造成的不良后果，不少地区的民间文学工作者中或多或少地存在着不团结的现象。团结是我们取得事业前进的保证。为了开创我国社会主义民间文学事业的新局面，提高工作水平和学术水平，攀登世界高峰，我们应当捐弃前嫌，加强团结。任何形式的宗派活动、党同伐异，都是对民间文学事业不利的。我们民间文艺工作者的队伍不是太多，而是太少，大家团结起来，集中力量去完成我们事业尚嫌力量不足，为什么要为一些小的计较而互相排斥呢？在学术问题上，我们提倡百家争鸣，平等地讨论问题，反对门户之见。凡是建立在深入研究基础上而又卓有创见的学术见解和成果，凡是有才能的老中青搜集家和研究家，都不应用任何借口进行压制、排挤。而应得到支持。

中国民间文艺研究会及其分会主办的出版社和杂志社，应当杜绝凭关系办事的庸俗作风，坚持择优录用的审稿标准，努力发现、帮助和培养作者。

以上列举的四个方面的问题，都是我们开创社会主义民间文学事业新局面亟待解决的较为突出的问题。

历史的经验

新中国成立后，我们的民间文学工作迈进了一个新的发展时期。到明年三月，中国民间文艺研究会就要庆祝自己的三十五岁生日了。三十五年来，新中国的民间文学事业，有了很大的发展。现在，我们国家处在一个新的历史发展时期，社会主义现代化建设事业正在飞速前进。一切文艺事业和社会科学研究工作都必须服从于和服务于党和国家的总目标总任务，民间文学战线也不能例外。为了适应新形势的要求，在新的历史时期全面开创民间文学事业的新局面，建设有我国特色的马克思主义民间文艺学，我们必须认真总结三十多年来特别是近五年来的经验和教训。什么是我们的经验教训呢？

第一，必须坚持两条战线的斗争，当前要着重克服和防止“左”的思想残余的影响，坚持马克思主义的唯物史观。

从1949年到1956年的七年，是我国基本完成社会主义改造的七年，在我们党的正确领导下，我国社会主义革命和社会主义建设取得了辉煌的成绩。这个时期也是民间文学工作基本上健康发展的时期。这个时期的民间文学工作之所以基本上是健康的，其根本原因在于我们继承和发扬了“五四”以来、特别是延安文艺座谈会以来我国现代民间文艺学史的优良传统。“五四”新文化运动前后，以北京大学歌谣研究会为代表的中国现代民间文艺学运动，从它诞生伊始就受到民主和科学的熏陶，受到共产主义思想的影响，为我国民间文艺学的发展，打下了初步的基础。1942年毛泽东同志《在延安文艺座谈会上的讲话》的发表，对民间文学事业，具有里程碑的意义。从此，中国民间文学运动有了明确的方向。

建国初期的民间文学工作，正是这种优良传统的继承和发扬。我们的第一任会长郭沫若同志在中国民间文艺研究会成立大会上讲话时说：“我们今天成立民间文艺研究会，就是要对中国古代和现代的民间文艺进行深入的研究。”他把我们研究民间文艺的目的归纳为五点，即：（一）保存珍贵的文学遗产并加以传播。（二）学习民间文艺的优点，即学习它表现人民情感的手法，学习改正自己创作的立场和态度。（三）从民间文艺里接受民间的批评与自我批评。研究民间文艺不单着眼在它的文学价值，还要注意其中所包含的群众的政治意见。（四）民间文艺给历史家提供了最正确的社会史料。要站在研究社会发展史、研究历史的立场来加以好好利用。（五）将民间文艺加工、提高、发展，以创造新民族形式的新民主主义的文艺。应当说，那个时期我们中国民间文艺研究会和全国民间文艺界，都是遵循着这些正确的意见进行研究工作，从而取得了巨大成绩的。

但是，历史的发展并不总是笔直的。1957年至1966年这个开始全面建设社会主义的十年中，出现了一些“左”的偏差。民间文学工作受到了很大的影响。1957年的“反右”斗争扩大化，把“五四”以来许多正确的思想和做法，当成资产阶级的或者右的东西给批判掉了。错划了、伤害了一批同志，使民间文学队伍伤了元气，为“左”的思想的泛滥开了一条道。1958年全党全民搜集民歌，搜集了不少珍贵的资料。广泛的采风运动，也培养了一批民间文艺工作者。因此，成就是不可抹煞的。但是“人人写诗”、“放卫星”、行政命令、大轰大嗡等等“左”的做法，显然违背了民间文学发展的规律。许许多多虚假浮夸的“豪言壮语”代替了民间文学。郭老为我会规定的五个目的，无形中全部或部分地被取消掉了。且不说古代的民间文艺遗产，甚至连仍在民间流传着的口头文艺，也被当成了封建性的糟粕而加以抛弃了。五个目的被现实的教育作用和为政治服务所代替。“从民间文艺中研究人民的意见和社会问题”，被取消了。“从研究社会发展史和历史角度”，从民俗的角度，研究民间文艺，有时被扣上资产阶级方向的帽子。把将民间文艺加工、提高、发展，“以创造新民族形式”的新文艺，狭隘地理解为对民间文艺作品可以进行篡改等等。在政治、文化、思想领域中，“左”的偏差有越演越烈的趋势，最后导致了“文化大革命”这样一场十年浩劫的来临。在十年浩劫中，民间文艺学的发展，实际上处于停顿状态，民间文艺事业遭到令人痛心的破坏，这是大家都经历过的了。

从上面简略的回顾中，我们看到，“左”的思想给我们的事业造成了多么大的损失。“左”的思想在民间文学领域里主要地表现为违反马克思主义的历史唯物主义原则。党的十一届三中全会以来，我们经过拨乱反正，清除“左”的思想的影响，已经进行了大量的工作。但“左”的思想的残余还远远没有肃清，主要表现在下列两个方面：

（1）把民间文学看作是封建文艺或封建性的文艺，把演唱和讲述民间文学作品的人看成精神污染的传播者。这里涉及到民间文学的文化属性问题，换句话说，涉及到民间文学在我国社会主义文学艺术中的地位问题。

我们必须对民间文学的文化属性，建立一种马克思主义的正确的看法。我们知道，自从人类进入阶级社会、创造灿烂的古代文明算起，已有几千年的历史了。在几千年的阶级社会发展史上，人类先后创造了奴隶社会的文化、封建社会的文化、资本主义的文化等等。这些不同的文化体系：内涵各异，性质不同，但有一点却是共同的：他们都从前代文化和民间文化中吸取了不少营养物质以丰富自己的体系。我们今天的社会主义文化也是这样，它以共产主义思想为核心，以传播和发展马克思主义世界观为自己的使命。但它不但不排斥几千年来人类创造的一切优秀文化遗产，相反地，它敢于历史地分析、批判地继承资本主义社会、封建社会、奴隶社会和原始社会这些不同形态的文化体系中一切有用的成分，包括民间文学。前社会主义时代劳动群众所创作而至今仍然在他们中间流传的口头文学，尽管他们的内容和包含的思想不是共产主义思想，然而无疑地为社会主义文学艺术所容纳，成为社会主义文学艺术的一个组成部分。不要因为其中包含着某些与共产主义思想、道德、伦理相悖的东西，就怀疑它的社会主义文化属性。而那些社会主义时期产生的口头文学，例如广泛流传于民间的新民歌、新民间故事传说、新笑话等等，就更是不言而喻的了。我们应该积极地扶植它们，研究它们的特点和规律，促进它们的发展，对于有争议的问题，可以百家争鸣，不忙于下结论。

（2）把今人的观点强加给古人，把传统民间文学“现代化”。历史唯物主义告诉我们：一切文化史现象，都同当时的社会生活，当时的生产力和生产关系的状况相关联。因此，科学的民间文艺学不能脱离民间文学产生当时的背景来空谈理论，更不能用今天的阶级观点去随意删改当时的材料。把今人的观点强加给古人，把传统民间文学“现代化”，是违反历史唯物主义原则的。因为它混淆了历史发展不同阶段之间的界限。这种做法，也给科学研究带来诸多不便。有不少流传于今世的民间文学作品，由于时间跨度极大而带有鲜明的跨时代特征，不作历史唯物主义的分析，是不会得出正确结论的。片面地强调民间文学直接为政治服务、为当前斗争服务，是一种违背历史唯物主义的狭隘观点。就整个民间文学工作来讲，不应该也不可能脱离社会主义的政治，但从一时的斗争需要和政治的需要修改传统的民间文学作品，就会造成大量以假乱真的东西，使本来具有重要价值的作品失去了价值。

第二，科学地认识民间文学的特点和规律，全面地阐发民间文学的价值。

关于民间文学的特点、规律和价值，近几年在报刊上已经发表了不少文章，但实践中提出的问题告诉我们，对这些涉及到工作的问题，有再认识的必要。三十多年来，我国民间文学工作的兴衰，在很大程度上与对这些问题的认识与处理有密切的关系。

民间文学作为一种综合的、动态的语言艺术，是通过人民群众的眼睛对社会生活的反映，是人民群众集体审美观的直接的、朴素的表现。民间文学的艺术价值在于：它艺术地表现了人民群众对社会生活的看法，在阶级社会里产生的民间文学则表现了人民群众对不合理的社会制度的抨击和对美好生活的追求。民间文学对社会生活的反映，象作家文学一样，也是通过艺术形象：但民间文学在文艺学上又有自己的特点，它一般是通过口传、集体琢磨而成为作品，而且同表演、音乐、舞蹈、民俗等有着血肉关系。同时，在漫长的口头流传过程中，不同时代、不同劳动者都以自己的智慧给它添加上一些新东西，因此，它又像一座古代的文化遗址那样，重叠着若干文化的积层和人类的智慧。这些特点是同作家文学有别的地方。民间文学清新、刚健、朴素、简约，往往为历代作家所钦羡，所学习。他们摄取民间文学之所长，发展和创造出新的文艺。鲁迅说："旧文学衰颓时，因为摄取民间文学或外国文学而起一个新的转变，这例子是常见于文学史上的。"（《门外文谈》）"从唱本说书里是可以产生托尔斯泰、弗罗培尔的。"（《论"第三种人"》）我们对民间文学作文艺学的研究时，常常忽略了民间文学本身的规律与特点，不仅在抽象论述时承认它的规律与特点，在具体分析时更应注意发现和论证这些规律与特点，不应脱离民间文学作品所产生的那些具体的历史环境。无论在搜集工作还是研究工作中，简单化的、教条主义的、庸俗社会学的偏向都是应该纠正的。

民间文学与社会生活、思维发展有着密切的联系。由于民间文学原本没有文字可考，是在漫长的时代里口耳相传，在某个时候为文人所记录下来，成为文献的，因此，这种时间跨度大、历史包容量大的作品，就为我们提供了难得的文化史、社会史的研究材料。比如，研究商周及其以前的古代史，所依据的材料，除数量有限的文字记录——典册、卜辞、金文，以及陆续发掘的古文物以外，商周时代的神话资料就起着重大的作用。又比如恩格斯在《家庭、私有制和国家的起源》一书里在研究家庭的发展史时，运用了摩尔根和他本人在若干现存原始民族中间直接搜集的材料。我国封建社会延续时间很长，现在所能搜集到的传统民间文学，不都直接或曲折地反映了封建社会的社会关系和社会情况，特别是明显地反映了阶级关系的消长。这些作品与作家文学不同，有时也较为直接地反映了生产力状况。因此，材料越是真实可靠，学术研究价值就越大。假如所据以研究的材料，是经过记录者改造过或不适当地修整过，因而失去了原貌和真实性的，那就会影响到结论的科学性。民间文学的学术价值，是它本身的历史地位和内在规律所决定的，而不是外加的。

民间文学还具有教育作用。它虽然产生于久远的历史深处，有些在流传中消失得无影无踪了，有些辗转流传到了今天，每个时代的历史发展、意识形态以及风俗习惯等都在其中留下不同的印迹，因此，它的内容肯定是极其驳杂的，但它所包含的某些思想、某些道德观念、某些是非观念，即使在今天的社会主义精神文明建设中，无疑也会产生一定积极的教育作用。有些谴责强暴邪恶势力，同情弱小人物的故事，不是能继续给我们以道德的力量吗？有些讴歌山川河流、历史人物的传说，不是可以给我们以爱乡土、爱祖国的启迪吗？有些抨击封建统治者的歌谣不是仍然能给我们以社会斗争的教育吗？我们应当好好利用民间文学为人民服务、为社会主义服务。但是应当指出，我们不能无限制地夸大和要求民间文学的教育作用。思想、道德、观念，甚至审美，虽然有一定的继承性，但首先要看到它们是一定时代、一定生产方式的产物。民间文学的有些思想、道德规范，在当时也许是合理的，在现代就可能不再合理了，甚至是有害的。

过去有一个时期，我们不顾民间文学的固有的特点、规律和价值，片面地、非历史主义地强调民间文学为当前斗争服务的做法，给我们的事业带来了相当的损害，这是值得认真记取的历史教训。

有些同志把民间文学的文学价值和科学价值（认识价值）对立起来，认为二者是相互排斥的。这是一种有失片面的看法。民间文学的文学价值与科学价值，是固有的，而不是外加的，二者都建立在民间文学作品的真实性的基础之上；抽掉了作品的真实性这个基础，既谈不上什么文学价值，也谈不上什么科学价值。

第三，既要坚持群众路线，又要充分重视专家的作用。

三十多年来，特别是十一届三中全会以来，我们越来越体会到，在民间文学的搜集和研究工作中，既要坚持群众路线，又要充分重视专家的作用，是一条重要的经验。民间文学事业是群众的事业，在我们这样一个多民族的大国里，只靠一千多个会员，而没有广大爱好者和广大群众文化工作者的参加，是不可想象的。三十多年来积累起来的成千上万件民间文学作品，绝大多数是业余爱好者搜集起来的。应当看到，这种情况也是民间文学工作的特点和规律所决定的。业余爱好者的功绩，应当给以充分的评价和鼓励。但是，事实也证明，仅仅依靠群众的自发的搜集和研究，是远远不够的，既不能适应开创新局面的需要，也不能达到科学化的水平。因此，必须重视专家的指导和帮助。近几年来，各地分会举办了许多讲习班一类的活动，由专家讲课，传授，然后组织大家下去采录和调查研究。这些工作，收到了显著的效果。

上面所说的三条，是否可以作为我们的基本经验，请代表同志们考虑。

全面开创社会主义民间文学事业的新局面

我国正处在一个蓬勃发展的历史新时期，民间文学工作也处在一个大发展的时期。我们要继续坚持四项基本原则，坚持“文艺为人民服务，为社会主义服务”的方向，坚持“百花齐放，百家争鸣”的方针，根据十二大和不久前闭幕的十二届三中全会决议的精神，振奋起积极的、向上的、进取的精神，锐意改革，使民间文学更好地服务于和服从于党和国家的总目标总任务，努力开创社会主义民间文学事业的新局面。

1958年，我们曾经制定了“全面搜集，重点整理，大力推广，加强研究”的工作方针。这个方针，起过积极的作用，推动了我国民间文学事业的发展。党的十一届三中全会以来，党中央提出了建设有中国特色的社会主义的总要求，为了达到这个总要求，制定了对内搞活经济、对外实行开放的方针，从而使我国社会主义现代化建设进入了新的阶段。今天，我们也必须根据党中央关于建设有中国特色的社会主义的总要求，来制定新的历史时期民间文学工作的方针和任务。

在新的历史时期我国民间文学工作的方针是什么呢？简要说来，就是全面开展搜集和抢救工作，有步骤地加强理论研究，尽快提高学术水平，建设有中国特色的民间文艺学，全面开创社会主义民间文学事业的新局面。

如前所述，三十五年来，我国民间文学的搜集工作取得了巨大的成绩，然而搜集工作又是不平衡的，有的地区至今还是“未开垦的处女地”。我国农村正处于从传统农业向现代化农业的转变，从自给半自给经济向商品经济的转变之中。同时，正如《中共中央关于经济体制改革的决定》所指出的，“正在世界范围兴起的新技术革命，对我国经济的发展是一种新的机遇和挑战。”这就使社会生活发生着急剧和迅速的变化。鉴于这种情况，蕴藏于劳动群众之中的民间文学，亟待有组织、有领导地进行全面的搜集和抢救。为了适应现代化建设的需要，适应社会主义精神文明建设和物质文明建设的需要，我们的搜集和抢救工作，应当努力达到科学化的要求。

有步骤地加强民间文学的理论研究工作，尽快提高学术水平，也是社会主义现代化建设的要求。近几年来，理论研究工作有了长足的发展，学术水平也有很大提高。但不可否认，理论研究仍然是民间文学工作的一个薄弱环节，与国家现代化的要求很不适应。理论研究工作上不去，不仅民间文学固有的艺术价值、美学价值和历史认识价值，难以得到充分的认识和发阐，而且影响到我国在国际学术界的地位和作用。现在，我国实行对外开放政策，我国不再是同世界隔绝的国家了，世界需要了解我们，我们也需要了解世界。这就需要我们尽快地提高我国的民间文学学术水平。加强理论研究工作，要根据各地不同情况制定不同的办法，因地制宜地有步骤地进行。研究力量比较强、基础比较好的省（市、自治区），应当根据国家现代化建设的要求，制定规划，组织力量，不失时机地把理论研究工作抓起来。研究力量比较薄弱、基础比较差的省（市、自治区），应当努力创造条件，尽快地赶上来。问题的关键，在于各级领导同志对加强理论研究工作的重要性要有足够的认识。各省（市、自治区）分会应根据本地区民间文学的蕴藏情况和工作的基础，利用自己的优势，确定本省（市、自治区）民间文学研究的重点。省与省之间或若干有共同课题的省（市、自治区）之间可以提倡协作。理论研究不只是基础理论的研究（尽管基础理论的研究是重要的），也包括所谓应用理论的研究。比如搜集工作中的调查报告，就是很有意义的选题。至于研究力量，分会既可以设立专职人员，也可以同有研究能力的会员签订选题承包合同。理论研究与搜集工作是民间文学工作的两翼，是相辅相成、不可偏废的。只有有了大量翔实可靠的民间文学材料，才能把理论研究工作置于可靠的基础之上；反过来，只有有了正确理论的指导，才能使搜集工作沿着正确的方向前进并达到预期的效果。搜集和研究，二者不但不矛盾，反而能互相促进。

新时期民间文学工作的方针要求全面开创社会主义民间文学事业的新局面。所谓全面，就是指把搜集和研究当作一个整体来看待，搜集和研究是不可偏废的；只有用马克思主义的辩证唯物主义和历史唯物主义统帅搜集工作和研究工作，才有可能建设起有中国特色的马克思主义民间文艺学。要开创民间文学事业新局面，摆在我们面前有如下几项任务：第一，在中国民间文艺研究会领导与组织下，各省（市、自治区）分会参加，共同编辑《中国民间故事集成》《中国歌谣集成》和《中国谚语集成》。通过编辑这三套《集成》，在全国开展一次民间文学普查和搜集工作，争取向建国四十周年献礼。

我国是文化古国，历史悠久，民族众多。各族人民世世代代创造了极其灿烂的口头文学，这是中华民族文化宝库中一宗极其珍贵的文化财富。为了把采录的各地区各民族的民间文学成果汇集成册保存下来，在社会主义物质文明和精神文明的建设中发挥作用，同时更好地继承和发扬我国优秀的民族文化传统，决定在全国范围内组织力量编辑和出版这三套集成。计划已由文化部、国家民委和中国民间文艺研究会联合签署正式下达。

为了统一思想，编好“集成”，在这里谈三点意见：第一点，编辑三套“集成”是我国社会主义民间文学事业的千秋大业，要求达到全面性、代表性、科学性的统一，基础一定要扎实可靠，因此，要求通过此事进行一次全面性的搜集。搜集工作要有领导、有计划、有步骤地进行，要训练干部，要有统一的要求，要掌握科学化的记录方法，要扎扎实实，要有历史责任感，切忌大轰大嗡。搜集工作对我们这一代人来说是至关重要的事情，随着科学的昌盛、文化的发达，传统的民间文学日益衰亡，许多民族、许多地区，面临着人亡歌息的局面。这就要求各地分会领导同志，根据自己地区的情况，以高度的社会责任感，积极而慎重地组织力量进行全面搜集和抢救。搜集的时候，要注重采集的质量，一律要求忠实记录。有条件的地方，应采取录音的办法。力求使搜集工作达到科学化的要求。对于此前已有的资料，定要安排力量进行检验辨伪的工作，可靠者存，不可靠者弃。千万不要图简便省事，拿现有的材料凑合编辑。

第二点，要把采录和研究结合起来。在搜集民间文学作品时，也要做历史、宗教信仰、风俗人情等方面的调查，调查资料既可做注释用，也可做研究用。

第三点，“集成”编辑出版工作是一条完整的链条，各省（市、自治区）都是其中的一环，因此，大家都要兢兢业业一丝不苟地工作。要注意在工作过程中培训干部，提高他们的专业知识水平和专业工作能力，使之能保质保量地完成这项浩繁的任务、并且在编辑“集成”的全过程中，培养和造就一批民间文学搜集、编辑和研究人才。除了保证质量以外，全国应有个大体的时间要求。我们的意见是：1985—1986年侧重收集材料，1987—1990年编辑出版。

云南、江西、四川、河北等省在省委、省政府有关部门支持下，已经行动起来了，希望其他省（市、自治区）也尽快行动起来。让我们争取把三套“集成”当作珍贵的礼品献给我们伟大的祖国建国四十周年。

第二，大力加强民间文学理论研究，提高学术水平，努力建设有中国特色的马克思主义民间文艺学。为了加强民间文学理论研究，主要要抓好两件事，即建立民间文学研究中心和制定今后五年的理论选题计划。

（1）建立民间文学研究中心。

各种研究学会的蜂起，是学术界和文艺界出现的新事物，将大大推动民间文学理论研究向专业化、群众化发展。我会将通过各省（市、自治区）分会和各种专业性学会，团结全国民间文学研究工作者，逐步形成中国民间文学的研究中心。我会对国内负责协调研究步伐、著作规划，为大家提供资料；对外负责协调国际学术交流，研究信息、科学资料的交换，研究人员的国际交往等等。

（2）责成新的书记处负责筹建中国民间文艺民俗博物馆。这个博物馆将成为一个包括我国五十多个民族的口头文学资料和民俗资料的资料中心。现已经请社会贤达签名支持，拟请求政府拨款或请社会贤达资助。

（3）编制和努力实现1984—1990年民间文学理论著作选题计划。

我们应当改变民间文学理论专著贫乏的现状。我们的古书典籍里有丰富的民间文学理论的论述，我们有第一手的珍贵资料，完全可以在近几年完成一批具有相当水平的理论专著。今年五月在峨眉山召开的民间文学理论著作选题座谈会上确定的三套丛书计划，要落实到单位和个人，争取在一九九〇年前全部实现。

第一套:《中国民间文学理论建设丛书》。这套丛书，包括民间文学基本理论、民间文学史、民间文艺学史以及各种体裁的分论，其特点是强调专题研究。

第二套:《中国民间文学专题资料丛书》。这套书的特点是以专题为单位，尽可能广泛地收集不同异文（包括古文献、地方志中的片断记载以及有关的图片、曲谱等），资料要求翔实可靠，有必要和有可能作注的，要作注，介绍流传情况，与风俗、音乐等的关系。每一专题资料集中，要选刊有代表性的理论研究文章（或摘要），编制有关索引。努力争取把一套专题资料编成民间文学作品的科学版本，为专题研究打下可靠的基础。

第三套:《外国民间文学理论翻译丛书》。民间文艺学早已成为一门世界性的学科。由于“左”的思想的影响，开国以后翻译的外国民间文学论著极少，因此，闭目塞听，不了解国际民间文学研究的信息和动向，也就无从借鉴和比较。我们必须改革和开放，加强国际文化交流，扩大视野。凡是在世界上有影响的论著，我们都应当有计划地翻译过来。

第三，努力建设一支有马克思主义修养的、民间文学专业造诣较高的民间文学队伍。

我会和各地分会的干部，大都是组织工作者和编辑人员，而且工作很忙，负担很重，没有时间和精力从事民间文学的搜集和研究工作。专业搜集工作者和研究工作者实属凤毛麟角。专业人员大多数散布在社科院、大专院校以及各级群众文化部门。各地分会应创造条件设立一定数量的专业搜集家和研究家，有组织、有计划、有步骤地从事民间文学搜集和研究工作，在实际工作中锻炼、培养和提高他们的专业水平。提高民间文学工作者的专业水平的关键在于民间文学工作者逐步做到专业化。每个人都应尽可能在民间文学专业方面定向，掌握民间文学领域某一方面的专业知识，进而成为精通业务的专门家。提倡民间文学工作者根据自己的条件（包括资料的准备），专攻一门。集中一个或几个问题，重点突破，而尽可能地改变过去那种什么都懂得一些但都不能精深的状况。

各级领导要解放思想，振奋精神，用多种可行的办法培养和提高民间文学工作者的业务水平。总会委托《民间文学论坛》编辑部于明年起创办中国民间文学刊授大学。刊授大学的学员经过一定时间的学习之后，凡成绩合格者，发给结业证书。条件成熟时，可视情况举办民间文学讲习班、进修班，培训干部和骨干。

民间文艺研究会及各省（市、自治区）分会的领导干部、编辑和研究人员应分期分批地进行培训，使他们得到系统学习提高业务知识的机会。建议在高等院校中文系设立民间文学必修课，有条件的院校设立中国民间文学专业，以求在干部来源上逐步改变民间文学队伍的素质。建议有条件的大专院校中文系设立民间文学专业研究室。这些研究室要发挥自己的优势，逐步形成某专业的研究中心。建议北京师范大学尽快招收民间文学博士研究生。建议教育部选派民间文学专业的留学生出国学习。民间文艺研究会也将通过各种途径加强国际民间文学的交流，选派研究人员到外国的研究机构去进修、访学，开阔眼界，提高研究能力。这样，七八年之后，将使我国的民间文学界大为改观。那时，我们将有一批出色的神话学家、史诗学家、故事传说学家、史前艺术理论家、民间文艺家等。那时，我们将有一批很有学术价值的专著。具有中国特色的马克思主义的民间文艺学体系将初具规模，也能够从容自如地同全世界的民间文学对话和交流。

通过各种学会开展丰富多彩的学术活动，促进民间文学研究人员的专业化，过去，我们的专门研究人才不多。在研究上多偏重于宏观的研究，而不大重视微观研究，往往使研究选题一般化，没有自己的新角度。这很难使我们的学术研究水平向高精尖发展。当今之世界，是信息时代，科学的发展日新月异，学术研究水平日益向专门化和高精尖发展。一个人的精力有限，不可能把各种门类各种专家集于一身，而应根据不同的条件攻一项，即使是普及性的理论著作，也不能再停留在一般化的泛泛而论上。

提高出版社和期刊编辑人员的民间文学素养已成为一个迫切问题。因为编辑人员的专业水平高低，直接关系到新的历史时期民间文学工作方针的宣传、贯彻、落实。编辑人员，要在工作中逐步将自己锻炼成为民间文学专家。编辑人员要加强业务学习和研究，不断提出新的选题。编辑人员要做伯乐，要有为民间文学事业献身的精神。适当的时机，要召开民间文学期刊工作会议，讨论如何执行新时期民间文学工作方针，繁荣和发展民间文学事业的问题。

第四，积极发展民间文学出版事业，推动搜集工作和研究工作，为全面开创社会主义民间文学事业作出贡献。出版事业要贯彻十二届三中全会的精神，进行体制改革，实行责、权、利相结合，国家、集体、个人利益相统一，职工劳动所得同劳动成果相联系的经济责任制。如经营管理得当，在适当时机即可做到整个民研会机关不再向国家要钱。在民间文学工作开展得比较活跃的省（市、自治区），陆续创办中国民间文艺出版社的分支机构。中国民间文艺出版社作为一家专业性的出版社，要有计划地出版重要的民间文学作品和理论著作。要突出重点，抓好《格萨尔》《玛纳斯》和《江格尔》三大史诗的出版工作。

第五，有计划地进行民间文学作品和理论著作的评奖工作，促进搜集工作和理论研究工作的发展，奖掖和扶植新人。1979—1982年全国民间文学作品评奖工作，在全国民间文学战线激起了强烈的反响，推动了事业的发展。理论著作的评奖工作至今尚未进行，落在了其他战线的后头，近来呼声越来越高，总会及分会应尽早抓起来。无论是作品搜集和理论研究的评奖工作，都应制度化。

第六，加强国际学术交流。形势要求我们了解世界，而世界也希望了解中国。今后我们要有计划地和世界上一些国家互派考察团和进修或访学人员，并开辟合作项目参加或召开一些国际学术会议。凡外国民间文学家愿与我会建立友好联系者，我们一律热情欢迎。

第七，我们希望居住在香港的民间文学家，为发展祖国的民间文学事业做出贡献。台湾的同行们，近三十年来在民间文学研究方面，作出了自己的成绩，我们愿意与学者们进行合作，欢迎你们到大陆来参加我会的学术活动，为祖国的统一大业，尽自己的力量。

为了完成上面提出的这些任务，当前必须刻不容缓地抓好体制改革。首先我们要从这次代表大会起，精简领导机构层次，克服常设机关的机关化与衙门化作风。机关内部要实行不同形式的岗位责任制和承包制，进行人事改革，促进人才流动，提高工作效率。总会和分会是业务上的指导关系，各分会在地方党委领导下发挥自己的优势独立地进行工作。我们不是靠行政命令布置工作，而是通过搜集和研究推动民间文学工作。改革势在必行，因循守旧是不可能开创新局面的。

为了完成上面提出的这些任务，还必须强调加强民间文学队伍的团结。我们既要加强民间文学界党内同志的团结，又要加强广大党员和非党民间文学工作者的团结。团结是我们事业前进和胜利的保证。

同志们，在党中央的领导下，我们伟大的社会主义祖国正在蒸蒸日上，我们的民间文学事业正在蓬勃发展，让我们团结起来，为建设具有中国特色的马克思主义的民间文艺学，为社会主义民间文学事业的大发展、大繁荣，为民间文学战线的大团结而奋勇前进吧！

祝大会圆满成功！

中国民间文艺研究会第四届代表大会闭幕式上的讲话[1]

中国民间文艺研究会第四届主席
钟敬文

我怀着激动的心情感谢党对我的信任、同志们对我的推举。上届大会的主席是周扬同志。他德高望重，无论从哪方面说，都是最合适的。他热心于民间文学事业，他担任主席对我们的事业是很有利的。但这一次，他因身体不好，一再推辞，不再担任我们的主席了。

我虽然从事民间文学工作的时间不算短，也做了一些工作，但一个人的能力是有限的。我小时候读过苏东坡的《赤壁赋》，有一句话是“渺沧海之一粟”。他把世界和宇宙比做一个大海，个人只是一粟。我感到自己在民间文学的沧海中也只是一粟。大家推举我担任本届主席，实在是一种厚爱。尽管我年事已高，但做为社会主义社会的公民、一个国家干部，就有责任在他活着的时候，尽自己绵薄的力量。

这次代表大会的准备工作相当充分，我看了一些简报，很有感想。当然简报反映的情况不能很详尽，但总貌还是看得出来。代表们围绕着“大鼓劲、大团结、大繁荣”的精神展开了充分的讨论。有一份简报上季沉同志的话很有代表性，他说：“我们要拆掉小篱笆、去掉小算盘，要顾全大局，加强团结。”我认为这不是泛泛的表态，而是反映了大家的精神。大鼓劲是态度，大团结是保证，大繁荣是结果。做到了大团结，就是我们事业繁荣兴旺的保证。

在这次代表大会上，我们的代表人数远远超过了上届代表大会，队伍更大了，思想更成熟了。五年来，这种趋势日益增强，这几年的进步等于过去的几十年。我相信我们的民间文学事业前途是无量的。

今天我们有近三百名代表，就算一人代表十个民间文艺工作者吧，我们就有了三千人的队伍。当然，实际数字还要略高些。这比起旧中国不知发展了多少倍。不管过去中山大学的民俗学会，还是杭州的民俗学会都和我们今天不能相比。它们人

[1] 原标题为《钟敬文主席在闭幕式上的讲话》，选自《民间文学》1984年第12期。

很少，是“空诚计”。虽然出了一些刊物，但往往只有几个工作人员。我那时，一个人组稿、编辑、跑印刷所、发稿费，什么都管，哪象现在这样？今天，取得这样的成就是得来不易的。做为一个老民研工作者，我一定在有生之年努力做好人民所委托的工作。

我在民间文学方面的研究不深，但从年轻时代起就一直热爱它，几十年来的道路不尽平坦，但一有机会我就想到它，为它工作。我觉得我们的工作仅仅才有一个开端。我们已经做了的，和我们所要做的工作相比，还差得很远。比我们已经做了的还要更多、更艰巨。

根据我对大会《简报》的观感，似乎与会代表对工作报告草案有些意见。有的代表认为，报告草案强调了研究工作，但对搜集工作似乎阐发不够，我也觉得确是如此。但这种情况的根源在哪里呢？我认为这是由于我们民间文艺队伍是由两种人员构成。一种是在基层工作的(如文化局，艺术局或地方文化团体)，另一种是在学院或研究机构工作的，两者的工作方向有所不同，分歧在所难免，但分歧不应该影响我们的团结。事实上，这种分歧包含着许多历史上的因素，必须做一些具体的分析。

首先，我国具有世界上特别丰富的民间文学资源，有些尚未充分开发。就拿我国少数民族来说，大多数没有自己的传统文字，因此，少数民族文学很大程度上就是民间口头文学。这种国情决定了我国具有一支十分可观的搜集队伍。其次，在我们的大学里，除了教学以外，也有一定的研究任务，还有些专门从事研究工作的研究机构。特别是最近几年，随着科学事业的发展，各地方都成立了研究机构，有些设有民间文学研究项目，社会上也涌现不少有志于民间文学的研究者。这种发展使得我们的研究队伍空前扩大。正是这种背景，使得上述两种工作方向的差异变得引人注目了，再加上民间故事的编选活动比较繁荣，报纸、刊物纷纷问世，似乎造成了一些矛盾。

我们怎么看待这种现象呢？诚然，上述几种工作的侧重点是有不同，但并不矛盾。对民间文学资源要开发，甚至还要“抢救”，比如举世瞩目的《格萨尔王传》，到现在还没有搜集完整，还不能看到它的全貌，所以必须努力进行。但另一方面我们的研究工作还很落后，需要努力提高。我认为二者应该、也完全可以并行不悖、相辅相成。近几年来，海禁大开。我看到有些外国学者来访时很客气，回国后却流露了真实想法，认为我们的学术水平比较一般。难道我们不应奋起直追，超过他们吗？

当然，近几年来，我们的研究水平还是大有提高的。特别是神话、史诗方面出了不少成果，这种成绩是谁也否认不了的。但总的来讲，还可以进一步提高。搜集工作对研究工作是有益的，可以促使研究水平的提高；但理论研究水平不上去，搜集工作也难以做好。打个比方，搜集起来的“矿藏”不加以“提炼”就出不了钢材，即使出了钢材也达不到优质。我们不能只是矿藏，我们需要的是优质的钢材。不加以研究，就出不了民间文学建设所需要的“钢材”。再从国际交流看，我们也再不能甘居原料提供者的“农业国”地位；应当改变这种状况，取得先进“工业国”地位，而取得先进的“工业国”地位的关键，就在于拿出一大批科学研究的成果。因为时间的关系，其它问题就不讲了。

最后，我祝愿大家团结起来，为着一个共同的目标——我们民间文学事业的现代化——而奋斗！

我愿与同志们共勉！谢谢大家。

中国民间文艺家协会
第五次全国代表大会

中国民间文艺家协会第五次全国代表大会开幕词[1]

中国民间文艺家协会第四届副主席
贾　芝

各位领导、各位来宾、各位代表：

中国民间文艺家协会第五次代表大会现在开幕了，我代表中国民协第四届主席团向来自全国各省、自治区、直辖市的代表同志表示热烈欢迎！

自1984年第四次代表大会以来，我们的国家、我们的人民在党的十一届三中全会精神指引下，以经济建设为中心，坚持四项基本原则，坚持改革开放，社会主义建设的成就举世瞩目，这充分显示了社会主义制度的优越性。中国民间文艺事业，在党和政府的领导下，得到了很大的发展，在继承弘扬民族优秀传统文化、繁荣社会主义文艺中发挥了重要作用，成为活跃在社会主义文化战线上的一支劲旅。

中国民间文艺家协会是在党和政府的领导下成立较早的全国性专业学术团体，它在搜集、整理、推广、研究民间文艺工作方面，做了大量工作。第四次代表大会以来，特别是党的十三届四中全会以来，我们坚持党的“一手抓整顿，一手抓繁荣”的方针，深入开展反对资产阶该自由化的教育与斗争，工作取得了很大成绩。广大民间文艺工作者自觉抵制了资产阶级自由化思潮，在弘扬中华民族优秀传统文化方面做出了应有的贡献。

本次代表大会的筹备工作是在中共中央宣传部、中国文联的领导下进行的，本届主席团和常务理事根据国务院《社会团体登记管理条例》和中宣部批转的《中国文联关于各全国性文艺家协会开会换届工作的请示》等文件，对会章进行了认真修改，并仔细研究讨论了这次换届工作的各项议程.

第五次代表大会是一次充满改革精神的大会，按照改革后的会章规定，原各省、自治区、直辖市分会改为各省、自治区、直辖市民间文艺家协会，各地协会作为团体

[1]致开幕词时间为1991年11月28日。选自《民间文学论坛》，1992年第1期。

会员加入中国民间文艺家协会各协会出席这次大会的各位代表同时就是中国民间文家协会第五届理事会理事。这一体制上的重大改革，将更好地担负中国民协联络、协调、服务和业务上的指导责任，有利于推动民间文艺事业繁荣与发展。

在这次代表大会上，我们将听取并审议会务工作报告，修改会章，产生新一届领导机构。

我们这次代表大会时间紧、任务重。我们要以党的十三届四中全会精神为指导，坚持改革精神，集中全部精力，完成这次大会的各项任务。

同志们，朋友们，中国民协第五次代表大会一定会推动中国民间文艺事业向前发展，我们将面临更艰巨、更繁重的工作。我们要认真学习、贯彻江泽民同志“七一”讲话精神，同心同德，共同努力，将大会开成一个坚持正确的政治方向、坚持民间文艺界大团结的会议！开成一个坚持改革精神、争取民间文艺大繁荣的会议！

祝大会圆满成功！

努力开创社会主义民间文艺事业的新阶段

——中国民间文艺家协会第五次代表大会会务报告[1]

中国民间文艺家协会第四届主席

钟敬文

代表同志们、朋友们：

我受中国民间文艺家协会第四届主席团的委托，向同志们汇报1984年11月第四次代表大会以来的会务工作，并对未来的五年提出一些设思，请同志们审议。

自1984年11月中国民协第四次代表大会召开至本次代表大会开幕，我们整整走过了七年的路程。七年里我们民间文艺战线在党和政府的文艺方针、政策指引下，在中国民协第四届常务理事会的领导下，按照会章规定，发挥联络、协调、服务的职能，广泛团结民间文艺家和民间文艺工作者，贯彻执行中国共产党建设有中国特色的社会主义的基本路线，坚持文艺为人民服务、为社会主义服务的方向，贯彻“百花齐放、百家争鸣”的方针，为繁荣和发展我国的民间文艺事业，建设社会主义精神文明开展了许多工作。无庸讳言，在前几年资产阶级自由化思潮严重泛滥的时候，协会工作、民间文艺事业都受到了不同程度的干扰和影响，教训很深。在党的十三届四中全会以后，协会认真贯彻了“一手抓整顿、一手抓繁荣”方针，从整顿民协领导班子着手，端正了工作方向，进一步增强了工作活力。我相信，通过本届代表大会总结成绩、经验和教训，中国民协的工作将会得到改进提高，中国民间文艺事业将进一步发展、繁荣。让我们以江泽民同志的“七一”讲话统一思想，把本次代表大会开成一个坚持正确的政治方向、加强团结的大会，开成一个坚持改革精神、繁荣民间文艺的大会！下面从八个方面汇报七年来的会务工作。

[1] 报告时间为1991年11月28日。选自《民间文学论坛》，1992年第1期。

一、开展理论学习，用马列主义、毛泽东思想指导协会工作

前几年社会上曾一度出现资产阶级自由化思潮，在人们的思想上制造混乱。党的十三届四中全会以后，党中央再次强调了马列主义，毛泽东思想的指导地位。中国民协针对自身的情况，采取了多种方式组织机关干部和在京的民间文艺工作者学习马列主义，学习毛泽东《在延安文艺座谈会上的讲话》，学习中央有关文件，加强了我会坚持四项基本原则，反对资产阶级自由化，执行党的文艺方针的自觉性。

1. 组织机关的党员干部学习中央反对资产阶级自由化的一系列文件、讲话，在党员和中层干部中召开座谈会从思想上认清资产阶级自由化思潮的反马列主义本质以及动乱、暴乱给国家带来的危害。

2. 召开纪念毛泽东同志《在延安文艺座谈会上的讲话》发表48周年纪念会，利用座谈会的形式，组织在京的民间文艺工作者摆资产阶级自由化思潮在民间文艺界的表现。用《讲话》精神端正方向，统一民协干部的思想。

3. 召开全国工作会议，强调坚持四项基本原则，坚持“二为”方向的重要性，号召全国民间文艺家和民间文艺工作者旗帜鲜明地反对资产阶级自由化，为弘扬民族优秀传统文化做出贡献。

4. 组织学习江泽民同志“七一”讲话，召开党员、干部会座谈体会，并结合社会主义在苏联、东欧的剧变，增强反和平演变意识。在开展各项专业业务活动中，贯彻党的文艺政策，用马列主义、毛泽东思想指导协会的各项工作。

二、发展民间文艺队伍，培养专业人员

最广泛地团结民间文艺家和民间文艺工作者、培养专业人才是民间文艺家协会章程中明确规定的任务。七年来，我们坚持标准，积极而慎重地发展会员，四代会时，全国会员是1400人，各省民协会员总数8000余人，截至1991年上半年，我协会已经拥有全国会员3000余人，各省民协会员总数已达两万。全国除台湾省外，29个省市自治区已经成笠了民协组织，海南省已经进行筹备。七年里，除各地高等学校培养了一批专业人才之外，中国民协也直接组织刊授，开办培训班，组织研讨会，利用各种形式培养了一批理论人才，选拔了一批优秀的组织者。1989年1月，向从事民间文艺事业30年以上的140名老同志颁发了荣誉证书。现在中国民协的会员不仅有歌手、故事家、民间艺术家，不仅有采录、整理、翻译民间文学的人才，而且有优秀的组织

者、活动家，有专业研究员、教授、博士、硕士。初步形成了一支有专长、多层次、以弘扬民族优秀文化为己任的民间文艺家队伍。

三、建立专门机构，指导民间文学集成工作

自1984年由文化部、国家民委和中国民协联合签发《关于编辑出版〈中国民间故事集成〉〈中国歌谣集成〉〈中国谚语集成〉的通知》后，中国民协即成立了民间文学集成办公室，配备了专业干部协调、指导全国的民间文学普查、编选及出版工作。七年来，在全国艺术科学规划领导小组具体领导支持下，我会组织各种协调会议100多次，聘请全国专家研究编选方针、标准，制定了科学性、代表性、全面性三原则，使全国民间文艺界的集成工作有章可循。集成办公室人员经常深入各省，了解情况，沟通信息。在文化部和国家民委以及各省、市、自治区的大力支持下，截至1990年全国共收集民间故事183万篇，民间歌谣302万首，民间谚语748万条，总字数达40亿。目前，全国三分之二的省民协已经进入了国家卷的选编阶段。

四、理论研究获得新的发展

中国民协的前身是“中国民间文艺研究会”。从她诞生之日起，理论研究一直得到重视。近七年先后出版了30余种有关民间文艺的理论专著，全国各民协共召开各种类型的理论研讨会100多次。一些相邻地区组成协作区，共同开展理论研究，东南吴语协作区的吴文化、西南四省的原始宗教系列研究都开展得生动活泼。中国民协发挥联络、协调，业务指导的职能，掌握研究热点，了解理论动向，参与并支持全国各地的理论研究，并积极与地方协会合作，共同组织各种理论讨论会。初步统计，1985年至1991年，协会与地方合作共召开10次理论研讨会，研究范围遍及神话、民间故事、新故事创作、歌谣等领域。中国民协还主持召开了5次理论研讨会：中国民间传说研讨会、田野调查及方法论研讨会、全国青年理论家座谈会、民间文学基本理论研讨会、轩辕故里文化研讨会。共组织论文1230余篇，出专集两本，平均每年召开两次理论研讨会。中国民协通过这些活动，推进了理论工作的进展，发现了理论人才，提高了民间文艺研究水平。

五、端正办刊方向，繁荣社会主义民间文艺

办好刊物，繁荣社会主义的民间文艺，为社会主义精神文明服务，是中国民协的一项重要任务。党的十三届四中全会以后，中国民协按照党中央“一手抓整顿、一手抓繁荣”的指示，组织编辑人员学习国家有关新闻出版方面的方针政策，吸取过去的教训，端正办刊方向，抵制资产阶级自由化的倾向。现有的四种期刊《民间文学》《民间文学论坛》《民俗》《民间文艺家》（内部发行）经过整顿之后，树立了社会效益第一的办刊思想，坚持“二为”方向，贯彻“双百”方针，重视社会效益，发表和刊出了民间文艺界有影响的理论文章和思想内容健康的民间文艺作品。各省民协现有的12家刊物也越办越好，成为所在省文联系统的骨干刊物，有些期刊受到当地政府表彰，为繁荣社会主义文艺做出了贡献。

六、多方面开展业务活动

根据本会会章规定的任务，中国民协组织了多种民间文艺活动，通过展览、评奖、表演等活动，扩大民间文艺的社会影响。

1990年4月，是中国民协成立40周年纪念日，我会在京举行了隆重的纪念活动。这是在1989年动乱之后的特殊情况下举办的文化盛事，得到了中央领导同志的亲切关怀，李瑞环等领导同志写来贺信，勉励我们在党的文艺方针政策的指引下认真总结经验，发扬成绩，开拓创造，为弘扬民族优秀文化继续努力，让民间文艺之花开得更加鲜艳。对中国民协40年的奋斗和奉献给予充分肯定。

1991年6月27日，在庆祝中国共产党成立70周年前夕，中国民协在地方民协的支持下，举办了“首届中国民间文化艺术展览”。这次展览会全面展示了中国民协40年在搜集、出版、研究各方面所取得的巨大成绩。展厅中央展出了毛泽东、邓小平、万里等党和国家领导接见民协第二次代表大会代表的合影，展出了周恩来总理为中国民协主席钟敬文的题词。这次展览正是社会主义在东欧、苏联遭到严重挫亦时举办的，它以中国民间文艺40年的成果，雄辩地证明了社会主义制度的优越性，给党的70周年生日献上了一份厚礼。

1987年，中国民研会改为中国民间文艺家协会后，工作领域扩大了。在各省民协举办的各种民间艺术活动的基础上，中国民协先后与有关单位联合举办了艺术壁挂展、剪纸大奖赛、民俗画大奖赛等活动。

1989年9月中国民协在大连举办了首届中国民间艺术节。1991年9月，中国民协与山西省民协合作，举办了第二届中国民间艺术节，展示了中国民间艺术的风采。

1991年10月，中国民协乌国家民委宣传司、文化部民族文化司共同举办了“中国民俗民艺录像汇映评奖赛”，全国13个省、市民协送来81部民俗录像片参加汇映。与会专家评委认为，这是搜集、研究、利用民俗文化、民间艺术的良好开端。

1991年11月，中国民协又与国家民委、文化部、社会科学院少数所联合举办了格萨尔说唱艺人命名大会，举办了格萨尔成果展览，展示了40年来在采录、整理、出版、研究藏族人民这一宏伟的民族史诗方面所取得的成绩。

七、扩大友好往来，促进国际民间文艺交流

民间文艺是一门国际性的学问，多数作品具有世界性。七年来，中国民协发挥民间文艺的民间使者作用，不断扩大国际间的友好往来，相继与泰国、巴基斯坦、菲律宾、土耳其、新加坡、日本、德国、芬兰，加拿大、美国的民间文学、民俗学界建立了联系，开展交换研究资料、互相访问、联合考察等活动。同时发挥民间文艺乡土气息浓、乡亲情谊厚的优势，积极与台湾、香港、澳门及海外侨胞中的民间文艺团体，民间文艺家联系，为祖国统一、为世界和平做出贡献。

八、认真总结经验教训，促进民间文艺事业健康发展

回顾中国民协七年来的工作，教训也是深刻的。1989年以前的一段时间，有的同志受资产阶级自由化思潮的影响，在实际工作中坚持党的原则不够。有的同志忽视了精神产品的社会效益，出版了不应当出版的书籍，发表了不应当发表的作品，导致中国民间文艺出版社被撤销，《热点文学》《通俗文学选刊》被停刊。另外，领导班子不团结，机关组织纪律松懈，使中国民协机关工作一度处于被动局面。以上正反两方面的经验说明，只有坚持党的四项基本原则，坚持反对资产阶级自由化，中国民间文艺事业才能发展，工作才能做出成绩；只有坚持“二为”方向，坚持“双百”方针，民间文艺才能繁荣。同时，也只有反对资产阶级自由化，我们的队伍才能上下一心，团结协作这个教训我们应当牢牢记取。

对未来五年民间文艺工作的几点建议：

（一）在整个民间文艺工作中，我们要坚持以社会主义经济建设为中心，坚持四项基本原则，坚持改革开放，坚持为人民服务，为社会主义服务的方向和“百花齐放、百家争 鸣”的方针

江泽民同志今年“七一”讲话中提出的建设有中国特色的社会主义文化的三个基本要求：1. 必须以马列主义、毛泽东思想为指导，不能搞指导思想多元化；2. 必须坚持“二为”方向和“双百”方针，不允许毒害人民、污染社会和反社会主义的东西泛滥；3. 必须继承发扬民族优秀传统文化而又充分体现时代精神，立足本国而又充分吸收世界文化优秀成果，不允许搞民族虚无主义和全盘西化。这三个“必须”和“不能”“不允许”，同样是对我们民间文艺工作的基本要求，必须认真贯彻执行。

在今天新的历史时期，根据时代的要求，在未来五年的工作中，我们全体民间文艺工作者，要团结进取，面对无限丰富的中国民间文艺宝藏，要全面搜集，重点整理，加强研究，科学保存和应用，建设有中国特色的民间文艺学体系，开创社会主义民间文艺事业的新局面。

（二）大力加强民间文艺理论研究，逐步形成有中国特色的民间文艺学体系

我国历史悠久，又是多民族国家，民间文艺无比丰富，为理论学术研究工作提供了广阔天地。在今天改革开放的年代，民间文艺得到蓬勃发展，迫切需要马列主义的理论指导。目前我们中国民协机关已有要求挂靠的民间文化方面的学会数十家，这些单独的学科，必将成为民冋文艺学这个大系统的组成部分，构成为一个整体，同时也产生许多新课题，亟待理论的研究与指导。

中国民协机关除研究部（对外仍保留中国民间文化研究所）外，建议成立中国民间文化学术指导委员会，吸收新老同志参加，共同完成作品与理论研究的组织、选题计划与实施工作。

民间文艺理论研究工作 . 同其他文化工作一样，既要坚持群众路线，又要充分重视专家的作用。在研究工作中既要重视基本理论的研究，又要重视应用理论的研究。因此，今后几年作品与理论研究工作的重点是：1. 对中国民间文艺史论的著述，提倡全面系统，要求能反映出我国民间文艺的发展规律，对我国民间文艺工作、活动与事业有较强的指导性；2. 提倡编写出版各民族各类文学史和民间文艺理论著述以及民间文艺各分支学科的史论著作；3. 提倡理论结合实际的专题著述。例如对什么是有中国特色的社会主义民间文艺学问题；民间文艺在弘扬民族优秀文化传统中的地位，民间文艺与社会主义精神文明建设的关系，其间文艺管理学，中国民间文艺与国际交流等，均应加以探索阐述，以促进民间文艺可业的发展。

为繁荣民间文艺作品和理论研究著作，中国民协机关需努力办好所属刊物，提供发表园地，并采取尽快解决民间文艺专著的出版条件。

（三）继续抓紧完成中国民间故事、中国歌谣、中国谚语三套民间文学集成的编辑出版工作

这三套集成已纳入国家重点项目，也是中国民协的重点文化工程。这三套集成从1991年起，将逐步出版各省的省卷本。全部省卷本要争取在未来五年中编辑完成，任务既光荣又艰巨，要继续加强对集成工作的领导和支持，一定要克服松劲情绪。

（四）健全民间文艺机构，不断加强民间文艺队伍建设

自1990年11月中国民协在北京召开了全国工作会议以后，根据中宣部有关文件及干部考察情况，对民协机关各部门人员进行了调整。除民协机关四个事业性单位《民间文学》《民间文学论坛》《民俗》与《民间文艺家》已配齐编辑部干部外，机关办公室、研究部、组联部、集成办、民俗民艺部、民间文艺博物馆办公室（专门负责筹建民间文艺博物馆），各方有关人员均已进入岗位工作。

在民间文艺队伍建设方面，我们不仅要重视高层次的理论人才、专业人才，使民间文艺系统的专家、学者、教授、翻译家以及优秀的组织活动家的队伍不断扩人，同时要加强在职干部的培训工作。对在职干部既有基本技能的培训，也有知识更新的需要.无论是专业或行政干部，都应当定期受到培训提高。

今后一定时期，对在民间文艺工作中辛勤耕耘默默奉献，为弘扬民族优秀传统文化成绩显著的先进工作者，将进行评奖或授予荣誉称号，以资奖掖和扶植新人，并逐步走向制度化，调动广大民间文艺工作者的积极性。

（五）通过组织各种民间文艺活动，推动民间文艺工作和事业的不断发展

民间文艺活动包括展览、表演、文艺作品与论著的评奖、音像汇映以及出国考察、访问、交流等。通过组织这些活动，更好地与全国地方协会合作，更好地调动广大民间文艺工作者以及各方面的积极性。

随着我国对外开放，加强与外国民间文艺的交往势在必行。我们要根据双方需要与可学，互派代表团，进行考察、访问，或举办学术交流会。通过这些活动，既介绍我国民间文艺的发展面貌，又学习、借鉴国外一切于我有用的管理、科研、培训等方面的经验，进行双向合作与交流。

同志们，未来的五年是本世纪的最后十年的重要年代。党中央和国务院提出了建设有中国特色的社会主义事业的十年规划和“八五”计划。江泽民同志在今年“七一”讲话中，明确提出“建设有中国特色社会主义的经济、政治、文化，以适应和促进社会生产力的不断发展和社会的全面进步，实现社会主义现代化”。这充分证明党和国家对于社会主义文化事业的关注与重视。民间文艺事业是整个文化事业的一个重要组成部分。我们坚信具有历史悠久、内涵丰富的中国民间文化，在马列主义指引下，从民间来又回到民间去，必将在当今的现实生活中，焕发生机，为提高民族文化素质发挥积极作用。

为了完成这次大会提出的各项任务，让我们在党的文艺方针政策指引下，团结奋斗，求实进取，为开创有中国特色的社会主义民间文艺学体系，为繁荣民间文艺事业，为丰富与发展中国和世界文化宝库，为人类文明、进步，做出出色的贡献。

祝大会圆满成功!

中国民间文艺家协会第五次全国代表大会闭幕词[1]

中国民间文艺家协会第五届主席
冯元蔚

各位领导、各位代表、同志们、朋友们：

中国民间文艺家协会第五次代表大会暨第五届理事会在全体与会同志们的共同努力下，经过三天的紧张工作，完成了预定的各项议程，让我们共同祝贺这次大会的圆满成功！

我们这次大会在中宣部、中国文联的领导、关心与指导下，今天力群同志、敬之同志亲自到会，敬之同志作了重要讲话，更充实了本次大会的内容。大会在主席团的主持下，修改和通过了新的《中国民间文艺家协会章程》，通过了协会的会务工作报告，收听和学习了党的十三届八中全会公报，推选了第五届主席团和常务理事会。我谨代表本届新的领导集体向代表同志们表示感谢，感谢同志们的信任和支持！

这里，我要向各位代表、各位理事表示一下我个人的心愿：这次大会推选我为本会主席，我感到诚惶诚恐。在座的或是我的老师，或是我的师兄，我实难胜任。但蒙与会同志的信赖，我只得从命了。望继续得到同志们的热情而广泛的支持。

这次大会遵循党的正确方针和中宣部的指示，体现了团结、进取、改革，繁荣的精神，按照民主程序，完成了新老交替的历史任务。应该说，这是一次继往开来的会议，一次坚持正确的政治方向、加强团结、坚持改革的会议。它标志着中国民间文艺事业在上几届卓有成效的工作基础上，步入了新的发展阶段。

同志们，中国民协在党的十一届三中全民以来，得到了很大的发展。特别是党的十三届四中全会以后，中国民协执行党中央"一手抓整顿、一手抓繁荣"的方针，全国各地的工作都出现了新的起色。因而民间文艺的影响也日益扩大，不但得到了党和政府的肯定，而且在广大群众中不断增强共识，扩展领域。我们相信，经过这次代表

[1] 致闭幕词时间为1991年11月30日。选自《民间文学论坛》，1992年第1期。

大会总结了经验，明确了方向，增强了团结，鼓舞了斗志，我们的民间文艺事业将在新的体制下进一步繁荣和发展。

同志们，江泽民同志在庆祝中国共产党成立70周年大会的讲话中，阐明了建设有中国特色的社会主义经济、政治、文化的战略任务，指出了建设有中国特色的社会主义文化的基本要求。通过这次会议，我们更加明确了民间文艺工作未来的任务，更增加了建设有中国特色的社会主义文化的使命感。今后，我们要不断地学习和领会“讲话”精神，以保证中国民间文学艺术事业沿着正确的方向健康发展。

中国民间文艺家协会，是中国共产党领导下的群众文艺团体，必须坚持党的基本路线。中国民间文艺是社会主义文化的有机组成部分，为人民服务、为社会主义服务是我们的根本方向，“百花齐放、百家争鸣”是我们的指导方针，我们民间文艺工作者，在继承和弘扬中华民族优秀传统文化方面负有特殊的使命，我们要为实现社会主义现代化建设的第二步战略目标做出积极的贡献！

为了实现这次大会提出的各项任务，我们民间文艺战线的工作，应当强调以下几点：

我们必须继续贯彻“一手抓整顿，一手抓繁荣”的方针，促进民间文艺事业健康发展。我们要在大规模搜集整理的基础上，开展多形式、多层次的学术活动，加强民间文艺的理论研究，在办好书刊出版，向社会提供优秀健康的民间文学作品的同时，大力发展民间艺术品的开发研究，为满足人民健康、文明的文化生活服务，并不断扩大交流。

我们必须加强自身建设，努力提高民间文艺队伍的马列主义水平和业务能力。自觉地抵制资产阶级自由化思潮的侵蚀，自觉地坚持正确的政治方向，任何时候都要坚持马列主义的指导地位，逐步建立具有中国特色的民间文艺理论体系，并注意吸收和借鉴外国文化中的积极成果。

我们必须加强团结，这是我们的事业取得胜利的根本保证。这次代表大会之所以在短短三天内顺利完成了大会的各项任务，就是与会代表珍惜安定、维护团结、顾大局、识大体的生动体现。今后，我们要把这种团结的精神在我们的队伍中继续发扬下去，形成更加紧密的团结战斗的集体。

我们必须增强改革进取的信心，力争在新的征程中做出新的建树。过去的数十年中，在钟老等老一辈民间文艺家的率领下，我们确实取得了历史性的进展，我们有理由骄傲，但没有理由自满，我们的工作离不断增长的社会需求和时代对我们的要求还有距离。我们要充分运用现实的各种有利条件，克服眼前的各种暂时困难，积极进取，多做贡献。

同志们，我国的民间文艺事业经过40余年的艰苦奋斗，已经具有了相当的基础。我们相信，在党的文艺政策的指引下，在过去的工作基础上，我们一定会取得新的成就。让我们在各项工作中贯彻这次大会精神，坚持正确的政治方向，加强闭结，坚持改革，为繁荣社会主义的民间文艺事业而奋斗！以我们的实际行动和丰硕成果迎接党的第十四次全国代表大会的召开!

现在，我宣布，中国民间文艺家协会第五次代表大会暨第五届理事会胜利闭幕!

中国民间文艺家协会
第六次全国代表大会

在中国民间文艺家协会第六次全国代表大会上的讲话[1]

中共中央宣传部常务副部长
刘云山

各位代表、同志们：

正当全国人民满怀信心，昂首阔步迈入新世纪的时候，中国民间文艺家协会第六次全国代表大会隆重开幕了。这是中国民间文艺界贯彻党的十五大和十五届五中全会精神，总结工作，规划未来的一次重要会议。我受中共中央政治局委员、书记处书记、中宣部部长丁关根同志的委托，代表中央宣传部，对大会的召开表示热烈的祝贺！向来自全国各地的代表们，并通过你们向全国民间文艺界的同志们致以亲切的问候和崇高的敬意！

民间文艺在我国源远流长，焕发着多姿多彩的艺术魅力，是博大精深的中华文化的重要组成部分。即将完成的跨世纪文化工程“民间文学三套集成”就搜集记录了180多万篇民间故事、300多万首歌谣、740多万条谚语。这集中反映了我国民间文艺事业的繁荣景象和各民族民间文艺家们的劳动和智慧。

1950年3月29日，伴随着新中国的诞生，中国民间文艺研究会成立，标志着我国民间文艺事业的发展进入一个崭新时期。广大民间文艺工作者在党的领导下，遵循文艺为人民服务，为社会主义服务的方向和百花齐放、百家争鸣的方针，积极投身于社会主义文化建设事业，用自己的热情和才华，不断丰富着我国的文化艺术宝库，为繁荣社会主义文艺事业做出了突出的贡献。

五十多年来，中国民间文艺家协会成为党联系广大民间文艺家的重要桥梁和纽带，在郭沫若、周扬、钟敬文、冯元蔚等历任主席的带领下，搜集、整理、创作、研究、保管、传播中国民间文学和民间艺术，团结大批民间文艺工作者和民间文艺搜集家、翻译家、民间歌手、民间艺术表演家、民间手工艺家等各门类民间文艺家，继承

[1] 讲话时间为2001年3月21日。

和发扬民族文化优秀传统，促进国际民间文艺和民俗学界的交流，有力地推动了社会主义文学艺术的繁荣和发展。

今年是新世纪的第一年，也是我国“十五”计划的开局之年。我国已进入全面建设小康社会加快推进现代化建设的新阶段。刚刚闭幕的九届人大四次会议，通过了国民经济和社会发展第十个五年计划纲要。面对新世纪的发展蓝图，包括民间文艺工作者在内的广大文艺工作者肩负着光荣而重要的职责。用先进文化激励人民团结奋斗，陶冶人们的思想情操，满足群众文化需求，是时代赋予我们的重任。

各位代表、同志们！江泽民同志指出：“只要我们党始终成为中国先进社会生产力的发展要求、中国先进文化的前进方向、中国最广大人民的根本利益的忠实代表，我们党就能永远立于不败之地，永远得到全国各族人民的衷心拥护并带领人民不断前进。”“三个代表”的重要思想是江泽民同志面对新的历史任务，进行跨世纪战略思考得出的科学结论，是我们党八十年历史经验的深刻总结，是对马克思主义党建理论的丰富和发展。

在“三个代表”的重要论述中，代表先进文化的前进方向，同代表先进社会生产力的发展要求和最广大人民群众的根本利益是协调一致、相辅相成的。“三个代表”的重要论述，进一步明确了建设先进文化在全党工作中的重要地位，明确了建设先进文化在有中国特色社会主义事业中的重要作用。认真学习和深刻领会“三个代表”的重要思想，对于全面加强新时期党的建设，深入推进改革开放和现代化事业，进一步繁荣发展社会主义文化，具有重大的现实意义和长远的历史意义。

在当代中国，先进文化就是以马列主义、毛泽东思想和邓小平理论为指导，以培养“四有”新人为目标，面向现代化、面向世界、面向未来，民族的科学的大众的有中国特色的社会主义文化。党领导下的社会主义文艺是中国先进文化的重要组成部分，是民族精神的火炬、人民奋进的号角。中国民间文艺以她独特的民族风格、鲜明的艺术个性和崭新的时代风貌，在社会主义精神文明建设中发挥着重要的作用。

建设有中国特色社会主义事业，是一项充满艰辛、充满创造的宏伟事业。伟大的事业需要并将产生崇高的精神，崇高的精神支撑和推动着伟大的事业。希望我们的民间文艺家大力宣传和弘扬为实现社会主义现代化而不懈奋斗的精神，为实现中华民族伟大复兴提供丰富多彩的精神食粮。希望我们的民间文艺家进一步加强思想品德和艺术修养，维护和增进团结，相互尊重、相互学习，在繁荣社会主义文艺的共同目标下，齐心协力，团结奋斗，共同开创民间文艺的新局面。

面对跨世纪文艺发展的新形势，中国民间文艺家协会要更好地履行联络、协调、服务的职责，发挥优势，开拓进取，积极工作，团结一切可以团结的力量，调动一切积极因素，为建设一支跨世纪德艺双馨的民间文艺家队伍，为多出优秀作品，推动民间文艺事业的持续发展与繁荣作出新的贡献。各地党委宣传部门和文艺主管部门要关心和支持民间文艺家协会的工作，帮助解决工作中的实际困难，使民间文艺家协会发挥更大的作用。

各位代表、同志们！让我们紧密团结在以江泽民同志为核心的党中央周围，高举邓小平理论伟大旗帜，深入学习“三个代表”重要思想，认真贯彻党的文艺方针政策，继承发扬优良传统，紧跟时代前进步伐，努力创作更多的优秀作品，谱写民间文艺新的辉煌篇章。

预祝大会圆满成功！

在中国民间文艺家协会第六次全国代表大会上讲话[1]

中华人民共和国文化部副部长
艾青春

各位代表、同志们：

中国民间文艺家协会第六次全国代表大会隆重召开了，这是全国各民族民间文艺工作者的一件喜事。我代表文化部向大会表示热烈的祝贺！并通过出席大会的各位代表向全国各民族的民间文艺工作者致以崇高的敬意和衷心的问候！

中国56个民族的民间文艺丰富多彩、博大精深、源远流长，是孕育祖国文艺的沃土，它与人民的生活和祖国的历史相生相随；在世界文化宝库中也熠熠生辉。民间文艺是一切文艺样式的历史源头，是人民智慧和创造的结晶，是各民族传统文化的重要组成部分，更是新文艺生长的源头活水。中国民间文化艺术是中华古老文明的土壤和武库。建国50年来，特别是改革开放以来，民间文艺事业承上启下，继往开来，不断繁荣发展。全国民间文艺界，在党和政府的关心支持下，坚持“为人民服务、为社会主义服务”的方向和“百花齐放、百家争鸣”的方针，高扬民族团结、弘扬传统文化的旗帜，在普查、收集、整理、研究、出版各民族民间文学，奋力开创具有中国特色的民间文艺学学科，努力弘扬优秀民族民间文艺传统方面做了大量工作，取得了可喜的成绩。以《中国民间故事集成》《中国歌谣集成》《中国谚语集成》三套集成编纂和《格萨尔》《江格尔》《玛纳斯》三大史诗的抢救发掘出版最为突出，在国内国际上都产生了强大的反响，受到世界各国人民的称誉。中国民间文化艺术的研究也在国际学术界占据了重要的席位，学科体系、学术队伍建设取得进展，人才辈出，硕果累累。民间文艺在大型庆典、节庆活动和国际国内文化交流中也日益扮演重要的角色，它独特的艺术魅力和丰厚的文化内涵，受到广泛的欢迎和喜爱。中国民间文艺山花奖催生着民间文艺更加山花烂漫。

[1] 讲话时间为2001年3月21日。

作为政府文化部门，文化部一向关心重视支持民间文艺事业的繁荣和发展，并积极参与，努力工作，文化部曾与国家民委、中国民协联合主持了中国少数民族歌手座谈会，共同主办民间文学三套集成工作，共同表彰《格萨尔》搜集整理工作的先进单位和个人，在全国各地和各民族中产生了广泛而深远的影响。为保护、继承和发展独具特色的中国民间文艺的技艺和文化生态，文化部多次命名和确定民间艺术之乡，文化部主办的“群星奖”也特别奖励和鼓励对民间文艺的整理、加工、再创作。为保护好民间文化的宝贵遗产，文化部还努力促进相关法规法律的出台。在国际文化交流方面，文化部也给予重视和加强，现在中国民间文化日益成为文化交流的亮点，愈来愈为世人所瞩目，显示出巨大的潜力和活力。作为政府主管部门，我们要继续为民间文化艺术的发展做出新的努力，继续做好各项服务工作，积极营造良好的政策环境；要进一步加大文化投入，积极引导民间文艺事业的健康发展；要继续做好民间文艺大型文化工程的建设和完善，努力促进民间文艺学科的学术繁荣，鼓励出人才，出成果。努力弘扬民族民间优秀文化艺术，不断推动中国民间文艺事业的繁荣和发展。

各位代表，党的十五届五中全会规划了今年五年国民经济和社会发展的壮丽图景，从现在开始的五至十年，是我国经济建设和现代化建设飞速发展的关键时期，也是各项文化艺术事业走向大繁荣的大好时期，民间文艺工作者肩负着神圣的使命和崇高的职责。希望中国民协组织团结广大民间文艺工作者高举邓小平理论伟大旗帜，在江泽民“三个代表”思想指引下，在党中央的领导下，坚持“二为”方向和“双百”方针，面向未来，迎接挑战，抓住机遇，加强团结，奋力拼博，不辱使命，让民间文艺事业更加灿烂辉煌，为弘扬优秀中华民族文化作出新的贡献！

祝中国民间文艺家协会第六次全国代表大会圆满成功！

中国民间文艺家协会第六次全国代表大会开幕词[1]

中国民间文艺家协会第五届副主席

农冠品

各位代表、同志们、朋友们！

广大民间文艺工作者盼望已久的中国民间文艺家协会第六次全国代表大会，经过充分酝酿和认真筹备，现在开幕了！

这是我国民间文艺事业迈入新世纪的一次盛会。在这大喜的日子里，让我们对那些在各条战线上为发展和繁荣我国民间文艺事业辛勤工作的民间文艺工作者们，表示崇高的敬意！

自中国民间文艺家协会第五次全国代表大会以来，9年过去了。这9年来，我们的国家在以江泽民同志为核心的党中央领导下，高举邓小平理论的伟大旗帜，在改革开放、经济建设和社会发展等方面都取得了举世瞩目的辉煌成就。

9年来，我国的民间文艺事业在党的文艺方针指引下，各方面也都发生了巨大的变化。无论民间文学的搜集、整理、出版、研究，还是民间艺术的发掘和弘扬，都取得了丰硕的成果。

各位代表，本次大会是在全党和全国各族人民团结奋斗，把建设有中国特色社会主义的伟大事业全面推向二十一世纪的历史性时刻召开的。党的十五届五中全会，为我国新世纪的各项事业做出了振奋人心的宏伟规划，我们一定要借这股东风，振奋精神，把握时代脉搏，抓住历史机遇，增强使命感和责任感，认真研究和探讨未来民间文艺发展的方向和任务。今天我们欢聚一堂，就是要共商改革大计，共绘发展蓝图，为我国民间文艺事业的繁荣献计献策。

这次大会，我们要以邓小平理论和江总书记“三个代表”的重要思想为指导，认真完成几项重要议程：

[1] 致开幕词时间为2001年3月21日。

一、审议并通过中国民间文艺家协会第五届常务理事会工作报告；二、审议并通过中国民间文艺家协会新修改的章程；三、选举产生中国民间文艺家协会新一届领导机构。

各位代表、同志们！新世纪呼唤全国民间文艺界团结协作、无私奉献、奋力拼搏、开拓进取，在党的“二为”方向和“双百”方针指引下，把我们的民间文艺事业推向一个更加繁荣昌盛的新时代！

我们相信，在全体代表的共同努力下，这次民间文艺界盛会，定会开成一个团结的大会，鼓劲的大会，胜利的大会。

预祝中国民间文艺家协会第六次全国代表大会圆满成功！

团结拼搏　共创民间文艺事业新辉煌

——在中国民间文艺家协会第六次全国代表大会上的工作报告[1]

中国民间文艺家协会第五届副主席

刘魁立

各位代表：

今天，中国民间文艺家协会第六次全国代表大会隆重召开了。这次大会的召开，恰逢新世纪的第一个春天，全党全国人民认真贯彻落实江泽民同志关于“三个代表”的重要思想、党的十五大和十五届五中全会精神，满怀信心开创社会主义现代化建设新局面之时。这是一次继往开来、团结奋进的重要大会。回眸中国民协走过的历程，展望未来，我们无限感怀、无限豪情。

中国民间文艺家协会第五次全国代表大会于1991年11月召开，至今已有9年多了。这9年多间，担任过协会领导工作和为民间文艺事业发展做出过杰出贡献的马学良、杨堃、容肇祖、蓝鸿恩、张紫晨、刘德培等民间文艺家先后谢世。今天，全国民间文艺工作者的代表在这里共商民间文艺事业发展大计，让我们对他们表示崇高的敬意和深切的怀念。

过去的9年是不寻常的9年，世界政治风云变幻，全球经济激烈竞争，科学技术日新月异。中国民间文艺事业在我国突飞猛进的改革开放和社会主义现代化建设中，进入了新的发展时期。这是一个机遇和挑战并存的时代。信息化社会的到来，使口口相传的古老的民间文学面临着失传的威胁；市场经济大潮汹涌，冲击着人们的思想观念和呼唤文化体制的改革；在经济、政治、文化交流空前繁盛的当今时代，文化霸权和商业文化咄咄逼人；但民间文艺事业在“二为”方向和“双百”方针的指引下，进入20世纪90年代以后，克服困难，开拓创新，乘势而上，仍然呈现出欣欣向荣的局面：民间文学三套集成成就辉煌，民间文艺学学术繁荣，民间艺术新人佳作迭出，民间文艺国际交流更具广度和深度。9年来，中国民协在中宣部、中国文联党组、中国

[1] 报告时间为2001年3月21日。

民协第五届主席团和常务理事会的直接领导下，及各省、自治区、直辖市民协和全国广大民间文艺工作者的支持下，改革、调整、探索、创新，为推动我国民间文艺事业在新时代的新发展，作了有益的工作，取得了可喜的成绩，塑造了中国民协新形象。

下面，我受本届常务理事会的委托，向大会做工作报告，请诸位代表审议。

9年来的工作：

（一）坚持坚定正确的方向　加强理论学习

9年来，中国民协始终把坚持正确的政治方向和文艺方向作为头等大事来抓，不间断地组织协会干部、会员和民间文艺工作者学习马列主义、毛泽东思想、邓小平理论和江总书记关于“三个代表”的重要思想；认真宣传贯彻党中央各项文艺方针和政策，并且落实到民间文艺事业的各项工作中去。

1997年，中国民间文艺家协会常务理事会制定并通过了《中国民间文艺工作者职业道德准则》，要求每一位会员、民协系统工作人员与以江泽民同志为核心的党中央保持一致，爱岗敬业，团结协作，艰苦奋斗，坚持民间文艺工作的正确方向。1999年、2000年，结合“三讲”教育、“三讲教育回头看”、“警示教育”，协会机关在干部和群众中开展了深入、系统的政治理论学习，结合工作实际，统一思想，坚定信仰，认清形势和任务，提高思想政治素质，增强贯彻落实中央各项指示精神的自觉性，在工作中始终坚持为人民服务、为社会主义服务的方向，贯彻执行“百花齐放、百家争鸣”的方针。

（二）齐心协力　无私奉献　共筑“文化长城”

1984年，中国民间文艺家协会同文化部、国家民委联合签发民字（84）第808号文件《关于编辑出版〈中国民间故事集成〉、〈中国歌谣集成〉、〈中国谚语集成〉的通知》。从此开始了全国性的发动普查采录工作。1986年，三套集成被纳入《中国十大民族民间文艺集成志书》，成为国家重点科研项目。1987年集成进入编纂工作，1990年，三套集成陆续开始出版。

民间文学三套集成工作普查规模大，在编纂出版全国卷即省卷本的同时，各地市、县还纷纷出版地方资料本，搜集了数以十亿字计的珍贵资料，出版成果也将盛况空前。三套集成经过专家学者认真编纂，坚持和具备着科学性、全面性、代表性，是民间文学史上的伟大创举，无愧于“文化长城”的赞誉。

这9年来，召开审稿会70余次，审稿逾1亿字。9年来，三套集成出版省、自治区、直辖市卷32部，其中故事卷11部、歌谣卷9部、谚语卷11部，完成初审、终审的有34卷。目前已全部完成三套省卷本出版的有浙江省、江苏省、宁夏回族自治区，另有已完成全部三套终审工作的8个省、直辖市、自治区，它们是湖南省、上海市、四川省、河北省、陕西省、青海省、云南省、广西壮族自治区、西藏自治区。9年中，受到文化部表彰的中国民间文学集成先进单位有53个（其中省、直辖市、自治区协会18个、编辑部35个）；先进个人60人；受到全国艺术科学规划领导小组表彰的165人。集成工作是中国民协的龙头工作，动员了广大民间文学专家学者和千百万基层民间文艺工作者与群众参与，带动了民间文学的搜集、出版和研究工作。通过这次大规模的全面普查，我们对民间文学的蕴藏流布情况有了较为明确的了解，同时挖掘出一大批珍贵的民间文学作品，发现了一大批优秀的民间故事家和民间歌手。深入的普查及其获得的丰富的资料，也为科学研究提供了坚实的基础。这一文化工程之浩大，成绩之辉煌可谓空前绝后，多少国外学人赞叹：如此壮举只有在新中国才能实现和完成。

（三）加强学科建设　理论学术迈向新的广度和深度

中国民间文艺学以搜集、整理、研究我国广大人民群众千万年传承下来的民间文艺为对象。中国民间文艺学的历史使命是来自民间又回到民间，站在人民的立场上，用马克思主义辩证唯物主义和历史唯物主义阐发其科学、美学、艺术的价值，丰富和发展人民的文化生活，促进民间文艺的传承和提高。

肇始于上世纪初的中国民间文艺学，自本协会前身中国民间文艺研究会成立以来，获得了举世瞩目的发展，经历了学科史上的三个时期：1. 五六十年代的遍及56个民族的大规模民间文学普查和采录，以及民间文学研究的全面开展；2. 80年代摆脱文艺研究唯意识形态论的束缚，在民俗学、民族学、文化人类学、美学、文艺学等空前活跃的学术背景下，民间文艺学建立起更广泛的人文科学的学术基石，同时在民间文艺的各种形态之间，展开类比与整合；3. 90年代的学术多元格局，即点面结合地搜集、普查，基础理论与应用研究并重，国际交流与比较研究更具广度与深度，方法论更趋多样而科学，学术队伍更具壮大和学术成果更具厚重。面对学术发展的大好时机，要努力促进有中国特色的民间文艺学的体系建构。为此，中国民协立足于民间文学又面向民间文艺和民间文化，广阔学术视野，适时组织了多层次多类型的学术活动和理论研讨。

1. 9年来中国民协与湖南省民协、山东省民协、河南省民协、河北省民协、南宁市政府、黑龙江省文联等单位联合召开中国梅山文化学术讨论会，全国五岳文化系列研讨会·泰山文化研讨会、嵩山文化研讨会，海峡两岸民间文艺研究与发展学术研讨会，1999南宁国际民族民间文化研讨会，全国首届达斡尔民间文化艺术研讨会等等。这些学术活动，拓宽了学术领域，努力开发学术研究的社会功能，加强和引导了理论的实践性和应用性。中国民协编辑出版的《民间文学》《民间文化》《缤纷》三个刊物在9年中为学术繁荣和丰富人民群众文化生活做了大量工作，发表了大量优秀的作品和有分量的学术文章。

2. 1994年，中国民协承担了由我国政府与联合国教科文组织联合签订的用现代化手段记录保存中国民间文学遗产的《项目实施计划协议书》，对吉林、湖北、四川、云南省数十个县、市的民间故事进行了五次考察和实地采录，采访故事家100余位；记录民间故事、民歌900余篇（首）；搜集白族大本曲20部；录音3700多小时，录制磁带1200余盘；摄制录像1000多小时，制作专题片《伍家沟故事村》一部；出版《中国民间文学遗产》《走马镇民间故事》《王海洪故事集》等书。1998年12月召开了项目成果汇报会。此项活动在各采录地引起强大反响，促进了农村群众对自己的文化传承和文化创造的珍视。吉林农民自豪地说："我们的'瞎话'（故事）都讲到联合国去了。"一些地方还要为民间故事家树碑立传。为保护民间文化遗产开辟了新途径，获得了新成果。

1992年至1997年，中日两国学者共同进行"环东海农耕文化民俗学研究"，在中国浙江省温州、宁波、奉化、丽水和日本的新泻县、熊本县、千叶县、冲绳县等地对节日、礼仪、婚庆、丧葬、民居、祭祀、崇拜、信仰、生产等诸多方面进行了跨年度全方位、多层面的综合考察。

1996年4月，中国民协召开了国际民间叙事文学研究会北京学术研讨会。北京学术研讨会有来自26个国家和地区的100余位代表出席会议。中国推举的40位代表，高水准地展示了我国民间文艺界的研究成果。

（四）开掘民间文艺丰富资源　弘扬优秀民间文艺

民间文艺在人民的劳动、生活、风习中流传，是人民大众精神风貌的展现。民间文艺种类繁多，形式多样，内涵丰富，是人民创造才能结出的丰硕精神果实，反映着人民的审美理想，浓缩着中华文化的民族精神。把有精湛技艺、精美形式和精深内涵的民间文艺瑰宝从自生自灭和人亡艺绝的境地中挖掘出来，弘扬开去；把人民喜闻乐见的民间文艺，在人民自己的文化生活中生动活泼地开展起来，促进城乡精神文明建设；把民间文艺的传承与提高结合起来，使民间文艺的美学传统得到不间断地继承和发展，是时代赋予民间文艺工作者的重要使命之一。

9年来，中国民协通过举办各种全国性、国际性的民间文艺活动，努力挖掘和弘扬优秀的民间文艺，努力开拓民间文化艺术的广阔市场，为地方经济和旅游经济的发展服务，促进各民族的文化交流和民族团结，丰富人民群众的文化生活。

1. 举办民间手工艺术展示活动

民间手工艺术来自于民俗生活，民间艺人将土木泥石化腐朽为神奇，使人惊叹："美在民间。"在现代化进程中，留住手工艺术，是留住传统的一个重要方面。

1993年7月18日至9月20日，中国民协与万博文化城在南戴河联合举办了中国民间艺术大展，全国有21个省、自治区、直辖市的23个参展团，展品丰富多彩，布满6000多平方米的9个厅室。参观人数达20万人次。李瑞环、杨尚昆、薄一波、赛福鼎等领导人和各界知名人士题词盛赞大展是"辉煌的艺术"。1998年8月，中国民协和中国文联联合主办首届国际民间工艺博览会。来自全国24个省、自治区、直辖市的200余位民间艺术家一展风采。百余种、数万件工艺精品荟萃，琳琅满目，争奇斗艳，民间艺术的展示再上新台阶，民间艺术在文化市场争得了一席之地。

1997年6月，中国文联举办，中国民协承办《首届中国十大民间艺术家精品展》。1997年11月，中国民协与北京电视台合作在中央电视塔举办国际手工艺术周，13名中国民间艺术家和大师与南非、日本、秘鲁、印度的手工艺术家同时进行现场表演和交流。民间艺术家身怀绝技，不同凡响，受到观众的热烈欢迎。展览为推名家、出精品，育市场、创效益做出了有益的探索。借助现代传媒，民间艺术魅力四射。

2. 举办中国民间艺术节

1993年10月9日至14日在北京门头沟区举办第三届中国民间艺术节，有12个民族的20多个艺术表演队参加。1999年10月，中国民协在江苏省无锡市举办第四届中国民间艺术节，艺术节有来自11个省（自治区）的23个民族的民间歌舞表演和7省、市民间艺术大师的制作展示，四天演出21场，中外观众10万余人。中国民间艺术节成为综合展现民间艺术各个门类风采和民间文艺继承发展取得新成果的大舞台，在社会上各种艺术门类百花齐放的艺术节中崭露头角，独具特色。

3. 举办大型民间文艺比赛

民间表演艺术具有广泛的群众性和鲜明的民族性，弘扬好这一民间艺术形式，有利于激发和振奋民族精神。1999年12月，中国民协与中国文联在北京举行"国安杯"中华舞龙大赛。来自全国各地、各民族的舞龙高手3000余人，龙队32支参加大赛。200余支风格各异、形制独特的龙舞，全面展现了中国龙文化的风采，许多地方为参赛将当地传统舞龙进行了抢救性挖掘、整理，少数民族地区也踊跃参赛。大赛之后，各舞龙队移师天安门广场表演，成为北京庆祝澳门回归大型文艺演出的主角。中央电视台向全世界现场直播。龙队还在八达岭长城为“迎接新世纪庆典全球电视联播”一展“中国龙”的风采。天安门舞龙是中国舞龙史上的头一回。此次活动影响巨大，名扬世界，吸引了亿万观众，受到各界人士称誉。中国民协因此受到北京市澳门回归庆祝活动领导小组的表彰和中国文联党组的通报表彰。

2000年，中国民协、国家旅游局、中央电视台等单位联合举办2000年神州世纪游全球华人元宵灯谜楹联竞猜活动，国内30个省、自治区、直辖市和海外华人踊跃参与，通过互联网猜谜对联。农历正月十五，在深圳举行《盛世观灯——2000元宵晚会》，中央电视台国际频道向全球播出。

2000年11月8日至10日，在浙江省杭州市举办了中国民间文艺山花奖首届民间广场歌舞大赛。12个省、自治区、直辖市的18支代表队，800余人参加比赛。多姿多彩的民族民间歌舞为浙江省“西湖博览会”增添了亮丽的风景，成为博览会文艺踩街、大型闭幕式演出中的主角。

4.举办纪念中国民协成立50周年盛大纪念活动

2000年3月29日是中国民协成立50周年的喜庆日子。半个世纪以来，中国民协在党的领导下，虽历经风风雨雨，仍然在弘扬民间文化，搜集、保护、整理、研究民间文艺特别是民间文学中取得举世瞩目的成绩。五十年来的搜集普查工作，使我们获得了56个民族民间文学的浩如烟海的宝贵的精神财富，丰富了中国文化和世界文化宝库。民间文艺学以其丰硕成果和大批杰出学人在人文社会科学中崛起。民间文艺事业日益呈现欣欣向荣的景象。为继往开来，中国民协在四川省成都市举办了系列庆祝活动：召开中国民协成立50周年庆祝大会，颁发中国民间文艺山花奖成就奖、电视音像作品奖，召开（第）五届七次常务理事扩大会，举办专场民间文艺晚会，举办全国民族民间工艺博览会等。庆祝活动隆重、热烈，在社会上产生了广泛影响，很好地总结、宣传了50年来中国民协的成就。

（五）加强队伍建设　奖掖优秀人才

9年来，中国民间文艺队伍得到壮大与发展。针对会员队伍年龄老化，结构不合理，对民间艺术人才重视不够的状况，近年来，注意从青年人才和艺术人才中发展会员。现有会员3800余人，在发展会员的同时，我们特别注重提高队伍的素质建设，以奖掖优秀人才作为加强会员队伍建设，特别是会员职业道德建设的一项重要举措。

1997年，我会与各省民协共同推举8名会员出席首次中国文联各文艺家协会中青年会员德艺双馨座谈会。他们是：龙海清、郑一民、罗义群、刘蕴杰、程建君、马青、乔永福、崔欣。1999年又推举7名会员王映雪、韦苏文、邓毅、白庚胜、吕存、姚二龙、甄亮出席中国文联“向祖国汇报——百名优秀青年文艺家创作经验交流会”暨第二次德艺双馨座谈会。2000年，出席中国文联第三次德艺双馨座谈会的是才旦多吉、王恬、龙耀宏、吕建军、何承伟、曹保明。中国民间文艺家协会也于1999年召开了中国民协中青年德艺双馨会员表彰会，表彰了全国29个省、自治区、直辖市的86位优秀会员。

1996年，中国民协与联合国教科文组织联合对我国的工艺美术家进行命名活动，命名中国民间工艺大师15名，中国一级民间美术家96名，中国民间工艺美术家541名。1998年，中国民协与联合国教科文组织又命名了一批民间文艺家。

1997年经中宣部批准立项的，由中国文联、中国民协主办的中国民间文艺山花奖是中国民间文艺最高奖。1999年，中华舞龙大赛有8支舞龙队获此殊荣，他们是湖北红金龙舞龙队、山东阎千户舞龙队、江苏栖霞舞龙队、江苏汉魂舞龙队、湖南边城巨龙队、河南项城锣龙队、辽宁金州女子舞龙队、浙江檀溪寺前村龙灯队。2000年又评出9名德高望重、从事民间文艺事业50年以上、取得过卓越成就的老前辈为终身成就奖和成就奖，他们是：终身成就奖本会名誉主席、著名学者钟敬文，成就奖本会首席顾问、著名学者贾芝，本会副主席、著名学者姜彬，著名神话学家袁珂，著名搜集家、研究家萧崇素，著名搜集家、研究家董均伦，有“当代荷马之誉的史诗艺人居素普·玛玛依，著名歌手康朗甩，著名故事家刘德培。《美从民间来》《民间风》《山神后人》等9个电视音像作品同时获奖，民间广场歌舞大赛评出《黄阁麒麟舞》《淳安竹马》等8支代表队的作品获山花奖。山花奖成就奖获得者是我国民间文艺事业杰出成就的代表；山花奖各类作品奖获奖作品，都是民间文艺最新的精品，是文艺百花园中的奇葩。中国民协在评奖过程中，还努力探索出了评奖与比赛、评奖与大型节会活动相结合的路子，以评奖促活动，以活动带评奖，收到很好的效果。

（六）开展对台文化交流和国际文化交流　促进两岸统一与世界和平

1. 中国民协与台湾民间文学界建立交流关系，至今已有十几年的历史，学术间的交流，为我们的相互理解与沟通架起了桥梁，向往统一成为两岸学者的共同愿望和呼声。

1994年、1996年、1997年、2000年，中国民协曾四次应邀派出学者访问台湾，在台北、高雄等地参加学术研讨会，并出版了《海峡两岸民间文学学术论文集》四本。台湾学者更是频繁来大陆交流，参加各种学术会议。

1999年，中国民协与河北省民协联合召开《海峡两岸民间文艺研究与发展学术研讨会》，台湾中国口传文学学会金荣华等一行8人出席会议，大陆学者百余人（其中副教授以上学者78名），是海峡两岸民间文艺界规模大、层次高的学术会。

2. 中国民间艺术，历史悠久，韵味独特，丰富多彩，享誉世界。9年来，中国民协派出10余个民间艺术代表团赴德国、巴基斯坦、以色列、新加坡、韩国、美国等参加展览或艺术节，受到热烈欢迎。

1994年，派出以冯元蔚为团长的40人的中国民间艺术代表团赴巴基斯坦出席首届国际伊斯兰手工艺术节。1995年开始，中国民协每年组织民间艺术代表团参加以色列耶路撒冷的国际民间手工艺术博览会，迄今已是第六次参加这一活动了。1999年以色列驻华使馆与中国民协联合主办了《中国民间艺术家眼中的以色列》展览。

2000年，本会组织的中国民间艺术代表团赴美国表演，反响强烈，场场爆满。我国驻美国大使馆还组织了专场为各国驻美使馆人员表演。

3. 9年中，中国民协派出代表团参加国际学术会议，进行学术访问10余次，分赴芬兰、日本、俄罗斯、泰国、印度、德国、奥地利、加拿大、美国等国家。来访的外国代表团也有十余个，一百余人次。

总之，第五届全国代表大会以来的9年，是中国民协团结广大民间文艺工作者不懈努力、辛勤耕耘、硕果累累的9年。9年多来，为使我国民间文艺事业与时俱进，不断繁荣，中国民协努力探索工作新思路，既顺应时代变革，又接受时代挑战，竭力把握民间文艺事业发展机遇；努力探索将蓬勃发展的民间文学事业优势与开放的民间文艺活动相结合的工作格局；努力探索中国民协与地方民协、团体会员与个人会员形成合力，整体推进民间文艺事业发展的路子；努力探索适应社会主义市场经济形势的工作机制，力争社会效益与经济效益并举。9年多来，各地民协对中国民协的工作给予了大力的支持和配合，各地民协也为各地民间文艺事业的繁荣开展了创造性的工作，取得了巨大的成就，创造了许多好的经验，使民间文艺事业真正繁荣在基层。9年来民协工作的成绩是在党和政府的关怀与支持下取得的，是在广大民间文艺家参与下取得的，是在社会各界的大力支持下取得的。在这里，我代表中国民协向关心支持我们工作的各级领导和同志们、朋友们表示衷心的感谢！

同时，我们也应看到，协会工作9年来仍存在很多不足之处，比如：凝聚力有待进一步加强；会员队伍的发展壮大应与民间文艺繁荣发展的形势相适应；如何进一步适应社会主义市场经济的发展，开辟新领域，又很好地继承和发挥传统的优势，还有待进一步去探讨。总之协会工作与时代发展和人民需要尚有较大距离，我们要立足于改革，立足于发展，立足于服务，立足于让民间文艺界满意，总结经验教训，认真规划今后的工作。

今后工作的建议：

从新世纪开始，我国将进入全面建设小康社会，加快推进社会主义现代化的新的发展阶段。今后五到十年，是我国经济和社会发展的重要时期。十五届五中全会提出了《（中共中央关于）制定国民经济和社会发展第十个五年计划的建议》，站在跨世纪的历史新高度上，放眼世界，规划中国的发展，提出经济和社会发展目标、战略布局、重点任务，描绘了我国在新世纪第一个五年经济和社会发展的壮丽蓝图，反映了全国各族人民的心愿。《建议》是指导我国今后五至十年经济和社会发展的纲领性文件。中国民协要以党的十五大和十五届五中全会精神为指导，规划好今后五年的工作，把有中国特色社会主义民间文艺事业推向21世纪。

繁荣民间文艺，必须认真学习马列主义、毛泽东思想和邓小平理论，认真学习和贯彻党的文艺方针政策，坚持为人民服务、为社会主义服务的方向和百花齐放、百家争鸣的方针。要认真学习和实践江泽民同志关于“三个代表”的重要思想，为建设社会主义精神文明，发展有中国特色社会主义文化作出新的贡献。中国民协50年来，在民间文学的搜集、整理、推广、研究，在民间文艺学学科建设与理论研究，在民间文艺的继承、弘扬、开发、展示等方面都做出了辉煌的业绩。今后5年里，我们要发扬光大这些光荣传统，围绕弘扬优秀的民族民间文化，围绕民间文化遗产的保护、继承和发扬，围绕繁荣民间文学、艺术、文化及其学术理论和丰富人民群众的文化生活，继往开来，再立新功。要而言之，继续采风，深入研究，拓展领域，广泛联络，壮大队伍，奖掖人才，应该成为我们今后工作的重要任务。

为此，对中国民协今后五年的工作任务和工作思路，提出如下建议：

（一）抓好重点工程　深化学术研究和学科建设

《中国民间故事集成》《中国歌谣集成》《中国谚语集成》是国家重点科研项目，也是中国民协的重点文化工程。三套集成自1984年启动，1991年开始出版以来，迄今已进入最后的冲刺阶段。按照国家艺术科学规划领导小组的要求，此项工作要在2004年完成全部省卷的出版任务。今后的集成工作，重点将逐渐向各卷总编辑部担负的审稿、出版工作转移。要继续加强对集成工作的领导和支持，中国民协三套集成工作办公室，要协助各卷总主编、副主编和各省集成编委会，做好编辑、审稿、改定工作，协调好有关出版工作，按期完成老一辈民间文艺工作者开创、数百万民间文艺工作者几十年为之夙兴夜寐辛勤劳动的这一浩大工程。在抓好集成工作最后的冲刺和攻关的同时，要积极谋划对集成资料本、省卷本的研究和推广开发。要特别重视对集成资料本的保存和保护，可以通过建立资料馆、博物馆进行重点管理，也要尽快将手写记录稿用电脑、光盘等进行高科技转存。千万不能让来之不易的宝贵资料再人为散失和损坏。要利用集成成果，开展若干专题学术理论的研讨，对民间故事进行分类（如AT分类）研究。要加强民间文艺学科的基本理论建设和学科体系的建构，努力建立马克思主义的中国民间文艺学。

（二）继续深入采风　推进优秀民间文艺的继承和发展

采风是我国民间文艺史上的伟大传统。北大歌谣运动以来，《讲话》发表以后，三套集成的实施，中国文联万里采风活动的开展，使采风运动绵延不绝，与时俱进，达到了前所未有的广度和深度。中国民协要继承采风的光荣传统，有规划有计划地继续组织好定向的、专题的、重点的、多民族的采风活动。要把采风与命名民间文化艺术之乡活动，如民歌乡、故事村、楹联村等结合起来，把采风与抢救、挖掘、保护重点民间文艺事象结合起来，把采风与建立民间文艺创作基地结合起来，把采风与培训专业队伍结合起来，把采风与重点科研项目结合起来，把采风与国际民间文艺交流和比较研究结合起来。

要特别着重西部开发中的民间文艺采风和民间文艺开发的结合。要由点到面、有计划地重点加强对民间艺术的采风，注重用电视录像、图片光盘记录和出版采风成果。

要发挥专家优势、专业优势，积极承担民间文化遗产保护和民间文艺著作权立法的调研工作。

（三）办好大型活动　发挥民间文艺的综合功能和效应

民间文艺具有最广泛的群众性和深刻的民族性。民间文化艺术不仅是民族文化的宝贵遗产，也是当代人民生活最生动现实的文化内容。组织好广泛多样的民间文艺活动，有益于引导人民文化生活向文明健康的方向发展。丰富多彩的中国各民族民间文艺，与各民族人民的民俗文化和民俗生活紧密相连、息息相关，是今后旅游经济的重要人文景观和开发资源，对促进经济发展具有直接的功效。中国民协要继续办好一节（中国民间艺术节）、一会（国际民间工艺博览会），继续探索和完善比赛、评奖、节庆综合互动的思路，把广场、市场、文化场统一起来，打造出民间文化活动的知名品牌。

（四）完善“山花奖”评奖　促进出人才，出作品，出成果

已经颁发过的山花奖成就奖、中华舞龙大赛奖、电视音像作品奖、民间广场歌舞奖，均产生了广泛的积极的影响。中国民协要继续做好山花奖成就奖评奖，并逐渐使之成为催生杰出人才特别是中青年杰出人才的权威奖项；山花奖民间表演艺术奖继续增加项目和品种，使之系列化、类型化，形成规模。陆续启动山花奖学术著作奖、民间文学作品奖、民间工艺奖等奖项，全面发挥评奖工作的导向功能、激励功能、繁荣功能。

做好中国民间文艺山花奖的评奖工作，要不断在评奖实践中，完善评奖制度。完善评奖章程和细则，坚持科学、公正、公开的原则，把“山花奖”办成真正具有权威性、专业性、导向性的大奖。要继续探索把评奖和大型民间文艺活动，和民间文艺比赛，和民间文艺节庆相结合的路子。

（五）拓宽文化交流渠道　让民间文艺大步走向世界

中国现代民间文艺运动，经过近一个世纪的努力，民间文学的搜集、出版、研究，民间文艺学科的理论建设，取得了举世瞩目的成就，在国际上产生了深远的影响。我国民族特色浓郁文化内涵丰富的民间文艺也受到世界各国人民的广泛青睐和喜爱。中国民协要努力拓宽民间文艺的国际交流渠道，请进来，走出去，与国际民间文学、民间艺术、民间文化学术界进行广范围、深层次的学术对话；与联合国教科文组织等国际民间文化组织和机构进行合作，继续开展民间文艺家命名、民间文化遗产普查和记录等工作；与有关国家的机构或学者合作，进行双边田野作业和比较研究。开拓中国民间艺术的国际市场，努力探索民间工艺、民间文艺的商业性出国展销、展览、展演并两个效益双赢的路子。

（六）加强服务意识　不断加强民间文艺队伍建设

中国民协要加强机关建设、组织建设、思想建设，加强管理，改进作风，培养一支思想过硬、作风过硬、业务过硬，懂管理、懂专业的干部队伍，更好地为民间文艺家和地方民协工作服务。发挥好协会机关的“联络、协调、服务”的功能，要站在造就大批民间文艺杰出研究人才和传承家的高度，求实务实踏实，爱岗敬业，热心服务。继续开展德艺双馨会员评比表彰工作。要重视新会员的发展工作，及时吸纳优秀的民间文艺工作者、艺术家、学者加入到协会队伍中来。要努力和尽力为优秀会员推广其学术成果和艺术成就。在理论研究方面，有计划地为学术成就突出的老专家举办个人学术成果研讨会；为重大学术新成果举办研讨会；在民间艺术方面，每年举办一

次十大民间艺术家精品展，经常性地举办中小规模的民间工艺展览；在民间表演艺术方面，适时推出专场民间文艺晚会。《民间文学》《民间文化》《缤纷》三个刊物要坚持正确的办刊方向，积极探索社会效益第一，社会效益和经济效益并重的发展道路。

对各省、自治区、直辖市民协在繁荣民间文艺事业方面创造出的好经验、好办法，要及时总结、介绍、推广和表彰；凡在地方举办的大型民间文艺活动，要紧密团结和依靠地方民协，帮助地方民协提高影响力和知名度。

要继续做好海峡两岸民间文艺交流和合作，推进祖国和平统一；积极开拓与港澳的民间文艺交流与合作。

同志们，未来的五年是新世纪和新千年的开端。建设社会主义精神文明，发展有中国特色社会主义文化，是社会主义现代化建设的重要内容和保证。民间文化和民间文艺是社会主义精神文明建设和有中国特色社会主义文化的重要组成部分，我们肩负着历史赋予的责任和使命，一如先哲所言："士不可以不弘毅，任重道远。"

新的世纪也是一个新的时代。在现代科技和经济全球一体化的浪潮中，世界范围的各种思想文化必将相互激荡和剧烈撞击，也必将在新的广度和深度上再一次印证"越是民族的，越是世界的"这一文化发展和交流的真理。民间文艺在人民生活中千万年来世代相传，代表了中国文艺民族性的重要特征，是人民智慧的结晶。面对民族遗产如此博大精深的文化财富和时代发展如此激动人心的机遇和挑战，中国民协将不辱使命，与各地民协一起，团结全国各民族民间文艺工作者，为繁荣民间文艺事业，怀精卫之志，奋愚公之愿，一德一心，填海移山。

中国民间文艺家协会
第七次全国代表大会

与时代同步伐　与人民共命运

——在中国民间文艺家协会第七次全国代表大会开幕式上的讲话[1]

中共中央政治局委员、中央书记处书记、中宣部部长

刘云山

各位代表、同志们、朋友们：

在党中央的亲切关怀下，中国民间文艺家协会第七次全国代表大会今天开幕了。在此，我向大会的召开表示热烈祝贺！向参加这次会议的代表和广大民间文艺工作者致以崇高的敬意和诚挚的问候！

这次大会是在全国上下深入贯彻落实科学发展观，实施“十一五”规划，建设社会主义和谐社会的新形势下召开的一次盛会，是对新世纪我国民间文艺事业蓬勃发展的一次重要检阅。相信通过各位代表的共同努力，本次大会一定能够开成一个高举邓小平理论和“三个代表”重要思想伟大旗帜的大会，开成一个动员广大民间文艺工作者为发展民间文艺事业、繁荣先进文化献计献策的大会，开成一个发扬民主、统一思想、团结鼓劲的大会！

优秀民间文化遗产和民间文学艺术是我国民族文化的瑰宝，是中华文化跻身世界文化之林的优势所在。民间文艺历史悠久、源远流长，生于民间、兴于民间、藏于民间，与人民群众的日常生产生活息息相关，与人民群众的精神文化活动息息相通，是人民群众自己创造、自己传承的文化艺术，是中华民族五千年历史的宝贵结晶。继承民间文化遗产，光大民间文化艺术，对于培育和弘扬民族精神，坚持文化多样性，维护我国文化主权和文化安全，激励全国各族人民共同为实现中华民族的伟大复兴而奋斗，具有重要的现实意义和深远的历史意义。

中国民间文艺家协会是党领导下的由全国各民族民间文艺家组成的人民团体，是党和政府联系广大民间文艺工作者的桥梁和纽带，是一支保护民族民间文化遗产、传递中华文明薪火、繁荣社会主义文艺的重要力量。自上次全国代表大会以来，中国民

[1] 讲话时间为2006年4月20日。

协始终坚持先进文化前进方向，切实履行联络、协调、服务职能，紧密联系广大民间文艺工作者，积极开展民间文化遗产普查和整理工作，抢救和保护濒危民间文化遗产，推动民间文艺创作，加强队伍建设，倡导德艺双馨，做了大量富有成效的工作。广大民间文艺工作者认真贯彻党的文艺方针政策，积极投身改革开放和现代化建设的生动实践，以严谨的创作态度和不懈的探索精神，推出了一大批优秀民间文艺成果，为传承优秀民族民间文化艺术、丰富人民群众精神文化生活、推动中外文化交流等，作出了重要贡献。

同志们，我们所处的时代，是一个呼唤先进文化，也必将推动文化繁荣发展的伟大时代。广大民间艺术工作者要顺应时代发展潮流，充分利用我国经济社会蓬勃发展带来的有利条件，充分利用人民群众精神文化需求日益增长带来的良好机遇，努力开创我国民间文艺事业蓬勃发展的新局面。

希望广大民间文艺工作者以邓小平理论和“三个代表”重要思想为指导，牢牢把握社会主义先进文化前进方向，全面落实科学发展观，坚持“二为”方向和“双百”方针，坚持贴近实际、贴近生活、贴近群众，推进中国民间文化遗产抢救工程，加强对各民族民间文化遗产的整理和研究，进一步做好优秀民间文艺的宣传展示和开发利用，积极推动我国民间文艺事业的繁荣发展。

希望广大民间文艺工作者紧紧围绕党和国家的工作大局，按照中央建设社会主义新农村的要求，把弘扬民间文艺作为农村文化建设的重要内容，坚持继承与创新统一、专业与业余结合、研究与展示并重，科学利用农村民间文化资源，积极开展具有浓郁民间特色的群众文化活动，繁荣发展乡村民间文艺，满足广大农民群众的精神文化需求，促进我国农村物质文明与精神文明协调发展。

希望广大民间文艺工作者以保护世界文化多样性为己任，不断探索保护、开发和利用民族民间文化的方法、途径和手段，积极参与国际非物质文化遗产保护工作，充分发挥民间文艺在强化文化认同、促进民族团结和国家统一中的独特作用，不断扩大我国民间文艺的覆盖面和影响力，更好地促进国际文化交流，更好地弘扬中华优秀民族民间文化。

希望广大民间文艺工作者牢记所肩负的崇高职责和历史使命，以德艺双馨的标准严格要求自己，加强学习、注重修养、提高境界，与时代同步伐，与人民共命运，不辜负党的信任与人民的重托，为继承和弘扬优秀民族民间文化，繁荣发展社会主义文艺作出更大贡献。

今年“两会”期间，胡锦涛总书记提出的以“八荣八耻”为主要内容的社会主义荣辱观，是中华民族传统美德与时代精神的完美结合，反映了全国各族人民的共同心愿，得到全社会广泛认同和衷心拥护。包括民间文艺家在内的广大文艺工作者，既要宣传倡导也要身体力行。要在日常生活中带头践行“八荣八耻”的基本要求，在文艺作品创作生产中努力贯穿“八荣八耻”的价值取向，用作品的力量和人格的魅力积极倡导社会主义荣辱观，推动形成知荣辱、树新风、促和谐的文明社会风尚。

同志们，时代的发展为民间文艺事业繁荣发展提供了良好机遇，为广大民间文艺工作者施展才华提供了广阔舞台。让我们更加紧密地团结在以胡锦涛同志为总书记的党中央周围，坚持以邓小平理论和“三个代表”重要思想为指导，同心同德、奋发进取，不负重托、不辱使命，为建设社会主义先进文化谱写新的篇章，为实现中华民族的伟大复兴作出更大贡献！

祝大会圆满成功！祝各位代表和同志们工作顺利、身体健康！

再谱新曲　再创辉煌

——在中国民间文艺家协会第七次全国代表大会开幕式上的讲话[1]

中共中央宣传部副部长

李从军

各位代表、同志们、朋友们：

中国民间文艺家协会第七次全国代表大会今天隆重开幕了。这次大会是在全国深入学习党的十六届五中全会精神、贯彻落实科学发展观、全面实施“十一五”规划和努力建设社会主义新农村的新形势下召开的一次盛会，是一次总结经验、展望未来的会议，是一次团结鼓劲、开拓进取的会议，必将对我国民间文艺事业的繁荣和发展产生积极影响。在此，我谨代表中宣部，向大会表示热烈的祝贺！向各位代表和民间文艺界的同志们、朋友们致以诚挚的问候！

中央对这次会议的召开非常重视，中共中央政治局委员、书记处书记、中宣部部长刘云山同志多次过问会议筹备情况，对开好这次大会提出明确要求，今天又出席会议并将发表重要讲话。我们要按照云山同志的讲话要求，认真开好这次会议，把讲话精神落实到今后的工作中去。

民间文艺是人类文化多样性的根基，是人类文化遗产的重要组成部分。我国的民间文艺历史悠久、源远流长、风格多样、品类繁盛，是中华民族世代相传的文化财富，是国家和民族生存与发展的文化基因。我国民间文艺的优秀传统与社会主义文艺血脉相通，是社会主义精神文明和先进文化建设的重要源泉。新中国成立后，特别是改革开放以来，我国民间文艺焕发出新的光彩和生机。广大民间文艺工作者深入改革开放和现代化建设伟大实践，在继承和弘扬祖国优秀传统文化的基础上，积极投身于保护、抢救和开发蕴藏丰富的民族民间文化遗产，推出了一大批思想深厚、艺术精湛、惠泽后世的学术成果和民间文艺作品，极大地满足了人民群众的精神文化生活，为建设社会主义先进文化做出了突出贡献。

[1] 讲话时间为2006年4月20日。

自第六次全国代表大会以来，我国民间文艺事业取得了长足发展，民间文艺事业受到全社会广泛关注，特别是中国民间文化遗产抢救和保护工程已经成为时代发展的一个亮点。五年来，中国民协坚持以邓小平理论和“三个代表”重要思想为指导，全面落实科学发展观，坚持“二为”方向和“双百”方针，贴近实际、贴近生活、贴近群众，认真履行联络、协调、服务职能，充分发挥桥梁和纽带作用，调动广大民间文艺工作者的积极性和创造性，在抢救民间文化濒危遗产、促进国家非物质文化遗产保护、弘扬传统节日文化、活跃民间文艺创作与表演、加强理论研究与队伍建设、推动民间文艺国际交流等方面，做了大量卓有成效的工作。

长期以来，党和政府高度重视繁荣民间文艺、抢救和保护非物质文化遗产工作，并为此制定了一系列方针政策。党的十六大提出要“扶持对重要文化遗产和优秀民间艺术的保护工作”，国务院近年来也相继发出通知，要求加强非物质文化遗产保护、建立非物质文化遗产国家名录和设立文化遗产日，中宣部等五部委发出了《关于运用传统文化节日弘扬民族文化优秀传统的意见》，这些都为民族民间文艺发展带来了新的机遇，提出了新的更高要求。希望广大民间文艺工作者进一步认清形势、振奋精神、把握机遇、开拓进取，义不容辞地承担起时代和人民赋予的神圣职责，努力开创民间文艺工作新局面。

开创民间文艺工作新局面，就要始终坚持正确方向。要坚持以邓小平理论和“三个代表”重要思想为指导，贯彻落实科学发展观，坚持为人民服务、为社会主义服务的方向和百花齐放、百家争鸣的方针，贴近实际、贴近生活、贴近群众，积极引导广大民间文艺工作者不断增强实践党的文艺方针政策的自觉性和坚定性。要围绕党和国家的工作大局，认真学习领会胡锦涛总书记提出的以“八荣八耻”为主要内容的社会主义荣辱观，把民间文艺的发展与时代的呼唤和人民的需求结合起来，进一步坚定建设中国特色社会主义事业的共同理想，始终保持奋发有为、昂扬向上的精神状态，为构建社会主义和谐社会作出更大贡献。

开创民间文艺工作新局面，就要坚持培育和弘扬民族精神。民间文艺在培育和弘扬民族精神方面具有不可替代的独特作用。要紧紧把握时代脉搏，把握人民群众的审美需求，从悠久灿烂的中华民族民间文化宝库中，充分发掘和弘扬一切有利于经济发展、社会进步、民族团结、人民幸福的思想和精神，努力形成鲜明的中国风格、中国特色和中国气派。要大力挖掘和弘扬民族民间文艺中蕴藏的爱国主义精神与传统美德，努力让具有科学艺术价值的文化遗产为促进社会全面进步和人的全面发展发挥更大作用。

开创民间文艺工作新局面，就要坚持贴近实际、贴近生活、贴近群众。民间文艺是极为鲜活而生动的文化形式，是人民群众自己创造的文化成果，与人民生活水乳交融、息息相关。要牢记人民是文艺工作者的母亲，人民群众不仅是民间文艺的欣赏者和消费者，也是民间文艺的创造者和参与者，离开了群众，民间文艺就会失去源头活水和发展动力。要坚持民族风格和地域特色，科学处理继承、创新和发展之间的关系，坚持古为今用，推陈出新，始终把满足人民群众日益增长的精神文化需求放在首位，活跃文化生活，凝聚民族情感，增进社会和谐，努力促进经济建设、社会建设、政治建设、文化建设协调健康发展。

开创民间文艺工作新局面，就要求中国民协充分履行联络、协调、服务职能，把中国民协真正建设成为“民间文艺工作者之家”。要认真分析新形势，研究新情况，把握协会工作的特点和规律，充分发挥桥梁纽带作用，开展丰富多彩的民间文艺交流活动，密切同民间文艺工作者的联系。要认真贯彻落实党中央、国务院关于非物质文化遗产保护工作的有关精神和要求，积极开展民间文化遗产的抢救、普查、搜集、整理、研究和利用工作，组织开展好具有国家水准和民族特色的民间文化工程。要大力加强队伍建设，深入开展“三项学习教育”活动，引导广大民间文艺工作者加强思想艺术修养，努力做到德艺双馨。要充分发挥人民团体的独特优势，满腔热情地与广大民间文艺工作者交朋友，寓引导于服务之中，寓管理于服务之中，通过不懈的努力和有效的工作，增强协会的凝聚力、影响力，团结广大民间文艺工作者，共同为繁荣社会主义文艺事业而不懈奋斗。

各位代表、同志们、朋友们，时代发展为民间文艺事业的腾飞提供了良好机遇。面对新的形势，我们深信，广大民间文艺工作者以中华民族的伟大复兴为己任，携手同心、潜心钻研、博采众长、开拓创新，一定会迎来我国民间文艺百花争艳的繁荣时代，就一定能够创造出更加灿烂的民族民间文化。让我们更加紧密地团结在以胡锦涛同志为总书记的党中央周围，高举邓小平理论和“三个代表”重要思想伟大旗帜，贯彻落实科学发展观，团结一致，扎实工作，与时俱进，奋发努力，共同为建设社会主义先进文化再谱新曲、再创辉煌！

最后，预祝大会圆满成功！祝大家身体健康，工作顺利！

谢谢大家。

携起手来　为繁荣我国的民间文艺事业作出新的贡献

——在中国民间文艺家协会第七次全国代表大会上的祝词[1]

中华人民共和国文化部副部长
周和平

尊敬的云山同志、各位领导、各位代表、朋友们、同志们：

今天，全国民间文艺界的代表欢聚一堂，共商中国民间文艺事业的发展大计。这是全国各民族民间文艺工作者的一次盛会。在这里，我代表文化部向中国民间文艺家协会第七次全国代表大会的隆重召开表示热烈祝贺！向各位与会代表以及全国民间文艺工作者致以亲切问候和崇高的敬意！

民族民间文化是我国各族人民在漫长的历史发展中共同创造的珍贵精神财富。其种类之繁多、形式之多样、内容之丰富，为世界少有。它蕴含着中华民族特有的精神价值、思维方式和理想追求，体现了中华民族的生命力和创造力，是发展社会主义先进文化的重要精神财富。

新中国成立以来，党和政府十分重视保护和发展中华民族优秀传统文化、把培育和弘扬民族精神作为建设社会主义文化的重要内容。上（20）世纪50年代，我国政府组织文化工作者对部分传统文化遗产进行了调查和研究工作，使许多濒临消亡的非物质文化遗产得到抢救和保护。此后，由老一辈知名学者提议发起的“十部中国民族民间文艺集成志书”的编纂工作，整理、保存了大量的珍贵艺术资源。近几年来，党和国家高度重视非物质文化遗产抢救和保护工作，按照党的十六大提出的“扶持对重要文化遗产和优秀民间艺术的保护工作”的要求，本着“保护为主、抢救第一、合理利用、传承发展”的方针，逐步建立起有中国特色的非物质文化遗产保护制度和“政府主导、社会参与、职责明确、运转协调”的工作机制。2003年，文化部、财政部联合国家民委、中国文联正式启动了“中国民族民间文化保护工程”。2004年8月，我国正式签署了联合国教科文组织《保护非物质文化遗产公约》。2005年3月，国务院印

[1] 讲话时间为2006年4月20日。

发《关于加强我国非物质文化遗产保护工作的意见》。12月，国务院颁发《关于加强文化遗产保护的通知》。具有中国特色的非物质文化遗产保护体系陆续构建起来，首批国家级非物质文化遗产推荐项目已向全社会公示，即将由国务院批准公布，这一举措在国内外引起良好反响。

中国民间文艺家协会认真贯彻党的文艺方针，努力发挥党和政府密切联系文艺工作者的桥梁和纽带作用，一方面继承和发扬老一辈民间文艺工作者的优良传统，一方面以更新、更高、更宽的时代视野开创了中国民间文艺事业的新局面。由中国民间文艺家协会发起的中国民间文化遗产抢救工程，符合党和国家的文化战略，有力地配合了中国民族民间文化保护工程和国家非物质文化遗产的保护工作，唤起了全社会保护国家文化遗产的自觉和热情。当前，我国正处在于社会的转型时期，经济发展迅速，城乡建设和开发速度加快，保护民族民间文化的任务还十分艰巨，还有大量的工作需要去完成。我殷切希望广大民间文艺工作者要紧密团结起来，继续卓有成效地开展工作。文化部将一如既往地支持民协的工作，发挥民间艺术家的重要作用，携起手来，为繁荣我国的民间文艺事业作出新的贡献。

同志们，朋友们，党的十六大和十六届三中、四中、五中全会为我国文化事业的发展绘制了宏伟蓝图，今年又逢十一五规划的开局之年，民间文艺事业进入了一个新的历史发展时期。让我们更加紧密地团结在以胡锦涛同志为总书记的党中央周围，坚持先进文化的前进方向，同心同德，团结协作，奋发进取，为全面构建和谐社会，建设社会主义新农村，保护和弘扬中华民族传统文化，作出更大的贡献！

祝中国民间文艺家协会第七次全国代表大会取得圆满成功！

乘势而上　再接再厉

——在中国民间文艺家协会第七次全国代表大会开幕式上的讲话[1]

中国文学艺术界联合会党组书记、常务副主席

胡振民

尊敬的刘云山部长，李从军、周和平副部长，尊敬的各位代表、各位嘉宾，同志们、朋友们：

中国民间文艺家协会第七次全国代表大会今天在这里隆重召开，这既是中国民间文艺界的一件大事，也是整个中国文艺界的一件大事。刚才，中国民协主席冯骥才同志致了一个热情洋溢、激情满怀、开拓进取、振奋人心的开幕词，我完全赞成！在这里，我谨代表中国文联向大会表示热烈的祝贺！向各位代表并通过你们向全国广大民间文艺工作者致以亲切的问候和崇高的敬意！

党中央以及中宣部、文化部对开好这次代表大会高度重视，中共中央政治局委员、书记处书记、中宣部部长刘云山同志亲自出席大会开幕式，并将发表重要讲话。中宣部副部长李从军同志、文化部副部长周和平同志，也出席今天的开幕式并讲话。这是对我们民间文艺工作和民间文艺工作者的亲切关怀和巨大鼓舞。我们要认真学习刘云山同志以及李从军同志、周和平同志的重要讲话精神，深入贯彻落实到实际工作中。

中华民族的民间文学艺术，历史悠久、源远流长，传承着中华民族的精神血脉，寄托着中华民族的生活愿望，蕴含着中华民族的审美追求。繁荣祖国民间文艺，对于弘扬民族精神，凝聚民族力量，激励全国各族人民建设富强民主文明的社会主义现代化国家，实现中华民族的伟大复兴，具有重要的现实意义和长远的历史意义。

自第六次全国代表大会召开以来，中国民间文艺家协会坚持以邓小平理论和“三个代表”重要思想为指导，牢固树立和落实科学发展观，围绕中心、服务大局，认真贯彻党的文艺方针，紧密联系中国民间文艺事业发展实际，积极履行联络、协调、服

[1] 讲话时间为2006年4月20日。

务职能，发起和实施“中国民间文化遗产抢救工程”，促进设立国家文化遗产日，推动民间文化立法，参与人文奥运，举办各种大型民间工艺博览会、民间艺术节、民间艺术展演、比赛，以及“山花奖”评奖等活动，在把握正确导向、推出精品佳作、开展理论评论、传承民间文艺、培育文艺新人、加强交流合作等方面，做了大量富有成效的工作。广大民间文艺工作者在各级党和政府的领导下，积极投身改革开放和现代化建设的时代洪流，贴近实际、贴近生活、贴近群众，努力探索，辛勤耕耘，积极挖掘整理和抢救保护民间文化遗产，创作了大批具有独特民族风格、强烈时代气息和丰富文化内涵的优秀作品，开展了形式多样、群众欢迎的民间文艺活动，为繁荣发展民间文艺、弘扬民族精神、丰富群众文化生活作出了突出贡献，成为社会主义先进文化和精神文明建设的一支重要力量。

现在，我国正处在全面建设小康社会、加快推进社会主义现代化的新的历史起点上。党的十六届五中全会关于制定国民经济和社会发展第十一个五年规划的建议，全面勾画出未来五年我国经济社会发展的宏伟蓝图，深刻阐明了建设社会主义先进文化的重要意义，突出强调了繁荣文艺事业在构建和谐社会中的重要作用，对进一步做好文艺工作提出了新的更高要求。最近，胡锦涛总书记又鲜明地提出要在全社会大力倡导和树立以“八荣八耻”为主要内容的社会主义荣辱观，对进一步加强社会主义精神文明建设，为全面建设小康社会和构建社会主义和谐社会提供坚实的道德支撑指明了方向。文艺工作者是精神文化产品的生产者和人类灵魂的工程师，明荣辱、树新风、促和谐是每一名文艺工作者义不容辞的光荣职责和神圣使命。我们一定要进一步增强使命感、责任感和紧迫感，自觉肩负起文艺工作者的这一光荣职责和神圣使命，努力为在全社会倡导树立社会主义荣辱观，为实现“十一五”规划和促进和谐社会建设作出积极贡献。

这次代表大会意义重大，责任重大。会议将总结过去五年的工作，部署今后五年的工作任务，选举新一届领导机构，对进一步开创民间文艺事业发展新局面至关重要。衷心希望全体代表共同努力，把这次会议开成一次承前启后、继往开来的大会，一次总结过去、规划未来的大会，一次统一思想、提高认识的大会，一次振奋精神、团结鼓劲的大会。衷心希望新一届民协领导班子乘势而上，再接再厉，积极探索新形势下符合中国民协组织特点，充满生机与活力的组织形式、运行机制和工作方式，紧密团结广大民间文艺工作者，百尺竿头，更进一步，以昂扬向上的精神状态，开拓创新的工作理念，求真务实的工作作风，不断开创民协工作的新局面，让党中央放心，让广大民间文艺工作者和人民群众满意。衷心希望广大民间文艺工作者始终坚持先进文化的前进方向，自觉以德艺双馨的标准严格要求自己，积极投身社会主义新农村建设，投身社会主义荣辱观的宣传教育，投身全面建设小康社会的伟大实践，在人民的生活中汲取题材、主题、情节、语言、诗情和画意，用人民创造历史的奋发精神来哺育自己，创作出更多具有独特民族风格、丰富文化内涵和强烈时代气息的优秀民间文艺作品，增强人们的精神力量，丰富人们的精神世界，满足人民的生活需求。

各位代表、同志们，让我们在以胡锦涛同志为总书记的党中央领导下，高举邓小平理论和“三个代表”重要思想伟大旗帜，深入贯彻党的十六大和十六届五中全会精神，牢固树立和全面落实科学发展观，坚持“二为”方向和“双百”方针，坚持贴近实际、贴近生活、贴近群众，努力继承中华民族优秀传统，大力发展社会主义先进文化，为全面建设小康社会、实现中华民族的伟大复兴作出新的更大贡献！

祝中国民间文艺家协会第七次全国代表大会圆满成功！

谢谢大家！

群策群力　共谋民间文艺的宏图大业

——中国民间文艺家协会第七次全国代表大会开幕词[1]

中国民间文艺家协会第六届主席

冯骥才

尊敬的各位领导、各位代表、同志们：

今天对于我国民间文艺界来说是一个重要的喜庆的日子。中国民间文艺家协会第七次全国代表大会开幕了！

这次大会是在我国经济蓬勃发展、社会稳定、民族团结、全国各族人民满怀信心地建设和谐社会和小康社会的大好形势下召开的，也是在我国步入第十一个五年规划开局之年、大力倡导社会主义荣辱观、积极为社会主义新农村建设作贡献的新形势下召开的。这次大会的召开，得到了中宣部和中国文联的亲切关怀与指导。这是我国民间文艺界的一次盛会。数百名民间文化工作者从全国各地、从各民族、从民间田野普查的第一线齐集北京，共谋民间事业的宏图大业。在这令人鼓舞的时刻，让我们对那些为抢救和保护中国民间文化遗产四处奔走的同志们、对为繁荣我国民间文艺事业作出杰出贡献的民间文艺工作者致以亲切的问候和崇高的敬意！

自中国民协第六次全国代表大会以来，在党的文艺方针指引下，我国民间文艺事业得到空前的进步与发展。在面对经济全球化带来的人类文化同质化对我们冲击的时候，我们没有退缩，没有旁观，而是选择了对民族民间文化优秀本质及其传承坚定的守望。一场空前规模的抢救和保护民间文化的行动，得到了党和政府的肯定与有力的支持，也得到社会各界与人民群众的广泛认同，造成民间文化的抢救、搜集、整理、研究空前活跃，学术层面充满活力。在中华民族伟大复兴的事业中，民间文艺工作者以强烈的使命感和责任感，发挥着愈来愈大的作用，受到社会各界乃至世界的关注与称许。应该说，我们民协的队伍是一支思想视野开阔、自觉承担历史重任的队伍，是建设社会主义先进文化的生力军！我们的协会，是一个充满事业激情、勇于开拓创新

[1] 致开幕词时间为2006年4月20日。

的团结一心的战斗团体！

近年来，党和国家在深化文化体制改革、推进文化产业发展的同时，十分重视加强非物质文化遗产——包括节日文化——这些民族重大精神文化财富的保护。目前，国家正对非物质文化遗产进行盘点，创造性地制定名录，公布了一系列相关的方针、政策和法规，并给予我们的工作以直接和实在的支持。在这里，我要向中宣部领导、文化部领导表示衷心感谢。

在我看来，任何物质性的支持都带着十倍和百倍的精神的鼓舞。

当然，我们还要看到摆在我们面前的民族民间文化工作的艰巨与繁重。工作的压力是我们这次会议的真正动力。在这次代表大会上，我们将审议《中国民间文艺家协会第六届理事会工作报告》，修订《中国民间文艺家协会章程》，选举产生中国民间文艺家协会新一届领导机构。

各位代表，我们这次大会要高举邓小平理论和“三个代表”重要思想的伟大旗帜，贯彻科学发展观，坚持“二为”方向和“双百”方针，遵循“民主、团结、鼓劲、繁荣”的要求，在代表们的共同努力下，开成一个学术活跃、工作务实的大会，开成一个群策群力、团结鼓劲的大会，开成一个承前启后、继往开来的大会。我们要继续发扬拼搏精神，调动一切积极因素，克服困难，开拓进取，无私奉献，更有作为，进一步开创我国民间文艺事业的新局面！

预祝中国民间文艺家协会第七次全国代表大会圆满成功！

谢谢大家。

肩负振兴民族文化的使命 开创中国民间文艺事业的新局面

——中国民间文艺家协会第六届理事会工作报告[1]

中国民间文艺家协会第六届副主席、分党组书记

白庚胜

各位代表：

中国民间文艺家协会第七次全国代表大会于今天隆重开幕。

这次代表大会是在全国各族人民深入贯彻落实党的十六届五中全会精神，努力构建社会主义和谐社会、全面建设小康社会和第十一个五年规划开局之年的大好形势下召开的。这次大会的指导思想是：以马列主义、毛泽东思想、邓小平理论和“三个代表”重要思想为理论指导，坚持科学发展观，坚持先进文化的前进方向，团结和引导广大民间文艺工作者，为全面推进中国民间文艺事业与产业的健康发展，促进社会主义精神文明建设，为构建社会主义和谐社会贡献力量。这次大会的任务是：总结中国民间文艺家协会第六次全国代表大会以来的工作，提出今后五年工作的任务；修订《中国民间文艺家协会章程》，选举产生中国民间文艺家协会第七届领导机构。在中宣部和中国文联的领导下，经过全体代表的共同努力，这次大会一定能开成一个民主、团结、鼓劲、繁荣的大会，必将对推动中国民间文艺的发展和繁荣产生深远的影响。

自中国民间文艺家协会第六次全国代表大会以来，钟敬文先生、姜彬先生等老一辈民间文艺事业开创者和领导者先后谢世。他们为中国民间文艺事业所作出的卓越贡献，将永远铭记在我们的心中。

现在，我受中国民协第六届理事会主席团的委托，向大会作工作报告，请予审议。

[1] 此报告时间为2006年4月20日。

一、第六次全国代表大会以来的工作回顾

五年来，中国民协在中央宣传部和中国文联的正确领导下，致力于落实十六大报告中提出的关于“扶持对重要文化遗产和优秀民间艺术的保护工作，扶持老少边穷地区和中西部地区的文化发展”的要求，与时俱进，开拓创新，迎接全球化的挑战，积极主动地承担起党和国家所赋予的重任，为建设社会主义先进文化，弘扬民族精神，复兴中华文明作出自己的贡献。

中国民协确立了以中国民间文化遗产抢救工程为龙头、带动协会各项工作全面发展的思路，按照事业与产业互动、学术与活动并举、实现科技与市场武装的方针，坚持把新时期的民间文化工作作为振奋民族精神和建设社会主义先进文化的基础工作紧抓不放，在审时度势、复兴中华文明、传递民间文艺薪火、重建中国人文精神等方面投入了巨大精力；在唤醒全民族的文化自觉、发动并实施中国民间文化遗产抢救工程、大力弘扬中国民间文艺家协会学术传统、积极开展民间文艺活动、推进民间文艺事业与产业建设、深化体制改革、培养队伍、完成三套集成后续工作、扩大对外交流等领域取得了一定的成绩；在参与并推进中国民族民间文化保护工程、人文奥运与节日文化建设、设立国家文化遗产日、申报口头与非物质文化遗产、扩大民间文化外交与海峡两岸交流等工作中发挥了一定的作用、产生了一定的影响，初步实现了站在时代的高度，抓住根本性的问题，健全强有力的本体，建设高素质的主体，实施战略性的工程，开拓各方面工作的目的。

（一）实施抢救工程　弘扬优秀文化

民族民间文化是中华民族精神情感、道德传统、个性特征以及凝聚力与亲和力的载体，是发展先进文化的精神资源和民族根基，也是我国综合国力不可或缺的重要因素。当前，我国正处于传统农牧社会向现代工业社会的转型期。在经济全球化浪潮下，我国许多民间艺术正处于人亡艺绝的境地，许多珍贵的民间文化遗产正在加速消失，民间文化的生存环境陷入前所未有的困境。有鉴于此，中国民协倡导和发起了“中国民间文化遗产抢救工程”。

由于这项工程属于国家文化基本建设，顺天意，合民心，符合党和国家的文化战略，它理所当然地得到了中宣部、国家民委、文化部、财政部、国家新闻出版总署、中国文联的有力支持及资助，同时也得到各团体会员、个人会员、全体人民的响应与参与。

2002年，抢救工程被批准为“国家社科基金特别委托项目”；2003年，又被列入

文化部民族民间文化保护工程。中宣部、统战部、财政部、国家民委、文化部、中国文联等部门领导及联合国教科文组织文化官员多次出席有关发布会，并作重要讲话。全国人大常委会副委员长许嘉璐盛赞抢救工程为“伟大的工程”。他认为，抢救的过程，以及最后凝聚成的丰硕成果，将为未来的文化、艺术、学术提供取之不尽、用之不竭的营养源。

为了让抢救民间文化遗产的理念更加深入人心，各项工作进展有序，自工程倡议实施以来，中国民协多次组织召开了研讨会、新闻发布会、工作会、专项推进会、专家论证会、成果发布会等，使这项工程在社会上引起巨大反响，推动了国家口头与非物质遗产的保护，唤醒了全社会抢救和保护民族民间文化遗产的自觉和热情，为维护我国文化主权作出了积极的贡献。

民族血脉、文化认同使港、澳、台地区的有关学术团体与学者、专家、艺术家也争先恐后地加入到这项工作的基本队伍中来。抢救工程不仅感动中国，也感动世界，不仅许多国家媒体有专门报道，而且日本、俄罗斯等国家的一些学者、艺术家也为此作出了直接的贡献。如，台湾、香港、澳门将于2006年10月前完成各自民间故事卷本的编纂工作。日本友人樋田直人、浅见汎先生有感于中国民协对本土民间文化的赤诚，已将珍藏多年的中国木版年画无偿回赠给中国人民。俄罗斯科学院世界文学研究所首席研究员、中国木版年画研究专家李福清也投入到中国木版年画海外收藏卷本的抢救工作中。联合国教科文组织官员曾多次出席中国民协举办的抢救工程有关会议，并把中国民协作为非物质文化遗产保护的重要合作伙伴。目前，国内很多备受感动的志愿者不计报酬、不畏艰难，加入到抢救民间文化遗产的行列，出版界更是及时向抢救工程伸出了援助之手。

抢救民间文化遗产不仅需要党和政府的支持，更需要基层力量的投入。为此，中国民协发挥了群众基础雄厚、专家学者众多的优势，组织专家学者深入田野调查、采样，协助地方政府制定当地民间文化的保护条例和保护措施，在地方组织一系列现场抢救活动。尤其是通过举办两届“全国民间文化遗产抢救保护和开发县（市）长论坛”，搭建民间文化抢救与保护经验交流的平台，引导各地对民间文化资源及其保护和开发作出科学的判断和决策，增强了基层党政领导和民间文化工作者参与抢救工程的主动性和积极性，有力地促进了县域民间文化资源的挖掘整合，使民间文化的抢救、保护、传承和转型不断深化，为各地民间文化产业建设拓宽了思路，同时为抢救工程顺利开展奠定了广泛的群众基础。抢救工程是一项创新工程，既继承了我国历史上采风问俗、搜集整理民间文化的优良传统，又在组织、管理、运行、融资、成果出版、资料建档等方面有许多发明创造，丰富了我国抢救保护民间文化的理论与实践。

目前，抢救工程已经获得一批重要的文化成果，已出版了《中国民间文化遗产抢救工程普查手册》《中国民间文化杰出传承人调查工作手册》《中国木版年画集成》示范本“杨家埠卷”，《中国民间故事全书》示范本大理州12县、市卷本，“中国民间口头与非物质文化遗产推介丛书”首批10卷，“中国结丛书”10册。另外，《中国民俗志·门头沟卷》《中国民间美术遗产编目·贵州卷》《中国民间剪纸集成·蔚县卷》《中国民间泥彩塑集成》即将出版；《中国民间文化杰出传承人名录》《中国古村落民居集成》《中国唐卡艺术集成》《中国服饰文化集成》等正在普查和认定中，“抢救民间家书项目”成果正在陆续出版之中。在2005年11月召开的“出版界支持中国民间文化遗产抢救工程成果发布会”上，10余家出版社与中国民协签订了抢救工程成果的出版协议，新闻出版总署有关领导当场表示：“将配专门书号支持中国民间文化遗产抢救工程成果出版”。目前，此一承诺已得到郑重的兑现。出版界表现出的文化使命感和责任感，极大地鼓舞了全国民间文化工作者筑就文化长城的信心。

抢救工程已经实施三年，尽管各地略有差异，但总体情况良好，点与面的工作都有发展，每天都有新的发现、新的成果。事实上，中国民间文化遗产抢救工程已经成为一次中华民族在新世纪之初的文化精神大振奋，文化责任心、自尊心与自豪感的大张扬。可以肯定，它必将达到预期的目标，必将在中国文化史上留下灿烂的一页。

（二）理论建设　成果斐然

中国民协有优良的学术传统。民间文艺界和文化艺术界名人郭沫若、周扬、老舍、钟敬文、马学良、冯元蔚、贾芝等都曾分别在本会担任领导职务，为民间文艺的学术发展奠定了坚实的基础。在秉承传统的基础上，本会在新时期对民间文艺学术工作进行了理论思考，制定了实践方案，不断壮大学术队伍，扩大学术范围，确立了将理论研究与抢救工程、大型活动相结合的思路，策划主持了各种专题研讨，编纂出版了多种系列丛书和专集。五年间，共组织了23次各类大型专题学术研讨会、座谈会，对民间文艺事业发展中出现的新问题、新思潮进行了积极探讨。最具代表性的有：主持召开了冯骥才甲子研讨会、国际梁祝文化研讨会、“格萨尔”国际学术研讨会、民俗影视研讨会、中国第三届梅山文化学术研讨会、国际萨满学术研讨会、钟敬文学术思想与成就研讨会、中国（江西）国际傩文化学术研讨会、中国民间文化艺术产业建设研讨会、中国民间文化抢救工程暨知识产权保护座谈会等活动，致力于民间文艺学、民间文化学的理论建树，在口头与非物质遗产保护理论，在民间文化保护与传承、转型、创新、开发理论，在国家文化主权理论，在民间文化资源、价值理论，在民间文化主体、本体、功能理论，在民间文化产业理论等方面都处于前沿，引起上级领导的高度重视及学术界、艺术界、社会上的广泛好评。

历时20余年收集、整理、出版的93卷本“民间文学三套集成”，是中国民协参与国家文化长城建设的宏伟工程。目前，此项工作已接近尾声，卷帙浩繁的成果令世人瞩目，参与集成编纂工作的同志受到文化部的多次表彰。

中国民协与联合国教科文组织合作实施的“中国少数民族非物质文化遗产保护项目”历经三年，先后对10个少数民族235名歌手进行了实地采录，受到联合国教科文组织的赞誉和采录地各族人民的欢迎。

为了聚集民间文化研究的力量，为民间文化研究工作者提供学术平台，中国民协经多方努力，从2003年起创刊《中国民间文艺学年鉴》，出版“中国民间文艺家协会学术丛书”，于2004年起创办《民间文化论坛》，实现了钟敬文先生等老一辈民间文艺工作者的夙愿。

实践证明，一项事业、一个协会要有大的作为，一刻也不能离开理论建设、思想前行，并将它与实践相结合，接受实践的检验，指导实践的行进，吸取实践的营养。

（三）规范评奖　激励创新

中国民间文艺山花奖是中国民间文艺界的最高奖项。这一奖项的设立，旨在以“二为”方向和“双百”方针为指导，通过表彰为民间文艺事业作出突出贡献的个人、集体和单位，把握正确舆论导向，激励创新，繁荣创作，增强凝聚力，弘扬主旋律，推动民间文艺事业健康发展。中国民间文艺山花奖的评奖，始终严格按照公开、公正、公平的原则开展工作，充分体现山花奖的严肃性和权威性。中国民协不仅在文联系统中率先成立了评奖办，配备专职人员落实评奖工作，还从财力上给予强有力的支持。由于操作规范、奖项设置合理，力度大，影响广，此项工作受到了中宣部和中国文联的肯定。

五年来，中国民间文艺山花奖评奖已成功举办四届。评奖种类涉及民间艺术表演、民间艺术工艺作品、民间文艺学术著作、民俗影视音像等，在鼓励先进、肯定成绩、积极导向、有效规范、奖掖新人、凝聚力量等方面都产生了良好的效果，激发了民间文艺工作者的热情，实现了以评奖促进多出精品、多出人才、促进民间文艺发展和繁荣的目的。

（四）搭建平台　打造品牌

五年来，中国民协充分发挥“联络、协调、服务”职能，努力把办好节会作为协会联系民间文艺家的桥梁和纽带，作为传承、保护、开发和交流民间文艺的主要手段。我们通过在各地举办形式多样、内容丰富的民间文艺节会活动，积极引导民间文艺工作者“贴近实际、贴近生活、贴近群众”，不仅张扬了地方文化个性，提高了当地知名度，打造了地方文化品牌，促进了地方政治、经济、文化的协调发展，而且提升了中国民协的社会地位和社会影响，为构建社会主义和谐社会产生了积极作用。

五年中，中国民协先后组织各类大型民间工艺博览会10余次，各种大型民间艺术展演、比赛7次，各类大型艺术节会7次。其中，第六届中国民间艺术节是最艳丽的花朵。这些节会活动之内容涉及民间手工艺品、舞狮、舞龙、舞麒麟、鼓舞鼓乐、广场歌舞、绝活绝技、民间灯彩等。值得一提的有：由中国民间文艺家协会与湖北荆门市人民政府联合主办的“中国国际舞狮邀请赛”，与广东省文化厅、广东省文联等单位共同举办的“中国首届麒麟舞大赛”，与中国文联联合主办的“首届中国民间工艺品博览会”“第二届中国民间工艺品博览会”，与中国文联、中共山西省委宣传部、山西省文联等联合主办的“第六届中国民间艺术节”，与中国文联、沈阳市委、沈阳市政府共同主办的“’2005中国沈阳国际新春灯会”，与中国文联、江西省人民政府联合主办的“中国江西国际傩文化艺术周”，与中国文联、广东省文联共同主办的“第二届中国民间广场歌舞展演”，与中国文联、山西省文联、山西省旅游局等联合主办的“中国民间鼓舞鼓乐展演暨中国华门首届锣鼓艺术节”，与中国文联、天津市委宣传部联合主办的“中国（天津）国际手工艺术精品博览会”，与中国文联、长春市人民政府联合主办的“第一届民间工艺博览会”“第二届民间工艺博览会”等。这些活动极大地丰富了广大人民群众的文化生活，激发了民众对本土民俗文化的热爱，凝聚了中华民族的民族情感。如，在湖北荆门举办的国际舞狮比赛便带动了当地的经贸发展，促成引资30多个项目，成交金额在12亿元以上；在长春举办的第二届中国长春民间手工艺博览会，其销售额突破2000万元，第三届销售额又翻了一番，高达4095万；在沈阳举办的“中国灯节”亦创造了巨大的社会效益与经济效益。它们为繁荣地方文化、促进地方经济作出了巨大贡献。同时，中国民协朝着实施大的工程、推出大的成果、产生大的影响、打造一系列品牌、树立国家队形象的目标迈出了坚实的步伐。

（五）拓展渠道　扩大交流

长期以来，根植于中华大地的民间文艺、民俗文化一直以其独特的魅力受到世界各国人民的关注。把民间文艺的精品力作不断推向世界，让各国人民共享中华文化，是党和政府赋予中国民间文艺工作者的重要使命，也是捍卫国家文化主权、实现文化平等的特殊任务。深厚的民间文化资源，是中国民协为国家统一、民族团结和国家文化外交作贡献的优势所在。五年来，中国民协立足于广交朋友、广结善缘，积极探索将中国民间文化艺术推向世界的途径。通过举办国际会展、演出、学术交流等活动，使中国民协及中国民间文艺在海内外的知名度不断攀升，其影响远及世界各国。

近年来，中国民协始终坚持拓展活动空间、不断向海外伸延的理念，使对外文化交流呈现出规模大、品位高、层次多、范围广的特点，先后派出和接待有关人员600余人次，与日本、希腊、以色列、俄罗斯、美国、德国、匈牙利、澳大利亚、新西兰、瑞典、新加坡、韩国、奥地利、越南等国家的民间组织和专家进行交流。与我国港澳台地区的民间文艺、学术交流活动亦十分频繁，互访人员近百人次。特别是与台湾专家学者的交流，为共同探讨祖国一脉相承的文化历史，弘扬同根、同宗、同源的中华优秀文化开通了航道，增强了民族文化认同。

（六）保护传承　凸显特色

为了对散落在中华大地的民间文化遗产进行更有效的抢救和保护，鼓励地方发挥地域文化优势，中国民协立足于“加强保护、活态传承、凸显特色”，探索出了一条通过命名民间文艺之乡，建立保护与传承基地、中心，设立专题博物馆等抢救、保护和传承优秀民间文化的有效途径，保护了地方传统民间文化，活跃了地方民间文艺活动，促进了民间文艺资源的可持续性利用，推动了民间文化的传承、转型和创新。

目前，中国民协已命名中国剪纸、醒狮、花儿、侗戏、泥塑、盘古、谜语、传说、锣鼓节庆等24个民间文艺之乡；已建立府第文化博物馆等10余个专题博物馆；中国滕氏布糊画、中国蓝印花布、中国民窑、中国萨满文化等10余个保护与传承基地；中国满族民间美术研究中心等5个中心。中国民协坚持以科学严谨的态度，精心组织专家队伍对命名地进行实地考察、科学论证，严肃做好命名建立后的服务、宣传、指导、管理工作，使民间文艺的命名挂牌为民间自我保护、自我利用和传承优秀民间文化发挥了巨大作用。

（七）壮大队伍　加强管理

新时期民间文艺事业的发展，赋予了中国民协神圣而艰巨的历史使命。针对中国民协工作覆盖面广、有较深的群众根基、会员队伍构成独特、层次多样等特点，近年来，本会对会员队伍建设提出“广开渠道、扩大队伍、科学管理”的发展思路，逐步建立起以有关学者、专家、艺术家为骨干，有相关实业家、党政领导、律师、传媒人士等广泛参加的民间文艺生力军，并从强化内部管理入手，选派专人负责会员工作，对原有的会员档案进行清理，精心设计会员登记表，重新登记换证，同时采用现代化手段规范档案管理，使会员发展与管理、服务步入规范。中国民协会员总数已达6000多人。其中，仅2001—2006年新发展的会员就有近3000人，涵盖全国32个省、直辖市、自治区、新疆生产建设兵团。五年中，15名会员获国际级、国家级有关称号，149人荣获国际级奖项，776人获国家级奖项，1911人获省级奖项，共有1653名会员参加了中国民协组织的各种展会和交流活动，一批“德艺双馨”会员脱颖而出，为全国民间文艺工作者树立了榜样。

除此之外，中国民协还根据民间文艺范围广、品种多、规模大等特点，设立专门办公室负责落实对专业委员会工作的规范指导，五年中，按照“整顿一批，新建一批，收编一批”的方针，先后成立了包括神话学、雕刻、蟋蟀文化、剪纸、灯谜、稻作文化、女书研究、醒狮等门类的31个专业委员会，为各领域的专家和艺术家提供服务、实施管理。实践证明，各专业委员会在积极主动地开展本专业工作的同时，在自我管理、自主活动等各方面都可以大有作为。

（八）推进改革　重在建设

新时期赋予了中国民间文艺工作者重大文化责任。为了更好地承担文化责任，开创工作新局面，中国民协在本体建设中致力于强化协会桥梁、纽带作用与联络、协调、服务功能，着力改善协会的会风、学风、作风，顺利完成了2003年的行政改革与2005年的事业改革，在中国文联率先实现人员重组、干部竞聘上岗，协会的老干部工作、青年工作得到上级有关部门的肯定，人员素质、现代化办公亦取得长足的进步。

自2001年以来，中国民协开通了自己的网站，编辑出版了集资料和信息于一身的内部通讯《民间文艺之友》14期，共刊登稿件600余篇、100余万字，编发中国民间文艺家协会《简报》304期。其中，数十期在中国文联及有关部委简报、材料上转载。由协会主办的《缤纷》《民间文学》《民间文化》三本刊物不断在改革中创新，在创新中发展，取得了丰硕成果。

通过全体同志数年的不懈努力，中国民间文艺家协会正朝着把本会“建设成中国文联内最有实力、最富活力、最具品位的协会之一”的目标迈出坚实的步伐。它的影响力、凝聚力、作用力与日俱增，正在成为推动我国民间文艺繁荣与发展的重要力量，成为广大民间文艺工作者信得过、靠得住、能办事的温馨之家。

回顾五年来取得的成果，我们深受鼓舞、备感欣慰，更加深切地感受到中宣部、中国文联领导的关心、指导，以及各地民协、全体理事和民间文艺工作者鼎力支持所给予的温暖。主席团成员和分党组率先垂范、协会机关全体同志的团结协作，是我们的事业蓬勃发展的基本保证。但是，尽管我们已经倾其所能，终因客观的条件与主观的缘故，更由于我们的能力、财力、措施、方法等原因，我们的工作离十六大报告提出的宏伟目标及不断深化文化体制改革的要求、离党和广大民间文艺工作者的要求和期望还存在很大差距与不足。如：抢救工程任重道远，理论研究有待突破，会员队伍建设还需加快步伐，对外交流领域和渠道有待拓宽，体制改革有待深化，文化产业建设刚刚起步，会员权益保护、评奖工作还需要进一步完善。这些都只能在发展中解决，在解决中推进。

二、今后五年的工作建议

各位代表，本次代表大会召开之际，正值我国“十一五”规划开局之年，党和国家为加快全面建设小康社会而提出的建设社会主义和谐社会、深化文化体制改革、保护文化遗产、推进文化产业向纵深发展及建设社会主义新农村等目标，为我们发展中国民间文艺事业提供了极好的机遇和前景。今后五年中国民协工作的总思路和总要求是：深入学习贯彻邓小平理论和“三个代表”重要思想，坚持科学发展观，大力倡导和践行社会主义荣辱观，抓住机遇、开拓创新，用保护、传承中华民族优秀传统文化精华的行动，为建设社会主义先进文化，为构建社会主义和谐社会，为建设创新型国家提供精神支柱、文化支持。中国民协在建设中国人文精神、提升国民思想品质等方面是大有可为、大有作为的。为此，我们对今后五年中国民协的工作提出如下建议：

（一）继续实施抢救工程，不断推出优秀成果

2005年底，国务院发出了《关于加强文化遗产保护的通知》，中办、国办联合下发了《关于进一步加强农村文化建设的意见》，着重对我国重要文化遗产的保护、对农村优秀民族民间文化资源的发掘、整理和保护提出了要求。国务院有关加强保护非物质文化、设立文化遗产日，中办、国办关于文化体制改革和加强农村文化建设等文件，都是党和政府继十六大之后对民间文化遗产的抢救和保护所给予的关注，大大增强了我们推进抢救工程、做好协会各项工作的信心。

在今后的工作中，中国民协将继续动员社会力量投入抢救工程、通过培养专门人才、培训抢救队伍，加强对专项工作的学术指导，保质保量地做好中国民间文化遗产抢救工程普查及17个系列、10000多种成果的编纂出版工作，做好民间文化杰出传承人的调查、认定、命名和宣传工作，完成三套集成的收尾工作，对那些为抢救民间文化遗产作出突出贡献、奉献毕生精力的老专家、老学者予以表彰。

（二）继续深化体制改革，促进民间文化事业与产业建设

2006年，中共中央、国务院对文化体制改革提出了以发展为主题、改革为动力、以体制机制创新为重点，把形成完善的文化创新体系、形成以民族文化为主体并吸收外来有益文化，推动中华文化走向世界的文化开放格局的总体目标。中国民协将按照党中央提出的“坚持社会主义先进文化的前进方向；坚持马克思主义在意识形态领域的指导地位，确保国家文化安全；坚持勇于实践、大胆创新，树立新的文化发展观；坚持把社会效益放在首位，努力实现社会效益和经济效益的统一；坚持文化事业和文化产业协调发展”的指导思想，按照中宣部和中国文联的部署，逐步摸索出一条适合中国民协特点及实际的体制改革和文化产业协调发展的新途径，建立适应新形势的新体制、新机制，在维权及行业服务、行业管理、行业自律方面探索出一条新路，进一步发挥中国民协的优势，把民间文化遗产的抢救、保护和传承与社会主义新农村建设、与文化产业开发有机结合起来，不仅支持各团体会员及各地发展民间文化事业与产业的发展，而且做好中国民协自身的事业与产业建设，力争取得良好的社会效益与经济效益。

（三）继承优良学术传统，推进学术理论建设

以丰硕的学术成果为国家的文化建设服务是我们的当然责任。优良的学术传统和庞大的学者队伍是中国民间文艺界的宝贵资源与优势所在，也是中国民协的立会之本。中国民协将继续做好中国民间文艺的学术服务，做好学术评奖工作，团结广大专家学者，营造良好的学术氛围，提供各类研讨和交流平台、学术信息，加大对学术考察和学术成果出版的支持力度，大兴田野调查之风，以理论创新为丰富的民间文艺实践开辟道路，为进一步建立与完善中国民间文艺学与中国民间文化学作出应有的贡献。

（四）积极发挥优势，开创民间文艺交流新局面

中国民间文艺在文化交流中具有内容丰富、形式多样的特点和优势。实践证明，中国民间文艺在国际和“两岸三地”的文化交流中前景广阔，机遇和挑战并存。中国民协将立足于继续广开门路，大胆探索、实践，在不断积累经验、加强规范管理的基础上，采取召开会议、进行考察、举办展演、开展学术交流、合作出版成果等多种形式，把丰富多彩的中国民间文艺精品推向世界，让全人类共享中华文明成果，同时也打开国门、欢迎世界各国优秀民间文艺传播到中国，达成平等交流。我们将致力于通过加强对台湾地区的民间文化交流，为祖国的和平统一作出新的贡献。

（五）挖掘民间文化潜力，搭建节会交流平台

开展节会活动是我们活跃民间文化事业、繁荣文化市场的重要形式。党中央、国务院两办《关于进一步加强农村文化建设的意见》，一方面为民间文艺工作者落实“三贴近”，更好地满足城乡广大基层群众多层次、多方面的精神文化需求提出了更具体的要求；另一方面也为民间文艺工作者开拓了施展才华的市场和空间，为我们开展节会活动提供了更加广阔的前景。因此，我们要一如继往地挖掘民间文化潜力，利用一切可以利用的机会开通渠道，实现双赢，吸引更多的社会资金投入，整合地方资源，进行科学设计，把有关节会活动做大做强，打造节会品牌，广交各界朋友，拓展合作领域，继续为唱响主旋律、拉动地方经济、繁荣文化市场作努力。我们还要进一步做好民间文艺之乡等的命名工作，使之与社会主义新农村建设结合起来。

（六）强化维权意识，推动立法进程

以维护民间文艺工作者的权益为重点搞好联络、协调、服务是我们工作的新要求。目前，民族民间文化的法律保护已经不仅限于中国，而且变成了全人类的课题。我们不仅要努力推动民间文化国家立法，把民间文化保护纳入到法律保护体系中去，唤醒更多人的维权意识，还要建立有关组织、提供有关服务，保障民间文艺家的各种合法权益。

（七）把握正确舆论导向，实现社会文化和谐

通过开展文艺活动、评奖、学术研讨、办刊、成果出版，把握正确舆论导向是中国民协工作的主要任务。在今后的工作中，我们要以邓小平理论、“三个代表”重要思想作为理论指导，全面贯彻科学发展观，以“八荣八耻”为具体标准，继续做好这些工作，并进一步加大对它们的支持力度，不断提高引导水平，鼓励先进，肯定成绩，奖掖人才，推动民间文艺创新与繁荣，使之为建设社会主义先进文化服务，为构建社会主义和谐社会作出民间文艺的独特贡献。

（八）增强办会治会能力，改善联络协调服务

提高办会治会能力是保持中国民协国家队水平、维护国家队形象的必然要求。中国民协将继续抓工作规范，抓党的基层组织建设，扩大保持共产党员先进性教育成果，抓人员素质培养，致力于不断提高联络、协调、服务水平，使协会的社会地位、学术品位不断提升。无论是体制、机制、管理水平，还是人员素质、联络与协调服务能力、现代化办公条件等方面，中国民间文艺家协会都要进一步增强服务意识，转变

工作作风，开拓创新，做到权为民所用，利为民所谋，情为民所系。在培养人才、壮大队伍的工作中抓住重点，不断总结经验，建立健全会员沟通制度，不断提高对会员队伍的管理水平。继续办好口头与非物质文化遗产研究生班，积极筹备民间文化大学，筹办民间文化研究所及民间艺术博物馆，全面强化中国民协网站的功能，抓住机遇，迎接挑战，为我国民间文化事业在新世纪的大发展、大繁荣努力奋斗。

各位代表，党中央为建设社会主义先进文化提出了一系列重要方针和工作要求，中国民间文艺事业发展恰逢一个大好的机遇期，中华民族伟大的复兴也在呼唤民间文艺工作者承担起历史赋予的光荣责任。让我们紧密团结在以胡锦涛同志为总书记的党中央周围，高举邓小平理论和“三个代表”重要思想的伟大旗帜，坚持“二为”方向和“双百”方针，坚持社会主义先进文化的前进方向，用科学发展观引领民间文艺事业发展，用民族民间文化强健民族文化的脊梁，共同开创民间文艺事业更加繁荣辉煌的未来。

奋发图强　牢记使命

——中国民间文艺家协会第七次全国代表大会闭幕词[1]

中国民间文艺家协会第七届主席

冯骥才

各位代表、同志们：

中国民间文艺家协会第七次全国代表大会在中宣部、中国文联的指导下，经过全体代表的共同努力，圆满地完成了各项议程，就要闭幕了。这次大会开得隆重、热烈、紧凑而卓有成效，充分体现了全体代表很高的政治素养、业务素质和求真务实、锐意进取的精神风貌。

首先，我代表新产生的中国民间文艺家协会新一届理事会和主席团，向全体与会代表给予我们的信任和支持表示衷心的感谢！

这次大会是中国民间文艺界在新的历史时期召开的一次承前启后、继往开来的大会，是深入学习、贯彻邓小平理论和“三个代表”重要思想，树立和落实科学发展观的大会，是在贯彻落实党中央关于加强农村文化建设、实施国民经济和社会发展第十一个五年规划纲要、进一步落实科学发展观、构建社会主义和谐社会这一新形势下召开的民主、团结、鼓劲、繁荣的大会。中共中央政治局委员、书记处书记、中宣部部长刘云山同志出席了大会开幕式并作了重要讲话，中宣部、中国文联和文化部有关领导同志也亲临会场并讲话，体现了党和国家对民间文艺事业的重视和对广大民间文艺工作者的关心与支持。

会议期间，来自全国各地的民间文艺工作者代表相聚在一起，大家意气风发，畅所欲言，热烈讨论，研究问题，总结经验，共商民间文艺事业发展与繁荣大计。代表们在民主、团结、热烈、和谐的气氛中，审议并通过了《中国民间文艺家协会第六届理事会工作报告》，审议并通过了新的《中国民间文艺家协会章程》，选举产生了中国民间文艺家协会新一届领导机构。代表们以高度的责任心和使命感，为抢救和保护民

[1] 致闭幕词时间为2006年4月22日。

间文化遗产、继承和弘扬中华民族优秀传统文化、繁荣社会主义民间文艺事业献计献策，全身心地投入到紧张的会议中，切实履行了自己的光荣职责，不负广大民间文艺工作者和会员们的重望，按照大会预定的目标圆满完成了各项任务。

今天，在全面建设小康社会的发展机遇期，我们的民间文艺应该而且能够为中华民族的伟大复兴提供精神动力和智力支持。党和政府一向重视民族民间文化事业的发展。党的十六届五中全会提出了“十一五”期间国民经济和社会发展的指导方针、奋斗目标和主要任务，对党和国家各项工作，包括文艺工作，提出了新的更高要求。中国民间文艺家协会作为党领导下的人民团体，要积极响应党中央的伟大号召，学习贯彻好十六届五中全会精神。要全面正确地理解和把握科学发展观的基本内涵和精神实质，切实把科学发展观的要求贯穿到协会工作的全过程和各个环节。要切实树立并积极践行社会主义荣辱观。要坚持以人为本，牢固树立为广大人民群众和民间文艺工作者服务的观念，为促进民间文艺事业的繁荣和民间文艺人才的全面发展作出贡献。要切实做到尊重劳动、尊重知识、尊重人才、尊重创造，热情理解、关心和帮助广大民间文艺家和民间文艺工作者，为他们充分发挥积极性、主动性和创造性，为社会奉献更多的有深厚民间文化内涵的优秀作品提供良好条件。在工作中要开阔思路，增强信心，和衷共济，努力适应新形势、新任务、新要求，充分发挥专业性人民团体的桥梁、纽带作用，为民间文艺界营造更加和谐的工作氛围。

从现在起，为发展与繁荣民间文艺事业而进一步开创工作新局面的重任历史地落在了新一届理事会和主席团的肩上。我们决心在发扬上届理事会和主席团团结、奋进、开拓、进取精神的基础上，不负历史的重托和全体代表的热切希望，更加兢兢业业、锲而不舍、勇挑重担，尽力为民间文艺家服务，努力开创我国民间文艺工作新局面。

各位代表，同志们：让我们紧密地团结在以胡锦涛同志为总书记的党中央周围，高举邓小平理论和“三个代表”重要思想的伟大旗帜，全面落实科学发展观，在大力建设社会主义先进文化和构建社会主义和谐社会的进程中奋发图强，牢记使命，为中国民间文艺事业谱写新的篇章！

现在，我宣布，中国民间文艺家协会第七次全国代表大会胜利闭幕！

中国民间文艺家协会
第八次全国代表大会

在中国民间文艺家协会第八次全国代表大会开幕式上的讲话[1]

中共中央政治局委员、中央书记处书记、中宣部部长
刘云山

各位代表、各位艺术家，同志们、朋友们：

今天，中国民间文艺家协会第八次全国代表大会隆重开幕，这是我国民间文艺界的一件大事。来自全国的民间文艺家济济一堂，回顾总结工作、分析交流经验、展望规划未来，必将更好地团结广大民间文艺工作者，推动我国民间文艺事业进一步繁荣发展。在此，谨向大会胜利召开表示热烈祝贺，向各位代表和广大民间文艺工作者致以崇高的敬意和诚挚的问候!

民间文艺是我国传统文化瑰宝，是民族精神的宝贵结晶，在悠久灿烂的中华文明史上具有特殊重要的位置。千百年来，我国民间文艺薪火相传、生生不息，在人民大众丰富多彩的生产生活中凝聚积累、孕育成长，成为中华文化的鲜明标志和独特基因。文艺来源于生活，发端于民间。继承民间文化遗产、光大民族民间文艺，对于延续民族文化血脉，增强民族凝聚力，提升国家文化软实力，扩大中华文化的世界影响力，都具有十分重要的意义。

改革开放以来，特别是党的十六大以来，伴随着我国经济社会持续快速发展，党和政府高度重视优秀民间文化遗产的挖掘、保护、传承和利用，民间文艺事业呈现出百花齐放的繁荣景象。广大民间文艺工作者认真贯彻党的文艺方针政策，以对历史负责、对民族负责、对未来负责的精神，勤勉敬业、辛勤耕耘，保护抢救了一大批优秀民间文化遗产，创作了一大批富有时代气息的民间文艺精品，推出了一批历史价值高、社会影响大的研究成果。中国民间文艺家协会是党和政府联系广大民间文艺工作者的桥梁和纽带，是建设社会主义先进文化的重要力量。第七次全国代表大会以来，中国民间文艺家协会认真履行联络、协调、服务的基本职能，努力发挥组织、引导、

[1] 此报告时间为2011年4月25日。

服务、维权的重要作用，做了大量卓有成效的工作，为丰富我国文艺百花园、推动先进文化繁荣发展做出了积极贡献。相信中国民间文艺家协会一定能够以这次大会为契机，总结经验、再接再厉，团结带领全国广大民间文艺工作者不断开创新的局面。

现在，我们已经站在一个新的历史起点上，国家“十二五”规划描绘了我国经济社会发展的宏伟蓝图，对推动文化改革发展实现新跨越作出部署、提出要求。推动社会主义文化大发展大繁荣，不断满足人民群众日益增长的精神文化需求，更好地发挥文化引导社会、教育人民、推动发展的功能，赋予广大文艺工作者新的任务、新的使命，也为民间文艺发展提供了新的机遇、新的空间。衷心希望广大民间文艺工作者牢牢把握先进文化前进方向，坚持“二为”方向和“双百”方针，自觉弘扬和践行社会主义核心价值体系，把正确的价值取向和个人的艺术追求统一起来，传播先进文化、改造落后文化、抵制腐朽文化，更好地发挥民间文艺传承文明、塑造精神、砥砺奋进的重要作用。衷心希望广大民间文艺工作者坚守民族文化立场，尊重传统、珍视传统、发扬传统，礼敬自豪地对待我国悠久的民间文化，科学有效地用好民间文化资源，大力推进民族民间物质与非物质文化遗产抢救和保护，使优秀民族民间文化传之久远、荫泽后世。衷心希望广大民间文艺工作者进一步解放思想、与时俱进、锐意创新，不忘本来、吸收外来、面向未来，以时代的眼光、开阔的视野对待悠久深厚的民族文化传统，以包容的胸襟、开放的心态借鉴国外有益文化成果，去粗取精、去伪存真，古为今用、推陈出新，让传统民间文艺在当代焕发出新的光彩。衷心希望广大民间文艺工作者坚持贴近实际、贴近生活、贴近群众，善于从鲜活生动的社会进步中，从人民群众的伟大创造中，汲取丰厚营养、夯实艺术根基，努力做到从民间来、到民间去，让民间文艺更好地扎根人民、回报社会。衷心希望广大民间文艺工作者不断加强学习、增进艺术修养，潜心创作、精益求精，倍加珍惜时代提供的机遇，倍加珍重社会给予的关爱，不辜负党和人民的期望与重托，努力做德艺双馨的文艺工作者。

同志们，我们正处在一个伟大的时代，社会主义文艺事业前景光明、大有可为。让我们更加紧密地团结在以胡锦涛同志为总书记的党中央周围，坚持以邓小平理论和“三个代表”重要思想为指导，深入贯彻落实科学发展观，解放思想、奋发进取、开拓创新，共同谱写我国民间文艺事业繁荣发展新篇章，以优异成绩迎接中国共产党成立90周年。

祝大会圆满成功！祝同志们工作顺利、身体健康！

在中国民间文艺家协会第八次全国代表大会上的致词[1]

国家民委党组成员、副主任
丹珠昂奔

尊敬的云山部长、家正主席，
各位代表、同志们：

首先，请允许我代表国家民委，向中国民间文艺家协会第八次全国代表大会的召开表示热烈的祝贺！向全国广大民间文艺工作者致以诚挚的问候！

中国是一个统一的多民族国家，拥有一亿多人口的55个少数民族，在长期的历史发展过程中创造了各具特色、丰富多彩的民族文化。少数民族文化是中华文化的重要组成部分，是中华民族的共有精神财富。各民族文化相互影响、相互交融，增强了中华文化的生命力和创造力，提高了中华民族的文化认同感和向心力。

一种文化是一种认知系统、一种思维方式、一种智慧，是一个民族的重要特征，是民族生命力、凝聚力和创造力的重要源泉。植根于各族群众生活沃土，作为民族优秀传统文化重要代表的少数民族民间文艺，特色浓郁，内容丰富、积淀深厚、多姿多彩，是我国各少数民族历史文化生活的智慧结晶。

党和国家历来高度重视少数民族民间文艺的保护与发展。新中国成立60多年来，国家投入了大量人力、物力和财力，组织大批专家学者和文艺工作者，有计划的推动少数民族民间文艺事业的发展，取得了众所瞩目的重大成就。作为党和政府联系广大民间文艺工作者的桥梁和纽带，中国民间文艺家协会对少数民族民间文艺给予了极大的关心和支持，为抢救和保护少数民族民间文艺，加强理论研究和文艺创作，提升发展活力和社会影响，倾注了大量的心血和汗水。国家民委与中国民间文艺家协会有着长期的良好的合作，从上世纪80年代开始，会同文化部一起，先后组织了卷帙浩繁的《中国民族民间文艺集成志书》的编撰工作；发起并开展了少数民族三大英雄史诗

[1] 讲话时间为2011年4月25日。

《格萨尔》《江格尔》《玛纳斯》的搜集、整理、翻译、出版、研究工作，成绩斐然。近年来，在少数民族非物质文化遗产保护方面，中国民间文艺家协会作了大量工作。在国务院公布的两批1028项国家级非物质文化遗产目录中，少数民族项目有367项，占35.7%；新疆维吾尔木卡姆艺术、蒙古族长调民歌入选联合国教科文组织“人类口述和非物质文化遗产代表作”名录。在这些成果的背后，都能看到中国民协人辛勤的身影。

民族民间文艺源于生活，融于生活，是各族群众精神文化生活的重要内容。2009年，国务院召开了全国少数民族文化工作会议，出台了《国务院关于进一步繁荣发展少数民族文化事业的若干意见》。这是在“五化”背景下，在少数民族文化发展的关键时期召开的一次重要会议。温家宝总理在国务院常务会议审议文件时强调：“通过文件和会议，就是要将少数民族文化工作摆到更加突出的位置，促进民族文化的大发展、大繁荣”。文件提出的11条政策措施，为少数民族民间文艺的发展提供了新的契机。今年是“十二五”规划的开局之年，中国民间文艺家协会第八次全国代表大会的召开，必将推动中国民间文艺家协会的各项工作迈上新的台阶。希望中国民间文艺家协会一如既往的团结和带领广大民间文艺工作者，继续关心和支持少数民族民间文艺的保护与发展。国家民委也将继续加强与中国民间文艺家协会的合作，共同为建设好中华各民族的共有精神家园而努力！

祝中国民间文艺家协会第八次全国代表大会圆满成功！

在中国民间文艺家协会第八次全国代表大会上的讲话[1]

中国文学艺术界联合会党组书记
赵　实

在春回大地、百花竞放的美好时节，中国民间文艺家协会第八次全国代表大会今天隆重开幕了。这是我国民间文艺事业在新的历史起点上继往开来、创新发展的一次重要会议，对于进一步团结动员广大民间文艺工作者，推动社会主义文艺事业大发展大繁荣具有十分重要的意义。在此，受家正主席的委托，我谨代表中国文联向大会的召开表示热烈祝贺！向各位民间文艺家代表，并通过你们向全国广大民间文艺工作者，致以诚挚的问候和崇高的敬意！向专程出席今天会议的各位领导和各位来宾表示衷心的感谢！

中国民协第七次全国代表大会以来的五年，是我国社会主义文化建设和文艺事业持续快速发展、取得历史性成就的五年，也是民间文艺事业蓬勃发展、硕果累累的五年。广大民间文艺工作者认真贯彻党的文艺方针政策，以高度的社会责任感、坚韧的艺术品格、创造性的艺术劳动，大力开展民族民间文化遗产发掘、抢救、保护和传承工作，精心创作民间文艺优秀作品，努力繁荣民间文艺理论，取得了令世人瞩目的、卓越的艺术成就，为传承中华民族的优秀传统文化、创新发展民间文艺事业、丰富人民群众精神文化生活作出了重要贡献。实践证明，我国的民间文艺工作者队伍，是一支理想坚定、素质优良，有高度的文化自觉和社会担当，特别能吃苦、特别能奉献的队伍，是一支充满激情和活力，大有希望、大有作为的队伍。

五年来，中国民协始终坚持以中国特色社会主义理论为指导，深入贯彻落实科学发展观，自觉坚持“二为”方向、“双百”方针和“三贴近”原则，认真履行联络、协调、服务基本职能，充分发挥组织、引导、服务、维权重要作用，围绕中心、服务大局，面向基层、服务群众，立足中国、走向世界，全面实施民间文化遗产抢救和保护工程，认真举办中国民间艺术节、山花奖评奖评论工作，广泛开展“送欢乐、下基

[1] 讲话时间为2011年4月25日。

层”、对外民间文艺交流等一系列主题鲜明、影响广泛的大型民间文艺活动，努力推出新人新作，努力加强自身建设，中国民协的凝聚力和影响力显著增强。

民间文艺是中华民族民间文化的一个重要组成部分，具有悠久的历史传统、深厚的文化底蕴、广泛的群众基础、鲜明的时代特征，在反映社会生活、抒发美好理想、创造精神文明、引领社会风尚等方面具有十分重要的作用。当前，我国文化建设面临着前所未有的发展机遇，党和国家对包括民间文艺在内的文化工作越来越重视和支持。国家“十二五”规划纲要又全面部署了“传承创新，推动文化大发展大繁荣”的目标任务。中央领导同志多次就民间文艺工作给予亲切关怀，作出重要指示。前不久，云山同志专门给“中国木版年画抢救与保护”成果发布大会发来贺信，勉励广大民间文艺家和民间文化工作者，切实把我国非物质文化遗产保护好利用好，为弘扬优秀传统文化、建设社会主义先进文化作出新的更大贡献。今天，云山同志亲自到会并要作重要讲话，这是对我们的巨大鼓舞和鞭策，必将为我们进一步做好民间文艺工作给予强有力的指导和推动。我们衷心希望与会代表和广大民间文艺家、民间文艺工作者，深入学习贯彻中央关于加强文化建设的重要决策部署和中央领导的重要讲话精神，切实增强责任感和使命感，更加自觉、更加主动地投身民族民间文化工作，深入群众、深入生活、潜心钻研、执著追求，努力创作出更多思想精深、艺术精湛、制作精良、群众喜闻乐见的民间文艺精品，努力在推动社会主义文化大发展大繁荣中建功立业。

中国民间文艺家协会是中国文联的重要的团体会员，是党领导下的全国各民族民间文艺家组成的人民团体，是繁荣发展社会主义文艺、建设先进文化的重要力量。我们衷心希望全体代表共同努力，把这次大会开成一次统一思想、振奋精神，团结鼓劲、创新发展的大会。衷心希望大会产生的新一届中国民协领导班子，不辱使命、不负重望，同心协力、开拓进取，以昂扬向上的精神状态、开拓创新的工作思路、求真务实的工作作风，扎实做好本职工作，进一步开创民协工作新局面，让党中央放心，让广大民间文艺工作者和人民群众满意。衷心希望中国民协进一步积极探索适应社会主义市场经济体制、符合文艺发展规律和人民团体特点的管理体制、运行机制、组织形式、活动方式，不断加强行业服务、行业管理、行业自律，依法维护民间文艺工作者的合法权益，广泛团结各领域的民间文艺工作者，努力增强协会的凝聚力、创造力、传播力、影响力，真正使协会成为促进民间文艺繁荣的重要力量，传承优秀民间文化的重要阵地，培养民间文艺名家和青年人才的重要基地，团结服务广大民间文艺工作者的温馨和谐之家。

同志们，朋友们，今年是中国共产党成立90周年，是实施“十二五”文化发展规划纲要的开局之年，让我们在新的历史起点上，更加紧密地团结在以胡锦涛同志为总书记的党中央周围，按照“高举旗帜、围绕大局，服务人民、改革创新”的总要求，团结奋进、锐意创新，为谱写社会主义文艺事业新篇章、创造社会主义文化建设的新辉煌而努力奋斗！

祝中国民协第八次全国代表大会圆满成功！

祝各位代表和广大民间文艺家、文艺工作者工作顺利，身体健康，再创辉煌！

中国民间文艺家协会第八次全国代表大会开幕词[1]

中国民间文艺家协会第七届主席

冯骥才

七次民代会召开以来，中国民协在党的文艺方针政策指引下，在中宣部、中国文联的领导下，坚持以邓小平理论和“三个代表”重要思想为指导，高举中国特色社会主义伟大旗帜，牢牢把握“高举旗帜、围绕大局、服务人民、改革创新”的总体要求，坚持用科学发展观统领民协的各项工作，以推动民间文艺事业大发展大繁荣为目标，认真履行“联络、协调、服务”的基本职能，充分发挥“组织、引导、服务、维权”的重要作用，团结广大民间文艺家和民间文艺工作者，振奋精神，锐意进取，各项工作都取得了很大的成绩。

五年来，我们承续本世纪以来中国民协开创的具有时代性和使命性的“中国民间文化遗产抢救工程”，把传承和发展优秀的中华文化做为终极目的，始终坚守田野第一线，从田野调查到田野传承，从田野存录到田野创新，以使中华大地的文化生命生生不息，并更加富于活力。五年来，我们完成了以历时九年的“中国木版年画普查”为代表的一系列项目，又启动了以“中国古村落代表作认定”和总字数达八亿四千万字的“中国民间口头文学数字工程”等众多超大规模的新项目。我们以“我们的节日”做为主题，致力将具有深厚中华文明内涵的传统节日文化融入现代生活；还将“传承人保护”作为工作的着力点，力保民间文化根脉不断，薪火相传。正由于这种对民间文化的挚爱与高度的责任，才使我们面对突然降临的汶川和玉树两次大地震，以加急的文化抢救，挽救了一大批文化遗产，给灾区的人民以精神和文化的支持。

五年来，中国民协特别是各地民协，把大地作为我们工作的平台，翻山越岭，穿越江河，四方奔波，倾心竭虑、想方设法地帮助各地区的政府、专业团体与传承主体，弘扬和发展民间文化，推动和增强地方软实力，做了大量卓有成效的工作。上述这些工作，反过来又激活了我们的理论与学术。

[1] 致开幕词时间为2011年4月25日。

在当代民间文化充满压力与挑战的背景下，在我们积极应对的行动中，民间文化的学术理论领域，从未涌现出如此之多的新问题、新现象、新的空间，等待我们学术的介入与理论上的回答。田野呼唤和需要理论，理论支持着田野，于是一大批具有时代特点和创新意义的优秀理论著作应运而生，成为五年来民间文化领域中重要的收获。

数千年大众创造的民间文化是中华文化的重要组成部分。它是中华民族的精神愿望、生活准则、审美品质和终极价值的直接体现，它是民族自我凝聚力之所在。为此，我们正处于中华民族伟大复兴的历史时期，民间文化受到党和政府的格外重视，也寄厚望于我们广大民间文化工作者。五年来，党和国家领导人给予我们民间文化事业以极大支持。温家宝总理、李长春同志、刘云山同志、刘延东同志多次作出重要批示，给我们以鼓励与勉励。前不久，刘云山部长在中国木版年画成果总结和表彰会召开之际，还给我们写来贺信，褒奖我们付出的努力，使我们深受鼓舞。让我们以掌声来深表感谢，我们不会辜负党和国家的期望、时代的要求。

总结以往，面对未来，我们清楚地看到，当前是民间文化事业大有可为的时代，也是我们大有作为的时代。让我们努力再努力，为中华文明更好地传承，光照时代与未来。

这次代表大会期间，我们将审议并通过《中国民间文艺家协会第八次全国代表大会工作报告》（审议稿），审议和通过《中国民间文艺家协会章程》（修改草案），选举产生新一届中国民协领导机构。切望各位代表本着对中国民间文艺事业的高度责任感和使命感，坦诚发表意见，积极建言献策，行使好代表权力。

我相信，在全体代表的共同努力下，中国民间文艺家协会第八次全国代表大会一定会开成一个团结的大会、鼓劲的大会、加油加劲的大会、圆满成功的大会，一个向着中国民间文艺新的征程阔步前进的大会。

继往开来　谱写民间文艺事业的新篇章

——中国民间文艺家协会第八次全国代表大会工作报告[1]

中国民间文艺家协会第七届副主席、分党组书记

罗　杨

各位代表：

在中宣部、中国文联的关心和指导下，中国民间文艺家协会第八次全国代表大会今天隆重开幕了。现在，我受中国民协第七届理事会委托向大会作工作报告，请各位代表审议。

中国民间文艺家协会第七次全国代表大会以来的五年，民间文艺千帆竞渡，百舸争流。其间，既有气势恢弘的灾区遗产抢救，又有彰显特色的奥运精彩亮相；既有回归传统的节日文化重建，又有巧夺天工的时代精品呈现；既有令人骄傲的抢救工程成果，又有令人自豪的学术研究著作；既有有声有色的国际交流华章，又有无怨无悔的精神家园守望。蓦然回首，民间文艺事业呈现出万紫千红生动局面。

一、满载喜悦和收获的五年

在不寻常的五年里，中国民协及各团体会员以邓小平理论和“三个代表”重要思想为指导，深入贯彻落实科学发展观，认真履行联络、协调、服务的基本职能，充分发挥组织、引导、服务、维权的重要作用，积极团结和引领广大民间文艺家和民间文艺工作者为构建中华民族共有精神家园发挥了独特作用，用生命和灵魂谱写出一幅值得载入中华文明史册的时代画卷。

[1] 报告时间为 2011 年 4 月 25 日。

（一）坚持围绕中心服务大局，在党和国家的全局工作中充分发挥民间文艺的独特作用，在风云激荡的时代洪流中彰显民间文艺家风采。

五年来，国内外重大事件频发，大灾、大典、大事历历在目，大悲、大喜、大爱萦绕心间。在以胡锦涛为总书记的党中央的领导下全国各族人民团结奋进、共克时难，谱写了一曲曲建设中国特色社会主义事业的新篇章。如果说在岁月的长河中注定有一些年份和事件影响深远、令人难忘，那么中国民协及各团体会员与广大民间文艺家在五年的关键节点上都留下了可歌可泣的壮丽诗篇。

沧海横流方显英雄本色。2008年汶川大地震发生后，广大民间文艺家和全国人民一起投入到抗震救灾的行动。由冯骥才主席带领的专家组疾速奔赴灾区，冒着余震的危险，实地调研并策划文化救灾工作方案，完成了《关于四川汶川地震灾后重建中保护羌族文化遗产的建议书》，并得到温家宝总理的高度重视，其中很多建议被吸纳到《国家汶川地震灾后恢复重建总体规划》中。随后出版的《羌族文化学生读本》、《羌族口头遗产集成》(四卷本)、《濒危羌文化——5.12灾后羌族村寨传统文化与文化传承人生存现状调查研究》等成果也得到了温家宝、刘云山、刘延东等领导同志的高度赞扬。

2010年“4·14”青海省玉树发生特大地震后，中国民协紧急编辑出版了《中国唐卡艺术集成·玉树藏娘卷》，举办了“从北川到玉树：紧急抢救地震灾区文化遗产成果发布会”，并将最新出版成果《白石·释比与羌族》、《汉羌词典》、《中国唐卡艺术集成·玉树藏娘卷》等大型图书向灾区捐赠。温家宝、李长春、刘云山、刘延东等中央领导同志看到这些成果后作出了重要批示并给予高度赞扬。这些努力不仅让更多的人了解到羌族及其文化现状，唤起了社会各界参与保护羌族文化遗产的自觉意识，也在中国乃至世界文化遗产的救灾史上写下了光辉一页。

在举世瞩目的2008年北京奥运会期间，中国民协组织开展了一系列服务奥运会全局的大型活动：先后在山西省太原市、天津市、陕西省西安市举办了“我们的奥运——奥运之光中国民间灯彩艺术展”；在中国农业展览馆举办了迎奥运全国农民艺术大展。奥运会期间，在奥运村核心区成功举办的中国民族民间手工艺制作展示活动，以精美的民间手工艺品把五千年的文化积淀呈现给世界，被北京奥组委评为奥运村国际中心区最具特色和影响的项目，赢得了奥运会的“文化金牌”。

为庆祝新中国成立60周年，中国民协在北京民族文化宫成功举办了“缤纷中国——中国民族民间服饰暨中国民间文化遗产抢救工程成果展”、“向祖国汇报——庆祝新中国成立60周年民间工艺美术精品展”，营造出了喜庆祥和、欢乐和谐的文化氛围，把民间艺术的繁荣发展与伟大祖国的命运紧密联系在一起，受到媒体的广泛关注和社会各界好评。

（二）坚持扎根田野守望民间，在传承民间文化上不懈努力，为增强全民文化保护意识亮点频出。

五年来，民间文艺家默默的耕耘和无声的守望，用汗水浇灌出烂漫的奇葩，用心血凝结出丰硕的成果。

五年来，中国民间文化遗产抢救工程工作项目的布局和成果出版逐步规范。作为抢救工程重点项目的《中国民间美术遗产普查集成》、《中国唐卡艺术集成》、《中国民间文化杰出传承人名录》、《中国民间故事全书》（县卷本）、《中国民俗志》（县卷本）等均被列入国家“十一·五”重点图书出版规划项目。《中国民间剪纸集成·蔚县卷》在香港国际书展获得最高奖项。《中国口头和非物质文化遗产推介丛书》、《中国结丛书》双双荣获第三届中华优秀图书奖。《中国木版年画集成·杨家埠卷》获得国家图书奖。2009年10月，完成了被誉为“中国文化长城”的中国民间文学三套集成（谚语集成、故事集成、歌谣集成）90个卷本的全部出版任务。2010年11月，大型图文集《中国古村落代表作》项目筹备就绪；2010年底，“中国口头文学遗产数字化工程”拉开序幕，昭示着民间文化遗产的抢救已从普查记录阶段逐步进入文化资源整合共享阶段。全景式呈现了农耕时代的中国木版年画遗产的22卷本《中国木版年画集成》及14卷本的《中国木版年画传承人口述史丛书》，于2011年4月全部出版面世，并在人民大会堂召开了隆重的“中国木版年画抢救与保护成果发布暨总结表彰会”，刘云山同志专门发来贺信。

五年中的工作实践中，抢救工程受到党和政府高度重视，在政策和资金方面得到前所未有的肯定和支持，社会各界的参与热情空前高涨。通过结合传承人调查认定与命名、全国影像记录比赛、大学生社会实践公益文化行动、非物质文化遗产进校园、建立民间文化保护基地和抢救工程农家书屋等不同层面、形式多样的活动，形成了社会各界关注非遗保护、参与非遗保护的良好态势。

（三）坚持立足传统引领时代，丰富传统节日的内涵，探索与时代精神的对接，在丰富人民群众节日文化生活上做足文章。

五年里，在冯骥才等社会各界有识之士的积极倡议下，国家顺应民意确立了“文化遗产日”，并将春节假期前置到除夕以及清明节、端午节和中秋节被列为法定假日，从而为民间文艺事业的蓬勃开展提供了新的发展机遇和平台。

传统节日是历史的积淀和民族文化的载体。引导当代人过好传统节日，对构建和谐社会具有重要的现实意义和深远的历史意义。为响应中央文明办关于开展“我们的节日”系列活动的精神，中国民协及有关团体会员从2008年起，陆续在清明寒食文化的发源地山西绵山举办了四届清明文化节，在绵山建立了寒食文化传承基地。在《清明上河图》诞生地的开封市举办了中国（开封）清明文化节，建立了清明文化研究基地，并以此为发端，不断在与七大传统节日有关的重要流传地开展以春节、元宵、清明、端午、中秋、七夕、重阳等传统民俗为主题的节日活动及文化论坛。

五年来，通过一系列丰富多彩的主题节庆活动，使“我们的节日”不仅成为表现百姓民俗文化生活的舞台，也成为一项中国民协颇具社会影响的长项工作和文化品牌，实现了把常规工作做出特色，把特色工作做出影响，把有影响的工作做成品牌的战略思想。

（四）坚持把握导向促进繁荣，在推出作品推出人才上成果显著，为扩大影响树立形象营造良好氛围。

山花奖是中国民间文艺的国家级最高奖项，是中国民协工作的重要组成部分，也是推进中国民间文艺的有力抓手。五年来，按照中宣部、中国文联要求，中国民协的评奖工作始终坚持正确导向，遵循民间文艺发展规律和民协工作特点，充分体现公开、公正、公平的原则，评奖方法越来越科学，评奖机制越来越完善。五年来，中国民协共举办了三次山花奖颁奖活动。一大批民间文艺家及民间文艺工作者获得表彰，山花奖的美誉度和知名度不断提高，凝聚了力量，树立了形象，扩大了影响，推动和促进了民间文艺事业的繁荣与发展。

中国民间艺术节是中国文联、中国民协主办的大型全国性民间文艺品牌节会。办好民间艺术节是贯彻党中央关于文艺工作贴近生活、贴近实际、贴近群众的有效方式。中国民间艺术节已成功举办了八届，规模日渐壮大，整体水平不断提升。每届都有新的艺术样式和新的亮点出现，极大地丰富了人民群众的文化生活，满足了人民群众日益增长的精神需求，有力地促进了民间文艺的繁荣发展。五年来，中国民协除举办第七届、第八届艺术节外，还举办和参与了首届中国农民艺术节、中国民间工艺品博览会、中国（长春）民间艺术博会、中国民间艺人节、中国国际民间艺术精品博览会、全国木版年画联展、中国剪纸艺术精品展、唐卡艺术展、农民画展、民间灯彩艺术展等活动，形成了围绕大局、服务地方，促进创作，全面繁荣的良好局面。

（五）坚持面向基层服务群众，在新农村建设和惠民活动中发挥作用，为满足

农村群众文化生活作出贡献。

五年来，为保护民间文化的血脉，保存地域文化的多样性，中国民协配合抢救工程和新农村建设命名了一批民间文艺（化）之乡，建立了一批民间文艺传承基地以及民间文化艺术馆、博物馆、文化园，成立了一批民间文艺研究中心和专业委员会。通过命名中国民间文艺之乡，不仅增强了当地群众对本土文化的自豪感，同时也增强了地方党委政府的使命与责任。我们欣喜地看到，通过命名“民间文艺之乡”工作的开展，人民群众对本土文化的热情已经化为保护文化遗产的自觉意识，在新农村建设中释放出不可估量的能量。如“中国女娲文化之乡”将女娲文化写进了中小学教材；“中国剪纸艺术之乡”让民间艺术家们走进中小学教室现场表演和教学；“中国蒙古族长调之乡”的传承人及其技艺得到所在地政府的重视和关怀。实践证明，各类民间文艺之乡命名对传承和保护民间文化产生了良好的效果。

五年来，中国民协根据中国民间文艺的特点和农村文化实际精心组织文化惠民活动，精心培育民间文化产品新的市场增长点。先后在浙江宁波、河南开封、四川绵竹等地组织了民间文艺演出和手工艺术绝技、绝活表演，参加慰问演出的演员和艺术家有400余人，10多万基层群众受益。中国民协还建立了抢救工程农家书屋，向各地乡镇赠送了千余种民间文化精品图书。通过命名民间文化之乡、建立民间文艺保护与传承基地、送欢乐下基层慰问演出及推广民间文化旅游、建立农家书屋等举措，逐步引导和树立了民间文艺的行业规范，使地方文化事业健康快速发展。

（六）坚持理论探索学术研究，在学术园地和学科建设上有所突破，民间文艺理论研究成果明显。

五年来，中国民协及团体会员坚持立足学术之本，扎根民间沃土，努力担当推进学术发展、培育民间文艺人才的重任，始终强调以理论创新和理论成果指导民间文艺工作实践，不断为火热的民间艺术实践和抢救保护民间文化遗产提供强有力的理论支持。五年间，我们努力做到将理论建设及民间文艺工作与当代实践紧密结合，积极发现新事物，研究新问题；努力将理论建设与中国民间文化抢救工程紧密结合，使抢救工程在科学理论指导下积极推进；努力将理论建设与学习吸收国际先进理念紧密结合，实现与我国民间文艺发展实际相对接；努力将理论提高与知识普及相结合，着眼于培育全民的文化自觉；努力将理论建设与群众性文化活动密切结合，充分发挥专家的指导作用。由于做到理论与实践相结合，产生了一批既有理论水平又通俗易懂的出版成果。

按照中宣部、新闻出版署对事业单位文化体制改革的相关规定和有关部署，中国民协三个出版单位的改革在艰难中起步，在奋进中起飞，通过科学论证、精心谋划、大胆布局、果断作为，在中国民协所属的三个刊物发展确立了“一大两高”的整体原则。五年来，具有55年历史的《民间文学》杂志内容和形式发生了喜人变化；《民间文化论坛》几经周折，重回到学术高端，成为民间文艺学术理论建设园地中一枝红杏。《缤纷》杂志努力探索发展方向，在市场运作中形成了跨界的品牌优势，特别是《中国艺术报·中国民间文艺》专刊的创刊，成为集中报道民间文艺界和非物质文化遗产领域最新动态，为中国民协会员搭建起一个崭新的交流平台和展示园地。五年来，中国民协网站白手起家逐步壮大，目前已经成为民间文艺界唯一的国家级官方权威网站。

（七）坚持开阔视野面向世界，在对外交流中不断开拓新渠道，在弘扬中华文明走向世界中探索新思路。

中华五千年文明史为我们留下了丰厚的民间文化资源。但是文化资源优势并不能自然而然转化为文化竞争优势。民间文化的国际竞争力，既体现在继承丰厚的文化底蕴和深刻内涵，更在于不断结合时代要求推出更多富有民族民间特色的文化项目。五年来，为了扩大民间文化艺术对外交流，中国民协着力在“请进来”和“走出去”下功夫。

中国民协自上个世纪80年代以来，先后15次组团赴以色列参加国际艺术和手工艺博览会，尤其是近五年来，年年参加交流展示展览活动，展示了我国民间艺术的无穷魅力和民间文艺家良好的国际形象。中国民协多次派员赴美国、日本、沙特阿拉伯、韩国、新加坡、奥地利、瑞典、德国及我国台湾、香港、澳门等地区开展民间文化交流工作；派员与台湾、澳大利亚、加拿大等地学者共同完成学术考察，邀请台湾学者参加在福建举办的海峡两岸民间工艺发展论坛，派员出席在日本举行的中日非物质文化及其保护国际研讨会，在加拿大渥太华举办的亚洲艺术节活动等，参与北京奥运会对外文化交流活动，使中国民协的对台、对外文化交流工作呈现出不断深化的趋势，产生了积极影响。日本中小学生在观看中国傩文化展演团表演后，写来数十封观感信，表达了对中国文化的崇敬和希望中日两国人民世代友好的美好心愿。中国民协在韩国南怡岛主办的“中国文化月”活动，引起了韩国民众的极大兴趣。中国民协组织艺术家参加了“欢乐春节——聚焦在非洲·坦桑过大年”活动，受到当地群众的热烈欢迎，得到中国驻坦桑尼亚大使馆的书面感谢。

五年来，中国民协先后邀请了德国、比利时、芬兰、美国、墨西哥、日本等国学者和民俗专家来华参加学术交流和文化考察，其中包括：参加中国神话学国际学术研讨会活动；考察民间艺术创作和民间手工艺市场发展状况；出席在浙江绍兴举办的中国安昌古镇腊月风情节、考察地方春节文化和绍兴师爷文化等。中国民协与各国文化团体及文化机构的交流活动，增进了中国人民与世界各国人民的理解与友谊，提升了中华民族优秀传统文化的认同感和凝聚力，扩大了中国民间文化在国际上的吸引力、竞争力和影响力。

（八）坚持团结和谐奋发有为，在强化本领履行职能上下功夫，在建设和谐机关上取得新进展。

五年来，中国民协紧紧依靠主席团，充分发挥“桥梁”和“纽带”的作用，在增强服务意识，提高服务本领，创新服务手段上花大力气下真功夫。在机关建设上，通过学习实践科学发展观、创先争优等活动，举办专题讲座、完善规章制度、轮岗交流等措施，锻炼了队伍、培养了干部，提高了机关内部干部整体素质和办会能力，增强了中国民协的凝聚力和号召力，使中国民协成为温馨和谐之家，还获得了中央直属机关精神文明先进单位的荣誉称号。

五年里，中国民协欣逢60华诞，冯骥才主席颇为感慨地说：“中国民协成立60年来，其成果足以装满一座图书馆和一座博物馆。”60年来，一代又一代民间文艺工作者无私奉献，始终站在时代前沿，主动承担起社会和文化的使命。

总之，在过去的五年里，中国民协主席团各位主席团结和谐、互相支持，为中国民协的发展出谋划策、尽心竭力，身体力行，不辞劳苦，深入基层，是一个志同道合、鞠躬尽瘁的集体。各省市民协的负责同志以及各位理事也在各自的岗位上忠于职守、默默耕耘、无私奉献，以弘扬民间文艺事业为己任，是一支想干事，能干事，干得成事的队伍。正是由于大家的努力，才使得五年来全国民间文艺活动呈现出一派蓬勃生机。这五年，我们坚持了一种思想，即对民间文化的不懈思考；坚持了一种精神，即对民间文化的使命担当；坚持了一种品格，即与时俱进的学术追求；坚持了一种境界，即无私奉献地守望传统。这五年，取得的成绩来之不易，积累的经验弥足珍贵，创造的文化财富影响深远。我们深切体会到：只有围绕中心服务大局，审时度势地提出民间文化大发展大繁荣的战略命题，才能在党和国家的工作全局中发挥民间文艺的作用；只有坚定地走民间文艺的科学发展之路，认真履行联络、协调、服务职能，努力把广大民间文艺工作者团结和凝聚在一起，才能让工作充满生机，让人才焕发活力，从而不断增强中国民协的凝聚力和战斗力；只有尊重民间文艺的工作规律，按规律办事，才能在生动活泼的民间文艺实践中创造性地开展工作，不断推出人才、推出精品；只有发扬无私奉献、甘于寂寞的守望者精神，才能勇于迎接困难面对挑战，为建设中华民族共有的精神家园作贡献。

二、充满生机和希望的五年

站在新的起点，民间文艺工作者更应以高度的文化自觉、文化自信、文化自强，不辱使命，担当责任，在守望中彰显辉煌。

今后五年，中国民协工作的指导思想是：高举中国特色社会主义伟大旗帜，以邓小平理论和“三个代表”重要思想为指导，深入贯彻落实科学发展观，牢牢把握“高举旗帜、围绕大局、服务人民、改革创新”的总要求，努力调动一切积极因素，与广大民间文艺家和民间文艺工作者一起，充分发挥民间文艺在党和国家全局工作中的独特作用，在改革创新中焕发活力，在热情服务中增强凝聚力，在开拓进取中发挥创造力，在奋发有为中扩大影响力。

（一）继续围绕中心服务大局，进一步强化民间文艺的大局意识责任意识，努力在党和国家的全局工作中做出新贡献。

围绕中心服务大局是中国民协开展工作必须遵循的原则，实践证明，民间文艺工作只有紧紧围绕党和国家全局，服务于文联工作全局，在大局下思考、在大局下谋划、在大局下行动，才能在中国特色社会主义文艺工作全局中发挥不可替代的作用。广大民间文艺家和民间文艺工作者要始终牢记肩负的社会责任，树立远大的奋斗目标，不断创造新的文化业绩；中国民协的工作要紧紧围绕党和国家的工作大局，贯彻执行中国文联确定的工作目标，密切配合国家重要纪念日、重大节庆、重大活动、重大事件组织民间文艺活动，推出更高水准的民间文化成果，让民间文艺在社会主义文化大发展、大繁荣的百花园中，充分展示出独特魅力。

（二）继续突出重点形成亮点，进一步加大民间文化遗产的普查抢救力度，努力在抢救工程上取得新成果。

我国正处于农耕文明向现代化工业和商业文明的转型时期，民众生活方式急剧改变，民间文化遗产生态正面临急速恶化的境地。因此，我们必须加快民间文化遗产抢救和保护的步伐，分秒必争与时间赛跑。要加大民间文化遗产普查工作的力度，将全面普查和重点调查相结合，长期项目与短期项目相结合，阶段成果与重大成果相结合。要继续做好抢救工程各专项的调查认定和成果出版工作以及数据库建设工作，要重点抓好中国口头文学遗产数字化工程、中国古村落调查、少数民族文化保护、杰出传承人调查认定和命名、中国服饰文化集成、中国民间剪纸集成、藏区唐卡艺术调查、民间美术遗产普查、地震灾区文化遗产保护与文化重建、中国民间故事全书（县卷本）和中国民俗志（县卷本）的编纂与出版工作，切实做好重点民间文化遗产项目调查和中国口头文学遗产的补充调查、补充资料征集、少数民族文本的翻译出版等项目工作，加强社会经济转型期文化遗产抢救与保护工作研究及田野实践的探索、理论总结，使田野工作成果更好地为大众享有，抢救工程成果更好地服务于社会。

（三）继续发挥优势促进繁荣，进一步完善创新评奖办节方式方法，努力在节日文化活动和各种民间文化活动中取得新发展。

当代中国民间文艺呈现出空前的繁荣和勃勃生机，时代和人民呼唤民间文艺工作者在挖掘、整理、继承和创新方面推出一大批符合时代要求，反映社会现实，体现人民愿望，全面继承传统，思想性、艺术性、观赏性相统一的精品力作。通过评奖、展演、节庆等各种文艺形式为民间文艺家脱颖而出创造条件，为优秀成果和作品搭建平台。要通过山花奖的评奖工作，促进出作品、出人才，把广大民间文艺家引导到繁荣社会主义先进文化、弘扬中华民族优秀传统文化、传承民族民间文化的正确轨道上来。要充分利用民间文艺与人民群众的天然联系和深厚感情，在新的历史条件下不断丰富艺术节、博览会、民间文艺比赛等活动的文化内涵，创新评奖办节体制和机制，发掘更多更新、更有内涵、更有创意和文化价值的民间特色文化项目，进一步增强民间文艺的吸引力和影响力。要充分利用民族传统节日，组织民间文艺会演，广泛联系民间文艺家和民间文艺团体，培育民间文艺新人，推动民间文艺创作繁荣，扩大中国民间文艺的社会影响力；要进一步确立中国民间文艺“山花奖”的权威性、科学性和导向性，要进一步规范民间文艺之乡考察与命名活动，使民间文艺之乡、民间文艺保护与传承基地、民间文化博物馆、民间文化研究中心、民间文化专业委员会的命名和建立更加规范有序。要把保护、利用民间文化遗产与弘扬传统文化、传播先进文化相结合，继续组织好“我们的节日”系列活动，深入挖掘节日文化遗产的深刻内涵，鼓励各种形式的群众性节日活动和文化遗产宣传活动的开展。进一步团结民间文艺家和广大民间文艺工作者坚持贴近实际、贴近生活、贴近群众的原则，切实提高面向群众、面向基层、面向农村、面向市场的能力，通过丰富多彩的作品、生动精彩的演出把民间文艺的丰富成果送到农村、送进校园、送往社区，使更多的群众增长知识、愉悦身心、陶冶情操、升华情怀。继续精心组织好元旦、春节期间的“送欢乐、下基层”活动，营造欢乐祥和文明的节日氛围。要把遵循文艺规律与适应市场经济发展要求结合起来，促进行业内部规范和行业自律，努力实现民间文艺社会效益和经济效益的最大化。

（四）继续夯实基础提高水平，进一步加强民间文艺的学术研究和理论建设，努力在学科领域和学术研究上取得新突破。

中国民协自成立以来就有着理论先行、学术立会的传统，民间文艺工作者们应该坚持与时俱进的学术精神，立足我国文化国情，紧扣时代发展脉搏，积极探索认真思考并付诸行动，站在理论的高度培育民间艺术思想和民间审美理想，做有思想的民间文艺工作者，做民间文艺的思想者。

每个民间文艺工作者都要以不变的热忱，坚守理想，植根民间，贴近大地，走出书斋，走向田野，大力提倡学术传统，大兴调查研究之风。中国民协要积极组织民间文艺理论工作者提高田野调查本领和科研攻关能力，大力推进民间文艺的学术研究和理论建设；正确处理传统与现代、继承与创新、高雅与通俗、普及与提高、引领与包容等方面的关系。大力提倡观点创新和理论创新，中国民协要通过民间文艺理论研究、学术著作评奖、专家知识讲座等方式，培养学术人才，凝聚学术力量，以先进的理论指导民间文艺工作，并为中国民协的实践活动提供学术支持和智力资源。

（五）继续面向世界开阔视野，进一步拓宽民间艺术走出去的渠道，努力在中国民间艺术展现于国际舞台上作出新成就。

民间文艺具有鲜明的民族特性，在人类文明中独树一帜。我们要继续坚持“走出去”与“请进来”相结合的方针，加强与国外非物质文化遗产研究机构的交流合作，加大对外民间文艺宣传推介与学术交流的力度，向世界人民展示我国辉煌灿烂的文明成就与和平和谐的文化理念，增进世界各国人民对中华文化的了解，使中国民协成为展示“中国走向世界、世界了解中国”的重要窗口。要紧密配合国家总体外交战略，充分发挥民间文化的独特魅力，展示民间文艺家的时代风采，展现我国和平发展、民主进步、文明开放的国家形象，进一步推动中华文化走向世界。

（六）继续提高能力加强建设，进一步团结广大民间文艺家增强凝聚力，努力在人才培养和队伍建设上迈出新步伐。

中国民协要进一步增强服务意识，多为民间文艺家和民间文艺工作者办实事办好事，依法维护民间文艺家和民间文艺工作者的权益，为知识产权的保护和艺术品牌的培养提供有力的支持；要大力推进体制机制创新，不断增强内部活力，形成团结奋进、健康向上的工作作风，努力营造激情干事、精细做事、和谐共事的氛围。鼓励大家在广阔的民间文艺天地施展才华、建功立业；要善于发现人才，培养人才，多出人才、快出人才，壮大民间文艺家队伍，丰富民间文艺家结构，让更多有才华、有能力、有水平、有绝技、有专长、有成绩的文艺人才加入到我们队伍中来，努力造就一支梯次分明、结构合理的民间文艺家队伍和民间文艺工作大军；要进一步调动各专业委员会、各地民间文艺家协会和全国民间文艺家的积极性，增强协会的凝聚力、向心力、吸引力、号召力，使中国民协成为广大民间文艺家和民间文艺工作者的“温馨和谐之家”。要关注社会、关注民生，推动民间文艺事业发展成果最大限度地惠及人民群众，在服务民间文艺家和丰富人民群众精神文化生活方面取得双丰收。

各位代表，“雄关漫道真如铁，而今迈步从头越”。当我们脚下这片千年沃土热切渴盼民族文化复兴的甘露时，民间文化越来越成为民族凝聚力和创造力的重要源泉。让我们以对民间艺术的一往深情、对美好未来的豪迈激情，不断发掘我们伟大的前人在这块土地上留下的精神信息，感悟古老文化的博大与辉煌，展示民间文化的生命和力量，不断谱写出无愧于民族和时代的辉煌篇章！

中国民间文艺家协会第八次全国代表大会闭幕词[1]

中国民间文艺家协会第八届主席
冯骥才

这次大会是在我国文化艺术大发展大繁荣的新形势下，民间文艺界召开的一次承前启后、继往开来的大会。中共中央政治局委员、书记处书记、中宣部部长刘云山同志出席大会开幕式并作了重要讲话。云山同志在对我们今后工作所做的五点指示，用了五个“衷心希望”，可谓语重心长。会议期间，云山同志还亲切接见了中国民协第七届和第八届主席团成员，再一次对我国民间文化的本质、内涵与价值做了精确的阐述，并对协会工作指出明确方向。中宣部、文化部、中国文联的领导出席开幕式并作了讲话，这充分体现了党中央和各级领导对民间文艺事业的高度重视、对广大民间文艺工作者的深切关怀。

在这次大会上，我们认真总结了五年来中国民协的工作，规划和部署了今后五年的总任务；审议并通过了修改后的《中国民间文艺家协会章程》；选举产生了中国民协新一届领导机构。代表们以高度的责任心和使命感，求真务实，群策群力，共商新形势下民间文艺繁荣发展大计。在此，我谨代表中国民协第八届理事会和主席团，向全体代表给予我们的信任和支持表示衷心的感谢！

各位同志，此刻我不能不表示对上届主席团和理事会的一种情感的依恋。这不是个人的私交，而是为抢救和保护中华优秀文化遗产白手起家、千辛万苦共同努力中结成的知己般的深情厚谊。十年来，曾经发生在山南海北、僻地荒村中的一个个文化行动及其细节，都比画还美，留在我们过往生命的记忆里。

今天我们换届，是为了不断在我们的队伍里充实活力，是为了把一些更年轻的才俊推到前台和第一线。换届不是让老战友离开我们这支为光大中华文化而奋斗的队伍，而是使我们这支队伍更大更强。让我们还肩并肩站在一起。

面对中华文化伟大复兴的时代，面对着充满挑战的文化现实，我们的使命只会更

[1] 致闭幕词时间为2011年4月27日。

艰巨。然而，积极的应对永远是我们的文化姿态。前沿的坚守是我们立足的位置。把优秀的中华文化传承下去是我们用纯金的钉子钉在心中的目标。

责任是我们不变的原点。我们中国民协是有精神的。有精神，才能有凝聚力，才有目标，才能奉献。我为我们的协会感到自豪。

未来五年，中国民协将紧密团结广大民间文艺家和民间文艺工作者，共同创造中国民间文艺事业的新辉煌！

中国民间文艺家协会
第九次全国代表大会

在中国民间文艺家协会第九次全国代表大会开幕式上的讲话[1]

中共中央政治局委员、中央书记处书记、中宣部部长

刘奇葆

各位代表、同志们：

今天，中国民间文艺家协会第九次全国代表大会隆重开幕了，这是民间文艺界的一次盛会、也是文化界的一件大事。在此，谨向大会胜利召开表示热烈的祝贺！向各位代表和全国民间文艺工作者致以诚挚的问候！

民间文艺源远流长，承载着厚重的历史积淀，散发着清新的泥土芳香，闪烁着朴素的哲理光辉，具有鲜明的民族性、地域性、群众性，是中华文化的亮丽瑰宝和鲜明标志。近年来，我国民间文艺事业蓬勃发展，呈现出百花齐放、生机勃勃的喜人景象。神话、传说、故事、歌谣、谚语等民间文学的抢救保护成绩斐然，数字化保存取得重大进展，《亚鲁王》等珍贵史诗被发掘整理；一批濒危的民俗事象得到发现和保护，传统村落立档调查等重大项目取得积极成果，“我们的节日”等民俗活动广泛开展；民间音乐、舞蹈、戏剧、曲艺等表演艺术在继承传统中创新发展，莆仙小戏、华阴老腔等登上全国舞台、深受群众喜爱；剪纸、唐卡、刺绣、蜡染、木雕等民间工艺活力迸发，艺术价值不断提升，市场需求不断扩大，并日益走出国门、走向世界；民间文艺理论和民俗学研究深入发展，民间文艺队伍不断壮大，传承人得到有力扶持和保护，推动民间文艺不断发扬光大。

党的十八大以来，以习近平同志为总书记的党中央高度重视中华文化传承发展。总书记多次强调，要努力从中华民族世世代代形成和积累的优秀传统文化中汲取营养和智慧，延续文化基因，萃取思想精华，展现精神魅力。十八届五中全会明确提出要实施中华文化传承工程，国家“十三五”时期规划纲要将传承发展优秀传统文化、振兴传统工艺、发展民族民间文化等列入重要工作项目。可以说，我国民间文艺事业进

[1] 讲话时间为2016年6月13日，本文选自《中国艺术报》，2016年6月15日。

入了繁荣发展的活跃期，面临着前所未有的良好机遇。我们要深入学习贯彻习近平总书记系列重要讲话精神特别是在文艺工作座谈会上的讲话精神，坚守中华文化立场，坚持以人民为中心的工作导向，扬弃继承、转化创新，大力发展面向百姓大众、彰显民族特色、弘扬中国精神的民间文艺，不断开创民族民间文艺事业新局面。

一、礼敬传统文化，守护民间文艺之根

千百年来，我国民间文艺薪火相传、生生不息，深深融入中华民族的血脉，深刻影响着中国人的精神世界。中国文学的两大源头《诗经》《楚辞》都深受民间文艺的滋养，《诗经》160 首国风采集于当时北方十五国的民歌民谣，《楚辞》是在吸收南方民间文学的基础上发展起来的。两汉乐府、六朝民歌、宋词元曲、明清小说都来源于民间文艺，承袭了中华文化传统，成就了一座座艺术高峰。可以说，民间文艺是传统文化遗产中最基本、最生动、最丰富的组成部分，印刻着中华民族独特的文化记忆和审美风范，值得我们礼敬和传承。在建设社会主义文化强国、实现中华民族伟大复兴的历史征程中，弘扬民间文艺、延续中华文脉，是时代的需要、人民的需要和繁荣文艺事业的需要，也是广大民间文艺工作者的历史责任和崇高使命。

近些年来，随着工业化城镇化进程加快、社会结构深刻变动，民间文艺赖以生存的土壤和环境持续改变。在新的社会条件下，民间文艺生态发生了很大变化，出现了一些新的形态和样式，也面临严峻挑战。许多民间艺术、民间技艺生存空间不断压缩，遭遇“边缘化”危机，一些珍贵的文化遗产随着老一代传承人的相继离去而失传，出现“人去艺绝”的现象。最近一部电影《百鸟朝凤》，就从一个侧面反映了传统民间艺术在现代化浪潮中受到的巨大冲击。有的专家大声疾呼，要拯救民间文艺，为民间文艺拨打“120”。我们要进一步加强民间文艺的保护工作，深入做好普查、采录和整理，积极推进民间文化遗产抢救、民间文化探源、古村落保护等工程和工作，注重物质遗产与非物质遗产保护相结合、固态保护与动态保护相衔接，守护民间文艺之根，展现中华文化之美，为我们的先人保存智慧的结晶，为我们的后人留下精神的家园。

二、彰显主流价值，铸牢民间文艺之魂

民间文艺承载着中华民族长期积淀的文化传统，蕴含着丰富的思想理念和道德规范，不论过去还是现在，都有其永不褪色的价值。一代又一代中华儿女，不断从那些神话传说、民谣小戏、剪纸年画里，从那些乡风民俗、村规家训、先贤故事中，获得精神滋养、砥砺家国情怀，明白安身立命的道理和做人做事的准则。我们发现在现实生活中，民间文艺传承弘扬得好的地方，往往民风淳朴向上、社会和谐安定；而在一些民间文艺缺失、文化生活贫瘠的地方，社会问题相对较多，甚至出现嗜赌成风、迷信盛行等现象。这些年来，中国民协组织开展了“民间文艺之乡”建设，评选了一批慈孝文化之乡、重阳文化之乡、忠义文化之乡等。在这些地方，民间文艺传承与道德建设相互促进，产生了很好的效果。我们要重视发挥民间文艺在“美教化、厚人伦、移风俗”等方面的特殊作用，以社会主义核心价值观为引领，推出更多弘扬真善美、传递正能量的民间文艺作品，以文化人、以文育人，使民间文艺成为浇灌人心向善、风俗醇美的清泉。要广泛开展丰富多彩的民间文艺活动，打造好“我们的节日”等品牌，用好庙会、灯节、歌会、赛龙舟等民间文艺载体，增强人们对优秀传统文化的理解和当代主流价值的认同。民族复兴中国梦是国家的梦，也是老百姓的梦。要把中国梦作为重要主题，充分运用各种民间文艺形式，编织中国结、裁剪中国红、舞起中国龙、唱响中华情，鼓舞人们为追求国家富强、社会进步和美好生活而奋力打拼。

三、扎根生活沃土，绽放民间文艺之花

民间文艺生于民间、兴于民间、藏于民间。接地气、聚人气是它最鲜明的特点。只有扎根田间大地，民间文艺才有常开不败的生命力。陕北民歌、客家山歌、广西民歌等之所以长盛不衰，是因为它们都是群众最真实的生命体验，始终深扎在老百姓中间。

现在，有的民间文艺过度追求高端化，热衷到大中城市展览展演，离基层越来越远，这不是传承发展民间文艺的正确道路。广大民间文艺工作者要与人民走得更近、贴得更近，着眼基层群众、聚焦基层群众，把重心放在社区、乡村，把博物馆办在社区、乡村，把演出舞台搭在田间地头，让人民自己创造的文化艺术回到人民中间，亲民近民，成为人民生活的一部分。民间文艺的性质，要求民间文艺工作者一定要沉下去、行天下，这样才能有所作为。当年，为了搜集整理和翻译《格萨尔王传》《玛纳

斯》《江格尔》三大史诗，一大批民间文艺工作者在十分艰苦的条件下，深入西藏、青海、新疆等地的边远农牧区开展工作，风餐露宿，一干就是几十年，有的专家为此奉献了毕生的精力。对民间文艺工作来说，这样的例子还很多。民间文艺工作者要发扬用脚做学问的优良传统，深入生活、扎根人民，用生活的源泉、人民的智慧反哺创作，推出更多思想性艺术性相统一、群众喜闻乐见的民间文艺精品，让民间文艺之花绽放出更加绚烂的光彩。这些年，一些地方积极开发民间文艺和民俗活动项目，对丰富群众文化生活、促进经济社会发展发挥了积极作用。但是，也出现了偏差，搞了一些“伪民俗”、编了一些“假故事”，伤害了民间文艺的价值。要尊重历史、尊重民俗，保持民间文艺的特色内涵，提供人民群众真正需要的民间文艺。

四、着力转化创新，激活民间文艺生命力

艺术的本性是创新、生命力也在于创新。传统民间文艺一直是在继承与创新的对立统一中发展的，旧的形式不断被新的形式代替，新的形式传承着传统的精神内核和艺术品格，不断螺旋式上升。延安时期，老一辈文艺工作者吸收旧秧歌、民歌和地方戏曲等传统民间艺术元素，融入全民抗战、农民翻身做主、妇女解放等新的时代主题，创造了新颖活泼、健康向上的新秧歌艺术。推出的《兄妹开荒》《夫妻识字》等作品脍炙人口，至今仍受到人们的喜爱。今天，我们传承和发展民间文艺，还是要坚持继承发展、转化创新，使民间文艺血脉延续，在当代焕发新的光彩。要对民族民间文化中的制度风俗、思想观念、价值理念、乡规家风等加以梳理和诠释，去粗取精、去伪存真，对那些明显不符合现代社会要求的内容加以扬弃。要注重与时代发展相适应，赋予新的时代内涵，激活其当代价值，大力发展有利于助推社会发展、有利于培育时代精神和时代新人的民间文艺，让优秀民族民间文艺活起来、传下去。

现在，飞速发展的现代科技正在深刻改变着人们的生活方式，也极大地影响着人们的接受习惯和审美趣味。当下的年轻人对传统文化的感知和了解，更多地是通过影视作品、网络小说、电子游戏等途径，传统的民间故事、民间歌谣、民间游戏等文艺形式越来越被冷落，年轻人对传统民间文艺中的一些经典形象越来越陌生。有调查显示，我国青少年对白雪公主、丑小鸭等西方童话角色如数家珍，对孟姜女、田螺姑娘等中国民间故事人物却知之甚少。可以说，打捞“失落”的民间故事刻不容缓。最近，中宣部等部门正在组织实施中国经典民间故事动漫创作工程，就是用动漫的形式对盘古开天、牛郎织女、精卫填海等一些中国民间故事进行再创作，让这些故事里的

经典形象重新靓起来、立起来，实现从口耳相传到多媒体传播的时代变化，既起到保护传承作用，又发挥教育作用。在推进创造性转化过程中，还要善于运用市场机制和科技手段，推动民间文艺资源与文化创意、生态旅游等有机结合，培育和推广一批民间文艺品牌，把民间文艺资源优势转变为文化发展优势。

传承发展民间文艺，关系中华文化根脉，功在当下，利在后世。各级党委政府要高度重视和大力支持民间文艺工作，完善政策措施，加大投入力度，设计和实施好重点保护传承项目，为民间文艺繁荣发展提供有力保障。要推动有条件的地方把特色鲜明的民间文艺项目纳入公共文化服务体系，引导和鼓励社会力量参与民间文艺事业建设，增强民间文艺发展的后劲和活力。民间文艺经久不衰、代代相传，人才是决定因素。要做好传承人特别是高龄传承人的保护，重视师徒传承，做好受承人的培养和扶持，加强青少年人才培养，推动民间文艺学科建设，让民间文艺事业后继有人。要积极利用各种文化交流平台，支持更多中国民间文艺走出去，让其成为讲述中国故事的重要载体，成为展示中华文化的闪亮名片。

中国民协是党联系民间文艺工作者的桥梁和纽带。要深入贯彻落实中央党的群团工作会议精神，切实履行好团结引导、联络协调、服务管理、自律维权的职能，创新思路机制，延伸联系手臂，把更多民间文艺工作者团结凝聚起来。要建立健全深入生活、扎根人民的长效机制，组织引导广大民间文艺工作者深入基层、增长学问、锤炼技艺。要认真办好民间文艺“山花奖”，注重向基层工作者、向优秀民间文艺成果倾斜，进一步发挥引导和激励作用。

同志们！传承民间文艺就是延续我们的血脉，坚守民间文艺就是守护我们的精神家园。广大民间文艺工作者责任重大、使命光荣。让我们紧密团结在以习近平同志为总书记的党中央周围，奋力开拓、锐意创新，努力开创民间文艺新生面，为繁荣发展社会主义文艺、建设社会主义文化强国作出新的更大贡献！

在中国民间文艺家协会第九次全国代表大会开幕式上的讲话[1]

中国文学艺术界联合会党组书记、副主席、书记处书记
赵　实

尊敬的刘奇葆部长、孙家正主席：
尊敬的各位民间文艺家朋友、各位代表、同志们：

在全国文艺界深入学习贯彻习近平总书记在文艺工作座谈会上的重要讲话精神，以昂扬的精神状态迎接第十次全国文代会召开的新形势下，中国民间文艺家协会第九次全国代表大会今天隆重开幕了。这是我国民间文艺事业在新的历史起点上总结新成就、谋划新发展的一次重要会议，对于进一步团结引导广大民间文艺工作者，大力推动社会主义文艺繁荣发展，具有极其重要的意义。中共中央政治局委员、中央书记处书记、中宣部部长刘奇葆同志亲临大会，看望各位代表并将作重要讲话，家正主席和中宣部、文化部、国家民委等领导同志专程到会指导，充分体现了党中央对民间文艺事业的高度重视，对广大民间文艺工作者的亲切关怀和殷切期望，我们倍感亲切、倍受鼓舞。在此，我谨代表中国文联主席团和书记处，向大会的召开表示热烈祝贺！向辛勤耕耘在民间文艺事业第一线的各民族民间文艺工作者致以诚挚问候和崇高敬意！向专程出席今天会议的各位领导表示衷心的感谢！

我国民间文艺深深植根于中华民族文化的丰厚沃土，资源浩瀚，博大精深，丰富多彩，具有独特的艺术感染力和广泛的群众基础，在丰富人民精神文化生活、传承文化血脉、凝聚中国精神、弘扬传统美德等方面，发挥着不可或缺的重要作用。自中国民协第八次全国代表大会召开五年来，我国民间文艺事业人才辈出、山花竞放、蓬勃发展，取得了一系列重要成就。广大民间文艺工作者牢记时代赋予的神圣使命，坚持以人民为中心的创作导向，积极践行社会主义核心价值观，继承传统、大胆创新，以其深厚的历史积淀、独特的审美创造、丰富的艺术实践、优秀的艺术作品，讴歌真善

[1] 讲话时间为2016年6月13日。

美、传递正能量，为传承、保护、发展中华优秀传统文化和非物质文化遗产谱写了精彩华章，为不断满足人民群众的精神文化需求作出了重要贡献。

五年来，中国民协坚持高举中国特色社会主义伟大旗帜，深入学习贯彻习近平总书记重要讲话精神，积极履行各项基本职能，自觉服务大局、服务人民，着力举办“我们的节日”等各类主题鲜明、丰富多彩的民间文艺实践活动，精心组织民间文艺家深入生活、深入群众，广泛开展“送欢乐下基层”慰问演出和非遗传承人培训等志愿服务，大力实施“中国民间文化遗产抢救工程”并取得丰硕成果，推动民间文艺成果数字化转换迈出坚实步伐，深入推进中国民间文艺“山花奖”评奖改革，扎实开展民间文艺理论研究和评论工作，注重加强人才队伍建设和思想道德建设，不断扩大对外民间文化交流，努力加强协会自身建设，各项工作都取得了可喜的成绩，得到了民间文艺界的普遍赞扬和社会各界的充分肯定。

当前，我国文艺事业面临着前所未有的重大发展机遇。习近平总书记在文艺工作座谈会上的重要讲话，极大地鼓舞了广大文艺工作者，极大地丰富和发展了马克思主义文艺理论，是指导我们推动文艺繁荣发展的科学指南和行动纲领。中央制定印发的《关于繁荣发展社会主义文艺的意见》，对繁荣发展社会主义文艺作出的重要制度设计和政策安排，为文艺繁荣发展、文联改革创新指明了方向目标，提供了重要遵循。对于文艺战线来说，这是具有里程碑意义和深远影响的大事，赋予了广大文艺工作者以新的重大使命和责任。我们要认真学习领会，全面贯彻落实。

举精神之旗、立精神支柱、建精神家园，是当代中国文艺的崇高使命。弘扬中国精神、传播中国价值、凝聚中国力量，是中国文艺工作者的神圣职责。我们衷心希望广大民间文艺工作者努力承担起为民族塑魂铸魂的文化使命，聚焦中国梦的时代主题，以社会主义核心价值观为引领，以中华优秀传统文化为根脉，自觉为人民抒写、抒情、抒怀，坚持深入生活、扎根人民，在实践中提高原创能力，不断攀登艺术高峰，努力创作更多无愧于民族、无愧于时代的优秀作品，把最好的精神食粮奉献给人民。要自觉追求德艺双馨，积极践行爱国、为民、崇德、尚艺的文艺界核心价值观，自觉克服浮躁粗俗之风，努力以高尚的职业操守、良好的社会形象、精湛的艺术作品赢得人民的喜爱和尊重，争做时代风气的先觉者、先行者、先倡者。

中国民协是中国文联的重要团体会员，是党和政府联系民间文艺工作者的桥梁和纽带。当前，中国民协要深入学习贯彻党的十八大和十八届三中、四中、五中全会精神，贯彻落实习近平总书记重要讲话和中央关于加强改进党的群团工作的重要部署，牢牢把握正确方向，切实增强协会工作的政治性、先进性、群众性，认真履行“团结引导、联络协调、服务管理、自律维权”的新职能，推动协会工作改革创新、增强活力。要密切联系和团结引导各民族各专业民间文艺工作者，切实加强职业道德建设，推动全行业树立新风正气。要按照“两学一做”教育实践要求，加强协会党的建设和干部队伍建设，切实转变作风、真抓实干，克服机关化、行政化、脱离群众现象，最大力度地把民间文艺工作者团结在党的周围，把协会建成广大民间文艺工作者的温馨和谐之家。衷心希望大会全体代表认真学习贯彻刘奇葆部长即将发表的重要讲话，同心同德、群策群力，把这次代表大会开成一个高举旗帜、团结鼓劲、风清气正的大会，团结动员广大民间文艺工作者，为传承保护中华优秀传统文化、繁荣发展社会主义文艺事业作出新的更大贡献。

各位代表、同志们，让我们更加紧密地团结在以习近平同志为总书记的党中央周围，锐意进取、扎实工作，聚精会神出作品出人才，群策群力促繁荣促发展，为实现“两个一百年”奋斗目标、实现中华民族伟大复兴中国梦贡献更多的智慧和力量！

预祝中国民协第九次全国代表大会圆满成功！

祝各位代表和民间文艺家朋友身体健康！艺术之树常青！

中国民间文艺家协会第九次全国代表大会开幕词[1]

中国民间文艺家协会第八届主席

冯骥才

尊敬的各位领导、各位嘉宾、各位代表：

在中宣部、中国文联的关心指导下，经过认真筹备，中国民间文艺家协会第九次全国代表大会今天隆重开幕了。

首先，我代表中国民协第八届主席团和理事会，向到会的各位领导、嘉宾，以及参加本次大会的各位代表表示热烈的欢迎！

向为发展和繁荣我国民间文艺事业做出突出贡献的老一辈民间文艺家致以崇高的敬意！

向长期以来知己般理解、关心与支持中国民间文艺事业发展和中国民协工作的社会各界的朋友们表示衷心的感谢！

向不辞辛苦耕耘在民间文艺田野沃土上的广大民间文艺工作者送上诚挚的问候！

这次大会是在举国上下深入贯彻党的十八大和十八届三中、四中、五中全会精神，全国文艺界认真学习贯彻习近平总书记在文艺工作座谈会上的重要讲话精神，全面落实“四个全面”战略布局，大力推进中国特色社会主义新发展的形势下召开的一次民间文艺界的重要会议。

中国民间文艺家协会第八次全国代表大会以来，做了大量的密集的工作。与各个地方协会积极联合，举办丰富多彩的各类主题的非遗活动与艺术展，弘扬民间文化的精华。通过各类“山花奖”作品与“民间文艺之乡”的评定，推出民间文化的当代经典与历史经典。举办大量各类理论研究与艺术论坛，从人们喜闻乐见的传统文化中挖掘精神正能量，充实我们弘扬社会主义核心价值观的传统根基。

继续大力推动中国民间文化遗产抢救工程，是五年来我们的工作重点。对传统村

[1] 致开幕词时间为2016年6月13日。

落的全面的标准化的立档调查，对优秀的藏族唐卡文化档案普查与立档，对中国民间剪纸集成的田野工作与建档，都是历史上空前的大型和学术性极强的工作。其意义功在千秋。特别是八亿八千七百万字的“中国口头文学数字化工程”的完成，显示了中国民协与一代学者与文化工作者站在历史和时代的高度上所表现出的强烈的使命感和所付出的巨大努力。

当然，五年来，中国民协和全体会员所做的远不止这些。我们工作的对象是民间文化，它不同于精英文化，它是老百姓自己创造的文化生活与生活文化。经历了数千年的传承发展，到了本世纪时代与社会的转型中，我们一代民间文化工作者从中发现，它所具有的遗产性。遗产是一个民族文明的成果，是必需继承的。它属于未来。它是中华民族伟大复兴的根基的一部分。然而当民间文化成为遗产时，它的工作是全新的、充满挑战的，需要创造性。

五年来，中国民协自觉地担负起时代赋予我们的使命，带领广大民间文艺工作者扎根民间，守望民间，辛勤耕耘，崇德尚艺，积极进取，充分显示出这是一支充满智慧、富有活力、敢于担当、勇于奉献的队伍，是当代中国繁荣文艺事业、建设文化强国的重要力量。

但是也要看到，我们的民间文化仍然不断面临着新的冲击与压力。在新与旧生活方式的交替中，传承遇到的压力的现实大于想象，因此我们的民间文化遗产保护将是一项长期而艰巨的任务，我们当代民间文化工作者必须遵嘱习总书记的精神指导，要做时代风气的先觉者、先行者、先倡者。深入生活第一线，直面困难，肩负起时代和历史赋予我们的使命。

在这次会议期间：

我们将听取、审议中国民协第九次全国代表大会工作报告；分析当前我国民间文艺事业面临的新形势，规划布置今后五年的工作任务；审议通过修改后的《中国民间文艺家协会章程》；选举产生新一届中国民间文艺家协会领导机构。

各位代表，中国民间文艺历史悠久、源远流长，是中华传统文化的优秀代表，是我国文艺事业的重要组成部分。民间文艺群众基础深厚，内容缤纷多彩，担负着文明传承、培育理想信念、弘扬民族精神的重要作用。党的十八大明确提出了建设文化强国的大政方针和目标要求，因此我们从事这项工作是光荣的。光荣的工作不怕艰巨，我们能够从艰巨中夺取光荣。

我们相信，在中央有关部门的坚强领导下，在这次大会全体代表的共同努力下，本着对中国民间文艺事业的高度责任感和使命感，大家将充分行使好代表权利，坦诚发表意见，积极建言献策，真正把中国民协第九次全国代表大会开成一次团结、民主、鼓劲、进取、胜利的大会，为中国民间文艺事业大发展大繁荣开创新的局面！

中国民协成立已经六十五年。我们已经过了多次大会，每一次大会，都像是一次火炬传递。这传递，就是从前一代人手里接过火炬，高高擎起，不能叫它灭了，还要叫它加倍夺目地燃烧，照亮我们的今天与明天。我们必须做到，我们一定能做到。

预祝中国民间文艺家协会第九次全国代表大会圆满成功！谢谢大家！

开创民间文艺事业繁荣发展的新境界

——中国民间文艺家协会第九次全国代表大会工作报告[1]

中国民间文艺家协会第八届副主席、分党组书记、秘书长
罗　杨

各位代表、同志们：

在中宣部、中国文联的关怀和领导下，中国民间文艺家协会第九次全国代表大会隆重开幕了。这次会议的主要任务是：深入学习党的十八大和十八届三中、四中、五中全会精神，全面贯彻习近平总书记系列重要讲话特别是在文艺工作座谈会上和中央党的群团工作会议上的讲话精神，认真落实中共中央《关于繁荣发展社会主义文艺的意见》，回顾总结中国民协第八次全国代表大会以来的工作，选举产生中国民协新一届理事会和主席团，展望和部署今后五年的主要工作任务，凝聚力量，承担使命，团结动员全国广大民间文艺工作者，全面推进民间文艺事业繁荣发展，为实现中华民族伟大复兴的中国梦而奋斗。

今天，来自全国的民间文艺家代表，肩负着全国民间文艺工作者的重托，共商新形势下中国民间文艺事业繁荣发展的大计。

党中央对开好这次大会给予高度重视。中共中央政治局委员、中央书记处书记、中宣部部长刘奇葆同志亲临大会并发表了重要讲话，中央和国家有关部门负责同志出席大会并致以诚挚贺辞，在强调民间文艺事业在弘扬优秀传统文化、建设文化强国中的地位与作用的同时，充分肯定了五年来中国民协引领民间文艺界取得的显著成就，并对广大民间文艺工作者提出了新任务、新要求，充分体现了党和政府对民间文艺事业的关心和支持，对广大民间文艺工作者寄予的厚望，对做好当前和今后一个时期的民间文艺工作具有很强的指导意义。

现在，我受中国民协第八届理事会和主席团委托，向大会做工作报告，请予审议。

[1] 报告时间为2016年6月13日。

五年工作回顾

第八次全国代表大会召开五年来，中国民协主席团和分党组按照中宣部、中国文联统一部署，紧紧围绕实现中华民族伟大复兴中国梦的时代主题开展工作，始终坚持以弘扬社会主义核心价值观为己任，坚持以人民为中心的工作导向，认真履行“团结引导、联络协调、服务管理、自律维权”的新职能，在实施优秀文化遗产传承保护的各项工作中，积极发挥先觉、先行、先倡的引领作用，充分尊重民间文艺发展规律，为守护民族文化的根脉举精神之旗，立精神之柱，建精神家园，立足深入基层，服务群众，改革创新，扎实推进各项工作协调发展。

五年来，在习总书记讲话精神指引下，广大民间文艺工作者牢牢把握社会主义文艺前进方向，大力弘扬社会主义核心价值观，传承和发扬中华优秀传统文化。用辛勤的汗水不断呈现出当代民间文艺大繁荣大发展的宏伟画卷。用民间文艺形式聚焦和阐释社会主义核心价值观，收到良好效果；用民间文艺作品演绎中国梦，赢得社会各界共鸣；用传统节日文化涵养民族精神构建和谐风气，深受民众的广泛推崇；非物质文化遗产保护的“双轮驱动”社会效应已确定形成；复兴之路上的民间手工艺振兴已纳入国家发展战略；古村落保护已步入文化生态与多样性共生的良性循环。在落实习总书记重要讲话的过程中，广大民间文艺工作者深入生活扎根人民已成为一种行动自觉；民间文艺家自觉践行社会主义核心价值观，争做德艺双馨文艺工作者的实践可点可赞；民间文化学者努力实践接地气步履铿锵；民间文艺之乡建设成果斐然；民间博物馆方兴未艾；民间文化进校园蔚然成风；民间文艺走向世界舞台亮点频出；以人民为中心的工作导向正在不断凝聚起民间文艺事业巨大的正能量。

（一）强化政治意识，以习近平总书记在文艺工作座谈会上的重要讲话为引领，用“群众路线”教育实践活动和“三严三实”专题教育的显著成效作为工作引擎，形成健康向上、风清气正的良好工作局面。

八代会以来的五年，正逢党的十八大及党的十八届三中、四中、五中全会相继召开，进一步明确了建设社会主义文化强国的目标任务，为推动文艺繁荣发展提供了新的重大战略机遇。特别是习近平总书记在文艺工作座谈会上发表的重要讲话，以及中央下发的《关于繁荣发展社会主义文艺的意见》和《关于加强和改进党的群团工作的意见》，进一步明确指出了新形势下文艺工作和文联工作的指导思想、方针原则和目标任务，同时也为民间文艺事业大发展、大繁荣提供了重要遵循和重大机遇，使我们深刻地认识到民间文艺工作者所肩负的崇高使命，认识到团结引导广大民间文艺工作者听党话、跟党走是中国民协始终不渝的政治责任。

肩负“团结引导”民间文艺界的重任，中国民协必须首先做到政治过硬，党性坚定，纪律严明，队伍清廉。五年来，在中宣部和中国文联党组的正确领导下，中国民协通过认真学习贯彻党的十八大和十八届三中、四中、五中全会精神，贯彻落实习近平总书记在文艺工作座谈会和党的群团工作会议上的重要讲话精神，不断强化政治意识、切实履行政治引领的主体责任，强调党员干部在各项工作中牢记“八项规定”和新颁布的系列党纪党规，通过党的群众路线教育实践活动和“三严三实”教育，真正将改学风，转作风，树正气变成每个干部的自觉行动，齐心协力培育和维护风清气正的工作局面。在中央第二巡视组对文联的专项巡视中，中国民协在执行党的民主集中制、学习贯彻习近平总书记系列重要讲话和中央精神，加强党风廉政建设等方面经受住了检验，查找出共性问题和差距所在，制定了整改工作方案和党建工作措施，为建设一支忠诚、干净、担当的民间文艺干部队伍奠定了牢固的政治和思想基础。

（二）强化大局意识，以弘扬社会主义核心价值观为己任，通过有声有色的民间文艺形式，扎实开展围绕中心的重大主题活动，唱响主旋律，倡导新风尚。

围绕中心，服务大局，始终是统领民间文艺工作的一条主线和中国民协的首要任务。五年来，优秀传统文化在弘扬社会主义核心价值观中的地位和作用日益凸显，与党和国家全局工作的契合点越来越贴切。2014年，在中宣部召开的“用民俗形式开展社会主义核心价值观宣传工作座谈会”上，中国民协组织专家学者围绕涵养核心价值观的民俗事项提出了十项将宣传工作融于民间文化活动的建议和设想。随后，中国民协按照中宣部要求，参与了网上“聚焦社会主义核心价值观——中国传统名诗词、名故事、名折子戏推荐活动”，并以《中国传统故事百篇》为成果结集出版，被国家新闻出版广电总局评为“向全国推荐中华优秀传统文化普及图书”。在推广工作中，中国民协组织开展了向多所中小学进行图书捐赠活动，在社会上引起了良好反响。

在服务全局的工作中，中国民协努力做到有为、有位、有特色，充分发挥民间文艺样式丰富、资源分布广博的优势，举全国民间文艺家之力开展了丰富多彩的系列活动。其中包括：开展以“中国梦”为主题的文艺实践，先后在杭州、江西、江苏、陕西、河南、贵州等地组织了农民画展、“中国精神·中国梦”暨“凉都福地·生态水城”全国农民画展、“中国精神·中国梦”全国农民画展传承人培训班、“她从画中来——贵州水城农民画走进金色北京画展”和中国百名民间剪纸艺术家“红色记忆”剪纸艺术展。为纪念毛泽东《在延安文艺座谈会上的讲话》发表70周年，在甘肃省和政县举行了花儿会采风暨研讨活动；为纪念中国人民抗日战争暨世界反法西斯战争胜利70周年，在上海举办了全国剪纸名家精品展、在京举办了“和平与正义之声——歌谣与抗战”研讨会；为配合党风廉政和革命传统教育，在浙江举办了第三届中国（浙江）廉政故事大奖赛、第三届中国故事节长三角红色故事会和“美丽中国故事会”，在江苏举办了“党在我心中”第三届中国故事节全国红色故事会等。为弘扬“中华美学精神”，在绍兴市举办了“中华美学精神与民间文艺评论”柯桥高峰论坛；为传承中国孝文化精髓，在湖北孝感连续举办了中华孝文化旅游节、在浙江仙居举办了“全国慈孝文化建设现场经验交流会”、在河南南阳举办了孝文化座谈会，开展了孝德文化建设现状调研活动，在湖北举办了2014中国孝感中华孝文化旅游节孝文化名城城市大联谊活动，在浙江上虞举办了“第四届中华祥和文化论坛·孝德文化专场”。这些活动为传承中华民族传统美德，传递敬老爱老的正能量和构建社会主义和谐社会，产生了积极的社会影响。

为落实中央和中国文联关于开展对“全国文艺业务骨干和管理干部培训工作”的要求，2016年1月19日至21日，中国民协在八届四次理事会期间举办了“深入学习贯彻习近平总书记在文艺工作座谈会上重要讲话研讨班”，拉开了全国文艺业务骨干和管理干部培训工作的序幕。

（三）强化服务意识，以“坚持以人民为中心”的工作导向，通过文艺志愿服务，采风调研及“送欢乐 下基层”的实践活动，实现深入生活，扎根人民。

五年来，中国民协主办的“送欢乐 下基层”活动先后在河南朱仙镇、四川绵竹、福建福州、上海嘉定、厦门同安、四川甘孜、河南三门峡、山东烟台、江苏溧阳、广东清远等地举行，各艺术门类的艺术家集合在中国民协志愿服务的旗帜下，深入到老少边穷的偏远村寨、乡镇和务工人员集中的工地，为村民、渔民、留守老人儿童和务工人员送去了欢乐和慰问。

在文艺志愿服务和采风调研活动中，民间文艺工作者克服高原缺氧、路途艰辛等种种困难，风尘仆仆奔赴高海拔的青海果洛州、凉山州彝族地区、西藏拉萨、林芝、日喀则，颠沛于内蒙古和静县及草原牧区、新疆生产建设兵团和阿勒泰地区，风雨兼程地行走在河南武陟县、山东高密市、云南腾冲、福建泉州、广西南宁、贵州黔东南“苗疆腹地”、江西赣东北、黑龙江佳木斯市、同江市、抚远县、陕西北部地区、河北蔚县、北京妙峰山等地，足迹遍布民族民间文化资源富集地区，并推出了考察调研报告成果《民间撷英——中国民协机关“走转改”调研文集》《风从民间来：“追寻中国梦”采风文论集》等。通过走访民间文艺传承人、与村民座谈、实地考察等形式，对当地的古村落遗存现状、传统民居典型聚落尚存的民风民俗、民间信仰、民间故事和民间传说，以及传承人遇到的难题、城镇化建设中的困扰和军垦文化等作近距离了解，对年事已高的传承人上门给予贴心慰问，以实际行动落实习近平总书记“对人民，要爱得真挚、爱得彻底、爱得持久”的要求。在这方面，冯骥才主席为我们做出了表率，他已持续数年到杨柳青镇看望如今已70多岁的年画老艺人王学勤，体现出民间文艺工作者“自觉与人民同呼吸、共命运、心连心，欢乐着人民的欢乐，忧患着人民的忧患，做人民的孺子牛”的品德。

优秀传承人和各领域的人才新秀是民间文艺事业繁荣发展的中流砥柱。通过各种专题培训活动为他们搭建发展和提升的平台，是中国民协开展志愿服务的重要工作。五年来，中国民协在天津大学建立了“中国传承人口述史研究所”，在各地举办了数十期针对不同领域、不同年龄段的专题性传承人培训班，其中包括：“少数民族民歌歌手培训（班）”“胶东剪纸培训班”“胶东渔歌培训班”“中青年民间文艺人才培训班”“中国民间工艺传承人培训班”“传承与创新论坛暨浙江省民间工艺传承人培训班”“全国中青年民间文艺人才高级研修班”“中国民间手工艺传承人高级研修班”“‘传承·燎原’中国民间手工艺精品展暨第二期中国民间手工艺传承人高级研修班”“首届甘肃省民间剪纸艺术培训班”等。2015年12月，在浙江海宁召开的以“让传承人说话”为主题的“中国非遗传承人座谈会”引起了强烈的社会反响。

（四）强化传承意识，以弘扬优秀民间文化为宗旨，通过不断挖掘底蕴深厚的民间文化资源和开展形式多样的民间文艺活动，激发出传统民间文艺形式新的生机和时代活力。

以弘扬和传承优秀民间文化为主旨的“我们的节日”系列主题活动，经过多年的拓展和丰富，已经在全国各地生根开花，结出硕果，不断释放出生机与活力，成为备受社会关注的常项工作和品牌活动。五年来，以“我们的节日”领衔，以弘扬节日文化为宗旨，中国民协分别在河南、河北、广东、广西、浙江、福建、四川、陕西、山西、湖北、云南、江苏、宁夏等地举办的节日活动有：“中国（鹤壁）民俗文化节”“吕梁市第二届年俗文化节”“第八届元宵民俗文化节”、每年一届的“中国（开封）清明文化节”“中国·都江堰清明放水节”“端午中国古镇（三河）民俗文化周”“端午看云龙”“海峡两岸端午文化节”“海峡两岸端午莲花褒歌（山歌）会”、2013（年）、2014（年）“屈原故里端午文化节”“牛郎织女七夕文化活动”“第六届中国和顺牛郎织女文化旅游节”“月圆桂香——咸安祭月暨中秋民俗歌舞晚会”“中秋大型文人雅集”“两岸四地西湖国庆中秋系列活动”“第十届扬州中秋拜月活动”“中国七夕民俗文化艺术节”“中国·上蔡第十届重阳文化节”“九九重阳活动”“中国重阳民俗文化艺术节”“弘扬民俗·欢度重阳”等传统节日活动。同时拓展主办的少数民族和地域特色鲜明的节日活动包括“中国壮族唐皇文化节”“西畴女子太阳节”“西双版纳布朗族桑康节”“壮族赛巧节”“芦笙斗马节”“广东省麒麟文化节”“番禺美丽乡村民俗文化节”“第四届中国汉牡丹文化节”“枸杞文化节”“中华孝文化旅游节”“中华慈孝节”等等。这些盛大的节日活动，是优秀传统文化的天然载体，承载着百姓世世代代传续下来的民间信仰、民风民俗和难以割舍的乡愁情结。也正是因为有了群众的广泛自觉参与，这些不可再生的文化资源才得以在当代得到了保护和弘扬，实现了优秀文化在新时期的传承与发展。为了更广泛地分享中国节日文化活动的成果，中国民协先后编辑出版了《守望中国节》《节日文化纵横》等，集中展示了中华民族节日文化的宏伟画卷和独特魅力。

我们的节日系列活动大多落户在富集民间文艺特色的民间文艺之乡。节日文化建设和民间文艺之乡建设并驾齐驱，是中国民协促进特色文化保护工作的鸟之两翼，车之双轮，共同发挥着传续民族文化基因、守护民间文艺资源的作用。五年来，中国民协命名民间文艺之乡的工作沿着有序开展、严格规范，不断完善的路径展开，更因拥有专家队伍作权威认证的优势步入良性循环、健康发展的轨道。五年中，经过组织专家考察认定，中国民协共命名了民间文艺之乡 157 个，建立特色民间文化研究中心、保护基地、博物馆等 100 个，充分发挥了整合地方文化资源、突出地方文化亮点、培育地方文化品牌的作用，进而增强了地方政府和群众自觉抢救、保护、传承优秀文化的自觉意识和共享节日文化成果的幸福指数。

为了不断提升命名工作的科学性和权威性，中国民协不仅强化了管理层面的科学严谨，还通过开展回访调研、举办民间文艺之乡研究人才培训班、召开全国民间文艺之乡经验交流会等活动促进各地申报工作的规范详实，并为推介宣传民间文艺之乡成果陆续出版了《中国民间文艺之乡丛书》。

（五）强化担当意识，以面向田野，留住乡愁为使命，通过不断探讨民间文艺实践提出的新课题和推出“抢救工程”系列新成果，承担起民间文艺工作者先觉、先行、先倡的文化重责。

五年来，在以冯骥才主席为代表的主席团和专家队伍的倡导支持下，抢救工程加快了工作步伐和工作力度，按照科学、严谨、科学、规范的原则，不断推出重点项目的阶段性成果。

其中，《中国木版年画集成》硕果繁花。继 22 卷本出版后，“中国木版年画国际论坛”及“硕果如花——十年中国木版年画普查成果展”相继在天津大学冯骥才文学艺术研究院举行；14本《中国木版年画传承人口述史丛书》问世；中国木版年画申遗进入国家预备名单提交到联合国。中国木版年画数据库建成投入使用。

“中国传统村落立档调查”有序推进。五年来，立档调查工作的学术研讨、工作部署、现场操作同步进行。其中包括“全国古村落工作经验交流会暨第二届中国古村落保护与发展研讨会”“全国古村落保护现场会暨村落文化论坛”“中国北方村落文化遗产保护工作论坛”“冀鲁豫晋辽五省历史文化名村（镇）村（镇）长论坛”“中国古村落文化遗产学术研讨会”“中国古村落文化遗产保护高峰论坛”“2014全国古村落经验交流会暨第四届中国古村落保护与发展研讨会”“中国传统村落文化遗产保护高峰论坛”“2014全国村落文化论坛”“城镇化进程与传统村落保护研讨会”“全国传统村落立档调查工作现场经验交流会”“中国（福建·泰宁）古村落文化遗产保护高峰论坛”“可以触摸的乡愁——河北省历史名村名镇名城风采展”。在研讨活动现场，由专家们共同签署的《冀鲁豫晋辽五省保护古村镇蔚县宣言》《沙河宣言》彰显了民间文艺界在传统村落抢救保护工作中的自觉和担当精神。

与这些专题论坛同步进行的，还有“传统村落立档调查业务培训班”“古村落文化遗产保护工作现场会”“中国传统村落立档调查项目论证会”。相继成立的“中国传统村落保护与发展研究中心”和“中国历史建筑与传统村落保护协同创新中心”，使传统村落保护有了学术支持和组织保障。

“中国口头文学遗产数字化工程”一期工程已初战告捷，二期工程正在日夜兼程快步推进。目前，包括中国民间文学“三套集成”全部省卷本在内的9000余万字已收入一期数据库，一期数据库总字数近10亿。与之配套的《中国口头文学遗产数据库总目》项目在京启动后“河北卷”作为全套《总目》的样本卷率先破题编纂出版。

《中国唐卡文化档案》在首席专家冯骥才的规划主持下，历经制定《中国唐卡文化档案田野普查手册》、对普查人员进行集中培训、推出示范卷等阶段，积极稳步推进。目前，作为示范卷的《昌都卷》已正式出版。各卷本的普查编撰工作正在全面铺开。

《中国民间剪纸集成》成绩斐然。目前，已经出版的有4卷，先期启动项目的已达20个省区，普查工作已经全面铺开。于2014年成立的“中国剪纸研究中心”，同时策划组织了“生活的史诗——剪纸大师郭佩珍艺术作品展”“丝绸之路剪纸艺术传承与创新工程”“首届甘肃省民间剪纸艺术培训班”“优秀中青年艺术家和剪纸传承人培训”活动。集中展示当代农民画和剪纸风貌的大型画册《乡村里的中国梦》同期编撰出版。

在冯骥才主席主持策划下，第一部苗族长篇英雄史诗《亚鲁王》（全二册）出版。

此书被学界誉为当代中国口头文学遗产抢救的重大成果和中国社科界的重大发现，并受到刘云山同志高度赞扬。

随着抢救工程不断深入开展，出版成果也春笋般涌现出来。如:《中国传统村落立档调查田野手册》《中国古村落丛书》《大美村寨》丛书、《中国民间文化杰出传承人名录（二）》《中国历史文化名城、名镇、名村全书》（12册）、《中国民间故事丛书·承德卷》（8册）、《中国民俗志》、中国文联“文艺出版精品工程”重大项目《中国非物质文化遗产百科全书》《中国民间文艺家大词典》《中国口头文学遗产数字化工程全记录》《中国民间文化遗产抢救工程巡礼论文集》《〈中国民间剪纸集成〉田野调查与编撰工作手册》《中国民间文学三套集成·新疆兵团卷》等。

历经十三年的“中国民间文化遗产抢救工程”于2015年6月3日在始发地山西榆次后沟村召开了“文化先觉的脚步——中国民间文化遗产抢救工程巡礼”大会，并发表了标志中国民间文化遗产抢救工程进入后时代的《后沟宣言》。

（六）强化人才意识，以传承发展造就人才为落点，通过评奖办节展览展示的艺术平台，不断推出民间文艺各门类的德艺双馨人才和精品力作，推动民间文艺事业的可持续发展。

“山花奖”评奖是中国民协重要的常项和品牌工作之一。五年来，在中国文联评奖工作不断改革的前提下，两年一届的“山花奖”评奖和颁奖活动连续举办了三届。第十届中国民间文艺“山花奖”颁奖盛典于2012年1月在海南省海口市举行；第十一届“山花奖”颁奖典礼于2014年12月在长春举行，第十二届“山花奖”颁奖活动2015年12月在浙江省海宁市举行。从评奖中推出的一批民间文艺人才和民间文艺成果，是五年来民间文艺事业发展和繁荣的重要标志。

2015年，中共中央办公厅正式发文，将“山花奖”再次确立为国家级奖项，并实施了评奖机制改革。此举使“山花奖”评奖工作更趋严格、严谨、规范，更富含金量。“山花奖”评奖在民间文艺的繁荣和发展中发挥的奖掖和激励作用更加凸显。

主办规模不等、主题鲜明的民间艺术节、民间工艺品博览会以及地域特色鲜明的展演比赛，一直受到民间文艺家的广泛推崇和好评。五年来，中国民协在各地主办的各种规模民间艺术节、民间工艺博览会、特色展演逾200场次。其中包括“第九届中国民间艺术节”“2011中国年画节暨第十届绵竹年画节”“第二届中国剪纸艺术节暨首届蔚县国际剪纸艺术节”“第三届中国剪纸艺术节”“第四届中国剪纸艺术节暨第三届蔚州国际剪纸艺术节”“第四、五、六届中国民间艺人节”“2011贵州梵净山文化旅游节及民间绝技绝艺展演”“第四届中国（连南）瑶族文化艺术节”“第三届中国秧歌节”“第二、三、四、五届中国滦河文化节”“中国第二届客家文化节”“第二届、第三届中国汉牡丹文化节”“首届中国西部‘百益杯’花儿艺术节”“第三届中国培田春耕节”“中国首届水上民歌展演”“全国山歌展演”“首届中国宣威（杨柳）山歌展演”等，使民间艺术丰富多彩的魅力得到了张扬。

经过多年的培育和积累，由中国民协主办的各类民间工艺博览会不仅形成品牌，也成为民间工艺家聚首交流，展示精品的平台。五年中，中国民协主办了长春的第六、七、八、九届“中国（长春）民间艺术博览会”、烟台的第六、第七届“中国民间工艺品博览会”“2013中国（烟台）民间工艺品博览会”、安徽的“2012中国民间工艺品博览会”、北京的“首届安徽民间工艺名家精品邀请展”、上海的“2013中国海派玉雕艺术大展”“2014中国玉雕品牌博览海派玉雕艺术大展”、青岛的“中国创新设计文化展暨2014中国（青岛）工艺美术博览会”，以及“首届中国（潍坊）民间艺术博览会”“第二届中国·徐州民间工艺博览会”“中国（广东）民间工艺博览会”“青艺石韵福建青年雕刻精英艺术展”“弘道养正——纪念顾景舟诞辰100周年刘军华紫砂壶艺作品展”等。这些规模不等形式多样的博览会，充分体现出民间工艺品在弘扬民族文化、展示创作成果、推出新人新作、丰富人民群众文化生活上发挥的巨大作用。

五年来，中国民协与台湾地区民间文化学者在民俗学、民间文学等领域的学术交流呈现出常态化、稳定化局面，中国民协先后组织有关方面的专家多次赴台开展学术研讨和艺术交流；同时也邀请台湾地区民间文化学者来到大陆进行学术考察。海峡两岸的学术交流也在巩固成果中不断提升。

（七）强化外宣意识，以优秀民间文化为亮点，通过开展形式多样的国际民间文化交流，向世界阐释中华民族禀赋，中华民族特点，中华民族精神。

党的十八大以来，世界外交格局发生了巨大变化，中国在国际事务中承担的责任越来越重要，大国崛起的地位越来越凸显。在机遇和挑战面前，中国民协围绕中国文联外事工作全局，在与各国、各地区的文化交往中充分发挥民间文艺的优势，紧密团结和依靠优秀民间文艺家，先后开展了以下多项交流工作：在坦桑尼亚，参加由中国驻坦使馆等共同组织的2011年“欢乐春节——聚焦在非洲·坦桑过大年庆祝活动”。在以色列，参加第36、37、38、39、40届耶路撒冷国际艺术与手工艺博览会。在加拿大，就中国民间工艺品和非物质文化遗产展开展考察调研。在美国，参加德克萨斯州的达拉斯市和艾迪森市的“中国民间文化周”活动；参加萨克拉门托加州“北美首届中国传统民俗文化节——欢乐春节文化周”活动，（北美文化艺术联合会藉此向加州政府正式提出将中国春节设为加州法定假日的申请）；参加华盛顿“第48届年度美国史密森尼民俗文化节”；在波士顿儿童博物馆和耶鲁大学等多所高校开展中国传统手工技艺展演和教学交流等活动；参加北卡罗来纳州罗利市“2015北美第二届中国传统民俗文化节”。在摩纳哥，参加2014“今日中国”艺术周暨摩纳哥中国节活动。在法国巴黎，主办了“布艺霓虹”中国滕氏布糊艺术展。在奥地利维也纳，举办了“中国民间艺术展”“中国农民画艺术展”。

为配合中国文联做好对外文化交流专项“中国当代文艺名家名作译介工程”，中国民协承担了《中国当代文艺年度名作》（综合类）中当代民间文艺部分文稿的撰写、民间文艺代表性作品图片的征集，以及《中国当代民间艺术年度名作》图文稿件的编纂工作，出色地完成了《中国当代民间艺术名作》的编辑出版。

回首五年来的外事工作，服务大局是主线，拓展渠道是目标。通过我们的不懈努力，民间文艺家的足迹遍及美国、加拿大、摩纳哥、法国、奥地利、以色列、坦桑尼亚等国，民间外交的触角越伸越远，民间文艺在传播中国声音、彰显中国精神、展现中国风采上的优势正在蓬勃发展。

（八）强化维权意识，以维护民间文化传承人权益为职守，通过举办培训班、扩大舆论宣传等多种形式，不断优化民间文化有序传承、健康发展的良性生态环境。

维权工作是党中央赋予文联工作的重要职能，也是中国民协为民间文艺家提供贴心服务的平台。近年来，随着维权工作越来越受到高度重视和广泛关注，中国民协开展了以下几方面工作：建立中国民协权益保护部，安排专人负责权保工作；主办“中国民间文艺权益保护高峰论坛”，围绕民间文艺权利主体的特征与法律地位、民间文艺知识产权的传承与保护、民间文艺的司法保护状况等进行研讨；编写出版了《中国民间文艺权益保护》论集，并受到国家版权局局长来函首肯；2013年，中国民协权益保护部配合中国文联权益保护部启动了在江西、山东、福建、广西等地开展的“中国民间文艺权益保护调研活动”。2014年，中国民协权益保护部围绕“中国民间文艺作品著作权保护案例调研”工作，赴各地调研并撰写出调研报告，为中国文联《关于进一步推进文艺维权工作的若干意见（征求意见稿）》提供了建议，就《民间文学艺术作品著作权保护条例（征求意见稿）》与文联权益保护部共同召开座谈会，向业内专家征求意见建议。2015年，为保护我国非物质文化遗产“泥人张”的传统金字招牌，制止侵权企业的违法行为，我们进行了多方努力，力督本案的执行；参加“民族民间文化传承保护立法会议”，对国家的《民间文学艺术作品著作权保护暂行条例草案》进行研讨；与华南理工大学法学院共同就《视听表演北京条约》与我国著作权法的衔接问题进行交流探讨；配合文联权保部，为中国《权益保护》积极提供民间文艺维权案例，加大民间文艺维权宣传力度。这些举措，为更好地维护广大民间文艺家的合法权益提供了经验和立法依据。

（九）强化学术意识，以理论建设为立会之本，通过发挥专家学者的优势作用，把实事求是的精神、知行合一的传统贯穿到建设当代中国民间文艺思想高地和学术园地中。

丰富多彩的民间文艺活动需要理论的总结和提升，深入基层的民间文艺实践需要理论的支持和指导。五年来，中国民协遵循学术立会的宗旨，继续坚持文艺知行合一、理论联系实践的一贯做法，将专题研讨会的会场设在各项活动现场，请专家在田野一线为民间文艺实践出谋、把脉，产生了积极成果。五年中，中国民协主办了多次研讨活动，研讨课题涉及民间文艺各个领域和各个层面。其中包括："2011年海峡两岸春节传统节日文化高峰论坛""中国木版年画创新与发展研讨会""关公文化高峰论坛""第二届中国（铜陵）江南民间艺术论坛""中国民间文化传承与发展研讨会""2011海峡两岸民俗及民间文学学术研讨会"（在台北举行）"中国三大英雄史诗研讨""中国七夕文化研讨会"（会上签署了《关于将七夕节列为国家法定节假日的倡议书》）"第三届中国（吉林）国际萨满文化论坛""共论明月——中国月亮文化研讨会""苏轼'中秋词'暨中秋文化研讨会""第二届关中民俗文化艺术研讨会""耕耘田野沃土 创新学术理念"学术座谈会、"纪念钟敬文先生诞辰110周年座谈会""非遗后时代民间文化传承的实践与思考理论研讨会""第五届中国（西和）乞巧文化高峰论坛""中国（番禺）七大传统节日论坛""当代社会中的传统生活国际学术研讨会""苗族史诗《亚鲁王》学术研讨会""当代社会中的传统生活国际学术研讨会""民间信仰与传说暨妈祖文化研讨会""中国（番禺）七大传统节日论坛""重塑价值·传统民间艺术品传承与市场转型研讨会""第三届'田园松阳'论坛""《南通原生态民歌集成》研讨会""郑一民长篇历史小说《神医扁鹊》研讨会""《中国民间文学三套集成》座谈会""第六届中国（陇南）乞巧女儿节与妇女发展国际论坛""2014洮砚文化研讨会""纪念田兵诞辰100周年暨作品讨论会""刘锡诚先生从事民间文艺60年研讨会""中国人的风俗观和移风易俗实践——民间文化青年论坛2014年会""海峡两岸七夕文化与成人礼学术研讨会""第二届中国白马人民俗文化研讨会""第六届中国春节文化高层论坛·社火文化论坛""中国端午节俗与屈原文化学术研讨会""李福清中国文化研究国际学术研讨会"。

有接地气的研讨，就有接地气的成果。这些研讨会产生的出版成果有：《民间文化的忠诚守望者——钟敬文先生诞辰110周年纪念文集》《真情呼唤　共铸辉煌——庆贺贾芝百岁文集》《民间艺术的当代传承》《呵护传承人　关注守望者——非遗后时代民间文化传承的实践与思考》《亚鲁王文论集》《永远的手艺——市场经济环境下的民间艺术》等。这些出版成果带有鲜明的时代特征、前沿的研究理念与鲜活的温度和深度，标志着民间文艺研究者对当下民间文艺发展状况的最新思考、最新水平和理论高度。

（十）增强改革意识，以开放的理念挖掘潜能整合资源，通过调动各方面的积极性和创造性，形成共识与合力，把繁荣发展民间文艺的工作落到实处。

五年来，在党中央繁荣发展社会主义文艺方针政策的推动下，干部职工的积极性、主动性和创造性进一步得到释放。一个部门，往往在做好本岗工作的前提下，承担更多全局性工作任务；一个人，常常在完成本职工作的同时，又负责很多其他项目，每个部门、每个人都在满负荷，甚至超负荷运转。作为机构改革的重要举措，中国文联民间文艺艺术中心于2012年正式组建并运行，承担了“送欢乐 下基层”、民间文艺志愿服务、大型展演等公益性文化惠民活动的组织和宣传；担负起民间艺术资源数据库建设和中国口头文学数字化工程管理工作；参与策划民间文化遗产抢救保护与研究等学术工作及采风实践等；组织承办了各种规模、各种专题的民间文艺人才培训活动；按照文联统一部署推动协会所属期刊杂志社的体制改革。

艺术中心下辖的《民间文学》杂志社作为已有六十年历史的品牌老社，通过改革创新不断提升自身活力，两个效益在当下传统纸媒普遍下滑的形势下，逆势稳步上扬。通过举办中国故事节系列故事会（中国故事节红色故事会、全国少儿故事会、全国大学生故事会），开展故事比赛，建立故事基地和新故事创作研讨会等活动，为故事文化的健康持续发展提供了后劲；通过在各地开展向老少边穷地区捐赠《民间文学》、建立“民间文学书屋”等公益活动，充分发挥了故事正能量为核心价值观建设服务的作用。在正常出刊的同时，杂志社还完成了国家财政文化专项资金项目《中国民间故事演录工程》摄制工作，并以改革精神开启了“中国民间文艺大观园”落地项目。

《民间文化论坛》作为中国民间文艺界的最后一方纯学术“绿洲”，在市场经济大潮的逼仄下自强不息，激流勇进，终于以默默坚守站稳脚跟，逐步走进国家核心学术期刊的舞台。

最早与社会力量合作的《缤纷》杂志，勇敢地在市场经济的大潮中试水，经年累月形成了业界的品牌。与杂志社合署办公的“中国剪纸研究中心”不断增强凝聚力，正在成为团结全国剪纸艺术家的创研中心。

中国民协网站为适应民间文艺事业发展需要，不断兼收并蓄，改版升级，创造各种条件追赶网络技术先锋，适时建立了微信公众号并向社会开放，以崭新的平台和姿态增强了民间文艺传播的广度和力度。

回望五年来的风雨历程，如花硕果在时光的回溯中尤显不凡。五年走过的足迹和取得的成绩，离不开中宣部、中国文联党组的正确领导，离不开主席团一班人的顶层设计，离不开各位理事的鼎力支持，离不开各省民协的默契配合，离不开广大民间文艺家的无私奉献，是大家的心血汗水滋养健壮了民间文艺的长青之树。在此，我代表中国民协（第）八届主席团和理事会向你们表示真诚的感谢，也代表大会主席团和全体与会代表，向那些坚守在山乡田野第一线的广大民间文艺家表示由衷的敬意。

曾履沧桑心常泰，事非经过不知难。五年的实践再次告诉我们，做好民间文艺工作，必须始终不渝地坚持党的领导，脚踏坚实的大地；作为民间文艺工作者，必须坚持以人民为中心的正确导向；作为党联系民间文艺工作者的桥梁和纽带，中国民协做好工作“最根本、最关键、最牢靠的办法是扎根人民、扎根生活”；推动事业发展必须具有以下五个方面的担当：一是只有牢记使命、勇于承担，不断增强民协组织的政治性、先进性、群众性，才能培育出一支忠诚、干净、自觉肩负民间文艺大发展大繁荣使命的干部队伍；二是只有始终坚持以人民为中心的工作方向，想群众尚未想到的，办群众力所不及的，做群众的知心朋友和贴心人，才能将民协建设成为民间文艺家的温馨之家；三是只有遵循民间文艺的发展规律，敬畏传统，热爱人民，向民间学习，向文化遗产学习，才能成为当代民间文化的先觉者、先行者、先倡者，引领民间文艺发展的新风尚；四是只有既坚守本根又不断与时俱进，在抢救工程中坚持“保护为主，抢救第一，合理利用，传承发展”的方针，才能使古老的民间文化遗产不断焕发出时代的生机和活力；五是只有坚持围绕中心、服务大局，在大局下思考，在大局下谋划，在大局下行动，才能使民间文艺在党和国家的全局中发挥积极作用，才能使民间文艺家在当代中国文艺的发展中大显身手，大有作为。

凡是过去，皆为序章。历史终将在发展中前行，梦想终将在砥砺中实现，绚丽的民间文艺事业终将在传承中走向更加辉煌的明天。

未来五年的构想

各位代表：

以本次代表大会为节点和契机，过去五年的工作已完美收官，下一个五年的里程正扬帆起航。

2016年，是实施“十三五”规划、全面建成小康社会决胜阶段的开局之年，也是中国文联即将隆重召开第十次全国代表大会的重要之年。在为今后五年工作布局谋篇的过程中，要坚定不移地保持和增强协会的政治性、先进性、群众性，全面把握“六个坚持”的基本要求和“三统一”的基本特征，毫不动摇地坚持中国特色的社会主义稳固发展道路。同时，把协会改革真正抓起来，通过改革解决突出问题，从而激发协会的内部活力。为此，我们既要有“只争朝夕”的紧迫感，又要有“千里之行始于足下”的实干信念；既要做好前五年的常项和品牌工作，又要有所创新有所提升，我们将主要开展以下七方面的工作：

（一）坚持正确的政治导向，继续深入学习贯彻习近平总书记在文艺工作座谈会上重要讲话精神和中央关于文艺工作、群团工作的重大部署，围绕中心服务大局，奋力开拓民间文艺大发展大繁荣的崭新局面。

党的十八届五中全会审议通过的“十三五”规划，紧紧围绕“四个全面”战略布局，鲜明提出“创新、协调、绿色、开放、共享”的发展理念，这是实现“十三五”目标的灵魂和主线，也是民协工作的全局背景。今后五年，中国民协将以高度的政治责任感和使命感，高举中国特色社会主义伟大旗帜，团结全国民间文艺家，深入学习贯彻习近平总书记系列重要讲话和党的十八届五中全会精神，全面落实中央《关于繁荣发展社会主义文艺的意见》《关于加强和改进党的群团工作的意见》和五大发展理念，切实在强化、深化、转化上下功夫，按照文联工作新职能、新部署，紧紧围绕增强“三性”、克服“四化”这条主线，着力加强党的领导、改进工作作风、创新体制机制，不断延伸服务手臂，把协会真正办成覆盖面大、触角广泛的“民间文艺家之家”，从而推动民协各项工作创新发展，不断呈现新面貌新气象。

（二）继续高扬社会主义核心价值观的旗帜，传承先进文化，点亮中国梦想，扎实开展系列体现社会主义主旋律的民间文艺重大主题活动，营造出民间文艺的崭新气象。

中国民协要继续坚持以人民为中心的工作导向，通过组织、引导民间文艺家参与民俗活动，大力弘扬和践行社会主义核心价值观，自觉服务大局、服务人民，继承传统、勇于创新，以价值引导、精神引领和审美启迪为目标，在民间文艺领域持续推进“中国精神·中国梦”文艺创作工程，着力推出更多表现人民大众、反映时代风貌、弘扬中华优秀传统文化的民间文艺作品，以民间文化涵养民族精神、中华精神，凝聚中国力量。

近期，我们要按照文联的统一部署，围绕纪念建党95周年、长征胜利80周年开展系列活动，继续抓好“我们的节日”、全国道德模范故事汇、编辑出版“一带一路”民间文化丛书、中国民间故事演录工程等主题工作。

（三）继续大力推进“中国民间文化遗产抢救工程”重点专项工作的深入实施，把好事做实，把实事做好，为民族文化立传，为民间文化立档，谱写出民间文化遗产抢救的新篇章。

未来五年，中国民协将继续凝聚和依靠全国民间文艺工作者的力量，持续推出中国民间文化遗产抢救工程重点项目成果。一是继续推动传统村落立档调查工作在各地的开展，争分夺秒地为传统村落建档、存档；二是继续推动中国口头文学遗产数字化二期工程，做好一期数据库总目出版工作，并申请进入《中国档案文献遗产名录》；三是继续推动《中国唐卡文化档案》《中国民间剪纸集成》的普查编纂工作向纵深开展，不断推出新成果；四是努力做好中国木版年画申请世界非物质文化遗产的相关工作，为木版年画的保护和传承提供更好的条件；五是适时启动《中国蓝印花布档案》《中国民间名故事视听活化精品库》项目。

（四）继续坚持深入生活、扎根人民，深入开展文艺志愿服务、送欢乐下基层、文艺采风等为民惠民活动，激发出民间文艺植根人民讴歌时代的正能量。

中国民协将按照中宣部、中国文联的统一部署，大力开展“送欢乐 下基层”文艺实践活动、组织课题明确的采风调研活动，努力使每次田野调查采风活动都有的放矢、有所收获，推出成果。在深入基层的工作中，中国民协要率先垂范，做到带着真心和真情，身入基层，心贴群众，情系百姓。在服务国家“脱贫攻坚”的全局工作中，以文艺小分队形式开展的“送欢乐 下基层”和民间文艺志愿服务要向重点贫困地区倾斜，以文化扶贫的行动，支持和参与贫困地区的文化建设。要继续带着课题组织调研采风活动，引导广大民间文艺工作者“虚心向人民学习，向生活学习，诚心诚意做人民的小学生，从人民的伟大实践和丰富多彩的生活中汲取营养，不断进行生活和艺术的积累，不断进行美的发现和美的创造”。

（五）继续在改革中创新前行，认真履行中央赋予的“团结引导”新职能，在评奖办节、展览展示中充分发挥“山花奖”评选的激励机制，不断推出新人新作、精品力作。

中国民协在评奖办节工作中，要严格执行中宣部和中国文联的要求，严格按照中央关于全国性文艺评奖制度改革的精神，落实文联新修订的《评奖管理办法》和《评委库建立实施规范》，继续深化中国民间文艺“山花奖”评奖改革，严格评奖程序，完善评奖细则，强调讲规矩、守纪律，不断巩固和提升“山花奖”评奖工作的专业性、权威性和公信力。在民间艺术博览会、艺术节等活动的组织过程中，更加注重传承人发现和培养，注重推出新人新作，为民间文艺事业的长远发展积聚资源和力量。

（六）继续坚持“理论创新　学术立会”的传统，切实加强民间文艺理论和人才队伍建设，强化培训工作，加大维权力度，努力推出站在理论前沿的民间文艺领军人才。

未来五年，中国民协要持续开展“爱国、为民、崇德、尚艺”文艺界核心价值观和《中国文艺工作者职业道德公约》学习教育，引导民间文艺工作者牢记文化担当和社会责任，建设一支爱国为民、崇德尚艺的民间文艺工作者队伍。

“学术立会”是中国民协的优良传统和独特优势。中国民协倡导继续把书桌搬到田野，把研讨放在一线，通过开展专题研讨和出版学术期刊，努力扩大学科理论前沿的话语权，推出与国际接轨的理论研究成果。

建设一支学术型、技艺型人才梯队，加大对中青年民间文艺工作者、传承人的发现举荐、教育培训、资助扶持、宣传推介的力度，为民间文艺事业的发展储备后劲，是中国民协通过培训要达到的目标。近期，中国民协将按照中国文联的统一安排，从民间文艺工作的实际需要出发，制定出周密可行的培训方案，力争用两年左右的时间完成民间文艺界业务骨干和管理干部的培训工作。

维护民间文艺工作者的合法权益，是我们正在探讨和实践的一项重要工作。我们将按照中国文联的要求，稳步推进民间文艺领域的维权工作，为提升权保干部的工作能力和水平创造条件，提供机会。通过参与有声势有影响的维权宣传和法律志愿服务，推动民间文艺的维权工作走上健康发展之路。

（七）继续加大民间文艺走出去的步伐，在世界舞台上讲好中国故事、传播好中国声音、阐发中国精神、展现中国风采，开创民间文艺外交的新格局。

建设中国特色社会主义文化强国，提高国家文化软实力，展示中华文化独特魅力，民间文艺优势独特，民间文艺工作者责无旁贷。未来五年，中国民协的对外交流工作要继续服从和服务国家外交工作大局，持续推动中国民间文艺走向世界。为此，中国民协将继续拓展对外和对台民间文化交流渠道，精心设计民间文化交流团组和交流项目，遴选那些体现中华审美风范、能“讲好中国故事”、易于在各国传播的传统文化经典和优秀民族民间艺术作品及项目去世界舞台上参加展示；选派既有好的专业素养，又有高尚职业操守的艺术家走出国门，弘扬中国精神，展示中国传统文化的魅力和风采。

互联网络是当今覆盖面最广、传播速度最快的传媒方式。中国民协要以新的理念和手段大力推动网络文艺发展，把握网络文艺的发展特点和传播规律，充分发挥民协官方网站和微信公众号的作用，充分利用民间文艺资源优势，通过多种网络媒体平台建设，促进民间文艺精品的数据转化、集成和交流，融合评比表彰、协作联动等方式，及时、同步推送权威信息，形成“网上民协”新格局，做大做强网上正面舆论，努力提升网络话语权，进一步增强民间文艺的传播力和影响力。

总之，在未来五年，我们要以更加振奋的精神、更加饱满的状态、更加开阔的思路，把日常工作做出特色，把特色工作做出影响，把有影响的工作做成品牌，把品牌工作做成常项，把常项工作做成绚丽的事业，不断推动民间文艺各项工作登上新的台阶，攀登新的高峰，开创新境界。

“万紫千红安排著，只待新雷第一声。”回溯过去几度辉煌，展望未来几多梦想。筑就中国民间文艺的千秋伟业，离不了历史的责任，少不了时代的担当，更要有永恒的耐心与守望。站在新的历史起点上，面对广大民间文艺家的新期待，应对当代民间文化保护传承发展的新常态，我们深感使命光荣，责任重大。

同志们，民间文艺的涓涓细流，可以汇成文学艺术的壮阔大海；民间文艺工作者平凡的脚步，可以走出文化复兴的伟大行程。“长风破浪会有时，直挂云帆济沧海”，让我们同心携手，紧密团结在以习近平总书记为核心的党中央周围，再次启程出发，用民间文艺吹响时代前进的号角，用精品力作彰显一个时代的风貌，用优秀传统文化引领一个时代的风气，共同开创中国民间文艺事业繁荣发展的新境界。

中国民间文艺家协会第九次全国代表大会闭幕词[1]

中国民间文艺家协会第九届主席

潘鲁生

尊敬的赵实书记，尊敬的建文书记、冯骥才主席，各位代表、同志们：

在党中央的亲切关怀下，在中宣部、中国文联的有力指导下，经过全体代表的共同努力，中国民间文艺家协会第九次全国代表大会圆满完成了各项预定议程，今天就要闭幕了。

在这次大会上，全体代表聆听了刘奇葆同志在开幕式上的重要讲话；审议并通过了中国民间文艺家协会第八届理事会工作报告；修订了《中国民间文艺家协会章程》；选举产生了中国民间文艺家协会第九届理事会和主席团。全体代表不负重托，以高度的责任心和使命感认真履行代表职责，圆满完成了各项任务，本次大会是一次民主、团结、鼓劲、繁荣的大会。

几天来，代表们欢聚一堂，以习近平总书记系列重要讲话为遵循，坚持以人民为中心的工作导向，共商民间文艺事业发展大计，会议气氛热烈和谐。大家一致认为，《中国民间文艺家协会第八届理事会工作报告》全面回顾了中国民协五年来的工作成绩，客观总结了工作经验，提出了切实可行的工作规划。针对当前民间文艺事业面临的新形势新问题，结合中国民协未来五年的发展方向，代表们以认真负责的态度，提出了许多富有建设性的意见和建议。在此，我代表中国民协新一届理事会和主席团成员，向与会全体代表表示衷心的感谢！向长期关心、支持中国民协工作的各级领导、兄弟文艺家协会以及广大民间文艺工作者表示由衷的敬意！

民间文艺来自人民，来自生活，维系文化认同，承载国民乡愁，是我们民族文化复兴的重要基础。半个多世纪以来，在党的领导下，郭沫若、周扬、钟敬文、冯元蔚、冯骥才等历任民协主席带领民间文艺工作者，大力推动民间文艺事业发展，为协

[1] 致闭幕词时间为2016年6月15日。

会工作打下了坚实的基础。在中宣部、中国文联的领导下，中国民协带领广大会员礼敬中华文化传统，关切民族文化命运，续存文化薪火，取得了有目共睹的成绩。冯骥才主席用最深沉执着的文化情怀和使命，十五年如一日，坚持田野调研，呼吁抢救保护，推进理论研究，全面带动传承，团结带领专家和文艺家，先后承担了“民间文化遗产抢救工程”“中国口头文学遗产数字化工程”“木版年画集成”“传统村落立档调查”“中国唐卡文化档案”等大规模调研和整理工作，形成了从田野调查到学术研究的一系列重大成果。冯主席的文化先觉和行动，增进了全社会对民间文艺抢救、保护、传承与发展的广泛共识，功在当代，利在后世。

今天，在这个庄严的时刻，我提议，让我们用热烈的掌声，向冯骥才主席表示最崇高的敬意！

见贤思齐，薪火相传。让我们向中国民间文艺家协会的历任领导和德高望重的前辈们，向中国民协第八届理事会、主席团的各位同志和朋友们，向罗杨副主席、曹保明副主席以及八届主席团的各位顾问，表示最诚挚的敬意！

当前，我们正处在文化繁荣发展的历史时期，党和国家高度重视民间文艺的传承与发展。得益于上一届理事会、主席团的辛勤工作，在各位领导和民间文艺界前辈的热心指导下，在广大会员的大力支持下，在中国民协分党组和机关工作人员的辛勤付出下，中国民间文艺家协会新一届理事会、主席团一定积极践行使命，充分发挥职能，认真做好协会的各项工作，绝不辜负大家的信任和重托。在社会发展带来的大变革中，民间文艺也面临前所未有的挑战。我们要以党的文艺方针政策为指引，坚守中华文化立场，弘扬社会主义核心价值观，铸牢民间文艺之魂；坚守文化家园，持续推进民间文化遗产等抢救工程，守护民间文艺之根；坚持“以人民为中心”的工作导向，认真履行“团结引导、联络协调、服务管理、自律维权”的新职能，在实施优秀文化遗产传承保护的各项工作中，积极发挥先觉、先行、先倡的引领作用，充分尊重民间文艺发展规律，为守护民族文化的根脉举精神之旗，立精神之柱，建精神家园；我们要坚持学术立会，加强理论研究，促进中国民间文艺的学科建设与发展；要立足田野，深入基层，服务群众，进一步推动民间传承体系建设，实现民间文艺创造性转化与创新性发展；从而全面探索“抢救保护、学术研究、教育传习、生态修复和创新发展”五位一体的发展道路，开拓民间文艺事业的新局面。

各位代表、同志们，党和人民赋予了我们庄严的历史使命，伟大的时代为民间文艺的发展繁荣提供了广阔的舞台，我们要深入贯彻落实习近平总书记在文艺工作座谈会上的重要讲话精神，大力践行“爱国、为民、崇德、尚艺”的文艺界核心价值观，团结广大民间文艺工作者，深入生活，深入田野，深入基层，深入群众，为发展和繁荣我国民间文艺事业贡献力量。让我们更加紧密地团结在以习近平同志为总书记的党中央周围，开拓进取，锐意创新，为繁荣社会主义文艺、建设社会主义文化强国、实现中华民族的伟大复兴做出新的更大的贡献！

现在我宣布：中国民间文艺家协会第九次全国代表大会胜利闭幕！

70

第三部分

重要文献

口头文学：一宗重大的民族文化财产[1]

钟敬文

一、新的创造与凭借

1949年10月1日，中国几万万人民依照自己的愿望和意志，建立了一个完全摆脱封建统治和帝国主义压制的国家。现在大家正在中国共产党和人民政府领导下忘我地努力着。我们要在自己的国土上，创造出一种完全属于广大人民的理想的社会制度和生活文化。我们在写作崭新的历史。

是的，我们在写作没有前例的历史。我们是旧历史的埋葬人。但是，建造一个民族的新制度、新文化，不管带着多大的革命意义，总不是从虚空中去创造。不是像希伯来神话中的上帝一样，说要有光就有光。真实的建造，大都是要有已经存在的事物作凭借或借鉴的。它选择、消化，进而综合、创造。新的东西主要从旧的东西蜕化出来。毛主席早就说过："中国现时的新政治新经济是从古代的旧政治旧经济发展而来的，中国现时的新文化也是从古代的旧文化发展而来，因此，我们必须尊重自己的历史，决不能割断历史。"[2]一般新文化的建造是这样，新文艺的创造也是这样（也许应该说，特别是这样）。要创造为工农兵服务的文艺，不从民族固有的有价值的文学艺术资产的库藏里去观摩、吸取，就不容易进一步创造出真正民族的、大众的作品。在毛主席的《新民主主义论》和《在延安文艺座谈会上的讲话》发表以前，这个简明的真理是被一般文艺工作者所忽略的。他们虽然存心为大众服务，事实上却往往闭门造车，或企图简便地移花插木。近年以来，老解放区的文艺实践基本上已经改正了这种错误方向。新文艺的创造，要从人民大众固有的文化水准和文艺的基础出发，这已经是一个公认不易的原则了。

能够给予新文艺创造以凭借或借鉴的文化财产，范围是相当广大的。在这里面，有今天世界进步的国家的文学、艺术，有欧洲各国资本主义社会初期乃至远古的比较健康的文艺成果，有我们自己民族长期创造和继承下来的许多有价值的作品。单就自己民族的这一份来说，也就相当繁富了。"中国的长期封建社会中，创造了烂灿的古

[1] 选自钟敬文主编：《中国民间文艺学的新时代》（兰州：敦煌文艺出版社，1991年），有改动。原载《民间文艺集刊》第一册（1950年），题为《口头文学：宗重大的民族文化遗产》。

[2]《新民主主义论》，《毛泽东选集》第二卷第668页。

代文化。”[3]在这种创造物里，有一部分当然是从有教养的知识分子的心手中出来的。他们虽然大多数是服务于统治阶级的，但是其中比较优秀的一些作者，多少反映了人民的生活、思想和愿望，他们的艺术在历史限制中达到了一定的高度。这种作品，虽然不怎样多，总是值得看重的。这是民族文化遗产的一部分。但是，另外一部分，而且性质上往往是更有价值的，却是广大人民的创造。亿万人民，在长流不断的世代中，过着贫苦灾难的生活，他们却创出了无量数的物质财富，更创造了无量数的精神财富。口头文学就是这些财富中的一宗。这宗财富决不是等闲的。其中，包含着不少优异的东西，包含着我们民族文化的精华部分。所以毛主席谆谆教导我们：“必须将古代封建统治阶级的一切腐朽的东西和古代优秀的人民文化即多少带有民主性与革命性的东西区别开来。”先有这种区别，进一步把后者（优秀的人民文化）吸收起来，这样，才能够“发展民族新文化提高民族自信心”[4]。在清理民族文化财产，并要进一步吸取它的精华来建立和丰富新文化、新文艺的今天，对于人民的口头创作，来一个大略的检讨，这是我们一种不容推诿的义务。

二、口头文学的优越点

中国是一个有长久历史和广大领土的国家。我们的人民就占了世界全部人口的四分之一。他们创造了非常丰富的口头文学。往往在一个并不大的地区中，可以采集到很多的故事、歌谣和谚语等。这方面的采集工作，过去虽然断断续续地已经做了二三十年，但是，我们现在随便在刊载这类资料的报纸、杂志上，都可以看到那些从来没有记录过的新东西。有许多省区，在这方面差不多还是“处女林”。有许多地方，已经发掘出来的矿产，还远不及它的蕴藏量的十分之一二。就歌谣方面来说，连那些种类的固有名称，我们也还知道得太少。在别的领土狭小、采集比较普遍和深入的国家，他的学者已经可以相当详细地画出民间作品分布的地图了。在我们国度里，这方面的工作，一时是没有法子动手的。尤其是我们新的采集工作，正在开始。新的种类和作品，也正在源源涌现出来。要在这时候来做一种“结算”工作，为时太早。总之，我们由于地广人多，历史悠久，特别由于过去读书、写作的事情，给那少数的人所垄断，广大人民只能用口传的文艺形式来表现情思、传达知识，因此，民间所产生和继承下来的口头文学作品，在数量上实在是太富饶了。我们这份文化财产，如果充分发掘出来，并加以科学的整理，那不但是我们民族的一种夸耀，同时也是世界人民（特别是劳动人民）的一种夸耀。

[3]《新民主主义论》,《毛泽东选集》第二卷第667—668页。

[4]以上引文均见《新民主主义论》,《毛泽东选集》第二卷第668页。

我们人民的口头创作，如果光从它的产量丰富来夸耀，那是不能够叫人完全心服的。产量丰富是好的，但是同样重要的是它的素质问题。如果人民的口头创作在内容上和形式上没有怎样值得珍贵的地方，那么，它就像恒河沙数，又有什么了不得呢？因此，我们必须检讨它在内容和形式上的成就，才能够确定它在民族文化财产上的位置，才能够确定它在新文化建造上的意义。但是在这里详细地来检讨口头文学的一切特点和优点是不可能的。我们只要指出它内容和形式上一些比较基本的优点，而这些优点是跟我们今天所要求的思想和艺术密切关联的，这就足够了。

我们都说文艺是社会的反映、生活的反映。真正能够广泛地而且正确地反映出一定历史阶段中重要的社会、生活的现象和它的意义的，必待一定时代中的伟大作家。这类作家在我们的文学史上并不很多。过去服务于封建统治阶级的大多数作家，往往把题材局限于自己的琐事闲情，或者上层阶级的一般生活事象。他们很少把眼光照射到广阔的社会那里去。就是偶然写到这类题材，那观点和立场也大都是统治阶级的或准统治阶级的。

但是，在广大人民的口头创作中，却正是另外的一种情形。口头文学的作者，是生息在广大的民间的，是熟悉各种社会现象、关心各种实际生活的。因此在他们的故事中、歌唱中，甚至三言两语的俗谚中，大都能够反映出比较有普遍性的世态人情。汉、魏以来文人骚客所做的仅少的社会诗、故事诗，大抵取法于乐府，而所谓乐府“古辞”（即许多乐府诗题的最初篇作），却大都是取自民间的口头创作。这就表明这类性质的作品，是民间歌谣的固有特色。在近代民谣里面也可以清楚地证明了这点。过去中国社会中具有普遍性质的许多不平的、悲惨的社会现象，像官吏压迫百姓、地主剥削佃户和长工、男子欺侮女人、家姑虐待媳妇等，在浩如烟海的诗文集里能够看到多少反映呢？更不必说反映的观点、立场怎样了。但是，现代的民谣里（故事里也一样），我们可以找到关于这方面的多么丰富的抒述啊。而且这种抒述，观点上大体很正确，它决不歪曲客观事实和它的意义。像关于“姑恶鸟”的题材，宋朝以来曾经有好多诗人歌咏过。他们大都是用封建道德的观点，给那位家姑辩护的，有的甚至于说出这样强词夺理的话：“姑恶姑恶，姑蒙恶名，非姑虐妇，自戕厥生！”[5]但是原来民间的口头作者，不但郑重地把这种封建社会中很普遍的家庭惨剧当作创作题材，而且在作品中明白地揭露了这惨剧的真实意义。被虐待而死的媳妇，冤魂不散，化作鸟儿，永远向人间叫着“姑恶姑恶”，这不是无情地暴露了封建伦理的罪恶么？民间文学不但广泛地反映出一定社会中有普遍性的重要事项，并且真实地反映了它——没有歪曲，没有粉饰。它现实主义地暴露了事实的真相。高尔基说过，俄国的民谣就是俄国的历史。我们如果要写一部比较具体的中国的社会史、生活史，舍弃了民间文学

[5] 这是李联琇的诗句。姑恶诗中，持论比较公平的，要算范成大，但是也只委婉地替被谤做“子妇之不孝者”稍为开脱而已。

和一般民俗资料是不能够有更丰美的凭借的。

口传文学的内容价值，不但在于广泛地并且正确地反映了社会的、生活的真相，尤其在于忠实地表现出人民健康的进步的种种思想、见解。

尽管封建社会的唯心论的学者，怎样片面重视精神的价值，说“劳心者治人，劳力者治于人”，但是，广大的劳动人民却充分知道“劳力”（体力劳动）的真正价值。他们用不着去做艰深的理论探索。他们的生活和劳作，自然地教给了他们这种伟大的真理。谚语是最简括地直接地反映人民的思想、意见的。在这种断片的口头文艺里，我们可以晓得广大劳动人民是怎样看重劳动和品定劳动的价值的。他们赞扬自己劳苦的行业：“三十六行，种田下地第一行。”“种田钱，万万年，做工钱，后代延；经商钱，三十年；衙门钱，一蓬烟。”他们肯定劳力的收获：“锄头口里出黄金。”“扁担一条龙，一世吃勿穷。”“若要富，鸡啼三声离床铺。”他们看不起那些劳心的大人或坐享别人血汗果实的人：“孔子孟子，当不得我们挑谷子。”“乡下人不种田，城里人断火烟。”（或者说：“没有乡下泥脚，饿死城里油嘴。”）高尔基告诉过我们：原始劳动人民的口头创造（神话、传说等），那故事中的英雄，大都是现实的劳动者的理想化。而这种想象的创造是由于现实劳动的需要——减轻苦恼和提高工作信心等。在中国的古神话传说里，这种劳动人物的“神圣化”或劳动本身的“高雅化”的故事，虽然由于使用文字的士大夫的有意抹煞或无意忽略，保存得并不多，但是如果详细的探索，至少是可以找到一些的。鲁班师的故事就是劳动和劳动英雄神圣化的一个例子。这种故事，不但屡见于文献[6]，而且今天还广泛活在人民的口头上：这里说这座塔是他一夜造出来的，那里说那座桥是靠他的神力建造成功的……像希华斯托斯（Hephaistos）是希腊神话中冶金的大神一样，像特淮斯特尔是印度神话中技艺的大神一样，鲁班是中国神话传说中建造的大神。他是建造工匠的理想化。他是工匠的英雄和模范。此外，像牛女神话的裁制荒废劳动，愚公移山传说的隐示劳动可以战胜自然的障碍等，都是古典神话中明显可看到的尊重劳动的思想。在现在口头活着的故事、传说中，表明人民这种思想的例子，就更举不胜举了。这些故事，有的从正面证明劳动的美满成果，有的从反面指出懒惰的悲惨结局，有的用对照的结构使人领悟到劳作的重要意义，有的却用了诙谐的情节使人明白不劳动的可耻。在多样的叙述中，明确表出一个共同主题：劳动的必要和高尚。这是口头文学对于文人文学在思想上一个明显的对照。中国过去文人的诗文，大部分是宣传闲适、游乐、疏懒的。那些作者以脱去俗务为风雅，以四体不勤为高贵。他们在文艺上是表示不吃人间烟火（实际上自然是相反）的。这种宣扬逸乐、游惰的士大夫文学，不但是我们今天所唾弃的，也是从古以来的口头创作家所不容许的。凭手足的勤劳养活了自己并且养活了社会寄生虫的劳动

[6] 鲁班，古书多作公输班（般或作盘）、公输子或鲁般。关于他的巧艺的传说，初见于先秦诸子（《墨子》《慎子》等）。汉以来著作，像《论衡》《风俗通义》《述异记》《酉阳杂俎》等书都有所记载。

人民，决不会创造出根本上反劳动的文艺作品。

人民口头文学中另一种值得注意的思想，是对于集体力量的肯定。过去的许多文人，是不怎样认识群众力量的重要的。他们的社会地位、生活和工作方式等都不容易叫他们深感到这点。劳动人民就跟他们相反。在生活上——特别是在工作上，劳动人民不可能是孤独的。像建造城堡、房屋，修筑河道、堤防等重大工程，固然要有群力合作，就是小规模的农业经营，在某些重要的工作像莳秧、收割、车水等，也必须有多数人参加，才能进行和完成。像过去知识分子那种脱离群众的生活和工作情况，广大民众是不会有的。所以真正劳动人民的口头创作，显著地表现着他们肯定集体力量的思想。有一个流传相当广泛的民间故事说，有个穷苦人家，生了十个孩子。每个孩子都有一种特殊的本领。他们就凭这种多样的集体的本领，不断应付了许多困难，最后并且收拾了他们的敌人[7]。这是一个很有意思也是很有趣味的故事。我又记得过去的小学教科书里，曾经载过一个传说，大意说吐谷浑的首领将死的时候，怕他的二十个儿子不知道合作，容易遭人消灭，就用折箭竿的事实（单支易折，多支难断）告诫他们[8]。这本来是一个世界性的传说，我们的古文献上也不止一次地记载过。这传说所以流传很广泛和长久，就因为所表现的真理，是各族人民容易体验到的。在谚语里，更常看到这种道理的宣传。“三个臭皮匠，合成一个诸葛亮。”这是毛主席引用过的。此外，像“大家一条心，泥土变成金。”“只要人手多，牌坊搬过河。”“一个人是死的，两个人是活的。”或者“一人不治二人治，三人治的圆圆的。”……实在不能尽举。和这些意思同样，却说得更加精警的，是：“众人是圣人。”人民也用诗歌唱出同样的道理：“一条竹竿容易弯，三缕线纱拉断难……”离群独立的生活，虽然过去被好多知识分子在作品里歌颂过，但那到底不是一般的生活真理，而是一种病态。只有过着这种病态生活方式的人才会珍重它。

我们国家过去绝大多数的人民，很久以来就是受榨取、受压迫的。这种榨取和压迫，方面很多，程度也很酷烈。在经济上，他们饿着冻着为贵族、地主们生产。在政治上，他们受差遣、受凌辱、受不公平的法律裁判。在文化上，他们连起码的教养也被剥夺掉，而且还要被迫去喝统治阶级思想、文化的毒液。平常的日子，他们就已经像牲口一样活着，遇到水旱等灾难年头，他们除了“造反”就只有死亡了。过着这种不幸生活的广大劳动人民，对于那些统治者、剥削者怎能够不心怀抗议和仇恨呢？而一般统治者、剥削者，由于地位和财富的关系，他们的生活、行为，又大都是放纵的，腐化的、虚伪的和凶残的……这又要使下层的广大人民深深感到厌恶和痛恨。人民是受损害和侮辱的，因此，他们对于那些罪犯们的罪行、丑态必然会特别敏感和注意。这种对压迫阶级的抗议、仇恨和厌恶等，在为统治阶级服务的文学中，自然不能

[7] 十个怪孩子的故事，过去已经有人记录过，像孙佳讯的《怪兄弟》（见林兰编著《民间童话集》）就是一例，但是，近人记录的，更饶意思。（参看田星的《民族故事选集》或工农丛书的《水推长城》）

[8] 教科书中这个传说，大概是根据《北史》的。

希望它有较多的真实的表白，但是在人民（特别是劳动人民）自己的创作中必然要或明或暗地反映出来。只是过去由于统治阶级把持了发表工具和严行着思想统制的结果，人民反抗、攻击和嘲笑的声音，除了偶然的例外，一般是不容易被保留下来的。但是，就是这样，我们还能够在官家或士大夫的著作中找到一些材料。单从韵文方面看，像孟轲所引用的“时（是）日曷丧，予及女（汝）偕亡！”这样两句简短的古谣，含蕴着人民对于“独夫”的多少仇恨！此外，像秦时民谣、汉桓帝时巴郡人谣、吴孙皓时童谣等[9]，有的怨恨徭役的艰重，有的哀诉勒索的残酷，有的抗议供应的繁重，这些都是控告统治者的压迫和剥削的。又像后汉顺帝京都童谣、元至正江西奉使宣抚谣、马士英卖官谣等[10]，有的讽刺是非不明，有的诅咒奸佞祸民，有的讥弹将军的腐化，有的嘲笑大臣的贪污。在这些歌谣中深刻地暴露了统治阶级和他的爪牙的丑行、劣迹。现在民间活着的口头创作中，这种材料就更加丰富了。像攻击国民党反动派的歌谣，暴露地主丑恶行为的故事，都是一些最突出的例子。如果今天还有像过去的梁实秋之流不相信文学的阶级性的人，他固然应该读读这类作品，就是想学习文学的斗争性、攻击力的同志们，也不可忽略这种很尖锐的民间创作。

人民不但仇视自己民族的压迫者、剥削者，他们尤其反对异族的侵略者、压制者。过去曾经有些所谓“学者”，以为中国的广大人民是愚昧的、自私的。他们从来没有什么爱国心，没有什么民族意识。这其实是一种明目张胆的诬蔑。我们用不着多谈理论，只要看一看历史的事实就可以明白了。当北宋和明朝覆亡的时候，近年日帝大举入寇的时候，人民的反金、反清和反日帝的斗争队伍何等众多并且勇敢！事实告诉我们：大多数勤劳而英勇的人民，才是最彻底最坚强的爱国者、民族保护者。他们大都比地主阶级或资产阶级的人们肯牺牲、明大义。他们既然用血肉去表现他们的爱国心，自然也要用歌声、故事去传达它。古代的作品我们且不必征引了，就现在口头活着的作品（这种作品，一部分是前代流传下来的，一部分是现代人民即景即事创作的）看，已经够使我们明了一般人民是怎样坚决反对异族的侵略者、压制者了。

在中国的许多省份，流行着一个传说。这个传说叙述的是元朝统治者的残酷和人民起义的故事。据说，元朝的统治者自从入主中原以后，就实行了对汉族的严酷统治。每三家人只准合用一把菜刀，夜里睡觉不准关闭门户。三家人要合养一个元兵，那个元朝统治阶级的爪牙，事实上就等于一个小皇帝。他们对于汉人要打就打，要杀就杀。每家娶亲，都要让给他们“初夜权”。在这样的虐待和侮辱下面，每个人的心里都烧着复仇的火。但是，监视太严密了，他们不容易公开进行宣传和集会。在那时候，有一个聪明的人，就用了计策，事先把号召起义的传单暗藏在中秋节用的月饼里，到了那一天，大家果然一齐起义，就把元朝的统治推翻了。[11]这个传说的主要

[9]《秦时民谣》，杨泉：《物理论》引；《汉桓帝时巴郡人谣》，常璩：《华阳国志》引；《吴孙皓时童谣》，《宋书·五行志》引。

[10]《后汉顺帝京都童谣》，《后汉书·五行志》引；《元至正江西奉使宣抚谣》，陶宗仪：《辍耕录》引；《马士英卖官谣》，《明史·马士英传》引。

情节，自然不会是真正的史实。但是，这里表现着一个更重大的“史实”，就是中国人民对于异族压迫者的反抗心理。这是真正的“民族魂”的表现。此外，还有许多关于反抗异族侵略的英雄的传说（像戚继光、陈大成、郑成功等的故事），流传在东南沿海的许多省份。这是永久在人民心里照射着“民族意识的光”的创作。在歌谣里，这种声音是更响亮了。自甲午战争以来，数十年间，中国不断受着日本帝国主义者的欺负、压迫，1931年被抢夺去东北数省，到抗战时期，竟被践踏了半个国土。在这长期血肉涕泪交织的悲惨历史中，民间产生了许多长歌短谣，有的慨叹国权的丧失，有的愤恨敌人的凶残，有的充溢着战斗的情绪，有的喷射着咒诅的词语。篇幅只准我们举出很少的例子。“黄渤海，财无边，东洋鬼子驶汽船。有鱼不能捉，有钱不能赚，可恨中国没试验船！”“日本鬼，真是凶，借口保侨占山东。杀死中国人，围了中国城，你说横行不横行？”“日寇汉奸毒过蛇，区役所系（是）渠把牙（意同爪牙），表面看看，好似个观音菩萨，谁知食人骨头都无渣！”“我们希望中国好，打的敌人向东跑，跑到大海里，一齐淹死了！……”“日本飞机隆隆响，情郎哥哥快开枪！”[12]从这些极少的例子里，不是已经充分显出中国广大人民对日本侵略者的看法和态度么？自抗战结束以后，美帝国主义者在中国的侵略行为表现得更加露骨了。人民对于这位伪装成外婆的老黑狼，是认识得很清楚的。当蒋介石正在高声歌颂这老黑狼的“友爱”“仁德”的时候，中国人民却用歌谣抗议和暴露着它的横蛮、丑恶：“美国原来是霉国，中国内战他吹火。一装说和二驻兵，官拉偏架兵杀掠！”“大飞机，美国货，头顶上，乱穿梭。俺的山来俺的河，你为啥在这里打旋磨？……”[13]异族的侵略者是不容易欺瞒和降服中国的广大人民的。人民的血管里沸腾着保卫乡土、保护祖国的血液。他们的创作，正是忠实地表示着他们爱国精神的脉搏。

过去我们常听到一些人说，民众是保守的。他们的头脑不容易转弯，他们对于新事物的兴味和理解，远不如对于旧事物的眷恋。这种说法，自然不是完全凭空捏造的。它有某些事实的根据。但是它到底不是很正确、很周全的判断。过去，广大的人民（特别是劳动人民），由于他们经济、政治上的受压榨，很少有发展的机会，因此，在文化上、生活习惯上存在着相当的保守性。这是事实。但是，这是在一定历史阶段中的有限制性的社会事实。它不是在什么情况下都不变的。人民是很现实的，因此，他们也就相当敏感和容易改变。在社会比较固定的时期中，他们的思想和行动，一般地虽然遵循着传统的观念、形式，[14]在社会急遽变革的时候，他们的思想、态度等就会有重大的变更了。这种情形自然要在文学上表现出来。口头文学的创作中，过去有许多题旨、题材、结构和形式，长期地被反复着。表现新的思想，题材等的作品，并不是没有，但是那些因袭的好像总占着很大的位置。（这使一部分资产阶级的民间文

[11] 这个传说，骨干如此，枝叶上却有许多不同的说法。可参看《泉州民间传说》第四辑（吴藻汀编）、《民间故事新集》（黄华编）等。

[12] 第一例，是山东昌邑人民表达对大连日帝试验船在渤海里捕鱼，公然妨害我国渔民利益的愤慨；第二、三例，是日帝占领东北后，山东、河北等省人民仇恨的呼声；第四、五例，是抗日战争时期，广东及晋绥等省区人民表现他们对敌认识和战斗热情的歌谣。

[13] 这两个例子，都是全国解放前流传的东北民谣。关于几年来反美帝歌谣的论述，可参看拙作《民间歌谣中的反美帝意识》，该文刊载在《民间文艺集刊》第二册中。（文中例子和这条注解，都是重印时补加的。——敬文）

[14] 我们得记往：这种情形，也并不是怎样绝对的，就在这样的时期，人民的思想和行动，也常随着具体的情况而多少有着变动。

学研究家，拿“不变的因袭性”当做民众文学一个固定的特性。）但是，到社会起了巨大的变革的时候，人民不但是新人物、新事件和新制度的眼见者，而且他们当中许多人就是担当者或创造者。在这样的景况中，他们怎样会反对新的事物呢？他们怎能够不在自己创造的文学里，明显地表白他们对于新人物、新制度的爱好和拥护呢？在伟大的十月革命发生以后，苏联民间产生了许多歌颂列宁、斯大林、夏伯阳等英雄人物，歌颂革命战争、歌颂苏维埃政权的故事、传说和歌谣。这些口头的文学创作，跟苏联著名作家的作品，在思想上乃至于艺术上是没有基本差别的。它们都是些人类新世纪的革命花园中美丽的不凋零的花朵。在我们二十多年来人民革命的过程中，人民的口头创作反映着现实的情况，也产生了许多同样的歌颂新人物、新事件等的作品。比较早的，像江西中央苏区所产生的歌谣，红军北上抗日时所经过地区对于红军的传说。抗日以来，这类歌咏革命英雄（毛主席、朱总司令、贺龙将军……）、赞扬新事件、新制度（土地改革、民主选举、变工互助、婚姻自主、学习文化……）的口头作品就更加丰富了。我们的人民不但是勤劳、勇敢的，而且是进步的。他们无数的实际行动证明了这一点，他们无数的口头创作也正证明了这一点。

我们上面简要地举述了口头文学中所含蕴的几种有价值的思想、见解，就是看重劳动，肯定集体力量，反抗压迫者、剥削者并讥刺他们的妖形鬼状，反对异族的侵略者，歌颂新的事物等思想、见解。当然，人民的这些思想、见解、多少带有朴素性。它未必都是很完整、很精纯的。但是，这些思想，见解，无疑是优越的思想、见解，是我们今天和明天都急切需要的东西。何况口头文学，除了这些思想上的优越素质之外，还有艺术上的优越点。从历史上说，口头文学长期地受着封建文人的轻蔑。这种轻蔑不但是关于它的内容的，同时也是关于它的艺术的。他们总觉得人民的作品，一般是粗陋、平凡的。它缺乏雅致，缺乏精练，缺乏富丽和庄严。其实，这种意见，正是从他们阶级的审美成见中出来的。口头的创作，单从表现技术的观点看，也正有它不可企及的成就。

民间的散文作品，像神话、传说和民间故事等，大多数是虚构性的。但是，它从现实的深处取来重要的题旨，取来人物、情节的素材，用灵活的想象和有力的结构、语言把它表现出来。流传过程中，又经过千万人的增删和锤炼，因此，能够造成那些优越的典型人物和故事。关于这一点，高尔基说得更精要不过了[15]，就是资产阶级的文人学者中洞察力比较敏锐的，也多少能够看出神话等在艺术上的某种优点。像我们过去文艺界曾经很熟悉的文艺批评家L. 哈恩（日本姓名叫小泉八云），就非常推崇神话文体在艺术上的优越地位。[16]故事型的创作中，有一种喜剧性的作品（笑话或寓言），它在讽刺的简短尖锐上，往往达到不能比拟的程度，这是统治者文艺的武库

[15] 参看曹葆华译的《苏联的文学》及水夫、林陵译的《高尔基与民间文学》等文章。

[16] 哈恩的话见他的《小泉八云文学讲义》，联华书店，1931年。

里所缺少的匕首。至于一般韵文的抒情作品中，很多是简练、谐和，富于天然的风韵和情味的。这就是过去有些封建的文士不能不违反自己阶级或所服务的阶级的审美观，去承认民谣（例如乐府中所收的某些作品）的艺术价值的原因。有位明朝批评家对古代民谣推崇得很到家。他说："质而不俚，浅而能深，近而能远，天下至文，靡以过之！"[17]这种颂词，不但他所指的汉代乐府歌谣可以承当，就是一切优秀的民间歌谣承受起来也是不会脸红的。到今天，我们进步的文艺界里还有些朋友，以为民间文艺都是幼稚的、原始的，在艺术上完全谈不上什么价值。这种见解是错误的、不公正的。它对于人民创造的有价值的文化没有应具的理解和敬意。人民的口头创作，从一方面看虽然大都是幼稚的、原始的，但是从另一方面看，它往往又是成熟的、美好的。你以为这是一种矛盾的说法么？是的，这是矛盾的。但是它的实际情形却正是这样。如果我们要引用一句经典的话来说，这种幼稚而又美好的作品，就是一种"早熟的儿童"。儿童是幼稚的，但是"早熟的儿童"，却具有一种永不能够回复、永使人羡慕的"天真"。如果容我进一步说，优秀的民间口头创作在艺术的完美程度上，并不完全只是些早熟的儿童，有的还是身心都相当发达的青年或壮年。它是可以列入健康的成人行列的。总之，民间文学在艺术上的成就，并不比他在内容思想上的成就来得逊色。

三、口头文学在新社会中的作用

由于上面简单的论述，可以大略知道我们丰富的人民口头创作，在思想上艺术上具有怎样优越的素质。这些素质，对于我们新文化、新文艺的建立和创造是很关重要的。搜集、研究和利用民间文学，在今天正是我们文化工作者，特别是文艺工作者一种迫切的任务。记得十多年前，J. 阿里特孟在论高尔基对民间文学的态度的时候，曾经说："在我们国家里，这种口头文学，既不属于口头文学研究者特殊行帮的老人们的玩物，也不是考古学者、博物馆员和研究家的'美味'，这是一切文学的活生生的问题。"[18]这话正可以适用于今天中国的情形。由于毛主席正确的见解和指导，过去数年中，许多为人民服务的文艺工作者，抛弃了身上不合时宜的"思想包袱"，毅然投身到人民的海洋中，跟他们一道生活、一道呼吸和战斗，看重人民固有的文艺，搜集它，分析它，评赏它，吸取它。用它们那些传承了许多世代的艺术形式来表现最新的人物、事件和思想。在戏剧、绘画、音乐、诗歌、故事各领域，都创造了"新民主主义内容、民族形式"的作品。（当然在运用民间形式时，已经有着或多或少的改造，但是一般地是保存着民间艺术某些主要特色的。）这不但是现阶段为工农兵艺术的适时创造，而且

[17] 见胡应麟著《诗薮》内篇。

[18] 见《论文学的真实》。

也是未来伟大艺术的坚实基础。可以说，由于这种新结合，就是新的题旨、题材跟人民的固有创作形式的结合，我们的真正的大众的、民族的新文艺才正式开始。

从这种显著而且有非常意义的事实看来，人民口头创作对于我们的新文化、新文艺的影响的巨大，是没有疑义的。可是，如果因此就以为口头文学对于新的人民文艺的作用，对于新的人民文化的作用，光限于上面所说这一点，那就把这宗重大的民族文化财产的价值小看了。口头文学在今天新文艺、新文化的建设上是有比这更广大的作用的。几年来，我们对于人民口头创作的利用，虽然主要限于形式方面，其实，它的内容方面一样是值得采取和运用的。我们有权利或义务，把人民在实际生活和斗争中所感受到的某些形象和真理（这种形象、真理，往往是经过千百万人民在数不清的年代中鉴定和陶炼过来的），再活在我们的作品里，去继续和扩大它的教育作用。这是过去从东方到西方，许多伟人作家走过的道路，在今天它还是一条可走的道路。走这条路的人现在虽不是完全没有，譬如中山狼、山伯英台一类的故事，就有人把它拿来“再创作”，但是，到底不多。或者有人不免怀疑，在过去封建统治下人民中产生的口头作品，它的主题、情节和思想、情感等，到今天崭新的社会中，还值得我们注意、采取、吸收么？是的，有许多歌谣、故事的内容，是跟着它的创作者和享受者，跟着一去不复返的时代社会一齐过去了。如果它今天还活在人民口头上，那是一种没有扫除掉的文化渣滓，是应该把它放进垃圾坑里去的。人民口头创造的贮藏室中，固然有许多发了霉的东西，但是，同时也有很多还在闪光的东西。后者是我们民族文化的永久财宝。它有权利再活在我们的新创作里，它会在新的孵育下更加强壮地生活起来。我们谁能说，普罗密修士[19]已经不能感动我们新时代的人了？同样，谁能说，夸父的跟自然斗争的意志，是我们的新教养上所不需要的？谁能说，斯坦加·拉进（Stanka Razin）不是永久的富于诗意的形象？同样，谁能说，我们许多像巴尔达那样机智地捉弄地主的长工故事，不是在阶级观点的教育上有效用的？在过去人民创作的库藏里，蕴蓄着相当分量的有价值的创作思想和题材，它在等待新时代的埃斯基拉斯、卜伽丘、莎士比亚、米尔顿，哥德、雪莱、拜伦、普希金……它等待在新艺术的形体中射出它不朽的光芒，发挥它优异的教育效能。

把有价值有意义的民间口头作品，再来一番创造，使它具有新的意义和作用，这自然是今天文艺工作者应该做的一种工作。但是，人民的口头创作，不只是可以作为我们新创作的题旨、题材，实际上，有许多本身就是完成了的作品，不是一种“素材”或一种值得入诗的“思想”。这种作品，我们只要从人民的口头忠实地把它记录下来，就能够发挥新的作用。这不是我个人的理想或推测。它是有事实根据的。让我举一位在这方面有过实际经验的工作者的报告吧：

[19] 也译为普罗米修斯。

……晋绥山地的农村里，也有很多的故事传说。在1924年，就有少数文艺工作者注意采集。有计划的主动的采集、整理工作，则是在延安文艺座谈会主席讲话以后。那时候晋绥文艺工作者深入到农村，在农村工作中，逐渐地接近了民间故事，采集与整理工作才认真地搞起来。在1945年以后，就陆续出版了《水推长城》《天下第一家》《地主与长工》三个民间故事集子。这三个集子中所包括的故事大部分是当地采集的，一小部分是从其他报刊上选来的。当地采的故事全部在《晋绥大众报》上发表过。从在报纸上发表到出版集子，一直受广大读者（或听众）的喜爱，特别在群众变工互助组里，土改时的诉苦会上被朗读与讨论，它成了区村干部工作的有力助手。由此帮助提高了群众的生产热忱和阶级觉悟。在晋绥，凡具有初步阅读能力的区村干部、小学教员、中学生几乎是人手一册。民间故事成了干部和群众的好朋友。[20]

在这一段简明的叙述里，我们可以明白看到那被照样记录下来的民间传说、故事，在新的情况下，怎样发挥着积极作用。这种情形，决不限于一时和一地。人类真正有益的东西，它的作用远比我们能够想象的更为深（远广）大。人民口头创作在教化上的潜力，往往不是我们脑子一时能完全测度得尽的。现在苏联的教育家，在培养国民的爱国思想、情操上，相当重视民族的口头创作。我想，这是有充分理由的。广大人民过去在生活和斗争中产生的美好文艺作品，是汇集了众多的经验、众多的思索和众多的才能创造成功的。这种作品比起个别的优秀作家的创作，往往还更深刻，更伟大，更富于艺术的香气。在时间的考验上，也不容易成为一种文化的化石，它是一道不枯竭的流泉。如果一个民族或全人类有一种值得长久保留，并且能够长久发挥教养作用的文化财产，那么，从口头记录下来的有价值的民众创作，至少要在那中间占一个位置。

有价值的人民的文化财产，不但是新文艺、新教养的一种凭借和基础，有许多本身就应该成为我们新文艺、新文化的构成部分。要把这宗巨大而有贵重作用的文化财产充分发掘出来，充分清理出来，特别是充分利用起来，这工程是相当巨大的。好在今天我们大家对这工程的意义已经有相当认识，工作的条件又非常有利。在某些方面并且有了可喜的开始。为着建造新中国的新文化、新文艺，我们必须完成这个工程，而且相信一定是能够完成这个工程的。

[20] 见李束为作《民间故事的搜集与整理。》

新民歌开拓了诗歌的新道路[1]

周　扬

如今唱歌用箩装，
千箩万箩堆满仓，
别看都是口头语，
搬到田里变米粮。
种田要用好锄头，
唱歌要用好歌手，
如今歌手人人是，
唱得长江水倒流。

上面是安徽省新出版的《"大跃进"民歌》第一集的卷头诗，它本身就是一首好民歌。人民群众对自己旺盛的诗歌创作作了一个充满自信而又正确的评价。随着社会主义生产大跃进，全国各地涌现出了不计其数的民歌，真有"千箩万箩"之多。解放了的人民在为多、快、好、省地建设社会主义的伟大斗争中所显示出来的革命干劲，必然要在意识形态上，在他们口头的或文字的创作上表现出来。不表现是不可能的。大跃进民歌反映了劳动群众不断高涨的革命干劲和生产热情，反过来又大大地鼓舞了这种干劲和热情，促进了生产力的发展。新民歌成了工人、农民在车间或田头的政治鼓动诗，它们是生产斗争的武器，又是劳动群众自我创作、自我欣赏的艺术品。社会主义的精神浸透在这些民歌中。这是一种新的、社会主义的民歌；它开拓了民歌发展的新纪元，同时也开拓了我国诗歌的新道路。

大家都知道，毛泽东同志十分重视民歌。三十多年前，他在办农民运动讲习所的时候，就作了搜集民歌的尝试。《在延安文艺座谈会上的讲话》以后，我们才开始注重民间文学艺术的搜集整理工作，在这一方面虽然已经取得了一些成果，但工作仍然

1 原载《红旗》1958 年 1 月号。

做得十分不够。最近，由于毛泽东同志的倡导，全国各地展开了声势浩大的搜集民歌的运动。这是我国目前社会生活和文化生活中的一件大事，一件令人兴奋的大事。

我们古代就有采诗的制度。但那时所采的是奴隶社会、封建社会时代的国风，那时的人民是在奴隶主、封建主的压迫和剥削之下从事劳动和创造，过着十分痛苦的生活。我们今天的民歌则是代表社会主义时代的新国风，表现了社会主义制度下人们的新生活、新思想、新道德和新风俗。劳动人民已成为国家的主人，他们的劳动和创造受到国家和全体人民的尊重。因此我们今天采风工作的规模和意义就决不是过去任何时代所能比拟于万一的了。

我国本是一个民间文学艺术蕴藏极为丰富的国家，现在群众文艺创作又如此地蓬勃发展，真是大家会说唱，到处有歌声，我们的国家简直要成为一个诗国。新民歌中有不少具有高度思想和艺术价值的作品。一面鼓励群众的新创作，一面大规模地有计划地搜集、整理和出版全国各地方、各民族的新旧民歌，这对于我们现在文学的进一步民族化、群众化，将发生决定的影响，它将开一代的诗风，使我国诗歌的面貌根本改变。

“五四”以来的新诗打碎了旧诗格律的镣铐，实现了诗体的大解放，产生了不少优秀的革命诗人，郭沫若就是其中最杰出的代表。新诗有很大成绩，为了同群众接近，革命诗人作了很多的努力。但是新诗也有很大缺点，最根本的缺点就是还没有和劳动群众很好地结合。群众感觉许多新诗并没有真实地反映他们的生活、思想和情感，在这些诗中感觉不出劳动群众自己的声音笑貌，更不要说表现劳动群众的风格和气魄了。群众不满意诗读起来不上口，特别不满意那些故意雕琢、晦涩难懂、读起来头痛的诗句，总之，群众厌恶洋八股。有些诗人却偏偏醉心于模仿西洋诗的格调，而不去正确地继承民族传统，发挥新的创造，这就成为新诗脱离劳动群众的重要原因。

诗人只有向群众学习，向民歌，特别是向新民歌学习，才能为我们的诗歌打开一个新局面。

和旧民歌迥然不同，新民歌不再是劳动人民被剥削的痛苦生活的反映，也不再是小生产者的自给自足的生活、心理和习惯的反映。

新民歌给人最突出的印象是劳动人民在国家生活中取得了主人公的地位，有了自豪的感觉。工农群众一经挣脱了阶级剥削的锁链，在政治上和思想上获得解放，他们就敢于起来摔掉压在他们头脑上的一切旧东西，抬起头来蔑视一切因袭势力，不再迷信鬼和神，相信自己有力量克服任何困难，他们不再在盲目的自然力面前屈居奴隶的地位，而要作自然界的主人，向自然发号施令了。在不少的新民歌里，就突出地表现了工人阶级和劳动人民改造世界、征服自然的雄伟决心。人们带着尊敬和怀念想起了治水的大禹和移山的愚公，想起了历史和传说中的许多英雄人物。但是歌唱者并没有在古代的英雄面前拜倒。“社员个个赛古人”，就是他们的豪迈的结论。

请看他们在治水斗争中的气概：

天上没有玉皇，
地上没有龙王，
我就是玉皇，
我就是龙王，
喝令三山五岭开道：
我来了。

这个“我”，自然不是“小我”，而是“大我”，是集体农民的总称，所以才有那样巨大的不可抗拒的力量。在另一首表现同样气概的诗里，就正确地道出了这种力量的来源：

干劲真是大，
碰天天要破，
跺地地要塌，
海洋能驯服，
大山能搬家，
天塌社员补，
地裂社员纳，
党的好领导，
集体力量大。

在其他以水利为题材的民歌中，有不少类似的描写。一首描写农民一镢头挖到了水晶殿，龙王见了直打颤，连忙作揖许愿：“缴水，缴水，我照办。”另一首描写地上的水库比天上的星星还要多，以致山神出来时都迷了路，惊讶道：“那来这多的大江河？”

一首民歌表示了向太阳的挑战：

太阳太阳我问你，
敢不敢来比一比？
我们出工老半天，
你睡懒觉迟迟起；
我们摸黑才回来，
你早收工进地里。

太阳太阳我问你，

敢不敢来比一比？

新民歌充满了这类大胆的幻想，火一般的热情和轻松愉快的幽默。作者们的想象力像脱缰之马一样地自由驰骋。他们神往于更加美好的未来生活。他们根据自己的革命经验和劳动经验，相信世界是可以改造的。他们正凭自己的双手在从事着这个改造世界的巨大工作。他们的幽默，就是相信自己正确，相信自己有力量，而蔑视敌人，蔑视困难的一种表示。他们敢于幻想，并且能够用自己的双手把幻想变成现实。这就是民歌中革命的现实主义和革命的浪漫主义结合的根源。

毛泽东同志提倡我们的文学应当是革命的现实主义和革命的浪漫主义的结合，这是对全部文学历史的经验的科学概括，是根据当前时代的特点和需要而提出来的一项十分正确的主张，应当成为我们全体文艺工作者共同奋斗的方向。毛泽东同志本人所作的许多诗词，向我们提供了最好的范本。我们处在一个社会主义大革命的时代，劳动人民的物质生产力和精神生产力都获得了空前解放，共产主义精神空前高涨的时代。人民群众在革命和建设的斗争中，就是把实践的精神和远大的理想结合在一起的。没有高度的革命浪漫主义精神就不足以表现我们的时代，我们的人民，我们工人阶级的、共产主义的风格。人们过去常常把现实主义和浪漫主义当作两个互相排斥的倾向；我们却把它们看成是对立的而又统一的。没有浪漫主义，现实主义就会容易流于鼠目寸光的自然主义；自然主义是对现实主义的歪曲和庸俗化，它决不是我们所需要的。当然，浪漫主义不和现实主义相结合，也会容易变成虚张声势的革命空喊或知识分子式的想入非非，而这是我们所不需要的。我们赞成社会主义现实主义的创作方法，就是以这样的理解作为基础的。高尔基在这个问题上有很好的见解。在文学史上，革命的浪漫主义是艺术上不灭的火焰。我国历史上最伟大的诗人屈原，就是一位最大的浪漫主义者，后来的诗人在这一点上表现得特别突出的还有李白，他们两人在创作上都和民间文学有血肉相联的关系。在一千多年以前，刘勰用“酌奇而不失其真，翫华而不坠其实”这样两句话来探索屈原诗歌的风格，可以说是我国关于文学中幻想和真实相结合的最早的朴素的思想。我们应当从我国文学艺术传统中吸取现实主义和浪漫主义相结合的丰富经验，并且在共产主义新思想的基础上发扬而光大之。新民歌表现了这个特色，所以特别值得我们珍贵。

全国农业发展纲要四十条，党的路线政策，毛泽东同志的思想，是启发人民创作灵感的伟大力量。四十条就是全体农民的愿望，但是体现在民歌中的并不是政策条文的枯燥图解，而是真正群众的生动的艺术语言。请听下面的一首民歌：

树上喜鹊喳喳地叫，

老汉咧嘴忍不住地笑。

农业发展纲要四十条，
好比四十颗太阳当头照。

太阳也比不上它温暖，
处处地方它都照到。

放近耳边听一听，
莫不是毛主席的说话声？

回头胸上贴一贴，
句句话儿暖人心。

没闭住嘴巴笑出了声，
咱社员们有了指路的大明灯。

这是一幅多么动人的美丽的图画：一位自发苍苍的老人，面带笑容，手里拿着四十条纲要，一会儿把它放在耳边听一听，一会儿把它贴在胸口上，这么短短的几句，就多么深刻地传达出了劳动人民对党、对毛泽东同志的深厚感情。四十条纲要把五亿农民的干劲鼓舞起来了。

工人也鼓足了干劲。他们的口号是“和火箭比速度，与日月争高低！”他们把标志生产先进指标的箭头比成载送卫星上天的火箭，工人们骄傲地唱着：“要问火箭谁来造，车间全体战斗员。”

钢铁厂的工人这样地描绘着铁水奔流的奇景：

钢水红似火，
能把太阳锁，
霞光冲上天，
顶住日不落。

劳动成了新民歌的支配一切的主题。诗劳动化了，劳动也诗化了。在过去的诗中，甚至民歌中，谁歌颂过积肥送粪这样的事情呢？现在送粪入了诗，而且充满了诗情画意。请看这首《小篷船》：

小篷船，装粪来，

惊飞水鸟一大片。
摇碎满河星，
摇出满囱烟。

小篷船，装粪来，
橹摇歌响悠哉哉，
穿过柳树云，
融进桃花山。

情歌也因为和劳动相联而增添了新的光彩：

情哥挑泥快如飞，
妹挑担子紧紧追，
就是飞进白云里，
也要拼命赶上你。

新民歌真实地表现了人们在劳动过程中的新的相互关系。互爱互助，互相评比，比先进，赶先进，干部带头，依靠群众，这些就是人们新的关系中的基本特点，而作为这种关系的共同道德基础的是社会主义集体主义精神。

干部能拿梯，
我们能上天；
干部能下海，
我们能擒龙；
干部能翻山，
大海我们填。

这几句诗，不但表现了群众的冲天干劲，同时也表达了干部和群众的正确关系。

劳动群众用诗歌表扬好人好事，也用诗歌批评坏人坏事。大字报中有不少很好的讽刺诗，刻画出了官僚主义者、保守主义者等等的可笑的形象。劳动人民是非分明，爱憎热烈。他们一点也不含糊。

从整风运动和反右派斗争中，特别是从生产大跃进以来出现的大量的群众诗歌创作，反映了我国社会主义革命和社会主义建设的波澜壮阔的图景，反映了劳动人民共产主义意识成长的过程。这些民歌当然是我们应当首先加以重视的。但是我们不能忘记，中国人民的胜利是经过了长期的流血的斗争得来的。各个革命历史时期，不论是第一次和第二次国内革命战争时期，抗日战争和解放战争时期，也不论是鸦片战争、太平天国和义和团时代，都有无数英雄故事传说和民歌在人民的口头流传，我们应当全部加以搜集和整理。这和搜集各地方革命史料一样需要，两者的关系是十分密切的。湖北省出版的民歌选集中，收了一部分鄂豫皖革命根据地时代的民歌，吉林的民歌中收了一部分抗日联军时代的民歌，这是有意义的。人民用自己的血写成历史，用自己的声音来歌唱。

碣石可把长江堵，
堵不住唱歌人的口，
洪湖的水可以平，
红色的歌不能丢。

要唱歌来要唱歌，
不唱心里不快乐，
唱歌为的把恨消，
唱动天地口不渴。

这就是从前鄂豫皖革命根据地的一首民歌，这一首和我开头引用的一首，表现的完全是两个时代，两种光景，但人民对革命的铁石般的坚定信心，他们的革命的乐观主义，难道不是可以使世界上最懦弱的人都能直起腰杆来吗？

我再引一首 1927 年上海工人起义时代的民歌，它也同样地令人振奋：

天不怕，
地不怕，
哪管在铁链子下面淌血花。
拼着一个死，
敢把皇帝拉下马。
杀人不过头落地，
砍掉脑袋只有碗大个疤。
老虎凳，绞刑架，
我伲（们）咬紧钢牙。
阴沟里石头要翻身，
革命的种子发了芽。
折下骨，
当武器，
不胜利，
不放下。

中国不但是一个具有丰富革命传统的国家，而且是一个具有长期灿烂文化传统的国家，这种文化传统的精华有许多还保留在人民中间。因此，除了大力搜集革命民歌外，还必须有计划地继续搜集和整理旧时代传下的民歌及一切民间文学艺术和民间戏曲。这是我们建设社会主义新文化的一个十分重要的任务。各少数民族的民间文学艺术的宝藏是特别丰富的，应当积极地加以挖掘和整理。长篇叙事诗“阿诗玛”“阿细人之歌”等作品已经进入了世界的文库。

全面搜集民歌及其他民间文学艺术，是一件必须全党、全民动手的工作，同时必须动员和吸引全体文艺工作者来参加这个工作。民歌是文学的源头，它像深山的泉水一样静静地、无穷无尽地流着，赋予了各个时代的诗歌以新的生命，哺育了历代的杰出诗人。今天的民歌，是新的农民、工人、士兵的作品，它们已经不完全是口头创作，有的作者是很有文化的，因此新民歌不但在内容上，而且在风格上也与旧民歌有所不同了，它们保持了民歌的格调，同时又更多地继承了我国古典诗歌的优良传统、吸取了新诗的长处。它们正像黄河、长江一样，以汹涌澎湃之势，对新诗起着冲击的作用，必将使新诗的面貌为之改观。群众诗歌创作将日益发达和繁荣，未来的民间歌手和诗人，将会源源不断地出现，他们中间的杰出者将会成为我们诗坛的重镇。民间歌手和知识分子诗人之间的界线将会逐渐消泯。到那时，人人是诗人，诗为人人所共赏。这样的时代不久就会到来的。我们的诗人一定要深入工农群众，和群众一同劳动，一同创作，向民歌学习，向优良传统学习，只有这样，我们的新诗才有真正广大发展的前途。我们的文学艺术需要一个大革新、大解放，在党和毛泽东同志的领导下来实现这个大革新、大解放，现在正是时候了。

大规模地收集全国民歌[1]

《人民日报》社论

云南省委宣传部向各地县委发出了“立即组织搜集民歌”的通知，通知中说：云南各族人民中出现了很多歌颂生产大跃进的民歌。它不但丰富着人民的文化生活，而且有利于各族人民社会主义意识的增长。因此，应该十分注意把它们搜集起来（见四月九日本报第一版）。

根据最近的消息，已经有不少地方在进行这项工作。他们收集民歌的方法是通过群众路线，深入群众，依靠群众，把民歌记录下来，分类整理，这比我们历史上任何时期收集民歌的方法都要完善得多了。有些县已经编出了一些民歌集子。看来，这项工作已经引起了各地领导机关相当的重视，已经完全有条件可以大规模地进行。这是一项极有价值的工作。它对于我国文学艺术的发展（首先是诗歌和歌曲的发展）有重大的意义。

从已经搜集发表在报刊上的民歌来看，这些群众的智慧和热情的产物，生动地反映了我国人民生产建设的波澜壮阔的气势，表现了劳动群众的社会主义觉悟的高涨。“诗言志”，这些社会主义的民歌的确表达了群众建设社会主义的高尚志向和豪迈气魄。河南禹县的一首民歌中，有这样的句子：“要使九百一十三个山头，一个个地向人民低头。”四川叙永县的农民唱的是：“不怕冷、不怕饿，罗锅山得向我认错。”湖北麻城的一首民歌是这样四句：“箩子装得满满，扁担压得弯弯，娃的妈呀你快来看，我一头挑着一座山。”

这些是现实主义和浪漫主义相结合的好诗。在农业合作化以后的大规模的生产斗争中，农民认识到劳动的伟大，集体力量的伟大，亲身地体会到社会主义制度的优越性，他们就能够高瞻远瞩，大胆幻想，热情奔放，歌唱出这样富于想象力的、充满革命乐观主义精神的杰作。农民的形象在这些作品中早已不是呼天抢地的杨白劳了，而

[1] 原载1958年4月14日《人民日报》。

是足智多谋的“鲁班仙”、大闹天宫的“孙悟空”，以及治水的圣人“大禹王”，他们否定了曾经世世代代压在他们头上的“玉皇大帝”和“海龙王”，而自豪地说：“我就是玉皇”，“治水龙王社员当”。他们深信自己能够使“万水千山听调动”，使自己家乡的粮食增产的水平迅速地“跨黄河，过长江”。

这样的诗歌是促进生产力的诗歌，是鼓舞人民、团结人民的诗歌。只要把这些作品从群众中搜集得来，再推广到群众中去，就一定能够收到很大的效果。

民间歌谣“刚健清新”，历来都是诗歌文学的土壤。它对于今天的新诗创作也将起一种促进的作用，无论在思想内容上，语言艺术上，体裁形式上，它们的特色都值得诗人们的注意和学习。我国从第一部诗歌总集《诗经》起，就有着记录歌谣的宝贵传统，历代优美的诗歌没有不是从民间歌谣汲取了丰富营养的。五四新文化运动中，北京大学首倡搜集歌谣，搜集歌谣的风气也曾经盛极一时，陆续出版了不少集子。但是，尽管过去的时代给我们留下许多民间的美妙的诗歌，成为诗人们汲取营养的取之不尽的源泉，旧时代毕竟不是人民当权的时代，他们用以表达自己的劳动生活和精神世界的歌谣，绝大部分像风一般地永远消失了；幸而未遭散失，为人们口耳相传保留下来的，则成为我们的民族文化宝库的重要部分。毛主席《在延安文艺座谈会上的讲话》发表后，民间歌谣的记录工作跨入了一个新的时期，不仅更多地发掘了表现社会生活的作品，其中也有着崭新的革命歌谣。中华人民共和国成立以后，人们听到了许多从心坎里飞出来的各族人民歌颂共产党、歌颂毛主席、歌唱他们自己新生活的民歌；各种的长诗短歌，如蒙古族的《嘎达梅林》，撒尼人的《阿诗玛》，苗族的“古歌”，傣族的《召树屯》，内蒙古汉族的爬山歌，回族的“花儿”，壮族的“欢”，等等，真是琳琅满目，美不胜收。这些传统的或者新产生的民间歌谣，无疑都是人民群众和诗人们所需要的珍贵食粮。中国新诗的发展，无疑将受到这些歌谣的影响。因此，为了发展我们的诗歌艺术，大规模地收集全国民歌也是决不可少的一项工作。同时，我们还要注意发掘尚有踪迹可寻的历代口传至今的歌谣宝藏，使他们不致再消失。

这是一个出诗的时代，我们需要用钻探机深入地挖掘诗歌的大地，使民谣、山歌、民间叙事诗等等像原油一样喷射出来。我们既要把它们忠实地记录下来，选择印行，也要加以整理和研究，并且供给诗歌工作者们作为充实自己、丰富自己的养料。诗人们只有到群众中去，和群众相结合，拜群众为老师，向群众自己创造的诗歌学习，才能够创造出为群众服务的作品来。

关于大规模收集民歌问题答《民间文学》编辑部问[1]

郭沫若

4月14日，中国民间文艺研究会《民间文学》编辑部访问了郭沫若同志，向他提出关于民歌——民间文学的价值、作用及收集、整理等方面的问题，郭沫若同志谈了他的看法。

一、目前收集民歌的运动正在蓬勃开展，您对于这件事有些什么看法？

答：这是很好的事。中国收集民歌，是有传统的。古时代有所谓“采风”的制度。《诗经》三百篇，里面大部分都是民歌。历代都有较好的文人做过这件事。现在党把这件事抓起来了，这就太好了。从前大家对于民间的东西不注意，文艺杂志上根本不登旧体诗，不登民间的东西，对它是鄙视的。我在1930年左右，还是在日本的时候，曾经在陶晶孙编的《大众文艺》上写过一篇文章，提倡文艺要重视民歌民谣，音乐要重视打锣打鼓，是挨了骂的！毛主席对民间的东西一向很重视。延安文艺座谈会以后，扭秧歌，不是就敲锣打鼓了吗？现在党把收集民歌抓了起来，各省各县都动了起来，这就会出现一个从来没有过的局面。孔子删诗，一共三百多篇，我们将来收集到的东西，不知道会有多少亿首！现在的搜集工作是由群众来做的，各地都会出许多大大小小的孔夫子。

群众收集，是很好的。但是也要有些专业的人，民研会可以有重点地搞几个分会，各地都有几个专门搞这个工作的人。现在各地都把收集到的民歌先印成资料本，这是很好的办法。民间文艺研究会应该在各地的基础上做一点事。应该根据各地的资料精选一下，研究研究当中的问题。今年6月里要开一个民间文学工作者大会，很有必要。如果每隔一个阶段，比如每一个五年计划，编出一本真正是最好的民歌，在内容大体上差不多的各首当中选出一首最好的，合在一起，有三百首左右，成一本新的

[1] 原载1958年4月21日《人民日报》，略有删节。

“国风”，那就是了不得了！

民歌对于鼓舞、教育、组织群众的作用是很大的，它又的确是很优美的文学作品。你们编的那两个资料本[2]我看了一下，里面有很好的东西。壮族的那首“山南、山北”[3]就很好。

少数民族的民歌应该注意。像“国风”那样的东西，在少数民族的民歌中很多。这跟他们的生活有关系。汉族宋以后受了二程夫子、朱夫子的影响，思想上受了束缚，把创造性弄掉了一些，现在思想解放开来，会出现好东西的。

大跃进的歌谣要收集，古代的东西也不要丢掉，这些东西也是很有价值、很有意义的。

收集工作展开了，研究工作要跟上去。像比较比较各省各县的、少数民族和汉族的、这个民族和那个民族的民歌有什么不同，有什么特点，就是应该研究的题目。

二、收集民间文学对于繁荣创作，创立民族风格有什么作用?

答：中国现代的作家对于本民族的传统，接受得很差。

从文学史上看，一种新的体裁出现，都是民间文学走在前头。中国的诗，很长时期都是四言的。五言诗到建安、正始的时候才固定下来，但是民歌里已经先有了。七言诗的产生更迟，三国时代大都是五言诗，只有曹丕写过一首较好的七言诗。但是七言在民间歌谣谚语里早就有了，《后汉书》里引了许多民间谣谚，大都是七言的。

民歌的好处是天真、率直。这是很值得诗人学习的地方。从来的文学创作大体上可分为两派。一派是把眼前景色脱口说出，像“池塘生春草”，这是多好的诗！再有一派是装饰的。修饰也有好的，但是修饰得不好的也很多。王国维把它叫做“隔”与“不隔”。真正的名家年轻时大都从平易出发，经过修饰，再归于平易，即不隔——隔，再到不隔。这就是所谓“经过点化后的自然”。真正好的诗都是这样一派。学习民歌，对于创立朴素自然的风格很有好处。

民间文学是源还是流？我说：在旧时代是源，在新时代是源也是流。在旧时代，因为文化水平的限制，人民自己不能写作，只能口头哼哼。有一些好的文人从人民口头找到一些胚胎状态的东西而加以记录，这样口头作品才能借此流传下来，也从而发展下去。今天，人民有文化了，从人民当中会产生屈原这样的人。但是民间业余的作者有他自己的本行，他有时兴之所至，创作出了作品，有内容，有一定的水平，也还需要专业的文人来发展、加工。群众业余创作提高了，专业作家的水平也就会得到提高，这就叫做“水涨船高”嘛！在和民间的、群众业余的创作结合以后，将来的作家的创作就会比现在的更加波澜壮阔，丰富多彩。

[2] 中国民间文艺研究会为编选《农村大跃进歌谣选》和《工矿大跃进歌谣选》第一集曾印出两本资料集。

[3] 按：郭老指的是这一首：“哥住山南红梅庄，妹住山北桃花村，想唱山歌叫哥听，高山挡住不透音；想采鲜花送给哥，翻山越岭人人问。今年成立高级社，山南山北一家人，早晚能见情哥面，心里话儿听得真。”

从历史上看，《诗经》绝大部分是民间作品，可以查得出有作者姓名的不上二十篇，但即拿“国风”来说，也是经过删改、润色的。楚辞中屈原的二十五篇，除了“卜居”“渔父”，以及“九章”中的若干章，基本上是一个人作出来的，是一个笔调，一个感情。而屈原的作品，大家都知道，是吸取了民歌的风格，在民歌的基础上发展起来的。

楚辞的产生，是在从奴隶社会到封建社会的过渡时期——这一点别位历史学家还有不同的意见，这是一个意识形态大革命的阶段，很有点像现在，会产生大哲学家，也会产生屈原这样的大诗人。到今天为止，屈原还是中国历史上最伟大的诗人，中国还没有一个诗人超过他的水平。

中国的民间文学非常丰富，但我们不能满足于丰富的矿藏了事，要从胚胎状态的东西把好东西提炼出来，加以吸取。比如煤烟，人类自从用煤以来，一直是让它吹掉，这里面不知吹掉多少东西！半导体的“锗”就是从煤烟里提出来的。从胚胎中更可以发展出很多东西，比如这个[4]也就是利用半导体制造出来的。我们学习民间文学，也要这样提炼、吸取、综合、创造。这样，我们就有了广阔的天地可走。

三、民间文学对于科学研究有些什么价值？请以历史学为例，谈谈您的看法。

答：民间文学作为历史资料来看，作用很大。古书上有些比较可靠的民间歌谣，虽然不多，但很可贵，因为它是第一手的资料，纯粹的资料，不是经过窜改的。它的可贵，正是由于它的“第一手性”。

比如化学分析，分析水，总要是纯粹的水，蒸馏水，才能得出 H_2O 的结查，随便从一个池塘里搞来一杯乱七八糟的水是不行的。

马克思四十岁为了要研究俄罗斯的经济发展，开始学俄文。为什么呢？因为要直接从俄文读到第一手的材料。

中国的二十五史，除一两种外都是“钦定”过的。这都是一大堆史料，不晓得要多少时候才读得完，读完了也不会记住。然而它可靠吗？这真是只有天晓得，鬼晓得！自然，也有好的，如太史公的《史记》。太史公本人是个了不起的人物，他总结了汉以前的中国历史，并开创了汉以后封建时代的历史记载的局面，我认为太史公的伟大不下于孔夫子。太史公的观点是反统治者的，所以《史记》所提供的史料比《汉书》可贵，后来的史官更是自郐而下了。但是史记也有缺点，主要的原因是一个人的作品，所见有所限制；加以古代的东西作伪的不少，太史公的辨伪工作还没有做到家。要研究古代，辨伪的工作是不可少的。考证工作，不能一概否定。考证工作是什么呢？就是要找可靠的研究材料。

[4] 郭老指他的助听的小机器。

从这一点讲，民歌民谣就很可贵了。古书上的民歌民谣虽然也经过了文人的记录，“话经三传，就要变样”，但是它究竟都还有点民歌民谣的味道，它反映了人民的看法，比史官的记载要可靠得多。从某一方面讲，甚至比地下发掘的东西还可靠。地下发掘的有文字的东西，特别像墓志铭之类，都是些恭维的话——你给一个人写墓志铭，总不会把他臭骂一通吧？

从《诗经》看，“国风”里可以找到很多对于研究历史有用的材料，因为它是民歌，“大小雅”就差一点，“三颂”就更少了。

四、有人认为民间文学的价值主要在于文学方面。有人认为民间文学的价值主要在于科学方面，您看究竟应以何者为主？

答：从文学研究来看，是很好的资料；从科学研究来看，也是很好的资料。研究文学的人可以着眼在其文学价值方面；研究科学的人可以着眼在科学价值方面。可以各有所主，没有一个秦始皇可以使它定于一尊。

五、在搜集、整理的态度、方法上，有人强调要有忠实记录的资料；有人强调要加工润色，您看应当如何？

答：保留原始材料是必要的，再加修改也是必要的，两者可以并行不悖。

从科学研究来看，必须有忠实的原始材料。特别是研究语言学的，你把材料给他改了，他就没有办法研究了。科学研究，要强调材料的“第一手性”。同时为了很好地加工，也要有可靠的材料。忠实的原始记录是工作的基础。原始材料应该大量保存。

但是从文学观点上来说，加工也很重要。我们有点经验的人都知道，诗，硬是可以点石成金的嘛！改一个字，诗就活了。“推敲”就是很有名的例子。改一个字，全诗就有了声音。拿《诗经》来说，“国风”毫无问题是经过删改，经过润色的。“国风”有个很稀奇的现象：这是两千多年前的东西，那时交通那么不方便，它包括的范围那么广——包括黄河、长江、淮河三个流域，国家那么多，可是用韵却是一致的，形式上也大致都是一样的四言。这是一定经过孔夫子或者还有他的门人整齐划一过的。我们看一些子书里引的“逸诗”，就不是那么整齐。“诗经”的工作仍是值得称赞的，可惜那些原始记录是没有办法找到了。但我们今天也还需要许多大大小小的孔夫子。

把民歌整理润色一下，对于推行标准音也有好处。民间文学是用方言创作的，方言有一定的生命，但是也不是一成不变。现在交通这样方便，从北京到莫斯科几个钟头就到了！从前从广东到北京，真是要吃尽千辛万苦，现在多方便！现在集体生活也大大扩充了，各地人民来了个大交流，方言自然要变。民间文学的方言部分也会发生变化，这一点也不能看得太死。

（六）有的搞民间文学的人对目前产生的新歌谣，特别是工人的作品颇有疑虑，觉得它形式上不大像传统的歌谣，在产生、流传上也不大一样，有的是拿笔写出来的，不是唱出来、说出来的，有的还没有广泛地在群众中流传开……因此他们在这些作品面前踌躇起来，不敢下手，您看他们有道理吗？

答：一切都是随着时代发展的，歌谣也是一样。它虽然有个传统，但时时打破传统，创造出新形式。不能拿一个硬尺度来套。先把定义定下来，按定义办事，这种观点是唯心论。先拿个尺度来套，是形而上学。

将来民歌是哪个人作的，最初是哪个人唱出来、写出来的，都可以查得出来的。过去的民歌作者是无名英雄，将来的民歌作者会是有名英雄。

当然，新民歌是有许多复杂的问题需要研究的，但是不必顾虑太多。不要用书上说过的话来硬套，而要去研究活生生的现象。

好的东西，它自然就会流传开的，你不要替它担心。但从今天来说，假如有好的东西还没有流传开，那我们就有使它流传开的责任，而且要用各种各样的方法来使它流传开。比如目前的大规模采集运动也就是一种方法，要使民歌民谣向全国流传，向后代流传。最好的作品一定还要超过国界，向世界流传。

以前的历史是自然发展，以后的历史——特别是在社会主义制度下，是自觉发展。好事一定要有计划的来做，大规模的来做。我们要做促进派。

谁在踌躇不肯收集，那就表明他走的道路有问题。可能他们也有些“道理”，但那是另外一条道路上的“道理”。——“道其所道、非吾所谓道也”。

我们是走社会主义的道路，用多快好省的方法来采集和推广民歌民谣，不仅不允许“踌躇”，一定要鼓足干劲！

略述六个村的搜集工作[1]

孙剑冰

去年秋天[2]，我去内蒙乌拉特前旗做了两个月的搜集工作。时间太短了，所以经验是无从谈起的，我只能给大家讲点实际情况，再夹叙点不成熟的议论吧。

这一带是接近牧区的农业区。居民绝大多数是汉族，又多半是数十年前从山西、陕西等省迁徙过来的。解放前因土地相当集中，给地主当佃户、扛长活的很多。解放后农民分得的土地较多（普通农民每人十一亩至十五亩），生活日渐富裕，十有八九都盖了新房。

我是和韩燕如同志一块去的。我们到的时候，正是麦收季节，农民忙得很。搜集工作自然要服从中心任务。加上规定的工作期限要求我们，一切必须集中，所以我们就决定抓住六个村子，主要以邀请人来开会和个别访问的方式进行工作。他还搞他的爬山歌，我搜集小型的传说故事。

进村前的准备工作，我们主要是向干部和群众了解一些与工作有关的问题，如社会历史背景、风俗习惯、人民生活情况等。进村以后，便急速调查能说会唱的工作对象，过后把这些人请来，用故事、民歌中的例子，结合一两点通俗易解的说明，去打动他们，激起他们说唱的兴头，也同时使他们理解这一工作的意义。接着，就分成小组，说的说，唱的唱；或者不分，先说后唱。

会的开头多半是沉默的。这不要紧，我们可以寻人开头，也可以自己做引子。例如搜集者想要某一方面的材料，就必要自己先行说唱。

这种邀请人来开会，也可说是自由集会的搜集方式，有几点好处：

一、便于搜集同一主题、同一体裁、互有关系或多相近之处的资料。

二、便于发现重点的工作对象。

三、听故事的人多了，讲故事的就高兴，可以使讲故事这一人民口头创作的表现

[1] 选自钟敬文主编《中国民间文艺学的新时代》，兰州：敦煌文艺出版社，1991年。原载于《民间文学》，1955年4月创刊号。

[2] 即1954年。这篇东西第一次写于1955年3月20日。

形式，尽量发挥它独具的特色。

例如某人在会上说了个故事，故事是好的，讲得也很生动；讲述者与听众之间，形成了一种不可分离的艺术效果。这会使我们想到：第一，搜集者把这个故事完善地记录下来，即使再占有同类故事的全部资料，经过整理，进入书面，无论如何，那些生动的表演艺术（讲述者独特的音调、手势与面部表情等）和听众的反映，讲述者与听众之间的感情的共鸣，是不会再现了；而所有这些，于记录者对故事的理解与整理，都是有帮助的。第二，同一个人的同一个故事，由他本人在不同的场合（例如只有一个听众——记录者）重述，差别不但会有，而且常常是满大的。

唱爬山歌也是人多了红火。“唱歌不怕和的多，打鱼不怕乱石窠；和的越多越好唱……”在民歌中已老早这样说过了。

由于爬山歌中有一部分坏歌（旧有的其他各地民歌也是如此），如教人以奴隶的德行的和“酸曲”等等，因此，土改期间，这里就有些外来的干部提出“禁止唱山曲（主要指爬山歌）”的口号，他们以为山曲全“是封建的”，“唱山曲的都是二流子”。这当然是对山曲的一种片面的看法。当然，就整个地区来说，这种现象只是间或有之，并非到处如此，因为领导上还是注意这方面的问题的。

自从《爬山歌选》等书出版并流行农村后，唱山曲的空气又活跃起来。这回我们走到那里，在会上一宣传，一提倡，歌唱的情绪就高涨起来了。有的农民说：“对嘛，就要唱咧！杏虎（猫头鹰）似的蹲在炕上，还像个新农民咧？再说锄上地不声不响，老到不了头；唱起山曲锄吧，没觉得就到地顶头啦。它能帮咱生产咧！”

我们在傅家圪堵村开歌唱会，王贵营子村的男女青年听到消息，便连夜赶来参加。结果，屋里挤不下，门外也站得满满的。又如苏木图村的吕白女，东油坊村的袁闹宵、袁湘生、郭老生、蓝湖圪堵村的卜成子、王六红、阎银旺等人，都是连唱数日数晚，不唱一支重歌的歌手。他们还说“这几年不唱，都忘干净了”呢。

连老人们听到歌声，也嗓门发痒。李虎圪堵村有个刘三，解放前干了几十年长工，现在头发都白了，牙也没啦，还是单身汉。我们每次集会唱歌，他都自动来参加。头回来他没开口，光笑；二回看样子是憋不住了，一气下来唱了几十首，都是既古老又新鲜的歌词。因为他会唱各种调子（中滩调、蒙汉调、伊盟调、后套调……），加上嘴不兜风，歌声就特具风味。例如他唱了几首这样的情歌：

进了你家门，上了你家炕，
脑袋挂在门头上。
下了炕，穿上鞋，
才把个脑袋安起来。

出了大门走三步，

才把个脑袋保险住。……

他还没唱完，就惹得满屋里的人抱着肚子直笑。过后有人说：“这都是他的亲身经历……旧时受苦人娶不上媳妇，可造孽咧，看回朋友，担天大的心！”

不管担多大的心，这些民间作品所表达的思想感情，是何等健康、何等风趣啊！这不仅表现了工农的幽默感，也表现了他们乐观主义的性格。

邀请人来开会是搜集材料的一种较好的办法，但它不是唯一的办法，不必受它的限制。得根据群众的需要，从实际出发，来解决方式方法问题。

不妨再从实例谈起。蓝湖圪堵村有个放猪的，叫李红，很会说故事。但是他误会我们是“以收山曲、故事为名”，实则是“下乡私访坏人”的，怕说错了话背上个二流子名，所以不愿给我们讲故事。我了解他的心思，就陪他在黄河坝上放猪，一块坐起，谈了两个下午。等把误会解除了，一开始，他就给我说了个“瞪眼干部”的故事。故事并不曲折，但内容尖锐，语言简洁，说话有些刺人，又是新故事，所以我没有很快整理出来。

又如苏木图村有位青年妇女蓝子，很会唱歌，可是她在集会上始终不开口。我们劝她，请求她，她只推说“不会”。我心里想：“还是农业社生产组长、积极分子呢，怎么这样不开通！”事后我才摸清底细，原来她大伯子在场，她不敢唱。她丈夫兄弟两个。这位丈夫不仅身体衰弱，性情也懦弱，虽然弟兄俩已分家另居了，他们夫妇还经常受老大伯的气。第二天，我们请唱歌最积极的吕白女老太太，悄悄地叫上蓝子和另外两个妇女，在歇晌时间，在党员张繁业（女）家中去唱。这一来，便得到很多“骨头里头的曲”。蓝子是从歌唱她的（真）实生活开始的：“黄猫黑猫逼不了鼠，寻上个男人不作主。……”

这类事例说明，搜集工作光靠开会是不行的，否则，好事会变作孬事。就是开会，也要从具体情况出发，尽可能使这一工作方式灵活些才好；不然，我们要想办好的事情，就不一定办得到。

为了做好搜集工作，实地搜集者要考虑的事情满多，但必须考虑的最主要的问题，是如何发现典型，抓住典型。因为这是决定全部搜集工作有无成就的关键。任何搜集工作者，如果没有抓住典型，即使他捞到很多零星资料，也可以说是“捏住了芝麻，漏掉了西瓜”。

所谓发现典型的人，也就是用尽全力，兢兢业业，发现劳动人民中的真正的诗人。有了诗人，典型的资料就摆在我们眼前了。

在发现典型的过程中，我们会遇到四种情况：

第一种，经常遇到的工作对象，是普通的农民，他们大都有自己的故事，自己的歌唱。这些故事和歌唱，从总的方面说，基本上是应当肯定的。但其中很大一部分又难免是一般化的，很是平常，并不出奇。所以我们不能满足于这些。接近它，吸取其中有用的东西，又要离开它，去寻找更好的东西。

第二种情况，由于搜集者缺乏深入细致的调查，往往听风就是雨，一时瞎捕一阵，结果，浪费了精力时间，工作收获极少。譬如在道听途说的场合，常会有人告诉我们："某人说的可好哩！"或"某某的故事有枝有叶有根源哩！"这时我们如不经过具体的调查了解，就马上跑去访问，往往失败的时候多，成功的时候少。

农村中有一部分破落户子弟，他们或者早年读过旧书，或是在外面跑过腿，能给大家讲成本的书（无非是征东、征西，公子佳人之类）或外地见闻，加上口齿灵利，能言会讲，就被大家公认为"故事家"。这些人的故事，一般地说，都是老生常谈、语言无味、思想贫乏的，更坏的是封建色彩重，低级趣味浓。这类人从阶级成份上讲，现在也大多是劳动人民中的一分子，但是从思想实质上讲，他们还说不上是真正的劳动人民。

第三种情况，是会说故事的人被群众忽略了。例如傅家圪堵村有位老婆婆秦地女，附近一带没有谁不知道她，可是知道她会说故事的人极少。实际上，她却是个真正的故事家。

我们初到傅村研究说唱名单时，秦地女也在场。能讲故事的人大家只提出两个，我有些不安地说："太少啦！"秦地女赶上一句："不怕，这事你还愁咧？我跟你说！"

当天晚上，她就给我讲了第一个故事。她述说着："……鱼哭啦，长长地流下两道眼泪……"这就把童话故事的风格和诗意给传达出来了。这不是一个平庸的转述者能够做到的。

我前后两次访问秦地女，记录了她的九个故事。把她第一次的讲述和第二次的重述比较，故事的内容、情节和讲述风格，没有什么出入，但是语句有些不同了。这当然好，它给我以后的整理工作以较多的方便。

几乎没人知道秦地女会说故事，这并不奇怪。因为旧社会不容妇女公开讲话，在人场里说故事更办不到。解放以后，她是个忙人，是本乡的拥军模范、本村的生产模范和各项工作中的积极分子。象她自己所说的："只要毛主席的号召到了村上，我没有个不完成的。"所以她平时来不及也想不起来说故事。再，她的故事又多半是童话，童话大人也能听，但它更是孩子们的精神财富。所以这些故事不见得是在很多人面前出现的，常常，在母亲守望着孩子的枕边，它们做了漫长的冬夜的来客。秦地女的两个儿子早年病死了，现在只剩下一个年长的侄女。从这方面说，她的"故事环境"也不好。因此，她的故事的流传，就有了较多的限制。秦地女今年六十七啦，要不是我们去，她的故事也许会失传的。

我问秦地女："你老人家这些故事从哪听来的？"她说"我十二三岁那会，晚上睡不着觉，我妈就给我说故事；她讲一遍，二天我再给她讲一遍，这就记住了。""您母亲听谁说的？""我姥姥！""您姥姥听谁说的？""我老姥姥呀！""这话靠得住？""一点也不假，我妈告给我的。"……果真如此，这些故事至少流行民间百把年了，至多呢，她老姥姥那一代，又不知从哪辈子传下来的呢！是的，一代传一代，劳动人民就是这样，用教人勤劳、勇敢与智慧的故事，来陶冶自己的子女的。

第四种情况，是我们需要调查的对象已经被群众确定了，象在等待我们去发掘。如出名的民间艺人、歌手和故事家等皆是。

职业艺人我这次没接触，不便空谈。业余艺人倒访问了一些。如蓝湖圪堵村的二人台剧团，是村上几代传下来的业余自发性组织，几乎每天晚上，他们都要弹唱一阵；逢年过节的时候，就更加热闹。其中演员卜成子、王六红等，就同时是著名的爬山歌手。又如苏木图村的张三海，过去是"打玩意的"（跟上业余剧团唱二人台），也同时是说故事的能手。

还有一些普通的劳动妇女，如李虎圪堵村的张三白，陈河鱼村的陈仙女，则是因善唱而左近闻名的。

张三白寻了个老男人，想离婚，受到当时某些村干的阻难，心下非常苦恼。我们去她家访问，先闲话她的生活经历、婚姻问题等，然后请她唱歌。她唱道：

骑上骡子马跑啦，
我们年轻你老啦！
白布衫衫黑襟头，
我左看右看没看头！
走水黄米淘不利砂，
男人不好更调他！
冰片疙墙雪盖房，
抓髻夫妻不久长。……

这一带是尚未贯彻婚姻法的地区，只做了重点宣传。张三白的歌声显示了新政权给予她的力量，和劳动妇女传统的倔强的性格。但是当她回忆到以往的生活，唱起"爸爸妈妈太狠心，拿上肉疙瘩换白银……"的时候，她由不住哭了。我们也很难过。逢到这种场合，我们的心情是很矛盾的：因为我们的感情不可能不和她的由衷的歌声共鸣；因为哭中必有好曲；可是同时呢，我们是害怕她哭的，因为一哭就唱不下去了，工作就得停顿。

内蒙（古）人民代表、劳动英雄余占海的妻子陈仙女，是个很会歌唱的人，她还有点创作才能。她唱新的幸福生活的感受，唱她的住地陈河鱼村的日新月异的变化，唱她的丈夫去见毛主席……她的歌显示了爬山歌新的特色。

我们和她分别的时候，她送我们到门外。我们说："临走得送支歌呀！"她一眼瞟见电线杆，随口唱："电线杆杆好比活水龙，陈仙女想念新北京。"

这些普通劳动妇女的歌，又的确有了新意；由于社会生活起了很大的变化，她们的思想感情也有了新的姿态，她们的才情也显得更加惹人喜爱了。

上述四类情况是我们在工作过程中常遇到的。虽然接触前两种情况，会有些收获，也会得到一些教训，但是为了把发掘工作做得较好，我们更应该重视后两种情况。

搜集者深入实际，获得了所需要的资料，准备回去整理研究。可是事情也还不能算完结，因为这里还存在一个就地扶植人民口头创作的发展问题，需要有人来解决。总的说来，党的文艺政策和若干文学工作部门出版书刊，当然是对人民口头创作的领导与指导，但是下层有很多具体工作，是需要我们大家动手去做的，任何搜集工作者都不应放弃责任。例如我们进入村庄发动群众说唱时，不管好坏，要先请他们尽量说，尽量唱，不必阻拦批判，否则，是不利于搜集工作的；可是当我们离开一个村的时候，就必须向群众好好做宣传工作，把自己对这些材料的认识说一说，供群众去思索。口头创作的发展过程很慢，常常一首东西反复流传很久，加工的细致，分歧的复杂是难以想象的。我们不必这样想：经过一次宣传，就会得到明显的效果，那是不可能的吧？恐怕要依靠大家，做大量的工作才行。

在我看来，搜集工作是必须做好的。怎样才能做好呢？最中心的一点，是搜集到真实可靠的材料。材料是有差别的，有真也有假。什么叫假？凡是不能代表劳动人民的思想实质，而又冒充劳动人民的材料，可以说是假的。这样的材料的确是有的。其次，有的材料不能说全假，但不能表现劳动人民最美的质地，有点含混，也就是说，掺进了游离的因素。例如中上层的中农思想感情，虽然从政治上说必须团结这些阶层，但这不等于说，在思想实质上，他们和无产阶级是完全一致的。不宜混淆呀。还有用知识分子的东西（个人的风格及其他）去代替劳动人民的东西，这里包括加工和整理过度，都是不妥当的。知识分子要想当个十足的工农，简直比登天还难。这里包括文学艺术的语言及其他。中国的文学艺术，表现农民最好的，到底有多少家呢？有老的也有新的，不太少。但好辛苦呀，几十年才得到这样的成绩。这决不是单纯知识分子的东西，是长期结合的丰硕成果。但仍不能和农民自己的东西相混。农村的长期传统表现在歌谣中。《民间文艺集刊》第二期出版后，赵树理同志说："那十几首歌谣篇篇都值得背。"他是跟研究会工作人员说的。《格林童话》是语言学家搜集的，是了不起的一部书。科学家做事叫人放心。文艺家也叫人放心，他们说清楚，这是我在那个基础上搞的创作。最怕的是不清楚，叫研究家无法理解。最好是有原始材料，叫人能够查阅。作家创作、文艺工作者的习作，不必和劳动人民的口头创作混为一谈，适当的加以区别最好。也有特殊现象，那不是一般人能够做到的。再创作仍然是创作，它不同于搜集采录，后者是科学化的文艺工作，有多种作用。意识形态领域内的问题，并不是很容易办的。有时候看起来很容易，实际上并不容易。我这样说也不见得就对，人云亦云，加上点个人的视觉与想法，如此而已。

一九五八年编书的回忆[1]

吉　星

中国民间文艺研究会成立以来，在组织搜集、研究民间文艺工作中，还非[illegible]视编辑民间文学书刊。因为这既有利于民间文学的搜集和研究，又可以传播民[illegible]艺，丰富人民群众的文化生活。所以在建会初期，在只有少数几个工作人员驻会[illegible]情况下，便着手筹办不定期刊物《民间文艺集刊》和编辑民间文学丛书，征集民[illegible]艺资料。从1950年到1955年4月《民间文学》创刊之前就出版了三册《民间文[illegible]刊》，编发了《陕北民歌选》《信天游选》《东北民歌选》《爬山歌选》《毛泽东的[illegible]事和传说》等民间文学优秀作品集。

我是1956年底调民研会来的，最初主要参加机关行政工作。到了58[illegible]58）年，全国工农业出现了跃进的形势，二月初召开的第一届全国人代会第五次会[illegible]上，很多代表在发言中都引用了工人、农民在战天斗地中的豪言壮语，肖三同志[illegible]《最好的诗》为题加以辑录，于二月十一日在《人民日报》上发表。这对文艺界[illegible]特别是中国民间文艺研究会震动很大。大家深感正常的、按部就班的工作秩序[illegible]适应，思想更需要解放，决心要跟上形势，在会内并团结全国民间文学界大干一[illegible]于是，会内便集中人力，投入了"大跃进"民歌的搜集和编选。一方面每天从[illegible]来稿和各地报刊，特别是地、县和厂矿编的小报上抄选；一方面派人到各省（市[illegible]治区）了解情况和搜集材料。从此，我便开始了民间文学编书的业务工作。在机[illegible]就看稿选优抄录，派出时就多方采访调查，工作虽然紧张劳累，但情绪高涨，精神[illegible]快。现在回忆起来，仍然十分怀念那一段的工作。

在编选"大跃进"歌谣的开初阶段，大家一方面热烈欢腾，但[illegible]感到在这个新事物面前有些陌生和缺乏经验。为了广泛征求意见，争取把书编好快[illegible]版，每选一批，立即打印，汇编成资料本。很短时间就汇编打印了《农业大跃进歌[illegible]选》和《工矿大

[1] 选自钟敬文主编《中国民间文艺学的新时代》，兰州：敦煌文艺出版社，1991年。

跃进歌谣选》两个资料本，分送有关领导和民间文学专家们审阅。他们大都非常重视这些资料，郭沫若同志在4月14日答《民间文学》编辑部问时曾说："你们编的那两个资料本，我看了一下，里面有很好的东西。僮（壮）族的那首'山南山北'就很好。"又说，"好的东西，它自然就会流传开的，你不要替它担心。但从今天来说，假如有好的东西还没有流传开，那我们就有使它流传开的责任，而且要用各种各样的方法来使它流传开。……要使民歌民谣向全国流传，向后代流传。"郭老的这些话，更加鼓舞了我会编书的积极性，推动了全国的民间文学工作。

郭老答《民间文学》编辑部问发表以后，4月26日首都文学家、诗人、民间文艺、音乐、戏剧工作者近百人召开座谈会，热烈讨论搜集民歌和学习民歌问题，并一致建议成立全国民歌民谣编选机构，以便统一规划，集中各方面力量来进行这一工作。各地的文艺界也都做出了积极的反映。五月，周扬同志在党的八届二次代表大会上作了《新民歌开拓了诗歌的新道路》的发言；七月，中国民间文艺研究会召开了"全国民间文学工作者大会"，这一切，把一向不为人们注意的民间文学工作推向了高潮。郭沫若和周扬不仅号召重视大跃进歌谣，而且身体力行亲自动手，要精选一本像《诗经》一样的新国风。民研会派出阮艾芹、陈戈华和我三个人，及时选送优秀歌谣，帮助他们搜集材料。当时郭老提出的"着想超拔、形象鲜明、语言生动、音调和谐"十六字的选稿标准和在具体工作中的指导意见，不仅使我们三个人眼光更明亮，思想更解放，而且解决了不少民间文学工作者的困惑。当时大家都注意"大跃进"歌谣，对各地来稿中那些建国以来的优秀新民歌有些忽视，郭老提出要同样重视，让我们给他提供其他时期的新民歌，如解放战争和建国初期歌颂党、歌颂毛主席和人民解放军的以及歌唱生产互助、新人新事新面貌的等。郭老和周扬原来是打算只编"大跃进"歌谣，后来根据选稿情况改为《红旗歌谣》，这种从实际出发，解放思想，不受束缚的作法，使大家很受启发。另外，当时"大跃进"歌谣创作中，有很多基层干部、小学教师甚至作家、诗人利用民歌形式写的"大跃进"民歌。大家对于这些民歌应如何看待，认识是有分歧的，工作中经常感到困惑，郭老很灵活地处理了这一难题。他说："专业作家、知名人士用民歌形式写的，不要采用。"还举了他在怀来参观时以民歌形式写的对歌为例子。"但小学教师和基层干部生活在群众中，感情沟通，产生共鸣，写得好的可以选用。"我们觉得郭老的意见符合实际，解除了大家的困惑。民研会五八年编书，能够在很短时间取得显著的成绩，和郭老、周扬同志的带头与具体指导是分不开的。

仅有三四十人驻会的民研会，既要保证《民间文学》月刊的按时出版，又要筹备全国民间文学工作者大会，编书工作又如此急迫繁重，人力不足成了主要矛盾。虽然大家日以继夜的突击，但终非长远之计，后来便采取了临时借调和雇用的办法找了一些人，这才保证了几本“大跃进”歌谣选的尽快出版，保证了“献礼丛书”的顺利进行。

由于毛主席在这一年的一次党的会议上提出了：新民歌要搜集，旧民歌也要搜集。郭老在答《民间文学》编辑部问时也说：“大跃进的歌谣要搜集，古代的东西也不要丢掉，这些东西也是很有价值，很有意义的。”所以七月“全国民间文学工作者大会”认真学习这些指示精神，分析讨论了当前全国民间文学工作形势和任务，提出了“全面搜集、重点整理、大力推广，加强研究”的十六字方针，并酝酿了系统编选民间文学丛书的事。常务理事会于十一月八日召开扩大会议，专门研究了丛书的编选问题。周扬同志主持了这次会议，他在讲话中说：“全面收集的方针是对的。新民歌是不断产生的，新民歌和粮食一样的大丰收。对新民歌也要像收割庄稼一样，每年要收割一次。另一方面，对地下的矿藏（指流传在口头的传统民间文学作品），也要进行勘察、开采工作。这种矿藏，也像煤的矿藏一样的丰富，也要每年按级进行勘察开采工作……”

在这次会议上决定：“中国民间文艺研究会今后一年（到明年国庆节）的中心任务是：集中力量编选一套‘中国民间歌谣丛书’和一套‘中国民间故事丛书’，作为建国十周年国庆献礼。由会内设立丛书办公室，负责组织力量，聘请专人组成小组，编选和审阅上述丛书。常务理事会负责最后审阅，不另设编委会。”会后，民研会根据常务理事扩大会的决定，组成了由民研会办公室主任张敦同志兼主任，陶建基和我为副主任的献礼丛书办公室。于12月8日制订了具体的编选计划，由中共中央宣传部批转各省（市、自治区）有关部门贯彻执行。

全部献礼丛书分为两大部份：

第一部份

（一）《中国歌谣选》。收选从上古至大跃进的优秀歌谣，编全国性选本。共分五卷，由郭沫若、魏建功、杨晦、袁水拍、贾芝分别指导编选、审定全稿及撰写序言。

（二）《中国工矿歌谣选》。收选中国工人阶级各行各业各个时期的传统歌谣和新歌谣，由郭小川、张光年和全总一位同志指导编选撰写序言。

（三）《中国战士歌谣选》。收选“八一”建军后的优秀歌谣，由总政指导编选写序。

（四）《中国少数民族歌谣选》。由国家民委和中央民院承担。

（五）《中国儿歌选》。由团中央承担，严文井、张天翼等指导。

（六）《义和团故事选》。由顾颉刚等指导编选并写序。

第二部份

（一）各省（市、自治区）编选歌谣和故事集至少各一本。

（二）多民族聚居的省、区，除依第一项规定编选一本全省、区性歌谣集及一本故事集外，并负责编选少数民族歌谣专集。

（三）各省、区已发现的民间史诗、叙事诗，可根据各地编辑力量自行安排。计划中提到蒙（古）族的《忽勒巴特尔》和《格斯尔传》、藏族的《格萨（尔）王传》、苗族的《古歌》和《张秀眉之歌》以及彝族的《梅葛》等。

这个丛书编选计划由中宣部转发之后，从北京到各省（市、自治区）的有关部门和单位，都很快行动起来，落实计划，组织编选班子，建立本省（市、自治区）的民研会或编选工作小组、工作委员会等。因为这样有领导有计划的编选系列丛书，是个空前的举动，参加这个工作和关心民间文学工作的人们都很兴奋。当时的情形，可以用“上下一心，争先恐后”来形容。第二年三四月间，福建等省就先后送来了编定稿，国庆节前后，十几个省（市、自治区）的歌谣集陆续公开出版。中国民间文艺研究会具体组织进行的《中国歌谣选》（五卷本）已完成初选和资料工作，由作家出版社公开出版《中国歌谣资料》三册，内部打印资料九册；《中国儿歌选》已由中国少儿出版社出版发行；战士、工矿和少数民族歌谣选，也都陆续定稿，内部铅印广泛征求意见。各省（市、自治区）编选的《民间故事集》和民间史诗、叙事诗，有的已由人民文学出版社出版，大部分是首先在本地出版或作为征求意见本内部铅印。这些成果表明，丛书编选计划，大大推动了民间文学搜集和传播。遗憾的是，这次有组织的系列编书，没有完全实现预期的目的，这主要是受当时“左”倾错误的影响，热情过高，急于求成，结果是“欲速则不达”，挫伤了民间文学工作者的积极性，以致前紧后松，最后不了了之。虽然如此，仍应肯定58年的编书，是客观发展的需要，取得了空前的成绩和宝贵的经验，那种认为58年的丛书编选工作不堪回首的观点，我看是不妥当的。通过编书广泛组织推动了民间文学的搜集工作，就是一个了不起的成绩。例如民研会为了编好《中国歌谣选》的古代部分，就埋头图书馆连续工作几个月，查阅了一千多种古籍，在地方志和笔记小说中钩沉，像大海中捞针。大家为了节省时间、提高工作效率，中午不回机关吃饭，随便吃点干的，喝几口开水，接着继续翻阅和抄选。纵然如此困难和繁重，在大家努力下，仍然抄选歌谣一千二百多首，这些珍贵的民间歌谣，长期散乱的淹没在汪洋的古籍里，今天才得以集中起来，闪露它的价值和光辉。其他几本全国性的歌谣选，总工会、总政，团中央、国家民委和中央民族学院等，都组织了专门力量，四处搜罗材料。各省（市、自治区）的歌谣选、故事选和民间史诗、叙事诗，也都组织力量进行广泛深入的搜集工作。《格萨尔》等世界注目的史诗，也都是这个时候发现的。

再就是动员和锻炼了成千上万的民间文学工作者、爱好者，促使吉林、江苏等八个省（市、自治区）建立了有专门编制的民间文学机构。通过编书，还广泛组织社会力量，特别是动员大专院校中文系师生参加此项工作，取得了非常显著的成绩。北京大学、北京师范大学、北京师院、云南大学、吉林大学、兰州大学等，都涌现了大批民间文学爱好者，其中有些人后来已成为专业的民间文学工作者，研究人员。

五八年的编书，直接成果是公开出版了三十多种书。其实，相关的成果：推动搜集，培养干部、建立组织等方面的成绩，更是不容忽视的。尤其值得怀念的，是广大人民群众那种改天换地的豪情壮志和广大民间文学工作者那种日以继夜的工作精神。现在回忆这次编书，虽感到有很多缺陷和遗憾，但它的成绩和经验，尤其应该记取。它在当代民间文学发展史上，应是不可缺少的一页。

搜集民间故事的几点体会[1]

李星华

前年秋天，我参加了中国科学院文学研究所组织的云南民间文学调查组，到滇西地区作了将近两个月的实习性的调查采录工作。由于时间的短促不免有些走马看花，所搜集到的一部分白族的民间传说故事，不过是沧海一粟，还不能说是从中可以看出白族民间故事的整个面貌。但是，我自己是初次参加这种工作，去的地方又是春光明媚的滇西，有许多的感受自然是比较新颖的。在我觉得，单就我们所接触到的一部分故事来说，也已经可以让人感到白族民间故事和传说的绚烂多采了。

在搜集民间故事的过程中，我有这样一些体会：开座谈会请人来讲故事，不如深入群众进行搜集。民间故事传说，是久藏在劳动人民内心的珍贵作品，讲故事的人对于所讲的故事，自然有他自己的评价和欣赏趣味，在细节和语言上会添上一些他本人的创造，在讲故事的时候，也往往不免夹杂着个人的思想情感。讲故事的人怎肯在一个生人面前象谈心一样地随便讲出一个趣味浓厚的故事呢？即便肯讲，恐怕也不易做到毫无拘束。结果需要用富于色彩的语言和细致描绘的故事，常常会落得用十句八句话说完了一个故事的梗概。要知道讲故事不象户口调查，更不象审判，要选择讲故事的人乐意聊天的时候。我们在大理听到的故事，我觉得就远没有我在邓川渔潭坡的货堆房里，听朱大娘讲的故事语言那样的生动，情节那样曲折，讲的那样入神；讲的人很受拘束，甚至显出在勉强应付差事，可以想得出丢掉了生动的东西是不少的，朱大娘跟我住在一个小楼上，在快要离开渔潭坡的时候，我们在一块儿已经住熟了，她和我无所不谈，常常用说故事的口吻跟我谈她的身世：她原来的丈夫怎样抛弃了她，她怎样遇到了目前这个会唱滇戏的丈夫，他怎样同情她的遭遇，如何向她求婚，她又怎样拒绝他而最后终于同这位唱滇戏的艺人结了婚。她说，一直到目前为止，他们的感情还是和初婚时期一样。说到伤心处，她就落下泪来；说到高兴处，又喜笑颜开。可

[1] 原载于《民间文学》1959年6月号。

是，我们离别的太匆忙了。就在我临去洱源的头天晚上，才听她兴致勃勃地讲了两个故事，讲得最好的是《长生得宝》。她讲到长生猛然见到了大蟒时，用“筛成一碗水”形容长生过分吃惊的情形；她还用“金丝晃亮”来形容大蟒的两颗明亮的眼睛。她讲到七个小人人唱调子唱得很动听，就用“颤嘤嘤”三个字表达那优美动听的歌声。朱大娘讲故事时非但语言生动，情节也说得很细致；比如说长生下龙潭时，三公主叫他闭上眼睛，用嘴叨着她的围裙上的绣花飘带，走下了龙潭；上龙潭的时候也是这样上来的。朱大娘（之）所以能讲得这样生动有趣，语言和情节都很细致优美，除了她本人很会讲故事而外，我们一块住得很熟，她讲起来无拘无束，我想不能不是一个极重要的条件。因为我们中间没有任何隔阂，说话随便，她在讲述中充分发挥了自己的天才：她使用多少生动的语言，来描画这个曲折优美的民间故事。可惜我们刚刚交了朋友的时候，我就离开那里，没有时间再听她的动人的故事了。

我到河源找陈福寿老先生的时候，起初他的顾虑很多，不愿意多讲，唯恐把二流子和宣传迷信的罪名加到他的头上。因为朱大娘跟他认识，我们离开渔潭坡的时候，朱大娘把他介绍给我们；我和贺子章同志到他家里拜访了他很多次，作了许多解释，他才完全消除了顾虑。他给我们讲述了“柏节夫人”“浪穹龙王的传说”和关于“茈碧湖”的传说，大都讲的很好。洱源果胜乡卖梨的老妈妈是一个故事篓子，她对于眼前的任何东西，都能说出它的来历。我起初去访问她的时候，因为彼此很生疏，她是推推诿诿，不愿意讲。赶我们刚刚熟识了，故事讲得比初见面时更有光彩了的时候，我们就又要离开洱源了。单从这几个例子来看，我觉得采录者要想把工作作得深入，就必须跟讲述者打成一片，交朋友。最好的办法是跟群众同吃、同住、同劳动。当然，在时间短促的条件下，把讲故事的人请来，也不是一个完全不能采用的办法。

民歌与歌唱者的生活关系非常密切，往往歌唱者所唱的正是他自己的生活，随编随唱；就是唱传统的歌子，也多半是为了表达自己的心情，唱的时候也把自己的思想情感加了进去，甚至会对原歌有所修改。讲故事的人同唱民歌的人一样，虽然所讲的故事一般都不是临时现编的，但在讲故事的过程中，很自然地往往会加进自己的思想情感，有新的创作成份，却是肯定无疑的。讲故事的人的爱憎是异常分明的，他们讲到善良人物的时候，会把他从头至尾刻画得十分完美，不能不引起听者的同情；对于邪恶势力，则憎恨到底，可以把坏人从外貌到灵魂丑化到体无完肤。但是，每个讲故事的人，由于阶级立场、生活条件和所从事的职业的限制，同一主题的故事，在不同的讲述者的口中，就会表现出不同的情节语言和风格。例如“小黄龙与大黑龙”“望夫云”“荨麻与艾蒿”，每一个故事，我都听到了好几种讲法。最有趣的是象“荨麻与艾蒿”，农民讲到妖婆来时，大砧板的母亲是出去看菜园去了；瑞青老妈妈是卖梨的，她就说大砧板的妈妈是出去卖梨去了。类似的情况，在讲别的故事时也常常碰到。故事的细节，常常是因讲故事的人的职业和生活的不同，而说法也不相同。因此，一个故事我们只记一种说法是不能看到故事在流传中的全部面貌的。需要尽可能听听各种人的不同讲法。这对整理和研究工作都有好处。当然，劳动人民讲的最好，语言生动，内容也比较好，真正是劳动人民的创作。但是市民、知识分子及其他出身、职业不同的讲述者，一般地说，虽然他们比不上劳动人民讲的好，在他们中间却不是完全找不出善于讲故事的人，有的人也很有讲故事的才能，能够讲出很好的故事，特别是与劳动人民有密切联系的人是这样。

多记同一故事的不同讲法，不仅对故事会有全面的了解，便于研究和整理，同时也可以看出群众是怎样依照自己的生活经验和看法来修改一个故事；也可以了解到民间文学跟群众的生活是怎样密切地结合在一起。我很同意苏联研究民间故事的专家爱尔娜·瓦西里也夫娜对民间故事记录的看法。她说："同一个故事，每个人都有自己的讲法，而每个讲法都有它的价值。因此，一个故事常常记十次、二十次，甚至一百次。"在邓川百货公司堆货的小楼上，我听朱大娘讲了两次《长生得宝》的故事，但两次的讲法在细节上也不相同。我想一个故事要是有机会能多听几遍，的确是有很多的好处。这是一件需要有耐心的细致的工作；只听到一个故事的梗概，能大致复述出来，是很不够的。

在记录方面，我采取讲故事的人一面讲，一面记录的办法。如果遇到个别地方不能顺利记录下来时，也不中途拦腰打断讲故事的人的思路；等整个故事讲罢以后，再请讲的人把遗漏的情节重述一遍。这样，才不致破坏了故事内容的生动性。当面记录有可能使讲故事的人感到拘束，但并不一定是这样。问题的关键还在于同讲故事的人是否能够成为可以交心的朋友。如果他对你是一位陌生的客人，即使不掏出你的笔记本，他也会感到拘束的。

我认为，要是在自己最熟悉的地方，碰到夜晚在月亮底下听故事，环境不允许作记录，也不妨采取回忆记录的办法。但是，只要有作记录的机会，还是逐句记录更好。采用这种办法，整理的时候，比较容易保持民间故事的风格，整理出来的作品也容易传神；否则，往往就会相当地失去民间作品的风格，而使作品更多地，甚至完全变成整理者的风格。

民间故事或歌谣，都是活在人民口头上的语言艺术，它细致地反映了一个民族的社会生活和民族心理。它们在社会上所起的作用，和劳动人民的现实生活有着密切的联系，而且一个地方又有一个地方的特殊情况。因此，我深深感到在进行采录的时候，不能不注意了解当地社会生活的各方面；例如经济生活、风俗习惯、宗教信仰以至山川名胜，都需要了解。比如说，初到一个地方，首先出现在眼前的是自然风光，山川名胜，而这些地方恰恰是地方传说的一个宝库。回想起来，假如我们初到滇西时，不调查社会情况，单单找民间故事传说，起码会失掉一些发现故事的线索；不消说，不了解生活，也就很难作到忠实记录。另外，听了某一个地方传说以后，最好能到产生故事的那个地方去实地看看，就会体会更深。比方，我听了“下关的风”的来历以后，后来到下关时，尝到了那里的冷风嗖嗖的味道，对于观音背着九瓶风送给望夫云去搭救石骡子的传说，就觉得印象更加深刻了。在听了花树村的传说以后，我们也曾经到上关花树村去拜访了一次。我们和花树村的老年人一起看了花树田。花树田在云弄峰的脚下，形状就象一把扇子，有两分多地。村中老人说，原先的花树就长在田的正中央。虽然过去栽花的地方，如今已经变成了绿油油一块三角稻田，但我们拜访过后，对于产生这个传说的环境就感到了解更深了；不但是因为有了一些实际的印象，而且在花树村能找到很多会讲本村的“古今”的人，听他们讲了一些有关的故事。“花树村”的传说，在那个村子里是家喻户晓的。

从风俗习惯方面说，白族的神话传说，很多和节日、会期有着密切的关联。比如六月二十五日的火把节，蕴藏着柏节夫人的传说；八月初十前后的要海节，原和段赤城杀蟒是一个传说的脉络。很多节日的来历，也都蕴藏着一些优美的神话；我们要是趁着节日去采录故事，这也是一条很好的采录线索。

在白族的民间故事里，经常出现上面所提到的“本主”，如果对白族的供奉本主的习俗不了解，当然也就不容易很好地了解关于这些英雄人物的传说的基本精神。滇西的民间故事传说里也常常有上门女婿，如果对白族过去的婚姻情况不了解，也就不能很好地理解这类故事所反映的生活内容。就是关于当地的群众衣、食、住、行也是需要了解的，不然也会闹出笑话，把白族的“走马转角楼”了解成高楼大厦，把白族妇女日常穿的围裙理解成百折裙。

以上是我在搜集白族故事中的几点体会，愿意写出来与大家一道探讨民间文学搜集工作中的问题。

我在民间文艺的园地里

——在中国民间文艺研究会一次学术讲座会上的报告[1]

顾颉刚

我今天只是把我从事民间文艺的经过粗略地讲一讲，并不专注重哪一方面。我注意民间文艺虽然可以说有多年的历史，但就我的年龄来说，是从小熟读《四书》《五经》的，私塾里的训练只是做候补"士大夫"，不可能注意到民间文艺。我的转变方向是我慢慢地摸索出来的。这已是五十多年前的事情了。在辛亥革命前，我开始注意到神话和传说。

第一次启发我的，是夏曾佑著的中等学校用的《中国历史教科书》，这部书现已改名为《中国古代史》，由商务印书馆重新出版。这可以说是中国第一部注意到传说和历史的关系的书。在传统的中国历史书里，好像我们祖国的社会由黄帝时起一下子就跨进了封建社会。他们说黄帝划野分州，分出了一万个小国家，他们又说黄帝把铜制造成兵器，认为中国一开始就是铜器时代。中国人一向都是这么想，连外国人也以为中国没有石器时代。现在我们考古学者在国内已经发现了很多的旧石器、中石器、新石器时代的遗址，发掘出很多的石器，到商代遗址里才有青铜器，黄帝以铜为兵器的传说当然被推翻了。我们现在也知道了在长期的原始共产主义社会之后，还经历了一个奴隶社会，才达到封建社会，所谓黄帝时期就开始封建社会的说法自然也不存在了。可是在清末却没有这样的条件，我们的认识不能跳出旧史说的范围。想不到到了这位夏曾佑先生的手里，他却确定了太古和夏、商、周三代都是"传疑时代"，他说明了神话在古代史中的地位，并举出巴比仑、希伯来和我国云南彝族的许多神话例子来和我国传统的古史相比较，又用非洲、美洲、澳洲的土人的渔猎社会和亚洲北方、西方的土人的游牧社会来说明社会进化有一定的程序，暗示黄帝时代不可能一下子就进入高度的文明。我那时正十五六岁（1907—1908），读了这部书仿佛把我的脑筋清洗了一下，我开始感到传统的中国古代史里有许多不可靠的地方，但还没法搜集民间

[1] 原载《民间文学》1962年第3期。

的神话和传说，来发展夏曾佑的思想。

到 1913 年（民国二年）我考进北京大学读书。当时校风很坏，许多官僚子弟花天酒地，恣意嫖赌，北京社会上流行着“两院一堂”的称号，“两院”是参议院、众议院，“一堂”是京师大学堂，即北京大学的前身。我是一个穷学生，不干这些，却好看戏。1913—1915 年间我看了三年的戏。我当时在北河沿北大预科上课，下午课很少，每天早上十点钟上完两堂课以后，我就跑到东安门内皇城夹道去看戏牌。那时候都是白天十二点钟开戏，我要占个好坐位，并省下包饭钱，就不吃午饭，只买几个烧饼吃。当时烧饼价很便宜，一个铜子买两个，四个铜子就买八个，一顿饭够了，省下来的钱就用来看戏。戏价实在不高，顶好的刘鸿升一班才两毛钱，梅兰芳的戏一毛钱，科班演的像马连良、尚小云的戏才卖五分钱。那时许多受到西太后欣赏的所谓“内廷供奉”的名演员大都没有死，我几乎全看到了。我不会唱，只尽量注意戏里面的故事。看着看着，就看出了些问题：同一故事，京戏与梆子戏就不一样，即使同一剧种如京戏，有时内容也不一样。例如，京戏《草桥关》和《上天台》都是姚期的儿子姚刚打死了人，姚期绑子上殿，得到汉光武帝赦免的故事，但《草桥关》是光武帝被迫才免的，而《上天台》则是光武帝自动放免的。

为什么同一个故事在戏里面会不一样呢？是不是编戏的人有意改造的呢？这个问题成了我心头上的一块疙瘩。

为了这些问题不易解决的苦恼，我开始注意看小说。过去我是专读高文典册，看不起小说的，但到了看戏之后就不得不沿流溯源，看戏剧所从出的小说了。可是拿了小说去比戏，又看出了许多的问题。例如戏中的《黄鹤楼》，是《三国演义》中所没有的；《打渔杀家》和《花田错》是《水浒传》中所没有的。戏的情节挺好，但为什么寻不到它的源头呢？再向上溯，去看正史，又有问题来了。诸葛亮挥泪斩马谡，不是在小说和戏剧里已成定案了吗？可是《三国志》所记却没有被砍头；只是病死在监中，所以李义山有“军令未闻诛马谡”的诗句。同样，薛仁贵，历史上确有其人，但是小说里面所描写的他离家十八年，回来时一箭射死了自己的儿子薛丁山等情节，在历史上却是没有的。薛仁贵的故事已经够离奇了，后来又出了个薛平贵。薛平贵故事全系虚构，历史上实无其人。因此使我认识到，历史、小说、戏剧层层相因，却层层变化，我们可以在这些变化里，看出民间传说是真真假假，有些则完全不是这回事。不过，故事虽然是假的，它所反映出来的感情和要求却是真实的，它是为了适应人民的需要、满足人民的希望而产生的。譬如孟姜女，本来并没有这样一个万里寻夫、哭倒长城的烈女，而是为了反映人民的感情而出现的。

在封建帝王时代，为了他们拓土开疆的野心，男人被抓去当兵或做苦工，女人在家里无依无靠，生活困难，说不尽的悲哀怨恨。一次的战争不知道要死去多少男人，拆散多少恩爱的夫妻。因而人民就把这些真实感情都放到孟姜女的身上发泄去了。假的故事，真的感情，这是小说、戏剧所以发生和发展的原因。所以一部《二十四史》虽只是帝王和官僚的家谱，而小说、戏剧以及传说中的故事却保存了一部人民的历史。

在我看戏的时代又同时看曲艺，先到王广福斜街，后来又去先农坛北面的香厂。京韵大鼓、西河大鼓、梨花大鼓、八角鼓等我都听。从中又得到不少故事。例如，《蓝桥会》，说的是韦燕春与一位女子恋爱，二人约好夜中在桥上相会，结果一股洪水淹死了等候在桥上的韦燕春，女的见韦淹死也跳了河。这个故事一经考察，也同孟姜女一样的古老，竟是春秋、战国间的尾生故事。那时的人注重“信”，就把尾生的“期女梁下，水至不去，抱柱而死”的故事作为“信”的代表，而“尾”则用同音字改为“韦”或“魏”了。

1917年（民国六年）北大教授刘半农先生为了活泼新体诗的风格，丰富新体诗的内容，在学校里创办歌谣研究会，搜集歌谣，登载在《北大日刊》。1921年（民国十年）又创办《歌谣周刊》，歌谣登载得更多。有了这个大好的园地，我们青年人大受感染，我也就搜集苏州的歌谣了，我也懂得怎样研究故事了。在故事中，我最注意的是孟姜女，因为这个故事太久远了，竟有两千五百多年的演变过程。人名、地名、故事情节等都有了复杂的变化。本来这个故事不是人民群众的故事，而是贵族的故事。杞良是齐国的将官，在齐与莒打仗时牺牲了。他死后，他的爱人在郊外迎接他的棺木，齐庄公在郊外遇到她，向她吊唁，她拒绝了，因为她认为要吊该到家中去吊，郊外不是一个行礼的地方。这只是一个礼节问题。当时齐国生产丰富，渔、盐、纺织等手工业发达，因而文艺活动也很活跃，人们都喜欢找故事讲讲，并把它表现到音乐里，这个故事就普遍地传开了，以后故事的中心慢慢地由礼法而变成了感情。杞梁妻善哭，而且唱出了有节奏的哭调，于是齐国妇女都跟着她学，因而她与妇女群众发生了密切的关系。这是战国时候的事情。传到汉朝，固然还是说她善哭，但那时五行之说很盛，认为天和人之间有适当的感应，人的感情可以感动天，因为杞良妻哭得太苦，就使上天也起了同情，坚固的城垣为了她而崩塌了。城最大的是长城，所以这个故事再发展下去，到了南北朝的时候，又与长城联系了起来。到唐朝时候这种联系更进一步，人们想到长城是谁造的，于是这个故事和秦始皇又联系了起来，杞良妻的正式姓名也改成了孟姜女。唐以后，孟姜女故事遂成定型。

现在山海关有孟姜坟，其实山海关的长城是明朝修建的，而这个坟原是海中的一块大石。陕西人则说是在同官县，县中有哭泉，是孟姜女背着尸骨回来，走到这儿，走不动了，就哭死在那里。山西人又说她负骨回家，走到黄河边的侯马驿，走不动了拍手而哭，现在还留着她的手印，手印特别大，和山海关的脚迹一样。此外，江苏人说她是松江人；湖南人则说她是澧县人，那里有个孟姜山，有人编了一部《孟姜山志》，志中还记载许多孟姜女写的诗。当然，这些都是人民群众为她装点出来的，原因就是妇女们需要借着她来发泄自己的思夫的感情，正和需要祝英台故事来表现她们自己的恋爱自由的要求一样。

1925年，我开始去妙峰山调查香会。那是离北京西郊北安河四十里的地方。那里每年阴历四月初一到十五是进香的日子，从东北到冀南，数十万人民到那里进香。为了路途远，个人进香不易，组织了许多香会，集体往返。当时北大研究所出了点钱，我们调查了三天，编辑了几期《妙峰山专号》。我们研究妙峰山之所以成为香火中心，是因为那里风景好，老百姓们相信神灵在那里居住。为了在封建社会里生产力不能发展，一切自然灾害无法抵抗，就把大自然当作神灵来崇拜。农民靠天吃饭，不敢不去烧香，他们用了大量的纸制钱帛作为解饷，向天后碧霞元君祈求丰年。那里还有一位女神叫做王三奶奶，是个天津的巫医，人民对她有好感，也在山上为她立了庙。可见一个人只要作件好事，人民是忘记不了的。

抗日战争时期，我到西北、西南一带去过。在青海、甘肃几省有“吹牛皮”的话，原来指的就是牛皮或羊皮的筏子。那里河水湍急，河里石头又多，普通的船只不能行驶，只有使用皮筏子才不会翻，也碰不坏。这种皮筏我曾坐过几百里路程。每个皮筏至少由五个皮袋绑在一起，成“十”形，大一些的由两个筏拼在一起，或四个筏、八个筏拼在一起，坐的人也就多少不等。为什么叫“吹牛皮”呢？原来这些筏子是用牛、羊皮制成，平时压得扁扁的，用的时候就把它吹得鼓起来。牛皮筏子较大，需用气筒打气；羊皮筏子较小，用嘴就可以吹大。“吹牛皮”一句话行遍全国，但大家不懂它的真意，去了西北之后才知道这是我国西部的话，有西部的地理背景在。

还有“拍马屁”；这句话也是由西北传来的。那里山高路窄，空气稀薄，行路易喘，不得不骑马。有钱的人家养的肥马，喜欢恭维奉承的人往往拍拍他们的马屁股，表示他们的马养得肥硕。这句话传到了平原，人们虽口头引用，但也不能认识它的原来的意思了。

还有“抛彩球”，这是我到西南后才懂得的。以前看京剧《彩楼配》，王宝钏看上了薛平贵，就把彩球抛到他的身上，成就了婚姻。可是我们中原地区并没有抛彩球的风俗，为什么戏里头会有这等布置呢？到了西南一看，原来这是云、贵、广西一带各兄弟民族中普遍流行的结婚礼节，青年男女们都借抛彩球来相互定情。前些天，我在电影《刘三姐》中就看到了这抛彩球的场面。

在上面三个例子里，可见各地的风俗虽有不同，然而文化交流是阻隔不了的。

我是研究古代史的，一生读古书，可是对于民间文学方面的兴趣却很高，知道历史上和古典文学上的许多问题必须用民间文艺的眼光方可得到解释和证实。

《诗经》里面有一部分是歌谣，或是由歌谣转成的乐歌，这是大家都承认的。究竟哪些是民间歌谣，哪些是贵族的诗篇呢？我们可以说，其中有一些原来确是平民唱的，它们为贵族所欣赏由贵族的乐师收集起来，配上了乐谱。我曾写过一篇文章，谈到《诗经》三百篇都是乐歌。至于究竟哪些是真正由人民群众唱出来的，哪些是贵族们模仿了民歌而做的，我们该得细细分析下。《诗经》中有好多篇实在与儒家思想毫无关系，只是过去硬被经师们套上了儒家的思想。例如，《关雎》一首中的“关关雎鸠，在河之洲”，在实际上只是个起兴，但历代经学家却把它解释成是情意“挚而有别”，并把它说成是与后面的两句“窈窕淑女，君子好逑”有比拟的关系。其实，这完全是两回事。关于这起兴问题，我在苏州歌谣中找到了一些证据。例如：

萤火虫，弹弹开，千金小姐嫁秀才。

南瓜棚，着地生，外公外婆叫我亲外甥。

一朝迷露（雾）间朝霜。姑娘房中懒梳妆。

所有这些开头的一句都是引起后面一句的韵脚的。又如：

阳山头上竹叶青，新做新妇象观音。

栀子花开心里黄，三县一府捉流氓。

这前后两句更可以看出是无关的，“栀子花开心里黄”和“三县府捉流氓”，试问可以发生什么样的关系呢？那无非是为了“黄”和“氓”是同一韵脚，借来起兴而已。《诗经》中许多诗也是这般情形，只要开个头，起着押韵的作用，就完成了它的任务。这些起兴的诗，无疑是民间诗人唱出的多；贵族固有摹拟，但决不会象民间诗人使用的活泼。所以有了歌谣的比较资料，以前许多想入非非的解释就大体上可以扫除了。

《诗经》以后也有这样的体例。如《焦仲卿妻》一诗，开头是：“孔雀东南飞，五里一徘徊。十三能织素，十四学裁衣，十五弹箜篌，十六通诗书。”前两句与后面几句毫无关系，只是用“飞”“徊”来引起下面“衣”“书”的韵脚，是起兴，开个头，非常明白。

《诗经》的《野有死麇》一首，末几句是“舒而脱脱兮，无感我帨兮，无使尨也吠”。这本是一个女的对男的说：“你慢慢地来，别动我的手巾，别叫狗叫起来。”但过去却把它解释成个贞洁的女子对男的说，你应该以礼来求婚，别碰我，我是贞洁的；如以非礼相欺，狗将叫起来。这就成为严肃地拒绝对方的口气了。我们把苏州的民歌来比一比："结识私情结识隔条浜，绕浜走过二三更。"男的说："走到唔笃（你们的）场上狗要叫；走到唔笃窝（家）里鸡要啼；走到唔笃房里三岁孩童觉转来。"女的说："倷（你）来末哉（好了）！我麻骨门闩笤帚撑，轻轻到我房里来！三岁孩童娘作主，两只奶奶（乳房）塞进嘴，轻轻到我里床来。"可见这只是叫男的轻轻地进来而决不是拒绝他。象这样的情诗，在《诗经》里面有很多，但过去在经学家为统治阶级服务的要求下都被涂上一层圣贤的大道理，一一作了曲解。

中国神话也都被儒家粉饰过，成了古圣贤的历史。但《楚辞》里面却保留有许多未被粉饰的，如《天问》篇就非常好，可以从中整理出好多神话来。《楚辞》里面提到的许多神话人物大多见于《山海经》，可以对照着看。《山海经》是中国最古的一本地理书。为什么叫《山海经》呢？因为它是按着山和海来分的。有《山经》《海内经》和《海外经》。《山经》是居中的一部分，有南、西、北、东、中五方之分，仿佛是中国地理；《海内经》是位于《山经》的外层的，仿佛是亚洲地理；《海外经》则相当于世界地理。作者没有名字，可能是巫。巫是中国最早的知识分子，医学就是由他们创造的。书里面谈到哪个山上有什么神，祭山要用什么祭品等等，对研究古代史非常有用。在封建社会里，旧有的神话变形成为历史，人们不了解神话在原始社会里的地位，就把《山海经》看作一部荒诞无稽的书。这是绝对的错误，我们应该加以严格的纠正。

上面讲的是文艺、风俗等等，现在再讲讲故事。中国故事有的是我国自己发生、发展起来的，也有些是发生在外国而流传到中国来发展的。

象刚才讲到的《蓝桥会》就是我国自己的故事。在古代，舜的故事很多（尧的故事没有舜的多），这些故事在战国时代发展到了顶点。禹的故事也很多，传说中的禹最早就跟开天辟地的神盘古差不多，有"地平天成"的大力，以后才由神降低为人，而成为舜的臣属。

又如"窦娥冤六月雪"的故事。这本来是汉朝治狱的一件实事，《汉书》里《于定国传》有记载，称为"东海孝妇"。《后汉书》的《孟尝传》中也有同类的事，不过这位孝妇却是上虞人。这故事是：她的丈夫早死，为了侍奉婆婆，不肯改嫁，婆婆为怕耽误了她的终身而自杀；小姑诬告她害死了婆婆，捉到官府。在严刑拷打之下，于是含冤被杀；因为她含冤莫伸，于是天人感应，东海郡中大旱了三年。传到元朝，关汉卿为她写了本戏，戏的结尾说窦娥因她的父亲窦天章平反冤狱而得救。到了清朝人编戏，竟又说她的官司是明朝的海瑞所审清，试问明朝人怎能审理汉朝人的官司呢？这说明了故事可以不受事实限制和时代限制，在艺术加工之下，觉得怎么说好就可以怎么说，固然作家在一定程度内总是受了些当时当地的传说的局限。

《十五贯》的故事最早见于宋人话体，是南宋杭州的一件故事，这一对青年男女是受诬被杀的。传到清初，李玉写了一本传奇，说是明朝苏州知府况钟审清的冤狱，他把负屈的人释放了。

这和《六月雪》同样，可见写作戏曲的人处理故事是十分自由的。然而，这种故事是反映人民的感情，是适应人民的需要而产生的。在漫长的封建社会里，贪官顶多，糊涂官次之，清官极少，因而故事里面凡是平反冤狱的不是宋朝的包拯就是明朝的况钟或海瑞。在真实的历史上，包拯等办清的冤狱其实也并不太多，只是由于民间的冤气无法伸诉，尤其妇女是重重被压迫的对象，冤狱更多，于是就把清官的理想都寄托在他们几人的身上了。

又如王昭君的和番，关系两个民族的团结，是历史上的大事，和文成公主相类。可是传说中的背景和历史真实的距离却非常大。自从汉武帝大败匈奴以后，匈奴越来越弱，又经内讧，为了巩固它的政权，不得不依附汉朝，所以汉宣帝时，呼韩邪单于款关来朝。到汉元帝时，他为汉朝斩了他的政敌郅支单于又来朝，“愿壻汉氏以自亲”，元帝就把宫女王昭君赐给他。这正是汉朝威力的表现。但这故事被马致远编到《汉宫秋》戏剧里就变了质，戏中把当时匈奴的势力过分夸大，说是匈奴单于听得王昭君貌美，向汉朝指名索取她，汉元帝无奈，只得割爱送去；王昭君不愿嫁与北廷，又顾念汉恩，走到黑龙江时就跳江而死。这个故事这样处理，是着意把王昭君美化。但事实怎么样呢？在历史上，王昭君嫁给呼韩邪单于后，生一男，后来这位单于死了，大阏氏的长子即位，为复株累若鞮单于，按照匈奴的规矩，前妃要转嫁给新君，因此王昭君又“随胡俗”而转嫁与他，生了两个女儿，她的长女须卜居次到汉朝来侍奉元后。这都见于《汉书·匈奴传》。这些事实在故事里面为什么一概没有呢？因为“父子聚麀”在封建道德里是最大的罪恶，王昭君这样做了就损害了人们对她想象中的美感。象这一类的故事很多，说也说不完。

现在再讲一下外国传来的故事。昆仑山的故事里有“悬圃”，《穆天子传》《楚辞》和《淮南子》里都曾提到。《山海经》也有。但写为“𠀤圃”，后人又误写为“平圃”。我们一向以为这是中国土生土长的故事，其实这是从巴比仑传来的。在公元前604—561年间，尼布甲尼萨统治巴比仑，他娶了米太族王的女儿阿美蒂斯为王后。她久居山区，厌恶这单调枯燥的巴比仑平原。他为了取得她的欢心，特地为她造了一座一公顷五十二公亩大的“空中花园”（Jardinssuspendus，或译“悬空花园”），在幼发拉底河两岸，有东、西两宫，架了一座大桥连起来。园内一层层叠起的阳台在空中屹立，每一层阳台都由巨型拱柱支持着，还有淙淙的流水是从幼发拉底河引来的，让她在园里散步的时候听了可以联想起山区里小溪的水声。这座雄伟的建筑的时代相当于我国春秋中叶，及至腾为口说，传到中国，已当战国时代。于是这个“悬圃”就成了天国，为黄帝（上帝中的一位）在地面上所住的地方。因此使我们知道，在汉朝张骞通使西域以前，我国与亚洲西部早就交通了。这或许不是直接交通而是间接交通，例如汉人与羌人往来，羌人与中亚人往来，中亚人又与巴比仑人往来，这样地一步一步交通的。

自从佛教传入我国，我国与印度的交往频繁起来，有许多印度故事随佛教传来了。《大唐西域记》（唐朝玄奘的徒弟辩机所著）一书记载了很多印度的事情，其中有的故事，我发现与我国唐人小说很相像。例如《大唐西域记》中《救命池》一条，郑还古《续玄怪录》中的《杜子春传》竟把它完全中国化了。

还有一些相类似而又转化的故事。印度人憎恨龙、蛇一类的东西，称为“孽龙”“毒龙”。传到中国，也是憎恶这种东西，所以宋人话本有《西湖三塔记》，写出蛇精的害人手段。但后来渐渐变质了，到写成《白蛇传》时，充分地把蛇精人情化了，白娘子多么有情，许仙多么无义，法海又多么封建主义地破坏人家的好姻缘。

《列子》一书实际是晋朝人的著作。其中也有把西方故事转化为中国故事的。《汤问篇》里说，周穆王从昆仑回来，得到位工人偃师，和他同来的一个人，能歌能舞，当歌舞将终的时候，这人转着眼睛，调戏周穆王的左右侍妾，穆王大怒，要杀偃师，偃师急了，赶紧把这人拆散，原来是一些草、木、胶、漆拼凑起来的。这大概是阿剌伯传来的故事，《天方夜谭》里的“月宫宝盒”说阿剌伯的奸相桀法能造机关马、活动人等来篡夺王位，又能咒人为犬，和这文很类似。

唐朝小说《幻异志》中有“板桥三娘子”的故事，说她开的店里畜驴很多，大家不知道这些驴子是打哪儿来的。有一个人在夜间从隔壁墙缝里窥看到她用木人、木驴耕地、长出麦子，就拿来作饼。第二天她拿饼出来请客人们吃，这个人没有吃，而吃的人则全变成了驴。后来他拿来了真饼，当三娘子请他吃饼时，他就偷着把给他的饼换给她吃了，她一吃了自制的饼也变成了驴，他就骑着这头驴四处周游。有一天在华山碰到一位老者，老者劝他放掉她，于是他剥开驴皮，三娘子就从里面跳了出来。这个故事也是《天方夜谭》里面人化畜的故事的发展。

大家都知道《东郭先生》的故事。故事说春秋时代，晋国的赵简子到中山地方打猎，遇见一狼，急忙追赶，狼也急逃。它在途中遇到一位老者——东郭先生，就请求援救，东郭先生起了怜悯之心，把它藏在被囊中。当赵简子赶来时，东郭先生还为它隐瞒了过去。但狼出囊以后却要吃掉他。两方争执不下，约好找三个人评论一下。第一个遇到的是一棵树，树说我为主人结果，老来还将被人砍伐，你只帮了狼一会儿忙，份（应）该吃掉。第二次碰到的是一头牛，牛说我供主人以乳，但老来还要被宰，你只帮了一会儿的忙，有什么不该吃掉的理由。第三次碰到的是一位老人，当他问明缘由后，就教狼再作一回隐藏在被囊内的样子看，狼重新钻入时就被刺杀了。这个老人责备东郭先生说，你是人，为什么要救狼呢？这是敌我不分的结果。开始记载这事的是宋朝人谢良所作的《中山狼传》，也有人说这篇传是明朝人马中锡作的，然而探它的源头，却是苏联、西亚一带流传的《老朋友是很容易忘记的吗？》的故事，在这故事中，救狼的是乡下人，所问的三物是马、狗和狐狸，而不是果树、老牛和老人；杀狼的方法，是用棍子打杀的，而不是用刀刺杀。郑振铎同志在《中国文学论集》里面曾经谈到过。所以，我们为了明白流传已久的故事的来源，必须多多翻译外国作品，相互比较，从中看出中国化了的外国故事，指出中外文化交流的证据。也许还可以找出若干外国化了的中国故事呢。

我们民研会的工作，无论在宗教、风俗、故事、歌谣等等方面都有无数问题可以研究，无数资料可以搜集，希望诸位努力，多提出问题，多发掘资料，作大规模的整理。我也很想把一生所注意的问题和搜罗的资料全部贡献出来，作诸位的小小的帮助。希望同志们多多从马克思主义的立场和观点上改正我的缺点。

全国少数民族民间歌手、民间诗人座谈会开幕词[1]

杨静仁

同志们：

全国少数民族民间歌手、民间诗人座谈会，今天开幕了。首先，我代表国家民族事务委员会、文化部和中国民间文艺研究会，向不远千里而来的各族民间歌手、民间诗人的代表，表示热烈的欢迎和亲切的问候。

召开这样的座谈会，建国以来还是第一次。在我们欢庆伟大的祖国建国三十周年的前夕，在全国各族人民为实现四个现代化而奋斗的大好形势下，召开这样的会议，就更具有重要意义。解放后，在以毛泽东同志为首的中国共产党领导下，我国人民废除了民族压迫制度，实现了各民族一律平等，成立了五个自治区、二十九个自治州、七十个自治县（旗）。少数民族人民获得了当家作主、管理本民族内部事务的权利，进行了民主改革和社会主义改造，废除了少数民族中的各种剥削制度，使许多少数民族跨越一个或几个社会发展阶段，过渡到了社会主义社会。各少数民族的政治、经济、文化，都有了很大的发展，人民生活也有显著改善和提高。我国各民族已经在根本利益一致的基础上形成了平等团结、友爱互助的新型的社会主义民族关系。

建国以来，各族民间歌手、民间诗人在宣传党的政策，歌颂祖国统一，增强民族团结，鼓舞各族人民进行社会主义建设，丰富群众文化生活，移风易俗等方面，都作出了重要贡献。民间歌手、民间诗人的令人喜悦的作品，形式是民族的，内容是社会主义的，风格是刚健新清的，有许多是思想内容与艺术形式完美结合的优秀诗篇，像蒙古族的民间歌手和诗人毛依罕《铁牤牛》、傣族民间歌手和诗人康朗甩的《傣家人之歌》、波玉温的《彩虹》、康朗英的《流沙河之歌》等等，不仅为当地群众所喜闻乐见，而且也为我国文艺界所赞赏，起到了战斗的、教育的、娱乐的作用。他们不仅是

[1] 原载《民间文学》1979年第11期。

民族文化的保存者和传播者，而且也是民族文化的创造者。他们对于发扬本民族的优秀文化，丰富祖国文化宝库，填补中国文学史中有关少数民族文学部分，都作了积极贡献。因此，我们对各族优秀的民间歌手、诗人的辛勤劳动及其所取得的优异成绩，要进行大力表彰。这是我们召开这次会议的第一个目的。

这次会议的第二个目的，就是彻底清算林彪、“四人帮”推行极左路线，毁灭民族文化，残酷迫害民间歌手、诗人的罪行；进一步落实党的民族政策和文艺政策。林彪、“四人帮”根本不承认少数民族的存在，胡说什么“都社会主义了，还有什么民族不民族”，攻击民族语言文字“落后”“无用”，污蔑少数民族文艺是“异国情调”。在他们的虚无主义和文化专制主义的摧残下，许多民族民间文学的珍贵文物和资料被强行焚毁，许多地方封山禁歌。有的地方，谁要一唱民歌就罚款，或遭到捆绑吊打；甚至有的地方还规定：凡参加赛歌、跳月活动的青年，不能入团，不能当干部。林彪、“四人帮”对少数民族民间歌手、诗人的迫害，更为残酷，有些著名的少数民族歌手被迫害致死。

在这次会上，我们郑重宣布：凡是林彪、“四人帮”制造的冤、假、错案，凡是受到迫害的民间歌手、民间诗人，都要彻底平反昭雪；对于强加给他们的一切污蔑不实之词，都要一律推倒，并为他们本人及其作品恢复名誉；对他们的生活和工作，都要给予妥善安排，充分调动他们的积极性，使之更好地为四个现代化建设服务。

这次会议的第三个目的，就是希望民间歌手、民间诗人为宣传我国社会主义新时期的总任务和民族工作方面的任务而踊跃创作，放声歌唱。新时期民族工作任务的基本点，一是调动各少数民族人民的社会主义积极性，团结一致地搞国家的社会主义现代化；二是在这个过程中，国家大力帮助少数民族加速发展经济和文化建设，大力培养有共产主义觉悟的少数民族干部和各种专业技术人才，逐步消除历史遗留下来的事实上的不平等，使各少数民族能够赶上或接近汉族的发展水平。实现四个现代化，是我国各民族的共同愿望和奋斗目标，民间歌手和民间诗人，应当一心一意，全力以赴，为党和国家这个中心任务而歌唱，为实现四化贡献自己的力量。

这次会议还有一个目的，就是总结交流经验。各位代表来自不同民族，不同地区，在长期创作实践中，对如何扎根群众，从群众中吸取营养，丰富自己的创作；如何结合党的任务宣传群众，教育群众；如何把社会主义内容和民族形式很好地统一和结合起来，并创造出自己独特的风格等方面，都积累了丰富的经验。希望借此机会互相交流、互相学习、取长补短、共同提高。

五届人大一次会议的政府工作报告中曾经指出：“诚心诚意地积极帮助少数民族发展经济建设和文化建设，这是国家在民族工作方面的重大任务，也是加强边疆建设和巩固国防的重大任务。”少数民族民间歌手、诗人具有丰富的本民族的文化知识，是发展少数民族文化事业的一支不可缺少的力量。因此，我们在帮助少数民族发展文化建设的过程中，应该予以足够的重视。特别是有些歌手、诗人年纪已大，应当积极帮助他们带徒弟，培养接班人。同时，还应当尽快组织力量，把他们的作品和一些传统诗歌，记录、整理出来。这不仅是十分重要的，而且是非常迫切的。

民间歌手、民间诗人应当努力熟悉和掌握本民族口头诗歌的艺术传统。在座的代表，有许多在这方面是很有成就的，应该继续坚持发扬下去。林彪、“四人帮”否认民族文化的继承性，妄图在空中楼阁里建立所谓无产阶级的文化，这完全是反马克思主义的。列宁曾经指出：“无产阶级文化并不是从空中掉下来的，也不是那些自命为无产阶级文化专家的人所臆想出来的。如果认为这样，那就是胡说八道了。”列宁还说：“只有用人类创造出来的全部知识宝藏丰富自己的头脑时，才能成为共产主义者。”毛泽东同志在谈到新民主主义文化时，也曾指出过：“中国现时的新文化也是从古代的旧文化发展而来的，因此，我们必须尊重自己的历史，决不能割断历史。”当然，我们在继承各民族的文艺传统的时候，还必须用马克思主义的观点进行分析和总结，去其糟粕，取其精华，并且努力创作出各民族的具有民族形式和民族风格的、社会主义内容的新文艺。

我们坚信，经过与会同志们的集思广益，充分讨论，我们的会议一定能开得很好，一定能达到预期的目的。

预祝会议圆满成功。

建立民俗学及有关研究机构的倡议书[1]

民俗学是人文科学的一个部门。在今天，世界上许多文化、科学比较发达的国家，大都已经建立起这门科学；有些国家，这方面还有着相当高度的发展。

我国“五四”运动以后，北京大学和中山大学等，在这方面先后都做了些工作，取得了一定的成绩（虽然学术观点还不是马克思主义的）。全国解放以后，这门科学的某些部分，有一定活动和成就，例如民间文学、民间艺术等的搜集和探究，好些兄弟民族的风俗、习惯的记录或研究。但是，民俗志、民俗史等作为一种系统的学问，却没有被提到编集、研究、出版的日程上来，更不要说概括的专门理论研究的出现了。

我们的国家，是有三千年以上文字记录的历史的国家，是拥有几亿人口的、多民族的国家，是在今天的世界上具有优越的社会、政治制度的国家。难道我们可以没有一部比较像样的民俗志和民俗史著作吗？难道我们可以没有一些足以列入世界这门科学书库的专门论著吗？目前，我们这种荒凉的景况，是不应再忍耐下去的！现状非迅速打破不可！

现在正是我们应该起来填补这个科学的空白点的时刻了！而要这样做，我们是具有相当条件的。

首先，关于指导原理和方针。我们有马列主义和毛泽东思想的卓越理论，我们有以华国锋主席为首的党中央的英明领导和正确的文化科学政策，这是我们一切文化、科学能够取得胜利的基本保证，也是我们的民俗学研究能够取得胜利的基本保证！

其次，关于资料方面。对于这门人文科学的建立和推进，在资料方面，不管是历史的或现在的，我们都很丰富；有的资料还是十分宝贵的。

从周、秦以来的文献上，保存了极丰富的民俗史和民俗学研究的资料。有数以百计的这方面的专门记录，而散布在浩如烟海的经、史、子、集里的材料，更是计算不

[1] 1979年11月1日，在中国民间文学工作者第二次代表大会宣布。

清。这是我们这方面的研究、编纂的一个史料宝库。“五四”新文化运动以后，北大的歌谣研究会、风俗调查会、中大的民俗学会、杭州的中国民俗学会等机关所收集、刊行的许多记录资料，以及当时学者们对某些问题所进行的探究成果，都足以供我们现在去批判地抉择、吸取，为这门科学的建设和发展服务。

更重要的资料来源，当然是在现代。我国历史悠久，民族众多，在长期发展过程中，又融合了许多原来各自独立的民族文化，因此，在风俗、习惯及民间文学、艺术等方面，是丰富而又多采的。由于社会发展的不平衡，历史上各个不同时期的风俗、习惯等，直到现代还在某些方面被保存着。例如原始社会母权时代的某些风俗遗迹，还可以在我们现代某种婚姻制度、礼俗或活着的语言上找出来。这不但在专门的民俗史上，就在普通的历史或社会文化史上也是重要的资料。此外，在过去各民族间文化的相互关系史上，不但可以从我们现代保存的社会风俗、习惯中找出国内过去各民族这方面一些固有的成分，还可以找出我们和许多周围民族这方面交互影响的痕迹。这种民俗史资料，也是非常宝贵的。

我们现在正处在社会形态大转变的重要时期。随着财产所有制的根本变化，以及政治制度、人们的社会关系等的巨大变化，社会上的风俗、习惯等以及相应的观念、思想和感情，都正在或迅速或退缓的变化着。传统的风俗、习惯等消灭或变形了，新的风俗、习惯等在产生、发展着。这里，明显地呈现出民俗这种上层建筑的巨大变化的痕迹。毫不夸张地说，这是历史性的变化迹象！它对于民俗史、民俗学等探索者提供了何等珍贵的考察资料！

象上面所说，我们的国家，今天对于民俗学的研究，不仅拥有极丰富的资源，而且还提供了极为难得的民俗变化规律的观察条件。我们没有理由放弃这种科学上的大好机会！

也许有的同志要问：这门科学的建立和推进，到底有什么意义和作用（特别是现实的作用）呢？我们以为：它的建立，首先自然是为了扩大和充实我国人民对过去和现在这方面的社会生活的认识——建立在科学基础上的认识。同时，也为了给世界人文科学增添一些这方面的成果。世界的学术宝库，是由各民族的科学成果汇集而成的。

此外，还有两点更现实的作用：

一、我们党和政府，经常号召人民要“移风易俗”。这是历史转换时期我国人民的一项重要任务。为完成这项任务，民俗学是可以尽一份力量的。民俗研究者能够告诉大家：一般和某些特殊民俗是怎样形成和发展的？它是怎样随着社会形态的变迁而或速或慢地变迁的？它的存在和变化有什么社会意义？……这种科学知识，可以给与改变风俗的活动以理论的根据，也可以使人们更能自觉地适应这种改革。

二、我们现在是社会主义的大国，第三世界和第二世界的广大进步人民，都在睁眼注视着我们。他们迫切需要了解我国社会的历史和现状。我们如果能够向他们提供一些关于本国民俗志和民俗史的著作——科学性较高而又写得引人入胜的著作，那么，不但可以增加各国人民对于我国的理解，还可以赢得他们更多的同情。这是一种有效的国际宣传，也是民俗学的一种现实作用。

关于研究机构问题。这方面，我们现在缺乏基础，必须从“筑墙基”开始。在规模和名称上，最好能够成立一个民俗学研究所，但是，从目前各方面的条件看，似可以先成立一个研究组——民俗学研究组。这个组，暂时可以附设在社会科学院的某些研究所（例如社会学研究所、民族研究所、历史研究所）。或者成立一个独立的学会。有了机构，搜集、编纂、研究等工作，就可以有计划地顺利进行。这是关键步骤。

再，关于研究人员问题。这方面根本上也需要从新搞起。可以先挑选一些对人文科学有一定兴趣和基础知识的人员，在学习和实践工作过程中给以锻炼、培养，使逐渐成为合格的研究人员。“五四”以后，曾经在这门科学方面进行过工作，或者向来对这门科学很关心，现在又愿意有所尽力的老一辈的学者，眼前还有一些。他们虽不能说是什么“识途老马”，但是，多少也可以充当备询问的“刍荛”。

学艺界的同志们！

民俗学不但是我们必须建立的一种人文科学，而且我们也具备了建立它的一定条件。去年秋间，社会科学院领导同志宣布的我国今后社会科学研究规划的草案里，已经把这门科学郑重地列为研究对象之一。这是一个福音！关于这门科学的必需建立和专门机构的创设问题，去年夏间，我们曾经向社会科学院领导同志上过建议书，并蒙予以赞许。但是，这种学问专门机构的建立和科学研究的推进，需要广大学艺界同志的赞成和实际帮助。因此，我们今天诚恳地向大家呼吁，希望得到大家的热烈响应。使我国中断了多年的这门科学，能够在新的社会基地上迅速发荣滋长，为今后提高民族科学文化的庄严任务，作出它的一份贡献。

顾颉刚（历史研究所研究员） 白寿彝（北京师范大学历史系教授）
容肇祖（哲学研究所研究员） 杨　堃（云南大学历史系教授）
杨成志（中央民族学院教授） 罗致平（民族研究所研究员）
钟敬文（北京师范大学中文系教授）

一九七九年十一月一日

全国民间文学工作十年规划
一九八〇——一九八九[1]

为了批判地继承我国各族人民极为丰富的民间文学遗产，发展我国社会主义时期各族人民民间文学事业，培养和造就我国的马克思主义民间文学工作队伍，提高我国各族民间文学工作者的科学理论水平，让民间文学更好地为社会主义四个现代化建设服务，特制订本规划。

依据一九五八年全国民间文学工作者代表大会所规定的“全面搜集、重点整理、大力推广、加强研究”的民间文学工作方针，本规划分为四个方面：

第一，普查、搜集、整理、编选工作

一、普查、搜集工作，必须坚决贯彻“全面搜集”的方针。要求各省、市、自治区在五年内，对本地区各民族民间文学蕴藏情况进行全面普查，摸清情况，写出调查报告。在搜集方面，首先应对重要的、有失传危险的传统作品进行抢救，用文字记录下来。十年内，对本地区各族的各种民间文学作品进一步广泛深入的搜集记录，分民族、分类型编印各种具有科学价值的资料汇编。中国民间文艺研究会在各省、市、自治区资料汇编基础上，选编一套《中国民间文学资料》，为民间文学整理、研究、推广工作，提供和积累大量素材。

二、整理、编选工作，必须根据“重点整理”的方针进行。中国民间文艺研究会从一九八〇年开始，即着手主编一套《中国民间文学丛书》和单行本，收选各民族的优秀民间文学作品。

目前正在组织人力进行整理的三部宏伟史诗——《玛纳斯》《格萨尔》《江格尔》

[1] 本文为1979年11月4—10日召开的中国民间文学工作者第二次代表大会文件。

争取明年开始出版。

外国民间文学作品，也要陆续选择翻译出版。

各省、市、自治区民研分会亦应订出本地区五年或十年民间文学的整理、编选规划。

第二，研究工作

一、民间文学研究，必须以马克思主义、毛泽东思想为指导，贯彻“百家争鸣”的方针。组成专业和业余相结合的研究队伍，加强研究工作。十年内着重研究：

革命导师和著名作家对民间文学的论述

民间文学的特征及其发展规律

民间文学的地位和作用

民间文学与作家文学的关系

民间文学与宗教、风俗习惯的关系

社会主义时期民间文学的特点

此外，对于各民族、各类型民间文学的专题研究；民间歌手、民间诗人、故事家、民间艺人的研究等，也要安排力量，组织进行。

二、创办民间文学论丛。

对于外国民间文学论著的翻译介绍工作，也要积极地有计划地进行。首先把各学派的代表性著作翻译过来。一九八〇年筹办《外国民间文学理论译丛》（内部发行）。同时，翻译外国民间文学动态和资料（内部印发）。

三、汇编民间文学理论资料，出版普及民间文学知识的读物和工具书，如《民间文学知识讲话》《民间文学概论》等。

四、经常举行学术报告会和专题讨论会。从一九八〇年起，中国民间文艺研究会于每年举行一次年会。宣读学术论文，并出版年刊，或将论文收入《民间文学论丛》发表。

第三，健全组织和壮大队伍

一、为了组织、推动开展民间文学工作，中国民间文艺研究会应尽快健全充实起来，各省、市、自治区均应成立相应机构。

二、以中国民间文艺研究会资料室为基础，逐步充实发展，使其成为民间文学图书资料档案馆。该馆除图书资料、原始稿件外，还要收藏录音、图片、影片、民俗实物等。

三、筹建民间文学出版社。编译、出版中外民间文学方面的图书、资料。

四、逐步扩大民间文学专业队伍。积极吸收爱好民间文学工作，并有一定成绩的人员入会。经常培训提高现有的民间文学搜集、整理、编辑、教学、翻译和科研人员，时刻注意发现和培养新生力量，举办各种类型的讲习所、讲习会等。

第四，对外交流

一、积极开展国际间民间文学交流工作。一方面派人出国访问，一方面请外国民间文学专家来我国访问和讲学。

二、参加国际性民间文学活动，加强和各国民间文学工作者的联系和经验交流。

三、交换图书资料，交流研究成果。

关于加强少数民族文学研究和资料搜集工作的通知

中宣通〔1984〕7号

各省、市、自治区党委宣传部：

粉碎“四人帮”后，特别是党的十一届三中全会以来，我国少数民族文学的研究和资料搜集工作取得了显著成绩。但是，工作中还存在着不少问题。有些地区的领导同志对少数民族文学研究和资料搜集工作的重要性缺乏认识，散失在民族地区民间的珍贵文学资料，由于没有搜集和整理，将濒于失传；有些民族地区的省、自治区社会科学院，至今还未成立少数民族文学研究机构；有的虽然设立了研究所（室），但专业人员很少，经费欠缺，方针任务也需要进一步明确。这些问题，亟待解决。

一、各级党委宣传部和文化部门要加强对少数民族文学研究和资料搜集工作的指导。我国少数民族文学，包括各少数民族的历代的古典文学、民间文学和当代社会主义文学，丰富多彩，是各个时代风貌的一面镜子。认真搜集和研究它，对于加强民族团结，促进社会主义文艺的发展繁荣，建设社会主义精神文明，都具有十分重要的意义。党和国家在“六五”计划中明确提出了积极发展民族文化事业的任务和具体要求，特别是实行民族区域自治的地方，必须坚决贯彻党中央和国务院关于大力发展民族文化的方针、政策，坚持文艺为人民服务、为社会主义服务的方向，加强马列主义、毛泽东思想的指导，贯彻“双百”方针，进一步落实知识分子政策。

二、“六五”期间的工作重点，仍应放在对民族地区民间文学的抢救上面。各有关省、自治区要加强国家重点科研项目《格萨尔》的抢救工作，并力争在几年内将其他一些濒于失传的有价值的民族文学资料全部搜集起来。有条件的地方，还可以整理出版或印成内部资料供研究参考。

三、积极开展对少数民族文学的研究工作。这是社会主义现代化建设总任务的需要，也是少数民族文学事业在社会主义新时期中发展的要求。当前，在少数民族文学领域内，有许多理论问题和实践问题，需要我们认真研究、探讨，并作出科学的回答。这是一项十分艰巨的任务。各地区要根据自己的历史特点、研究工作的基础和条件，来确定研究工作的重点和方向；要密切联系实际，加强对少数民族文学现状的研究和评论工作，因为这是目前一个薄弱环节，应有领导、有计划地当作一项迫切的任务将它抓实、抓好。

四、加强研究机构的建设，充实研究力量。各有关省、自治区社会科学院（所），绝大多数都处于初创阶段，应根据中共中央批发《关于〈全国哲学社会科学规划座谈会纪要〉的通知》的精神，有条件的可成立少数民族文学研究所（室），已成立的要逐步充实。

过去搜集整理工作主要依靠各有关省、自治区的民间文艺研究会。但是，它们人力缺，经费少，困难重重。随着搜集和研究任务的加重，要适当增加人员和经费。

各民族院校，要根据本单位、本地区和条件，设立少数民族文学专业，为开展少数民族文学研究和翻译工作培养人才。

搜集整理工作是一项非常重要而艰苦的工作，对参加这项工作的人员的工资待遇等问题，都应根据他们的工作数量和质量，妥善予以解决。对研究人员承担的科研项目，要给予时间、经费、资料等方面的保证；必要时，还应配备助手，协助工作。

五、少数民族文字的图书，由北京和各地民族出版部门负责出版；译成汉文的文学图书由中国社会科学出版社和中国民间文艺出版社负责出版；各民族地区的出版社，要适当充实力量，提高少数民族文学图书出版的质量和数量。

六、各有关部门应给予开展这一工作以必要的人力、物力保证。少数民族文学研究和资料搜集工作的发展计划（包括经费、人员编制、基本建设），应纳入本地区的社会科学发展的计划，由各系统自己负责制订计划，并按照原来的渠道报批。

中央宣传部

1984年2月28日

关于编辑出版《中国民间故事集成》《中国歌谣集成》《中国谚语集成》的通知

文民字〔84〕第808号

各省、自治区、直辖市文化厅（局）、民委、民研会分会：

为了汇集和编纂全国各地区、各民族民间文学搜集整理的成果，保存各族人民口头文学财富，继承和发扬我国优秀的民族文化传统，在党的十二大精神的指引下，推动我国民间文学工作的新发展，使民间文学更好地为人民服务，在社会主义物质文明和精神文明建设中更好地发挥作用，决定在全国范围内组织力量编辑和出版《中国民间故事集成》、《中国歌谣集成》和《中国谚语集成》。此事由中国民间文艺研究会主办，各级文化部门和民委积极给予支持和协助。现将关于编辑出版这三套集成的意见发给你们，请你们召集并邀请有关部门协商，研究落实方案，组织力量进行工作，特此通知。

中华人民共和国文化部

中华人民共和国国家民族事务委员会

中国民间文艺研究会

一九八四年五月二十八日

关于编辑出版民间文学三套集成的意见

文化部办公厅

我国是一个历史悠久的多民族的文化古国，各族人民世世代代创造了极其丰富而优美的民间口头文学，这是中华民族灿烂文化宝库中极为珍贵的财富。建国以来，在党的重视和领导下，已经广泛开展了搜集整理工作，取得了很大的成绩。“文化大革命”中，遭到严重摧残，许多艺人受迫害，大量资料散失，有些已是无法挽回与补偿。粉碎“四人帮”之后，特别是党的十一届三中全会以来，民间文学工作获得了迅速恢复和发展，在几年的抢救、搜集中又积累了大量的资料，亟待有个统一的规划把它们编纂成集；同时，全国各地搜集整理工作进展还很不平衡，而一些仅存的老歌手、老故事家都已年届高龄，抢救、搜集工作迫在眉睫，如不抓紧，这笔存在于人们口头上的文化财富就会继续泯灭而失传，因此也必须通过一个广泛地有计划地搜集活动和编纂工作，使这份文化财富得以保存，使民族文化传统得以继承和发扬。

为了贯彻十二大精神，开创民间文学新局面，汇集和总结全国各地民族民间文学搜集整理的成果，保存我国各族人民的口头文学财富，继承和发扬我国民族文化的优良传统，让民间文学更好地为人民服务，在社会主义物质文明和精神文明建设中发挥应有的作用；同时也为民间文艺学和社会科学领域中有关学科的研究，以及文学艺术创作的借鉴提供完整的资料，决定从现在着手，在全国范围内组织力量编辑出版《中国民间故事集成》《中国歌谣集成》《中国谚语集成》。三套集成均按地区分卷，卷内按民族编排。各省、市、自治区每套集成出一卷（内容多的可出分册）。

三套集成的要求是：总结以往搜集工作的经验，进一步开展普查，用科学记录的方法，在广泛搜集的基础上编选出各地区、各民族、各种形式的优秀的口头文学作品。三套集成各卷本要严格注意科学性、全面性和代表性，选入的作品，一定要符合“忠实记录，慎重整理”的原则，避免失真。要具有高质量，真正反映各民族劳动人民口头文学的原貌。

编选范围：

故事集成收选我国各民族民间流传的口头散文作品，包括神话、传说、民间故事、寓言、笑话等。

歌谣集成收选在各民族中流传的各种形式的短篇民歌民谣（包括有歌曲部分，不包括叙事诗）。

民间谚语集成收选各地区、各民族流传的谚语。

方法步骤：

（一）对建国以来出版的选本、专集、资料本及已积累的包括手稿、录音在内的原始资料，进行认真的复查、鉴别和筛选。

（二）继续进行深入的搜集，在普查的基础上进行编选，首先由县采录编选，然后由省、市、自治区汇编成分卷的送审本，经编委会审定，总编委会批准。

（三）为保证集成工作的进行，由中国民间文艺研究会与各地合作，分期分批培训骨干，以带动全面工作。

（四）在普查搜集工作中尽量采用先进技术，如录音、摄影、录像等。在搜集中，除各种形式的作品外，还要注意搜集必要的各种文字的、图片的、活动的说明材料，如流传地区、搜集时间、讲述人、演唱者、搜集人、翻译者的情况及其他有关资料，填写统一的卡片（由总编委会制定）。

（五）有民族文字的民族，首先用民族文字记录出版，并做好汉文翻译工作。

（六）完成时间：从现在开始，做好准备工作，力求在第六至第七个五年计划期间陆续完成。

组织机构：

成立三套集成的总编委会，由周扬同志任总主编。以下分别成立中国民间故事集成编委会、中国歌谣集成编委会、中国谚语集成编委会。总编委会下设一个办公室，处理三套集成的日常事务。各省、市、自治区分别成立各套集成的分编委会，负责本省、市、自治区分卷的编辑工作；各分卷的主编、副主编、编委由各省、市、自治区确定后报总编委会批准。省、市、自治区成立三套集成办公室，负责日常工作。

经费：

由集成总编委会向国家申请专款。各省、市、自治区分卷的经费，由省、市、自治区解决，专款专用。

出版：

三套集成统一规格，各卷格式由总编委会统一设计。出版事宜由总编委会安排。

抄送：中央宣传部，中央统战部，中国文联，各省、自治区、直辖市文联，中国社会科学文学研究所、中国社会科学院少数民族文学研究所。

文化部部领导及各司、局。

一九八四年六月一日印发

关于抢救、保存、保护民间文化的倡议书[1]

1986年5月26日，全国政协文化组、中国民间文艺研究会、中国社会科学院少数民族文学研究所，在人民大会堂共同召开保护民间文化座谈会。参加这次座谈会的有全国政协、文化部、国家民委、中国文联、中国社会科学院的领导同志；有首都和来自全国各地的长期从事民俗学、民间文学、民间音乐、民间美术、民间舞蹈和其他民间文化工作的专家、学者、知名人士；还有正在出席民间文学集成工作会议和全国《格萨尔》搜集工作表彰会议的代表。在这样的时刻，召开保护民间文化座谈会，就如何抢救、保存、保护民间文化的问题交换意见，是具有深远意义的。

我国是一个统一的多民族国家，各民族人民在长久的历史发展进程中，共同缔造了极其丰富而光辉灿烂的民间文化。它不仅是中华民族整个文化宝库中的重要组成部分，而且是世界人民文化宝库中极为珍贵的财富之一。

民间文化是人民群众在长期的生产和生活实践中自然地通过集体的创作和传播而发展起来的。反映了社会的愿望，对人们的生产、生活、心理、性格产生深厚的影响。它通过流传过程中不断地演变改进和完善，千姿百态、丰富多彩，其形式包括了语言、音乐、美术、舞蹈、文学、宗教、风俗习惯、手工艺、建筑和其他艺术形式等，为我国各民族广大人民群众所喜闻乐见，在长期的流传发展过程中，形成并始终影响着中华民族独特的优秀文化传统和艺术特色。解放以来，在党和政府的重视下，我国的民间文化保护取得了一定的成绩，党的十一届三中全会，特别是党的十二大提出两个文明建设的指导思想以来，民间文化进一步得到了重视。但是人们对民间文化的文化特性和社会特性的认识并不一致。民间文化是靠口传和行为模仿的方式得以流传、继承和吸收的，它既珍贵又脆弱；既容易流传，也容易失传。目前，我国正处在经济和文化生活发生着急剧变化发展的新时期，新的文化生活样式和新的文化传播工

[1] 1986年5月26日宣读。选自《中国口头文学遗产数字化工程全纪录》，北京：中国文史出版社，2014年。该倡议于全国保护民间文化座谈会上发出，组织会议的单位是：全国政协文化组、中国民间文艺研究会、中国社会科学院少数民族文学研究所。

具，正极大地冲击着民间文化所特有的较为古老的文化样式和传播方式。一些对民间文化比较熟悉的老歌手、老艺人、老讲述人，都已年届高龄。有不少已不在人世，人亡歌息、人亡艺绝的悲剧正在不断地发生，如不迅速进行抢救和保护，许多宝贵、精美的民间文化将有灭绝的危险。因此我们提出如下倡议：

一、社会各界，特别是从事民间文化工作的同志，积极行动起来，通过各种传播工具宣传抢救、保护民间文化的重要意义；宣传民间文化在社会主义物质文明和精神文明建设中的价值和作用；宣传民间文化在文化人类学、社会学、民族学，民俗学、文化学、宗教学、民间文艺学等人文科学研究中的多学科价值，以引起全社会对抢救、保护民间文化工作的重视。

二、各地从事文化工作的部门和人员，积极行动起来，抢救、保存和保护民间文化，使我国丰富多彩的民间文化遗产，不致在我们这一代手中失传。

三、建议国家有关部门批准成立民间文化保护基金委员会，以国家拨款和群众集资的方式，提供活动经费和奖励在抢救、保护民间文化、研究民间文化方面做出突出贡献的人员和团体。

四、建议尽快筹建中国民间文化博物馆。有计划地搜集、收藏全国各地区、各民族的、不同时代的民间文化遗产。目前文化部正在领导、组织编纂《中国戏曲志》《民歌集成》《舞蹈集成》等七套集成；文化部、国家民委、中国民间文艺研究会正在领导和组织编纂《中国民间故事集成》《中国歌谣集成》《中国谚语集成》，这些工程都是抢救、保护民间文化的壮举，希望能列入国家科研规划，给予足够的重视和支持。

五、要尊重、保护各民族民间文化的创造者和传播者，包括民间歌手、民间故事讲述家、民间工艺美术家、民间艺人等。首先要尊重他们的创作权；其次，对优秀的民间歌手、故事讲述家、民间工艺美术家、民间艺人等要给予关怀和照顾，给他们以必要的荣誉和地位。

六、鉴于我国关于民间文化的管理不善，珍贵资料和文物流失的情况，建议全国人民代表大会制订《民间文化保护法》，保护民间文化及其文物。

民间文学的普查与记录[1]

贾　芝

编纂三套“集成”，完成这样一个浩大的工程，现在还是起步，我们要认真地来做好这件事。这次会议开得很好。我在会上听了各地的经验介绍，听了各省同志提出的许多很好的意见。这些从实际出发提出的意见，对我们做好三套“集成”工作是一种鞭策，非常宝贵。

首先说两件事：一、根据同志们的意见，我们要进一步认真地把出版三套“集成”的总方案修改好，提高文件的质量，这不但可以使我们的领导、使各方面的同志能更好地了解我们编三套“集成”工作的重要性，给予我们支持，而且使它成为一个切实可行的有效率的文件，这是一件事。二、有的同志特别提出，希望我们总会做工作不要只从北京出发，从自己的头脑出发，而要从各地的实际情况出发。特别提出要做好这样几件事：① 总会要搞一二个典型，要亲自抓点，以点带面。② 早点编印工作手册，作为普查民间文学工作的指导。这样就有统一的要求，统一的标准，便于各地开展工作。③ 层层举办培训班，首先抓培养人材的问题。这样才能保证各省、区能够做到《方案》中提出的工作方针和要求。当然还有其他一些很好的意见，我就不一一重复了。

编辑出版《中国民间故事集成》《中国歌谣集成》《中国谚语集成》，是现阶段民间文学工作的一项重大任务。我们应当把它看成是我国民间文学工作的一个新的出发点和系统地推动工作前进的动力，我认为我们今天计划的这项工作应该起到这样的作用。这确是千秋万代的事情，象林默涵同志刚才所说的，是要把我们中国民族民间文学的宝藏保留下来，将来子孙后代长期使用。我们参加这个工作的人，每人都有一份光荣。当然，我们工作的出发点首先是为建设社会主义精神文明服务，为现实服务，同时使它在社会主义文化建设中，在社会历史科学、自然科学等方面起作用，也就是应发挥它的多功能性。

下面我说几点意见：

[1] 原载于《民间文学论坛》1986年第3期。

（一）性质、范围和指导思想

三套“集成”究竟是一种什么性质的丛书呢？是作为民间文学读物的优秀作品汇编呢，还是提供科学研究资料的科学版本呢？或者是二者兼而有之呢？二者是不是能够完全统一呢？在《中国民间歌曲集成》的编辑工作中也存在同样的问题，有这方面的争论。我也参加了民间歌曲集成的工作，在这个问题上我也写了书面意见。《方案》（草稿）中规定了三性：“科学性、全面性、代表性”。这三套书看起来都是要求汇编优秀的作品，同时又要求具有较高的科学性，这个规定是比较明白的。就是说，凡是有代表性的好作品都要收进来，而且集大成同时包含着有选择的意思。我赞成这个基本意图。同时我认为，作为民间文学读物或作为科学研究资料，有统一的部分，也有不能完全统一的部分。当然，凡是优秀的作品都应该收集进来，优秀的作品也是各族人民口头创作的主流，可是如果把它作为今天的读物，今天有今天的标准和要求，那么就只能选择其中的一部分。“集成”不应担负这样的任务。有一些作品的科学价值很高，但是作为读物，群众不一定有兴趣。因此，二者不能完全统一起来。首先是收入优秀作品，同时也要包括一切有科学价值而不一定能作为读物的作品。它应该是全面地包罗、反映每一个民族社会生活的各种内容和各种形式的作品。过去我们工作有个缺陷，就是受“左”的思想干扰，对待作品总是从反映阶级斗争和社会意义来看，因此只是选了一定范围的作品，好多的作品选不进来。我过去主持编的一些书，就有这样的问题。比如《中国歌谣选》，中间曾经一度有所改正，但也没有做到改得彻底。在八二年的理事扩大会上，提出了要编辑出版三套“集成”并通过了决议。会后，我向乔木同志作了汇报，他表示很赞成，并提了一些意见，特别提出忠实记录这个问题，说不要搞假古董。他也谈到只强调阶级斗争、社会意义，就会使民间文学贫乏化。乔木同志的谈话我整理了，不知发下去了没有。就是已经发过，现在也有重发的必要。因为他谈了一些重要的意见，特别是要克服“左”的思想，强调全面搜集记录，尤其不要搞假古董。我认为选有教育意义的还是很重要的，但民间文学反映了全部社会生活，选得太狭窄了就不能看到民间文学的整体和变化，许多有历史价值、有科学价值的材料，就看不到了。因此，我们这三套“集成”应该是比较广阔地反映社会生活，反映得尽可能全面一些。这样，也就不能把它完全作为一般读物。但是，既然要公开出版，就应该是可读的，并不是所有的、不管好坏的作品都收在里面。《方案》中规定要全面搜集，不光搜集正面的，反面的也要，这是对的。但有些属于糟粕的东西，不应放入，可另编成册，作为内部资料编印保存，供研究参考之用。就是说，“集成”比一般读物选的范围要宽。因为作为读物，就要按照今天的宣传教育的要求，选好的作品出版，要求精选。“集成”不是精选本，范围要宽，面要广，内容要丰富。这是我个人的看法，也包括了汲取过去的经验教训。但是，这个“集成”也不完全是资料本。它具有资料性，这些资料又是可供阅读，具有丰富的认识历史的作用。所以“集成”也不等于资料本。什么样的作品是可以入选的，什么是不可以入选的，还要注意一个时代的局限性问题，不应把时代局限性等同于糟粕。社会总是向前进的，有些作品，今天看来内容是不适合于社会主义教育，但是它们具有很重要的历史价值、科学价值。这是一个很重要的问题，选作品的时候，要充分注意才好。其次，什么样的作品属于糟粕，我认为糟粕应是指一些或不利于民族团结低级、庸俗的有害作品。我们在工作中必须坚持以马克思主义、毛泽东思想为指导思想，坚持历史唯物主义的原则，没有这个指导思想，会有好多过去时代的作品收不进来。恩格斯的《家庭、私有制和国家的起源》中，对如何看待民族的古代作品，作出了马克思主义的历史唯物主义的光辉典范。只有站在历史唯物主义的立场看历史，才能有科学，才能做到“古为今用”。我们还是要按照社会历史发展的实际情况来编选作品，不能以今天的标准、要求来衡量古代作品。（马学良插话：兄妹结婚的神话传说很多，现在很多人就不敢说了，把它改成是自由恋爱，这就是用现在的眼光看原始社会的情况。）我们只有用历史唯物主义的观点来分析、处理作品，才能把历史上人民大众的文化创造和历史如实地记录保存下来，发扬人民的高尚品德、民族的优良传统，我们也才能研究历史，认识历史，研究民间文艺发展的规律，才能批判地继承历史遗产。

（二）关于民间文学普查和忠实记录

三套“集成”的编选出版，按照方案的规定是，要求在开展全国民间文学普查的基础上来完成，而不是把我们建国三十年来已经搜集的东西重新加以改编就可以了。所以我刚才说这是一个新的起点，是全面地、系统地推动民间文学普查的动力。从会上大家反映的情况看，尽管我们过去搜集了很多很多的东西，但是因为我国的民间文学太丰富了，很多地方还是没有人去搜集的空白点，还是未开垦的处女地。我们要完成集成的工作不开展普查工作行吗？怎么能把我国几十个民族的宝贵文化财富保存下来呢？所以我们要有计划地、系统地开展普查。

我们首先要把资料保留下来，抢救仍然是当务之急。

普查要贯彻“全面搜集”和“忠实记录、慎重整理”的原则。关键是忠实记录。忠实记录是编好“集成”的保证，是使“集成”具有高度科学水平的根本要求。忠实记录人民口传的作品，目的不是为别的，是为了保持历史的本来面目，为了保存人民在艺术创作上的一种特殊成就和艺术特色。民间文学中包含了各民族人民大众创造人类社会历史的全部过程，包含了前人的生产经验和斗争经验，包含了人民的理想和生活的哲学。作家的作品一般地说是比较细致的；民间的艺术作品，一般地说比较粗犷，但很率真。所以说，民间文学是一种特殊的文学，它有口头文学自己的表达方式，它在艺术上有自己的特点，有它独特的艺术价值和美学价值。如果我们不是尽可能严格地忠实记录，那么这些价值就会遭到破坏。假古董毕竟不能代替真正的艺术品。作家、艺术家凡是有成就的，没有不吸收民间文学的乳汁的，民间文学可说永远是常青之树，作家、艺术家不能不佩服，不能不为之倾倒。

如果我们一套“集成”里混进一些任意改编的东西，就必然损伤民族文化的本来面目，必然丧失它的历史价值，也损害了人民的、民族的口头艺术，失去它作为文学的艺术价值。要防止收入假古董，要注意保持民间创作的纯洁性。必须把民间文学的整理、改编和创作这三种范畴不同的工作区分开来。它们各有各的特点和作用，不应混淆起来。

现在出现了一股通俗文学热。通俗文学有它的长处，曲高和寡并不都好，但通俗文学与民间文学是两个不同范畴的概念，不应混为一谈。通俗文学是作家为一定的读者层写的容易被广大群众所接受的通俗易懂的文学。民间文学则是人民群众自己的口头创作。民间文学虽然也是通俗易懂的，通俗文学刊物里常常刊登一些民间文学作品，这也是很好的，但是通俗文学毕竟是文艺中的一个独立的范畴。通俗文学不等于民间文学。如果我们把通俗文学拉到民间文学里来，把通俗文学与民间文学的界限混淆起来，再加上本来民间文学的整理与改编容易被混为一谈，这就更易造成使人辨不清什么是民间文学，倒为制造假古董大开了门路。如果我们民间文学工作者在当前通俗文学热流的冲击下，自己把民间文学和通俗文学搅在一起，甚至于认为这两者可以合流，如果我们民间文学工作者也热衷于搞武侠、侦破、言情这类东西，那民间文学的工作就有被引上邪路的危险，就有不能掌握我们的工作方针和要求的危险。我们民间文学刊物、三套“集成”的编纂工作，都应严守阵地，坚持民间文学工作的范围与工作方针。我们不追求刺激，也不能为赚钱而改变民间文学的面目和工作任务。我们要提倡人民的、民族的艺术。民间文学中有大量的引人入胜、受群众欢迎的作品。我们的工作要坚持体现忠实记录和慎重整理的原则，把它看成是编好三套“集成”和建立我们民间文艺学的不可动摇的准则。

对于建国三十多年来或“五四”以来搜集、出版的作品怎么办？应当把它们编到“集成”里边来，这当然应经过重新审定，或请当地群众审查一下，忠于原作的就收入“集成”；如果是改编的或是再创作的，一律不收。如果有小部分改动而不失为好作品，也不宜轻易舍弃。总之要作具体分析。我们在做这件事情时，要充分肯定建国以来所取得的伟大成绩。不要什么都重新来。已出版和发表的作品，虽然其中有记录不忠实的，但有很多是忠实的，我们同时还要树立一种观念，就是要看到建国三十多年来民间文学工作的历史发展过程，容许从没有经验到有经验的认识变化。在我们没有多少经验的时候搜集的作品，有一些不完全合乎忠实记录的原则，不能因此而全盘否定，一概推倒重来。不要轻易否定前人的劳动成果。对现在的搜集、整理要求严格一点，对以前的不要轻易否定，如果否定了，有些作品也不容易再搜集到了。

（三）建议采用现代化的科学技术进行调查采录，同时要建立档案，保存原始资料

采用现代化的科学技术设备，像拍照、幻灯、录音、录像、电脑等，这些既是保证忠实记录，又是有利于迅速抢救的最好的方法。既能做到忠实记录，又能够加速抢救。我们中国民间文学之丰富，确实在世界上是少见的。外国朋友听到我们介绍中国史诗的情况，感到震惊，中国有这样多的史诗，这种情况是罕见的，哪个国家都没有这样多的史诗、民间长篇叙事诗，而且好多国家今天都不像在中国还有民间说唱艺人演唱史诗了。史诗在中国还活着，这一点引起许多学者的重视。我们到芬兰开会，把八四年在拉萨开的格萨尔说唱艺人演唱会的录像带去了，在大会上放映，使与会代表感到振奋。我们中国有这样丰富的各民族的民间文学，现在我们搞普查，又处在一个现代化的时代，有条件利用现代化的设备，我们为什么不用呀！现在好多人都有录音机，也有人有录像机，我们要争取条件，使用这些现代化的工具。那年日本的小泽俊夫教授第一次到中国来的时候，首先就介绍说，他自从用了录音机之后，搜集了五万个民间故事，以前多少年来只搜集了一万个民间故事。他讲的是搜集的速度加快了，我觉得更重要的是能做到忠实记录。不管你有多大本事，除非是速记，你不可能把故事从头到尾、逐字逐句全部都记下来。用录音机记录下来再整理，就方便多了，好多生动的、古老的地方语言都能记下来。记录民间故事传说，不保留讲述人的当地语言，许多生动的情节就没有了。所以还是用现代化的工具比较好。我也看了芬兰、丹麦、冰岛等几个国家的民间文学档案馆，他们都保存原稿以及图片、录音、实物等。丹麦民俗学档案馆，一是保存原稿，二是保存录音。他们注意搜集民歌。录音资料从最早的卷筒录音保存起。芬兰文学协会的民间文学档案馆还有录像。我们连原稿都还没有建档保存，最多印出资料就算是万事大吉了。但是建立原稿档案是很要的。芬兰文学协会的民间文学档案馆里、就保存埃利亚斯·隆洛德记录的史诗《卡勒瓦拉》的原稿，现在看起来是非常宝贵的。我还举一个例子。我们在延安时代，由中国民间音乐研究会搜集的民歌，原记录稿现在还保存着，在民间音乐研究所收藏。当年参加采风的人，许多现在是著名音乐家，他们记录的陕北民歌以及其他地区的民歌手稿十分珍贵。这次我们编延安文艺丛书中的《民间文艺卷》，查阅了吕骥同志从音乐研究所借来的手稿。现在看来这些原稿实在是太珍贵了。什么人搜集的，讲述人是谁，流传地区是哪里，都有，都是用中国民间音乐研究会油印的表格填写的。我们这次搞民间文艺普查，要建立原稿档案，不光要保存记录稿，同时应当有录音资料，因为将来不仅能看到文字材料，看到原稿，还能听到声音。没有录音就听不到歌声或用方言讲的故事了；如果再能有录像，将来就还能看到民间文学的生动的表演了。把这些留给子孙后代，他们能够听到歌声，看到演唱，比文字的东西好得多了。假使我们使用现代化的工具，一次调查就全有了，文字记录有了，背景材料记录了，图片留下了，声音留下了，甚至还有录像，活动的情况也留下了。建立这样一个档案馆该多好啊！国外早都这样做了，我们应不甘落后。在日本大阪的民族博物馆里，你要听哪个地区方言讲的故事，按照墙上的地图一按电钮，红灯一亮，就可以听到了；你要听哪一种乐器的声音，一按电钮，侧耳对着音柱，就听到了；还可以看到各种乐器的演奏录像。最近吉林社会科学院的同志搜集萨满教的神像，说是没钱，只能借几个来研究。在日本大阪的民族博物馆里陈列的萨满教神却有很多，密密麻麻地摆了几排，可是我们连几个都不能搜集，这应当深思，还举一个例子。芬兰民间文学多年来共编了三十四卷，最近他们把这个工作停下来，并派人到意大利学习电子计算机去了。准备改用电子计算机继续编纂工作。我们离改用电子计算机好像还远一点。上海复旦大学中文系和数学系已在合作利用电子计算机编《红楼梦》资料了。看来民间文学方面也并不是完全做不到的。所以我们也可以争取使用电子计算机。采用这些现代化技术，我们就可以使抢救的速度加快，还能达到忠实记录。用手工业的方式进行工作，怎么搞也达不到科学仪器所能收到的效果。

还有一个问题，就是普查工作要和研究工作结合起来进行。将来编出的“集成”，不只是作品的编选罗列，还应带有研究性。《中国民间歌曲集成》的湖北卷就编得很好，我以为是一个可以借鉴的范例。它不光是简单的作品分类罗列，而且还带有一些研究性的介绍。比如有湖北民歌情况概述，湖北有哪些歌种，都有简要的介绍，书末还附有湖北民歌歌种分布图。音乐和语言的关系很大。书中还有湖北五个方言地区方言声调的研究及其分布图。因为地方语言的声调不同，构成了音乐旋律的不一样。这种介绍、说明，就可以使人增强对湖北不同地区的民歌形成和特色的了解。我们三套“集成”的编纂，也要和研究工作结合起来。这样，“集成”丛书出版后，它本身既带有研究性，同时也可以在普查过程中把研究队伍建立起来，出一大批研究人材。这样，既出作品，又出人才；既出民间文学搜集家，又出研究民间文艺的学者。

关于民间文学集成的科学性等问题

——在第二次“集成”工作会议上的讲话[1]

钟敬文

开始，谈谈记录的科学性。

什么是民间文学记录的科学性呢？简单地说，就是要保持作品的原貌。作品原来是什么样子，它是怎样说或唱的，从主题、情节到语词，以及其他相关的情况，一一如实地给以记录，这就是保存它的原貌，也就是它的科学性所在。保存原貌是目的，忠实记录就是达到这种目的的手段。

保存原貌问题，特别突出表现在民间文学的散文作品（如民间故事、传说、笑话等）的记录上，就是记录故事，要从它的各方面保存原来的样子，比记录民间韵文的作品更为费力。民间故事在情节上，往往采用重叠反复的形式。比如《蛇郎》故事，爸爸受了要挟，要把一个女儿嫁给蛇郎。他回家后，便问七个（有的说是五个或者三个）女儿，谁愿意嫁给蛇郎？同样的问话和答词，重复了六次，到第七次，最后的女儿的答词才与前不同。至于同样或类似情节的问答重复两次或三次，就更常见了。这是口头文学的特点。但是有些记录者却嫌它累赘删去。这就损伤了原来艺术的特色了。又如故事中的叙述语言，虽然彼此不完全一样，但大抵有一种来源于人民生活和语言艺术传统的特色，有些记录者也把它改成现在知识分子腔或作家文学用语，甚至于随意加入一些杜撰的诗歌，以显示自己的文采。这也是对原来故事语言的不忠实态度。民间故事的语言，往往又有一定的规格，如“蛇郎故事”“大黑狼故事”等，现在主要是为儿童讲述的。这种故事的语言有时用韵语，或用一定的对话。这些都应该老实照录，不能任意改变。关于故事主题的记录，更应该保持原意。例如，婚姻恋爱故事，假若说成为爱乡或爱国的或其他什么，这就把它的主题篡改了。还有一种把主题拔高的做法。比如有一类故事，说一个贫穷善良的小伙子得到神仙的帮助，给予他很多金钱或宝物，以后他过着安乐的日子。这是传统的说法，而且是国际性的。但是

[1] 原载于《民间文学论坛》1986年第3期。

我们现在看到的记录不少是经过改动的。改后成为那个小伙子把得到的金银都分给了乡里的人。这个思想的确比原来的说法高明。如果真正出自群众的改变，是值得赞赏的，并且这也不是绝对不可能。可惜的是这些说法很少是由口述者的自动改变，而大都是记录者的好意代庖。不错，原来故事的那种结尾，从我们今天的思想看是不够高的。但那是时代的局限，是过去受重重压迫的劳动人民意识上的局限。我们只能从社会历史的角度去理解，而不能在记录上任意去更改它。否则，它就不能成为人民真实的历史文献了。

记得列宁说过，每个民族的劳动人民中都有它哪怕不大发展的民主主义和社会主义的文化成份。这话说得很准确。他不说它就是社会主义文化，而只说是它的文化成份，并且加上“哪怕不大发展”的限制词。但是我们有些同志好像比列宁更勇敢，把某些神话中的英雄人物写得高不可攀。虽然心是好的，却不见得就是过去人民创作的原貌了。

汉族民间故事情节一般比较简单，有些少数民族如藏族、维吾尔族等故事的情节却往往比较复杂。不管复杂也好，简单也好，都要保持原貌。我们的有些整理者热衷于把故事搞得现代化、小说化，把情节尽量弄得曲折、离奇。这点除记录者本人的思想外，编辑先生的“鼓励”也有一定的关系。

民间文学语言上的表达方式，在文学方面有它自己的特殊性。假如记录失掉这个特点，恐怕就没多大意思了。民间文学同一般作家文学自然有它们的相同之处，不然，就不叫它“文学”（民间文学）。同一般的艺术也有相同之处，但是作为一种研究对象，首先我们应把它的特点搞清楚。有些同志认为民间故事干巴巴，没有什么文采。这大半是误会，或者说是一种偏见。民间故事有它自己的特色。如果我们记录的作品没有传达出这个特色，那就说明记录没有成功，或者说记录者对此点没有认识。孙剑冰同志记录的《天牛郎配夫妻》里的故事就很美。假如你有一定的审美能力，或者不被过去文人的文学之美遮住了眼睛、戴上了有色眼镜的话，就很容易发现它。民间文学不是像有些人说的只是那样干巴巴的，没有光彩，没有神韵。歌谣的美，尤其是少数民族歌谣的美，那是被许多作家和知识分子所承认的。而对民间故事在认识上就不够全面。大家只承认它有意义，思想不错，如长工斗地主的故事（长工通过种种方法把地主斗垮），这个主题思想就很好。这种事情，在当时大都只是个幻想，是人民的殷切希望。但是它是闪光的理想和希望！故事的内容方面虽然很容易使人看到它的好处，但在表现艺术上，我们的感应却往往比较迟钝。有些故事讲述者不大有才能，不能把故事的神采较好地表现出来；但是有不少故事家确实讲得很好。假如按照他原来的讲述记录下来，就能够让人看到一种清新的艺术意境。谷万川记录的《大黑狼的故事》集子，在20年代后期出版。我当时还很年轻，看到之后就被它迷住了。它忠实地记录了那些北方（河北）口语的故事，当然它不是“一字不动”，但动的地方真是很少。总而言之，它很能把民间文学在口头上所具有的美表现出来。那些认为民间故事是枯燥无味的看法，其实是没有看到它的真正的美。为什么看不到它的呢？当然有种种原因，其中有一点，就是我们错误地把我们对于古典文学、现代文学、外国文学等那种审美观念机械地移用到民间文学上去的缘故。这是一种不折不扣的偏见。当然，民间文学（包括民间故事）在内容和艺术上都有它的局限。但是在艺术上决不局限到像有些同志所认为的那样坏，那样的没出息。它有那独特的真和美。

我国古代有一个故事：一个官吏与他的同僚画蛇赌胜负，他画成了一条蛇，感到不足，又给它加上脚。它成了笑话。这故事是值得我们深思的。我觉得，对民间故事等的忠实记录，并不是消极的。它应更好地传达原来的风采。这是对它艺术性的保全，也是对它科学性的要求。所谓科学性，就是要保留它原来的真和美。这种特点决不应因我们的记录而使它减少或损害。总之，我们的重要任务是在记录上真切地保存人民的文化财富的原有面貌和精神。

其次，三套“集成”是文学本，还是科学本？

民间文学的价值何在呢？民间文学在研究人文科学方面，在研究人类的文化史方面，能够提供大量的宝贵资料，这是它的科学价值。但它毕竟是一种文学，是一种特殊的文学，有它特殊的艺术性。它的价值不仅仅是在一般文化史等方面，同时也在它的民族的、人类的艺术创造的价值方面。所以我们应当明确：民间文学具有着两重性。首先是文学性。当然，这个文学性不就是一般的专业作家作品的文学性，它们不能完全等同。假如完全等同起来，就抹煞了它做为口头的人民创作的特点。但它又确是一种美学应该研究的，艺术学应该研究的，文艺学应该研究的对象。它在人类的感性生活上以至思想上、想象上都能给人以益处。文学性和科学性，两者都是民间文学作品所具备的。因此，在记录上都应注意，因为它本身就是具备这两重性的。但是也不是所有作品在程度上都这样。比如苗族的盘古歌，在研究人类原始文化、民族古史和原始心理学等方面都很有价值。但是作为文学，有的篇章，特别是经过翻译的篇章，那艺术性并不是很高的。我常常想，民歌是一种文学，有文学的内容，也有显著的艺术的形式。但是更多的民歌特点乃至优点，往往是在音乐方面。当然，这绝不是说，我们因此就不用从文学的角度去研究它了。文学的研究是必要的，不过同时也要注意到它的音乐性方面罢了。

谚语内容复杂，不过它一般用的是艺术的语言。它有形象，但又不一定有较强的感情因素。因为它主要是理智的产物，虽然在表面上采取了韵文的形式。

总的来说，民间文学既有文学性（艺术性），又有科学性，这里的科学性是指它所包含人类的科学知识、人文史的资料。但是具体到每一类、每一篇作品，情形就有差异了。比如鲁迅先生对民间文艺特点的评价是“刚健清新”。自三十年代到现在，五十多年来我们一直沿用它。而它也确实能说明大部分民间文学的特点，沿用它也并没有错误。但是近来我想，它虽然有一定的概括性和准确性，可是它对于一切民间文艺是否能完全包括？比如民间小戏或民间叙事诗，它对有些心理的描写比较细腻，那就不一定只是“刚健清新”了。这只能说明，我们对民间文学还没有很好的深入研究，没有进行应有的微观的研究。我们目前还多是宏观的、概括的评论，探索具体的、细致的研究还不够。因此，我们的学术概念也往往只停留在一般性上。这是远远不够的。我们必须进一步努力。这对于一般从事民间文学工作的人是重要的，尽管彼此在要求的程度上有所不同。

我们要保存民族文化遗产，当然应该根据上述那些客观事实来制定对它的处理方法。在记录问题上，首先要着眼于它是否符合忠实的原则。

前几年我对民间故事搜集、整理的科学性问题，做了些思考，写成一篇题为《关于故事记录整理的忠实性问题》的文章。在文章里，我认为民间文学作品可以从各种不同角度来看待和处理。我国民间，有这么多、这么好的民间文学作品，我们有义务也有权利把它们充分搜集起来，加以选择，加以适当的整理，这对于社会主义新时期人民的文化知识、历史知识和文学道德的修养，都可以起到一定的作用。但这只是一个方面，并不是到此为止。世界各国研究民间文学的人很不少，他们对我们的搜集、整理有些看法。他们看中国民间故事等主要不是作为文学读物去欣赏。他们迫切需要的是可靠的科学研究资料。民间文学是一种科学，它的研究需要严格的科学版本，甚至“一字不动”的版本。但是作为文学读物，我们不主张一字不动，它需要严格选择和适当整理。自然，它也可以作为素材，加以再创作。文学作品大都可以从一种文学形式改编成另一种文学或艺术形式。例如，中国古代有许多传奇小说被改成戏曲等等。鲁迅先生的《铸剑》，不但在情节上完全保持了古代的传说，在发扬原来的思想情趣方面，也达到了高度。像这样的改编、再创作有什么不可以？又如把民族叙事诗编成的电影《阿诗玛》《刘三姐》等等都是很有价值的作品。但是这些跟人民自己的口头创作，到底在事物的界限上是应有差别的。

科学性和文学性在我们编辑的作品集中，只能原则上顾到，具体到每一篇作品，有时就较难完全同等地顾到。如上面提到的盘古歌，它在本民族或人类原始社会上很有价值，虽然有的篇章艺术上弱一点，但在“集成”中也应适当考虑选入。反之，有的作品，只要艺术上达到一定程度，即使内容稍为弱一点也还是需要的。总起来讲，原则上要兼顾到文学性和科学性两方面。但是在个别作品上，多少不免有些偏轻偏重之处。这是无可奈何的事。

就中国目前所扼有的民间文学数量来讲，“集成”编辑出来的还不可能是全部。我们没有这样求全的要求，也没有必要把所收到的都选上，总得有所选择，有所去取。

这些临时想到的意见，仅供同志们参考。

关于忠实记录的问题[1]

马学良

这次编纂中国民间文学“集成”，提出科学性、全面性和代表性。我认为，科学性简言之就是真实性，不是假的，是货真价实的。不管是调查、记录、整理、翻译都要真，不可能全真，但是不能假。

民间文学作品的不真实，有这样几个原因：

一、技巧、基本功不够，往往心里很想真，但能力有限，这一种不是有意识的造假。

二、因为记录水平不高，就断章取义、转述，比如搞民族文学的，往往因为语言的限制，听个大意回来编编，这也算整理，但不是我们要求的整理。这种也不能算行为不对，只是水平有限。

三、无中生有，自己编故事，编歌谣。这种做法的动机与上两种就不一样了。

四、被调查人的的编造：一种是听别人说的，一种是自己编。这种人很会编，你出题目他就能做出文章来，这是个调查方法问题，因为调查前你已有成见，已想好了题目。

三套集成的编选要做到科学性，有这样几件事需要注意。

第一点，要做好准备工作。

1956年搞了一次少数民族语言大普查，动员了七百多人参加。记得吴玉章同志主持培训班，周总理还亲自去看望大家，我们都十分感动。那次的培训班共办了三个月的时间，第一个月是掌握基本功，要能记录、能整理、还要学会用国际音标、汉语拼音；第二个月学习基础理论，注重科学性等等；第三个月是实习工作，动手整理。下去调查之前，我们做了充分的准备工作，不是一哄而起。下去普查，如果事先不培训，随便凑几个人就下去了，那就不能找到好的作品，就不能保证其科学性。

第二点，到田野工作。国外民间文学学者对田野工作很重视，我们都是先在课堂学完学分，然后再搞田野工作。如果这个学分不及格，不管是博士、硕士都不能毕业。我们有的学习方法不对头，往往忽略了学生的基本功训练，就急于让学生到下面去实习。这就影响了调查的质量。

到田野工作，首先要注意选点，这很重要。普查不可能每村、每地都去，要选一

[1] 原载于《民间文学论坛》1986年第3期。

个有代表性的地方，能讲故事的人较多的地方，这叫磁石吸铁法，以此点吸引其他地区有关资料。其次是选人，应该组织一个班子。再次是选材，这与普查不矛盾，此地这种类型多，彼地那种类型多，各不相同。

第三点，作品的真实性。民间文学一代一代传下来，像滚雪球，越滚越大。传承中自然地把各个时代特点加进去。如果从这里边求真，要用比较文学方法。苏、美等欧洲的语言学家认为，语言是领先的科学，而其中最主要的又是比较语言学。我们说的掺水也好，滚雪球也好，如果不用比较方法怎么能把水份拿出来？

真实性要和民族特点结合起来，比如韵文的格律、调子，采录中都应拿到第一手材料。如果你不懂少数民族诗歌的音调，而用我们汉族的格律，用诗经的格律去套，那就不行。少数民族格律比汉族的复杂多了，有押头韵的、脚韵的，还有押腰韵，押调的，满语押韵与语法有关，很新鲜。

真实性不仅仅是把材料调查来，证明它不是假的就行了，整理、研究也要有个真实性，要有民族特点，比如格律，至少是个很重要的民族特点。为什么有这种形式？决定于语言，决定于语言的特点，这里顺便再提一下谚语问题。有同志说，谚语“集成”可能会重复，这不要紧，内容可能重复，但是语言结构可能不会相同。各种不同的异文都要收，不要放弃，可以做比较用。

第四点，为“集成”作品加注释，这里只谈一点。民族语言加注很难，因为有些作品中保留了古代礼节、习俗古语等等，而这些又无法翻译，只有多用几句话来说明，这种注释的文字往往比正文还要多。因此，调查时就一定要把这些都搞清楚，以便说明。有人说“柯尔克孜”的意思是四十个姑娘之意，为这个词曾经引起过风波，柯尔克孜族的同志质问我们，为什么只有姑娘而没有父亲？很不满意。同样，有的民族的图腾是狗，有的是狼，也曾引起过不满。像这些，就需要我们从社会发展的情况去做详细的注释，以免发生误会。由此可见，中国民间文学集成不只是保存民族文化遗产，还对加强民族团结起着重要的作用。

解放以后，我们在搜集、整理方面做了很多工作，但是，三套“集成”不能只限于此。听说有些地方已经集起来了，走到前边去了。这是否认为把前人的作品收在一起，一集而成，就叫“集成”？这是对“集成”的重大意义认识不全面。“集成”应该有较高的要求，要严格些。

最后引别人一句话，李政道在安徽大学的一次讲话中有这样一句话：你不要只问前人做了些什么，重要的是要问前人没有做什么。这话很好，这是开拓型的话。前人没有做过的，我们要做，“集成”是前人没有做过的，我们来做，这是有价值的、千秋万代的大事情。我们一定要把它做好。

新中国学术史上富有意义的一页

——纪念中国民间文艺家协会创立四十周年[1]

钟敬文

我们这个学术团体（它原来的名称是“中国民间文艺研究会”）从建国后第一个风光明媚的春天成立到现在，已经足足度过四十周年了。今天，同志们聚集在这里，热烈地纪念它，这正是一个富有意义的文化节日！

在此时刻，我这个对学会设立的建议者和长期参与这项学术活动的学人，心里实在充满着不尽的喜悦。我深深地为祖国的这种珍贵的人民文化受到重视，并得以发扬而感到庆幸！

民间文艺，是历代广大人民在社会生活和斗争中，在与创造必需的物质文化的同时，所集体创造的必需的精神文化。她反映着各个不同时期的社会生活景象，写述着人民的观感和欲求，表现着广大群众的美学观念和艺术才能。

这种野生的文艺，在长期的、广阔的社会生活过程中。对人民自己（包括青年和儿童）发挥着社会的、伦理的、美学的，等等作用：培养着他们的意志，振奋着他们的精神，陶冶着他们的情操，丰富着他们的知识，以及抚慰着他们心灵的苦恼或寂寞等。这众多的作用，是别的文化事物所不能完全代替的。

我国学界对民间文艺的关心，对她进行科学的理解，搜集和探究工作，在“五四”新文化运动前后就已经起步了。但是，到延安文艺座谈会讲话发表之后，才使这种工作获得了新的意义和促进。建国后我们民间文艺方面的活动，就是延续和发展着这种解放区的学术新传统的。

四十年来，我国民间文艺的学术事业，无论从哪个方面看，都有重大的发展。

从机构上说，现在我国大陆上三十个省、市（直辖市）、自治区，都有了专门从事民间文艺工作的机构。有些省、市的地、县也同样设此机构，并且都在积极工作。这种专门机构，对整个民间文艺事业起着组织、计划和推动等巨大作用。

[1] 1990年4月25日于文联大楼。本文原载于《群言》1990年第8期，后作为《中国民间文艺学的新时代》（兰州：敦煌文艺出版社，1991年）代序。

工作者的队伍也大大壮大了，各地协会或研究机构的专职人员，虽然没有正式的数字统计，但估计将在千人以上。此外，各地文科高等院校（特别是少数民族地区的）及出版社等，也配备了这方面的专业教师或专职干部，其中有些还是比较著名的专家、学者。有些文科大学，已经或正在培养一批有较高学术水平的硕士及博士，这是我们这个学科向更高水平发展的人材条件。

至于出版方面，近年来尤见硕果繁盛，无论是搜集、整理的资料集，或者是根植于探索，研究而成的专著，都在不断地涌现。我们过去较少见到的科学资料本，或者达到较高水平的研究专著都逐渐出现了。这是一个可喜的进步！在搜集、整理和出版方面，这里要特别指出的是，藏族的《格萨尔王传》、柯（尔克孜）族的《玛纳斯》和蒙（古）族的《江格尔》等伟大的民族史诗，她们有的已经全都译成汉文出版，有的则陆续用本民族语出版，并部分译成汉语问世。还有，本会与民委、文化部共同领导并主编的民间文学（故事、歌谣和谚语）三套集成，是一套宏大的民间文学作品集丛书。现在部份省、市卷已在付印或编定，将来全书出齐，则不仅是在祖国的民间文艺园地里，建立起一座巨厦，也将是在世界人民文化史上，矗立起一个文献金库。

此外，如这方面的国际文化交流和世界名著的译述（《金枝》《中国古代的祭礼与歌》《比较神话学》等）等，就不能一一叙及了。

总之，四十年来，特别是十多年来，我国民间文艺事业的兴盛景象，正象古人说的，是“蓬蓬勃勃，如釜上气”。

民间文艺的搜集、研究及发扬，它的意义是多角（度）的。首先，当然是它的文化史意义（包括民族文学史的意义）。如前面所说，民间文艺是历代人民所创造的精神文化的一部分，她从人民的社会生活和文化背景中产生，回过头去，又反作用于他们的生活和文化，及个人心态等。要阐明和学习我们祖先的文明史，就不能不保存和研究祖先的文化遗产，不能不重视他们的文艺产品，而了解这种文化史知识，弘扬这份民族文化财富，正是我们作为祖国儿孙的权利和义务。目前，遍布全国各地的许多博物馆与文化资料库，正是为实现这一宗旨而建立和存在的。

我们今天的民间文艺工作，当然还有它更加直接的现实意义（上述所指的文化史意义也决非与现实无关），那就是从祖国的前代人民文化遗产（包括民间文艺）中汲取养料，以充实社会主义新文化的建设。遗产不等于僵尸，更不等于毒品，特别是人民创作之类的遗产，更是如此。关于对传统文化的态度问题，本来中外革命导师早有英明的意见，那就是对它进行历史地、科学地分析，批判地继承其有滋养的成分，使其转化为新的社会主义民族文化的有机组成部分。在新因素的配合与相互作用下，有益的传统文化不但会丰富我们的新文化，而且还会加强这种新文化的民族主体性，使它在世界文化之林中更加呈现出中华民族文化的异彩。这是创造具有中国特色的社会主义新文化所决不能忽略的一着棋。因为它关系到新文化地位的胜负全局！从这一点上看，我们从事民间文艺的搜集、研究，并发扬其优秀部份的工作，其意义无疑是庄严和重大的。

本会原来是一个群众性的学术团体，现在兼有同业组织的性质。经费不多，工作人员的数量和质量也有一定的限制。过去有些时期（如“文革”期间）它甚至遭受到极大的破坏。但是，由于事业本身的重要性，由于会内同志们的努力和各地分会同志的协助，它到底取得了一定的成绩。而这些成绩的取得，更重要的原因，还在于社会主义社会的现实背景，在于党和政府的文化政策的正确领导和实际资助。否则，要获得今天的成果，是无法想象的。我是从旧社会过来的知识分子，在新、旧两个社会都从事这方面的工作，我现在的这种感受，不仅是真实的，而且也是深沉的。

说到这里，我不能忘记周扬同志。作为党在意识形态工作方面的活动家，从本会的筹建到以后长时期的会务进行，他都不仅是热情的支持者和领导者，而且也是实际会务活动的参加者。他至今留在我脑海里的印象，就多是在那些活动中摄下的。此外，我也缅怀另外两位著名的作家和社会活动家郭沫若先生与老舍先生。他们都是我会早些时期的领导人，并且在这方面作出了自己的贡献。今天，我们在这里纪念建会四十周年之际，想起这些已故的老领导、老同志，怎能不默默地感谢他们，不深深地追怀他们呢？

临末，谨祝在座的中央各部门领导和会内外同志身体健康！谨祝我们的学会和民间文艺事业与人民共和国一样长春不老！

民间文学史上的壮举

——记中国民间文学三套集成工作的开创[1]

马　振

1983年4月初，北京西山玉兰花开得正盛，中国民间文艺研究会在这里举行第二届学术年会和工作会议。来自全国各地民间文艺界的学者和协会负责人，济济一堂，交流着学术上的见地，研讨着工作中的经验和计划，夹着欢声笑语和婉转多姿的民歌咏唱，声情交融，缭绕于西山八大处的花树之间，展现出十一届三中全会以来，民间文学园地上的一派兴旺繁荣景象。

就在这次会议上，大家提出：1981年常务理事扩大会议上曾决定编辑《中国民间故事集成》《中国民歌、歌谣集成》《中国谚语大观》，现在应该落实于行动了。这个提议，得到了出席会议的文化部副部长周巍峙同志和国家民委副主任洛布桑同志的积极支持，于是作出决议：由文化部、国家民委、民研会联合发起，在全国范围内组组力量编辑出版《中国民间故事集成》《中国歌谣集成》和《中国谚语集成》。民间文艺研究会主席周扬同志在会上当场表示愿意担任这三套集成的总主编。并商得钟敬文、贾芝、马学良三位副主席的同意，分别担任故事、歌谣、谚语集成的主编。会议期间，刘魁立、刘锡诚、吉星、陶阳、张文、张紫晨、乌丙安、段宝林、柯扬、吴超、陶立璠等同志讨论起草关于编辑出版这三套集成的意见。由张紫晨执笔写出了初稿，在广泛征求意见后，又由我归总，经过多次修改，写出了《关于编辑出版〈中国民间故事集成〉〈中国歌谣集成〉〈中国谚语集成〉的意见》（草案）和文化部、国家民委、民研会三家联合签发的通知。经过刘锡诚、吉星、陶阳等同志多方联系、协商，终于得到了文化部、国家民委的正式同意，于1984年5月28日三家联合签发了《关于编辑出版〈中国民间故事集成〉〈中国歌谣集成〉〈中国谚语集成〉的通知》和《意见》。由于文件头上编号是“民文字〔84〕808号”，故简称“808号文件”。自此，民间文学三套集成的工作便正式在全国各地开展起来。

[1] 本文选自钟敬文主编：《中国民间文艺学的新时代》，兰州：敦煌文艺出版社，1991年。

这是民间文学史上空前的伟大壮举。

我们的民间文学事业，正处在一个承前启后的关键时代。我们这次为编纂三套集成而开展全国性的大普查，很大程度上是带有抢救这宗民间文化财富的性质，这在808号文件开头第一段已经讲得十分清楚，而开展这样大规模的全国普查，这在历史上是没有的，也是过去所不能做到的。起初，也有人认为，目前我们一没有一支普及到县以下的具有民间文学基本知识的普查采录队伍；二缺乏科学采录的手段和工具。所以还不具备开展普查和编纂这样大规模的集成的条件。可是我们又不能等待。无疑，今后我们的采录队伍会越来越广大，业务水平会越来越提高，采录手段会越来越先进和科学化；然而，等到那时，现在还仅存的一些还能记得和讲述较多的民间文学作品的老人，已经大部谢世，那支具备了民间文学业务知识的队伍，提着先进的采录工具又将寻向谁去？要想采集得如此普遍、如此丰富，恐怕是不可能了。由此，也就可以看出，开展全国性的大普查，编纂好这三套民间文学集成，是我们这一代民间文学工作者义不容辞的光荣的历史使命。新成立的书记处，充分认识了它的重大意义，在极为困难的条件下毅然承担起这项艰重的任务，并责成我来具体负责这项工作。我初踏进民间文学的门坎，就参加了这场伟大的历史性壮举，自然感到十分荣幸，而且在这场不平凡的实践中，在民间文学界的前辈和专家学者们的指导帮助下，在广大的基层搜集整理者和讲述人、演唱者的热情支持和启示下，学习到了极为丰富而珍贵的民间文化知识。

在这场宏伟的活动中，最先行动起来的是云南。他们在西山会议结束后，回去便向省委作了汇报，得到了省委极有力的重视和支持，省委副记书赵廷光同志立即亲自主持召开了党、政、民族、文化、财政部门的负责人的联席会，宣讲了编纂三套集成的重大意义，落实了各家的任务，批给了省民间文学集成办公室的编制和经费，在“808号文件”下发之前，他们就行动起来了。我们也就以云南为试点，在全国推行他们开展工作的经验。

1984年7月，在山东威海市举行了全国的第一次民间文学集成工作会议。会上由我讲述了“808号文件”的形成和主要精神，刘锡诚从宏观上讲了集成工作的规划轮廓，刘魁立、陶阳、张文等同志从学术上讲述了集成工作意义、要求和故事、歌谣、谚语等方面的问题。由刘辉豪介绍了云南民间文学集成工作开展的经验。大家对编纂三套集成的指导思想、工作方针、步骤等问题进行了讨论，制定了初步的工作规划。并协议于当年9月在昆明市举办第一次集成工作骨干培训班。

1984年9月，我在庐山参加完了江西民间文学集成工作会议，乘着中秋的夜月搭车去昆明，与云南的刘辉豪同志共同主持了民间文学集成的第一次培训班——中国民间文学集成座谈会，有来自全国二十五省、市的同志七十余人和云南地、州一级的民间文学集成骨干分子参加了座谈会，由我按照“808号文件”精神，从总的方面宣讲了：为什么要编纂民间文学集成；我们要编纂三套什么样的集成；怎样编好这三套集成等三个问题。请王松、佘仁澍、李子贤、李缵绪、杨知勇、戈阿干、盖兴之、刘辉豪等同志讲了普查与搜集、集成的“三性”原则及神话、歌谣、宗教、民族、民俗、翻译等专题。通过座谈、讨论，使大家以“808号文件”精神为指导，对集成工作有了统一的认识，对集成工作的业务知识有了基本的了解。从而形成了中国民间文学集成的第一批骨干，奠定了三套集成的工作基础。同时，在四季如春的昆明之秋，大家切磋琢磨所结成的革命友谊，也是令人难忘的。

1985年1月，中国民研会正式成立了中国民间文学集成总编委会办公室，由廖东凡任主任，马捷任副主任。

1985年6月，在北京举行了第二次集成工作会议，讨论通过了《中国民间文学集成编辑出版总规划》和三套集成的编辑方案。11月27日，中宣部批转了民研会《关于编辑出版民间文学集成第二次工作会议纪要》，要求各省、自治区、直辖市的党委宣传部、政府文化厅、文联，关心支持并督促当地民研会做好这三套集成的编辑出版工作。

1985年10月，由总编委张文和集成办副主任马捷同志主持在贵州举办了以贯彻各套集成的编辑方案为主题的第二次培训班。着重讲解和讨论了集成作品的分类和“三性”问题。

1986年5月，在北京召开了第三次集成工作会议，通过了总编委会的组成和各套集成主编、副主编名单。在这次会议上，全国艺术学科规划领导小组组长周巍峙同志正式宣布接纳中国民间文学三套集成与其他七套艺术集成志书并列为“十套文艺集成”并向国家申报列入“七五”重点项目。同年9月15日文化部文研字（86）第1179号文件正式宣布：经中央批准，文化部和国家民委、中国文联各协会联合发起组织编纂的十部文艺“集成”“志”书，已列入国家“六五”跨“七五”重点科研项目。

这期间，由于廖东凡同志担任协会的常务书记，工作较忙，便又确定让我来担任集成办公室主任。廖东凡同志在任集成办公室主任期间做了许多工作，其重大贡献是通过艰苦的努力，得到财政部的认可，解决了三套集成的办公经费问题。

1984年6月，我与刘锡诚同志谈议集成的工作规划时，为了充分调动各县的主动精神和积极性，把普查工作做得更好；并且可以有效地把普查中大部分好的资料保存下来，提出了各县编辑出版县资料本的问题，并写进了规划和总方案。这个方案得到了全国各地积极的响应，其发展结果大大出乎我们原先的预料。最早我在江西看到萍乡、赣南等地自发地印出了一些资料性的本子。1986 年 9 月，在去庐山举办集成专题研讨会的路上，河北郑一民同志兴奋地拿出河北省的第一本县资料本《内邱民间故事选》给我看，是我最先见到的按照总方案的要求编印的县资料本。在庐山开会时，湖南龙海清同志带来了印刷装帧十分精美的《中国民间故事集成·湖南卷·石门县资料本》。这个本子所编入的故事，都比较令人可信地保持了民间口头流传的原貌，尤其可贵的是在语言方面，既保持着湖南方言的特有风味，又平白近人，为全国各地的人们所能读懂听懂，看来了无痕迹，而内行人则可以看出，这是在专家指导下，下了大功夫才做得到的。这是在全国出现的第一本正式命名的编辑又较完整的县资料本，我们立即在大会上向全国推荐，从而推动了全国县资料本（简称“县卷本”）的编印。会议将结束时，四川要编印县卷本的示范作品集，要我写一篇小序，我根据所见到的一些县资料本的情况，对县卷本的性质，意义和编选原则等问题写了几点意见，主要提出：① 县资料本是中国民间文学集成（国家卷）的基础；② 县资料本是向本县人民群众进行爱乡土和爱国主义教育的好教材，又是繁荣文艺创作、开发旅游资源的丰厚宝库；③ 县资料本必须在普查的基础上进行选编，其编选范围可尽量宽些。以后我到各地了解情况、帮助工作时，先后阅读了四川荥经、江西宜春、沈阳苏家屯、辽宁东沟、河北井陉、承德、吉林四平、陕西宝鸡、青海大通，广东花县、宁夏彭阳、山西朔县、江苏丹徒、山东梁山等县的资料本初稿或样本，也都谈过类似的评论和提出一些具体的意见。县卷本的发展，实在令人兴奋！辽宁全省七十几个县市的资料本，在 1987—1988（年）两年内就全部出齐，河北在 1987 年大部分县的资料本都印刷出来了，还印了全国第一个故事村的专集五十多万字的《耿村民间故事集》（第一集），而山东梁山的民间故事卷就印了四大本共约一百二十多万字。1988 年 10 月在北京举行的“全国文艺集成志书工作首届表彰大会”上，琳琅满目的民间文学集成县卷本的展示，引起了大家的注目和赞赏。县卷本虽然是三套集成的副产物，各县的质量也参差不齐，然而却应该说这是二十世纪八十年代在中国出现的一宗宏伟而宝贵的文化成果。后人也可能对它作出更充分的评价。

县卷本虽然可以有效地保存相当数量的普查搜集的资料，但是不可能把全部资料都容纳进来，而且在普查搜集中的原始记录资料（包括文字记录、录音带、照片，甚至录像带等等）是一笔更加宝贵的财富。如不注意保存，就很容易丧失掉，以后花出加倍的力量也难以寻偿，或者管理不善，也会成为无法利用的一堆废纸。我们在总方案中曾经提出“每件都要按照总编委会规定的分类编码登记卡片编码存档，妥为保管”的规定。1986 年 5 月，在第三次集成工作会议期间，辽宁大学乌丙安教授提出了一个全国统一编码管理的设想，我们觉得他这个设想既可以建立起全国统一的资料管理系统、便于向电脑管理过渡，又可以为建立我国的民间文学分类学提供十分方便的基础和条件。因此我们采纳了这个意见，当年8月，我又到沈阳与乌丙安教授面议，委托他设计一套民间文学集成资料全国统一分类编码方案，并在1986年9月的集成专题研讨会上作为专题之一，进行讲授。以后又征求了诸位总编委的意见，根据总方案的立卷原则和各套集成编辑细则和分类原则与顺序，进行了补充与调整，拟订了《中国民间文学集成资料统一分类编码管理试行方案》，编入了《中国民间文学集成工作手册》。

在集成工作开展以后，各地早就要求我们编出一本指导工作的基本教材与手册，限于我们的人力和经验，直到1987年3月，才由刘锡诚同志提议并亲自督阵，责成我和马捷同志邀请故事集成的副主编许钰教授、张紫晨教授，歌谣集成副主编张文编审，谚语集成的副主编李耀宗副教授，共同讨论，分头执笔，编写了《中国民间文学集成工作手册》。1988年5月，又召开了集成翻译工作会议，经过讨论，由民族学院耿予芳教授执笔，拟订了《中国民间文学集成翻译总则》，各套集成又依照总则分别拟出了自己的翻译细则。虽然单独成册，实际应属集成工作手册的一个重要组成部分。

按照规划，就全国范围来说普查和广泛搜集阶段至1986年底即告结束而进入编选工作阶段。为了及时指导全国的编选工作，1987年9月，在杭州举行了首届集成编选工作会议，全国各省卷的主编、副主编出席了会议。三套集成的常务副总主编钟敬文先生和周巍峙同志亲自主持了会议。在总结普查阶段工作的基础上，对编选阶段的工作进行了讨论与部署。故事集成主编钟敬文、歌谣集成主编贾芝、谚语集成主编马学良分别主持讨论了各套集成编选工作的具体问题。自此，中国民间文学集成进入了编选工作的新阶段。

据当时不完全统计（有四个省、自治区未报），在普查搜集阶段，全国共搜集到民间故事137万余篇、歌谣189万余首，谚语53万多则，发现有较大影响的民间故事家、歌手6128人。在普查中涌现了许多动人的事迹。

1988年10月，在北京召开了“全国文艺集成志书工作首届表彰大会”，全国三十个省、自治区、直辖市的从事十套集成志书工作的近百名代表出席了盛会。中国民间文学集成的北京卷、河北卷、辽宁卷、湖北卷、云南卷、宁夏卷获得了集体奖，二十九人获得先进工作者奖，还有十七位指导开展民间文学集成工作作出卓越贡献的省、市领导同志获得荣誉奖。

当然，他们都是先进的代表，而投入这次集成普查和编纂工作的在全国是一支数以千万计的大军，仅河北一省就动员和组织了547000多人的普查队伍，全国规模之大，可以想见，在那汗牛充栋的县资料本和行将正式出版的集成国卷本上，都凝结着一代民间文学工作者和广大搜集采录者、讲述演唱者们的心血，它的每一个字上都闪耀着我国劳动人民智慧的光彩。

1989年底，正是集成两个阶段工作交替的时候，我也被批准正式办理了离休手续，集成总编办公室主任的工作，由贺嘉同志接替。自1987年第一届编选工作会议始，新阶段的工作，都是由贺嘉同志具体负责去开展了。下一阶段的工作将更艰巨，更辉煌。

英雄史诗《玛纳斯》工作回忆录[1]

陶 阳

1964年到1966年，我曾参加柯尔克孜族史诗《玛纳斯》的调查采录和翻译工作。在新疆柯尔克孜族聚居地区，我曾骑马跨过惊险的栈道，也曾爬过由于空气稀薄而令人窒息的高山；有欢乐，有辛酸；有胜利，也有失败。我怀念那具有惊人天才的大歌手居素普·玛玛依，也怀念《玛纳斯》调查采录组那个团结战斗的集体，我怀念我们集体的心血浇灌出的珍贵成果——六部《玛纳斯》译稿。我也怀念为翻译《玛纳斯》献出生命的尚锡静女士和帕孜力同志。我怀念那战斗不息的精神，我怀念那生活充实和满怀希望的岁月。

一、事情的缘起

新疆自治区文联由刘发俊同志负责早于五十年代就断续记录了居素普·玛玛依唱的史诗《玛纳斯》，1964年交我会主编，拟由人民文学出版社出版。但因原稿、译文、注释等还存在一些疑难问题，不能迅速发稿。同年，新疆文联党组书记刘肖芜与我会秘书长贾芝磋商，为了将《玛纳斯》搞得更好，决定由新疆文联、中国民间文艺研究会、柯尔克孜自治州三个单位合作成立《玛纳斯》工作组，经费由这三个单位负担，并邀请中央民族学院语文系参加。领导小组成员是新疆文联党组书记刘肖芜、柯尔克孜自治州党委书记塔依尔、中国民间文艺研究会秘书长贾芝。在工作组领导下，又成立了《玛纳斯》调查采录组，采录组确定由我和刘发俊任组长。调查采录小组的任务是：（一）重点记录居素普·玛玛依唱的《玛纳斯》第四、五、六部并补唱和解决其他部存在的疑问；（二）到柯尔克孜聚居的四个县再采集其他歌手唱的《玛纳斯》资料以

[1] 原载《民间文学论坛》1990年第5期。

便参考和研究之用;（三）进行社会调查，如历史范围的族源、迁徙、部落战争等等;民俗范围的生活习俗、宗教信仰、巫术等。还有天文、地理、动植物等范围的调查，以便了解与注释《玛纳斯》;（四）最终全部译出《玛纳斯》，并做好注释与编辑工作，达到尽快先出版资料本的目的。

最初参加调查采录组的基本队伍有新疆作协的刘发俊、赵秀珍；柯尔克孜自治州的柯族专家玉山阿里、帕孜力、阿不都卡德尔，还有尚锡静；中央民族学院语文系的专家沙坎·玉买尔和赵潜德。中国民间文艺研究会是我和郎樱参加。还有我们著名的“玛纳斯奇”（专唱玛纳斯的歌手）居素普·玛玛依，他的任务是唱全六部《玛纳斯》。在调查和翻译阶段，加上自治州支援的人员玛特、托克玛特、图尔汗、珠玛、阿不来提等等前后达廿余人。

二、调查采录阶段

我是1964年6月23日乘火车赴新疆的。除机关的同志，到车站送我的还有妻子和一岁多的儿子。离情别绪，使我难过。当时我忍心离开家奔赴新疆，其动力就是为祖国争光。过去都说中国无史诗，中国文学史上史诗是个空白，现在中国发现了三大英雄史诗，藏族的《格萨尔》、柯（尔克孜）族的《玛纳斯》、蒙（古）族的《江格尔》。但当时均未正式出版，我会决定让我负责完成《玛纳斯》的一系列工作，直到公开出版，我应当尽职；另一方面，如果不进行实地调查，就是一个不合格的民间文学工作者。外国的神话学家及民俗学家，大都是靠田野作业获得知识和资料才成功的。我应当去实习和锻炼。由于这两个方面的原因，我便毅然奔赴新疆。

我们由乌鲁木齐又乘七天汽车抵柯尔克孜自治州州府阿图什，以州府做为调查采录组的大本营。计划分赴柯族聚居的四个县，即阿图什县、阿合奇县、乌恰县、阿克陶县。

调查采录组每到一地，都受到柯（尔克孜）族群众的欢迎。柯尔克孜（族）是好客的民族，我们路过谁家，首先端出一碗马奶酒让你解渴，要是中午赶到一个阿依勒（牧村）住下，主人便请你吃“纳仁肉面”或羊肉。你上路时，还给你口袋里装上一把奶疙瘩，骑在马上吃，又解渴又充饥。这是游牧时代祖祖辈辈传下来的好风俗。柯尔克孜族是个诗与歌的民族，也是一个热情好客的民族。

调查采录是很艰苦的工作。古人说：“不入虎穴、焉得虎子。”我有生以来第一次骑马一日奔驰百余里地的长途。首先得学些骑马的常识，不然，要出危险。在半年之中，因无经验，不知经常检查系马鞍的肚带是否松了，为此我摔过几次，有时摔得好几天不敢骑马。从阿合奇县到卡拉奇，经过一段惊险的栈道，下边是波涛汹涌的托什干河，在高山濒临河身的峭壁上有一线之路，那是用木棍插在石缝里，用树条和木棒编起来架在木棍上，再用石片和土垫起来。有的地方只有一尺宽，马小心翼翼地慢走在上面，真是一步一个脚印，栈道有的地方，还出现了碗口大的窟窿，路透气了，透过窟窿可以看见下边波涛汹涌的河水，那雷鸣般的涛声，令人惊心动魄。此时，我感到我的身子悬在空中，仿佛是一片轻飘飘的树叶，只要马一失蹄，随时有可能坠入深渊。我忽然想起听人讲的那个遭不幸的年轻的勘探队员，他就是在这儿连人带马一起掉下大河被波涛卷走的，我的头皮都发酥了。然而，正是通过险途到了卡拉奇我才访问到一位著名故事家苏勒坦阿里。他讲了柯尔克孜（族）的历史，开头是四十个姑娘的来历，后又讲到部落的产生，也讲了部落分左部右部的来历，说原来二人是兄弟，分家时把东西分为左右两部分，这就是左右部的缘起。他还讲了《部落谱系》《部落组织及法规》《种族起源与玛纳斯家族》《柯尔克孜人与卡勒玛克的战争》《阿吉别克英雄的故事》，等等。他一直讲了几天，滔滔不绝。帕孜力同志的口译又准确又快，我几乎一字不漏地记了下来。我仿佛上了一个柯（尔克孜）族历史的专修班，心里非常高兴，天栈险道的余悸也便一扫而光了。

爬雪山、过冰河、越过令人憋得慌的空气稀薄的高山，在路上啃冷玉米饼子，再在路上喝了冷风，有时肚子疼得要命，这些已是平常事了。有一次我闹肠炎，发高烧，听说吓得刘发俊同志都给机关拍了电报。有时在戈壁上迷路，有一次我和沙坎迷路，半天只在荒滩上转圈子，后来幸遇猎人相救。四个县，我走了三个，只有阿克陶未去。现在回想起来，真有点后怕了，我遇到几次危险，险些将骨头扔在戈壁滩上。

当时，大家都下定为祖国文化贡献的决心，从1964年8月7日开始至1965年1月30日结束，半年时间，分头调查了四个县。在这半年期间，集体的成绩是可观的：

（一）从口头记录的《玛纳斯》片断，有《阔克托依的祭典》《给七汗送信》《远征》《赛麦台依》等107份，计123375行。《玛纳斯》手抄本21册，约9万余行。

（二）半年之间，记录了“玛纳斯奇”居素普·玛玛依唱的《玛纳斯》，数量惊人，记录的速度也快，计有：

（A）补唱了第三部《赛依台克》，由原来的18360行增至24430行；第四部《凯耐尼木》，由原来的16000行增至34058行。（B）重唱了第五部《赛依特》，由原来的2800行增至10134行；（C）新唱的《玛纳斯》第六部《阿斯勒巴恰·别克巴恰》（计45000行）。其主要原因是歌手心情舒畅和时间比较充分。

（三）记录了叙事诗《库尔芒别克》《布达依克》《艾西托西吐克》等24份，计17686行。

我们的史诗调查采录经验，有如下几点。

（一）赴每个县调查采录，先在县了解情况订计划，主要是了解《玛纳斯》的蕴藏量及歌手名单。到了县里再请文教部门提供名单，有目标地采访歌手与故事家。

（二）加强宣传搜集《玛纳斯》的意义。凡遇人便宣传说，旧社会旧官僚，不关心柯（尔克孜）族人民的文化，许多珍品失传。现在党和政府关心柯（尔克孜）族人民世代流传的《玛纳斯》，拟搜集起来印成书，流传百世，请大家推荐歌手或捐献手抄本。有的歌手主动找上门来，有的将珍藏了几十年的手抄本献出来。

（三）记录要忠实（有的录音），我们强调，记录稿是基础，它是百年大计的工程，做到不返工，随记随注。

（四）采录作品与社会历史和风俗调查相结合。

（五）调查采录时还要对不懂和疑难问题善于向歌手发问。做笔记要做到“有闻必录”。

三、翻译与编辑阅稿阶段

从 1965 年 2 月开始翻译《玛纳斯》。当时我们住在阿图什州委招待所，在州党委宣传部、州委文教科的领导下进行工作。任务主要的是翻译居素普·玛玛依唱的六部稿。翻译是复杂而艰巨的工作，这里有两方面的事，一是安置歌手的问题，一是工作方法的问题。我们是这样做的：

（一）对于大“玛纳斯奇”居素普·玛玛依的安排是个特殊问题，首先要解决他的生活待遇和工作安排问题。我们一开始就把他请到组里来参加工作，他是组内一员，并把他尊为组内主角待如上宾，他的主要任务是补唱过去唱的五部《玛纳斯》，并新唱第六部，同时，又是我们的顾问和老师。

（A）歌手居素普·玛玛依每天唱多少，要根据他自己的精力和情绪而定，千万不要硬性规定唱的数量。生活费由国家担负，用品要给予解决。总之，在生活方面要使其心情舒畅。

（B）给他专门配一个柯（尔克孜）族同志记录。他在组里，很方便，翻译时，有问题随时可问。事实证明，这种安排是适当的。

（二）翻译问题，这是非一人可胜任的浩大工程。

（A）首先确定一个原则，打破吃大锅饭的陈规，什么都是集体的，出了问题，谁也不负责。我们规定：谁记录的、谁翻译的，都要署名。一是合理，谁的成绩属谁，二是有人负责，谁译的要对译文负责。这样，人人争做贡献，是个好办法。

（B）翻译史诗，是艰巨的任务，当时不论是柯（尔克孜）族或是汉族还没有一个可以单独进行翻译的人，我们采取懂汉语的柯（尔克孜）族同志和懂柯文的汉族同志合作的方法进行。一位柯（尔克孜）族同志和一位汉族同志组成一组，柯文或汉文的问题，可以互补。每一组负责译《玛纳斯》一部。

（C）每组翻译时都要做卡片，其主要内容分为人名、地名、英雄之武器及马名，还有注释。某一部译完，各种用途的卡片也相应产生，然后每个表都按拼音分类编排成册，起来极为方便。没有这些表，编辑阅稿都很困难。

（D）对译文的要求，忠于原文，要译得准确传神，要译得美而富有诗意。总的要求是信、达、雅，还要注意译出原诗的艺术风格和叙述方式。我们的打算是法乎上得乎中。原文是押韵的，有的段落还押头韵、腰韵和脚韵，译出韵难度太大，为了准确地译出原意，只好译成自由体诗。

（E）我当时的任务，除组织工作，还担任译文的编辑工作，若发现疑问或译得含糊的地方，就向译者请教。居素普·玛玛依还是个大顾问。有一次，我阅译文发现了一个问题：诗中有一位英雄名叫卡德尔，前文已说卡德尔战死了，为何后边卡德尔又出现了呢？译者查原文说没有错，由于诗很长，前文已忘记了。问歌手，他说："前文的卡德尔是父亲，后边的卡德尔是儿子。"他这样一说，我们才恍然大悟。我就将父亲写为大卡德尔（人名表上注明是小卡德尔之父），儿子写为小卡德尔（人名表上注明是大卡德尔之子），以示区别。要将长篇英雄史诗的人物关系理得一清二楚，这是编辑阅稿最起码的要求。第一部出现的人物就近200人，不理清关系就会出笑话，必须做到一丝不苟。

总之，在翻译阶段，大家都在为祖国争做贡献，过去说中国没有史诗，现在有了史诗，但还未公诸于世，为她的出版而工作的确是一项光荣任务。大家个个兢兢业业，默默无闻地工作。有的同志，中午不休息，晚上一直干到11点，每天到晚工作12小时。大家都埋头苦干，毫无怨言。个人利益与祖国利益融为一体。

啊，我怀念那个战斗集体，现在我再也看不到那样团结一致、拼命工作的集体了。

我感谢《玛纳斯》的功臣刘发俊同志，他从五十年代至今一直担负《玛纳斯》的组织工作，又能翻译，几十年如一日，孜孜不倦。

啊，尚锡静同志，我怀念你，凭吊你！你是个坚强的女人，你所遭的冤屈，在《人才》杂志披露之后，谁不同情？当你流浪于公园之日，你还坐在石凳上翻译《玛纳斯》。后来，你却气得患了癌症永远离开了人世。我还记得你和郎樱在夏天中午常常到"巴扎"（集市）上买些水果，边吃边坐在桌上埋头苦干，连午觉都舍不得睡。

啊，锡静！我仿佛又听到你朗朗的笑声，我仿佛又看见你刚直不阿的怒容。你这刚强的女人啊，你虽被折断了，但你却仍然是钢。

我也悼念柯尔克孜族《玛纳斯》翻译家帕孜力同志，在某地传染病流行的日子里，你放弃了回县城打预防针的机会，而自动提出陪我到计划要去的遥远的克孜勒巩拜孜去调查采录，你那种忘我的高尚的工作热情，当时令我感动得落泪。不幸，你却在一场暴风雨中被电死了。啊，帕孜力！你对《玛纳斯》的贡献，人民是不会忘记的。

我要称颂健康长寿的天才的歌手居素普·玛玛依同志。他唱起《玛纳斯》滔滔不绝，有时唱个通宵。柯族人民惊叹他的天才，每逢唱到玛纳斯得胜时，群众便欢呼；唱到玛纳斯遇难时，妇女便难过得哭泣。柯族人民之所以爱戴玛纳斯，是因为玛纳斯是古代反抗异族侵略的伟大英雄。英雄史诗，一般地说它们叙述的是关系到民族命运的大事件。《玛纳斯》写了为柯尔克孜族的自由解放而南征北战的六代英雄。一代英雄为史诗之一部，每部史诗，均以一代英雄命名。第一部《玛纳斯》，第二部《赛麦台依》，第三部《赛依铁克》，第四部《凯耐尼木》，第五部《赛依特》，第六部《阿斯勒巴恰·别克巴恰》，约计廿万行左右。这部史诗讴歌了玛纳斯六代英雄为柯尔克孜人民的生存和自由奋斗牺牲的高尚品质，表现了柯尔克孜人民对自由幸福的向往。诗篇广泛地反映了柯族的社会生活，诸如历史、天文地理、民俗、宗教、游猎，都有生动地描述，诗篇不仅具有美学价值，它还是一部柯尔克孜族的生活百科全书。

四、灾难重重，光明在前

1966年6月，我们的翻译工作接近完成之时，“文化大革命”开始了，机关三番五次打电报要我们解散各自回本单位参加运动。当时《玛纳斯》还有一部分未译完。我与刘发俊同志商量，请大家赶一赶译完，因为再组织这样一个班子是极困难的，另外，也为国家节省人力物力。那时从广播和文章上已经觉察出“四人帮”煽动极左思潮，把被列宁批判过的苏联无阶级文化派那一套搬来，好象凡是有帝王将相的书便都是毒草。就是在那种人心慌慌、思绪纷乱的时代，一提出译完再走，没想到大家那么齐心，日夜奋战，终于将六部《玛纳斯》全部译完，停了电就点上蜡烛干，至今回忆起来同志们那种一心为公的精神，我还为之感叹不已。

译毕，《玛纳斯》原文，译稿及资料共装了三大箱。《玛纳斯》译文就装了一大木箱。到了乌鲁木齐，我想，看来运动形势凶猛，规模巨大，还是把译文带回北京保险，我和发俊同志说，在乌市我怕造反派给烧掉，北京是党中央所在地，绝对烧不了。新疆文联和作协同意了。谁料到后来阴谋家林彪叫“备战”，下令将机关文件及珍贵资料都要装箱运走。当时，据说已交文化部留守处，当粉碎“四人帮”之后，我会的文书箱运回北京，就是无装《玛纳斯》等珍贵文艺资料的箱子。经向文化部留守处一查，此箱当时未离开北京，凡运走的均有登记号。原来那个木箱不知怎么弄到文联资料室去了。可能将文联大楼腾给中华书局和商务印书馆时，留守处将各协会的资料集中在一起了。管理的人换了多少次，谁也说不清。不知哪位混帐先生看中了那个新木箱子，把《玛纳斯》译稿和资料倒出来拿回家自己享用去了。不然，装在木箱里是不会失散的。

后来，文联资料室的同志透露，说在乱资料堆中见过《玛纳斯》，我们联系好了，我和郎樱等五位同志到了指定的那间屋里一看，各个协会的书籍、文书、书稿、书信、名家手迹，象一堆乱柴草堆了一人多高，一翻便尘土飞扬，呛得人喘不过气来。我们用一天的时间，倒腾了一遍，未见踪影，说是也许在别处。后来，我们还是求文联资料室的同志给找，感谢他们找出了一部分。当时，是由马萧萧、郎樱和我接收的。当我看见誊得整整齐齐的译稿和稿上我贴的一丛丛小条子，心中一阵酸楚，不觉潸然泪下。这是多少同志的一滴滴心血的结晶啊！

这是“文化大革命”和极左思潮造成的悲剧。从1966年至今已经廿四个年头了；何时找全，还说不定。若不遭灾，《玛纳斯》不早就出版问世了吗？仅只这一件事，“文革”就使我们倒退了廿多年。

当时，我和发俊想同时搞两份译稿，以防火灾焚毁。然而，那时阿图什还无复印机，打印也无条件。长篇史诗的译文，还是同时搞两份为妥。当时是为了给国家节约，谁知竟酿成大难。

灾难是重重的，但光明在前。“文革”后，我会与新疆文联以及民族学院的同志又成立了《玛纳斯》工作组，我因患病未能参加。他们的成绩很大，又请居素普·玛玛依重唱一遍，成了八部。现在正在翻译中，发俊同志告诉我，第一部《玛纳斯》已发到新疆人民出版社排印了，下半年可望出版，这真是令人高兴的消息啊！假若1966年本找全作为资料本出版，与重唱本对比研究，将是极有价值和极有意义的。但愿散失的初唱本早日找全。这两种版本都是祖国的瑰宝，但愿世人早日看见它们的灿烂光芒。

1983年我在东京拜访80余岁高龄的日本著名民间文艺学家关敬吾先生的时候，当时他说过这样的话：“你们的史诗何时出版？我希望能在我活着的日子读到《格萨尔》和《玛纳斯》！”《格萨尔》和《玛纳斯》不仅是我国的珍贵遗产，也是世界文化的珍宝。我呼唤，敬爱的三大史诗的研究家和翻译家，让三大史诗的完整本早日问世，为祖国争光吧！

抢救中国民间文化遗产呼吁书[1]

民间文化遗产是一个民族精神情感的重要的载体，是民俗风情的结晶，是普通百姓代代相传的文化财富。因为是下里巴人的，于是难登大雅之堂，似乎过于世俗而不足为惜。这样的认识误区和文化盲点，导致在历史上从未认真清查这一弥足珍贵的文化遗产，同时没有任何法规加以保护。因而，在当代现代化发展的狂潮中，面临着“摧枯拉朽”般的灾难。

我们忧心如焚地耳闻目睹着民间文化遗产频频告急：无数珍稀罕见的民俗技艺和民间文艺伴随着老艺人的逝去而销声匿迹；改造旧城的推土机把大片大片的老城民居和附着其中的民间文化精华訇然推倒碾碎；民间文化典型器物大量流失海外；民间年画、民间皮影、民间傩戏等经典民间文艺随着它们生存土壤的破坏和文化生态的变迁而日渐式微——许多民俗文化和民间文化遗产，我们还没有来得及记录和记住它们，就悄然远离我们而去；许多民俗文化和民间文化遗产本可以保存、传承和发展的，也过早地被人为毁灭和抛弃。

这令我们痛心疾首。

文化遗产和自然生态一样，都是一次性的。一旦毁灭，无法生还。我们焦虑，在乡村城市化、城市趋同化的演进中，我们祖先留下的千姿百态的城市文化和历经千万年的乡土艺术、民俗器物，将会所剩无几！

民间文化遗产不同于经史子集、皇家经典、宗教精华、文物精粹等中国文化的极致和阳春白雪，它存在于大片的民居和人们生活起居中，是生活的文化、百姓的文化、俗世的文化。正是这种文化，在各个民族、地域、乡村和城市中，是一方水土独特的产物，是中国文化的源头、根基和底层，是原生态的文化，是民族个性特征与独特精神的重要表征，是对人类多元文化的一己贡献。民间生活文化及其遗存，有有

[1] 2002年2月26日，于中国民间文化遗产抢救工程研讨会上发布。选自《守望民间》，北京：西苑出版社，2002年。

形的物质遗产，如民居、造景、雕塑、碑刻、设施、工具、器械、器皿、服饰、玩具、美术品等；也有无形的、口头的、非物质的遗产，如口承文学、历史传说、环境知识、生产技术、消费习惯、交际礼节、人生仪式、节日庆典、组织制度、娱乐游戏、艺术技能、信仰心理等；其内容丰富，包罗万象。它们是过往生活的凭证，有着历史、地理、民俗、宗教、人文、社会、心理、经济、政治等广泛而具体的内涵和价值，是国情、民情的重要组成，也是有独特载体的民众的文化。

保护和珍爱民间文化遗产就是对人民文化创造和历史文化传统的尊重；是建设民族的科学的大众的有中国特色社会主义文化的必然要求。批判地继承和发扬民间文化遗产是一项对文化糟粕的鉴别和淘汰以及移风易俗的文明工程，是继承和发扬中华优秀传统文化，进行文化创新，繁荣先进文化的重要实践。建国以来，党和政府已经为抢救和保护民间文化遗产做出过巨大的努力，并且取得了丰硕的成果和伟大的业绩。但是，因为中华56个民族民间文化遗产的无比丰富和中华民族伟大复兴的需要，抢救民间文化遗产的任务依然迫在眉睫。20世纪60年代法国和日本在现代化发展的高潮时刻，不约而同地开展了民间文化遗产的国家性抢救工程。法国进行了文化史上最重要的一次文化遗产“总普查”，“大到教堂，小到汤匙”，巨细无遗，全要登记造册。日本也实施了由国家组织的“民俗资料紧急调查”“民俗文化分布调查”“民谣紧急调查”，80年代又再次实施由政府专项拨款进行的无形文化财产记录工作，颁布了相关法律法规，举办全国民俗艺能大会等。它们把祖先留下来的财富清理得心中有数，加强了民族文化的认同和对乡土的热爱，也极大地激发了人们的文化自尊和民族自信。

有鉴于这些经验，也基于我国民间文化遗产损毁、消亡严重，民俗文化和民间文化遗产“家底不清”。我们呼吁：

立即实施中国民间文化遗产的抢救工程。开展一次史无前例的民俗文化普查，编纂普查成果，搜集和收藏代表性典型性民俗器物和实物，编定中国民间文化遗产名录。

我们希望全体民众都有对自己文化的科学知识和文化自觉；我们希望社会各界都踊跃参与和支持民间文化遗产的抢救性普查、成果编纂和遗存保护。

我们相信，中国民间文化遗产若在我们这一代和我们这一时代得到空前规模的大普查、大珍爱、大弘扬，则是文化幸甚，民族幸甚，子孙幸甚。

附：“抢救中国民间文化遗产呼吁书”签名名单

季羡林	于光远	启　功	贾　芝	冯骥才	冯元蔚	乌丙安	刘魁立
刘铁梁	吕胜中	宋兆麟	汪玢玲	邓启耀	农学冠	过　伟	王文宝
叶春生	巫瑞书	程　蔷	刘守华	刘锡诚	卢正佳	陶　阳	杨亮才
农冠品	林德冠	余未人	张　锠	曹保明	贺学君	杨宪金	周凡英
何　明	齐　涛	潘鲁生	乔晓光	姜文祥	高立民	降边嘉措	
苑　利	汤夙国	陈勤建	吕　微	张　余	郎　樱	柯　杨	曲彦斌
江　帆	段宝林	尹虎彬	杨树喜	邢　莉	赵宗福	王善民	郝苏民
萧　放	白庚胜	向云驹	刘春香	朴京夏	谢沫华	丁慰南	黄世杰
钟宗宪	覃德清	安春杰	王建章	邱国珍	漆凌云	钟少华	苏新芬
向柏松	韩云波	李敬惠	简齐儒	李世珍	李春兰	陈华文	宁　锐
高有鹏	康保成	倪彩霞	蒋明智	刘志文	周大鸣		

（排名不分先后）

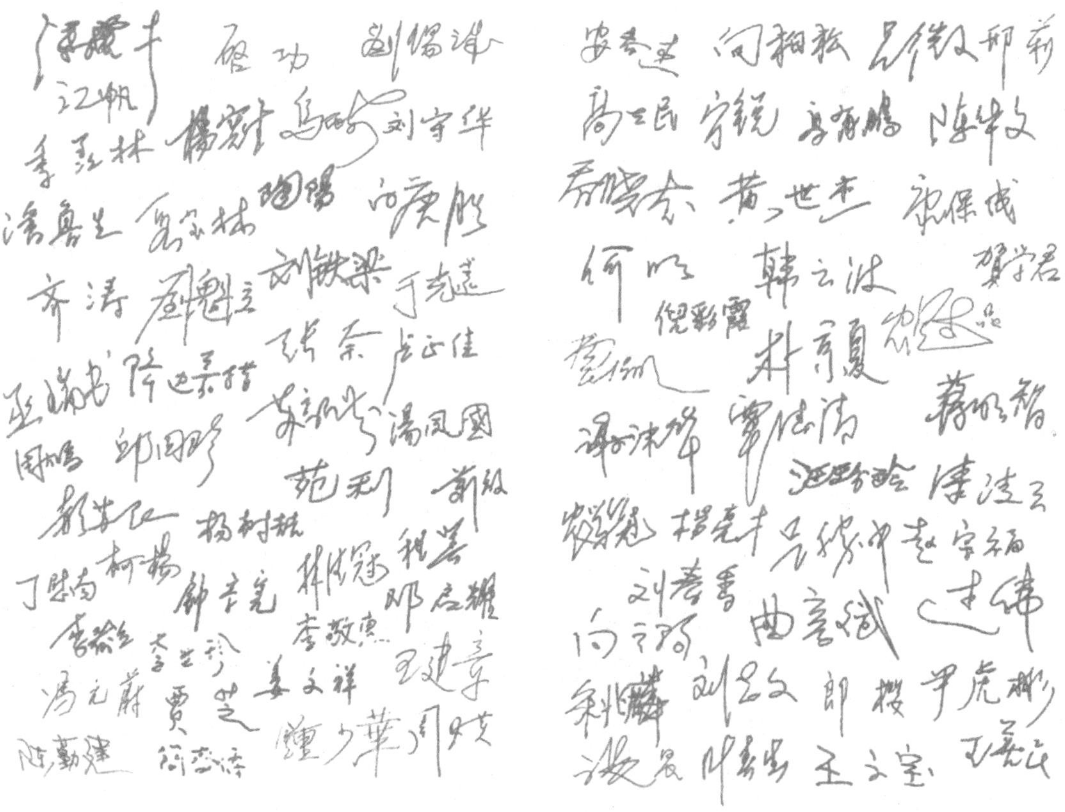

抢救民间文化是我们永远的职责

——在中国民间文化遗产抢救工程研讨会上的讲话[1]

贾 芝

冯骥才主席针对中国民协的工作、中国民间文艺工作者肩负的历史责任，提出“抢救民间文艺时不可待”，并策划实施“中国民间文化遗产抢救工程”，是十分必要和及时的。我表示热烈拥护和赞成。

民间文化可以说是一个民族的灵魂，是一个民族的根。不是有许多民族把自己的民族史诗称做“根谱”“族谱”吗？中国民间文化历来是中国传统文化的主体，也是现代文化创作的不竭源泉。今天实施这一工程，对于发展先进文化，增强民族自信心、自豪感、凝聚力，最终实现中华民族的伟大复兴，具有不可低估和不可替代的作用。

冯骥才同志从“抢救老街”开始，到今天的中国民间文化遗产抢救工程，从小到大，从微观到宏观，无论是具体实施，还是策划调控，都具有开创性的作用。他再一次警示世人：奋起抢救、保护中国五千年灿烂文化的宝贵遗存！中国五千年灿烂文化是由56个民族共同缔造的多元文化，它们各具特色，是各自民族历代集体创作的结晶，代代相传；记载着历史，成为他们的百科全书，闪耀着智慧的光芒。中国民间文化遗产既是遗产，又是活的文化形态。在人民大众的口传目濡中，在能工巧匠的手上，民间文化在默默地传承着。保护和“抢救”中国民间文化遗产，贯穿数千年，又广泛存在于人民生活的方方面面，甚至可以说是无时不在，无处不存。要做好这一工作，必须发动社会各界，从各级政府到每一位公民的关注和投入，是我们事业成功的保证。当年，《中国民间文学三套集成》，发动了200多万文艺工作者共同完成。今天，“民俗”集成和民间美术集成，更是浩繁巨大，也更加与人民群众息息相关；因此，我说“抢救”工程应该是一个全民的工程。

在历史上，作为主体的民间文化，却始终没有自己的地位，处于自生自灭的境遇

[1] 讲话时间为2002年2月26日。

中。“五四”时期，在“民主与科学”的旗帜下，学术界把民间文化的搜集整理纳入研究范围，但距真正深入民众，为他们服务还为之甚远。1942年“延安文艺座谈会”召开以后，广大文艺工作者、作家、音乐家、美术家等等，纷纷下乡采风，掀起了搜集人民群众的文艺作品与向人民文艺创作学习的热潮。毛主席从理论和解放区的文艺创作实践上，解决了文艺创作的民族化、大众化问题，从而产生了一大批划时代的为群众喜闻乐见的新作品、新文艺。但是，战争的环境、战争的需要，仍然不免限制了民间文化的广泛、深入的采录工作；毛主席当年在一次行军中曾对柯仲平同志说：全国解放以后，每个县的宣传部都要有一个人专管搜集民间文学。足见毛主席多么重视搜集、记录民间文学了；远在江西瑞金时期，毛主席就很重视记录民间故事传说。

建国以后，首先在周扬同志的直接领导下，文艺界成立了“中国民间文艺研究会”。人民大众的解放翻身，使民间文艺备受重视，我们由此开始了对56个民族沉睡几千年的民间文艺宝藏的发掘、采录、弘扬工作。众多少数民族与汉族不同省区的民间口头文学作品奇光异彩，令人瞩目。1958年，毛主席又亲自倡导搜集民歌，一场轰轰烈烈的新采风运动席卷全国；我们也召开了第二次全国代表大会，并提出了“全面搜集、重点整理、大力推广、加强研究”的十六字方针，中宣部以红头文件下达全国。在毛泽东同志的“文艺为工农兵服务”的指导方向下，全国采风运动盛极一时，影响久远。

1979年，恢复工作以后，为了弥补“十年浩劫”给民间文学界、民间艺人们带来的损害，“抢救”的任务更加紧迫；1984年，由我策划发起编纂《中国民间故事集成》《中国歌谣集成》《中国谚语集成》，并开展了全国范围的民间文学普查工作，深入到各省、市、自治区的区、县，甚至乡、镇、村寨，动员了200多万人次的民间文艺工作者；搜集资料逾40亿字，成为新中国民间文学工作的又一个辉煌的亮点。

回顾历史，中国民协从20世纪50年代就提出“抢救”，经历过不只一次的全国民间文学普查，早已硕果累累。然而，面对中国加入WTO（世界贸易组织），经济全球化；面对无形文化遗产在现代化进程中的迅速消亡；面对外来文化强劲冲击与渗透，“中国民间文化遗产抢救工程”确为“时不可待”，至关紧要。这项工程大有一网打尽的气势和策划，仅靠少数的专家是远远不够的，要依靠全国各地的民间文艺工作者、热心家。我们要动员方方面面的力量，每一个人都是民俗文化的传承者和创造者。我们要努力增强人们保护人文环境的意识，让大家从不自觉到自觉地投入到“抢救”民间文化遗产工程中来。

深入民间调查采风，“抢救”第一手资料，用现代化手段和工具保护和记录下来，是我们一贯的做法。1980年，我在黄勇刹、刘辉豪等同志的陪同下，在广西和云南走了15个县、市，每到一处就开座谈会或报告会，给基层文化干部讲“抢救”民间文学的重要性，讲如何搜集、记录民间文学作品；严格区分搜集、整理和改编、创作的范围界限。当年这些基层文化工作者都成为了我们事业的生力军。记得云南一位基层同志曾讽刺我们某些学者闭门造车的研究方法是把他们那里游在水里的活泼泼的鱼拿来晒成鱼干在研究。我以为这个比喻是恰当和深刻的。我们在采录中一定要注意到人民大众生活中活形态的民俗和民间艺术。另外，要时刻记住“取之于民，还之于民”；研究也好，再创作也好，我们的目的是为人民服务，为发展和建设社会主义新文艺而努力奉献。

民间文化、民俗文化随时代的发展而发展，但它们所蕴含的民族精神与灵魂是永恒不变的；这是我们应着力保护和弘扬的。发展也是保护，在保护中发展；同时，我们要竭力反对和防止民间文化的异化。少数人为经济利益所驱使，甚至为讨好洋人的猎奇心理，利用一些皮毛的东西，歪曲和糟蹋民间艺术，丑化自己的民族，达到了粗俗的地步。

“抢救”工程采用高科技、全方位的办法，对中华民族优秀传统文化进行一次彻底地清理、审视和保护，这是21世纪的今天才能得以实现的梦想。它必将在我们的努力下，辉煌感人地出现在世界的东方；出现在新中国各族人民的面前。我们兴高采烈地为未来的新世界祝福！

谢谢大家。

为什么做，做什么，怎么做？[1]

冯骥才

从二十一世纪第三年开始，我们要对中国民间文化遗产进行规模空前的全面普查和抢救。现在我来谈谈为什么要做这件事，还有做什么和怎么做——

为什么做？

我们为之自豪的中华文化是由两部分组成的：一部分是精英和典籍的文化，一部分是民间文化。两部分同等重要，相互不能代替。特别是民间文化，它是我国人民用双手和心灵创造的。五千年来，积淀深厚，博大而灿烂，深深凝结着人民的生活情感与人间理想。我们民族的精神与思想的传统，我们民族的情感与个性，既鲜明地保存在精英和典籍的文化里，也生动地流传在民间文化之中。所以我们说，民间文化是中华文化的一半。

但是，由于种种历史偏见，民间文化并没有处在与精英文化同等的位置上。它们大多是凭借着口传心授，以相当脆弱的方式代代相传。

一方面是农耕时代将要消亡。随着工业化和城市化的加速，原有的农耕文明架构下的许多文化形态和方式都在迅速瓦解与消亡。这是眼前正在发生的事情。

另一方面是全球化的冲击。风靡全球的商业性的强势流行文化，正在猛烈地冲击世界各民族——也包括我们民族的文化。在这种全球化的飓风中，首当其冲处于消解过程的是传统的民间文化。

民间文化遗产是我们祖先五千年以来创造的极其丰富和宝贵的文化财富，是我们民族精神情感、个性特征以及凝聚力与亲合力的载体，也是我们发展先进文化的精神

[1] 本文选自《中国民间文化遗产抢救工程普查手册》，北京：高等教育出版社，2003年。

资源与民族根基，以及综合国力中不可或缺的坚实精神内涵。可是，由于民间文化长期不被重视，人们没有从文化上、从全球化的背景上来看待这个“中华文化的一半”，因而至今我们对于民间文化的整体状况认识不清，心无底数，我们甚至不知道如今民间文化到底消失得怎样。

如果我们到中华大地上跑一跑，就会看到我们的文化多么缤纷与迷人！人民多么智慧、多么心灵手巧、多么富于才华！同时，还会看到它们面临着失传，受到漠视；看到它们曲终人散，人亡艺绝。每一分钟，在深邃的民间，在我们的田野里、山坳里，都有一些民间文化及其遗产死去。它们失却得无声无息，好似烟消云散。

能够让自己的文化损失在我们这一代人的手中吗？能够叫后人完全不知道先人这些伟大的文明创造吗？

我想，我已经基本上讲清楚为什么要这样做了。

做什么？

中国民间文化是一个巨大的宝库。这由于：一是历史悠久，二是民族多样，三是地域差异，它们造成了所谓十里不同风，百里不同俗。如果真的走进民间，就会感觉到这个文化世界深邃莫测，变幻无穷，琳琅满目，浩无际涯。民间文化学者从整体上把它区分为三部分：

民俗

民间文学

民间艺术

十几年前，我们通过采编“中国民间文艺十套集成”对民间文学和民间艺术进行过田野采风与搜集工作。那一次采风在中国文化史上是具有填补空白意义的，抢救了很大一批民间文化遗产。但由于时代背景的不同，那次采风的视角偏重于“文艺”而非着眼于“文化”。民俗这一大块最重要的、根本性的民间文化没有纳入其中，民间美术也在视野之外。此外，民间文学的搜集整理至今尚未全部完成；尤其是民间文学（谚语、歌谣与故事传说）原生态的极其珍贵的采风实录——县卷本，由于没有整理与出版，面临重新失散的可能。它反而成了我们这次抢救的对象之一。

我们要用十年时间，对祖国大陆各民族的民间文化，进行一次地毯式的普查。我们的对象是“大到古村落，小到荷包”。尽管我们不可能将农耕文明的遗存“一网打尽”，但我们的口号是“一网打尽”，以表明我们对先人创造的文化心怀的一种虔敬、热爱与责任。

这次抢救的是民间文化遗产。遗产是财富，文化遗产是一个民族的精神财富。

我们要抢救的民间文化遗产是指农耕时代所创造的文化财富，而不是现代社会生活中新产生的民间文化。这一点很严格，不能含糊。

它的本质是民间的，必须是民间的。比如陶瓷，我们面对的是民窑而非官窑，比如民居，我们面对的是民居及其桥梁、戏台、作坊、商家等，而非皇家宫室、贵族园林和名寺宝刹。这一点也很严格，不可逾越。

民间文化包含很广泛。它包括农耕时代民间的文化形态、文化方式、文化产品，一切物质和非物质的遗存。

我们在抢救和普查时，要注意：

活态的

活态是指代代相传、流传有序、依然保持着原生态的民间文化。比如那些按照传统规范来进行的民俗事象，正在生活其中的古老民居，仍旧操作着的工艺流程，依然自娱自乐的民间艺术等等。这些活态的民间文化要赶紧记录下来，不能等待它濒临灭绝时再去抢救。因为它具有“活化石”的意义。

现在时

现在时是指在21世纪初中国民间文化的存在状态。这个状态包括活态、濒危状态、非活态。要准确地记录和体现这种“历史的真实”。这对于未来研究文化的兴衰与演变具有重要价值。

历史的遗物

对于已经消亡（非活态）的民间文化。要注意收集遗物。遗物是这种文化生命的最后的载体。比如一些著名的年画产地已经不再生产，但那些散落在民间的年画遗存中却承载着大量的昔日的信息。至于出土的民间文化物品，应不属于这次抢救的范畴。遗存是指遗留在生活中。

我们这次抢救工程依照顺序分为五项，即普查、登记、分类、整理、出版。

普查工作是第一位。普查要覆盖全国，而且要深入到每一个僻远的山庄与水村，全是田野作业，非常辛苦。但是，如果没有普查，我们对民间文化的状况没有底数，也就谈不上保护。普查的本质就是抢救，或者应该叫做抢救性普查。

登记、分类、整理这三项工作，都是紧随普查之后的后续工作。它们的目的是将普查的结果系统化、规范化、档案化，最终使我们真正拥有中国民间文化这份巨大的遗产。因此，这些工作必须“严格，清晰，齐全”。即分类严格，记录清晰，文字（文）、图片（图）、录像（像）齐全。为此，中国民协已经制定出普查范本、分类标准、供登记使用的表格的样式和整理原则等。

谈到出版，必须明确：我们绝不是为了出版一大套书而去采风，去搜集材料。我们是为了搞清民族文化的家底。出版仅仅是整理我们文化遗产的方式之一。

这次工程的最终成果是要完成如下目标：

在民俗方面，最主要的工作是出版县卷本的《中国民俗志》，每县一卷，共约三千卷，以使我们拥有一部农耕时代地域民俗之大全。

在民间文学方面，最艰巨的工作是将“中国民间文学三套集成”的县卷本，全部搞完，每县三卷，共约七千卷。这应是中国文学中最重大、最宝贵的财富之一。此外，我们还将完成《中国民间叙事长诗集成》和《中国史诗集成》。

在民间艺术方面，最终将编辑出版一套巨型的图集《中国民间美术集成》。这一工作的完成，将使浩瀚又缤纷的中国民间美术井然有序。同时还要完成《中国手艺人名录》，以记录农耕时代终结期的一代重要的民间艺人。

此外，我们要用《中国民俗分布地图集》和《中国民间美术分布地图集》展示我们抢救与普查的成果，从而使我们对祖国的文化大地一目了然，真正做到“心中有数”。

这次普查中，我们不仅需要文字记录，还要动用摄影与录像的手段，将现存的民间文化遗产可视地、动态地、立体地保存下来。这种综合性的方式和科技含量高的技术手段，也是本次普查工作的重要特征与要求。

为此，在图片和文字性的成果出版之外，还要建立以照片和光盘为主的“中国民间文化影像档案”，以及用计算机管理的“中国民间文化资料数据库”。

如果十年后把这一切都完成了，我们才能松一口气地说：我们已把五千年来先人创造的文化全部拥进怀中。如果我们没有做到，后人恐怕连其中的一半也不可能再见到！

怎么做？

如此巨大、复杂又艰巨的工程，怎么来做？

中国民间文艺家协会主要通过各省市的民协来组织专家、学者、文化工作者，进行田野调查。普查要按照整个工程的总体规划进行，各地民协也要制定地方性的普查计划。所有计划必须在组织、队伍、人员、内容、步骤、时间、设备与经费等方面落实。必须保证在计划内的时间里完成各项工作。全国性普查工作初步拟定为五年，于

2008年以前做完。登记与普查同步。后续的分类和整理工作也在各地民协完成。然后，定期报送中国民协。整个工程成果的整理、编辑和出版工作拟定为五年，于2012年完成。

中国民协将成立一个办公室和两个委员会——工作委员会与专家委员会。其中，工作委员会负责整个工程的组织、协调与推动；专家委员会负责学术指导与成果鉴定以及后期的编辑与出版等。

尽管抢救与普查工作要全面地铺开，但还应有重点、有选择、有秩序地进行。我们的方针是“三个优先”。这“三个优先”是“地区优先，项目优先，濒危优先”。

“地区优先”是指一些地区（主要是省一级）民协的工作条件比较好，普查队伍齐整，有足够的可以依靠的骨干力量，地方政府又积极地给予经费等方面的支持，就要列入第一批优先动手普查的地区。

“项目优先”是指一些跨地区全国性的民间文化品种。比如民间艺术中的皮影、剪纸、年画等，可列为专项，交由全国性的艺术研究单位、组织以及大学来承担。只要这些部门与单位的各种普查条件都已具备，就可以优先进行，一个一个地启动项目。

“濒危优先”是指某地区或某一种民间文化濒临消失，或者某一种民间艺术面临艺绝人亡，就要率先开始。比如民间作坊，在乡村城镇化的过程中正在迅疾消亡。如果不在抢救前加上“紧急”二字，就会转瞬即逝。所以，要把濒危的民间文化艺术列为抢救工作的首位。

总的说来，我们是用这些“优先”带动“全面”。希望各个省的民协也用“三个优先”来带动全面的普查工作。

这次抢救工作时间长达十年，工作量极繁重，普查的面积囊括九州，涉及学科领域十分广泛。为此，中国民协及各地民协最重要的工作是制定可行的计划，统一标准，同时做好发动、组织与协调。

我们不仅要发动各个基层组织和专家学者、民间文艺家，还要发动社会各界积极参与。我们把这次普查本身也当作“关爱民间文化、呼唤民族情怀”的广泛的社会号召，当作一种文化行动。只有大量的志愿者与青年学生主动投入这项工作，才能说我们的目的真正地达到了。因为我们最终的目的是巩固民族的文化与弘扬民族的精神。

当工程启动，千头万绪的工作迎面扑来，它首先考验我们的是组织和协调能力。从全面的进度，到每一个普查小组的学者、摄影家与摄像工作者的组成，都需要相互调谐与严密组织。

为此，中国民协已成立整个抢救工程的办公室，承担全局性的具体领导与协调工作。我们设立专门的网站，随时交流与通报各种信息。我们要求各地民协和抢救项目的承办单位，都要成立独立的抢救办公室，并配备电脑，共同建立起严密和通畅的网络系统。在整个工程进行中，还将定期召开各种专门性的工作会议与经验交流会议。“在战争中学习战争”，给工程以有序、不间断的推动。

中国民间文化遗产抢救工程已经启动。这是中华民族空前规模的文化行动。目前，中宣部已经将该工程正式批准为“国家社科基金特别委托项目”。国家文化部也给予全力支持，并将其作为政府的文化保护的一项重要工作。如此巨型的文化行动也只有在我国、在我们这样的社会制度中，才能这样波澜壮阔地展开。

在这样的使命面前，我想，我们文化界的人士，再乘上一百倍、一千倍、一万倍的人来抢救我们濒危的、正在消失的民间文化，都是非常困难的事。我们祖国太大了，我们的文化太浩大、太灿烂、太多样了！而且抢救工作全凭硬邦邦的实干，全凭辛苦，全凭责任感，全凭奉献。同时，我们还要本着对文化负责的精神，工作必须踏实、认真、细致、深入、严格，决不能草率与疏忽。因为我们的每一笔都是写在文化史上的，而历史的本质是真实，历史的要求是翔实！

我们的文化工作者，还是先离开你们的书案吧！到田野、到山坳、到民间去！那里的危亡于旦夕的珍贵文化遗产在向你们呼救。但不要以为我们是文化的救世主，我们只是保护文化遗产的责任人。因为任何一代的文化人，都有责任把先辈创造的文化精华保护好，交给下一代。这就是一个民族的文化与精神得以传承的原因。

我们又是幸运的一代。由于人类社会的转型与文明的转变，对农耕文化遗产进行全面整理的使命正好到了我们这一代手中。努力完成历史交给我们的这神圣的使命吧！不负前人，不负后人，也为了今天的中国。

不负祖先　不负时代　不负未来

——在中国民间文化遗产抢救工程新闻发布会上的讲话[1]

全国人大常委会副委员长

许嘉璐

中国民间文化遗产抢救工程酝酿已久，在冯骥才同志思考这个问题的时候，提出这个呼吁的时候，以及获得国家支持的整个过程当中，我们不止一次地深入地交换了想法。我非常地支持、拥护和赞赏这一创意。大家都知道“两会”就要开了，“两会”之前工作很忙，但今天这个抢救工程的发布会，我说我一定要来。来了以后看这么多同志到会。一进门我很感慨。这说明我们社会各界对这样一项工程非常地关注，说明这项工程提得及时，开展得及时，符合民心，符合社会发展的规律。

首先，我要说“抢救”两个字用得好。它不仅仅醒目，可以对相当多的人起到振聋发聩的影响，而且它是实事求是的，现在的确到了抢救的时候。为什么？因为自20世纪初开始，我们国家就处在转型的时期，从农业社会转向工业化社会。这个转化需要很长的过程。而近几十年，就是我们建立中华人民共和国之后，这种转型的速度加快了。根据人类文化发展的规律，当社会生产力进入到一个新的阶段的时候，社会的结构都要相应变化。它的上层建筑，包括意识、学术、文化、艺术等等都要跟着变化。在变化的过程当中，扬弃成为主旋律。所谓扬弃不是都扔掉，是保留于后代、于社会有用的，特别是一些永恒性的东西，而一些不适合当前社会的东西都要被遗忘、被丢掉。在过去，社会处于一种自发发展的过程当中，因没有理性主义作指导而任其生灭。其实，灭亡了的东西虽然不适合某一个时代的需求，它却是人类所走过的足迹，是人类过去智慧的结晶。它可以不存在于现实生活当中，但是在人类的记忆里不应该消失，否则人类都不知道自己是从哪里来的。中国处在这样一个快速的转型时期，必然也有很多东西要抛弃，从生活当中抛弃，但不能从艺术、学术、人类的记忆里抛弃。所以，我说在这样一个情况下，在我们最近五十年，特别是二三十年变化剧烈的时候必须抢救！抢救意味着从自发到自觉，抢救意味着用理性主义来指导自发

[1] 讲话时间为2003年2月18日。

性、经验性的生活。这个抢救工程对于中国有特别的意义。我认为抢救的不仅仅是民间文化艺术的某些静态记录下来的文物或演示的活动。实际上，它抢救的是中华民族文化的根！

刚才主持人说应当应对当前经济全球化的挑战，经济恐怕是社会发展的最巨大的动力。科技的高度发展，必然促进经济的全球化。这个过程是从19世纪开始的。同样的，近几十年来，由于科技高度的、几何级数的发展，经济全球化速度加快了。经济发展速度的加快，一体化过程的加快，容易造成文化的一体，也促成有些人想要一体化，也促成有些人犯迷惑以为必须一体化。但是，文化的一体化意味着人类的灭亡，人类文化的灭亡。所以，文化按其规律必然是多元的。可是，就在多元与一体的撞击当中。如何形成多元，就要看各个文化自己的生命力，要看各个文化自己自觉到什么程度。因此，可以说在未来的世界上，必然有些民族的文化要消失，而同时有些文化要崛起。在经济全球化的浪潮当中，没有很深的功底，没有高度自觉的、理性的指导，任何民族的文化都难以立足于这个世界上。中华文化博大精深、源远流长，但也在受着商品文化的冲击。文化的有些品种是带有商品属性的，但归根结底，文化不是商品。商品文化是快餐文化。在这种情况下，抢救我们的民间文化艺术，让我们更多的人找到和明确我们中华民族的根。让这块土壤显示她的丰厚，继续哺育、成长未来的文化，具有极其重要的现实意义。这样一个抢救工程，不同的行业、不同的领域可以从中有不同的价值取向。比如说，文艺家、民间文艺家、作家、画家、新闻媒体、人类学家、民族学家、文化学家、哲学家都有不同的取向。有一点恐怕是共同的，这就是共同关注分散地体现在不同地域、不同形式的亚文化、次亚文化当中的中华民族自古所形成的伦理观念、价值观念、哲学观念。到现在为止，就我寡陋所及，在学术界研究中国古代哲学、伦理学等时，基本上取材于传世文献，偶尔涉及出土的文献，像甲骨、简册、帛书。但是，走出城几十里地，存在于广大民间的这种所谓"俗"的文化遗产比传世文献更鲜活。它是过去的，但更丰富、更深沉。什么原因？一方面，由于过去治学道路、治学方法的局限，从太太老师到太老师到老师到自己到自己的徒弟，一脉相承，是在传世文献里讨生活。还有一个客观上的原因，就是没有人给我们的学者、给我们的艺术家搜集好我们丰富的民间文化艺术。这样一个抢救工程，它抢救的过程以及最后抢救凝聚成的丰硕的成果，将为未来的文化、艺术、学术提供取之不尽、用之不竭的营养源。同时，我觉得可能影响更为深刻的，就是让我们更多的未来者、年轻人，为自己民族如此丰富、博大精深的民间文化而感到自豪，从这里找到自己的根！

总而言之，随着时间流逝，人们会越来越意识到它是一个伟大的工程。作什么比喻呢？真不好比。比成当年修建万里长城？一个是有形的，一个是无形的，不好比。但是，我可以用“伟大”两个字来形容这个工程。这样一个工程，不是一个民间文艺家协会能做得了的。他们只是牵头、组织、协调。因为文化有地域文化，有行业文化，有民族文化。也就是说，在一个文化总体下的亚文化可以有不同的分支。既然是民间，那它就存在于960万平方公里的土地上。所以，这样一个工程，需要倾全国有志者之力，倾各地、各行业、各个民族有志者之力。我希望这样一个工程能引起所有知识分子的重视，引起各级政府的重视。这样一个工程需要很多时日，我希望抢救工程所有的参与者坚持不懈。但是，有江泽民同志提出的先进文化前进方向思想作指导，有面向未来、面向世界、面向现代化，科学的民族的大众的社会主义新文化这个目标，有我们强大的、日益增强的综合国力，有广大人民对于文化生活的越来越急迫的渴求，有在座各位的鼎力相助，这个工程一定能够取得伟大的成果，不负我们这个时代，不负千百年前的祖先，也不负未来永远不绝的中华民族的子孙！

中国文联、中国民协关于命名中国民间文化杰出传承人的决定[1]

中国文学艺术界联合会
中国民间文艺家协会

为贯彻落实党的十六大关于要“扶持对重要文化遗产和优秀民间艺术的保护工作”的精神，继承中华民族优秀的文化遗产，弘扬民族精神，增强民族凝聚力，大力繁荣社会主义先进文化，建设和谐文化，在第二个国家文化遗产日到来之际，中国文学艺术界联合会、中国民间文艺家协会决定联合命名才让旺堆等166人为首批中国民间文化杰出传承人。

中华文明生生不息，绵延不绝，她是我国人民几千年来克服艰难险阻、战胜内忧外患、创造幸福生活的道德基础、价值认同、知识宝库、精神力量。优秀的中国民间文化遗产是中华文明的重要组成部分，她彰显民族的生命力、凝聚力、创造力，以其多样性、活态性、人民性、民族性表达人民的思想感情，反映人民的道德和智慧，哺育一代代中华儿女，对培育中华民族精神、丰富世界文明、推动人类进步做出了巨大的贡献。

“人民，只有人民，才是创造世界历史的动力。”一部光辉灿烂的中国文化史，亦即中国人民丰富多彩的生活史、生命史、审美史。文化杰出传承人是人民文化创造活动的生力军，他们以杰出的智慧、卓越的才能，承继民族文化的传统、精神与形式，推进民族文化的发展、繁荣与创新，自觉或不自觉地担当起传递民族文化薪火、演进民族文化生命的重责，因而成为民族文化的重要代表者。民间文化杰出传承人是其中的重要组成部分。他们扎根民间、拥抱生活、延续历史、恪守传统，推进着中华文明的历史车轮。因此，认定命名民间文化杰出传承人是保护民间文化的重要形式。只有保护传承人，尤其是杰出传承人，才能确保民间文化的传承与赓续。

命名民间文化杰出传承人是对民间文化生存状态的特殊关注，是对传承人在文化传承过程中的特殊作用与贡献的充分肯定，也是以人为本科学发展观在民间文化保

[1] 2007年6月3日在人民大会堂发布。

护、传承、转型、创新工作中的具体贯彻与落实。中国文联、中国民协于2002年联合启动实施的中国民间文化遗产抢救工程得到中宣部、国家民委、文化部、财政部等部门的大力支持。其中，包含有中国民间文化杰出传承人调查、认定和命名的内容。自2005年以来，这项工作在全国范围内得到扎扎实实地开展。两年多来，历经各地、各级宣传部门、文化部门、文联及民协组织专门力量进行认真、严肃、科学的考察推荐、评审、公示，中国文联及中国民协决定正式命名包括民间口头文学、民间表演艺术、民间手工技艺、民俗技能四大部类在内的首批中国民间文化杰出传承人166名。这些杰出传承人全部来自基层和农村，他们是我国民间文化的重要保存者、生产力。中国民间文化遗产就存活在他们的记忆和技艺之中。中国民间文化的生命力就表现在他们的传承力、创造力之中。

我们命名这些杰出传承人，就是要充分关注中国民间文化的生存状态，就是要充分彰显传承人在中国民间文化发展过程中的特殊贡献，就是要进一步呼吁社会关怀民间文化传承人的命运，改善他们的生存、传承、创新条件，更好地实现我国民间文化的与时俱进，为繁荣先进文化、构建和谐社会，实现社会和谐而奋斗。

我们相信，通过这次命名，我国的民间文化事业必将在党和国家的正确领导下翻开新的一页，民间文化及其传承人的地位将进一步提高，尊重传承人的创造性劳动将蔚然成风，重视传承人培养的意识将更加增强，民间文化的生命力将更加旺盛。

我们也希望被命名的杰出传承人认真深入学习胡锦涛同志在中国文联第八次全国代表大会、中国作协第七次全国代表大会上的重要讲话精神，牢记使命、珍惜荣誉，加强修养，提高境界，坚定信念，孕育桃李，致力传承，实践繁荣先进文化、建设和谐文化、为构建社会主义和谐社会作贡献的当代文化工作主题，牢记文艺工作者的庄严使命，为中华文明的生生不息、代代相传、实现中华民族的伟大复兴作出更大的贡献!

特此决定。

附：中国民间文化杰出传承人名单

2007年6月1日

中国民间文化杰出传承人名单

（总计166人，排名不分先后）

姓名	性别	民族	地区	传承内容
才让旺堆	男	藏	青海西宁市	格萨尔说唱
靳景祥	男	汉	河北藁城市	民间故事讲述
阿　尼	男	藏	四川德格县	格萨尔说唱
潘景娥	女	汉	河南固始县	郭丁香说唱
莫宝凤	女	鄂伦春	黑龙江逊克县	“摩苏昆”说唱
马巧枝	女	汉	河南宜阳县	民间故事讲述
谭振山	男	汉	辽宁新民市	民间故事讲述
刘则亭	男	汉	辽宁盘锦市	民间故事讲述
黄仁锡	男	朝鲜	吉林延吉市	民间故事讲述
蓝兴发	男	畲	福建福安市	畲族歌谣
田茂忠	男	土家	湖南保靖县	土家族歌谣
桑　珠	男	藏	西藏丁青县	格萨尔说唱
玉　梅	女	藏	西藏索县	格萨尔说唱
居素普·玛玛依	男	柯尔克孜	新疆阿合奇县	玛纳斯说唱
加·卓乃	男	蒙古	新疆和布克赛尔县	江格尔说唱
刘德方	男	汉	湖北宜昌市	民间故事讲述
陆瑞英	女	汉	江苏常熟市	白茆山歌
金巴扎木苏	男	蒙古	内蒙古巴林右旗	格斯尔说唱
孙家香	女	土家	湖北长阳县	民间故事讲述
朱仲禄	男	汉	青海西宁市	青海花儿演唱
戴建平	男	汉	河南濮阳市	唐宋大曲
刘天杰	男	汉	河南济源市	王屋琴书
王周道	男	汉	河南登封市	河洛大鼓
岳秀良	男	汉	河南桐柏县	桐柏皮影
党凤菊	女	汉	陕西西安市	提线木偶表演
马九信	男	汉	河南焦作市	洪山调
赵玉清	女	汉	河南沁阳市	怀梆剧
张福生	男	汉	河南鄢陵县	管箫（民间音乐）
郭红运	男	汉	河南洛阳市	管子（民间音乐）
田隆信	男	土家	湖南龙山县	打溜子（民间音乐）
齐·宝力高	男	蒙古	内蒙古呼和浩特市	马头琴演奏
柯洛娃	男	羌	四川茂县	羌笛演奏
任连义	男	汉	河北抚宁县	唢呐吹奏
宝音德力格尔	女	蒙古	内蒙古呼和浩特市	长调民歌
王向荣	男	汉	陕西榆林市	陕北民歌
奇附林	男	蒙古	内蒙古准格尔旗	漫瀚调演唱
桑胜杰	男	汉	河南民权县	锔缸挑舞蹈
王汉宾	男	汉	河南洛阳市	九子莲环灯舞蹈
龙英棠	女	苗	湖南湘西州	苗族鼓舞
高向成	男	汉	陕西安塞县	安塞腰鼓

续表

姓名	性别	民族	地区	传承内容
杨　敏	女	汉	辽宁海城市	高跷秧歌
王连成	男	汉	辽宁海城市	高跷秧歌
关扣尼	女	鄂伦春	黑龙江呼玛县	萨满舞蹈
习阿牛	男	纳西	云南迪庆州	东巴舞蹈
阿明东奇	男	纳西	云南迪庆州	东巴舞蹈
吴春安	男	汉	山西浮山县	木偶表演
罗布生	男	蒙古	内蒙呼和浩特市	乌力格尔演唱
胡官美	女	侗	贵州榕江县	侗族大歌
张庭花	女	苗	贵州台江县	苗族古歌
韦利熙	男	布依	贵州兴义市	布依八音演奏
董明巧	女	汉	甘肃岷县	花儿演唱
敬登岐	男	汉	甘肃环县	道情皮影表演
张　海	男	侗	广西三江县	侗族芦笙
陈帮贵	男	汉	重庆綦江县	川江号子
高成富	男	汉	安徽灵璧县	淮北琴书
陈孝功	男	汉	安徽凤台县	花鼓灯
符海燕	女	汉	广东雷州市	雷州姑娘歌
蔡锦镇	男	汉	广东陆丰市	皮影表演
王妚大	女	黎	海南琼中县	黎族民歌
戴明教	女	汉	上海松江区	顾绣
任星航	男	汉	河南禹州市	钧瓷
李方福	男	汉	四川绵竹市	木版年画
叶永洲	男	汉	四川成都市	蜀锦
王笃芳	男	汉	浙江乐清市	黄杨木雕
周兆明	男	汉	河北蔚县	剪纸
马习钦	男	汉	河北武强县	木版年画
刘立忠	男	汉	河北邯郸市	磁州窑陶瓷制作
王学峰	男	汉	河南浚县	泥彩塑（泥咕咕）
霍庆顺	男	汉	天津西青区	木版年画
霍庆有	男	汉	天津西青区	木版年画
霍秀英	女	汉	天津西青区	木版年画
孙同鑫	男	汉	江西景德镇市	陶瓷
许述章	男	汉	河南淮阳县	泥彩塑（泥泥狗）
喻湘涟	女	汉	江苏无锡市	泥彩塑（惠山泥人）
王南仙	女	汉	江苏无锡市	泥彩塑（惠山泥人）
胡　深	男	汉	陕西凤翔县	泥彩塑
张　锠	男	汉	北京朝阳区	泥彩塑（泥人张）
张　宇	男	汉	天津河西区	泥彩塑（泥人张）
双起翔	男	满	北京西城区	泥彩塑
汤夙国	男	汉	北京东城区	面塑
郎志丽	女	满	北京海淀区	面塑
赵艳林	女	满	上海市徐汇区	面塑
王素花	女	汉	河南开封市	汴绣

续表

姓名	性别	民族	地区	传承内容
黄肖琴	女	壮	广西靖西县	刺绣
刘晨曦	男	汉	四川成都市	蜀锦
李中献	男	汉	河南新安县	澄泥砚
王中义	男	汉	河南方城县	石猴
郭太运	男	汉	河南开封市	木版年画
钟海仙	男	汉	湖南隆回县	木版年画
冯炳棠	男	汉	广东佛山市	木版年画
邰立平	男	汉	陕西凤翔县	木版年画
张金汉	男	汉	河南开封市	彩灯制作
刘盛涵	男	汉	江西赣县	花灯制作
陈柏华	男	汉	江苏句容市	花灯制作
侯俊英	女	满	吉林吉林市	河灯制作
王蓬草	女	汉	河南灵宝市	剪纸
刘静兰	女	汉	内蒙古包头市	剪纸
高金爱	女	汉	陕西安塞县	剪纸
李秀芳	女	汉	陕西安塞县	剪纸
陈余华	男	汉	浙江乐清市	剪纸
杨仰溪	男	汉	河南灵宝市	彩扎
张金培	男	汉	广东东莞市	彩扎
聂方俊	男	汉	湖南凤凰县	彩扎
孔令民	男	汉	北京海淀区	风筝制作
哈亦琦	男	回	北京海淀区	风筝制作
魏国秋	男	汉	天津南开区	风筝制作
吴元新	男	汉	江苏南通市	蓝印花布
秦宪生	男	汉	广东汕头市	木雕
何汉林	男	汉	广东汕头市	木雕
陈团发	男	汉	江西萍乡市	傩面具雕刻
江碧峰	男	汉	福建泉州市	木偶雕刻
朱炳仁	男	汉	浙江杭州市	铜雕
蔡水况	男	汉	福建厦门市	漆线雕
郭宝林	男	鄂伦春	黑龙江塔河县	桦树皮制作
杨福喜	男	汉	北京朝阳区	传统制弓
常　弘	女	蒙古	北京崇文区	玻璃工艺（葡萄常）
杨占尧	男	汉	四川夹江县	手工造纸
吉伍巫且	男	彝	四川喜德县	漆器制作
涂必成	男	汉	山西长治市	堆锦
薛生金	男	汉	山西平遥县	漆艺
郭美玲	女	汉	山西侯马市	刺绣
傅作仁	男	满	黑龙江海伦市	剪纸
朱文立	男	汉	河南汝州市	汝瓷
薛玉芹	女	汉	陕西安塞县	剪纸
李松柏	男	汉	辽宁沈阳市	古建筑彩绘
宗者拉杰	男	藏	青海西宁市	唐卡

续表

姓名	性别	民族	地区	传承内容
吴学宝	男	汉	福建福州市	软木画
徐汉棠	男	汉	江苏宜兴市	宜兴紫砂
徐秀棠	男	汉	江苏宜兴市	宜兴紫砂
谭泉海	男	汉	江苏宜兴市	宜兴紫砂
汪寅仙	女	汉	江苏宜兴市	宜兴紫砂
张明建	男	汉	山东临沂市	花布印染
聂希蔚	男	汉	山东高密市	泥彩塑
杨洛书	男	汉	山东潍坊市	木版年画
都传恭	男	汉	山东潍坊市	核雕
范祚信	男	汉	山东高密市	剪纸
王刚英	女	苗	贵州安顺市	苗族蜡染
杨栖鹤	男	汉	宁夏隆德县	泥彩塑
杨佳年	男	汉	宁夏隆德县	泥彩塑
陆文礼	男	侗	贵州黎平县	侗族鼓楼建筑技艺
龙秀吉	女	苗	贵州雷山县	苗绣
汪秀霞	女	汉	辽宁锦州市	医巫闾山满族剪纸
王建中	男	汉	上海徐汇区	上海剪纸
秦华北	男	壮	广西崇左市	天琴制作
付全泰	男	汉	重庆铜梁县	铜梁舞龙彩扎
卢山义	男	汉	安徽界首市	界首剔花陶艺
储金霞	女	汉	安徽芜湖市	芜湖铁画
甄彦苍	男	汉	河北曲阳县	曲阳石雕
符玉梅	女	黎	海南陵水县	黎族织锦
关云德	男	满	吉林九台市	满族剪纸
王习三	男	汉	河北衡水市	冀派内画
张汝财	男	汉	河北衡水市	冀派内画
路树娴	女	汉	江苏扬州市	扬州刺绣
赵明哲	男	满	吉林吉林市	驯鹰
李森林	男	汉	陕西镇巴县	傩艺表演
罗会武	男	汉	江西南丰县	傩艺表演
李荣贵	男	汉	河南获嘉县	武术（罗汉拳）
陈正雷	男	汉	河南温县	太极拳（陈氏）
陈小旺	男	汉	河南温县	太极拳（陈氏）
刘宝山	男	汉	河南登封市	少林拳
王长青	男	汉	河南登封市	少林拳
韩会明	男	汉	河北邯郸市	太极拳（杨氏）
晏西征	男	汉	湖南新化县	梅山武术
龙光清	男	苗	贵州贵阳市	苗族傩技
彭　忠	男	汉	广东陆丰市	传统制皮工艺
彭凯瑜	男	汉	广东陆丰市	传统制皮工艺

注：民间文学类传承人马巧枝与黄仁锡在本名单确定后不幸辞世。

紧急保护羌族文化遗产倡议书[1]

发生在汶川的特大地震，不仅造成了大量的人员伤亡和家园被毁，也使很多文化遗产遭到重创，特别是独具特色和魅力的羌族文化遗产正面临毁灭性劫难。川北灾区不仅有着美丽的山川田园，也是羌、藏、土家、回、汉等各族人民的精神文化家园。那里有碉楼、古寨等文化丰碑，那里也有史诗、羌绣、民俗、歌舞、音乐等数十项国家级非物质文化遗产代表作和大批中国民间文化杰出传承人。北川县更是全国绝无仅有的羌族自治县。如今，那里满目疮痍，面临人亡歌息、人去艺绝的险境。不久前，温家宝总理站在北川的废墟上深情地说："我们要再造一个新北川。""北川是我国唯一的羌族自治县，要保护好羌族特有的文化遗产。"这是何等的高瞻远瞩！何等的民族情感和何等博大的文化情怀！这不仅是对北川灾区重建的重要指示，也是向全国民族民间文化工作者发出的文化抢救与保护的伟大号召。

自然无情，生命顽强。这种顽强不仅是精神上的，更应当是行动上的。我们全体参加"紧急保护羌族文化遗产座谈会"的代表向全国民族民间文化艺术工作者和关心民族民间文化遗产命运的各界人士发出倡议——让我们紧急行动起来，为保护羌族文化遗产、为重建灾区各民族精神文化家园贡献爱心、贡献知识、贡献智慧、贡献力量。

非物质文化遗产保护是世界性的文化难题，遭受巨大损毁的羌族和灾区各民族非物质文化遗产如何劫后余生、重现辉煌，更是一个空前的挑战和考验。如今，非物质文化遗产赖以生存依附的山川地理、羌寨碉楼、传承群体已经面目全非。这些遗产的英姿何处寻觅又如何再传？请让你与我们一起与灾区人民共同承担和应对这场劫难；请让你与我们一起带上行囊，去灾区做特殊的田野调查，去记录、整理、呈现灾区各民族的民间文化遗产；请让你与我们一起探索和研究这些珍贵文化遗产的价值，张扬

[1] 于2008年6月1日"紧急保护羌族文化遗产座谈会"上发布。本文选自《羌去何处——紧急保护羌族文化遗产专家建言录》，北京：中国文联出版社，2008年。

它们在中华文化历史中的地位与贡献，积极为各地重建家园建言献策，开创前所未有的灾区文化抢救和保护的途径与方法，以我们工作的成果去增强灾区各族人民的自信心和凝聚力，让古老的民族文化传统世代赓续。

中华民族五千年来生生不息，从来没有在磨难中倒下，从来没有放弃文化传承的伟大使命和责任。精神不死，文脉永存。胜利一定属于英雄的中国人民。

坚决夺取抗震救灾的全面胜利

——在紧急保护羌族文化遗产座谈会上的讲话[1]

全国人大常委会副委员长、中国民主促进会中央委员会主席
严隽琪

我昨天晚上刚从四川灾区回到北京。这短短的两天半时间里面，我看到的一幅幅画面，接触的一个个人物，听到的一个个故事，依然使我心潮难平。这次特大地震，给灾区人民的生命财产带来了巨大的损失。到了那里，现场目击了什么叫做建国以来灾情最重、波及范围最广、救灾难度最大的一次地震。数万同胞失去了生命，道路、桥梁、房屋、文物遭到严重的损毁。数百万同胞的家园被毁。灾情令全球震惊，举国动容。但同时令我深深感动，甚至会为之骄傲的是，在党中央的坚强领导下，四川抗震救灾的总指挥部和整个指挥系统举措及时有力，我们的军队英勇顽强，灾区人民坚强不屈。一边是深深的苦难，一边是顽强的生命，就在那震塌的农舍边上，我看到农民在抢种水稻，看到在帐篷里面失去同学、教师，甚至亲人的高三学生在认真地迎考复习。他们的顽强，他们对未来的希望和灾情的苦难一样深深地打动了我。

全国同胞万众一心，国际社会积极支援。我们的努力是艰苦卓绝的，我们抗震救灾到目前为止应该说是有力、有序、有效的。大难兴邦，在灾难中我们看到了中华民族伟大的民族精神，看到了中国人民的善良、爱心和人间的温暖，让我们有更多的期盼，对伟大的人民、伟大的社会主义祖国充满希望。目前，灾区的余震不断，我知道的已经有九千多次；次生灾害仍然威胁着灾区人民的生命安全。有的地方经过强有力的组织，像都江堰市，街道已经打扫得比较整洁、有序。但是定睛一看，每座楼房都是危房，都是布满裂缝。受灾群众的安置，以及恢复交通、生产、重建家园工作面临很大困难，抗震救灾斗争形势依然严峻，仍然处在刻不容缓的紧要关头。在全国人民思考让受灾群众安居，让受创的生命充满阳光的温暖，让灾区重建更美好的家园之际，党中央、国务院极富远见地提出要注意保护民族文化遗产，保护具有科学价值的地震遗址。温总理曾特别指出北川是我国唯一的羌族自治县，要保护好羌族特有的文

[1] 讲话时间为2008年6月1日。

化遗产，即使是县城迁到新的地址也要做好保护工作。这充分体现了党中央、国务院对祖国多民族文化遗产保护工作的重视，对重建灾区各族人民精神文化家园的重视。羌族是一个古老的民族，是中华民族大家庭中的一员，此次受灾严重的北川既是我国唯一的羌族自治县，又是古代治水英雄大禹的故乡。羌族史诗、羌族文化、羌族民歌和音乐等物质文化遗产和非物质文化遗产多彩多姿，是中华民族文化宝库中的奇葩。紧急实施保护羌族文化遗产专项工作是北川震后重建的重要任务，也是贯彻落实民族区域自治法的一项重要举措，对再造一个新北川，重建灾区人民的精神家园具有深远而现实的意义。

今天，民进中央、中国民协、中华文化学院在这里共同召开紧急保护羌族文化遗产座谈会，邀请在京和来自四川的文物、古建、历史、民俗、民间文艺、非物质文化遗产、羌族历史文化研究方面的著名专家学者，积极响应温总理的指示，努力为灾区全面重建献计献策。这个会议是冯骥才先生率先倡导的。在此之前他在保护和抢救我国各民族文化遗产方面做了大量卓有成效的工作，最近他又提出建立汶川地震博物馆的详细建议。民进中央长期以来对我国各民族优秀文化遗产的抢救、保护、教育、传承给予高度的关注，进行了一系列深入调研，开展了许多专项工作，为祖国优秀文化遗产的薪火传承、弘扬光大不懈努力。这次地震发生后，民进中央号召并组织会员们为抗震救灾奉献爱心，在全会开展为了灾区的孩子们的捐款献爱（心）活动，今天上午又拉开了民进抗震救灾书画义卖系列活动的序幕。有的民进会员还奔赴灾区第一线，帮助恢复当地的教育教学工作。同时，我们也十分重视为抗震救灾、重建家园献计献策。民进十分重视今天下午的座谈会，我们认为迅速行动、贯彻落实温总理指示，紧急实施羌族文化遗产保护工作意义重大、时不我待。期待着各位专家、学者的真知灼见，期待着你们深入调查和了解羌族文化在这次地震中的受损情况、根据北川的选址情况为灾区羌族文化遗产保护提供更多的建设性意见，深入整理、研究和评价羌族文化遗产在中华文明史中的地位和贡献，为灾区人民坚定民族自信心、巩固中华民族多元一体的格局作出特殊贡献。

同志们，在这抗震救灾的紧要关头，我们一定要按照党中央的决策部署，坚持一手毫不松懈地抓抗震救灾，一手坚定不移地抓经济建设，坚决夺取抗震救灾的全面胜利。

谢谢！

传承民族文化血脉　弘扬伟大民族精神

——在紧急保护羌族文化遗产座谈会上的讲话[1]

中国文学艺术界联合会党组书记、副主席

胡振民

今天，中国民主促进会、中国民间文艺家协会、中华文化学院联合在人民大会堂召开座谈会，邀请社会各界知名专家学者和艺术家，共商保护、传承和发展羌族文化遗产大计，这是贯彻落实党中央、国务院作出的关于抗震救灾重大决策部署的有效举措，是认真落实温家宝总理作出的关于注意保护好羌族特有文化遗产重要指示的实际行动，也是广大知识分子和文艺工作者以特有的方式关心灾区、支援灾区的具体体现。这里，我谨代表中国文联，向座谈会的召开表示衷心的祝贺！向出席座谈会的专家学者和同志们表示崇高的敬意！

今年5月12日汶川发生的特大地震是新中国建立以来破坏性最强、波及范围最广、救灾难度最大的一次地震。地震发生后，在党中央、国务院和中央军委坚强领导下，全党、全军、全国各族人民万众一心、众志成城，各地区各部门各方面紧急行动、全力以赴，灾区广大干部群众不屈不挠、奋起自救，全社会奉献爱心、倾力支援，香港特别行政区同胞、澳门特别行政区同胞、台湾同胞以及海外华侨华人和衷共济、踊跃捐献，迅速形成抗击地震灾害的强大力量，全面展开规模空前的抗震救灾斗争，大大激发了中国人民万众一心、共克时艰的伟大精神，奏响了一曲撼天动地、气壮山河的壮丽凯歌。

特大地震灾害牵动着全国人民的心，也牵动着广大文艺工作者的心。按照中央的统一部署和要求，中国文联紧急行动起来，采取多种方式，支援灾区人民。一是向全国各团体会员单位发出《关于组织动员广大文艺工作者积极投身抗震救灾工作的通知》。二是支持近两百名知名艺术家向全国广大文艺工作者发出《众志成城，抗震救灾》倡仪书。三是积极参与组织在中央电视台举办的“爱的奉献——2008宣传文化系统抗震救灾大型募捐活动”。四是会同有关部门，组织多支文艺家小分队奔赴灾区

[1] 讲话时间为2008年6月1日。

开展慰问采访创作活动。五是积极组织文联系统全体党员干部职工和离退休人员开展“送温暖、献爱心”活动。这些实际举措，体现了广大文艺工作者关注灾区、情系人民的崇高情怀，表达了广大文艺工作者与灾区人民的深情厚谊，密切了广大文艺工作者与灾区人民群众的血肉联系。

在党中央、国务院明确提出要把安置受灾群众、恢复生产、灾后重建摆在抗震救灾工作中更加突出位置的关键时刻，由中国文联所属的中国民协与中国民主促进会、中华文化学院共同发起召开紧急保护羌族文化遗产座谈会，这是一件很有意义的事情。抢救与保护文化遗产是传承民族文化血脉、弘扬伟大民族精神、创新和发展文化的重要基础。羌族是我国古老的民族之一，羌族文化是我国民族文化的瑰宝。汶川、北川、茂县、理县等地是羌族的主要聚居区，北川是我国唯一的羌族自治县，这些地区重点文物保护单位数量多、层级高，羌族口弦、羌笛演奏、羌族刺绣等非物质文化遗产历史悠久、灿烂迷人。在这次特大地震灾害中，包括北川在内的上述地区的羌族文化遗产遭受极大破坏。因此，积极开展羌族文化遗产抢救与保护工作，是弘扬中华文化、建设中华民族共有精神家园的迫切需要，是促进各民族共同团结奋斗、共同繁荣发展的迫切需要，也是激励和鼓舞灾区人民战胜艰难险阻、建设美好家园的迫切需要。衷心希望在座的各位专家学者和艺术家，敞开思想，建言献策。中国文联将全力支持所属中国民协与有关方面密切合作，积极参与抢救和保护羌族文化遗产，为推动我国文化的大发展大繁荣作出应有的贡献。

各位领导、各位专家学者、同志们，恩格斯说过：“一个聪明的民族，从灾难和错误中学到的东西会比平时多得多”。我们坚信，在以胡锦涛同志为总书记的党中央坚强领导下，全党全军全国人民万众一心，众志成城，迎难而上，百折不挠，一定能够夺取抗震救灾斗争的全面胜利！我们坚信，经过这场伟大抗震救灾斗争的考验和洗礼，我们伟大的中华民族，必将以更加昂扬的姿态，自立于世界民族之林！

最后，祝座谈会圆满成功！

谢谢大家！

担当起文化救灾的责任

——在紧急保护羌族文化遗产座谈会上的讲话[1]

中国民间文艺家协会第七届主席
冯骥才

我们为什么要召开今天这个会议，会议的名称为什么要冠以紧急两个字？就是因为这个会的意义非同寻常。大家都知道，这次大地震给人民的生命财产造成了空前损失，是灾难性、悲剧性的损失。刚才大家用了一个词汇，就是毁掉了我们成百上千的家园。这既有物质生活家园，也有精神文化家园，所以，我们文化界的同志必然深切地关注大地震所带来的文化损失。我们特别关注温总理在抗震救灾关键时刻，在地震的废墟上，在现场用话筒讲话的时候，他提出了关于保护灾区文化遗产，特别是羌族古老文明的讲话。这个讲话在文化界引起的反响非常热烈。世界各国在大的自然灾害面前，没有同时关注到文化遗产问题，它显示了我们国家领导人的文化视野，这也是文明古国所具备的文化情怀。在那一瞬间我们当然为人的生命焦灼。同时，我们也为文化遗产的损失焦灼。在我们文化人的心里双倍地焦灼。有人问我在人命关天的时候，你却关心文化遗产的问题，关心博物馆的问题。怎么可能呢？我上午还响应严主席的号召到民进搞书画赈灾，好多天晚上连夜作画为这次赈灾。但是，我们文化人不能失去我们的责任，我们是干文化的，而且是干遗产的，当然也要为文化遗产的损失焦灼。国家领导人在这个时候讲这样的话，显示了现在文明的高度。在当今世界上，我们的领导人能在这个时候讲这样的话，我们为之骄傲。我们是文明大国，这个时候也同样关心我们的文明。因此，我们今天的会也是对我们总理讲话的一个响应。

四川地域辽阔，气候多样，民族众多，文化版块也多。我们有56个民族，四川就占了53个，羌族是最古老的民族之一，甚至有人说（是）最古老的民族。曾经有无数历史学家论述、提出羌民族对中华民族历史的贡献。但是这个民族今天只有30万，她又是一个弱小的民族，一个弱势的群体，她当然应该得到大家的关注。如果她的文化没有了，她的文化存在没有了，这个民族存在也就完了。文化都没有了，民族迁走

[1] 讲话时间为2008年6月1日。

了，民族就消失了。这样的话，我们56个民族就变成55个，我们民族文化的多样性、文化的灿烂性就减少了一大块，何况从民族史角度来讲她又是一个（有）根的民族，是跟我们中华民族遥远的根脉联系在一起的民族。国家非物质文化遗产也非常注重羌文化，第一批、第二批都有羌文化列入了国家非物质文化遗产，包括羌笛、汶川的羌族刺绣等等，这些都已经列入了国家名录。当然还有许多远远没有列入。我们国家的文化是灿烂的，我们还没有来得及对羌文化进行整理的时候，这个文化受到了迎头的摧毁性打击。这个打击不是对文化本身，是对一个民族的文化生命，对一个民族文化存在的打击。我们当然焦灼。文化是有生命的，文化不是一个无机物。文明的生命跟民族的生命连在一起。我们的民族民间文化，基本上是非物质文化遗产，所以我们说过为什么叫紧急保护少数民族文化。我们中华文化的多样性主要表现在非物质文化遗产上。我们的少数民族文化大部分都是非物质文化遗产，而大部分又不在城市里。物质性的东西受到损毁可以进行修复，甚至可以重建，虽然重建是一件很无奈的事。但是非物质文化遗产一旦消失了，比如传承人没有了，文化的根脉就断绝了，就永远没有办法衔接上。在我刚得到四川大地震消息的时候，我马上联系了四川民协的同志，从克罗地亚发短信让赶紧联系问一问绵竹的两位老艺人，这两个人中陈兴才是1919年出生，李方富是1932年出生。我记得特别清楚，一个北派艺人，一个南派艺人。如果我们的传承人没有了，我们的文化就断绝了。恰恰是我们的非物质文化遗产保护做得好，把他们列入了非物质文化遗产名录，当地政府也重视。我们跟绵竹宣传部的罗部长联系的时候知道，正是因为政府重视了，给他们盖了新房子，他们的房子没有塌，两位老艺人幸免遇难。老房子全塌了。虽然仍有一个文化遗产恢复的问题，但传承人在就好。遗憾的是，我们大批的羌族的民间文化传人，像民俗的主持人，我们并没有他的名单，他消失了我们也不知道。有很多古村落还未来得及普查，国家保护古村落的条例刚颁布，羌族大批的古村落都在山里面、山谷里、沟壑里面，它们的状况我们不知道，但是不能让它们在我们的眼皮底下遭受更大的损失。刚才我说文化是有生命的，我们对文化生命的救援实际上就是跟战士去救援人的生命一样。所以，今天的会是一个非常紧迫的会，不是一个坐而论道的会，是一个务实的会，一个操作的会，是一个把总理的讲话由响应到落实的会。

我们已经做好了准备，要成立工作委员会、专家调研组。我们是一个专家的行为。这个工作是一个全新的课题，因为以前的遗产保护没有碰到过这样的问题。跟一般的田野普查是不一样的。第一，它既是紧急的，同时又是学术性很高的，我们专家必须抢先下去，到第一线。我说的不仅是羌族，还包括其他民族，包括阿坝的藏族，包括土家族、彝族，还有汉族。比如绵竹年画，就是汉族的文化。在灾区以羌族为中心，调查遗产情况、调查传承情况，特别要调查震后情况和现状，比如传承人到底都在哪儿，要调查清楚；第二，归纳调查结果，这个归纳要进行分类，并分出等级；第三，根据分出的等级，专家们提出保护方案。专家按照遗产本身的科学要求提出方案，提供给政府。因此，有赖于今天我们特别请来的各方面专家，包括从四川专门请来研究羌文化的专家，有建筑方面的学术大师，也有研究羌族物质、非物质文化遗产的学术名家，包括民间文学的、史诗传说方面的著名专家，来研究一个方法，一个务实的方法。在五年以前我们说文化遗产濒危，要抢救。因为我们每一个人都是民间文化养育大的，民间文化是我们的母亲文化。我们的母亲一旦有病了，出现问题了，我们就要出手相援。现在我们的母亲被压在废墟下，我们一定要用最快的速度进行抢救。请各位专家为我们的工作提出指导和建议。

关于四川汶川地震灾后重建中保护羌族文化遗产的建议书[1]

中国民间文艺家协会

今年5月12日发生在四川汶川的8.0级大地震，是新中国成立以来破坏性最强、波及范围最广、救灾难度最大的一次地震。

大地震不仅使我们失去了数万名各族兄弟姐妹，道路、桥梁、房屋、古建、文物等遭到毁灭性破坏，各族同胞积淀了成百上千年的精神文化家园瞬间成为废墟。但是，几千年来没有任何一次苦难和灾难把英雄的中国人民压垮，伟大的中华民族走过灾难深重的历史，顽强地屹立于世界的东方。

胡锦涛、温家宝、贾庆林、回良玉、刘延东等党和国家领导人在灾区指挥抗震救灾时，都对抢救灾区各民族特别是羌族文化遗产做出了重要指示和批示，体现了党和国家领导人所具有的高瞻远瞩的胸襟和博大的文化情怀。

国务院关于抗震救灾和灾后重建一系列条例和文件中，都明确地提出“要注意保护民族文化遗产”的要求。

在遭受罕见地震巨创、重建家园之际，把灾区人民精神家园的重建和受损毁的羌民族的特有文化遗产和各民族文化遗产的抢救与保护及时提上议事日程，在人类救灾史上展现了中华文明的精神高度。我们欣喜地看到国家文物局、国家文化部、国家民族事务委员会、中国文联和有关文化部门、文化单位、文化团体都在积极展开相关的文化救援工作。

此次汶川地震，除了古建、文物、文化设施受到巨创外，羌族文化遗产更是遭遇灭顶之灾。羌族是一个只有语言没有文字的古老民族。羌族文化遗产以民间文化遗产为主体，主要属于非物质文化遗产。在地震中，只有30万人口的羌族遇难3万余人，即羌民族人口一次性锐减百分之十。阿坝藏族羌族自治州中的汶川、茂县、理县，以及绵阳市的北川羌族自治县是此次受灾最严重的地区，除了遇难人员众多外，这些地

[1] 选自《羌去何处——紧急保护羌族文化遗产专家建言录》，北京：中国文联出版社，2008年。

区及黑水、松潘等地都是羌族人口分布的集中区域和核心区域，由于地震引发的泥石流、山体垮塌、堰塞湖，村庄和羌寨损毁，大量羌民整体易地安置和临时搬迁，羌地的中小学生也分别迁移到北京、山东、深圳、成都等地就学。依赖于羌民族口传心授、活体传承的羌族非物质文化遗产遭遇了粉碎性打击，面临分崩离析的危境。

迄今为止，非物质文化遗产如何有效保护和传承，在经济全球一体化、生产工业化信息化、生活现代化和城市化的时代就是一个全球性的文化难题，各国各民族非物质文化遗产普遍出现濒危态势。联合国教科文组织为此不得不在全球范围内展开非物质文化遗产的保护行动，动员世界各国探索保护非物质文化遗产的有效途径、方法与经验。

迄今为止，全世界还没有哪一次自然灾难使一个民族的文化主体遭受像汶川地震造成的破坏一样，对保护和传承羌民族特有的文化遗产带来如此巨大的挑战。

中国民间文艺家协会成立于1950年，长期以来，在中宣部、中国文联领导下，培养、团结和组织了一大批民间文艺专家学者，在搜集、整理、研究、弘扬我国各民族民间文学、民间艺术、民俗文化方面作出了重要的贡献，取得了丰硕的成果，具有独特的人才和专业优势，是我国非物质文化遗产抢救、保护、研究、弘扬的一支重要学术力量，曾受到联合国教科文组织的高度赞誉。

为响应党中央和国务院的指示，担当起灾区羌族文化遗产抢救与保护的使命，中国民间文艺家协会的专家学者，迅速投身于羌族文化遗产灾后受损情况调查和灾后文化重建的调研工作中。6月1日，中国民协与民进中央、中华文化学院在北京召开紧急保护羌族文化遗产座谈会，并成立紧急保护羌族文化遗产工作委员会和专家调研组，向全国民间文艺界发出紧急保护羌族文化遗产倡议书，动员专家学者贡献知识、贡献智慧、贡献力量。一批著名专家学者立即投身文化救灾行动中来。6月17日至21日，中国民协主席冯骥才率专家调研组赴北川等灾区，实地调研羌文化遗产受损情况，访问了灾区的村民、学生、非物质文化遗产传承人、干部、文化工作者等，并在四川成都与50余名曾在羌地做过深入田野研究的羌文化、非物质文化遗产专家学者，详细研讨灾后文化重建的困难与应对措施；成立了四川工作基地并计划陆续派出若干专家小组，全面调查羌文化受损情况。

现将初步调研结果和羌族地区灾后重建中保护羌族非物质文化遗产的有关建议汇报如下：

一、关于羌族文化传承人的保护情况与建议

非物质文化遗产是靠口耳相传、口传心授、代代传承的活态遗产，失去了传承人，其艺不传，非物质文化遗产就会人亡艺绝、人去歌息，或断代绝传，从此消亡。传承人一般可分为：①国家级杰出传承人，他们是各民族独有的文化的代表，掌握着世代相传的宝贵的精湛的民间文化技艺；②省级著名传承人，是一省范围内重要的非物质文化遗产传承人；③一般的传承人，是一个地方技艺娴熟的民间文化遗产的主持者和把握者；④群体传承人，即一个村寨、一个群体共同参与的民俗文化的集体传承者。往往一个村落的独特民俗靠着全体村民共同参与传承。

汶川地震前，羌族非物质文化遗产传承人的情况是：①国家级传承人有文化部命名的2人，中国文联、中国民协命名的民间文化杰出传承人1人。地震中，他们都幸免于难。由于此项工作刚刚进行不久，许多羌族文化和艺术门类的传承人尚未确认，而且对已确定的传承人技艺的记录、研究、传授工作基本上尚无实质性措施；②省级传承人由四川省文化厅命名的羌族文化传承人约有6人，其中2人在震中遇难，对他们的技艺的记录、研究、传授工作也基本上未有实质性措施；③一般的重要传承人因为未做深入普查，人数到底有多少，他们在灾中罹难情况，无法得知。目前所知，一些在各种比赛中获奖的民歌手、舞蹈能手、羌绣高手等幸存者尚不在少数，但多已分散各处安置。茂县曾命名过十余名释比文化传承人，都还健在，但都已离开原住地。④群体传承人主要是一个个典型羌寨的居民群体、羌族地区的中小学生（如汶川县龙溪乡阿尔村小学有我国唯一的羌族童声合唱团）。由于羌寨在地震中毁坏，群体传承受到根本性的瓦解。著名的羌寨萝卜寨、布瓦寨、龙溪寨（汶川），桃坪寨、通化寨、木卡寨（理县）、黑虎寨、三龙寨（茂县），阿尔村（汶川），小寨子沟（北川）等，其羌民都已易地安置，许多小学已迁往北京、山东、深圳、成都临时就读。在回迁或重建家园之前，他们怎样传承或者是否能够传承羌族非物质文化遗产成为一个巨大问号，殊难预料。

根据以上传承人灾后实际情况，我们建议：①对国家级杰出传承人和省级传承人要在灾后重建过程中给予特殊的照顾，尽量把他们安置在羌民之中（最好在原来的羌民群体中），给他们运用技艺文化环境和条件，鼓励他们授徒；同时，要组织民间文艺学（或民俗学、民族学）专业的师生或专业文化工作者，立刻对他们的技艺进行记录，整理他们的口述史料，对他们进行录音录像，确立这些重要的民族文化传承人的文化档案。②对一般性传承人，要加大普查力度，把其中佼佼者往上推荐为省级、国家级传承人加以保护；对分布各处的此类传承人发掘出来，让他们积极开展羌族文化

传承。③以村寨或学校为单元的传承集体，要尽量集中安置；对自然环境安全地区的羌寨村民要回迁（根据调查，他们大多不愿远离故土），回迁前，要尽可能帮助他们恢复原有的民俗生活；羌族学生集中的中小学，要适度开设羌民族民间文艺的乡土文化课程，向他们发放《羌族文化读本》（民进中央、中国民协、中华文化学院正在组织编写），培养民族自信心和文化传承的责任与使命。

二、关于羌族非物质文化遗产的物质载体的保护情况与建议

非物质文化遗产虽然又被称为无形文化遗产，但是它决不是来无影去无踪的。除了由传承人作为其主体外，非物质文化遗产也通过不同的物质载体加以体现，或依附其中。

羌族非物质文化遗产的物质载体的主要形式有：①举行非物质文化遗产活动、仪式、信仰的神山、圣水、神圣树林、文化场所（民俗场所、祭祀场所、节日场所）庙宇、坪坝等。②羌族碉楼及其特有的民居、村寨、古村落，它们与其周围的山水与自然环境等构成特有的生存空间与文化空间。③民俗与民艺的器物与实物。如服饰、绣品、生活器具、生产工具、表演用具、民间工艺、民间美术、民间乐器等，它们是民俗技艺的物化形态和物质结晶。④由传承人或文化工作者经过搜集整理而存留的羌族口头文学、民间艺术、民俗文化的资料、材料、唱本、经书、图书、录音、录像、图片等文化档案材料。

以上四类羌族非物质文化遗产的物质载体，在这次大地震中都受到了严重的摧毁。羌民们过去生活中的神圣山水被泥石流冲得面目全非；碉楼和村寨破损不全；北川县刚搜集的数百件民俗经典性代表性器物尽数掩埋废墟中；羌族各县已有的文化资料大多未及公开出版就销声匿迹。

非物质文化遗产有时是严重依赖于其物质载体才能得以呈现、表现和传承传播的，羌民们如果丧失了原有的生存空间、生产方式、生活环境、传统器物，他们也就失去了自己的文化空间，一个民族的文化也将随其生活的面目全非而支离破碎。为此，我们建议：

1. 古碉楼尚存或部分受损的古村寨（如桃坪、黑虎等）应尽可能按传统样式和传统建造技艺（具有防震抗震设计）恢复重建，使重建后的羌寨能全面恢复传统的面貌与气质。个别震损碉楼如能体现其灾难性的命运，也应保持原状，不予修复。

2. 已全部震毁的著名羌寨（如萝卜寨等），可考虑就近选择迁居地，按传统格局

和样式，同时注入现代生活内涵，以新旧结合的方法进行重建；建议组织建筑（学）家们设计出若干种具有传统风格的羌族民居样式，用于灾后羌寨的重建和新建时选择。这类羌寨的重建，应是一种新型的羌族聚落。聚落设计中要充分考虑传统的羌族文化环境、场所、空间的复原和功能再造，考虑民族文化的重构与再生。

3．在清理著名羌寨废墟时，及时保留保存羌民族代表性的民俗器物，把它们集中存留，适时纳入羌族民俗文化博物馆。

4．对北川羌族民俗博物馆已收集的数百件民俗珍品，希望尽快准予进行挖掘，将它们从废墟中抢救出来，以免日晒雨淋，损坏不存，以便放入未来的羌文化博物馆中。

5．由中国民间文艺家协会牵头组织，全面收集、整理、出版《羌族非物质文化遗产集成》。发动各地专家学者和羌地专家学者，将已收集到的羌族文化遗产资料捐献或复制，汇集起来；同时组织大学生和研究生志愿者，与地方文化工作者一起，搜集、记录羌族民间文学、民间艺术、民俗文化；尽快汇编出版《羌族非物质文化遗产集成》，其中可分为若干卷：①《羌族碉楼与古村落民居图集》；②《羌族民间文学遗产集成》；③《羌族民间美术遗产集成》；④《羌族民间音乐舞蹈集成》；⑤《羌族民俗文化遗产集成》：⑥《羌地大禹文化遗产集成》；⑦《羌族服饰集成》。以收拢在此次大地震失散的羌文化，为羌文化的重建与复兴做好坚实的基础。

三、关于启动与实施文化遗产和非物质文化遗产国际、国内紧急保护措施的建议

羌族文化遗产的物质遗产和非物质遗产在一定程度上是不可分割、合二为一的。物质文化遗产的保护和非物质文化遗产的保护要互相协调、互相补充，加以统筹考虑。鉴于联合国教科文组织实施的文化遗产、自然遗产、非物质文化遗产世界名录工作具有广泛的国际影响，我国国内在文物保护和非物质文化遗产保护方面也有相应制度与措施。故特别建议：

1．建立汶川地震遗址博物馆，同时将汶川地震遗址（北川县城）列为国家级文物保护单位。建议尽快向联合国教科文组织紧急申报汶川地震遗址（北川县城）为世界文化与自然遗产，使之成为全世界瞩目的灾害现场。将来也可以成为世界遗产及世界遗产旅游中最独特的项目。

2．向联合国教科文组织紧急申报羌族古碉楼与古羌寨为世界文化遗产。建议申

报的同时将其列为世界遗产的濒危遗产名录。此项申报，一方面可以迅速提升羌族文化的国际、国内知名度和影响力，一方面可以争取羌文化遗产保护的国际援助。目前我国已有“藏、羌碉楼和古村寨”项目列入国家申报世界遗产预备名单，应采取特殊措施，紧急先行申报世界遗产。此项工作如获成功，将极大拉动和带动羌族非物质文化遗产保护工作，并且本身也成为羌族非物质文化遗产保护的重要构成。

3. 采取紧急和特别措施，把羌族非物质文化遗产中最重大、最有价值的一批项目，以抢救濒危为目的，列入国家级非物质文化遗产名录。主要项目包括：①羌族碉楼营造技艺，紧急列入国家名录；②羌族史诗《羌戈大战》，紧急列入国家名录；③羌族叙事长诗《木姐珠与斗安珠》，紧急列入国家名录；④羌族民间舞蹈萨朗（锅庄的一种），紧急列入国家名录拓展项目“锅庄”之中；⑤羌族经唱，紧急列入国家名录；⑥在公布第二批国家级非物质文化遗产传承人名单时，充分吸纳面临绝境的羌族文化传承人。

4. 启动特别程序，向联合国教科文组织2009年将公布的第五批人类非物质文化遗产代表申报与推荐“羌年及其羌族文化空间”为人类非物质文化遗产代表作。目前，羌年也列为国家非物质文化遗产名录，可将其以茂县、汶川县、理县、北川羌族自治县为文化空间，并纳入碉楼营造技艺、羌绣、羌笛、羌族多声部民歌、羌族史诗等融为一体，构成羌年文化与羌族文化空间项目，使其成为世界非物质文化遗产。

四、关于易地新建北川羌族自治县县城及相关工作的建议

北川县城由于地处活跃的地震带上，原县城已不适于恢复再建。有关专家建议迁址安县板凳桥乡。对北川县城新迁新建，我们建议：

1. 新建的北川县城作为我国唯一的羌族自治县，在城市规划与城市建筑的风格上，要尽量注入与体现羌族建造的风格与元素，彰显羌族的民族特性。

2. 在新县城内建造羌族文化遗产博物馆。它与文物或历史博物馆在功能和呈现形式上有巨大区别。它是非物质文化遗产性质的博物馆，既是相关资料、材料、器具、器物和羌族文化的传习、传承场地，也是了解羌民族及其文化的窗口和旅游胜地。

3. 各对口支援灾区重建的省市，在对口支援重建中，要充分考虑羌族文化遗产的保护、体现、重现、再造，等等。特别是对口支援北川、汶川、茂县、理县等羌族聚居集中区的省市，应该把羌族文化的重建作为重要的支援内容。比如，汶川县文联办有全国唯一的《羌族文学》刊物，应该支持他们恢复办刊并把刊物办好。

五、关于羌族文化的教育传承和宣传展示的建议

羌族是一个古老的民族，有典可查的历史有3000多年。古老羌族还衍生了我国许多少数民族，融入和推进了汉族的形成。在中华文明史上，羌族做出过杰出的贡献。为了让羌族的青年一代和中小学生更加明了自己民族的历史贡献和文化成就，为了让其他民族的青年一代和中小学生更加了解羌族在中华民族和中华文明形成和发展中所具有的历史地位，应该加强对羌族文化遗产知识的介绍、普及、推广、宣传。近期我们拟采取如下措施，希望得到支持：

1．迅速组成专家编写《羌族文化读本》，并向灾区羌族学生和各族学生免费发放。

2．拟于10月中旬举办大型图片摄影展《羌·悲壮的辉煌——羌族文化遗产大型图像展》，展示羌族文化过去的辉煌，震前的壮美图景和震后的惨烈损失。激发各民族之间在文化上相互尊重与关爱以及对保护羌族文化遗产的决心，展现羌族文化遗产的辉煌成就和重建灾区人民精神文化家园的深远意义。

中华古老而辉煌的文明是我国各民族人民共同书写的历史篇章。中华民族自古就多元一体，各民族彼此不可分割、不可分离。羌民族文化遗产的损坏与损失，就是中华文明的损坏与损失。抢救和保护羌族文化遗产是全体文化工作者共同的责任。

以上只是初步的不成熟的建议，仅供参考。

我与中国民间文学集成[1]

贾芝

我国地域辽阔、历史悠久、民族众多，有着浩如瀚海、丰富多彩的民间文化。中华人民共和国建国之初就将搜集、抢救各民族民间文化列入自己的工作日程和建设计划。1950年我参与创建了中国民间文艺研究会，开始组织多民族的民间文学采集、出版和研究工作，很快便出版了一套民间文学丛书。随着工作的发展，我越来越感到有出版一套民间文学全书的必要。但是，这一愿望随着十年动乱破产了。

浩劫之后，1980年12月我应吕骥同志邀请作为《中国民间歌曲集成》编委会委员，着重于歌词方面的审稿。在审稿中，我想到有必要从文学角度编纂一套《中国歌谣集成》，以歌谣而论，民歌歌词之多远远超过曲谱。往往是一首曲子有几种、十几种，甚至几十种歌词，何况还有不入乐的民谣呢！我还想到民间文学的其他形式：民间故事、谚语，等等。

1982年1月1日，我主持中国民间文艺研究会常务理事扩大会，提出在普查的基础上，编纂《中国民间故事集成》《中国民歌、民谣集成》《中国谚语大观》，大家一致赞同，并形成决议。周扬同志亲自出席会议表示支持。1月2日，我到胡乔木同志家汇报亦得到他的肯定与支持。

1982年7月26日，中国民研会召开全国“培训民间文学骨干经验交流座谈会”，总结和推广民间文学的搜集普查经验，会上我作了关于三套丛书的发言。

1983年4月8日，中国民间文艺研究会第二次学术会议及工作会议上再次讨论编纂“中国民间文学集成”事宜。当天，我和程远、吉星同志去找国家民委交涉共同签署文件，薛剑华主任说知道我，当即表示同意。到文化部找周巍峙同志未遇。我和王平凡同志还去找了周扬同志，他答应任“中国民间文学集成”总主编。4月10日周扬同志亲自到会祝贺，会议决定周扬同志任中国民间文学集成总主编，钟敬文、贾芝、

[1] 原载于《新文学史料》，北京：人民文学出版社，2010年第1期。

马学良同志为副主编并分别兼任《中国民间故事集成》《中国歌谣集成》《中国谚语集成》主编。4月20日我修定编纂三套集成的红头文件。文化部某领导不同意签署文件，说民歌、民间故事与文化部无关。12月15日，我找到周巍峙同志，他表示支持，并建议重写一文件，说把地方文化馆写上就好办了。

1984年2月18日，我又去找周扬同志谈到30多年想出一套代表中国民间文学的丛书至今办不到，周扬同志让我再写个材料他去办。5月22日，中国民研会马振同志到我家，说文化部、国家民委已签署了关于“集成”的文件。他要我代表中国民研会签字，我签了字。5月28日文化部、国家民委和中国民研会联合签发的《关于编辑出版〈中国民间故事集成〉〈中国歌谣集成〉〈中国谚语集成〉的通知》及《关于编辑出版民间文学三套“集成”的意见》作为民文字〔84〕第808号文件正式下发全国。1986年5月，中国民间文学三套集成纳入周巍峙同志主持的全国艺术学科规划领导小组编纂的艺术集成（志书），成为十套集成（志书），并列入国家“七五”重点项目。

1984年3月10日，我出席“中国民间文学集成”三套集成主编会议，讨论了集成的指导思想、要求、体例和组织工作等问题。自此民间文学集成工作在全国各地区、各民族进入全面的普查阶段，发动了从十几岁的娃娃到八九十岁的老人数以千百万计的队伍。从中央到地方文化馆站的数十万名文化工作者为这一工作默默奉献着。全国搜集采录民间文学资料逾40亿字，编辑出版县卷本4000余册。

1987年，民间文学集成开始省卷审稿。作为《中国歌谣集成》的主编，我对每个省、自治区、直辖市的卷本进行逐字逐句阅读，并提出修改意见，甚至连标点、错别字都顺手纠正。有人说我不会当主编，主编是不需要看稿的，只要回答编辑提出的问题就可以了。我以为这是一种缺乏实践、不负责任的空话。每一个省都有自己独特的风情和相关的民俗事象，因此也就有着各具特色的歌谣。没有哪两个省可以采用完全相同的编排模式，在多民族省份更是如此。不看作品、不进行研究，怎么可以回答问题呢？回答问题仅只是对一般具有共性的问题而言。我们面对的是一项全新的工作，我和我的同事都没有现成的经验。我们在编纂中学习，积累经验才能更好、更妥帖地解决问题。我就是这样一个人，宁做文化长城脚下的一名劳工，也不做高高在上的“主编大人”。有人反对我，提出“发动小鬼，解放阎王”的口号。我不做阎王，我要承担起历史的责任。我不仅坚持看稿，还亲自执笔完成了《中国歌谣集成》总序的撰写工作。执着的追求、严谨的学风支撑着我不断探索、不断前进，走到今天。

今天，《中国歌谣集成》30卷全部出版了。欣喜之余我谈几点经验：

1. 突出特色是我们的目标：我们提倡省卷要突出特色。如：云南按民族分类，25个民族的作品琳琅满目、神采各异，对其本源和歌谣的综述，更使读者一目了然。

新疆除了介绍了13个少数民族的歌谣以外还突出了来自祖国各地的汉族同胞带来的民歌在建设兵团扎根，与民族融合的优秀作品。

西藏人民喜歌善舞，藏族民歌有着自己纷繁复杂的名称和分类，涉及社会生活的方方面面，其中颂歌非常突出，包括赞词、婚礼祝词、斋呷颂词等。藏族还有专事演唱的歌手、艺人。目前所知世界最长的英雄史诗《格萨尔王传》至今还活在民间艺人的口头上。

内蒙（古）没有节奏铿锵的劳动歌，以牧歌见长。节奏鲜明激昂的寻马歌彰显着马背上的民族与马息息相通的情感关系。酒宴歌、思乡歌也是其重要特点之一。

上海在现代化冲击如此迅猛的今天，深入到社区街道搜集到数量和质量都可观的歌谣作品，让人们在欣赏歌谣的同时，读到一部上海各阶层人民鲜活的历史。

安徽的革命斗争歌从太平天国、捻军、抗日战争到解放战争，可看到其革命的传统。

天津作为曲艺之乡，提出了曲艺与民间歌谣的渊源与流变关系。

作为古都的北京以时政歌见长。

江苏、浙江显现了江南水乡和稻作文化的种种特点。

2. 编法：我们原定按内容参照其功能分类编排为劳动歌、时政歌、仪式歌、情歌、生活歌、历史传说歌、儿歌及其他。实践中我们都按各省特点进行了增删和改变，除按内容分类以外，还有按民族分类或按地区分类的编法，保留和凸显不同地区、不同民族形式独特和内容丰富的歌谣。

广西、云南、新疆这些多民族省、区按内容分类就会淹没了其异彩纷呈的特色。于是这些省、区按民族分类，在民族类下再按内容分类。

宁夏为了突出回族特色，分为回族、汉族两部分。

甘肃则按不同地区特色分为“花儿”“陇上歌谣”“草原歌谣”三大块。

陕西的信天游按其特殊形式也作为单独一类编排。

总之，在大部分省、区按内容分类编排以外，我们还根据具体情况做了部分合理的调整。

3. 分类：在按内容分类编排的省份，我们也突破了原定的八大类，根据各省特点有所增减。我们的原则是充分尊重和保留本地区和本民族特有的形式和分类法。

如：湖北的“薅草锣鼓”是劳动时唱的歌，但它包罗万象，有古歌、生活歌、情歌、荤歌等等。它是一种系列歌，由歌师领唱，既指挥歌唱又指挥生产，上午、下午，开始、结束，劳动、休息时唱的内容大不相同。如果按内容将整套的“薅草锣鼓”拆散，就看不到这种特殊的形式了，我们将它作为一小类放在劳动歌中。

西藏有一类“强盗歌”，这里的“强盗”指那些敢于反抗压迫、伸张正义的英雄。他们以“强盗”自居，引以为豪。我们曾想“强盗”不好，改用“侠盗”或什么，但最终还是沿用了他们的习惯称谓。这样就更亲切更准确地保留了这一特殊人群的特殊形式的歌。

云南瑶族有一种“信歌”也作为一种特殊的形式保留下来。它是一种可以唱的书信。历史上瑶族几经迁徙，居住分散、交通阻隔、邮政不便，民间便以信歌交流。信歌内容包罗生活的方方面面：打官司、做媒等，但主要价值是记录了瑶族的迁徙史。

关于分类还有许许多多的例子，就不一一列举。

4. 研究文字的加强：歌谣反映历史广阔遥远，甚至包括原始社会遗存，既是难关也是优势。如何立体地再现歌谣伴随历史的生动画卷就成为我们的责任。《中国歌谣集成》要求概述、类序、附记、注释四个层面的文字说明。

概述是在深入研究整个卷本作品和本省歌谣的流传及历史演变等情况基础上，做出的权威性的、公允的总结和概括；它既有前人的研究成果，也有新的发现和探索；它集思广益，清晰地展示本省歌谣发展传承的脉络以及研究成果，从历史沿革和民俗事象纵横两方面立体地介绍本省歌谣，起到导游的作用。

类序是我们1991年到湖北审稿过程中提出的，它是研究性的介绍。它从反映社会生活的角度谈为什么选这些歌，其在本省的特点。类序可以铺开谈，介绍得更生动具体，亦可举例亮出自己的宝贝。

附记说明歌谣什么时候唱、怎么唱，有什么样的历史背景、习俗和仪式等，属于一般说明性文字。

注释则解释具体词句，包括对方言方音的注释。它涉及范围广泛又要求简明扼要。凡读者不易理解的字、词、句和相关内容都要注释。

5. 民间文学与非民间文学的区别问题、时政歌的界定问题、方言方音问题、翻译问题等许许多多的问题我们都是在实践中解决和完善起来的。具体情况不在这里赘述。

《中国歌谣集成》30卷全部出版了。每省卷100万字左右，有的省上下两卷200余万字，初审、复审、终审三遍，总字数以亿计算。从普查动员搜集采录开始，我跑过21个省、市、自治区。像广西、新疆、湖北、河北、陕西等地我都跑了三次以上。

1994年、1996年、2000年我三次赴台湾讲学，每次都讲三套集成，台湾学者为配合我们的工作，在台湾高山九族中进行民间文学采录，目前成果已结集出版。

2002年10月，我不顾90（岁）高龄到湖北宜都橘林深处青林寺谜语村考察。该村位于高坝洲电站库区的主要淹没区，大量系列谜歌将有可能失散。我力荐谜歌作为湖北特色收入集成卷本，经过几年的努力于2008年完成。

《中国歌谣集成》是历史上空前绝后的工程，我们绝不能怠慢，要尽力做到完美，不要留下太多的遗憾。26年来我把大部分精力和时间花在这一工作上，除了审稿之外还要处理太多的人事纠纷与干扰。我自己的文集没有编辑，许多文稿没有整理发表，日记60余本、书信几千封都没有清理选编。想到这里我不免有些焦虑，然而我不后悔，为我所挚爱的事业奉献永不言悔。今天面对洋洋大观的《中国歌谣集成》，我释然，一笑抿恩怨。无论学术之争、无论个人成见与此相比都不值得回首。留作永恒的只有这座抢救保护非物质文化遗产的巍峨长城。

中国民间文学大系出版工程领导小组、学术委员会、编纂出版工作委员会名单

一、中国民间文学大系出版工程领导小组

大系出版工程领导小组由中国文联主席、党组书记担任组长，负责总揽大系出版工程全局，确定工程指导思想，领导各省、自治区、直辖市和新疆生产建设兵团的编纂工作，协调资源和工作进度，解决关键性问题。

组　　长：铁　凝　李　屹

副 组 长：李前光　陈建文　董耀鹏　冯骥才　潘鲁生

办公室主任：陈建文（兼）

副 主 任：邱运华（常务）　陈　彦　韩新安　邓光辉　刘尚军　庞井君　暴淑艳

成　　员：各省区市和新疆兵团宣传部分管领导和文联党组书记；有关文艺家协会分党组书记；学术委员会主任、编纂出版工作委员会主任和中国文联出版社社长等。

领导小组办公室设在中国文联大楼B座307室，由陈建文同志担任办公室主任，邱运华同志担任常务副主任。

二、中国民间文学大系出版工程学术委员会

学术委员会由民间文学理论专家、民间文学各体裁门类的专家组组长等方面人员共同组成。大系出版工程学术委员会设学术顾问。

学术委员会作为大系出版工程的学术总负责机构，负责制定大系出版工程的学术

规范、编纂体例，解决编纂工作中提出的特殊学术难题，审议确定各分卷责任人等。

中国民间文学大系出版工程学术委员会名单

（按姓氏笔画排序）

学术顾问：乌丙安[1]　叶春生　刘守华　刘铁梁　刘锡诚　刘魁立　李耀宗
杨亮才　郎　樱　郝苏民　段宝林　陶立璠

主　　任：冯骥才

常务副主任：潘鲁生

副 主 任：万建中　叶舒宪　陈泳超　苑　利　赵塔里木　高丙中　朝戈金

委　　员：万建中　王锦强　尹虎彬[2]　叶舒宪　田兆元　冯骥才　向云驹
刘　祯　刘晔媛　安德明　李　松　张士闪　陈泳超　陈勤建
苑　利　林继富　郑一民　赵塔里木　高丙中　陶思炎　黄　涛
萧　放　曹保明　崔　凯　朝戈金　潘鲁生

秘　　书：王锦强（兼）

三、中国民间文学大系出版工程编纂出版工作委员会

编纂出版工作委员会在大系出版工程领导小组领导下、在学术委员会指导下开展工作，负责大系出版工程的具体实施事宜。名单如下：

主　　任：潘鲁生

常务副主任：邱运华

副 主 任：万建中　王国骞　尹　兴　邓秋军　吕　军　周燕屏
项　云　侯仰军　姚莲瑞　黄　涛　鲁　航　熊　纬

编纂出版工作委员会设办公室，在中国文联大楼B座305室。

特聘专家：万建中　黄　涛

办公室主任：王锦强

办公室常务副主任：张礼敏

编纂出版工作委员会设编辑专家组、协调工作组、出版和版权事务组、数据库工作组，共同负责实施具体的编辑出版工作。

[1] 乌丙安先生于2018年7月11日去世。

[2] 尹虎彬先生于2020年3月13日去世。

（一）编辑专家组职责与成员名单

编辑专家组由大系出版工程编纂出版工作委员会研究、提名，并征得专家本人同意，在大系出版工程领导小组领导下和学术委员会指导下，履行下列职责：

一、参与研究、协助制订总体出版规划、年度实施计划以及重要选题论证，供学术委员会研究决定；

二、制订各类别民间文学编纂原则、编纂规范、编纂细则及编纂体例，确定内容分类和分卷结构，参加编纂工作推进会，解决编纂过程中的学术问题；参加大系出版工程调研、研讨活动；

三、对各体裁民间文学进行学术界定和解释；

四、为各分卷编委会及参与编纂单位提供学术指导、专业咨询和业务培训；

五、组织审读、审定各卷初稿、修订稿，并对各类别民间文学编纂成果进行验收、评估审核、学术鉴定，提出和签署意见与建议，提交学术委员会；

六、参与或主持各类别民间文学编纂成果发布会，并接受媒体采访；

七、参与大系出版工程社会宣传或“中国民间文学大讲堂”主讲活动；

八、参与大系出版工程衍生产品、民间文学各层级普及读本与对外文化交流读本编纂与使用的指导工作；

九、为大系出版工程社会宣传推广系列活动提供专业指导与专业服务；

十、为大系出版工程其他相关工作提供最新行业动态信息和相关工作建议。

经大系出版工程领导小组批准，聘任以下专家组成大系出版工程编辑专家组：（排名不分先后）

神话组（14人）

组　长：叶舒宪（中国民间文艺家协会副主席，上海交通大学致远讲席教授）

副组长：杨利慧（北京师范大学文学院教授）

陈连山（北京大学中文系民间文学教研室主任、教授）

王宪昭（中国社会科学院民族文学研究所研究员）

组　员：郭崇林（大庆师范学院副校长、教授，黑龙江省非遗保护专家委员会副主任）

黄景春（上海大学文学院教授）

黄中祥（中国社会科学院民族文学所研究员）

刘宗迪（山东大学儒学高等教育研究院民俗学研究所教授）

吴晓东（中国社会科学院民族文学研究所研究员）

杨杰宏（中国社会科学院民族文学研究所副研究员）

谭　佳（中国社会科学院文学研究所副研究员）
黄　悦（北京语言大学人文社科学部副研究员）
张　多（云南大学文学院副教授）
祝鹏程（中国社会科学院文学所助理研究员）
联络员：祝鹏程　黄　悦

史诗组（34人）

组　长：朝戈金（中国社会科学院民族文学研究所研究员、学部委员）
副组长：巴莫曲布嫫（中国社会科学院民族文学研究所研究员）
陈岗龙（北京大学外国语学院教授）
李　松（原文化和旅游部民族民间文艺发展中心主任）
组　员：仁钦道尔吉（中国社会科学院荣誉学部委员、民族文学研究所荣休研究员）
郎　樱（中国社会科学院荣誉学部委员、民族文学研究所荣休研究员）
阿地里·居玛吐尔地（中国社会科学院民族文学研究所研究员）
廖明君（广西民族大学教授）
董秀团（云南大学文学院教授）
宁　梅（西北民族大学《格萨尔》研究院教授）
普学旺（云南民族大学民族文化学院教授）
吴一文（黔南民族师范学院教授）
肖远平（贵州师范大学教授）
诺布旺丹（中国社会科学院民族文学研究所研究员）
斯钦巴图（中国社会科学院民族文学研究所研究员）
高荷红（中国社会科学院民族文学研究所副研究员）
刘镜净（云南社会科学院民族文学研究所副研究员）
别克苏里坦·凯塞（原新疆社科院民族文化研究所所长、研究员）
平　措（原西藏大学藏学研究所格萨尔办公室主任）
朗　杰（西藏大学藏学研究所格萨尔研究室主任、副研究员）
兰却加（西北民族大学格萨尔专业博士生导师）
扎　布（青海师范大学副校长、教授）
次仁平措（西藏社会科学院）
布和朝鲁（内蒙古社会科学院文学所所长、研究员）
孟和吉雅（内蒙古大学教授）

塔　亚（内蒙古大学教授）

特古斯巴雅尔（内蒙古大学教授）

杨正文（西南民族大学教授）

郭淑云（大连民族学院教授）

袁晓文（四川省民族研究所副所长、副研究员）

汪青玉（四川省文联研究馆员）

陈兴龙（原阿坝师专教师）

杨恩洪（中国社会科学院民族文学研究所荣休研究员）

摩瑟磁火（西南民族大学副编审）

联络员：高荷红

传说组（23 人）

组　长：陈泳超（北京大学中文系教授）

副组长：叶　涛（中国社会科学院世界宗教研究所研究员）

施爱东（中国社会科学院文学研究所研究员）

徐华龙（上海文艺出版社编审，上海非物质文化遗产保护中心专家组成员）

组　员：张　勃（北京联合大学北京学研究所研究员）

邹明华（中国社会科学院文学所副研究员）

徐国源（苏州大学文学院教授）

刁统菊（山东大学儒学高等研究院民俗学研究所教授）

祝秀丽（中国科学技术大学科技传播与科技政策系副教授）

吴　真（中国人民大学文学院副教授）

宣炳善（浙江师范大学国际文化与教育学院副教授）

彭伟文（浙江师范大学体育与健康科学学院副教授）

吴新锋（石河子大学中文系副教授、石河子大学非遗研究中心主任）

陈冠豪（上海大学文学院博士后）

裘兆远（北京大学中文系博士后、讲师）

李丽丹（天津师范大学文学院副教授）

毕旭玲（上海社会科学院文学所副研究员）

张志娟（中国社会科学院文学研究所助理研究员）

朱佳艺（中国社会科学院文学研究所助理研究员）

高　健（云南大学文学院讲师）

王　尧（北京师范大学文学院讲师）
王　旭（山西大学文学院讲师）
张　静（华中师范大学文学院讲师）
联络员：王　尧

故事组（20 人）

组　长：万建中（中国民间文艺家协会副主席，北京师范大学文学院民间文学研究所所长、教授）
副组长：江　帆（辽宁大学文学院教授，国家非物质文化遗产保护工作专家委员会委员）
陈建宪（华中师范大学文学院教授）
组　员：段　勇（上海大学党委副书记、纪委书记，副研究馆员）
傅功振（陕西师范大学教授）
汪梅田（《故事林》杂志主编）
陈华文（浙江师范大学学术期刊社社长、教授）
詹　娜（沈阳师范大学教授）
康　丽（北京师范大学文学院教授）
钟俊昆（赣南师范大学民俗学专业教授）
林亦修（温州大学民俗学专业教授）
漆凌云（湘潭大学文学与新闻学院副教授）
黄清喜（赣南师范大学副教授）
马光亭（青岛大学文学院副教授）
隋　丽（辽宁大学副教授）
尚　炜（湖北文理学院副教授）
李生柱（贵州师范学院中国山地民族研究中心副研究员，美国波士顿大学博士后研究人员）
郭俊红（山西大学文学院讲师）
刘珊珊（赣南师范大学民俗学讲师）
谢红萍（中央民族大学文学与新闻传播学院博士生）
联络员：康　丽

歌谣组（23 人）

组　长：刘晔媛（中国传媒大学影视艺术学院教授）
赵塔里木（中国音乐学院音乐学教授，《音乐研究》主编）
副组长：刘晓春（中山大学非遗研究中心教授）

　　　　朱智忠（中央人民广播电台高级音乐编辑）
组　员：和云峰（中央音乐学院教授）
　　　　周青青（中央音乐学院教授）
　　　　何晓兵（中国传媒大学戏剧影视学院教授）
　　　　李月红（中国音乐学院教授）
　　　　张　谦（中国传媒大学教授）
　　　　张应辉（福建师范大学教授）
　　　　冯　亚（中国传媒大学教授）
　　　　李胜利（中国传媒大学教授）
　　　　柯　琳（中央民族大学教授）
　　　　桑　俊（长江大学教授）
　　　　邹　璐（人民音乐出版社编审）
　　　　朱芹勤（中国文联民间文艺艺术中心编审）
　　　　黄静华（云南大学文学院副教授）
　　　　郑长天（湘潭大学人文学院副教授）
　　　　王利剑（四川音乐学院副教授）
　　　　王　丹（中央民族大学中国少数民族研究中心副教授）
　　　　崔　晓（沈阳师范大学戏剧艺术学院副教授）
　　　　陈纪宇（西北大学文学院讲师）
　　　　章　鹏（歌手、音乐人、制片人、导演）
联络员：冯　亚

长诗组（18人）

组　长：向柏松（中南民族大学文学与新闻传播学院教授）
副组长：郑土有（复旦大学中文系教授）
　　　　孟慧英（中国社会科学院民族学与人类学研究所研究员）
　　　　毕　桪（中央民族大学教授）
组　员：巫　达（中央民族大学民族学与社会学学院教授）
　　　　黄龙光（《云南师范大学学报》副主编、编审）
　　　　刘亚虎（中国社会科学院民族文学研究所研究员）
　　　　乌·纳钦（中国社会科学院民族文学研究所研究员）
　　　　意　娜（中国社会科学院民族文学研究所副研究员）

姚　慧（中国社会科学院民族文学研究所助理研究员）
吴　刚（中国社会科学院民族文学研究所副研究员）
杨　春（中央民族大学少数民族语言文学系教授）
汪立珍（中央民族大学少数民族语言文学系教授）
陈金文（广西民族大学文学院教授）
郎雅娟（贵州民族大学副教授）
王小龙（常熟理工学院副教授）
李惠芬（河西学院文学院讲师）
钟　措（西藏大学讲师）
联络员：黄龙光

说唱组（18人）

组　长：苑　利（中国民间文艺家协会副主席，中国艺术研究院研究员）
副组长：吴文科（中国曲艺家协会副主席，中国艺术研究院曲艺研究所所长）
常祥霖（中国文联国内联络部原副主任、副编审，国家非物质文化遗产保护工作专家委员会委员）
崔　凯（中国曲艺家协会顾问、中国文艺评论家协会副主席，国家一级编剧）
孙立生（山东省曲艺家协会名誉主席，国家一级编剧）
组　员：岳永逸（北京师范大学文学院教授）
刘文峰（中国艺术研究院研究员，国家非物质文化遗产保护工作专家委员会委员）
崔长武（北京市艺术研究所研究员）
孙宏亮（延安大学文学院教授）
齐　易（河北大学艺术学院音乐系教授）
顾　军（北京联合大学应用文理学院历史文博系主任、文化遗产研究所所长、教授）
秦华生（中国艺术研究院研究员、京剧艺术研究中心主任）
郭学东（山东省曲艺家协会副主席，山东艺术研究院非遗所主任、研究员）
李永平（陕西师范大学文学院教授，陕西师范大学文学人类学研究中心主任）
庄丹华（浙江工商职业技术学院教授）
田　莉（中国艺术研究院曲艺研究所副所长、副研究员）
丁　琳（北京市艺术研究所副研究员）
郜冬萍（河南大学黄河文明与可持续发展研究中心副教授）
联络员：王添艺

小戏组（17人）

组　长：刘　祯（中国艺术研究院研究员，梅兰芳纪念馆馆长）
副组长：莫惊涛（《中国戏剧年鉴》副主编）
　　　　毛　忠（梅兰芳纪念馆梅兰芳研究中心主任助理）
组　员：李祥林（四川大学文学院教授）
　　　　龙耀宏（贵州民族大学民族文化艺术研究院教授）
　　　　魏力群（河北师范大学美术与设计学院教授）
　　　　杨　红（中国音乐学院教授）
　　　　李　玫（中国社会科学院文学所研究员）
　　　　黄旭涛（南开大学周恩来政府管理学院社会学系副教授、副主任）
　　　　张　静（中国艺术研究院戏曲研究所副研究员）
　　　　李志远（中国艺术研究院戏曲研究所副研究员）
　　　　张婷婷（南京艺术学院副教授）
　　　　陈美青（山西师范大学戏剧影视学院副教授）
　　　　江　棘（中国人民大学文学院讲师）
　　　　吴海肖（安徽省艺术研究院助理研究员）
　　　　杨志敏（郑州航空工业管理学院讲师）
　　　　张申波（中国艺术研究院图书馆馆员）
联络员：张申波

谚语组（14人）

组　长：安德明（中国社会科学院文学研究所民间文学室主任、研究员）
副组长：高有鹏（上海交通大学教授）
　　　　钟进文（中央民族大学文学与新闻传播学院院长）
　　　　彭　牧（北京师范大学文学院副教授）
组　员：邓雪晨（中国非物质文化遗产保护中心数字化中心主任）
　　　　崔玲玲（中央民族大学音乐学院教授）
　　　　刘文江（兰州大学文学院副教授）
　　　　张青仁（中央民族大学民族学与社会学学院副教授）
　　　　唐璐璐（北京外国语大学艺术研究院讲师）
　　　　赵云彩（山东管理学院讲师）
　　　　黄若然（中国社会科学院研究生院博士生）

赵玉平（中国社会科学院文学研究所民间文学室助理研究员）

王均霞（华东师范大学社会发展学院副研究员）

张成福（青岛理工大学人文与外国语学院中文系主任、讲师）

联络员：黄若然

谜语组（15人）

组　长：萧　放（北京师范大学社会学院人类学民俗学系教授）

副组长：张士闪（山东省民间文艺家协会副主席，山东大学文化遗产研究院副院长、教授，民俗学研究所所长，《民俗研究》主编）

郑育斌（中国民间文艺家协会中华灯谜学术委员会主任）

组　员：刘二安（中国民间文艺家协会中华灯谜学术委员会原副主任，河南省民协灯谜学委员会会长）

王晓葵（南方科技大学社会科学高等研究院教授）

王贵生（西北师范大学文学院副教授、甘肃省民协主席）

袁　瑾（杭州师范大学学术期刊社副教授）

郑　艳（山东社会科学院文化研究所副研究员）

刘同彪（电子工业出版社青少年教育分社编辑）

高忠严（山西师范大学文学院讲师）

张　帅（浙江农林大学文化学院讲师）

樊秋华（江苏省苏州市吴江区民间文艺家协会主席，中华灯谜学术委员会常委、宣教部副部长，《中华谜艺》执行副主编）

张红雄（广东省汕头市民间文艺家协会副主席、灯谜学术委员会主任，中华灯谜学术委员会常委、组联部部长，《中华谜艺》杂志编委，潮汕历史文化研究中心特约研究员）

邵凤丽（辽宁大学文学院副教授，沈阳市民间文艺家协会副秘书长）

朱墨兮（中国民间文艺家协会中华灯谜学术委员会常委、宣教部副部长，江苏省民间文艺家协会灯谜学术委员会副主任，淮安市民间艺术家协会副主席，淮海晚报副刊部主任，江苏省“非遗”项目“淮安灯谜”传承人）

联络员：高忠严

俗语组（15人）

组　长：林继富（中央民族大学教授）

副组长：张廷兴（济南大学教授）

黄　涛（温州大学人文学院教授）

组　员：王志清（三峡学院文学院教授）

刘兴禄（凯里学院教授）

徐　媛（长江大学文学院副教授）

刘　薇（云南师范大学文学院副教授）

张远满（浙江传媒学院副教授）

李　阳（辽宁《社会科学辑刊》社科部主任）

田　苗（中国国家图书馆社会教育部副主任）

陈国玲（中国社会科学院民族学与人类学研究所助理研究员）

穆昭阳（赣南师范大学历史文化学院讲师）

李晓城（信阳师范学院讲师）

周灵颖（中央民族大学民俗学博士生）

崔月明（江苏省民间文艺家协会副主席、连云港市民间文艺家协会主席）

联络员：周灵颖

理论组（24人）

组　长：高丙中（北京大学社会学系人类学专业主任、教授）

田兆元（华东师范大学社会发展学院副院长、教授）

副组长：户晓辉（中国社会科学院文学研究所研究员）

黄永林（华中师范大学国家文化产业研究中心主任、教授）

组　员：色　音（中国社会科学院民族学与人类学研究所研究员）

方李莉（中国艺术研究院艺术人类学研究所所长、研究员）

毛巧晖（中国社会科学院民族文学研究所研究员）

黎　敏（北京外国语大学中文学院教授）

李小玲（华东师范大学国际汉语文化学院教授）

孙正国（华中师范大学文学院教授）

张举文（美国威莱美特大学东亚系教授）

王霄冰（中山大学非物质文化遗产研究中心教授）

王杰文（中国传媒大学艺术研究院教授）

都　晨（国务院新闻办公室调研员）

刘　波（山东大学儒学高等研究院民俗学研究所教授）

余红艳（江苏大学中文系副教授）

沈梅丽（上海工艺美院工艺美术研究中心副教授）

杨　茜（云南民族大学副教授）

徐金龙（华中师范大学国家文化产业研究中心副教授）

高艳芳（华中师范大学国家文化产业研究博士后，安阳师范学院文学院副教授）

韩成艳（中国社会科学院民族学与人类学研究所助理研究员）

惠　嘉（陕西师范大学文学院讲师）

王立阳（华东师范大学社会发展学院民俗学所讲师）

胥志强（华中师范大学文学院讲师）

联络员：黎　敏

（二）协调工作组

负责拟定和下达编纂年度计划、协调各地编纂工作进度、协调编辑专家组开展工作、接收各地编纂完成的初稿并协调专家、学术委员审阅、编委会修改、向出版社提交齐清定稿件等；组织调研活动、各类会议，策划实施社会宣传推广项目，制定实施方案、申报资金预算、报批委托资金支付；协调数据库建设、出版、知识产权保护的事务性工作，及时向大系出版工程领导小组、编纂出版工作委员会汇报工程进展、反映问题，提出意见和建议。

工作人员：覃　奕　张慧霖　王若楠　崔梦婕　苏庆善

（三）出版及版权工作组

由暴淑艳负责。负责协调处理版权事务和出版工作。

（四）数据库工作组

由周燕屏负责，张礼敏协助。负责大系出版工程基础资料数据库（原中国口头文学遗产数据库）的资料调查采集、数据化处理、知识加工、信息提取、网站建设等相关工作。

工作人员：李　琳　郝　然

《中国民间文学大系》总序

中国文学艺术界联合会
中国民间文艺家协会

五千多年的中华文化源远流长、灿烂辉煌，滋养着中华民族生生不息、发展壮大，积淀着中华民族最深沉的精神追求，镌刻着中华民族独特的精神标识，也蕴藏着解决当代人类面临难题的传统智慧，是涵养社会主义核心价值观的精神之源，更是我们在世界文化中站稳脚跟的坚实根基。中华优秀传统文化是我们必须世代传承的文化根脉、文化基因，在实现“两个一百年”奋斗目标和中华民族伟大复兴中国梦的历史进程中，追溯中华文化的源流、探究中华文化的传续、前瞻中华文化的走向，对于为中华民族精神家园立根铸魂、为新时代中国特色社会主义事业发展凝心聚力，具有重大意义。

编纂出版《中国民间文学大系》（以下简称《大系》）是新时代传承发展中华优秀传统文化的国家级重点工程。党的十八大以来，以习近平同志为核心的党中央高度重视中华文化的传承发展。2017 年 1 月，中央印发《关于实施中华优秀传统文化传承发展工程的意见》（以下简称《意见》），编纂出版《中国民间文学大系》列为其中的重大工程。《意见》从建设社会主义文化强国，增强国家文化软实力，实现中华民族伟大复兴中国梦的高度，深刻阐述了中华优秀传统文化传承发展的重要意义、指导思想、基本原则和总体目标，对传承发展工程的主要内容、重点任务、组织实施和保障措施等作出了重要部署，是当前和今后一个时期指导我们传承发展好中华优秀传统文化的重要遵循。民间文学是中华优秀传统文化中最主要的基础资源之一，它鲜明而又直接地反映着人民群众的日常生活和价值观、审美观。中国民间文学大系出版工程（以下简称大系出版工程）由中国文联负责组织实施，是中华优秀传统文化传承发展工程的重点项目之一，也是中国民间文学遗产抢救保护与传承的民心工程。这一工程的主要任务是以客观、科学、理性的态度，收集整理民间口头文学作品及理论方面的原创文献，编纂出版《大系》大型文库，完善中国口头文学遗产数据库，为中华民族保留珍贵鲜活的民间文化记忆。在编纂同时，开展一系列以中国民间文学为主题的社会宣传活动，促进全社会共同参与民间文学的发掘、传播、保护，形成全社会热爱、传承优秀传统民间文学的热潮，形成德在民间、艺在民间、文在民间的共识，推动民间文学知识普及与对外交流传播。

民间文学产生于民间，流传于民间，具有与生俱来的人民性。习近平总书记在文艺工作座谈会上的讲话中指出，“人民既是历史的创造者，也是历史的见证者，既是历史的‘剧中人’，也是历史的‘剧作者’。”因为民间文学活动本身就是人民的审美生活，是人民不可缺少的生活样式，具有浓厚的生活属性。民众在表演和传播民间文学时，就是在经历一种独特的生活方式。人民创作、人民传播和人民享受，是民间文学人民性的具体表现。

民间文学是培育和践行社会主义核心价值观的重要载体。首先，民间文学是宝贵的历史文化遗产，是中华民族祖祖辈辈集体智慧的结晶，积淀着中华民族特有的极为丰富的思想道德和文化意识形态。其次，民间文学是人民群众自己的文学和学问，具有最为广泛的人民性，没有哪一种文学艺术形式拥有如此众多的作者和观众。它对人们的生活方式和思想观念所产生的潜移默化影响也是最为深刻和久远的。再次，民间文学是人民群众最为喜闻乐见和熟悉的审美方式，也是最为便利的文学活动形式。每个地方都有祖辈延续下来的传说、故事、歌谣、谚语、小戏、说唱等等，为当地人耳熟能详。这些民间文学一旦进入当地人的生活世界，便释放出强大的感化能量。

新中国成立后，党和政府十分重视民间文艺的传承保护。民间文学搜集抢救整理成果丰硕，为编纂出版《大系》奠定了坚实基础。1950年3月，我国民间文学、民间戏剧、民间音乐、民间美术、民间舞蹈等领域的文艺家与研究家发起成立了中国民间文艺研究会（以下简称民研会；1987年更名为中国民间文艺家协会），开始在全国范围内统一组织实施中国民间文艺的传承与研究工作。在民研会成立大会上，代表们讨论并通过了《征集民间文艺资料办法》。1979年9月，全国少数民族民间歌手、民间诗人座谈会在京召开，众多民间歌手和艺人恢复名誉，抢救保护民族民间文化遗产工作也随之重启。1984年2月，中宣部印发《关于加强少数民族文学研究和资料搜集工作的通知》。同年5月，文化部、国家民委、民研会印发《关于编辑出版〈中国民间故事集成〉〈中国歌谣集成〉〈中国谚语集成〉的通知》，全国各地大批民间文艺专家和民间文艺工作者代表们会聚起来，形成强大的学术力量和社会力量，开始了民间文学抢救整理工作。1987年至2009年，在全国普查、采录的基础上，全国各地民间文学“三套集成”陆续编辑出版。“三套集成”从酝酿、立项到全面实施，历经近30年，全国30个省市自治区（不含重庆、港澳台）编纂出版90卷（102册），总计1亿多字，一大批珍贵的各民族神话、传说、故事、歌谣、谚语等民间口头文学作品，成为民间文学爱好者和研究者的通用读本。进入新世纪以来，中国民间文化遗产抢救、中国民族民间文化遗产保护等工程又相继开展，取得扎实而宝贵的工作进展。为了进一步适应今后文化发展以及科学技术进步带来的阅读、研究与利用的实际需要，2010年12月，中国民间文艺家协会启动实施了中国口头文学遗产数字化工程，已陆续完成10多亿字民间口头文学记录文本的数字化存录，最终将形成体系完备的“中国口头文学遗产数据库”，以有效避免因各种因素造成的纸质资料遗失和损坏，并使阅读、检索和利用这些作品及资料变得更为方便、快捷和准确，从而实现更大范围的资源共享。新中国成立70年来民间文艺工作的实践与经验，数十亿字民间文艺资料的积累与储备，数十万民间文艺工作者的心血和智慧，是我国民间文艺事业发展的宝贵财富，也为《大系》的编纂工作确立了综合实力和巨大优势。

大系出版工程是新时代中国民间文学保护、传承工作的扩充、延伸、深化、升华，更是民间文学创造性转化和创新性发展的理论探索和实践行动。《大系》文库按照神话、史诗、传说、故事、歌谣、长诗、说唱、小戏、谚语、谜语、俗语、理论12个门类进行编纂，计划到2025年出版大型文库1000卷，每卷100万字，共10亿字。该工程制订的长期规划、分步骤分阶段分类别的运作策略和实施举措，保障了项目的可持续性发展和科学化运用。

《大系》既是有史以来记录民间文学数量最多、内容最丰富、种类最齐全、形式最多样、最具活态性的文库，也是在民间文学搜集整理领域开展的新时代综合性成果总结、示范性的本土文化实践活动。它将几千年来在民间普遍传承的无形精神遗产变为有形的文化财富，从而避免在全球化语境下民间文学遭遇民众文化失语和传统经典样式失忆的尴尬与窘境，为世人了解中国民间文艺发展规律、应对社会转型和变革所带来的传统文化衰微之势，提供了文化复兴的有效良方和经验范式。

《大系》充分吸收当代民间文学研究的新成果、新理念，在选编标准上，始终坚持正确的政治导向，坚持优秀传统文化的标准，萃取经典，服务当代。各分卷编委会着力还原民间文学的本真形态，忠实保持各民族作品原文意蕴，在内容、形式、类型等方面力求反映出民族风格和当地口承文化传统特点，按照科学性、广泛性、地域性、代表性的“四性”原则，在各类文本中，精心编纂出具有民间文化传统精神和当代人文意识的优秀作品文库。

编纂出版《大系》，我们始终坚持具有鲜明导向的指导思想和基本原则。《大系》汇集全国各地民间文艺领域上千名专家、学者，计划用8年的时间对民间文学12个门类进行搜集整理、编纂出版，是一项复杂的系统工程。《大系》既是党中央交给中国文联的一项重要的文化建设任务，又是民间文艺界的一项重大学术研究活动；既是一项中华民族大型文化精品创建工程，又是一次中国民间文学主题实践宣传活动；既要深入田间地头调查搜集采录第一手资料，又要坐在书斋静下心来进行归纳整理研究。《大系》具有很强的政治性、学术性、专业性、群众性。我们的指导思想是，始终高举中国特色社会主义伟大旗帜，全面贯彻落实习近平新时代中国特色社会主义思想和党的十九大精神，紧紧围绕实现中华民族伟大复兴中国梦，深入贯彻新发展理念，坚持以人民为中心的工作导向，坚持以社会主义核心价值观为引领，坚持创造性转化、创新性发展，坚定文化自信，增强文化自觉，树立正确的价值观、历史观、审美观，积极思考和探索民间文学的继承与发展等时代命题，坚持交流互鉴、开放包容，关注民间文学新的时代内涵和现代表达形式，使我们民族创造的民间文艺更接地气、更有底气、更具生气。

《大系》编纂出版工作确立了“三个坚持”的基本原则：一是坚持社会主义先进文化前进方向和正确价值取向，对民族民间文学中的制度风俗、思想观念、价值理念、乡规家风等加以梳理和诠释，去粗取精、去伪存真，发掘民间文学蕴含的核心价值观，充分发挥民间文学在“美教化、厚人伦、移风俗”等方面的特殊作用；二是坚持广泛性和代表性相结合，在广泛普查和科学分类的基础上，加强对各民族民间文学精神与思想内涵的挖掘和阐发，把强调先进价值观与突出地域文化特色、民族风格密切结合起来，推动建设中华民族和合一体的共同精神家园；三是坚持学术性与普及性相结合，以民间文学理论研究成果和当代文化思想为学术指导，加强民间文学各类别经典文本呈现、精品范本出版，促进民间文学的创造性转化和创新性发展，并注重与时代发展相适应，实现从口耳相传到多媒体传播的时代变化，激活其当代价值，高标准、高质量、高要求地打造体现中国精神、中国形象、中国文化、中国表达的经典传世精品。

编纂出版《大系》是新时代赋予我们的光荣职责和神圣使命。我国各民族民间文艺积淀深厚，灿烂博大，与人民生活紧密联系着，是中华优秀传统文化的土壤和基石。千百年来，我国民间文学薪火相传、生生不息，深深融入中华民族的血脉，深刻影响着中国人的精神世界，印刻着中华民族独特的文化记忆，鲜明地表现着广大人民群众的精神向往、道德准则和价值取向，充分彰显着中国人的气质、智慧、灵气、想象力和创造力，是中华文化的亮丽瑰宝和鲜明标志，不论过去还是现在，都有其永不褪色的价值。但同时也要看到，民间文学又是脆弱的。随着转型期社会的深刻变革和城镇化带来的高速发展，民间文学赖以生存的土壤正在迅速流失，不少优秀民间文学正在成为绝唱，更多的民间文学资源业已消失。因此，抢救与保护散落在中国大地上各区域、各民族现存的不可再生的文化遗产，按照当代学术规范和学科准则，大规模开展民间文学的搜集、整理、出版、推广、研究，激发全社会对我国优秀民间文学的热爱和珍视之情，促进民间文学保护、传承与发展，延续中华文脉，造福人民大众，为繁荣发展社会主义文艺事业提供民间文学精致文本和精彩样式，已成为热爱中华优秀传统文化有识之士的共同心声。

当前，中国特色社会主义步入新时代，在以习近平同志为核心的党中央领导下，各级党委和政府更加自觉、更加主动推动中华优秀传统文化的传承与发展，开展了一系列富有创新、富有成效的工作，有力增强了中华优秀传统文化的凝聚力、影响力、创造力。进一步发扬优秀传统，充分尊重人民群众的思想观念、风俗习惯、生活方式、民族情感、表达形式，充分尊重一代又一代民间文艺创造者、传承者的经验智慧与劳动成果，进一步凝聚共识，精耕细作，落实好、完成好大系出版工程的各项工作，不断书写出中国民间文学新的辉煌，既是新时代赋予广大民间文艺工作者的光荣职责，更是我们共同担当的神圣使命。

我们郑重呼吁：全社会都行动起来，共同承担起抢救中华民族民间文学遗产的神圣职责！

建构中国民间工艺的文化谱系

——《中国民间工艺集成》总序

潘鲁生

中华传统工艺是一支源远流长的造物文脉，从古至今，传承不息。其中汇聚了中华民族的造物智慧，融会了手工技艺以及人文历史、社会生态，也饱含人们对自然、对社会、对生活的理解和追求。中华传统工艺里积淀着我们民族披荆斩棘的创造精神，承载着温柔敦厚的审美理想，蕴含着现实里乐观祥和的生活精神。特别是民间工艺，既是生产的技艺，也是生活的艺术，是我们民族的一支活态文脉。与历史上“书于竹帛，镂于金石，琢于盘盂”等书籍文献传承传播的知识体系不同，民间工艺是一种综合了生产、生活、艺术审美的造物文化体系，其中蕴含着民众独特的造物思想、审美意识、技术能力、伦理观念，反映中华民族的心理结构、精神诉求乃至集体记忆，并将工艺造物文脉和基因保留延续至今。民间工艺不同于宫廷的、文人的工艺匠作，而是来自鲜活的民间生活，来自万千劳动者，与生产生活有更紧密的联系，也由于其民间性，往往不见于官方志书，缺少系统的辑录整理，大部分作为口耳相授、心手相传的经验传承，处于自生自长、自存自灭的状态。在现代化转型过程中，民间工艺遭受冲击，其中虽有生产力更新演进的必然，某种程度上也是对我们民族文化艺术自觉自信的考验。可以说，民间工艺的守护传承与创新发展，关系着我们民族文化创造力的传承和发展。

党的十八大以来，以习近平同志为核心的党中央高度重视中华优秀传统文化的历史传承和创新发展，出台《关于实施中华优秀传统文化传承发展工程的意见》，实施《中国传统工艺振兴计划》，从国家文化发展战略层面推动传统工艺振兴。中宣部、中国文联部署实施“中国民间文学大系出版工程”和“中国民间工艺传承传播工程”两大工程。中国民协秉持学术立会传统，全面组织实施。“两大工程”是党和国家交付我们的重要任务，体现了党和国家对中国文联、中国民协及广大民间文艺工作者的高度信任。作为“中国民间工艺传承传播工程”的《中国民间工艺集成》，于2016年获批国家社会科学基金特别委托项目，2018年纳入国家“十三五”重大出版工程项目。编纂出版《中国民间工艺集成》，将填补我国民间文艺集成编纂空白，力图让读者透过民间工艺不仅看到文化瑰宝，而且看到其在生产生活当中展现的生活价值和艺术价值，并在集成编纂的基础上，激发民间工艺创造活力，在文化传承、设计创新、乡村振兴等方面发挥积极作用。应该说，民间工艺不仅是重要的文化遗产，也是重要的文化资源，以造福民众为要义，在维系民间地域文化认同，架构社会关系，发展多元工艺体系，促进人与自然生态和谐共处等方面愈加凸显其现实意义。新时代，新生活，新机遇，重溯民间工艺历史，关照民间工艺文化，让民间工艺回归生活重焕活力，有助于我们坚定文化自信，促进传统工艺振兴，实现中华优秀传统工艺的创造性转化与创新性发展，并进一步服务乡村振兴、精准扶贫，回馈丰富多彩的民间生活，在民族复兴的伟大征程上维系家国之乡愁，筑牢民间文化创造之基石。这是《中国民间工艺集成》编纂出版的历史出发点和文化使命。

一、为民间工艺集成，为民间艺人立传，为民间文艺铸魂

作为国家文化工程，编纂出版《中国民间工艺集成》的目标在于：坚守中华文化立场，为民间工艺集成，为民间艺人立传，为民间文艺铸魂。

历史上，我国的工艺志书主要集中在官营工艺领域，民间工艺很大程度上处于散佚状态，缺乏系统的辑录和整理。新中国成立以来，国家重视发掘整理民间文化，上世纪五十年代组织了“民歌调查运动”、八十年代普查编纂民间文学“三套集成”，新世纪以来开展了“中国民间文化遗产抢救工程”。在已有的“十大集成”基础上还缺乏民间工艺的集成。从目前已有的多项与传统工艺相关的文化和出版工程来看，或以工艺美术行业为主体，或以工艺师及作品呈现为主体，或以历史文献、工艺科技整理为主体，虽然很多研究者关注、研究民间工艺，但还未形成更为全面、系统、翔实的民间工艺集成图书。编纂一部民间工艺集成，当务之急是对长期处于自发和散佚状态的民间工艺进行系统的辑录和整理，“为民间工艺集成”，既是历史地回顾和整理民间工艺的脉络谱系，也是对当下民间工艺存量和状态的全面梳理。《中国民间工艺集成》（以下简称《集成》）辑录整合民间工艺信息，不仅包含人物、技艺、品类，也包含相关联的社会历史、思想文化、文献档案等，按照统一的编撰指导思想、原则、体例、规范集结起来，形成我国民间工艺的文献集成，且重点在于民间工艺、民间艺人、民

间文化和民间生活，在学术取向上明确强调对“民间工艺”“民间生活”“民间文化”等内涵的把握。通过民间工艺图像、文献、艺人、实物信息，以图、史、人、物互证，铺陈民间工艺发展脉络，展现民间工艺发展的关键节点、核心要素、关联条件、基本态势和规律，展现丰富多彩的民间工艺领域，实现编纂的首要目的“为民间工艺集大成”。

古往今来，民间工艺由民众集体创造和传承，其发展与繁荣离不开人民的智慧和创造。《集成》编纂在于为最广大的民间艺人群体传声、代言、立传，为匠心文脉的创造者立档、存志。张道一先生曾将民间工艺的传承与实践主体划分为4个层次：一是广大的农民和牧民，他们的艺术活动带有业余的性质；二是农民的副业，只是在农闲时或节日、集市上从事艺术品的制作和销售；三是半职业性的游方艺人，常年走街串巷；四是在城市中挂牌营业的专业艺人，设立作坊或参加专门的工厂等。《集成》不仅收录那些已经被本地同行普遍认可的、技艺精湛的，对所持技艺如工艺创新、工具革新、材料创新、产品创新、传承传播等发展做出突出贡献的民间手工艺人，还关注和辑录全社会多元化的民间工艺创造主体及其工艺创造，辑录我国民间社会的工艺传承与发展体系，从而进一步激发广大民众的主体参与感和集体存在感，使民众真正成为传统工艺的创造者、享用者和传承发展者，进而全面激发传统工艺的创造活力。特别是当一些民间工艺样式面临传承与发展的困境时，更要回到人民的生活本身去寻找应对之策，不仅要帮助和支持传承者去守护和传承，还要从生活的文化需要、内容方式出发去发展和创造，使之成为生活中富有生命力的组成部分。《集成》的编纂，为生活存录，为劳动者立传，为人民书写，具有现实而长远的意义。

民间工艺的核心是文化智慧和创造精神，作为习得性知识，民间工艺重生活、重实践、重经验，其中也蕴含民众对人、自然、社会的价值判断和群体认知。因此，民间工艺的传承，不仅是技艺的传承，也是文化的认同与传承。《集成》编纂在于为中华工艺造物文脉寻根，为民间文艺铸魂，续传民族文化创造力之薪火。其中包括工艺匠心的传承、文化乡愁的守望、中华美学精神的倡扬。以工匠精神为例，《诗经》中描述工匠制作骨器、象牙、玉石“如切如磋，如琢如磨”，经孔子、朱熹等解读阐释以及孙中山将之扩展到近代工业中，概括提炼出精益求精的核心内涵，成为我国民族文化精神和产业技术文化的组成部分。民间艺人、工艺匠师作为民间工艺的创造者、传承者和传播者，也是工匠精神的实践者和阐释者。坚定踏实，专注执着，精益求精，“工匠精神”所包含的师道精神、创业精神、创造精神、实践精神，依然是我们当今时代的重要思想资源和精神动力。《集成》编纂把握这样的精神内涵和文化价值，弘扬中华民族优秀的文化传统和文化精神。特别是随着社会文化转型，生活从传统走向现代，人们的生产生活方式发生了不小的变化，比如安土重迁的观念和生活被城市化的流动打破，民间禁忌和祈望的仪式空间被现代生活观念和方式冲淡，传统器用的形态以及图案纹样里差序格局的基础逐渐消解，标准化、流水线甚至拷贝“全球化”的生活方式成为主流，传统的民间工艺与民风习俗相依存，作为传统民间生活的有形载体，甚至从生活舞台的中心走向边缘，一些品类的技艺与传承甚至走向消亡。从文化的深处看，生活在变，不变的是人们对美好的永恒地追求。传承发展民间工艺也将维系一份久远的亲情、乡情与民情，使之成为连结民族精神的根脉、情感的纽带。编纂《集成》，培根铸魂，有助于创造民间的生活之美，实现民生的审美关怀，有助于守正创新，以艺惠民，形成德在民间、艺在民间、文在民间的共识，为建设社会主义先进文化夯实群众基础。

二、把握民间工艺传承发展的历史观、生活观、人民观

《集成》编纂以“历史观”“生活观”“人民观”为主线，从中华民族的造物历史、社会发展和民族进步的历史视野观照民间工艺，从中国人的生活方式出发认识民间工艺，从民众的创造与需求出发理解民间工艺，以科学的历史观、生活观、人民观为导向和原则指导编纂工作。

民间工艺作为历史生成的，广大民众创造、享用和传承的造物文化体系，包含千百年来中华民族认识、选择和应用自然界的物质材料，形成相应的工艺技术规范，以工艺技术为支撑进行艺术创造，以及通过工艺结构、造型、装饰等范式与规则，形成一定的表现形态，从而满足人们对于物用、礼俗、审美的多种需求，是民族特色的认知方式、名物制度以及审美趣味的“活态”集成。《集成》编纂把握民间工艺的历史观，既要认识民间工艺的历史，也要历史地看待民间工艺，以更长远的、深邃的视野认识和把握民间工艺的发展过程、规律和本质属性。从历史观出发，我们认为，民间工艺具有本元文化属性，即一方面从历史发展的序列进程看，在社会分工逐渐细致之前，在相当长的历史时期里文化具有一元性，民间工艺融物质文化与精神文化、实用与审美于一体，物质文化与精神文化兼容，物质文明与精神文明的同构，是一种本元文化，而且当文化从一元走向多元、物质文化与精神文化分化之后，仍然保持了装饰、实用及风俗应用的有机统一和融会贯通，其本元文化性质没有解体，不断适应并潜移默化地作用于人们的生活；另一方面，其本元文化的原发性内涵，也在于具有“艺术矿藏”等基础性和母体性，不仅在创作机制上丰富、自在，具有原发性和自娱

性，是一种淳风之美的流露，体现人与艺术的本质关系；而且也是一个民族、一方人群人生经验和生活文化的积累，具有传承性、集体性、民族性和地区性，反映了漫长历史进程中民族文化艺术的创造，体现精神面貌和心理状态，是文明赖以延续和升华的基础之一。因此,《集成》编纂不仅要梳理和记录我国民间工艺所取得的历史成就及其生活文化根脉，还将以此体现民间工艺的历史文脉和从过去走向未来的内在动因与动力。

在人类众多的造物活动中，民间工艺与人们现实生产生活的关系最为紧密，在很大程度上烙印着“生活原型”的痕迹和特征，有时就是民间生活的直接表述。从民间居宅陈设到生活日用器物，从祭俗供奉用品用具到游艺活动中的玩具器用，以及节日装点的年画、窗花、门神，可以说都是民间生活文化的缩影。从实用性功能较强的民间工艺品类来看，各种居宅房屋、家居陈设、日用器具、交通工具、生产用品等无不是为了满足民众的现实生活而造物，无不具有功能性的生活气息。民间工艺不是为艺术而艺术，为求美而美的艺术，而是对生活的创造、充实和完善。民间工艺的生活性、民间工艺的生活观将指导我们认识民间工艺的发展规律、意义和价值。古往今来，民间工艺融于衣食住行，关联社会民俗，是对生活的集体记忆和创造，既以有形的、自在的、奔放炽烈的语言体现在生活中，也以平常之美体现生活的意义和价值。《集成》编纂，着眼于从生活出发去认识民间工艺，从传统工艺中发现生活的美学。比如民间工艺的工具和材料往往随手可得、就地取材，就材加工，量材为用，工艺和形态远离浮华、奢侈，具有朴实、自然的天性；民间工艺往往发掘了日常生活中事物、事理以及自然节律、材质的意义和价值，比如使自然里荣枯有时的竹、柳、藤、草成为筐、篮、篓、笠、席、盘、垫，有了生活的韵味和价值，自然的生命因此变得隽永，平凡的事物因此有了情感，编织出了生活的平凡之美和永恒的价值。《集成》编纂辑录生活之美、生活创造的文脉，要回馈的是朴素真实的民间生活。

民间工艺来自民间，是人民群众在长期共同的生活基础上融会集体智慧、理想和情趣的艺术创造，是人民群众的伟大实践。人民是民间工艺的创造者、使用者、欣赏者，是民间工艺的传播者和传承者。民间工艺具有“人民性”的本质。一段时期以来，关于传统工艺的研究和保护，学术研究对艺术本体、工艺本质以及工艺美术大师、代表性传承人及其工艺方面注力较多，对于乡土民间更广大的民间艺人、工艺匠师，对于民间生活中似乎司空见惯的工艺现象还需要关注、梳理和研究，其中蕴藏的是一部材美工巧的生活志。我们关注民间工艺的人民性，要关注千千万万默默无闻的创造者，关注千千万万执着坚守致力追求的守护者和自觉传承者，关注民间工艺传承发展的实践者参与者，因为如果离开了“民”与“众”的属性，民间工艺将失去最本质的力量，如果凝聚更广泛的智慧、认同和自信，民间工艺还将实现新的发展。把握民间工艺的人民性，要深刻认识和把握民间工艺中融合了民族的、集体的智慧创造和文化表达的内容，包括对自然万物的认知与理解、对技术的应用、对礼俗规范的传达、对美的感知和把握等，从而发掘民间工艺最普遍、更广泛的内涵和意义。把握民间工艺的人民性，要真诚地向人民学习，从人民的智慧创造中汲取养分。比如民间工艺在生活日用、装饰陈设、传统节日、人生礼仪、游艺娱乐以及生产劳动中，寄予了人民群众朴素的劳动感情、乐观的生活态度和美好的理想追求，充满了除恶扬善、辟邪扶正、和合圆满、吉祥如意的主旋律，反映出人民群众对生活的热爱、对乡土的真情、对幸福的祈望，形成了我们民族乐观、向上的精神风貌和民族气派。关注民间工艺的人民性，要关切人民的生活，工艺的传承与创新、守护与发展最终要服务人民的生产和生活，也只有回归生活才有发展活力和生存空间。

《集成》编纂的历史观、生活观、人民观至关重要，不仅决定我们的视野和方法，也关系现实的作用和深远的影响。扎根生活，扎根人民，站在民族历史的高度去认识和发展民间工艺，是这项工程的根本理念和原则，也是愿景和归宿。

三、突出民间工艺的原真性、共生性和持续性

《中国传统工艺振兴计划》指出："我国民间工艺门类众多，涵盖衣食住行，遍布各族各地。振兴传统工艺，有助于传承与发展中华优秀传统文化，涵养文化生态，丰富文化资源，增强文化自信；有助于更好地发挥手工劳动的创造力，发现手工劳动的创造性价值，在全社会培育和弘扬精益求精的工匠精神；有助于促进就业，实现精准扶贫，提高城乡居民收入，增强传统街区和村落活力。"《集成》编纂从民间工艺的历史、现实和意义出发，把握民间工艺"原真性""共生性"和"持续性"内涵，研究带有规律性的问题，纲举目张，将发挥积极的作用。

中国民间文艺家协会秉承长期积累的学术经验，首先从抢救、保护、传承的角度组织实施《集成》编纂工作，以省、自治区、直辖市为单位，以"集成"的形式，客观、科学、系统辑录我国民间工艺历史、文献、知识、思想、文化、技艺、人物等信息，以期建立我国民族民间工艺文化学术档案库，为我国优秀传统文化创造性转化、创新性发展及传统工艺振兴提供理论参考和案例支持。把握民间工艺的"原真性"是首要出发点。在对工艺信息进行挖掘、整理、记录、分析、阐释的过程中，力争做到既尊重民间工艺的经验实质，也充分运用高新技术手段进行数字化信息处理、数据建

模等，尽可能留下发掘、整理、修复和发展的线索和资料；全面整理古今民间工艺要诀，梳理工艺技法和技艺经验，采集绘制图示图谱，注意甄别，系统梳理，立档存录，做好工艺规范、技法构成、技艺步骤等经验的整理，全面把握不同时期、不同品类、不同地域民间工艺的技艺原理和经验形态。并力争以相关学术研究作为保护实践的支撑，对有关工艺技法和经验构成进行知识谱系的梳理和研究，上升到原理层面加以把握。在尊重经验、重视传承的同时，引入科学的视野和研究方法，在辑录工艺原貌，存录工艺口诀、技法、图谱的同时，加强民间工艺学等跨学科研究，引入原理的、要素构成的、流程标准的内容和技术解析，丰富工艺阐释，尽可能运用新的科技手段留住传统民间工艺文化的基因片段。

民间工艺不是孤立的存在，也不能止步于博物馆的档案留存，须依托自然、人文、社会发展实现延续演进与新生。把握民间工艺的"共生性"，关注其赖以生成和发展的自然与文化生态，探索其面临问题的综合解决方案，是一个现实的出发点。《集成》编纂出版工程启动前后，我们对全国二十多个省区市民间工艺存续情况进行了历时几年的摸底调研。调研发现，由于地域文化、经济发展存在差异，全国各省区市民间工艺的品类存量不均。有些省份民间工艺的品类丰富，多达十几类；有些省份民间工艺的品类则相对较少，但地域文化特色鲜明。因此，既要以"工艺"为主视角，也要全面、客观、系统地辑录，其发展现状、历史成因、特点特色都建立在客观信息和综合研习的基础上。一方面，从专业角度看，作为历史积淀生成的文化有机体，民间工艺具有构成传统文化"高塔"丰富的基本构件和结构，具有丰富的基本符号和思维方式，充分汲取其中的艺术符号、技术符号、语言符号等，发掘其制度组织、生产技术以及物质形式等所包含的精神文化内涵，是对民间工艺文化资源的深刻理解、诠释和规律化地发展的前提。另一方面，我们也要从社会的、自然的生态视野出发，认识理解和把握民间工艺的发展问题。比如，我国历史上乡村小农经济体系和差序格局对民间工艺的生成与发展产生了决定性的影响，涉及审美观念、社会文化以及相关品类的生产组织形式等。乡村社会传统作为一种赋形机制，形塑和规约民间工艺的形态与内涵，呈现出特定审美传统和礼俗约定下的意义世界。随着城乡格局、产业结构、劳动力流动与分布发生巨大变化，社会深层文化结构持续变迁，民间工艺的土壤发生改变。在乡村振兴背景下，民间工艺发展如何与生活建构、民间生计发展相联系，从文化精神、技艺技能、生活方式等方面加强转化发展，从而进一步保护和传承民间工艺文化，发展特色民间工艺产业，并助力解决传统村落、民居环境、风俗习惯等文化保护和发展问题，使民间工艺成为乡风文明、乡村振兴的有机组成部分，在文化生态、生产生活中激活内生动力，实现永续良性发展，都是"共生"视野观照下的现实命题。我们希望通过对民间工艺信息的全面、客观、系统辑录，进一步发掘发现民间工艺存续发展以及民间工艺造福民生的综合机制和内在联系。

民间工艺的衍生与创新也是发展的必然命题，工艺创新需要在继承传统的基础上，加强对新材料、新工艺的实验与探索，在品类与材料、工艺及视觉形态等方面不断生成新的体系与方法，在延续民族风格和历史文脉的同时，将传统形式与现代语言、传统工艺与现代设计有机地联系在一起，诠释古典、乡土、传统的当代意义，以多元化的形式服务和滋养现代生活。工艺的持续性发展也是《集成》编纂的视野和维度。振兴民间工艺，要守护好民族造物的文脉根基，保护好传统工艺的“基因”和“种子”，进而激发激活民间工艺的内在生命力；在国内市场和城市社区、农村生活中营造工艺匠心的文化认同，通过保护唤起全社会的文化自觉，全面构建以最广大民众为主体的传承体系；研究民间工艺基因图谱，寻求建立传统与当代的连接，从材质、技艺、语言、思想内容等方面打通民间工艺与当代生活的血脉联系；根植当代生活，在创新中复兴传统生活美学，在衍生中实现融合发展；制订工艺文化策略，推广工艺品牌，在国际上重塑中华工艺造物的民族意向。可以说，在社会转型发展的关键阶段，以民间工艺资源为重点，以设计系统的创新开展战略性、生态性、生产性创意研发，整体提升民间工艺产业的水平，促进相关业态跨界融合，是民间工艺创新发展的根本指向，具有重要的社会、经济和文化意义。

四、建构中国民间工艺的文化谱系

《集成》所辑录对象是“民间工艺”，民间工艺是在我国广大民众生产生活中自然孕育、自发传承、自在发展的，承载着农耕时代广大民众的生产生活方式，与传统工艺以及工艺美术行业、当代美术家、工艺家、“非物质文化遗产名录”中的工艺技艺传承人、新工艺和“学院派”创新的当代工艺等都有所区别，相比它更具有生活化的特色和内涵。《集成》记录中国传统民间生产生活方式和状态，注重对民间工艺生活、审美、文化功能的深入挖掘和全面把握。

因此，《集成》首先从民间生活和文化功能的角度对民间工艺做出分类，并以此作为民间工艺信息判别、辑录、记述的重要依据和技术参照。参考前辈学者的研究成果，具体分类包括：信俗供奉类、装饰美化类、娱玩教化类、游艺竞技类、穿戴服饰类、居住陈设类、生产劳作类、生活用品类。明确民间工艺的“民间”与“工艺”内涵，把乡土社会中最为鲜活的生活状态及文化种子深入挖掘出来、客观记录下来，是

《集成》编纂工作的根本任务。

在以“工艺”作为分类依据的基础上，结合民间工艺的多重功用特点和地域文化差异，基于《集成》系列图书统一性的考虑，参考相关民间“俗约”，划分出十几个民间工艺类别，并以此作为《集成》辑录工艺信息的逻辑或顺序参考。具体分类如：民间纺织工艺、民间刺绣工艺、民间印染工艺、民间服饰、民间陶瓷工艺、民间琉璃工艺、民间髹漆工艺、民间编织工艺、民间雕塑工艺、民间工艺绘画、民间彩扎装潢、民间金属工艺、民间劳动工具、民间家具工艺、民间剪纸工艺、民间玩具、民间演具、民间杂艺等。考虑各省区市实际情况，在具体编纂过程中，民间工艺辑录的基本要求是：有则录入，无则略过，忠实记录，客观论述。

在《集成》编纂结构及内容呈现方面，立足民间工艺的“历史观”“文化观”“发展观”，设置“工艺综述”“作品图录”“技艺记述”“艺人传略”“工艺思想”“专题研究”“相关附录”等七个版块。其中，“历史综述”部分，强调从“历时性”和“共时性”两个截面，概要记述民间工艺发展变迁、传承流变的历史，以及种类分布、特色工艺与艺术审美风格、生活功能及相关民俗文化等信息。“作品图录”部分，强调收录历史传承下来的、20世纪末仍在民众中使用的“生活用品”，特殊情况也可延伸至当下。从全国的情况来看，大部分收录的实物多以博物馆、私人收藏、民间艺人为主。“技艺记述”部分，强调收录和重点记述代表性、典型性的特色工艺技艺，记述内容包括工艺流程、工艺技法、主要材料、制作工具、相关习俗及文化表现等。“艺人传略”部分，强调辑录代表性民间艺人、工艺匠师的生平简介、学艺传艺经历、工艺绝技、代表作品、传承创新、代表性语录等信息。“工艺思想”部分，主要辑录历史上传承下来的工艺典籍及相关文献，以及调研、挖掘、整理本省域特色民间工艺技法、工艺语言、工艺评价、工艺科学等工艺造物思想。“专题研究”部分，主要辑录特色民间工艺的代表性学术成果及相关专题论述。与“工艺思想”部分所不同的是，该部分侧重对民间工艺溯源变迁与社会价值、审美范式与精神内涵、工艺创新与传承经验、社会背景及文化成因等相关知识、理论成果的辑录，选用一些著作和论文，有的是过去的学术研究成果，有的是当代的学术研究成果。“相关附录”部分，强调以图或表的形式，全面辑录全国各省区市代表性民间工艺名录、代表性民间艺人名录、工艺传承谱系、工艺分布地图、代表性民间工艺藏馆名录、代表性民间工艺收藏家名录等信息。

由中国民协负责具体组织实施的《集成》编纂出版工作，既是民间工艺保护与发展系统工程的重要环节，也是我们民间文艺领域对中华优秀传统文化创新发展工作的积极实践和探索。让中华造物文脉有新的传承发展，使民间工艺文化中精神的、心性的、情感的、道德的、生活的种种软性的构成，成为我们民族发展的内生动力，用传统文化艺术来涵养具有民族文化内涵和特色的文创产业，让民间工艺文化在中华民族的伟大复兴中发挥看得见、摸得着、用得上的具体而切实的作用，发挥具有匠心传承、培根铸魂的重要意义。

民间工艺维系的是民情、亲情、国情，连结的是民族精神的根脉，是民间乡愁的记忆，是家园归属的脐带。民间工艺在今天有生活的土壤和情感的需求，我们甚至比以往任何时候都更需要民间工艺，人们需要承载、安放、传递生活里最朴素亲和的情谊，需要传承生活的艺术和智慧，创造人民群众的生活之美，实现民生的审美关怀。传承和发展民间工艺，是一个生活文化的建构过程，把生活与审美有机统一起来，使生活不再是过度物质化的、空虚的，而是有匠心，有情感寄托的生活。在日用状态中塑造美，传递情感，充实和提升人民日益增长的文化生活需求。

习近平总书记指出："我们的人民是伟大的人民。在漫长的历史进程中，中国人民依靠自己的勤劳、勇敢、智慧，开创了民族和睦共处的美好家园，培育了历久弥新的优秀文化"，并强调"人民对美好生活的向往，就是我们的奋斗目标"。我们相信，《集成》的出版一定会使民间工艺薪火相传，续写的不仅是匠心文脉，更是民族复兴伟大征程上充满自信与创造力的美好生活！

第四部分
大事记

中国民间文艺家协会70年大事记（1950—2019年）

■ 1950年

3月29日　文艺界在北京文化部礼堂召开了中国民间文艺研究会（现名中国民间文艺家协会）成立大会，周扬致开幕词，郭沫若首先谈了“为什么要成立中国民间文艺研究会”，茅盾、老舍、郑振铎相继讲话。大会通过了《中国民间文艺研究会章程》和《征集民间文艺资料办法》，选出周扬等50人为理事，郭沫若当选为理事长，老舍、钟敬文为副理事长。

4月9日　《人民日报》发表了郭沫若《我们研究民间文艺的目的——在中国民间文艺研究会成立大会上的讲话》。

4月12日　中国民间文艺研究会召开第一届第一次理事会，会议决议设立常务理事会，选出常务理务11人（正副理事长在内），并确定各组组长名单[1]。

4月17日　郭沫若题写“中国民间文艺研究会”牌子。

11月　中国民间文艺研究会创办的《民间文艺集刊》第一册由新华书店发行，刊登了郭沫若同志在成立大会上的讲话：《我们研究民间文学的目的》，老舍的《老百姓的创造力是惊人的》。同时刊登了钟敬文的《口头文学：一宗重大的民族文化遗产》一文。

■ 1951年

8月　中国民间文艺研究会主编的《民间文学丛书》陆续出版。首先出版了何其芳、张松如编选的《陕北民歌选》；其次，贾芝编选，以中国民间文艺研究会名义出

[1] 组长名单见本书第17页。

版的民间故事《中国出了个毛泽东》由人民文学出版社出版。

9月 《民间文艺集刊》因抗美援朝战争停刊。本刊共出版三册。第一册刊登了郭沫若、老舍在中国民间文艺研究会成立大会上的讲话和钟敬文、安波、游国恩、俞平伯等的研究论文；第二册出版于1951年5月，处于抗美援朝运动中，刊出了“朝鲜民间文艺特辑”；第三册出版于1951年9月，发表周扬文章《继承民族文学艺术的优良传统》。

■ 1952年

3月5日 全国文联组织各地作家深入部队、工厂、农村，中国民研会派人参加。

■ 1953年

5月 第二次全国文代会在北京怀仁堂召开。会议通过了文联和各协会章程。

光未然整理的《阿细人的歌》(民间文学丛书之一)，由人民文学出版社出版。

韩燕如编《爬山歌选》(民间文学丛书之一)，由人民文学出版社出版。

6月 袁家骅著《阿细民歌及其语言》，由中国科学出版社出版。

■ 1954年

1月 以中国民间文艺研究会名义出版的谢觉哉等搜集的《毛泽东的故事和传说》(贾芝编选)，由工人出版社出版。

5月 黄铁、杨知勇、刘绮、公刘整理的撒尼人叙事诗《阿诗玛》在《人民文学》发表，继由中国青年出版社出版，后又收录中国民间文艺研究会主编的“民间文学丛书”，由人民文学出版社出版。

8月 湖北民间长篇叙事诗《双合莲》，由湖北人民出版社出版。

华东人民出版社编辑出版《民间文艺选辑》，至1956年共出版12集。

■ 1955年

3月　民研会作为团体会员之一加入文联。

4月23日　《民间文学》创刊。由钟敬文、贾芝、陶钝（以上为常务编委）、阿英、王亚平、毛星、孙剑冰、汪曾祺组成编委会，负责编辑事宜。

10月1日　内蒙古自治区举行第一届民族民间音乐、舞蹈、戏剧演出观摩大会，《民间文学》派陶阳参加观摩约二十天。会上民间诗人毛依罕创作的《铁牤牛》获文学创作一等奖。

■ 1956年

4月23日　中国民间文艺研究会制定“十二年远景规划”。

8月　《民间文学》1956年8月号发表社论《民间文学需要百花齐放、百家争鸣》。

8月9日　中国作协昆明分会组织三个调查组，分赴云南红河、大理、思茅、丽江等地，对傣、白、彝、纳西、哈尼等族的文学状况进行调查。

9月1日　为了摸索和总结民间文学调查采录的经验，中国科学院文学研究所组成云南民间文学调查组，由毛星带队，分赴云南大理、丽江，对白族、纳西族民间文学进行调查采录，历时三个月，编成《白族民歌集》（杨亮才、陶阳整理）、《白族民间故事传说集》（李星华等搜集整理）、《纳西族的歌》（刘超搜集整理），由人民文学出版社出版。

11月20日至25日　云南省民族民间工作会议在昆明召开。会议强调：“摆在目前的一个急迫的任务，乃是抢救各民族的民间文化遗产。”这是首次提出“抢救民间文化遗产”的口号。

■ 1957年

3月26日　中国民间文艺研究会召开贯彻“百花齐放、百家争鸣”方针会议。在京民间文学专家于道泉、吴晓铃、郑振铎、罗致平、容肇祖、常任侠、常惠、黄芝岗、杨成志、贾芝参加会议。会议由钟敬文主持。

5月　《民间文学》5月号，开展关于“民间文学范围界限”的讨论。

5月24日　中国民间文艺研究会举行学术报告会，苏联专家柯尔尊做了题为《论口头文学在书面文学形成与发展中的作用》的报告。

8月　《民间文学集刊》由上海文化出版社出版。第5期后改由上海文艺出版社出版，至1960年，共出10集。

1958年

1月　《红旗》1958年创刊号发表周扬文章:《新民歌开拓了诗歌的新道路》。

2月25日　中国民间文艺研究会召开民间文学跃进座谈会，顾颉刚、俞平伯、汪静之、赵树理、毛星、贾芝、林山、汪曾祺等参加了会议。赵树理等提出:“作家要向民间文学学习。”

3月　《民间文学》从1958年3月号起，开始选登各地“大跃进”民歌。

3月22日　毛泽东主席在成都会议讲话中提到要搜集点民歌，他说:“搞点民歌好不好?请各位同志负个责任，回去以后，搜集点民歌，各个阶层、青年、小孩都有许多民歌，劳动人民不能写的，找人代写，限期十天搜集，会收到大批的民歌，下次会，印一本出来。”又说:“中国诗的出路，第一条民歌，第二条古典，在这个基础上产生出新诗来，形式是民歌的，内容应当是现实主义和浪漫主义的对立的统一。太现实了就不能写诗了。”

4月14日　《人民日报》发表《大规模地收集全国民歌》社论。同时发表郭沫若《关于大规模收集民歌问题答〈民间文学〉编辑部问》。

4月26日　首都文艺界召开新民歌座谈会，动员文艺工作者到各地采风。

7月9日至17日　全国民间文学工作者大会在北京召开，大会制定了“全面搜集、重点整理、大力推广、加强研究”的工作方针。郭沫若当选为中国民间文艺研究会第二届主席，周扬、老舍、郑振铎为副主席，林山任秘书长。

7月16日　毛泽东主席等中央和国家领导接见全国民间文学工作者大会全体代表。

7月17日　中共中央宣传部召集出席全国民间文学工作者大会的部分代表座谈编写少数民族文学史问题。

同日，中国民间文学展览会在北京图书馆展览厅开幕。

7月25日　中共中央批准了中国文联党组《关于（召开）全国民间文学工作者大

会的报告》。

8月2日 《人民日报》发表社论《加强民间文艺工作》。

8月9日 文化部发出《关于组织人员参加少数民族民间文学调查的通知》，并印发了《少数民族民间文学调查提纲》。

8月15日 中共中央宣传部将《关于少数民族文学史编写工作座谈纪要》转发全国。

12月9日 中共中央宣传部转发中国民间文艺研究会制定的《中国歌谣丛书》《中国民间故事丛书》计划。

■ 1959年

2月22日 中国民间文艺研究会、中国作家协会联合召开民族民间文学座谈会。参加会议的有新疆、内蒙古、青海、云南、贵州、广西、宁夏、黑龙江等省区代表。会议由老舍主持，讨论了“三选一史”问题（三选即歌谣选、故事选、谚语选，一史即文学史）。

3月23日 中共中央宣传部转发中国民间文艺研究会和人民文学出版社《关于国庆献礼民间文学编选和出版问题的意见》。

4月至5月 中国民间文艺研究会组织本会研究人员，由路工带队到江苏白茆公社及上海国棉十九厂调查新民歌，为时一个月，写成《江苏白茆民歌调查》。1960年，该书由上海文艺出版社出版。

5月30日 中国民研会、中国曲协、北京大学、北京师范大学联合举行《中国民间文学史》出版讨论会。讨论会上的发言，由《光明日报·文学遗产》专刊陆续发表。

8月至9月 中国民间文艺研究会与北京市文联联合组织北京大学、北京师范学院学生，分赴东城、西城及郊区进行调查采录民间文学。

9月 郭沫若、周扬编《红旗歌谣》由红旗杂志社出版。

11月 天鹰（姜彬）著《一九五八年的民歌运动》由上海文艺出版社出版。

12月18日 中国民间文艺研究会在北京召开“《格萨尔》工作座谈会”，讨论和部署《格萨尔》的抢救和搜集问题。会议由老舍主持。贾芝、林山、程秀山（青海）等与会并做了发言。

1960年

1月　人民文学出版社和云南人民出版社分别出版了《梅葛》《阿细的先基》《娥并与桑洛》《葫芦信》等少数民族叙事长诗。

6月1日至11日　全国文教群英会在北京举行。

6月14日　中国民间文艺研究会邀请出席全国文教群英会的民间诗人、歌手在颐和园举行座谈。郭沫若、周扬、阳翰笙、唐弢、毛星、贾芝、林山等参加。郭沫若、王老九、李永鸣等即席赋诗。

7月30日至8月4日　中国民间文艺研究会召开理事会（扩大），林山在会上做了《高举毛泽东文艺思想红旗，把民间文学工作推向新的高峰》的报告，贾芝做了《社会主义建设时期民间文学范围界限和工作任务问题》的报告。田间、赵树理、魏建功、徐嘉瑞、姜彬分别就社会主义时期民间文学范围界限问题做了发言。

大会一致通过了《全国民间文学三年规划》和修改后的《中国民间文艺研究会会章》。郭沫若继续当选为主席，周扬、老舍为副主席，林山任秘书长。

12月12日　《文汇报》发表了《民间文学范围界限问题的论争》的报道。

1961年

3月25日至4月2日　中国科学院文学研究所在北京召开少数民族文学史编写工作座谈会。有关省区和单位出席了会议。会议由何其芳、贾芝主持。徐平羽在会上做了《加强民族文学工作》的报告，何其芳做了《少数民族文学史编写中的问题》的报告，贾芝做了《谈各民族民间文学搜集整理问题》的报告。会议制定了三个计划：《中国各少数民族文学史和文学概况编写出版计划》《中国各少数民族文学作品整理、翻译、编选和出版计划》和《中国各少数民族文学资料汇编编辑计划》。4月10日，周扬到会做了重要讲话。

4月28日　《人民日报》发表《关于少数民族文学史写作的讨论》。

7月1日　经中宣部批准，中国民间文艺研究会成立领导小组。由贾芝、林山、刘超、吉星组成。刘超任代理秘书长。

9月　《民间文学》从1961年9月号起，开展“如何评价民间文学作品问题”的讨论。

1962年

1月20日　经中宣部批准，《民间文学》编委会进行了调整。新的编委会由阿英、贾芝、顾颉刚、林山、陶钝、毛星、刘超、孙剑冰、路工、傅懋勣、杨成志组成。阿英兼任主编，贾芝任副主编（执行主编）。

12月15日　中国民间文艺研究会举办《歌谣》周刊创刊40周年纪念座谈会。顾颉刚、钟敬文、魏建功、容肇祖、杨成志、陶钝、毛星、刘超、孙剑冰等参加座谈。会议由贾芝主持。

12月17日　《民间文学》编辑部召开座谈会，邀请顾颉刚、魏建功、钟敬文、俞平伯、游国恩、常任侠等在京民间文学老专家，讨论纪念毛主席《在延安文艺座谈会上的讲话》发表20周年和《歌谣》周刊创刊40周年问题。

为纪念《歌谣》周刊创刊40周年，《民间文学》从1962年1月号起，陆续发表一批纪念文章：魏建功《歌谣40年》（第1、2期），顾颉刚《我在民间文学园地里》（第3期），杨成志《我国民俗学概况》（第5期），顾颉刚《我和歌谣》（第6期），周启明（周作人）《一点回忆》（第6期）。

《民间文学》1962年第5期发表柯尔克孜族史诗《玛纳斯》（第四部中的一章）。

1963年

1月30日　中国民间文艺研究会召开会议，由湘西采风组汇报湘西调查采录情况。

2月　应中国民间文艺研究会邀请，河北乐亭皮影戏来京演出。

3月　贾芝《民间文学论集》由作家出版社出版。

3月12日　经中宣部批准，由贾芝任中国民间文艺研究会秘书长。

1964年

1月　中国民间文艺研究会派采编人员去陕西、安徽和上海调查新故事、革命故事。

1月24日　中国民间文艺研究会召开会议听取新疆文联关于《玛纳斯》的汇报。

同时决定成立《玛纳斯》工作领导小组，由中国民研会秘书长贾芝，新疆文联党组书记刘肖芜，克孜勒苏柯尔克孜自治州委副书记塔依尔组成。下设调查采录组，由陶阳、刘发俊任组长。

6月22日　中国民研会《玛纳斯》调查采录组，赴新疆克孜勒苏柯尔克孜自治州进行调查采录，为时2年，至1966年“文化大革命”前中断。

11月26日至12月28日　全国少数民族群众业余艺术观摩演出大会在北京举行。11月27日晚毛泽东主席接见代表。12月6日，中国民间文艺研究会邀请部分民间歌手举行座谈会。歌手们即兴歌唱，后编成《新民歌》《新曲艺》专集出版。

1965年

11月15日　中国民间文艺研究会邀请部分出席全国青年业余文学创作积极分子大会的故事员、民间诗人歌手进行座谈，交流编、讲、唱的经验。

11月18日　邀请出席大会的西藏歌手座谈。

1966年

6月至1978年4月　中国民间文艺研究会被迫停止工作。

8月24日　老舍逝世。

1978年

3月31日　在钓鱼台由黄镇主持召开文联和各协会筹备组会议，宣读中央批准的两个报告。文联筹备组由林默涵等17人组成，各协会1人，中国民间文艺研究会贾芝参加。

4月　中国民间文艺研究会由贾芝、钟敬文、毛星、马学良、吉星、杨亮才组成筹备组，由贾芝担任组长，负责筹备民研会的恢复工作。

4月28日　中国民间文艺研究会筹备组邀请部分在京理事，对恢复民研会问题进行了座谈。钟敬文、陶钝、毛星、傅懋勣、马学良等到会。会议由筹备组组长贾芝主持。

5月　中国民间文艺研究会筹备组编《民间文学工作通讯》出版。至1983年6月，共出68期。

北京师范大学中文系恢复民间文学教研室。

5月27日至6月5日　中国文联全委扩大会议在北京召开。宣布文联及各协会正式恢复。茅盾致开幕词，郭沫若做书面发言。黄镇做大会报告。贾芝在会上做了《大力开展民间文学工作是时代赋予我们的光荣职责》的发言，钟敬文做了《用百倍成绩回击"四人帮"的野蛮破坏》的发言。

中国民间文艺研究会筹备组成员毛星先后到甘肃、陕西、四川、广东、福建、浙江、江苏、江西八省进行调查，写成《各地民间文学状况调查报告》,《文学研究动态》和1978年第1期《民间文学工作通讯》分别予以发表。

6月2日至3日　中国民间文艺研究会常务理事扩大会议在北京召开。田间、钟敬文、陶钝、常任侠、傅懋勣、金紫光、马学良、布赫、邢立斌、李继尧、杨亮才等到会并发言。魏传统做书面发言。会议由贾芝主持。会议通过了《中国民间文艺研究会恢复方案》和《民间文学》复刊方案。3日，周扬到会并讲话。

6月12日　郭沫若逝世。

6月18日　郭沫若追悼会在人民大会堂举行。华国锋等中央领导人参加。叶剑英主持追悼会，邓小平致悼词。

6月16日　贾芝会见国际民间叙事研究会副主席日本民间文学专家小泽俊夫一行。

10月4日　中国民间文艺研究会筹备组在京召开5省（区）歌手座谈会。青海朱仲禄、湖北蒋桂英、贵州阿旺、四川陈正华、湖北大别山石体结参加座谈。

10月23日至11月3日　中国少数民族文学教材编写暨学术讨论会在兰州举行（简称"兰州会议"）。全国少数民族文学研究和教学工作者130余人参加会议。这是粉碎"四人帮"之后，少数民族民间文学工作方面的一次重要会议。中国民研会派杨亮才、张文参加。杨亮才在会上做《大力发掘民族民间文学》的发言。宋平、肖华到会，并做了重要讲话。

中国社会科学院文学研究所、中国民间文艺研究会编选的《中国歌谣选》(近代歌谣)，由上海文艺出版社出版，周扬做序。

12月1日　中国民间文艺研究会与新疆文联在乌鲁木齐召开《玛纳斯》工作座谈会。

1979年

1月 《民间文学》复刊。

《民间文学》1979年第1期发表肖华文章《大力提倡民歌》。

2月 全国少数民族文学史编写工作座谈会在昆明召开。陈荒煤、许觉民、贾芝、毛星、马学良、王平凡、马寅、杨亮才、陶阳、仁钦等出席会议。会议修订了《中国各少数民族文学史和文学概况编写出版计划》《中国各少数民族文学作品整理、翻译、编选和出版计划》《〈中国各少数民族文学资料汇编〉编辑出版计划》。

5月 中国民间文艺研究会筹备组在北京民族文化宫召开纪念“五四”运动六十周年座谈会。顾颉刚、钟敬文、常惠、容肇祖、常任侠、杨成志、于道泉、毛星到会并发言。柯尔克孜族著名歌手居素普·玛玛依应邀参加会议。会议由筹备组组长贾芝主持。

7月25日 在民族文化宫召开全国少数民族诗人歌手座谈会准备工作碰头会，由江平主持。国家民委路达、马寅，文化部许里，民研会贾芝、杨亮才，中央民院张养吾出席。会议决定歌手座谈会由国家民委、文化部、中国民研会三家联合举办，会议还讨论通过了领导小组及办公室人员名单。

8月4日 中央批准国家民委、文化部、中国民间文艺研究会《关于召开全国少数民族诗人、歌手座谈会的报告》。胡耀邦在报告上批示：“这是件好事，我赞成。”

8月8日 中宣部、中国社科院、国家民委批准少数民族文学研究所筹备组、中国民间文艺研究会筹备组《关于抢救藏族史诗〈格萨尔〉的报告》。

9月 北京大学重新开设民间文学课。

9月25日 中国社会科学院少数民族文学研究所成立。贾芝任所长，马学良任副所长。

十省市部分故事工作者座谈会在西安举行。

9月25日至10月4日 全国民间诗人、歌手座谈会在北京召开。全国18个省、自治区45个民族的代表123人参加了会议。胡耀邦、乌兰夫、阿沛·阿旺晋美、杨静仁等出席了会议。会议分别由林默涵、江平主持。杨静仁致开幕词，周巍峙致闭幕词。贾芝在会上做题为《歌手们，为四化放声歌唱吧》的报告。周扬到会并做了重要讲话。会议通过了全国民间诗人、歌手发出的《为“四化”放声歌唱的倡议书》。

10月2日 中国民间文艺研究会筹备组在北京召开常务理事扩大会。在京常务理事及筹备组成员参加了会议。会议由筹备组组长贾芝主持。周扬在会上讲话。会议决定：一、自即日起正式恢复中国民间文艺研究会；二、在第四次全国文代会期间召开第三次全国民间文学工作者代表大会。

下午4时，华国锋、叶剑英、邓小平、邓颖超、胡耀邦等中央领导人接见歌手座谈会全体代表并合影留念。

10月30日至11月16日　第四次全国文代会在北京召开。邓小平代表党中央、国务院致《祝词》。周扬做了题为《继往开来，繁荣社会主义新时期的文艺》的报告。

11月1日　顾颉刚、白寿彝、容肇祖、杨堃、杨成志、罗致平、钟敬文七位教授发出《建立民俗学及有关研究机构的倡议书》。

11月4日至10日　中国民间文学工作者第二次代表大会在北京召开。钟敬文致开幕词。贾芝在会上做了《团结起来，为繁荣和发展我国民间文学事业而努力》的报告。周扬当选为主席，钟敬文、贾芝、毛星、顾颉刚、马学良、额尔敦·陶克陶、康朗甩当选为副主席，王平凡任秘书长。

11月14日　中国民间文艺研究会在西苑饭店召开第三届第一次常务理事会。讨论落实《章程》和《建议》的修改问题。会议由贾芝主持。

■ 1980年

3月27日　中国民间文学出版社成立。1981年6月改名为中国民间文艺出版社。贾芝兼任社长，高野夫、杨亮才任副社长。

3月24日至4月1日　广西壮族自治区召开关于少数民族民歌和歌圩问题座谈会。

4月30日至5月16日　中国民间文艺研究会、中国社会科学院文学研究所在四川峨眉山召开藏族史诗《格萨尔》工作会议。贾芝、毛星、马寅、刘超、杨亮才及四川、西藏、甘肃、内蒙古、青海五省（区）的代表出席。会议由贾芝主持。国家民委副主任江平到会并讲话。

《民间文学》1980年第7期起开展关于民间故事“改旧编新”问题的讨论。

中国民间文艺研究会组织采编人员，由陶阳带队，到泰山采风，为期一个月，编成《泰山民间故事大观》，由文化艺术出版社出版。

钟敬文主编《民间文学概论》，由上海文艺出版社出版。

12月10日至16日　日本口承文艺学会以会长臼田甚五郎教授为团长的访华团来华，进行学术交流。贾芝和臼田甚五郎分别作了学术报告。访华期间，中国民间文艺研究会主席周扬会见了全体成员。

12月25日　顾颉刚逝世。

1981年

1月18日至19日 《民间文学》编辑部在京召开“改旧编新”问题座谈会。

4月20日 中国民间文艺研究会、中国曲艺家协会联合在北京举行学术报告会，邀请美国史密森逊克尔学院民俗学者彼德·赛特尔介绍美国民俗学。

5月12日至17日 中国民间文艺研究会首届年会在北京举行。会议由贾芝主持。钟敬文在会上做了题为《民间文学的科学体系及研究方法》的报告。周扬到会并讲话。

5月18日 北师大等20所高等院校民间文学教师座谈会在北京召开。民间文学教师20多人参加了会议，会议由钟敬文主持。

天鹰（姜彬）《中国民间故事初探》由上海文艺出版社出版。

6月1日 中国社会科学院文学研究所民间文学室和中国民间文艺研究会研究部在京联合举办赫哲族民间说唱“伊玛堪”调查报告会。

8月10日至8月15日 美籍华人丁乃通来华讲学和访问。在华期间，先后就《历史地理学派及其方法》以及《中国民间故事类型》等专题做了多次报告。

苏联汉学家李福清博士来华，与中国民间文学工作者进行学术交流。

12月16日至20日 吴歌学术讨论会在江苏苏州举行。

12月29日至1982年1月2日 中国民间文艺研究会常务理事扩大会在北京召开。会议讨论了民间文学作品评奖办法和编选出版《中国民间故事集成》《中国歌谣集成》《中国谚语集成》（简称“三套集成”）问题。会议由贾芝主持。周扬到会并讲话。

12月30日 民俗学座谈会在北京召开。会议由钟敬文主持。

中国民间文艺研究会主编《民间文学论丛》由中国民间文艺出版社出版。

1982年

3月 以贾芝为团长的中国民间文学代表团访问日本。

5月 《民间文学论坛》创刊。主编贾芝，副主编刘魁立、陶阳。后由陶阳、刘锡诚先后任主编。

《民间文学》1982年第5期发表长篇叙事吴歌《五姑娘》。

中国少数民族文学学会编《中国少数民族民间故事选》（上下册），由中国民间文艺出版社出版。

10月 《钟敬文民间文学论集》由上海文艺出版社出版。

中国民间文艺研究会组织部分省市自治区民间文学工作者到贵州黔东南苗族侗族自治州采风。

11月11日 《民间文学》《民间文学论坛》联合召开座谈会，就民间文学如何为社会主义精神文明建设服务问题进行座谈。会议由贾芝主持。

12月24日 北京大学举行《歌谣》周刊60周年纪念座谈会。常惠、王力、吴组缃、林庚、钟敬文、贾芝、马学良、杨堃、常任侠、罗致平等参加会议。会议由北京大学副校长季羡林主持。

12月26日至31日 中国民间文艺研究会在京召开全国培训民间文学骨干经验交流会。国家民委、文化部、全国文联有关领导出席了会议。

董均伦、江源编选的《聊斋汉子》由中国民间文艺出版社出版。

■ 1983年

1月 中国文联召开工作会议，中国民间文艺研究会在会上提交《努力开创民间文学工作的新局面》的书面发言。

3月 根据主席周扬建议，成立中国民研会临时领导小组，由延泽民牵头主持日常工作。

4月8日至17日 中国民间文艺研究会第二次学术会及工作会议在北京举行。周扬到会并讲话。

4月10日 中国民间文艺研究会在北京举行“钟敬文先生从事民间文学工作60年座谈会”。周扬、林默涵等到会祝贺。

5月21日 中国民俗学会在北京成立。周扬任名誉理事长，钟敬文任理事长，马学良、白寿彝、杨成志、杨堃、罗致平、容肇祖任副理事长。

毛星主编《中国少数民族文学》由湖南人民出版社出版。

中国民间文艺研究会组织部分省区民间文学工作者到青海、甘肃参加“花儿”会活动。

7月20日至8月17日 中国民俗学会和中国少数民族文学学会在北京联合举办民俗学、民间文学讲习班。费孝通、钟敬文、白寿彝、杨堃、容肇祖、常任侠等著名专家为学员授课。

中国民间文艺研究会成立书记处。刘锡诚任常务书记，主持日常工作。

8月　中国民间文艺研究会编《民间文学研究动态》（内部刊物）出版。至1988年，共出23期。

蒙古族史诗《江格尔》由人民文学出版社出版。

顾颉刚、钟敬文等著《孟姜女故事论文集》，由中国民间文艺出版社出版。

贾芝率中国民间文学考察团去芬兰和冰岛访问。

11月　中国民间文艺研究会组织部分省市自治区的民间文学工作者到贵州采风。

12月4日至15日　中国民间文艺研究会四川分会与省群众艺术馆在成都举办民间文学讲习班。

12月8日至11日　中国民间文艺研究会第三届第二次理事扩大会在北京召开。

12月15日　首届民间文学作品颁奖大会在北京民族文化宫举行。《格萨尔》等86部作品获奖。

■ 1984年

1月14日　《江格尔》汉译本出版座谈会在北京举行。

5月22日至28日　中国民间文艺研究会在四川峨眉山召开“民间文学理论著作选题讨论会”。

5月23日　中国神话学会在四川成立。

5月28日　文化部、国家民委、中国民研会发出《关于编辑出版〈中国民间故事集成〉〈中国歌谣集成〉〈中国谚语集成〉的通知》。

6月21日　中国俗文学学会成立。

7月15日至19日　中国民间文艺研究会工作会议在山东威海召开，会议讨论了召开中国民研会第四次会员代表大会问题，同时讨论了“中国民间文学集成”工作。

11月13日至20日　中国民间文艺研究会第四次会员代表大会在石家庄举行。周扬任名誉主席，钟敬文任主席，贾芝、毛星、马学良、姜彬、冯元蔚、蓝鸿恩、阿不杜秀库尔·吐尔迪、刘魁立、刘锡诚任副主席。廖东凡任书记处常务书记。

11月16日　中国歌谣学会在石家庄成立。

中国故事学会在石家庄成立。

11月20日　中国新故事学会在石家庄成立。

《外国民间文学理论著作翻译丛书》由中国民间文艺出版社出版。

■ 1985年

2月22日至28日 应芬兰文学协会邀请，以贾芝为团长的中国民间文学代表团赴芬兰参加庆祝芬兰史诗《卡勒瓦拉》出版150周年纪念活动。回国途中，贾芝又应丹麦作家协会邀请，对丹麦进行友好访问。

中国民间文艺研究会与文化部、中国文联、对外友协，在北京联合举办芬兰史诗《卡勒瓦拉》出版150周年报告会。

3月14日至28日 张紫晨等赴日本参加日本民族文化源流比较研究学术讨论会第六届会议。

4月29日至5月4日 中国民间文艺研究会第三届学术年会在北京举行。

5月8日至11日 民间文学“田野作业与研究方法”讨论会在江苏南通召开。

5月23日 中国民间文艺研究会第四届第二次常务理事会在北京召开，讨论通过了《中国民间文学集成》编辑出版计划（1985—1990）。

5月24日至29日 《中国民间文学集成》第二次工作会议在北京召开，林默涵到会并讲话。

7月6日至13日 中国民间文艺研究会在长春召开全国民间文学报刊座谈会。

7月22日 全国民族文化遗产搜集整理研究工作座谈会在西宁召开。

8月6日至19日 日本“中国民话之会”第4次访华团来我国湖南湘西土家族苗族自治州进行学术考察和友好访问。

《格斯尔》学术讨论会在呼和浩特市举行。

应中国民间文艺研究会邀请，美籍华人丁乃通教授来我国访问和讲学。

10月15日 芬兰驻华大使于韦里宁·里斯托先生和夫人在大使馆举行晚宴和隆重的授奖仪式。于韦里宁·里斯托大使代表芬兰《卡勒瓦拉》150周年纪念委员会向贾芝授予银质纪念章一枚，向刘魁立授予铜质纪念章一枚，并颁发了证书。

吴歌学会成立。

《中国民间文学集成》讲习班在贵阳举办。

■ 1986年

4月1日至20日 中国民间文艺研究会、广西民间文学研究会和芬兰文学协会共同组成中芬民间文学考察团，到广西考察，先在南宁举行中芬民间文学搜集、保管问题学术研讨会，然后到三江侗族自治县进行民间文学田野考察。中国民间文艺研究会副主席贾芝、刘锡诚和芬兰文学协会主席、国际民间叙事文学研究会主席劳里·航柯参加了这次考察。

《民间文学论坛》“银河奖”评奖揭晓，杨堃《论神话的起源与发展》等33篇论文获奖。

5月21日至25日 《中国民间文学集成》第三次工作会议在北京召开。决定《中国民间文学集成》总编委会由周扬任总主编，钟敬文、林默涵、周巍峙、高占祥、任英、贾芝、马学良任副总主编。

5月22日 中国民间文艺研究会与文化部、国家民委、社科院在北京联合召开《格萨尔》工作表彰会。

5月25日 中国民间文艺研究会第四届第四次常务理事扩大会在北京召开，会议讨论制定民间文学“七五”规划。会议由钟敬文主持。

5月26日 全国政协文化组、中国民间文艺研究会、中国社科院少数民族文学研究所，在人民大会堂联合召开“保护民间文化座谈会”。邓力群、阿沛·阿旺晋美、周谷城、钱昌照等出席会议。会议由全国政协文化组组长姜椿芳主持。林默涵、钟敬文、吕骥、蔡若虹、贾芝、吴晓邦相继发言。会上印发了吕骥等110余位全国人大代表及全国政协委员关于建立民间文化博物馆的提案和《抢救、保存、保护民间文化遗产倡议书》。邓力群在会上做了重要讲话。

5月30日 全国艺术科学规划领导小组正式宣布：中国民间文学三套集成正式纳入全国艺术科学规划领导小组主持的艺术集成（志书），成为十部集成（志书）。

6月3日至16日 应中国民间文艺研究会邀请，以巴基斯坦民族遗产研究所副所长马扎尔·伊斯拉姆为团长的巴基斯坦民间文学代表团来我国访问。

6月5日至9日 《孟姜女》第二次学术讨论会在上海召开。

6月23日至28日 刘锡诚应邀赴土耳其参加在伊兹密尔召开的第三届国际突厥语民间文化大会，并在会上宣读了题为《十年来中国民间文学研究的新进展》论文。

7月 丁乃通著《中国民间故事类型索引》，由中国民间文艺出版社出版。钟敬文、贾芝分别为该书做序。

8月 中国民间文艺研究会在兰州举办民间文学讲习班。

8月11日至16日 第二次全国民间文学报刊座谈会在杭州召开。

10月2日至6日 中国民间文艺研究会第四届第二次理事会在成都召开，会议讨论通过了《1986—1990年民间文学工作规划》，同时决定将书记处制改为秘书长制，大会增补杨亮才为常务理事。

10月中旬 应中国民间文艺研究会邀请，泰国民间文学代表团来我国进行为期两周的友好访问。在京期间，全国政协副主席、著名社会学家费孝通会见了全体成员。

10月26日至11月11日 应中国民间文艺研究会邀请，以土耳其文化和旅游文化司司长卡米尔·托伊加尔为团长的土耳其民间文化代表团访华。

■ 1987年

5月11日至14日 中国民间文艺研究会召开工作会议，宣布：经中共中央宣传部批准，中国民间文艺研究会改名为中国民间文艺家协会（简称中国民协）。会议由刘锡诚主持。贺敬之到会并讲话。

5月20日 中国大众文学学会在北京成立。贺敬之任名誉会长，马烽任会长，刘绍棠、浩然、冯骥才、陈涌、焦勇夫、刘锡诚、冯育楠任副会长。冯育楠兼秘书长，杨亮才任常务副秘书长。

10月10日 董均伦、江源作品讨论会在北京召开。讨论会由中国民间文艺出版社社长杨亮才主持。与会专家、学者高度评价董均伦在民间故事搜集整理方面的贡献。董均伦、江源夫妇应邀出席。

11月12日 以马学良为团长的中国民间文学代表团访问巴基斯坦。

11月30日 中国民协与中国民俗学会联合召开广州中山大学民俗学会成立60周年纪念会。

■ 1988年

3月23日至25日 中国民协在深圳召开社会主义新时期民间文学基本理论研讨会。

6月7日至11日 《中国民间文学集成》作品翻译讨论会在北京召开。

6月27日至7月4日 首次黄河流域民俗礼馍展览在北京民族文化宫举行。

7月30日 中国民间文艺出版社在北京召开苏联汉学家、苏联科学院通讯院士李福清著《中国神话故事论集》出版座谈会。李福清应邀出席。

7月23日至27日 刘锡诚赴意大利参加国际民间艺术组织召开的第一届国际民间文化与民间艺术大会。

8月29日　中国民协与河北省民协联合举办的全国首届“北戴河杯”新故事大奖赛揭晓。《书呆子经商》等27篇新故事作品获创作奖，郭其富等25名故事员获表演奖。

首届《江格尔》国际学术讨论会在乌鲁木齐召开。

9月27日至10月11日　应中国民间文艺家协会邀请，菲律宾文化中心民间文学代表团访华。

■ 1989年

1月23日　《扛起梭标跟贺龙》（中国民间文艺出版社出版）出版座谈会在北京举行。肖克、廖汉生、谭友林、陈荒煤、冯牧、贾芝等出席。会议由杨亮才主持。

1月31日　中国民间文艺家协会在北京举行表彰大会，向从事民间文学事业30年以上并做出突出贡献的周扬、钟敬文、容肇祖、贾芝、毛星、季羡林、常任侠、杨堃、杨成志、袁珂、马学良等近百人颁发了荣誉证书。

5月　应中国民间文艺家协会邀请，加拿大民间艺术委员会主席布拉格里一行三人访华。

6月10日至17日　贾芝、乌丙安、张紫晨应邀出席在布达佩斯召开的国际民间故事研究会第九次大会。

7月18日至8月5日　中国民间文艺家协会举办第二次民间文学作品评奖。《聊斋汉子》《天牛郎配夫妻》等81部作品获奖。

7月31日　周扬逝世。

9月20日至24日　中国民间文艺家协会与大连市经济开发区管委会，共同在大连市举办首届中国民间艺术节。同时举行颁奖大会，为第二次全国民间文学评奖获奖作品颁奖。

■ 1990年

4月3日　李瑞环致信钟敬文并中国民间文艺家协会，祝贺中国民间文艺家协会成立40周年。

中国民间文学三套集成开始出版。首卷《中国谚语集成·宁夏卷》，由中国民间文艺出版社出版。

6月26日至7月8日　应美国史密森学会邀请，贾芝率中国民间文艺代表团赴华盛顿参加“1990年美国民间生活节”。

8月4日至16日　应中国民间文艺家协会邀请，瑞典马尔默市文化艺术委员会主席古德伦女士和瑞典民间文化协会委员勒纳特先生来我国访问。

11月13日至17日　中国民间文艺家协会工作会议在北京召开。中国民协常务理事会同时召开。

11月19日　加拿大国家文明博物馆东方部文化专员何万成访华。他在中国民协举办的座谈会上做了题为《中国传统文化与海外华人文化》的报告。

12月4日至17日　应中国民间文艺家协会邀请，菲律宾文化中心民间文化代表团一行四人来我国访问。

■ 1991年

6月27日至7月6日　为庆祝中国共产党成立70周年，中国民协举办首届中国民间文化艺术展览，胡乔木等主持了剪彩仪式。

9月21日至27日　第二届中国民间艺术节、中国山西对外友好周、中国山西国际锣鼓节在太原举行。

10月11日至15日　中国民协、国家民委文化司、文化部民族文化司共同在京举办首届中国民俗民艺录像片汇映。《鄂尔多斯婚礼》等14部作品获民俗录像片奖，其中一等奖1名，二等奖3名，三等奖10名。

11月　国家民委、文化部、中国民协、中国社科院少数民族文学所联合举办《格萨尔》说唱艺人命名大会。同时举行《格萨尔》成果展览。

11月28日至30日　中国民间文艺家协会第五次代表大会在北京召开。选举冯元蔚为主席，杨志杰、刘魁立、姜彬、农冠品为副主席，冯君义任秘书长。推举钟敬文为名誉主席，贾芝为首席顾问。

■ 1992年

1月　以中国民协秘书长冯君义为团长、面塑艺术家王玓、剪纸艺术家侯玉梅为团员的中国民间艺术团应邀到瑞典马尔默市举办中国民间艺术展览。

3月20日　中国民间文艺家协会、中国民俗学会联合在京召开钟敬文先生从事民间文艺事业70年座谈会。中宣部文艺局副局长刘玉山、中国文联副主席尹瘦石、中国作协副主席王蒙、中国文联党组副书记兼秘书长孟伟哉、北京师范大学副校长杨国昌等出席。

7月5日至11日　贾芝、刘守华、李扬、刘铁梁、王炽文一行，赴奥地利因斯布鲁克参加国际民间叙事研究会第十次大会。贾芝与国际民间叙事研究会主席雷蒙德就在中国召开学术研讨会问题交换了意见，并达成共识。

11月9日　贾芝、刘琦应加拿大文明博物馆东方部专员何万成博士邀请出访加拿大。贾芝等人参观了加拿大文明博物馆，并考察了渥太华和多伦多的7个华人社团组织。

■ 1993年

7月14日　中国民间文艺家协会常务理事会在南戴河万博文化城召开。姜彬副主席主持会议。中国文联党组副书记、秘书长孟伟哉到会并讲话。

7月18日至9月20日　“1993中国民间艺术大展”在南戴河万博文化城举办。全国21个省市自治区共23个展团参展。本次展览会荟萃了数万件我国各民族民间艺术精品，展厅占地8000多平方米，历时3个月，参观群众达20万人次。李瑞环、杨尚昆、薄一波、赛福鼎等党和国家领导人参观了展览。

9月　贾芝等应国际民间叙事研究会主席雷蒙德和秘书长耿海瑞邀请，赴芬兰商讨在中国召开国际学术讨论会问题。

10月9日至14日　中国民协、国家民委、北京市门头沟区政府联合在北京门头沟举办第三届中国民间艺术节。

10月26日至29日　中国民俗学会第三次代表大会暨第五次学术讨论会在北京举行。选举钟敬文为理事长，马学良等为副理事长。

■ 1994年

2月22日　中国民协派代表陪同联合国教科文组织驻中国、蒙古、越南代表处代表武井士魂和日本驻华使馆文化处官员赴苏州进行实地考察。

5月　贾芝民间文学论集《播谷集》由人民文学出版社出版。

5月16日　中国社科院少数民族文学研究所、中国民间文艺家协会、中国通俗文艺研究会联合在京举办贾芝同志从事革命文艺工作60年庆祝活动。近200名专家、学者及贾芝在延安中学执教时的学生出席了会议。李鹏总理题词“默默耕耘，无私奉献”。

9月2日至12日　应贾芝邀请，国际民间叙事研究会主席雷蒙德一行三人访华。贾芝向客人介绍了1996年北京国际学术研讨会筹备情况。在华期间，代表团访问了苏州、杭州、承德等地。

9月24日至10月4日　联合国教科文组织与中国民间文艺家协会保护民间文学遗产项目考察团对吉林梨树县、梅河口市和白山等进行调查采录。中国民协刘晔原、杨吉星，吉林省民协夏映月、曹保明及日本学者加藤千代等参加了调查采录。

9月24日至10月16日　以中国民协主席冯元蔚为团长的中国民间艺术代表团（40人），应邀赴巴基斯坦参加该国首届国际伊斯兰手工艺术节，并进行友好访问。

10月24日至11月4日　联合国教科文组织与中国民协保护民间文学项目考察团对湖北省五峰县、长阳县和丹江口市进行调查采录。中国民协刘晔原、日本学者加藤千代及湖北省民间文艺工作者参加了考察。

11月16日至23日　贾芝、金茂年、何鸣雁应台湾中国文化大学和汉学研究中心邀请，赴台北参加海峡两岸民间文学与通俗文学研讨会。

■ 1995年

1月6日至12日　贾芝、段宝林、过伟、王炽文等出席在印度迈索尔召开的国际民间叙事研究会第十一次代表大会。贾芝被授予资深荣誉会员称号。会后贾芝应邀到乌杜皮市访问和讲学。

6月26日至29日　中国民间文艺家协会在京召开第五届第三次常务理事扩大会。常务理事及各省市自治区民协负责人出席。冯元蔚主席主持会议，首席顾问贾芝、顾问王平凡参加。会议主要讨论了如何继续做好“三套集成”工作及扩展民间文艺工作（主要是民间工艺美术）问题，中国文联党组书记高占祥到会并讲话。

7月8日至20日　中国民间工艺美术大师、民间工艺美术家部分参评作品在北京智化寺展出。

联合国教科文组织与中国民间文艺家协会共同组成中国民间工艺美术家评委会。由贾芝担任主任委员、张仃担任顾问。这次评出民间工艺美术大师15名，民间工艺美术家620名。

11月29日至12月9日　联合国教科文组织与中国民间文艺家协会保护民间文学遗产项目考察团再次对湖北省丹江口市六里坪镇伍家沟村进行调查采录，这次调查的主要任务是录制民间故事专题片。联合国教科文组织木卡拉、吉田，中国民协杨亮才、林相泰，湖北民协刘守华、傅广典等参加了调查采录。翌年在北京进行合成，取名为《伍家沟故事村》（约50分钟，中、英文），由联合国教科文组织分送各国民间文学学术研究机构。

1996年

4月22日至28日　国际民间叙事文学研究会（ISENR）在北京召开学术研讨会。36个国家和地区遍布五大洲的学者提交论文，26个国家及中国15个省市自治区学者百余人参加了研讨。

5月9日至14日　以贾芝为团长，刘魁立、冯君义、林相泰、刘琦、郑一民、金茂年为团员的中国大陆民间文艺代表团，应邀赴台湾高雄进行海峡两岸民间文学学术交流。在台期间，代表团走访了高雄师范大学、中山大学、高雄文化院等高等学府。

8月13日至24日　中国民协赵光明率鬃人艺术家白大成、卵石画艺术家蔡建国、彩石镶嵌艺术家吴进德一行四人赴以色列参加耶路撒冷国际手工艺术博览会。

8月29日至31日　丹麦哥本哈根大学北欧亚洲学院易德波博士在哥本哈根主持召开由14个国家和地区学者出席的中国口头文学国际研讨会，中国学者和扬州评话艺人共6人应邀到会。

9月23日　由陶立璠、任东权（韩国）、金善丰（韩国）、佐野贤治（日本）、范增平（中国台湾）、桑布拉登却布（蒙古国）发起的国际亚细亚民俗学会在北京成立。

10月4日　四川省社科界庆贺袁珂先生80寿辰暨从事神话研究50年大会在成都举行，有关领导及专家学者一百余人出席会议。

12月4日至12日　联合国教科文组织与中国民间文艺家协会保护民间文学遗产项目考察团对四川重庆巴县走马镇进行考察采录。联合国教科文组织木卡拉、木村碧，中国民协杨亮才、刘慧，四川省民协黎本初、侯光、李鉴宗、李子硕参加调查。后出版《走马镇民间故事》一书。

■ 1997 年

2 月 12 日至 27 日　联合国教科文组织与中国民间文艺家协会保护民间文学遗产项目考察团赴云南大理调查采录，主要考察大理白族大本曲。联合国教科文组织木卡拉、木村碧，中国民协杨亮才、刘慧，云南省民协李缵绪、杨利先、段寿桃参加调查采录。

3 月 17 日至 20 日　中国民间文艺家协会第五届第四次常务理事会在石家庄召开。冯元蔚主席主持会议，首席顾问贾芝参加。会议讨论了《中国民间文艺家协会 1997—1999 年工作规划要点》。

会议期间，《民间文学》、《民间文学论坛》、《民俗》、《吉林民间故事》、山西《中外故事》、河南《故事家》、山东《新聊斋》、福建《故事林》召开了民间文学期刊座谈会。

6 月 18 日至 25 日　中国十大民间艺术家精品展在北京举行。天津泥塑于庆成、天津面塑王玓、上海微雕陈厉勇、浙江舟山黄杨木雕王笃芳、河北内画张汝财、四川漆画司徒华、贵州蜡染洪福远、浙江彩石镶嵌吴进德、广东玉雕高兆华、江苏竹编耿月新参展。

7 月 16 日至 28 日　贺嘉率民间艺术家一行三人赴以色列参加耶路撒冷国际工艺美术展览会。

8 月 16 日至 31 日　为实施环东海农耕文化民俗学研究项目，日本学者赴浙江温州、丽水进行江南地区农耕民俗文化考察。

9 月 22 日至 27 日　中国民协、北京市民协、天津市民协在天津蓟县举办文化下乡活动。京津民间艺术家 16 人参加。

10 月 18 日至 27 日　以中方团长林相泰、日方团长福田亚细男为首的 13 人考察团，为实施环东海农耕文化民俗学研究考察项目，在日本千叶县、冲绳县进行考察。

10 月 26 日至 28 日　中国民协与湖南民协在湖南梅城镇召开梅山文化学术研讨会。

10 月 27 日至 11 月 3 日　杨亮才、刘守华、李缵绪、过伟、倪锡文、阮可章、蔡丰明、杨利先等 8 人，应台湾文化大学金荣华教授邀请，赴台湾参加海峡两岸民间文学研讨会。两岸学者百余人参加了座谈。在台期间，大陆学者还实地考察了台湾高山族鲁凯人的文化活动。

11 月 21 日至 26 日　中国民间文艺家协会、北京电视台、华文中国民间艺术发展公司和盼盼集团有限公司联合举办’97 盼盼杯北京国际民间手工艺术周。十几位中国著名艺术家和南非、日本、秘鲁、印度的民间手工艺家进行了表演和展出。

文化部召开全国文艺集成志书成果表彰会。民间文学集成35个省卷编辑部获编纂成果集体奖，11个省卷集成办公室获组织工作集体奖，40位编辑人员获个人编纂成果奖，18位领导获组织工作奖。

12月3日至4日　中国文联各文艺家协会中青年会员“德艺双馨”座谈会在北京举行。民间文艺界崔欣、郑一民、程建军、龙海清、罗义群、乔永福、马青、刘蕴杰出席座谈会。

1998年

1月14日至21日　以林相泰为团长的中国民间艺术团应韩国文化交流中心邀请访问韩国。

2月20日至22日　中国民间文艺家协会第五届第五次常务理事扩大会在北京召开。常务理事及各省市自治区民协负责人出席了会议。名誉主席钟敬文、首席顾问贾芝等参加。冯元蔚主持会议。

6月10日至13日　中国民协和河南省文联在河南信阳联合举办全国部分民间文学期刊（报）座谈会暨新故事理论研讨会。

6月21日至25日　中国民协、山东省民协在山东泰安举办泰山文化研讨会。

7月26日至31日　以贾芝为团长的中国民间文学代表团一行七人应邀赴德国参加国际民间叙事研究会（ISFNR）第十二次大会。

8月4日至15日　中国民协王炽文率绢人艺术家康巧玲、邬欲晓、邬润周赴以色列参加国际民间工艺博览会。

8月14日至18日　中国首届国际民间艺术博览会在北京展览馆举办。来自全国24个省市自治区的200余位民间艺术家携作品参加展览。

12月16日　联合国教科文组织、中国民间文艺家协会在北京召开保护中国民间文学遗产项目成果汇报暨民间故事家命名大会。中国文联、中国民协负责人及联合国教科文组织代表、日本大使馆官员参加了会议。这次被命名的民间故事家有刘德培、罗成双、魏显德、王海洪、张功升、靳正新、曹衍玉、林宏、潘小浦；董凤琴（白族）被授予“民间歌手”称号。

《保护民间文学遗产项目考察报告》以及著作《中国民间文学遗产》由联合国教科文组织驻华代表处印行。中国民间文艺家协会主席冯元蔚、联合国教科文组织驻华代表处代表野口昇为该书作序。

■ 1999年

3月22日至25日　中国民间文艺家协会第五届第六次常务理事扩大会暨中青年“德艺双馨”会员表彰会在北京召开。中国文联党组成员、书记处书记胡珍，中国民协主席冯元蔚、名誉主席钟敬文、首席顾问贾芝到会并分别在会上讲话。大会为86位中青年“德艺双馨”会员颁发了证书。

4月4日　马学良逝世。

4月20日至22日　中国民协会员王映雪、韦苏文、邓毅、白庚胜、吕存、姚二龙、甄亮出席中国文联“向祖国汇报——百名优秀青年文艺家创作经验交流会”。

4月25日至28日《民间文学》杂志社在浙江省建德市召开千岛湖笔会。

7月25日至30日　中国民协、河北省民协、保定市文联在保定召开“海峡两岸民间文艺研究与发展学术研讨会”。以台湾中国口传文学学会理事长金荣华教授为团长的台湾38位学者和来自部分省市的45位大陆学者出席。中国民协首席顾问贾芝等参加会议。

7月27日至8月9日　中国民协刘绍振、刘慧率民间工艺美术家代表团赴以色列参加耶路撒冷国际民间手工艺博览会。

9月14日至16日　中国民间文艺家协会在北京召开工作会议。部分省、市、自治区民协负责人参加会议。

9月28日至10月3日　中国民间文艺家协会与扬州市政府在扬州联合举办中国民间艺术扬州表演周。

10月8日至11日　中国民间文艺家协会与江苏省无锡市马山区政府联合举办第四届中国民间艺术节。

10月26日至28日　中国民协、河南省文联，登封市委、市政府在河南登封市联合召开中国五岳文化研讨会。

12月16日至22日　中国民间文艺家协会与以色列驻华使馆在北京历史博物馆举办“中国艺术家眼中的以色列”展览。

12月17日至18日　中国文联、中国民协在北京举办“国安杯”中华舞龙大赛。12个省市的32支舞龙队3200名演职员参加，评出金奖16名，银奖16名，山花奖8名。

12月19日晚　参赛舞龙队到天安门广场参加北京市庆祝澳门回归大型文艺演出。

12月19日至20日　参赛队伍在八达岭长城参加由中央电视台及美、英、日等国媒体联合摄制的大型电视片《迈向21世纪》。

■ 2000 年

年初　中国民协、国家旅游局、中央电视台等单位联合举办2000年神州世纪游全球华人元宵灯谜楹联竞猜活动。国内30个省、自治区、直辖市和海外华人踊跃参与互联网猜谜对联。农历正月十五，在深圳举行了《盛世观灯——2000年元宵晚会》中央电视台国际频道向全球播出。

3月29日　中国民协在四川省成都市举办中国民协成立50周年系列活动：召开中国民协成立50周年庆祝大会，颁发中国民间文艺山花奖成就奖、电视音像作品奖，召开第五届第七次常务理事扩大会，举办专场民间文艺晚会，举办全国民族民间工艺博览会等。

中国民间文艺山花奖终身成就奖授予本会名誉主席、著名学者钟敬文，成就奖授予著名学者贾芝、姜彬、袁珂，搜集家、研究家萧崇素、董均伦，著名民间艺人居素普·玛玛依、康朗甩、刘德培。

《美从民间来》等9部电视音像作品获山花奖。

《黄阁麒麟舞》《淳安竹马》等8支代表队作品获山花奖广场民间歌舞作品奖。

6月　中国民协秘书长刘春香率中国民间艺术代表团赴美国演出，反响强烈。我驻美大使馆还组织专场演出，为驻美各国使馆人员表演。

■ 2001 年

3月19日至24日　中国民间文艺家协会第六次全国代表大会在京召开。大会通过刘魁立副主席代表第五届理事会所做的《工作报告》，通过修改后的《中国民间文艺家协会章程》。

大会选举产生中国民间文艺家协会新一届领导班子。名誉主席：钟敬文、冯元蔚、贾芝；顾问：姜彬、刘魁立、卢正佳；主席：冯骥才；副主席：白庚胜（纳西族）、刘春香（女）、刘铁梁、江明惇、农冠品（壮族）、杨继国（回族）、余未人（女）、张锠、林德冠、郑一民、赵书（满族）、曹保明；秘书长：刘春香（女）；副秘书长：向云驹（土家族）。

2001年间，江苏、河南、内蒙古、新疆、湖北、四川、山西等省、自治区的民间文艺家协会相继完成换届工作，选举产生新的领导班子。

4月、7月　中国民间文艺家协会与联合国教科文组织共同实施的“中国少数民族民歌保护行动”前期准备工作，在广西民协、甘肃民协和青海民协的合作下顺利进行。

4月至10月　“中国民间文艺山花奖·学术著作奖”完成评奖。评委会从报送的300多部著作中，评出最高荣誉奖3部，特别奖6部，一等奖16部，二等奖41部，三等奖59部。

5月2日至4日　中国民协、四川省民协在成都举办第二届西南地区民间工艺展。

5月27日至29日　中国民协与北京市大兴区人民政府联合举办“第二届中华绝技大赛”。

6月22日至24日　“中国民间文艺山花奖·中华鼓舞大赛”在北京举行。全国12个省的18支队伍1200名演员参加了比赛，评出“山花奖”6名。6月24日，参赛的队伍还参加了美国西部华人基金会支持北京申办奥运会举办的活动，将6000多米长的“奥运龙”展示在居庸关长城上。

7月21日　中国民协召开主席团会议。冯骥才主席与在京的中国民协副主席及有关人员酝酿“中国民间文化遗产抢救工程”启动、实施事宜。

8月7日至12日　第二届中国国际民间工艺博览会暨“中国民间文艺山花奖·民间工艺奖”评奖活动在北京举行。20个省的116名民间工艺家参展，评出“山花奖”金奖10名，银奖31名，优秀奖60名。

9月2日至8日《民间文学》杂志社与山西省霍州市文联在霍州市召开笔会，并参加“霍山文化节”活动；同月，《民间文学》杂志社与北京市文联及民协，联合召开“北京市第三届新故事创作研讨会”。

9月30日至10月6日　天津市文联与中国民协联合举办“首届中华民间工艺博览会”。会上评出“天津新三绝”。

10月5日至8日　中国民间文艺家协会与湖北省荆门市人民政府共同举办第五届中国民间艺术节。其间，还举办“全国民间歌舞大赛”“中国民间工艺大师精品展”和“中国民间文艺山花奖·学术著作奖”颁奖仪式。

12月　中国民间文学三套集成分卷出版：《中国民间故事集成》河南卷、河北卷、海南卷、西藏卷，《中国歌谣集成》云南卷、河南卷，《中国谚语集成》福建卷、海南卷、云南卷、西藏卷；审稿8卷：《中国民间故事集成》青海卷、海南卷，《中国歌谣集成》贵州卷、河北卷、青海卷、山东卷、吉林卷，《中国谚语集成》福建卷。

2002年

1月10日　钟敬文逝世。

2月26日、27日　中国民协在京召开“中国民间文化遗产抢救工程研讨会”。百余名全国各地知名专家出席会议。冯骥才主席做主题发言，阐述民间文化的价值，历数其消亡受损的现状，细说抢救遗产的设想。各新闻媒体均以大篇幅和醒目标题予以报道。

中国民协与联合国教科文组织驻京办事处人员及广西民协一起深入广西三江侗族自治县和巴马瑶族自治县进行民歌普查，访问了71位民间歌手，采录到105首各类民歌，录音录像达38小时。7月8日至8月5日，调查组又深入青海、甘肃的8个县，对91名民间歌手进行采录，采集到各类民歌255首，录音录像32小时，受到有关专家及联合国官员的高度赞扬。

4月25日至5月2日　中国民协有关同志陪同台湾中国口传文学学会理事长金荣华一行赴贵州，对台江县苗族姊妹节进行民俗调查，走访蜡染艺术家和傩面具雕刻艺术家，为海峡两岸民间文化界的交流再谱新篇。

4月28日至30日　中国民协与中国文联、山东省大众报业集团联合召开了冯骥才甲子艺术研讨会，对冯骥才的小说、绘画艺术成就及其扎根民族民间沃土的人文思想进行研讨。

5月1日至3日　中国民协与浙江省民协、宁波市文联、鄞州区政府共同召开国际梁祝文化研讨会。中国文联主席周巍峙，中国民协副主席白庚胜、刘春香，联合国教科文组织驻北京办事处总代表青岛泰之出席。

5月底　中国民协与北京大兴区合作，组织“第三届中华绝技大赛”，邀请10个省市的绝技表演者参赛，评出金奖9名，银奖8名，特别奖2名。

6月　中国文联、中国民协举办第四届“山花奖”首届民间剪纸艺术作品评奖活动。获奖作品在香港成功举办了“海峡两岸四地庆‘团圆’剪纸艺术展”，被誉为是庆祝香港回归祖国五周年最有特色的文化纪念活动之一。

7月18日　中国民协与中国社科院民族文学所在人民大会堂共同组织召开列入联合国教科文组织纪念活动的格萨尔千年纪念活动新闻发布会。

7月22日至24日　在青海西宁举办格萨尔国际学术研讨会。

7月22日　中国民协在北京举行《守望民间：中国民间文化遗产抢救工程》新书首发式。

8月　中国民协与四川省民协、西藏自治区民协合作，组织全国6省市民协干部赴西藏采风。

9月　中国民协组织木版年画专家赴河南开封朱仙镇进行中国民间文艺之乡考察，并与河南省民协合作，共同举办了朱仙镇木版年画之乡命名授牌仪式，在河南开封举办六省市木版年画大展。

10月　中国民协与湖北省荆门市合办“中国国际舞狮邀请赛”。参赛的有马来西亚、新加坡、英国、日本等国家以及中国香港、澳门、广东等地区的10支队伍100多名演员。从中评出金奖4名，银奖3名，铜奖3名。

中国民协接待美国弗吉尼亚州汉瑞克郡文化代表团一行8人。在访问的10天里，美国客人领略了北京和上海的历史风貌，先后在北京演出2场，在上海演出1场。就中国民协次年组团到美国展演事宜进行了磋商。

10月24日　中国民协在天津召开京津主席团成员暨有关专家学者会议，讨论抢救工程大纲。会议要求：尽快制定工作手册，尽快进行选点采样，尽快确定重点地区、重点项目，重点突破，以点带面。会后，冯骥才主席、白庚胜书记率团赴河南主持“中国年画国际学术研讨会暨中国著名年画大联展”，并召开“中国民间文化遗产抢救工程·中国民间美术集成年画卷工作座谈会”。

10月31日至11月3日　冯骥才主席、向云驹副秘书长和多位专家、山东电视台《中国民俗》摄制组，前往山西晋中后沟村进行抢救工程示范本的采样工作。

11月　中国民协组织赴澳代表团参加并主持悉尼中华文化节，庆祝中澳建交三十周年。来自辽宁、吉林、河北、河南四省的8位民间艺人前往献艺，为中国民间艺术走向国际舞台探索新路。

11月22日至28日　应台湾中国口传文学学会的邀请，以中国民间文艺家协会分党组书记白庚胜为团长的中国民间文学代表团赴台参加“2002年海峡两岸民间文学学术研讨会”。

11月28日至29日　中国民协在深圳市召开了民俗影视学术研讨会。研讨会由白庚胜主持。近百名来自民协、影视、高校等领域的专家学者，首次将“民俗”与“影视”两个原本相对独立的学科紧密结合。

11月29日　第四届中国民间文艺山花奖·民俗影视音像片颁奖典礼在深圳市隆重举行。

11月底　中国民协以白庚胜为团长、向云驹为副团长的大陆民间文学代表团一行7人赴台湾地区，与台湾学者就两岸考察研究成果和大陆的民间文化遗产抢救工程进行交流。

《民间文化》编辑出版《钟敬文百年华诞学术专刊》，对钟敬文一生进行了全面介绍和评价。

12月　中国民协“三套集成”工作，发稿7部。它们是《中国民间故事集成》湖南卷、江西卷、贵州卷；《中国歌谣集成》河北卷、江西卷；《中国谚语集成》江西卷、吉林卷。通读9部，审稿5部，核对8部。

2003年

1月6日　中国木版年画抢救与普查工作会议在天津举行。来自天津、山西、河南、河北、山东、浙江、江苏、安徽、湖北、湖南、四川、陕西、广东等主要年画产地的年画艺人共同探讨、落实抢救和普查中国木版年画大计。

1月10日　中国民协召开在京主席团成员会议，副主席白庚胜、张锠、赵书、刘铁梁，副秘书长向云驹出席。

2月13日　中国民协分党组书记白庚胜、副秘书长向云驹、研究部主任刘晓路应文化部社图司司长张旭之约，就“中国民间文化遗产抢救工程”有关事宜进行相互通报、磋商。

2月18日　中国民间文艺家协会在北京人民大会堂举办中国民间文化遗产抢救工程新闻发布会，全国人大常委会副委员长许嘉璐、中国文联主席周巍峙、中国文联副主席李牧等出席。

3月5日至12日　向云驹副秘书长率中国风筝艺术家代表团，赴希腊雅典参加传统节日“干净的星期一”庆祝活动，中国风筝艺术展成为雅典各报刊的头条新闻。

3月25日至26日　中国民间文艺家协会在京召开中国民间文化遗产抢救工程工作会议。文化部、国家民委、中国文联有关部门的领导及各省、市、自治区的有关负责同志和专家学者100余人出席会议。会上，冯骥才主席对全面实施抢救工程进行动员，白庚胜书记做《精心组织实施，全面开拓创新》的报告，刘春香秘书长宣读实施方案，向云驹副秘书长通报工程进展情况。

5月　在人民大会堂举行“中国民间文化遗产抢救工程大型公益活动——2003阿迪力极限之旅”新闻发布会。

7月28日至8月22日　中国民协组织17个省、市、自治区的130多名民间艺术家创作反映抗击“非典”内容的330件精品佳作，参加中国文联组织的《永结同心》主题艺术展。

8月26日至28日　在河北蔚县召开抢救工程剪纸专项工作会议，25个省、市、自治区的200多位负责同志、专家学者和各剪纸产地的代表汇聚一堂。会议讨论通过了《中国剪纸集成》普查编纂体例和规划方案，通过了剪纸专项工作组织机构名单，宣布全国剪纸艺术抢救中心成立。会议决定将蔚县剪纸作为《中国剪纸集成》的示范卷，率先出版。

8月28日至9月3日　中国民协与长春市人民政府联合举办第二届中国长春民间工艺博览会，来自全国28个省、市、自治区的近400名工艺家参展。七天展会期间，150多万人次参观采购，销售额达2000多万元。

10月　与广东省文化厅、广东省文联等有关单位联合举办全国首届麒麟舞艺术大赛。全国8个省市和香港、澳门特别行政区的21支代表队参加比赛。

11月　与广东省湛江市人民政府联合举办全国舞狮艺术邀请赛。来自全国8个省市和香港、澳门特别行政区的21支舞狮队应邀参赛，南狮、北狮风格各异，特色纷呈，表演技巧惊险奇绝，从民间艺术的角度将我国的舞狮艺术提高了一步。

11月23日　日本神奈川大学庶民文化研究所教授福田亚细男、日本冲绳国际大学教授小熊诚、日本爱知大学教授繁原央等前来中国民协座谈。

11月24日　日本名古屋大学教授西协隆夫来我会做学术报告。

12月　民间文学三套集成出版11卷：故事海南卷、江西卷、贵州卷、云南卷、湖南卷、河北卷，谚语云南卷、海南卷、江西卷、吉林卷，歌谣河南卷。

12月18日　由中共中央统战部、教育部、中国文联主办，中国民协等单位协办，在人民大会堂举办“纪念钟敬文诞辰100周年座谈会”。

■ 2004年

1月9日　中国民协主席冯骥才应全国台联、中共天津市委统战部邀请，在天津大树画馆接受了包括新华社、中国新闻社、《人民日报海外版》、台湾东森电视台、中天电视台、TVBS电视台、《中国时报》、《联合报》在内的20多家海峡两岸的新闻媒体就中国民间文化遗产抢救工程近况等问题进行的联合采访。

2月20日　由中国民协、中国民俗学会主持的《中华民俗大全·澳门卷》首发式在北京人民大会堂隆重举行。

3月16日　由联合国教科文组织北京办事处与中国民协组织实施的“中国少数民族无形文化遗产保护项目·民歌保护行动”成果新闻发布会，在北京国际俱乐部举行。

4月17日至29日　中国民协主席冯骥才、分党组书记白庚胜前往云南大理、丽江及四川成都、绵竹、乐山等地考察，以推动中国民间文化遗产抢救工程工作在当地的落实。

5月14日　联合国教科文组织总部代表乔治娅女士前来中国民协访问。

5月30日至6月5日　由中国文联、中国民间文艺家协会主办的首届中国民间工艺品博览会在北京成功举行。来自全国26个省、市、自治区的200多位民间艺术家的5000多件民间工艺精品参展。

6月1日至16日　中国民协副秘书长向云驹，联合国教科文组织北京办事处文化项目官员助理裴红叶一行，按照联合国教科文组织总部的要求和原定计划，赴青海、甘肃、广西等地的边远山区，将少数民族民歌采录成果送往采录点的中小学和有关部门。

6月27日　中国民协在北京举行日本友人无偿捐赠珍藏中国木版年画仪式。日本捐赠者樋田直人、浅见汎及其夫人，日本友人西山，日本国驻华公使井出敬二，中国民协主席冯骥才，副主席刘春香、张锠，分党组成员、副秘书长向云驹，河南省文联主席何白鸥，河南省民协副主席夏挽群等出席捐赠仪式。

7月5日、8日　瑞典北欧——中国文化商贸总协会主席何容一行五人前来中国民协商谈合作事宜。

8月22日至25日　第7届国际萨满学会学术研讨会在长春市召开。会议由中国民间文艺家协会、国际萨满学会、长春市人民政府主办。研讨会期间，中国民间文艺家协会副主席白庚胜再次当选为国际萨满学会副主席，匈牙利科学院民族研究所教授米哈伊·霍帕尔再次当选为国际萨满学会主席。中国学者富育光、鄂·苏日台、满都尔图荣获国际萨满学会奖章。参加会议的150名代表分别来自中国、美国、日本、法国、英国、德国、韩国、印度、越南、俄罗斯等21个国家。

9月10日　中国民协稻作委员会在湖南怀化正式成立并举行揭牌仪式。中国工程院院士、全国政协委员、湖南省政协副主席袁隆平为中国民协稻作委员会牌匾亲笔题字、揭牌。

9月25日至28日　由中国文联、中共山西省委宣传部、中国民协主办的全国首届“抢救、保护和开发民间文化遗产县（市）长论坛”在山西榆次老城隆重举行，来自全国各地40余个县（市、区、旗）的100余人出席。

9月26日至30日　第六届中国民间艺术节在山西榆次老城举办，来自全国各地的2000多名演职人员、3000多名中外嘉宾、20000多名观众一同欢庆盛会。

10月2日至8日　中国民协与日本COE课题组合作，在湖南省新宁县麻林瑶族乡进行为期三天三夜的瑶族竹王竹文化抢救性调查。中国民协副主席、分党组书记白庚胜，组联部主任吴薇，研究部主任刘晓路参加。日方团长为著名汉学专家广田律子，副团长为国学院大学著名学者辰巳正明。中国民协现场录像、录音共计20小时，现场仪式记录、抄录各种珍贵资料共5万字。

11月20日至21日　由冯骥才民间文化基金会筹备处主办，中国民协、中国现代文学馆、天津市文联、天津大学冯骥才文学艺术研究院、收藏界杂志社、雅昌艺术网承办和协办的冯骥才先生“抢救民间文化遗产”公益画展，在北京中国现代文学馆举行。

12月8日　中国民协抢救办组织编审专家召开《中国民间故事全书·大理卷》编审会。

12月10日至13日　全国文艺集成志书编撰出版成果总结大会在北京人民大会堂召开。会议由中国文联主席、全国艺术科学规划领导小组组长周巍峙主持，表彰包括“民间文学三套集成”在内的十部文艺集成志书先进集体和先进个人。

12月26日　冯骥才民间文化基金会在天津宣布成立。

■ 2005年

1月26日　中国民协与北京电视台《真情北京》节目组共同策划、联手打造的《凤舞神州》春节晚会在北京电视台录制完成，并于春节期间在北京和全国范围相继播出。原人大副委员长布赫，中国文联主席周巍峙，中国民协主席冯骥才、副主席白庚胜等与民间文艺界代表数百人参加晚会录制。

1月27日　中国民间文艺家协会在北京京东宾馆举行“中国民间文化遗产抢救工程十大要闻”发布会。

2月3日至21日　应澳大利亚多元文化节主办单位的邀请，中国民族艺术团一行34人赴新西兰的奥克兰、哈密尔顿，澳大利亚的悉尼、堪培拉、阿德雷德、墨尔本、黄金海岸、布里斯班等8个城市进行访问演出。活动由中国对外文化交流协会、西藏自治区文联、西藏文化保护与发展协会、中国民间文艺家协会共同组织。

2月16日至18日　在沈阳举办的中华精品彩灯大赛期间，中国文联与中国民协举行了第七届中国民间文艺山花奖·民间艺术（灯彩奖）评奖活动。

3月19日至21日　中国民协在北京召开“2005年全国联席会议暨抢救工程工作会议”。中国民协主席团成员及全国各省、自治区、直辖市民协负责人和全国木版年画产地负责人参加了会议。冯骥才主席在会上对中国民间文化杰出传承人调查、认定和命名项目推出的意义做了极为详尽的论述。

3月19日晚　中国民间文艺家协会2005年主席团工作会议在北京京东宾馆召开。

3月21日上午　中国民间文艺家协会在人民大会堂重庆厅举行隆重会议，展示中国民间文化遗产抢救工程首批重大成果，正式启动中国民间文化杰出传承人调查认定和命名项目。

3月27日　新疆生产建设兵团民协在乌鲁木齐市徕远宾馆宣告成立。新疆生产建设兵团民协成为兵团文联和中国民协的团体会员。

4月10日　由中国民间文艺家协会民间文化遗产抢救工程办公室、中国国家博物馆、中国炎黄文化研究会、炎黄春秋杂志社、中国文物报社等单位发起的抢救民间家书项目在全国政协礼堂宣告正式启动。

5月22日　中国民协组织纪念毛泽东《在延安文艺座谈会上的讲话》发表63周年座谈会。贾芝、段宝林、刘超、孙剑冰、李耀宗、刘铁梁、陶阳、张锠、赵书、黄泊苍、陶立璠等发言。

6月12至15日　由中国文联、江西省人民政府、中国民间文艺家协会联合主办的“中国江西国际傩文化艺术周”在江西省隆重举行。举办了大型民间艺术踩街表演、国际傩文化学术研讨会。来自12个国家近200名中外学者参加。

6月8日　命名刘德方“中国民间故事家”大会在湖北省宜昌市夷陵区隆重举行。

6月18日至27日　中国民协副主席郑一民、台湾中国口传文学学会金荣华等7人组成联合考察组赴甘肃岷县参加第六届洮岷花儿会及传统信仰民俗采风活动。

7月7日　中国民协中国民间文化杰出传承人专家论证会在北京京东宾馆召开。

8月3日至6日　由中国文联、中国民间文艺家协会、广东省文联主办的“第七届中国民间文艺山花奖·民间艺术表演奖（民间广场歌舞）暨中国（东莞·樟木头镇）民间广场歌舞展演”活动在广东省东莞市樟木头镇举办。

8月17日至28日　中国民协应以色列阿里尔有限公司邀请组团参加了在以色列耶路撒冷市举办的国际艺术和手工艺博览会。来自中国、法国、巴西、南非、印度、塞内加尔等18个国家的40多位艺术家以及以色列本土的150多位艺术家参加。

9月9日至11日　由中国民间文艺家协会、中共山西省委宣传部主办的第二届“抢救、保护和开发民间文化遗产县（市）长论坛”在山西省晋中榆次隆重举行。

10月14日至17日　由中国文联理论研究室、中国民间文艺家协会、甘肃省文联共同主办的“中国民间文化艺术产业建设研讨会”在甘肃省兰州市举行。

10月17日至18日　由中国文联、中国民间文艺家协会、山西省文联、山西省旅游局、临汾市人民政府、临汾市尧都区人民政府联合主办的“中国民间鼓舞鼓乐展演暨中国华门首届锣鼓艺术节”在山西省临汾市尧都区举行。

11月13日上午　中国民间文艺家协会在北京人民大会堂河南厅举行“出版界支持中国民间文化遗产抢救工程成果发布会”。会上，中国民间文艺家协会分别与知识产权出版社、宁夏人民出版社、黑龙江人民出版社、安徽教育出版社等九家出版单位签订了“抢救工程”部分成果的出版协议，并展出了部分成果。

11月13日下午　中国民间文艺家协会在知识产权出版社召开“中国民间文化抢救工程暨知识产权保护座谈会”，国家新闻出版总署、国家知识产权局、各地文联及民协、全国十几家出版单位的代表、民间文化界专家学者近百人参加。

2006年

3月29日　中国民协组织在京专家召开民间文化发展与社会主义新农村建设座谈会。

4月20日至22日　中国民协第七次全国代表大会在北京隆重召开，237名代表与会。会议通过了工作报告和新的章程，选举冯骥才为新一届主席。韦苏文、白庚胜、余未人、张锠、刘铁梁、杨继国、曹保明、郑一民、夏挽群、陶思炎当选副主席。向云驹任秘书长。贾芝、冯元蔚为名誉主席。刘魁立、江明惇、赵书、卢正佳、农冠品为顾问。

4月26日至28日　中国民协在浙江西塘古镇召开“中国古村落保护国际高峰论坛”，交流国际保护经验，促进农村文化多样化健康发展。会上，发表了《保护古村落文化西塘宣言》。

5月29日至6月2日　中国民协组团赴韩国江原道江陵市考察并做学术交流，冯骥才、白庚胜任正副团长。

6月　《中国民间剪纸集成·蔚县卷》出版发行。中国民协与河北教育出版社联合在人民大会堂举行首发式。

6月8日　为迎接国家首个文化遗产日的到来，中国文联、中国民协、冯骥才民间文化基金会在人民大会堂共同主办“第七届中国民间文艺山花奖、全国德艺双馨工作者表彰暨中国民间文化守望者颁奖活动”。

6月11日　中国民协在北京地坛公园举办大型展览和演出，庆祝首个国家文化遗产日，数万观众参加。

6月中旬　国家首个文化遗产日期间，中国民协在中央民族大学、清华大学、中央美术学院、中国地质大学、北京服装学院等十余所高等院校举办非物质文化遗产保护论坛、展演、讲座、培训、展览等，受到高校师生的热烈欢迎。

7月22日至25日 中国民协在河北抚宁与中国文联、河北省文联联合举办全国首届民间吹歌展演暨山花奖评奖活动。21个省市自治区的23支唢呐队、300余名民间唢呐高手云集南戴河。

8月11日至16日 中国民协与中国文联理论室、河南省文联联合在河南省举办中国神话学国际学术研讨会，中国内地（大陆）及港澳台专家与日本、韩国、美国、波兰、德国、墨西哥、以色列等国的学者160余人出席。

8月16日至18日 中国民协在内蒙古和林格尔县（剪纸之乡）举办国际剪纸艺术节及大型剪纸展览，并召开剪纸艺术国际学术研讨会。来自中国美国、德国、日本、瑞士、以色列、波兰、墨西哥、丹麦、法国等国的艺术家、专家出席。

8月至10月 中国民协组织三批全国各地民间文艺家、民间文艺工作者沿红军长征路线考察红军长征文化、红色民间歌谣、优秀民间文化遗产等，获得丰硕成果，出版发行《红色采风录》一书。

10月4日至6日 中国民协在广州市番禺区举办第八届中国民间文艺山花奖·中国首届民间飘色（抬阁）艺术展演，17个省市自治区的30支队伍参加展演，成为抬阁艺术的首次集中展示。

10月18日至23日 中国民协派出代表团赴台湾参加海峡两岸民间文化学术研讨会。讨论了两岸民间文化研究的现状、学术成果交流、民间信仰与民间文艺等。

10月20日至25日 中国民协派出以向云驹为团长的中国傩文化展演团赴日本参加第16届中国文化日活动。

10月24日至28日 中国民协在河南省召开全国民间文化遗产抢救工作经验交流现场会。中国民协主席冯骥才，河南省政协主席王全书，河南省委常委、宣传部部长孔玉芳等出席并讲话，300余人出席。

11月 《中国木版年画集成·朱仙镇卷》正式出版发行。

12月 中国民协主持并主编的“中国结”丛书、“口头与非物质文化遗产推介丛书”双双荣获“第二届中华优秀图书奖”。

12月12日 中国民协与四川成都传媒集团在北京人民大会堂签约联合出版抢救成果大型丛书《中国民俗志》。

12月25日 全国民间文艺之乡命名工作经验交流会在河北省秦皇岛市山海关区召开。

■ 2007年

4月6日至8日　“中国民间剪纸集成”中期推进会在扬州举行，会上推广了中国剪纸集成示范本蔚县卷的工作方法、原则、体例、要求等。

4月13日至16日　白庚胜书记、陶思炎副主席赴香港城市大学开展学术交流，并对在香港开展《中国民间故事全书》与《中国民俗志》丛书调查、编纂工作进行了落实。

5月23日　由中国民协、中国美协、中国美术馆、山东省委宣传部联合主办的“潘鲁生当代艺术与民艺文献展”在中国美术馆开幕。

6月3日　中国文联、中国民协在人民大会堂举行首批中国民间文化杰出传承人命名仪式，命名才让旺堆等166人为首批中国民间文化杰出传承人。为表彰这些杰出传承人，中国文联、中国民协下发了《关于命名中国民间文化杰出传承人的决定》；整理出版了《中国民间文化杰出传承人名录》和部分杰出传承人文化成就个人卷。

6月23日　中国民协主席冯骥才在江苏南京、苏州两地连续举办个人画展义卖募捐，以资助抢救工程重大项目的实施。

7月31日　中国文联党组副书记、副主席李牧到中国民间文艺家协会宣布中国文联党组关于自即日起白庚胜不再担任中国民间文艺家协会分党组书记、罗杨担任中国民间文艺家协会分党组书记的决定。

8月29日至9月7日　由中国民协秘书长向云驹、浙江省民协秘书长王恬和日本神奈川大学教授福田亚细男、东京大学教授菅丰等12人组成的中日民俗考察团在浙江衢州地区完成考察选点工作。本次考察，中日双方派出了民间文学、民间艺术、民俗学、民间建筑、民俗文物等方面的多学科专家，计划用4年时间进行深入调查，并同时探讨非物质文化遗产保护方法与手段。

9月25日晚　由中国民间文艺家协会主办的“奥运之光”大型灯会在天津市水上公园隆重开幕。

11月23日至29日　应台湾中国口传文学学会荣誉理事长金荣华、理事长陈劲榛的邀请，中国文联党组成员、书记处书记、中国民间文艺家协会副主席白庚胜、原中国民协书记处书记杨亮才、原《民间文学》杂志编辑关艳茹一行，赴台湾出席2007海峡两岸民俗暨民间文学学术研讨会。

12月12日　中国民间文化遗产抢救工程高峰论坛暨中国民协七届二次理事会在南宁市举行。

12月23日至26日　由中国文联、中国民协共同举办的首届中国故事节暨第八届中国民间文艺山花奖·民间文学奖评奖活动在上海金山区进行总决赛。首届中国故事节组委会征集到来自全国27个省、市、自治区新故事作品近2000篇。

12月底　民间文学三套集成出版9卷。

■ 2008年

1月15日至16日　由中国民间文艺家协会、河南省邮政公司、河南省文联、开封市政府、开封县政府联合举办的中国木版年画抢救保护发展国际高峰论坛、中国木版年画联展、中国开封《朱仙镇木版年画》特种邮票发行仪式在七朝古都开封隆重举行。

1月30日　中国民间文艺研究所在钓鱼台国宾馆举行揭牌仪式。

3月16日至20日　中国民协研究部主任刘晓路、《民间文学》杂志社社长白旭旻赴日参加"中日韩民间文化遗产保护研讨会"。

4月2日下午至4月3日　由中国民协、中国民间文艺研究所承办的"我们的节日——中国传统节日（寒食、清明节）论坛"在绵山举行。

4月13日　中国民协2008年全国工作会议在上海举行。

4月17日至20日　由中国民协、中国艺术研究院、山东省高密市委市政府联合举办的"首届山东高密民间文化艺术节暨中国剪纸艺术邀请展"在高密举行。

5月23日和6月17日　中国民协两次派出考察、慰问组奔赴汶川灾区。

5月28日　由中国民间文艺家协会、云南省民间文艺家协会和云南省大理白族自治州白族文化研究所共同举办的"海峡两岸民间文学学术研讨会"在大理举行。

6月1日　中国民协与民进中央、中华文化学院联合在京召开紧急保护羌族文化遗产座谈会。会上发出有关倡议成立工作委员会和专家调研组、四川工作基地。全国人大常委会副委员长严隽琪，中国文联党组书记、副主席胡振民，中国民协主席冯骥才等出席座谈会并讲话。罗哲文、李学勤、宋兆麟、刘锡诚、陶立璠、李绍明等50余人出席会议并发言。

6月3日上午　由中国民间文艺家协会、中共湖南省委宣传部、湖南省文联承办的"我们的节日·端午节"主题文化活动之"端午文化论坛"在汨罗市举办。

6月14日　由青海省人民政府、中国非物质文化遗产保护中心、中国民间文艺家协会、中国工艺美术协会主办的"首届青海国际唐卡艺术与文化遗产博览会暨第五届民族文化旅游节"在西宁市城南新区国际展览中心隆重开幕。

6月17日至21日　由冯骥才主席任组长的紧急保护羌族文化遗产专家工作组深入四川受灾地区进行实地调研。

6月26日　冯骥才致信中央领导，上报了调研成果《关于四川汶川地震灾后重建中保护羌族文化遗产的建议书》，中央领导做出批示。

8月26日至9月1日　由中国民间文艺家协会、日本神奈川大学和浙江省民协共同实施的“中日民俗调查研究——有关浙江省山区农村非物质文化遗产和保护的研究”项目，在浙江省衢州市的江山市、龙游县进行。

9月　吕军任中国民协副秘书长。

9月2日至5日　由中国民间文艺家协会、浙江省文学艺术界联合会、日本神奈川大学民俗研究课题组、中共宁波市鄞州区委、鄞州区人民政府主办的“中日非物质文化遗产保护·鄞州论坛”在宁波鄞州区举行。

9月7日　由中国民主促进会中央委员会、中国民间文艺家协会、中华文化学院、冯骥才民间文化基金会、中华书局联合主办的《羌族文化学生读本》首发式暨向地震灾区学生捐书仪式在北京人民大会堂举行。

9月10日　温家宝总理在《羌族文化学生读本》上做重要批示。9月12日，中国文联党组书记、副主席胡振民在中国民协就此一工作编印的《民间文艺要情》上批示：“温总理的重要批示既是对民协工作的充分肯定，也是对文联全体同志的巨大鼓励。希望文联各级领导干部和全体同志进一步解放思想，振奋精神，奋发努力，开拓进取，力争在党和国家的全局工作中发挥更大的作用。”

9月19日至21日　由中国民间文艺家协会、广东省文联、广东省河源市委、市政府共同举办的中国首届客家文化节在河源市举行。

10月8日上午　中共中央、国务院、中央军委在人民大会堂隆重举行全国抗震救灾英雄集体、英雄个人表彰大会。作为中直机关仅有的11位英雄人物之一，冯骥才被授予“全国抗震救灾模范”荣誉称号并出席了表彰大会。10月，冯骥才被国务院聘为国务院参事。

10月11日至12日　第七届中国民间艺术节暨“山花奖”中国民间飘色（抬阁）艺术展演与评奖活动在广州市番禺区沙湾镇隆重举行。来自全国23个省、自治区的26支飘色（抬阁）队伍、26板色角逐“山花奖”民间艺术表演奖；9支民间艺术表演队伍、22个歌舞节目参加中国民间艺术节展演。

11月　冯骥才荣获“中国改革开放30年社会人物”称号。

11月19日至25日　中国民协派出了由向云驹率领，高育武、冯莉参加的赴台湾学术交流组，参加了在高雄市举办的国际海洋文化研讨会，先后对高雄、台北、花莲等地进行了考察。

11月25日至28日　由中国民间文艺家协会、河北省文联、河北省涉县县委、县政府和中国女娲文化研究中心主办的中国女娲文化首届高层论坛在涉县举办，共同签署《中国女娲文化首届高层论坛宣言》。

12月《中国民间故事集成》完成全部出版工作。

2009年

1月15日　中国民协七届八次主席团会在北京建国饭店召开。

1月16日　中国民协2009年全国工作会议在北京召开。

2月6日至8日　与陕西省文化厅和陕西省英才组织委员会、咸阳市人民政府联手在"中国第一帝都"咸阳举办第一届中国民间花馍艺术节。

4月16日至21日　由赵铁信副秘书长率领的中国民协代表团对南怡岛株式会社进行友好访问。

5月　中国民协主席冯骥才等到湖南湘西少数民族地区进行为期一周的文化遗产调查。

5月12日上午　在汶川特大地震一周年之际，中国民主促进会中央委员会、中华慈善总会、中国民间文艺家协会、中华文化学院、四川省北川羌族自治县人民政府在人民大会堂举办羌族文化保护成果发布会。

在四川汶川大地震一周年之际，中华慈善总会、中国民间文艺家协会、四川省北川羌族自治县人民政府在北京举办"大爱无疆——5·12抗震救灾周年纪念"活动。北川羌族歌舞团为活动带来了一出精心打造的大型诗画《风从羌山来》。

6月13日至14日　在我国第四个国家文化遗产日到来之际，来自中国、日本、韩国及中国台湾地区的非物质文化遗产研究专家、学者共聚天津，在天津大学冯骥才文学艺术研究院召开田野的经验·第三届中日韩非物质文化遗产保护方法论坛。

6月25日上午　由中国民协、北京法国电影学院、新浪网播客等单位联合主办的"正在消逝的文化"首届中国影像大赛启动仪式在北京举行。

8月　第五届中国（长春）民间艺术博览会成功举办。经过评选，11件作品获中国民间文艺"山花奖"入围奖、55件作品获中国人口文化奖、190件作品获本届民博会优秀民间艺术奖，浙江省民协等9个单位获优秀组织奖。

8月16日至20日　全国政协常委、国务院参事、中国文学艺术界联合会副主席、中国民间文艺家协会主席冯骥才到宁夏回族自治区调研考察。

9月13日上午　由中国民间文艺家协会、山西省晋中市旅游局发起，以古村落文物保护与环境保护相结合的生态改造为目标的“后沟生态村建设启动仪式”在山西省晋中市榆次区后沟村举行。

9月20日至25日　由日本国家资助，日本民俗学家和中国民协有关专家联合实施的“中国和日本的非物质文化及其保护”国际研讨会在日本神奈川大学召开。中国民协分党组成员、秘书长向云驹，研究部主任刘晓路，浙江省民协副主席王恬，上海大学副教授陈志勤，《民间文化论坛》编辑冯莉参加会议并参与研讨。

10月2日至11日　中国民协派员参加由渥太华唐人街促进区（BIA）主办的亚洲文化节活动。

10月17日　由中国民间文艺家协会和无锡市人民政府共同主办的中国泥人艺术精品展开幕式和中国泥人博物馆、中国泥人研究院揭牌典礼在无锡市阿炳纪念馆隆重举行。

10月31日　由中国文联、中国民协、宁波市人民政府主办的第九届中国民间文艺山花奖颁奖活动在宁波市鄞州区举行。

11月2日至4日　中国民协七届三次理事会在福建省莆田市召开。

11月8日至10日　由中国民间文艺家协会、湖北省文学艺术界联合会、中共咸宁市委市政府主办的首届中国嫦娥文化研讨会在湖北咸宁举行。

11月12日　由中国文联、中国民协主办的“缤纷中国——中国民族民间服饰文化暨中国民间文化遗产抢救工程成果展”在北京民族文化宫展览馆开幕。

12月18日至23日　应台湾中国口传文学学会之邀，中国民协分党组成员、副秘书长赵铁信，组联部主任周燕屏，华中师大教授刘守华、哈尔滨师大教授郭崇林一行6人，赴台北市参加2009海峡两岸民俗暨民间文学学术研讨会。

■ 2010年

1月28日下午　中国民协迎新春联谊会在民俗风情浓厚的老舍茶馆举行。

1月31日　由中国文联、中国民协、福建省文联主办的“中华情——海峡两岸民间艺术嘉年华”在福州开幕。

2月2日至3日　中国民协主席冯骥才赴河北保定考察民间文化遗产抢救和保护工作，并看望中国文联、中国民协联合命名的曲阳籍中国民间文化杰出传承人。

2月7日　春节前夕，党和国家领导人李长春、刘云山、刘延东、孙家正等到中国文艺家之家调研时，视察了民间艺术展厅并观看了展品。

5月12日　由民进中央、中国民间文艺家协会、中华文化学院联合四川音乐学院绵阳艺术学院、中国社科院民族学与人类学研究所主办的“从北川到玉树：紧急抢救地震灾区文化遗产成果发布会”在北京人民大会堂举行。

5月31日　为庆祝中韩民间文化友好交流20周年，由中国民协与韩国南怡岛株式会社共同主办的“中国文化月”活动在韩国南怡岛举行。

7月17日至24日　中国民协组织来自中国民协和全国各省、自治区、直辖市民协的约60位专家学者、民间文艺工作者，沿丝绸之路中线对龟兹文化艺术进行考察。

8月5日至9日　由中国民间文艺家协会、宁夏回族自治区党委宣传部和宁夏文联共同主办的“全国农民画展”在银川市成功举办。

8月9日至10日　由中国民间文艺家协会主办的“中日非物质文化遗产保护论坛”在京召开。

8月16日至17日　作为首届中国农民艺术节系列活动之一的“首届中国（东莞．望牛墩）七夕风情文化节”，在东莞市望牛墩镇举行。

8月28日　由中国民协、湖南省文化厅、永州市人民政府等单位联合主办的中国“女书习俗”抢救保护研讨会暨“女书文化记录工程”项目结题在北京昆仑饭店举行。

10月12日至13日　苗族英雄史诗《亚鲁王》文化论坛在贵州省紫云苗族布依族自治县举办。

10月19日至28日　以色列国际艺术和手工艺博览会的组织者阿里尔公司图戈曼总裁一行来中国访问。

10月29日　由中国文联、中国民协、广东省委宣传部、广东省文联主办的首届中国农民艺术节系列活动之一“中国古村落保护与发展研讨会”在广州市花都区举行。

11月8日　由中国文联、中国民协、江西省旅游局、江西省文联、上饶市人民政府等单位联合主办的2010年婺源中国乡村文化旅游节暨全国非物质文化遗产展演在婺源开幕。

11月13日　由中国民协主席冯骥才主持的中国民间文化遗产抢救工程重点实施项目——大型图文集《中国古村落代表作》编纂工作正式启动。

12月30日下午　由中国文联、文化部、中国民协主办的“中国口头文学遗产数字化工程”启动仪式在北京人民大会堂举行。

■ 2011年

1月1日至3日　由中国民协、台湾中国口传文学学会和绍兴县人民政府共同举办的“2011年海峡两岸春节传统节日文化高峰论坛”在绍兴安昌举行。

1月25日至2月2日　由中国民间文艺家协会组织的包括剪纸、风筝、内画、面人艺术家在内的民间手工艺小组，参加了由中国驻坦桑尼亚使馆、坦桑尼亚新闻青年文化和体育部、驻坦桑尼亚华人社团等共同组织的2011年“欢乐春节——聚焦在非洲·坦桑过大年”庆祝活动。

2月15日　由民进中央、国务院参事室、中国文联、全国政协书画室主办，中国民协等承办的“水墨诗文——《冯骥才画集》出版首发式”在全国政协礼堂举行。

2月26日晚　中国民协第七届主席团第十次会议在北京饭店举行。会议通过了中国民协人事调整事项，任命周燕屏为副秘书长。向云驹不再担任秘书长，赵铁信不再担任副秘书长。会议决定4月份在北京召开中国民协第八次全国代表大会。

2月27日上午　中国民协第七届理事会第四次会议在京开幕。来自全国各省、自治区、直辖市、新疆生产建设兵团、中直国家机关、解放军及中国民协专业委员会等方面的80多名理事代表出席了大会。

3月16日　“中国（开封）2011清明文化节”新闻发布会及中国（开封）清明文化节会徽、吉祥物的揭幕仪式在国务院新闻办公室新闻发布厅举行。

3月24日　中国原生态民歌盛典暨中国民间文艺第十届“山花奖”（民族民间音乐类）系列活动新闻发布会在人民大会堂召开。

4月1日　由民进中央、中国文联、中国民协、中共山西省委省政府共同主办的第九届海峡两岸中华传统文化与现代化研讨会暨第四届中国·介休清明（寒食）文化节开幕。

4月4日　由中国文联、河南省人民政府主办，中国民协等单位承办的“我们的节日——中国（开封）2011清明文化节”开幕式在开封市清明上河园隆重举行。

4月10日至12日　由中国文联、国家广电总局、中共四川省委宣传部、中国民协、四川省文联、中共绵阳市委、绵阳市人民政府主办的中国原生态民歌盛典暨中国民间文艺第十届山花奖（民族民间音乐类）系列活动在四川绵阳举办。

4月16日　由中国文联、文化部、中国民协主办的中国木版年画抢救与保护工作成果发布暨总结表彰会在北京人民大会堂举行。

4月25日至26日　中国民间文艺家协会第八次全国代表大会在北京召开。中共中央政治局委员、中央书记处书记、中宣部部长刘云山出席开幕式并讲话。4月26

日，选举产生了新一届理事会和新一届主席团。冯骥才当选中国民协主席，马雄福、王勇超、韦苏文、叶舒宪、刘华、乔晓光、吴元新、沙马拉毅、罗杨、索南多杰、曹保明、潘鲁生等12人当选副主席，罗杨为驻会副主席。任命罗杨为秘书长，吕军、周燕屏为副秘书长；推举贾芝、冯元蔚为名誉主席；聘请卢正佳、白庚胜、刘铁梁、刘魁立、江明惇、农冠品、杨继国、余未人、张锠、林德冠、郑一民、赵书、夏挽群、陶思炎、常嗣新等15人为中国民协顾问。

4月30日至5月2日　由中国文联、中国民协、江苏省文联主办的“庆祝建党九十周年鼓舞鼓乐展演暨第十届中国民间文艺山花奖·民间艺术表演奖（民间鼓舞鼓乐）”评奖活动在江苏省常州市淹城春秋乐园举行。活动期间举办了中国原生态民歌展演和中国原生态民歌研究论坛。

6月5日　由中国民间文艺家协会、安徽省住房和城乡建设厅、文化厅、旅游局主办的“我们的节日·端午”中国古镇（三河）民俗文化周活动在三河古镇开幕。

6月24日至25日　由中国文联、中国民协、浙江省文联和宁波市人民政府共同主办的庆祝中国共产党成立九十周年暨第十届中国民间文艺山花奖舞龙大赛在浙江省宁波市鄞州区举办。

7月6日　由中国文联、中国民协、中共河北省委宣传部等联合主办的第二届中国剪纸艺术节暨首届蔚县国际剪纸艺术节在河北蔚县隆重开幕，全国政协副主席孙家正发来贺信。

7月18日　中国口头文学遗产数字化工程工作组（以下简称“数字化工作组”）召集各分类项目专家负责人开会，讨论数据库分类目录。会议由中国民协分党组成员、副秘书长吕军主持，中国民协分党组书记罗杨参加会议并讲话，中国民协办公室主任侯仰军做二级分类专家意见汇总情况说明并提出一、二级分类意见，刘锡诚、常祥霖、李耀宗、杨亮才、贺嘉、刘祯、万建中、刘晔原、朱芹勤参加会议。按照“容易分类、方便使用、宜粗不宜细”的原则，确定一级分类11类：神话、传说、民间故事、民间歌谣、史诗、民间长诗、谚语、谜语、歇后语、民间说唱（原来叫“传统曲艺”）、民间小戏（原来叫“小戏”），二级分类67类。

7月26日至29日　为了推动《苗族议榔史诗》和《苗族婚嫁史诗》的搜集、翻译、出版工作，受冯骥才主席、罗杨书记委托，吕军、侯仰军专程赴贵州对黔东南的苗族史诗传承状况进行调研。

8月11日至24日　由中国民间文艺家协会、新疆维吾尔自治区文联主办，新疆民间文艺家协会承办的中国民间文艺家新疆民间文化考察团一行78人对新疆的民间文化进行了深入考察。

8月15日至27日　中国民间文艺家代表团一行9人参加了在以色列举行的“第36届耶路撒冷国际艺术与手工艺博览会”，共有来自五大洲39个国家的代表团参展。

9月5日　中国民协第八届主席团第二次会议在京举行。

11月5日　由中国民间文艺家协会和天津大学冯骥才文学艺术研究院共同主办的“中国木版年画国际论坛”及“硕果如花——十年中国木版年画普查成果展”在天津大学冯骥才文学艺术研究院举行。

11月21日　中国民协第八届主席团第三次会议在北京举行。任命张志学为中国民协副秘书长。

12月5日　由中国民协、上海市文联主办，上海市民协、上海市文学艺术著作权协会承办的“中国民间文艺权益保护高峰论坛”在上海举行。

12月10日　由中国民协、联合国教科文民间艺术国际组织和CCTV—7频道联合主办的《乡土盛典》晚会录播活动在中国农业电影电视中心举行。

12月12日　为纪念中国共产党成立90周年、辛亥革命100周年，由中国民间文艺家协会、中国名家收藏委员会主办的“2011影响中国收藏界十大事件暨《国宝》征歌揭晓”盛典在全国政协礼堂举行。

12月14日　由中国民间文艺家协会故事委员会、《民间文学》杂志社主办的中国故事节2011梦想之旅故事会颁奖晚会在中央电视台第七演播室举行。

12月16日至21日　中国民间文艺家协会派员赴台北参加2011海峡两岸民俗及民间文学学术研讨会。

■ 2012年

1月5日　由中国文联、中国民协、中共海南省委宣传部主办的第十届中国民间文艺“山花奖”颁奖盛典在海南省海口市举行。本届颁奖典礼颁发了民间文学作品奖、民间艺术表演奖、民间文艺学术著作奖、民间工艺美术作品奖4个奖项。从本届“山花奖”开始，中国文联设立了奖金制度。

2月21日　由中国民协主办、中国文学艺术基金会协办的“苗族英雄史诗《亚鲁王》出版成果发布会”在人民大会堂举行。中共中央政治局委员、中央书记处书记、中宣部部长刘云山同志为《亚鲁王》的出版专门发来贺信表示祝贺。会议由罗杨书记主持。中国民协主席冯骥才，著名文化学者刘锡诚、朝戈金、余未人等做了精彩发言。来自中国文联、中国民协、中国社科院、北京大学、北京师范大学、中央民族大学、贵州省文化厅、贵州省文联、贵州省苗学会的专家学者及首都各大媒体的记者100余人出席会议。值得一提的是，“苗族英雄史诗《亚鲁王》出版成果发布会”的召开与《国家“十二五”时期文化改革发展规划纲要》）发布、纪念毛泽东同志《在延安文艺座谈会上的讲话》发表70周年座谈会举行、莫言获得诺贝尔文学奖等一起被中国社科院评选为2012年六件学术大事之一，凸显出《亚鲁王》的学术价值和社会影响力。

3月11日下午 《中国唐卡艺术集成》中期推动工作会在京召开。

3月11日至14日 为了更好地进行中国口头文学遗产数字化工程建设，中国民协数字化工作组一行5人杨亮才、张志学、吕军、侯仰军、王锦强赴镇江进行调研并搜集整理资料。

3月20日至22日 由中国民协、广东省委宣传部、广东文联等单位共同主办的“全国古村落工作经验交流会暨第二届中国古村落保护与发展研讨会”在广东省梅州市举行。由中国文学艺术基金会资助的《中国历史文化名城名镇名村全书》示范卷《茶山村》《前美村》首发与赠书仪式同期举行。

4月18日至22日 少数民族民歌歌手培训及采风创作活动在桂林举行。接受培训的20余名基层业余歌手分别来自广西15个市区县，涉及壮、瑶、苗、仫佬、布依等6个民族。

4月25日至28日 由中国民协、中国文学艺术基金会、江西省文联、吉安市委市政府联合主办的“全国古村落保护现场会暨村落文化论坛”在江西吉安举行。

5月6日至8日 由中国民协、上海市文联主办的“中国民间工艺传承人培训班”在上海举行。

5月18日 由中国文联、中国民协、甘肃省委宣传部、甘肃省文联联合主办的“纪念《讲话》发表70周年花儿会采风暨研讨活动”在甘肃省和政县举行。

6月9日至11日 “我们的节日——2012海峡两岸端午文化节”在厦门举办。来自包括台湾、香港等中国各地的80余支龙舟队伍参加“2012海峡两岸龙舟文化节”；海峡两岸歌手同台竞歌“海峡两岸端午莲花褒歌（山歌）会”。

6月21日至23日 “冀鲁豫晋辽五省历史文化名村（镇）村（镇）长论坛”在河北省蔚县举办。84位历史文化名村的村镇长代表，以及来自清华大学、中央民族大学等单位的专家学者、各地民间文化工作者共260人参加论坛，会上共同签署了《冀鲁豫晋辽五省保护古村镇蔚县宣言》。

6月29日 由文化部艺术服务中心和中国民间文艺家协会共同主办的“2013年中国乡土艺术春节晚会”新闻发布会在北京人民大会堂举行。

6月30日　中国民协、中国社科院、北京大学、西北民族大学等研究机构和高等院校的百余位专家学者齐聚新疆阿克陶，共同探讨交流享誉世界的中国三大英雄史诗——藏蒙史诗《格萨（斯）尔》、蒙古族史诗《江格尔》、柯尔克孜族史诗《玛纳斯》保护、传承、发展问题。

7月4日至6日　“中国首届水上民歌展演”活动在广东省东莞市沙田镇举办。来自云南、浙江、广西、陕西等全国10个省份及广东沙田镇的16个水上民歌节目参加展演活动。“水韵文化论坛”及命名沙田镇为“中国水上民歌之乡”同期举行。

8月3日至7日　由中国民间文艺家协会、青海省文学艺术界联合会共同主办的“2012首届中国情歌（藏族拉伊）大赛暨首届全国藏族拉伊研讨会”在祁连山下举行。来自云南、甘肃、四川、西藏、青海等五省藏族三大方言区的50多名情歌选手参赛。

8月4日至8月21日　应以色列阿里尔有限公司邀请，中国民协派中国民协分党组成员、副秘书长周燕屏和国际部外事干部李刚赴以色列耶路撒冷参加“国际艺术和手工艺博览会”。中国民协为此次博览会组织了4名中国民间工艺家在博览会期间进行现场表演。

8月23日　由中国民协、陕西省文联主办的中国七夕文化研讨会在西安市召开。民俗专家和文化学者乌丙安、叶舒宪、宋兆麟、柯杨、叶涛、肖云儒、李稚田、傅功振、赵宇共等做主题讲演，并共同签署了《关于将七夕节列为国家法定节假日的倡议书》。

9月9日　由中国文联、文化部、中国民协等10家单位联合主办的“四驾马车——冯骥才的绘画、文学、文化遗产保护与教育”展览在北京画院开幕。展览落幕后，国家博物馆将冯骥才的画作《解冻》《黄山三奇》永久收藏。

10月3日　俄罗斯著名汉学家、中国民间文艺界的老朋友、民间文化学者李福清院士在莫斯科辞世。10月20日至21日，李福清中国文化研究国际学术研讨会暨追思会在天津大学冯骥才文学艺术研究院举行。

11月1日　《民间文化论坛》创刊30周年专题学术座谈会在京召开。

11月9日至13日　应台湾美和科技大学通识教育中心吴炀和先生邀请，中国民协国际部主任刘晓路赴台参加“2012南台湾两岸妈祖论坛”。台湾美和科技大学希望借此次会议为两岸学者搭建一个妈祖信仰的对话、交流平台、弘扬屏东妈祖文化并传承当地的民间信仰活动。来自两岸的近60人知名学者参加了此次会议。

11月12日至14日　由中国民协与中共陕西省委宣传部、陕西省文联、陕西省民协主办的“第二届关中民俗文化艺术研讨会”在陕西省西安市举行。石兴邦、朱凤瀚、叶舒宪等来自全国各地的60余位专家学者，围绕关中民俗文化艺术的地位、关中民俗文化艺术资源保护和开发利用、关中民间艺术研究、民俗艺术与创意产业等方面进行了细致研究和探讨。

11月14日　由中国民协主办的羌年庆祝活动在北川县曲山镇举行。本次活动被纳入“我们的节日”系列，除了传统的祭祀天神、地神、山神、寨神、牛羊神的原生态展示，以“欢庆十八大，喜迎羌历年暨山花奖获奖作品展演”为主题的系列活动，推出获得山花奖的羌族经典节目。

11月28日至12月3日　应加拿大多元文化交流基金会邀请，中国民协副秘书长吕军一行3人赴加拿大进行交流访问。

12月12日　由中国文学艺术界联合会主办、中国民间文艺家协会和中国社会科学院民族研究所承办的“庆祝百岁贾芝从事革命文艺工作80周年座谈会”在北京人民大会堂举行。

12月16日至18日　由中国民间文艺家协会、江西省文学艺术界联合会、江西省旅游局、上饶市人民政府共同主办的“2012婺源·中国乡村文化旅游节暨首届全国民歌展演”在婺源拉开帷幕。来自新疆、云南、内蒙古、贵州等15个省、市、自治区的维吾尔族、蒙古族、彝族、侗族等10个民族的民歌手参加展演活动。颁奖仪式及获奖节目展演同期举行。

2013年

1月11日　中国民间文艺家协会第八届主席团第五次会议在京举行。

1月27日　由中国民间文艺家协会和中国西部发展促进会共同主办的第二届西部之星暨2012中国西部年度人物颁奖盛典在北京举行。为中国西部发展做出突出贡献的14位个人和机构代表受到表彰。中国民协副主席王勇超、索南多杰，民间工艺大师张志峰等获此殊荣。

2月　经全国哲学社会科学规划领导小组批准，中国民间文化遗产抢救工程重点项目《中国唐卡文化档案》被立为2013年度国家社科基金特别委托项目。

2月21日至25日　由中国民间文艺家协会、河南省文联主办的第五届中国（鹤壁）民俗文化节在河南省鹤壁市举行，来自四面八方的群众齐聚淇河之畔，共享民俗文化盛宴。全国政协常委、中国文联副主席赵化勇以及来自中国社科院、国际亚细亚民俗学会等科研单位和高等院校的专家学者近百人出席。第四届中国春节文化高层论坛暨《中国春节集成》文化丛书编纂启动仪式在鹤壁同期举行。

5月8日至12日　应中国驻休斯敦总领馆邀请，中国文联、中国民协组派民间艺术展演团一行19人，赴美参加“聚焦中国·国际节”，在美国德克萨斯州的达拉斯市和艾迪森市分别举办了“中国民间文化周”。中国文联常务副主席赵实、中国民间文艺家协会副主席罗杨、山东工艺美术学院院长、山东省文联主席潘鲁生等出席了开幕式。中国民协副秘书长周燕屏、国际部干部李刚带队出访。

5月15日　经国家事业单位登记管理局批准，中国文联民间文艺艺术中心正式登记注册。中国文联任命罗杨兼任艺术中心主任，徐岫鹃任艺术中心副主任。

5月29日　陶阳逝世。按照陶阳遗愿，亲属将其倾入毕生心血的全部藏书约4000余种、10000余册捐赠给中国民协。部分图书被录入正在建设中的中国口头文学遗产数据库，其他图书分类、编目后，设立陶阳赠书专柜保存。

6月4日　中国传统村落保护与发展研究中心成立暨揭牌仪式在天津大学冯骥才文学艺术研究院举行。

6月6日　“呵护传承人关注守望者——非遗后时代民间文化传承的实践与思考”理论研讨会在北京举办。研讨会由中国民协副主席潘鲁生主持，中国文联副主席、中国民协主席冯骥才做主旨发言。中国民间文化传承人代表刘则亭、赵兴寿、杨正江和长期致力于民间文化传承研究保护的专家学者曹保明、刘晔原、巴莫曲布嫫等做了典型发言。中国民协分党组书记、驻会副主席罗杨和各省、自治区、直辖市民协的负责人、民间文化传承人代表、专家学者、首都各大媒体的记者100余人出席会议。会后，在专家提供的论文基础上，出版了《呵护传承人 关注守望者——非遗后时代民间文化传承的实践与思考》。

6月29日　“纪念钟敬文先生诞辰110周年座谈会”在北京人民大会堂举行。中国文联名誉主席周巍峙，中国文联党组副书记、副主席李屹等出席座谈会并讲话。

8月3日至20日　应以色列阿里尔有限公司邀请，中国民协分党组成员、副秘书长吕军和国际部外事干部李刚赴以色列耶路撒冷参加“国际艺术和手工艺博览会”。

8月21日至28日　在王勇超副主席、张志学副秘书长带领下，中国民协研究资料部组织民歌研究专家、民间文艺工作者一行20人赴内蒙古鄂尔多斯、锡林郭勒地区进行少数民族原生态民歌采风活动。先后到内蒙古伊金霍洛旗、杭锦旗、苏尼特右旗、阿巴嘎旗、东乌珠穆沁旗5旗和呼和浩特、锡林浩特2市，深入大草原，走进蒙古包，采访蒙古长调传承人17人，观看民歌表演6场，同基层干部、长调传承人、民间歌手座谈6次，获得了大量的第一手资料。采风结束后，影视资料存档永久保存，有关文字成果与青海、四川大凉山采风成果汇集成《风从民间来：“追寻中国梦”采风文论集》正式出版。

10月9日至11日　由中国民间文艺家协会、中国文学艺术基金会、中国文联人事部主办的“中国民间手工艺传承人高级研修班”在杭州市中国美术学院象山校区举办。

10月31日至11月3日　由中国民协、福建省委宣传部、福建省文联、龙岩市委宣传部及连城县人民政府共同主办的中国古村落文化遗产保护高峰论坛在福建省龙岩市连城县举行。

11月15日　“中国历史建筑与传统村落保护协同创新中心”第一届理事会在天津大学召开会议。该“中心”由天津大学牵头，由文化部非物质文化遗产司、中国民协、中国建筑设计研究院等多家单位协同组建而成。

12月3日至6日　由中国民协、贵州省文化厅主办的苗族史诗《亚鲁王》学术研讨会在贵阳市召开。

12月11日　第十一届中国民间文艺山花奖颁奖典礼在长春举行。本届山花奖共颁发了民间文学作品奖14项、民间艺术表演奖22项、民俗影像作品奖6项、民间工艺美术作品奖39项、民间文艺学术著作奖17项，共五大类98个奖项。其中，民间艺术表演奖又包含了民俗礼仪表演、民间绝技绝艺、民间广场歌舞、舞龙、民间灯彩5个门类。

12月15日至24日　以中国民协分党组成员、副秘书长周燕屏为团长的10人民间文艺小分队赴台进行展演、交流。小分队辗转台北、台南、高雄、屏东，总行程一千多公里，分别在台北的中国文化大学、台南大学、高雄海洋科技大学和屏东美和科技大学进行了展演和交流，观摩展演活动的高校师生总数超过了两千人。

12月28日　唐卡项目论证暨《唐卡文化档案田野普查工作手册》出版发布会在天津大学冯骥才文学艺术研究院举行。

■ 2014年

2月9日至3月1日　以中国民协分党组成员、副秘书长吕军为团长的中国民协民间工艺代表团一行22人赴美参加“北美首届中国传统民俗文化节—欢乐春节文化周”。活动期间，代表团访问了萨克拉门托、旧金山、洛杉矶等地，并进行展演交流活动。“北美首届中国传统民俗文化节—欢乐春节文化周”由中国民协、北美文化艺术联合会、美国加州州政府、美国萨克拉门托市政府联合主办，是中国驻旧金山总领馆马年“欢乐春节”系列活动之一。

2月14日至19日　中国民协副秘书长张志学为团长的工艺代表团一行12人在摩

纳哥举办“今日中国”民间工艺展。中国文联常务副主席赵实出席了活动开幕式。

2月28日　中国民协第八届主席团第六次会议在京召开。

中国口头文学遗产数字化工程（一期）成果演示会在中国文联举行。一期工程建成的数据库共收录口头文学资料4905本116.5万篇（条），囊括了新中国成立以来所收集、保存在中国民协资料室的口头文学县卷本资料，总字数达8.878亿。数据库对神话等十一个类别提供了按地区和故事主题等多种路径的检索方式。

4月24日　冯骥才主席主持“中国传统村落立档调查项目”论证会在天津大学冯骥才文学艺术研究院召开。

5月28日　由中国民间文艺家协会研究资料部举办的“中国民间文学三套集成”启动30周年纪念座谈会在北京召开。罗杨、张志学出席并讲话，刘锡诚、李耀宗、陶立璠、赵书、陈子艾、万建中、安德明、朱芹勤等发言。

6月10日　由中国民协、中国摄协、中国文学艺术基金会共同组织实施的“中国传统村落立档调查”项目在京启动，中国传统村落网同时正式开通上线。

7月10日　中国民协成立“中国剪纸研究中心”并举办培训班。来自黑龙江、吉林、辽宁、陕西、山西、山东、内蒙古、福建等14个省区的几十位代表和专家参加培训活动。

7月25日　“聚焦核心价值观——中国传统名诗词、名故事、名折子戏推荐活动”在人民网、新华网、光明网上线。

8月　《中国传统村落立档调查范本》出版。

8月11日至23日　中国民协分党组成员、副秘书长张志学，外事干部李刚率中国民协手工艺代表团一行7人前往以色列参加2014年第39届以色列耶路撒冷国际艺术和手工艺艺术节。本届艺术节共吸引了来自中国、德国、印度、墨西哥、哥伦比亚、罗马尼亚、摩洛哥、安哥拉、喀麦隆等35个国家的200多名艺术家参加。

9月　徐岫鹛任艺术中心主任。

9月23日　中国民协、西藏自治区文联在拉萨召开《中国唐卡文化档案》项目推进工作会议。10个卷本的代表在会上发言。全国社科规划办相关负责人出席并讲话。

10月　《中国民间文化杰出传承人名录（第二卷）》由民族出版社出版。

10月2日　由中国文联民间文艺艺术中心主办的大型音乐舞蹈史诗《东方红》50周年纪念演出在北京人民大会堂举行。王昆等一批老艺术家聚首舞台，共同再现《东方红》盛景，唱响中国梦豪情。

12月3日　中国孝文化研究中心成立暨浙江仙居实践基地授牌仪式在浙江省仙居县举行。仙居县有浓厚的孝文化传统，在慈孝文化的挖掘、保护和传承方面，走在了全国的前列。2013年，仙居被中国民协正式命名为“中国慈孝文化之乡”。

12月16日至25日　以中国民协国际部主任李亚沙为团长的中国民间文艺小分队赴台进行展演、交流。

年内研究资料部按照分党组要求向国家档案局申报“中国档案文献遗产名录”的材料通过初评。根据初评专家的建议，将申报项目名称由“中国口头文学遗产”更改为“中国民间口头文学采集资料”。

2015年

1月　《聚焦社会主义核心价值观——中国传统名故事百篇》由人民出版社出版发行。

3月31日　中国民协文艺家之家召开《中国口头文学遗产数据库总目》编委会第五次工作会议，冯骥才出席会议。

4月10日　“非物质文化遗产保护项目”赴美巡展活动在纽约大学拉开序幕，来自中国8个省市11位优秀民间艺术家依次在纽约大学、哥伦比亚大学、东北大学、波士顿拉丁学校、波士顿切尼中学、波士顿儿童博物馆和耶鲁大学等地开展中国传统手工技艺展演和教学交流等活动。

5月12日　中国民协人员在天津大学冯骥才文学艺术研究员与冯骥才探讨中国口头文学遗产数字化工程资料目录出版事宜。

5月22日　由中国民协、中国摄协、中国文联国内联络部、河北省委宣传部、河北省文联联合主办的“可以触摸的乡愁——河北省历史名村名镇名城风采展”在北京举行，展示河北省传统村落立档调查成果。

6月　中国民协官网进行第二次改版升级，实现了多媒体动态发布即时更新。

6月1日　由中国民协、中国摄协和河北省委宣传部、河北省文联等主办的“全国传统村落立档调查工作现场经验交流会”在河北省沙河市召开，会议以交流普查经验与措施、表彰激励先进典型、总结传统村落立档调查成果为内容，共商抢救保护传统村落大计并通过了《沙河宣言》。

6月3日　“文化先觉的脚步——中国民间文化遗产抢救工程巡礼”活动在山西省晋中市榆次区后沟村举行。冯骥才、乌丙安等出席。在巡礼活动现场，举行了《中国民间文化遗产抢救工程档案》首发式。与会35位代表共同署名，发表标志中国民间文化遗产抢救工程后时代的《后沟宣言》。

6月16日　中国传承人口述史研究所在天津大学宣布成立。

8月10日　中国民协微信公众号正式验证通过，为传播民间文艺资讯提供了新的平台。为及时、有效展现协会最新资讯，推介志愿服务、权益保护、重点工程、刊物书籍，发布民间文艺工作者研究成果与艺术成就，介绍民俗知识、民间文化抢救保护与传承现状，提供对外宣传与文化交流新渠道，7月16日，研究资料部即着手进行微信公众号的申请。由于民协是中国文联所属行政单位中第一家注册开通微信公众平台的协会，需要的手续相对烦琐，认证流程时间较长，经过与腾讯公司反复沟通确认，中国民协微信公众平台最终于8月10日正式验证通过。

8月24日　国家版权局在福建省厦门市召开“民族民间文化传承保护立法会议”，就《民间文学艺术作品著作权保护暂行条例草案》进行研讨。受中国民协分党组委派，侯仰军、张朔出席会议并就如何确立民间文艺的权利主客体、权利内容、权利归属、授权机制等发言。

9月　《〈中国民间剪纸集成〉田野调查与编撰工作手册》由河北教育出版社出版。

9月12日至20日　在中国民协副主席曹保明，分党组成员、副秘书长张志学的带领下，中国民协赴新疆生产建设兵团第十三师开展文艺志愿服务。先后到十三师下属的红星一场万亩葡萄园、枣园，红星二场地窝子遗址、仿苏式办公室遗址，火箭农场，伊吾四十天保卫战纪念地和淖毛湖农场，红山农场，柳树泉农场的坎儿井，考察军垦文化、民族民间文化和城镇化建设，慰问军垦老战士，同农场老职工座谈，并专程看望三代义务巡边的哈萨克族牧民宝汗·埃恩赛根。其间，受十三师和红山农场的邀请，曹保明、侯仰军还在十三师会务中心和红山农场为各团场、师直机关各部门、师直属企事业单位工作人员做了4场学术报告。

9月14日　由中国文联理论研究室和中国民协共同主办，《民间文化论坛》编辑部承办的“和平与正义之声——歌谣与抗战”研讨会在京召开。

10月23日至28日　应中国民协邀请，台湾民间文化学者一行3人赴湖北省进行民歌考察和学术交流。交流团从武汉出发，在短短4天时间内分别在宜都青林寺村、长阳、夷陵、雾渡河、荆州等地进行考察交流，总行程2000多公里，考察内容包括青林寺谜语村谜歌、长阳民歌（包括薅草锣鼓、五句子歌、穿号子等）、雾渡河民歌和马山民歌。

12月1日至3日　第十二届山花奖颁奖活动在浙江省海宁市隆重举行。第十二届山花奖5个子项的64件获奖作品全部揭晓。

12月4日至7日　中国民协在浙江省绍兴市柯桥区举办“中华美学精神与民间文艺评论”柯桥高峰论坛。来自全国各地的民间文艺家、民间文艺评论家共50多人参加。论坛的成功举办得到中国文联党组成员、书记处书记陈建文同志的表扬。陈书记在中国民协简报第57期上批示："'中华美学精神与民间文艺评论'主题论坛很好，建议坚持办下去，体现'学术立会'的宗旨和传统。"

■ 2016年

1月 《中国唐卡文化档案·昌都卷》由青岛出版集团出版。

1月14日 贾芝逝世。

1月19日至21日 中国民协在北京举办深入学习贯彻习近平总书记在文艺工作座谈会重要讲话精神研讨班暨中国民协第八届理事会第四次会议。冯骥才主持开幕式，并做《做时代的先觉者、先倡者、先行者》发言。

1月31日至2月12日 经中国驻纽约总领馆邀请和协调安排，中国民间文艺家协会在纽约市布鲁克林区、皇后区的7个图书馆分别举办了"中国日"活动。中国民协副秘书长吕军带队的中国民间艺术家代表团向2个区的社区美国民众展示和介绍了中国传统民间手工艺制作过程。

2月16日至27日 应美国启明国际文化教育交流集团邀请，中国民协组织中国民间文化交流团一行6人赴美国旧金山启明中文学校，参加"首届启明快乐春令营"。

3月 "中国民间名故事视听活化精品库"项目启动。

3月15日 "一带一路"民间文化探源工程咨询暨《二十世纪中国民间文学学术史》座谈会在北京召开。夏潮、陈建文、李准、仲呈祥、刘锡诚、乔晓光等三十余人参加。罗杨主持。

3月29日至4月1日 中国民协专家组赴河北省邢台市、内丘县、曲阳县、定州市对"一带一路"民间文化源头进行调研。专家组先后对邢窑遗址发掘现场、邢窑遗址博物馆、邢白瓷研发中心、定窑遗址、定窑作坊遗址、定州王氏缂丝体验馆、定州孟家庄村缂丝坊、中山松醪酿造技艺进行深入考察，走访了数十位当地学者和民间工艺传承人，举办了三场座谈会，并同当地学者、传承人进行了热烈的交流互动。

4月9日至11日 中国民协"一带一路"民间文化探源工程调研组到山东菏泽地区进行调研。调研组先后考察了郓城县的水浒文化，巨野县的麒麟文化、农民绘画，牡丹区的尧舜文化、牡丹文化，走访了民间文化传承人。

4月25日至28日 在慈溪举办中国传统村落保护（鸣鹤）国际高峰论坛。此次论坛是对过去十年传统村落保护工作实践探索和理论研究的回望，站在新的历史起点上，对今后更好地保护和利用传统村落这一宝贵资源又一次深层探讨。

5月23日 《中国口头文学遗产数据库总目·河北卷》（上、下）正式出版并在京举办成果发布会。

5月26日 按照中国文联党组书记赵实同志的批示，中国民协分党组会同负责相关具体工作的同志，认真研究了中宣部办公厅《关于实施中华优秀传统文化传承发展工程的意见》，提交了关于《中央宣传部办公厅征求〈关于实施中华优秀传统文化传承发展工程的意见〉意见的函》的汇报。

6月13日至15日 中国民协第九次全国代表大会在北京举行。大会审议通过中国民协第八届理事会所做的工作报告，修改《中国民间文艺家协会章程》，选举产生由134人组成的新一届理事会和由15人组成的新一届主席团，潘鲁生当选为主席。万建中、马雄福（回族）、王勇超、韦苏文（壮族）、叶舒宪、刘华、李丽娜（女）、乔晓光、邱运华、吴元新、沙马拉毅（彝族）、苑利、索南多杰（藏族）、程建军等14人当选副主席。冯元蔚、冯骥才被推举为名誉主席。邱运华任驻会副主席兼秘书长，张志学、周燕屏、吕军任副秘书长。

7月8日至9日 中国民协"一带一路"民间文化探源工程调研组赴河南鹤壁，对华北第一大古庙会——浚县正月古庙会进行专题调研。调研组先后到浚县古城西城门、云溪桥、文庙、浮丘山、大伾山、杨玘屯，实地考察庙会举办地，走访当地学者和民间艺人，并同鹤壁市政府联合举办了浚县正月古庙会专题座谈会，听取当地专家学者对古庙会活态传承的建议，获得大量第一手材料。

7月14日 中国民协在北京举办"学习习近平总书记文艺工作座谈会重要讲话贯彻落实中国民协第九次全国代表大会精神座谈会"，中国文联党组成员、书记处书记陈建文出席会议并讲话，中国民协主席团成员以及来自全国各地的专家学者四十余人出席会议。

7月15日 按中国文联分党组指示精神，中国民协提交《关于申请将〈中国民间文学大系〉出版工程纳入"中华优秀传统文化传承工程"的报告》。

7月21日至24日 中国民协"一带一路"民间文化探源工程专家组赴河南考察调研。专家组围绕丝绸之路东端这4处申遗点，考察与丝路文化关联密切的民间文化，如洛阳古代壁画、民风民俗、刺绣、剪纸、捶草印花技艺、澄泥砚、地坑院。

8月14日至8月29日 应以色列阿里尔有限公司邀请，中国民协副秘书长吕军率中国民协手工艺代表团一行8人赴以色列参加第41届耶路撒冷国际艺术和手工艺艺术节。

8月16至18日 中国民协在张家口市举办"张家口·冬奥会与一带一路国际学术

研讨会”，来自美国、俄罗斯等7个国家和国内24所高校、12所社科研究机构的100多名专家学者汇聚一堂，以“揭开中华北疆重要国际口岸城市张家口的历史文化辉煌与价值，助力张家口走向国际化城市”为主题展开研讨，深入挖掘张家口与一带一路的深厚历史文化资源，继承和弘扬“丝路精神”。

9月1日至8日　中国民协“一带一路”民间文化探源工程专家组赴新疆考察调研。主要考察了丝绸之路的西端、新疆南部阿克苏地区的克孜尔尕哈烽燧、克孜尔石窟、苏巴什佛寺3处申遗点，调研了与丝路文化关联密切的地方民间文化，如十二木卡姆、屯垦文化、剪纸、阿凡提类型故事等。考察期间，分别在新疆维吾尔自治区民协、新疆石河子大学举行“新疆民间文艺发展现状暨一带一路民间文化探源调研座谈会”“阿凡提类型故事座谈会”。

9月10日至16日　应台湾创意游学协会邀请，以中国民协分党组成员、副秘书长张志学为团长的中国民间文艺小分队一行12人，赴台湾省进行了为期一周的民间艺术展演和交流活动。小分队辗转桃园、台北、新竹、苗栗、台中等地，分别在大观园国民小学、板桥国小、景东里小学、景东里社区、威肯幼儿园等地进行展演和交流研讨。

9月14日至16日　“我们的节日——中国（郑州）2016中秋文化节暨全国傩舞展演活动”在河南省郑州市举行。有来自全国11个省的傩舞展演，也有极具河南地方特色的赵堤大鼓表演，此外还举办有中秋诗会、舞龙舞狮、中原女红展、工艺美术展等活动，首届“中秋文化与非物质文化遗产”学术研讨会同期举办。

9月26日至29日　节日文化遗产保护研讨会暨全国民间文艺之乡经验交流会在江苏南京召开。

9月27日　“节日文化遗产保护研讨会暨全国民间文艺之乡经验交流会”在南京高淳“中国民间文化传承示范基地”召开。

10月　《中国民间工艺集成》完成立项申报工作，同年获批国家社会科学基金特别委托项目。

10月8日至9日　“我们的节日——中国上蔡第十四届重阳文化节系列文化活动”在河南省上蔡县举行。九九重阳“群众文化活动开幕式”和《神州大舞台》走进重阳文化之乡公益演出等是文化节的重要内容。

10月14日至17日　“中华美学精神与一带一路民间文艺传承宜昌高峰论坛”在湖北省宜昌市召开。来自全国各地的民间文艺与美学研究领域的专家及相关学者100余人参加，就中华美学精神与“一带一路”上的民间故事、“一带一路”视域下的多民族文化交流、中华美学精神与民间习俗、中华美学精神与民族民间乐舞、中华美学精神与巴楚艺术等议题展开研讨。

10月26日至29日　“我们的节日——盘王节歌会暨汉族叙事长歌高峰论坛”在湖北省咸宁市举行。活动期间，专家组还考察了咸宁市境内的瑶族发祥地之一千家峒龙窖山、咸安大屋雷中秋祭月、鄂南民俗馆等一批重要的民间文化遗产留存地。“中国汉族民间叙事长歌之乡”授牌仪式等活动同期举行。

11月3日至8日　首届全国少数民族刺绣艺术节暨全国刺绣艺术杰出传承人培训班在贵州省册亨县举办。

11月9日　2016年中国故事节枫泾故事会在上海金山枫泾举办。

12月21日至23日　“我们的节日——冬至‘金海雪山’第二届中国稻雕艺术节暨贵州省首届民族民间工艺大师颁证典礼”在贵州省贵定县举行。

12月20日至23日　“我们的节日——冬至民俗节暨福建省屏南县第一届（北墘）黄酒文化节”在福建省屏南县举行。举办有开酿祭神活动、舞龙舞狮表演、赏福活动、有奖灯谜活动等一系列传统民俗仪式和闽剧、平讲戏、情景剧等乡村风情文艺演出。

年内《中国木版年画》申遗通过国内审核，纳入国家申报计划。

■ 2017年

1月19日至23日　“我们的节日——边疆文化行系列之黑龙江少数民族鄂伦春族节日民俗调研”在黑龙江省黑河市举办。活动期间，实地考察了黑龙江省黑河市爱辉区新生乡北方少数民族传承基地、岭上人博物馆等极具鄂伦春族民俗风情和特色的场馆，以录音、录像、论著等形式，从文化层面对鄂伦春族民族记忆的存续和薪传做一个系统的梳理和了解。

1月20日至22日　“我们的节日——我在绥德过大年”活动在陕西绥德举行。活动期间举行有百人同剪窗花、绥德民间文艺汇演、陕北婆姨擀杂面大赛、送灶王爷等地域风情浓郁、百姓自发参与的各项民俗活动。

1月24日　中共中央办公厅、国务院办公厅印发《关于实施中华优秀传统文化传承发展工程的意见》，中国文联、中国民协组织实施的中国民间文学大系出版工程被列为重点项目。

2月10日　中宣部文艺局就实施“中华优秀传统文化传承发展工程”召开工作协调会议。

2月10日至12日 “我们的节日——中国春节文化高层论坛暨中原元宵民俗调研讨论”在河南鹤壁举行。该活动包含中国春节文化高层论坛暨中原元宵民俗调研讨论会和考察活动，与会人员考察了鹤山区施家沟、西顶小镇和王家辿等传统村落，实地走访了南太行山区的元宵节俗活动，重点考察鹤山区非物质文化遗产“四股弦”巡演。

2月10日至14日 “我们的节日——赣南民俗考察”在江西赣州举办。该活动以中华传统节日元宵节为载体，以南康区横寨乡寨坑村传统民俗活动“唱船”为重点开展了主题鲜明的田野考察活动。

2月20日至3月4日 应美国启明国际文化教育交流集团邀请，以中国民协分党组成员、副秘书长周燕屏为团长的中国民间文化交流团一行6人赴美国旧金山启明中文学校，参加“2017启明中华文化春令营”。中国民协为此次活动组织了5位中国民间工艺家，他们在活动期间进行中国书画扇面、剪纸、软陶、脸谱、插花等文化艺术项目的现场工艺制作表演并与当地的小朋友互动。

2月23日 中国文联、中国民协在中国文联大楼8楼会议室召开“中国文联实施中国民间文学大系出版工程座谈会”，对大系出版工程的主要内容、重点任务、组织实施和保障措施等征求意见建议，并筹划成立中国民间文学大系领导小组、专家委员会、编撰出版工作委员会和协调办公室。

3月2日至6日 邱运华、吕军、王锦强等一行四人到山西太原、榆次、临汾、运城开展“中国口头文学遗产数据库纸质资料库的资料调研”工作，并出席了山西省民协组织召开的“贯彻落实《关于实施中华优秀传统文化传承发展工程的意见》暨启动山西民间文学出版工程座谈会”。

3月6日至9日 “我们的节日——湖州清明轧蚕花”考察活动在浙江湖州举办。该活动包括座谈会、现场考检、走访当地艺人、传承人等内容，深入考察了湖州地区清明特色民俗。

3月14日 “中国民间文学大系出版工程工作研讨会”在天津大学召开。邱运华向与会专家传达了中国文联党组领导对于《中国民间文学大系》(以下简称《大系》)出版工作的意见，简要介绍了相关工作的进展情况，并提出下一步工作的希望。万建中、刘晔原、杨利慧、林继富、陈连山先后发言。经过深入的沟通和讨论，会议决定由与会专家在3月20日就《大系》编纂的工作原则、学术规范、分类体系、编纂体例、组建机构等提出基础意见和建议，并据此着手起草《大系出版工程工作手册》。

3月17日至3月25日 中国木版年画展在澳大利亚墨尔本举办。中国文联党组成员、书记处书记陈建文出席开幕式并致辞。中国驻墨尔本总领事赵建、维多利亚州议会议长等出席了开幕式。中澳嘉宾与当地市民及中国文化爱好者们欢聚大洋艺术中心，共同领略和分享了中国木版年画独特的文化魅力与艺术韵味。

3月28日至30日　“我们的节日——清明节”民俗文化系列活动及“清明传统与现代生活”大讲堂在河南开封举行。大讲堂活动紧紧围绕“我们的节日”和传统文化两大主题，邀请了来自全国各地多所高校和科研单位的知名民俗专家共聚古城开封，以清明节所蕴含的丰富文化内涵为突破口，对传统文化和现代生活两者之间的关系进行了深入的解读和剖析。

3月31日　“中国民间文艺家协会2017年工作会议”在福建省福州市召开。邱运华代表中国民协分党组做《中国民协2017年重点工作报告》。中国文联党组成员、书记处书记陈建文就认真组织实施大系出版工程，做了专题讲话。30日晚，在正式会议之前，邱运华组织部分各省区市民协负责人召开大系出版工程工作座谈会，了解情况，听取意见。

4月3日至5日　“我们的节日——灵武清明节民俗活动暨‘我们的节日传承与发展’高层专家研讨会”在宁夏灵武举行。在研讨会上，与会专家首先对中国民协深入开展“我们的节日”主题活动并提出了许多富有建设性的建议与意见，活动期间中国民协还组织专家考察了有着646年历史的“灵州城隍出巡”仪式，同时实地调研了灵武市唐氏羊羔酒、灵武高庙、灵武市博物馆等极具地域特色的地方民俗遗存和非遗保护场馆。

4月7日至8日　吕军、陈连山等一行三人到湖北省十堰市房县门古寺镇开展“中国口头文学遗产数据库纸质资料库的资料调研”工作，调研民间文学活态传承和文本收集情况，为数据库征集到大批民间文学油印本、手抄本资料。

4月14日至18日　中国民间文艺家协会国内联络部主任侯仰军率队赴台参加台湾中国文化大学、台湾中国口传文学学会主办的“2017海峡两岸民间文学学术研讨会”，并做主旨发言。

5月9日至10日　“中国民间文学大系出版工程内蒙古调研座谈会”在内蒙古呼和浩特市召开。邱运华、吕军出席会议，来自内蒙古自治区文联民协的主要领导和民间文学专家学者、工作人员十余人参加座谈。

5月16日　“中国民间文学大系出版工程四川省调研座谈会”在成都市召开。

5月18日　“中国精神·中国梦全国农民画创作展”在中国美术馆成功举办。反映当代农民思想、情感、生活原生态的农民画迈入中国最高美术殿堂，成为民间文艺界的一件盛事。

5月19日　“《中国民间文学大系》学术体例研讨会”在山东大学儒学高等研究院

民俗学研究所召开。

5月24日 “中国民间文学大系出版工程调研座谈会”在江苏省常州召开。

5月25日至27日 “我们的节日——端午”民俗文化活动在山西太原、沁县举行。活动以“礼敬传统 感念家国”为主题，内容包含“沁县第九届端午民俗文化节”“我们的节日——岁时节日文化的传承与创新”论坛及“我们的节日——端午节：礼敬传统 感念家国”讲座等。

5月29日 中国民协在《人民日报海外版》推出“一带一路与传统节日”专栏，萧放、黄涛、邹明华、张勃等专家学者通过解读以端午为代表的传统节日，对中华传统节日与丝路沿线国家的影响和传承演变做了细致梳理。

6月 成立中国民间工艺传承与传播工程领导小组、学术委员会、编辑委员会、编委会办公室等工作机构，明确了项目的工作流程，并确定广东、浙江、江苏、福建、山东作为首批示范卷编撰试点单位。

6月 中国民协分党组批准，在北京师范大学成立中国节日文化研究中心，作为中国民协节日文化研究的专门研究机构，聘任萧放教授为主任，秘书处设在中国民协国内联络部。

6月5日至10日 中国民协“丝路文化起点考察与民间文化生态保护行动”专家组走进福建漳州、泉州、南平、武夷山、福州等地进行调研采风。专家组实地考察了漳州月港、漳州古城、德化县陶瓷博物馆、德化月记窑、泉州清源山和九日山、泉州南音传习中心、泉州海外交通史博物馆、泉州开元寺、建阳水吉建盏遗址、武夷山五夫镇、武夷山下梅村古民居群、福州三坊七巷海丝展示馆、福建省海峡民间艺术馆、长乐显应宫等福建海上丝路重要节点。考察期间，还举办了福建丝路文化探源座谈会，对本次活动的新发现及时代意义进行了梳理及学术解读。

6月6日 “中国民间文学大系学术体例研讨座谈会”在辽宁省沈阳市召开。

6月8日 《中国民间工艺集成》编纂工作启动会议在北京召开。中国文联党组成员、书记处书记陈建文，中国文联副主席、中国民协主席潘鲁生，国内知名民艺专家吕品田、杭间、何洁、孙建君、李豫闽、陆穗岗等与来自全国27省市区民协的负责人出席会议。会议由中国民协分党组书记、驻会副主席邱运华主持。项目选定传统工艺大省广东、江苏、浙江、福建、山东为首批试点单位，构建有效工作机制，积累普查编纂经验，出版示范性卷本，继而在全国各省市区全面推开。

6月13日 “中国民间文学大系学术体例研讨座谈会”在广东省广州市召开。

6月20日 “纪念张仃先生诞辰100周年暨学术思想研讨会”在山东工艺美术学院召开。

6月29日　中国民协专业委员会工作会议在山东青州召开。

在山东青州举办的“中国民协第十七期深入学习贯彻习近平总书记文艺工作座谈会重要讲话精神专题研讨班”期间，邱运华召集文字类专委会负责人座谈，听取大家对实施大系出版工程的意见和建议。

7月4日　“中国民间文学大系出版工程调研座谈会”在云南省昆明市召开。

7月11日　“中国民间文学大系出版工程调研座谈会”在甘肃省临夏州召开。

7月13日　《中国唐卡文化档案》推进会在青海玉树召开。

8月6日至9日　“我们的节日——少数民族节日调研考察活动”在贵州长顺、榕江、黎平等地举办。活动包括以“赶秋坡节”为代表的民族节日、民族古村落文化调研等内容。

8月6日至13日　中国民协分党组书记、驻会副主席、秘书长邱运华及国际部副主任李刚赴以色列、匈牙利进行访问。

8月6日至8月20日　应以色列阿里尔有限公司邀请，中国民协手工艺代表团一行6人赴以色列参加第42届耶路撒冷国际艺术和手工艺艺术节。本届艺术节共吸引了来自中国、德国、南非、墨西哥、罗马尼亚、津巴布韦、韩国等35个国家和地区的200多名艺术家参加。

8月16日　“海上丝绸之路与岭南文化高峰论坛”在广东茂名举行，国内著名专家学者以“一带一路民间文化交流的国际视野与文化生态理念”“广东与海丝沿线国家之间文化产业的合作研究”“文化茂名与海上丝绸之路民间文化源流考”等重要议题进行思想碰撞、建言献策。本次会议也是南海（茂名博贺）开渔节暨第五届岭南民俗文化节的一项重要内容。

8月20日至26日　中国民协组织国内从事相关研究的专家学者一行赴新疆伊犁哈萨克自治州伊宁市、特克斯县、昭苏县、察布查尔锡伯自治县、伊宁县等地，就“一带一路”民间文化探源工程“阿凡提类型故事”项目，通过与艺人座谈交流、田野考察等方式展开深入细致的调研，访问了40多位民间文艺家和民间说唱艺人，并对伊犁地区“恰克恰克”资源进行搜集、梳理，追溯其文化渊源，明晰发展脉络和传承现状。

8月25日至29日　“中国民协会员第十九期深入学习贯彻习近平总书记文艺工作座谈会重要讲话精神专题研讨班”在河南省平顶山市举行。中国文联党组成员、书记处书记陈建文，中国民协分党组书记、驻会副主席邱运华出席并为学员做专题辅导报告。至此，本次全国范围的中国民协会员大培训圆满结束。为了深入学习贯彻习近平总书记在文艺工作座谈会上的重要讲话精神，全面落实中宣部、中国文联关于对文艺工作者进行全面培训的指示精神，从2016年1月至2017年8月，中国民协在全国范围举办“深入学习贯彻习近平总书记文艺工作座谈会重要讲话精神专题研讨班”。在北京、吉林长春、福建厦门、贵州都匀、黑龙江哈尔滨、河北石家庄、浙江绍兴、山东烟台、安徽歙县、湖北武穴、陕西西安、河南郑州、广西南宁、湖南长沙、江苏常州、广东广州、山东青州、甘肃临夏、河南平顶山举办中国民协会员单独班19期，在内蒙古呼和浩特、四川成都、辽宁沈阳、云南昆明、山西太原牵头举办联合班5期，共培训会员5182人（包括联合班上受训的其他文艺家协会会员），加上邮寄教材培训的会员人数，培训会员总人数为6063人。

8月27日至29日　“我们的节日——七夕节民俗活动暨中国（新余）七夕文化高峰论坛”活动在江西新余举行。活动包括民俗考察、实地采风、学术研讨等内容，扩大了“中国七仙女传说之乡”的品牌影响力，向世界讲好七仙女故事。

“我们的节日——七夕民俗文化系列活动”及中国七夕文化研讨会在河南鲁山举行。该活动包含“七夕民俗与现代生活”大讲堂，七夕节民俗庙会，传统节日文化、基层民间文艺队伍建设及村落民间文艺活动考察调研等内容。

9月2日至6日　“我们的节日——青海土族纳顿节”活动在青海民和举行。中国民协一方面通过组织国内知名的文化专家参与到土族纳顿节采风活动，以实地采访、跟踪报道的形式全面记录土族纳顿节的缘起、仪轨、禁忌等文化内涵，并撰写调研文章；另一方面组织地方文化专家召开座谈会，研讨土族纳顿节的历史渊源、文化象征及现实意义，依托现代传媒手段大力宣传、弘扬少数民族传统文化。

9月9日至14日　“我们的节日——边疆文化行系列之黑龙江少数民族鄂伦春玛印节日民俗调研活动”在黑龙江大兴安岭地区举行。活动包括调研鄂伦春族节日民俗、传统民居等内容。

9月14日至17日　“2017第三届中国民间文艺家协会走进中国（象山）开渔节海洋文化开发保护与文化产业发展论坛”在浙江象山举行。在海洋渔文化保护与产业化发展主题论坛上，来自北京、南京、浙江等地的多位专家纷纷就滨海旅游和文化创意产业这一话题发表了自己的见解。

9月19日　“中国精神·中国梦全国农民画创作展”在江西省万安县成功举办。活动期间，还开展了全国农民画学术研讨会及创作培训班。邀请农民画专家为农民画创作者授课，并开展了气氛热烈的研讨活动。

9月19日至20日　“为未来记录历史——冯骥才文学与文化遗产保护”国际研讨会在天津大学冯骥才文学艺术研究院召开。来自世界各地的专家共同研讨著名作家、文化学者冯骥才先生的文学与文化遗产保护，就当今中国文学与文化领域的前沿问题、重大问题展开对话。

10月1日至8日　“喜迎十九大 共圆家国梦：我们的节日——中国（郑州）2017中秋文化节活动”在河南郑州举行。本次文化节包括中秋文化大讲堂、民间工艺美术展、民间歌舞大赛、民间绝活表演、中秋拜月祈福会、中原风味美食荟萃、精品兰花展等丰富内容的活动，为中原大地捎去了节日的欢愉与美好的祝福。

10月9日至11日　“我们的节日·喜迎十九大·全国优秀民间鼓舞鼓乐展演”在陕西洛川县举行。本次展演活动邀请了来自内蒙古、山东、河南、广东等10个省份的12支队伍参加，领队和选手都是来自最基层的民间文艺工作者和普通老百姓，通过欢庆锣鼓这一最接地气、最聚人气、最喜闻乐见的民间文艺形式，表达了全国各族人民对党的十九大胜利召开的热切期盼，展现了广大民间文艺家喜迎盛会的满腔热情和昂扬姿态。

10月9日　大系出版工程基础资料数据库（原中国口头文学遗产数据库，以下简称数据库）二期项目招标需求专家论证会在中国民协召开。

10月18日至10月23日　中国木版年画展在西班牙瓦伦西亚手工艺中心举办。展览吸引大批当地民众、艺术爱好者和艺术家前来参观，展览后续影响持续发酵。

10月19日至26日　中国民协专家组赴贵州省贵阳、黔南、遵义、毕节等开展采风调研活动。活动围绕古夜郎国与南方丝绸之路衔接与拓展区域，展开对贵州苗族、侗族、布依族等民族古歌、大歌、创世神话、传说、民间故事、说唱、小戏等民间文艺形式的搜集、整理、保护、发展、利用及现存资源现况、传承人传习活动等内容的考察、调研、座谈、研讨、交流，丰富了民间文艺采风途径，创新了文化成果和协作模式。

10月26日至30日　“我们的节日——重阳节民俗文化活动及中国重阳文化研讨会”在河南南阳举行。活动期间，中国民协一行重点调研了河南南阳淅川县、西峡县、鸭河工区等地的重阳民俗文化和节庆活动，并通过座谈的形式深入了解了当地关于重阳文化建设的举措、困惑和设想，为今后如何更好地继承和弘扬以重阳文化为代表的中华优秀传统文化提出了许多有针对性的建议和构想。

10月26日至27日　“我们的节日——中国·上蔡第十五届重阳文化节系列群众文化活动”开幕式暨“孝行天下百城巡演走进上蔡”公益演出在河南上蔡举行。10个“孝道家庭”和10名“孝心模范接受隆重表彰，以“九九日·孝老心·重阳情”为主题的系列尊老敬老活动也相继展开。

10月26日至27日　“我们的节日——广东重阳节大讲堂”在广州举办。

11月8日　天津大学冯骥才文学艺术研究院的国家社会科学基金重大项目成

果——国内第一部《传承人口述史方法论研究》正式对外发布，来自全国各地历史学、人类学、民俗学、艺术学、社会学等多个领域的近20位专家参加。

11月9日至11日　“首届中国民间工艺精品双年展暨第十三届山花奖·优秀民间工艺美术作品终评”在浙江省宁波市举办。

11月13日至20日　“我们的节日——少数民族聚居区文化行系列之贵州苗族芦笙节”民俗调研活动在黔东南举行。调研组深入到贵州黔东南苗族和侗族聚居区，对贵州的苗族、侗族节庆文化进行了专题调研。

11月22日至24日　中国民协组织17人的专家团队，先后到荥阳国家级文物保护单位织机洞遗址，嫘祖文化传承基地环翠峪嫘祖圣母祠、嫘祖广场、圣母池以及桑梓峪等地进行“丝绸之源”丝绸文化和嫘祖文化调研。在11月24日举行的“一带一路”“丝绸之源”嫘祖文化调研座谈会上，专家们对如何挖掘丝绸文化、嫘祖文化，扩大影响力，服务于“一带一路”文化建设建言献策。专家们认为，深入开展对嫘祖文化的调查研究，有助于澄清和深化对传统文化的认识，并追溯到文明源头和高地，对讲好丝绸之路中国故事具有极大的拓展空间。

11月27日　中国文联党组书记李屹同志主持召开中国文联2017年第35次党组会议，研究并原则同意《中国民间文学大系出版工程实施方案》和启动经费事宜。会议强调，大系出版工程作为中央确定的15项中华优秀传统文化传承发展重点工程之一，既是中国文联的大事，更是中国民协的大事。中国文联特别是中国民协要把做好大系出版工程作为今后几年的一项重要工作，高度重视、精心部署，加强统筹、严密实施，坚持活态传承和固态保护相统一，坚持纸质资源和网络资源同步推进，高质量完成中央交付的任务。会议确定，由陈建文同志牵头具体负责对《中国民间文学大系出版工程实施方案》和预算方案进行修改完善，并协调经费预算、办公地点等事项。

11月29日　中国文联党组批复《中国民间文艺家协会深化改革方案》。

12月12日　邱运华组织召开大系出版工程阶段性办公会议。会议部署了2017年末至2018年年初的工作安排，确定了“大系出版工程工作会”召开的时间，并提出要求：一、以文件形式明确编纂工作的具体要求；二、制定长效可行的专家工作机制；三、充分发挥数据库的作用；四、明确费用拨付的方案；五、梳理各省现有的民间文学资源情况；六、明确任务分工。

12月20日　中国文联办公厅向中宣部文艺局报送《关于〈中国民间文学大系〉出版工程实施方案及2017年启动经费方案的请示》（文联办报〔2017〕70号），附大系出版工程“领导小组、专家委员会、编纂出版工作委员会组成方案”“2017、2018年第一、二批示范卷方案”“社会宣传方案”“2017年工作方案和预算方案”。

12月21日 《中国民间工艺集成》出版协议签订仪式暨示范卷工作推进会在青岛出版集团举行。中国文联副主席、中国民协主席潘鲁生主持会议，周燕屏副秘书长与李海涛总编辑作为双方代表，签订了《集成》出版协议。首批试点单位山东、江苏、广东、浙江、福建五省工作小组负责人与河南、吉林、上海、辽宁等部分省市民协代表出席本次会议。

截至2017年12月 中国民间文艺家协会会员总数为11263名，团体会员32个。

■ 2018年

1月 《民艺》(双月刊)正式出版发行，原名《缤纷》，经国家新闻出版总署批准正式更名为《民艺》。

1月5日 中国民协故事委员会2018年工作会议在上海市金山区枫泾古镇召开。举办“2017年度中国好故事发布典礼”。

1月13日 由中国文联、中国民协、广东省文联主办的“恰是山花烂漫时——第十三届中国民间文艺山花奖”颁奖典礼在广州举行。中国文联主席、中国作协主席铁凝，广东省委常委、宣传部部长慎海雄，中国文联党组成员、书记处书记陈建文，中国文联副主席、中国民协主席潘鲁生，以及邱运华、许钦松、程扬等中国民协、广东省文联负责人，刚刚荣获“中国文联民间文艺终身成就艺术家”称号的民间文艺家乌丙安、冯骥才等出席。会上颁发了十三届山花奖4个子项的20个获奖作品，同时对中国文联终身成就民间文艺家进行了表彰。

1月23日 中国民协2018年工作会议在河南省郑州市举行。在总结大系出版工程2017年所进行的调查、研究、学术讨论的基础成果之后，中国文联副主席、中国民协主席潘鲁生代表大系出版工程领导小组和编纂出版工作委员会，宣布于2018年启动实施大系出版工程工作。

《村寨里的纸文明——中国少数民族剪纸艺术传统调查与研究》首卷发布会暨中国少数民族剪纸艺术传统调查成果研讨会在中国文联举办。

1月26日 潘鲁生、邱运华主持召开大系出版工程专家研讨会。万建中、苑利、王锦强、陈连山、杨利慧、萧放、林继富、刘晔原及相关工作人员参加会议。本次会议确定了神话组、史诗组、民间长诗组、民间故事组、民间传说组、民间歌谣组、民间说唱组、民间小戏组、谜语组、谚语组、民间俗语组、民间文学理论组共12个编辑专家组的召集人(组长)；明确了专家组的主要任务；讨论确定2018年编纂出版示范卷计划，初步确定共计55卷的示范卷体量；详细讨论了各体裁卷本的编辑体例，对《大系出版工程工作手册》提出修改意见。

1月30日　根据文联党组会议的部署，邱运华代表大系出版工程领导小组办公室和编纂出版工作委员会，与中国文联出版社就《大系》书库的出版工作进行深入探讨。

大系出版工程编纂出版工作委员会协调工作组印制发布了第一期《中国民间文学大系出版工程通讯》（8月更名为《中国民间文学大系出版工程、中国民间文艺家协会通讯》）。该《通讯》每月一期，作为本工程实施过程中的信息发布平台之一，以纸质印刷版和PDF电子版两种载体形式报中宣部文艺局，中国文联党组，中国民协分党组、主席团，发各省、直辖市、自治区民协、新疆生产建设兵团民协。

1月31日　中国文联、大系出版工程领导小组办公室、中国民协发布《中国文联关于实施中国民间文学大系出版工程的通知》（文联发〔2018〕22号），并附《2018年各省区市示范卷编纂出版工作分配方案》。

2月2日　第十四届中国民间文艺山花奖·优秀民间工艺美术作品初评活动在四川省自贡市成功举办。

2月20日至3月4日　“2018年旧金山中国民间文化推广系列活动”在旧金山湾区成功举办。作为旧金山总领馆“欢乐春节”系列文化活动的重点活动，中国民协展演团在活动期间参加了一年一度的旧金山中国农历新年花车大巡游活动，展演团用中国非遗元素打造的花车成为活动的亮点，大巡游活动参与者达到一百二十多万人；展演团还进入学校、博物馆进行了15场的展演、教学和互动活动，受众人数近万人。

2月22日　大系出版工程编纂出版工作委员会办公室召开工作会议。会议强调了编纂工作纪律和工作程序，要求每次会议、每件工作要有文字、影像、录音记录；各种联系方式、沟通过程、反馈情况要有表格记录；工作程序要有流程意识。

2月25日　第八届中国春节文化高层论坛在河南省鹤壁市成功举办。论坛由程建军主持，邱运华做学术总结。与会专家围绕“庙会文化的当代价值”这一主题，对庙会的组织管理、庙会文化的传承与创新等建言献策。

3月13日　中宣部文艺局局长汤恒同志召集传承发展工程15个项目的承担单位负责人及财务主管座谈，听取各单位汇报工程进度。邱运华、鲁航代表中国文联出席了座谈会。

4月1日　清明节前夕，由中国民协与开封市人民政府主办，河南省民协、开封市文联承办的“感恩意识与家国情怀”大讲堂在古城开封举行。大讲堂由夏挽群、田兆元、侯仰军、彭恒礼等主讲，受到了开封市民的热烈欢迎。网易新闻频道在互联网上进行了实况直播，据不完全统计，最高峰时段，在线人数达4万人，引起了社会的广泛关注。

4月4日　中国民协在山西晋中主办清明寒食文化传承创新座谈会。

4月9日　“大系出版工程‘民间长诗’专家组成立大会”在云南省通海县召开。邱运华、吕军、王锦强出席会议并为专家组颁发聘书。“长诗”专家组组长尹虎彬与专家组成员、承担“长诗”示范卷编纂工作的云南省、湖北省、贵州省、广西壮族自治区民协、编委会代表等参加会议。下午，召开了“新时代民间长诗传承发展学术研讨会”。

4月15日　“大系出版工程‘民间说唱’专家组成立大会”内蒙古自治区呼伦贝尔市召开。邱运华、吕军、王锦强出席会议并为专家组颁发聘书。“说唱”专家组组长苑利与专家组成员、承担2018年“说唱”示范卷的内蒙古自治区、湖北省、江苏省、山东省、辽宁省、安徽省民协和编委会代表等共同参加会议。下午，召开了“新时代民间说唱传承发展研讨会”，次日组织了内蒙古民间说唱编译与记录调研活动。

4月17日　中国民协在广西武鸣主办中国壮族三月三节日文化研讨会。

4月17日至19日　为进一步加强粤港澳地区文化交流与联系，更好地继承民族优秀文化遗产，弘扬中华优秀传统文化，推动三地民众在理想信念、价值理念、道德观念上紧紧团结在一起，“我们的节日·清明——中国广东清明文化节暨同根同源粤港澳清明文化研讨会”在广州市番禺区举行，来自中央民族大学、北京师范大学、复旦大学、中山大学、香港中文大学、澳门大学等高校的二十多名专家学者出席。

4月19日至22日　中国民协在山东省潍坊市召开民间文艺之乡工作会议，总结了近年来民间文艺之乡建设情况，研究部署中国民间文艺之乡建设和管理工作。

5月8日　中宣部常务副部长、传承发展工程部际协调组组长王晓晖同志主持召开“中华优秀传统文化传承发展工程部际协调组第一次会议”并讲话。部际协调组成员、办公室成员及联络员、部分工程项目负责人参加会议。会议传达了中央领导同志对传承发展工程的重要批示；明确了部际协调组组成，中国文联党组成员、书记处书记陈建文等10名同志为协调组成员；会议明确了协调组会议的主要职能：贯彻中央决策部署，落实中央领导指示，研究协调中华优秀传统文化传承发展中的重大问题，推动落实各项重点任务，研究论证重大工程项目，指导推进传承发展工作；会议还对下一阶段传承发展工程的工作做了部署。陈建文在会上做了汇报发言。

5月9日　“大系出版工程‘民间文学理论’专家组成立大会”在中国文联召开。邱运华、吕军、王锦强出席会议并为专家组颁发聘书。“理论”专家组组长高丙中、田兆元与专家组成员，中国文联出版社领导和责任编辑等参加会议。

5月13日至18日　中国民协和浙江省民协联合主办的“一带一路”民间文化探源工程·浙江海丝文化调研考察活动在浙江嘉兴海盐县、平湖市，湖州市吴兴区、南浔区、舟山普陀山，宁波市鄞州区等地实施。本次活动旨在厘清浙江海丝民间文化的源流，从文化源头汲取民间智慧，探寻“活化”民间文化资源的经验与良方。

5月21日　传承发展工程部际协调组印发《中华优秀传统文化传承发展工程工作月报》(第2期)，通报了大系出版工程等15个重点项目的进展情况。

5月23日　“纪念毛泽东同志《在延安文艺座谈会上的讲话》发表76周年——《河北省传统村落图典》出版新闻发布及座谈会”在河北省石家庄市举行。

5月26日　“大系出版工程‘神话、传说、故事’专家组成立大会”在上海大学召开。邱运华、吕军、王锦强出席会议并为专家组颁发聘书。“神话、传说、故事”专家组组长叶舒宪、陈泳超、万建中与各组成员，16个承担相关示范卷的省区市和新疆生产建设兵团民协、编委会代表，上海市文联民协、上海大学相关领导等近百人参加。下午，召开“新时代神话传承与利用调研座谈会”“新时代民间传说、故事传承与利用调研座谈会”。次日，“神话、传说、故事”示范卷编纂工作调研座谈会分别召开，到会的民协领导、省卷编委会委员发言、提问，由专家组答疑，共同讨论。

6月14日　“大系出版工程‘民间小戏’专家组成立大会”在陕西省汉中市洋县召开。邱运华、吕军、王锦强出席会议并为专家组颁发聘书。“小戏”专家组组长刘祯与本组成员，承担“小戏”示范卷的陕西、湖南、河北、山西民协和编委会代表等参加本次会。下午，召开了“新时代民间小戏传承与发展学术研讨会”，次日组织了陕西民间小戏传承现状调研活动。

6月15日　中国（鲁山）端午习俗与屈原文化大讲堂、研讨会。

6月21日　“纪念居素普·玛玛依诞辰100周年座谈会”在新疆乌鲁木齐举办。

6月27日　“大系出版工程‘民间歌谣’专家组成立大会”在重庆市秀山土家族苗族自治县召开。邱运华、吕军、王锦强出席会议并为专家组颁发聘书。“歌谣”专家组组长刘晔原、赵塔里木与本组部分组员，承担2018年“歌谣”示范卷的重庆市、四川省、海南省、江西省民协和编委会代表，参加会议。下午召开了“新时代民间歌谣保护与传承调研座谈会”，次日组织了重庆民间歌谣收集与记录调研活动。

6月29日　“中国文联实施大系出版工程协调会”在文联大楼1108会议室召开。邱运华主持会议。陈建文、潘鲁生、吕敬人、吕军出席会议，中国文联计财部、国资处、出版办、中国文联出版社等部门和单位的主要负责同志参加会议。

7月4日　“大系出版工程‘谜语、谚语、民间俗语’专家组成立大会”在江苏省徐州市召开。潘鲁生、吕军、黄涛、王锦强出席会议并为专家组成员颁发聘书，“谜语、谚语、民间俗语”专家组组长安德明、萧放、林继富与各组成员，江苏省和徐州市文联、民协主要领导与编委会成员，相关示范卷的省民协领导、编委会代表参加会议。

7月13日　“大系出版工程‘史诗’专家组成立大会暨中国史诗研究与国际传播学术研讨会”在中国文联大楼8楼会议室召开。邱运华、吕军、王锦强出席会议并为专家组成员颁发聘书，“史诗”专家组组长朝戈金与本组成员，相关示范卷的省民协代表参加会议。

7月25日　“大系出版工程学术委员会第一次会议”在北京会议中心召开。中国文联党组书记、副主席、书记处书记、大系出版工程领导小组组长李屹同志在会上讲话，并向大系出版工程学术委员会学术顾问、学术委员会主任、常务副主任颁发聘书。大系出版工程学术委员会、编纂出版工作委员会主要成员、各省区市和新疆建设兵团民协负责人出席会议。

中国民协九届五次主席团会议在北京召开，任命侯仰军为中国民协副秘书长。

《中国民间文学大系》出版工程学术委员会第一次会议在北京召开。

8月3日至13日　“‘一带一路’民间文化探源工程——2018夏季西北民歌生态文化调研”在内蒙古、陕西、宁夏等地实施，对内蒙古西部民歌、陕西民歌、宁夏花儿等进行了调研考察。

8月5日至20日　“2018年耶路撒冷国际艺术和手工艺博览会”在千年古城耶路撒冷成功举办，中国文联副主席、中国民协主席潘鲁生出席，中国民协分党组成员、副秘书长侯仰军带队，面塑艺术大师冯慧芸、彩塑京剧脸谱传承人林泓魁等8名民间艺术家参加。博览会期间，半个月的时间里，中国展区始终是博览会最有人气的展区，受到了主办方和广大观众的高度评价和真心喜爱。以色列阿里尔公司主席奇昂·图格曼专程到中国展区参观，同冯慧芸等艺术家进行现场交流。

8月7日　大系出版工程编纂出版工作委员会第一次工作会议在中国文联出版社会议室召开。潘鲁生、邱运华、万建中、王锦强、展华云与中国文联出版社相关领导和工作人员参加会议。会议主要围绕大系工程的编纂出版工作委员会各组的责任分工、组织机构工作对接、《大系》装帧设计、版权与权益保护问题、出版质量保障及资金管理等方面做了一系列讨论和具体部署。

8月9日至13日　由北京、宁夏、内蒙古、陕西等地民歌研究专家组成的中国民协“一带一路”民间文化探源工程——2018夏季西北民歌文化生态考察组，沿黄河“几字湾”，经宁夏吴忠、内蒙古阿拉善盟阿拉善左旗、巴彦淖尔市乌拉特中旗，鄂尔多斯市准格尔旗、杭锦旗，陕西榆林市榆阳区、横山区、府谷县、清涧县等地行了考察调研，并通过考察盘点西部民歌文化资源，以探寻民族民间歌谣文化传播路径，梳理口头文化传承脉络与方式，倡导民间文化多样化保护理念，促进优秀民歌文化保护、传承、发展、利用。

8月11日 邱运华、万建中、程建军、江帆、漆凌云等赴河南省平顶山市进行实地调研，并召开《大系·故事·河南卷》编纂工作汇报会，探讨示范卷编纂工作具体问题的解决办法。

8月13日 “2018中国青海《格萨尔》史诗系列活动”在青海省湟中县群加乡开幕。本次活动以“保护口头文学，传承史诗文明”为主题，为期四天。作为大系出版工程社会宣传推广示范项目，其间安排了艺人演唱、专家讲座、学者论坛、成果展览等活动，艺人演唱视频和学者论文于后期结集出版。

8月19日至25日 “新时代中国故事创作高级研修班”在辽宁省盘锦市举办。

8月23日 邱运华、万建中、漆凌云、谢红萍等在陕西省西安市会同宁夏回族自治区文联民协的领导同志，共同召开“宁夏故事卷编纂工作推进会”。

8月24日 “黑龙江省示范卷编纂工作推进会”在哈尔滨市召开。

8月25日 《中国民间工艺集成》示范卷工作暨专家工作会议在青岛出版集团召开，会议由潘鲁生主席主持。会议通报最新工作进度，推动工作不断深入与全面铺开。首批五省示范卷负责人、部分专家组成员、青岛出版集团代表及《集成》编辑办公室成员30余人参会。

8月26日 “吉林传说卷编纂工作推进会”在长春市召开。

8月27日 “《中国民间文学大系》湖北示范卷编纂工作推进会”在咸宁召开。

8月29日至31日 中国民协和中国文联出版社在北京密云共同组织“中国民间文学大系出版工程业务培训班（第一期）”。邱运华、万建中、王锦强、李耀宗，中国出版集团党组成员、中国出版传媒股份有限公司副总经理李岩，人民文学出版社副总编辑周绚隆等专家学者为本次培训班授课。中国文联出版社全体领导班子、全体业务人员近百人参加本次培训。

9月6至7日 “《中国民间文学大系·理论卷》编纂工作推进会”在北京大学召开。

9月7日 “《中国民间文学大系》河南示范卷（谜语卷、神话卷）编纂工作推进会”在郑州市召开。程建军、夏挽群、吕军、黄涛、萧放、陈连山、王宪昭等出席会议。来自北京、深圳、山西、河南等地的专家学者共三十多人参加会议。

9月10日 “《中国民间文学大系·说唱·辽宁卷》编纂工作推进会”在沈阳市召

开。潘鲁生、邱运华、苑利、王锦强、常祥霖、崔凯等出席会议。

9月16日至18日 “中国民协基层组织建设和业务活动开展状态调研活动”在山东省潍坊市寒亭区和高密市正式启动。在随后几个月的时间里，调研组调研了广东省的陆丰市、海珠区，浙江省的乐清市、鄞州区，陕西省的汉阴县、南郑区、汉台区。调研成果结集为《基层组织建设和业务活动开展状态调研材料汇编》。

9月18日 “《中国民间文学大系·故事·广东卷》编纂工作启动会”在广州市召开。

9月19日 “《中国民间文学大系》(陕西、河北)民间小戏卷编纂工作推进会”“《中国民间文学大系·谚语·陕西卷》编纂工作推进会”在西安市召开。

9月19日至27日 “中国刺绣艺术中青年传承人高级研修班”在江苏省苏州市举办。

9月20日 “《中国民间文学大系·说唱·山东卷》编纂工作推进会”在济南市召开。邱运华、崔凯、孙立生、郭学东等出席会议。

9月22日 “我们的节日·首届中国农民丰收节——中国炎帝农耕文化论坛”在山西省长治市长子县举办。

“《中国民间文学大系·传说·福建卷》编纂工作推进会”在福州市召开。“《中国民间文学大系》(四川、重庆)歌谣卷编纂工作推进会”在成都市召开。

9月25至28日 第十一届“中国—东盟教育交流周”系列活动之一“中国—东盟第三届民族文化研究论坛”在贵州都匀黔南民族师范学院顺利举行。本次论坛的主题是“乡村文化传承与现代乡村发展”，由中国民协、黔南民族师范学院共同主办，邀请了来自北京师范大学、武汉大学、广州大学、华南理工大学、贵州大学、贵州民族大学以及泰国瓦莱叻大学、柬埔寨马德望大学、马来西亚世纪大学、香港金融管理学院等多所国内外高校、研究机构的60余位专家学者。

9月29日 “《中国民间文学大系》云南省示范卷编纂工作推进会”在昆明市召开。

9月30日 “《中国民间文学大系·故事·上海卷》编纂工作推进会”在上海大学召开。

10月10日 “《中国民间文学大系》新疆(史诗、长诗)示范卷编纂工作推进会”在乌鲁木齐市召开。

10月11至12日 传承人“释义”学术研讨会在天津大学召开，此次研讨会由中国民间文艺家协会、天津大学冯骥才文学艺术研究院主办，中国传承人口述史研究所承办。中国民间文艺家协会分党组书记、驻会副主席邱运华出席会议，会议由苑利主持，冯骥才、曹保明、王智作等专家进行了发言。

10月12日　“中国民间文学大系出版工程社会宣传推广活动——中国秃尾巴老李传说学术研讨会”在山东大学中心校区举行。

10月14至16日　“千年古县干宝遗风”首届中国民间文学学术研讨会在浙江省嘉兴市海盐县举行。本次研讨会旨在切实加强我国民间文学理论研究、创作引导和人才培训，确立新时代民间文学理念，研讨新时代民间文学的发展与展望，深度探索中国民间文学的发展史，进一步促进我国民间故事搜集整理与新故事创作事业发展，推动中华优秀传统文化传承发展。

10月21日　“《中国民间文学大系·说唱·内蒙古卷》编纂工作推进会”在呼和浩特市召开。

10月22日　“《中国民间文学大系》江苏示范卷编纂工作推进会”在南京召开。

10月26日　“第七届秀洲·中国农民画艺术节”在浙江嘉兴举行。

11月1日　大系出版工程领导小组办公室、中国民协印发《关于报送〈中国民间文学大系〉各分卷主编人选的通知》。

11月5日　大系出版工程编纂出版工作委员会办公会在中国民协召开。陈建文、潘鲁生、邱运华、万建中、黄涛、王锦强，中国文联出版社有关领导和编辑人员等共同参加会议。王锦强汇报了7月至10月的工作进展情况。潘鲁生发言强调，“出版”是主题；要进一步完善工作机制；编纂出版工作委员会应建立例会制度。陈建文指出，示范卷编纂工作不能平均用力，要突出重点，着重抓好12个卷本的编纂出版工作，每类一卷；大系出版工程在将来要走向精品化、品牌化，增强社会影响力，带动地方宣传文化部门、文联和民协积极主动地开展相关工作。

11月14日至21日　应葡萄牙阿威罗大学孔子学院和捷克中欧文化艺术交流联合会邀请，中国民协副秘书长周燕屏和对外联络处副处长李刚赴葡萄牙、捷克进行访问，与当地文化机构就2019年“一带一路”文化系列活动的泥塑展览和灯彩展览事宜进行商谈和交流。

11月20日至23日　《中国民间文学大系》出版工程社会宣传推广活动——“全国胡仁乌力格尔大会”在内蒙古举办，大会期间进行了胡仁乌力格尔展演展示、调研座谈、蒙古语翻译培训等系列活动。

11月28日至30日　《中国民间文学大系》出版工程社会宣传推广活动——“2018中国（米易）首届全国民间情歌大会”在四川省攀枝花市米易县举行，其间举办了“中国颛顼文化研讨会”。

12月5日　《中国民间文学大系》出版工程社会宣传推广活动——“2018中国壮

语歌谣会”在广西南宁市武鸣区举行，并举办了中国壮语言民间文学与壮族歌谣编纂工作座谈会。

12月9日至16日　应台湾创意游学协会邀请，以中国民协会员联络与维权处副处长马雪松为团长的民间文艺小分队赴台分别在新北、宜兰、新竹、嘉义、苗栗等地的中、小学及博物馆进行展演和交流。

12月14日　大系出版工程编纂出版工作委员会在中国文联出版社召开《大系》书库整体设计推进会。潘鲁生、邱运华、黄涛、王锦强等出席会议。清华大学美术学院教授、大系出版工程整体设计顾问吕敬人，中国出版协会装帧艺术工作委员会主任、大系出版工程设计总监刘晓翔详细讲解和展示了《大系》书库的整体思路、设计过程、设计思考和具体设计方案，并听取与会领导和其他专家的意见和建议，会后对设计方案进行修改完善。

12月22日至25日　“2018中国江南民间小戏交流会暨《中国民间文学大系·民间小戏》编纂工作学术研讨会”在浙江省丽水市缙云县举办。

■ 2019年

1月3日　中宣部中华优秀传统文化传承发展工程部际会召开。陈建文、邱运华参加会议，并做了工作情况汇报。

1月7日　在江苏南京举行《中国民间工艺集成》示范卷工作会议。会议进一步明确示范卷编撰、体例和出版的要求，总结前一阶段的工作推进情况，部署下一阶段工作。中国文联副主席、中国民协主席潘鲁生，副主席程建军，中国民协分党组成员、副秘书长侯仰军，江苏省文联党组成员、副主席王建，江苏省文联副主席、省民协主席陈国欢等领导，来自15个省市民协及各省卷本工作小组的负责人，承担出版任务的青岛出版社代表及《集成》编辑办公室成员等四十余人参加会议。会议由中国民协分党组书记、驻会副主席邱运华主持。

1月13日　农历腊八节，“我们的节日·春节文化论坛”在古城阆中开幕。来自全国各地的13位专家、学者代表做了主题发言，80余位学者的论文汇集成册，对于推动春节文化的传承发展有着积极的促进作用，大大提升了阆中春节文化的影响力。

1月16日至17日　2019中国文联全委会期间，潘鲁生主席向文联主席团介绍了中国民间文学大系设计方案，展示部分样书，听取主席团成员的修改意见和工作建议。

1月19日　由中国文联、北京师范大学和中国民协主办的“跨文化视野下的中国优秀传统文化教育与传承——《钟敬文全集》出版与钟敬文学术文化思想座谈会”在北京人民大会堂召开。中国文联党组书记、副主席李屹，中国文联党组成员、副主席陈建文，中宣部出版局副局长许正明，中国文联副主席、中国民协主席潘鲁生，北京师范大学副校长郝芳华以及刘魁立、乐黛云、邓光辉、邱运华等出席座谈会。座谈会由陈建文主持。《钟敬文全集》编委会成员、钟敬文先生的亲属和生前好友以及各界代表近200人出席座谈会。

1月25日、30日、2月14日　大系出版工程编纂出版工作委员会连续召开三次推进工作会议，陈建文、潘鲁生、邱运华、万建中、黄涛等以及中国文联出版社领导出席了会议。会议重点讨论了《大系》的整体设计工作、修改方案以及书稿编纂进度等事宜。

2月18日至21日　“我们的节日——2019中国涉县春节民俗展演暨女娲文化研讨会”在河北省涉县举行。本次活动由中国民协、河北省文联主办，河北省民协、涉县人民政府承办，来自全国11个省、市、自治区的专家学者、新闻媒体记者一百余人出席，共同体验丰富多彩的春节民俗以及源远流长的女娲文化。

3月11日至15日　为了庆祝中葡建交40周年，应葡萄牙阿威罗大学孔子学院邀请，分党组成员、副秘书长吕军带队在阿威罗大学孔子学院举办了中国民协一带一路文化系列活动之“传承的创新：塑说中国古代丝绸之路艺术的东传西播”泥塑展览，并在展览期间举办泥人张泥塑主题讲座和中国泥塑工作坊。

3月15日　大系出版工程编纂出版工作委员会在中国民协召开专题会议。陈建文、潘鲁生、邱运华与中国文联出版社相关领导和工作人员参加会议。邱运华汇报了书稿编纂的进度情况、《总序》编译和组织机构署名的相关情况。潘鲁生提出，必须建立良好的工作机制，通过建立“编纂出版工作委员会例会制”学习领导小组指示精神、协调学术委员会意见、制定工作计划、解决编纂中存在的问题；各方要提高责任意识，切忌粗制滥造。陈建文强调落实意识形态责任制、主编责任制；必须注意知识产权保护问题；要建立快速沟通机制和必要的保密机制。

3月15日　中国民协组织在京民间文艺界专家、学者、理事会成员召开座谈会，学习贯彻习近平总书记看望文艺界社科界政协委员时的讲话精神。

4月6日至12日　由中国民协主办，广西、湖南、广东、贵州民协共同协办的“一带一路”民间文化探源工程桂湘粤黔民族地区“三月三”节庆民间歌谣考察调研活动在广西贺州、湖南江永、广东连南、贵州黎平等地实施。

4月10日　大系出版工程编纂出版工作委员会在中国民协召开专题会议。本次会议讨论细化了《授权协议书》和《大系》编纂工作规范；研究大系出版项目与数据库二期列入单一来源方式采购的具体工作流程；严格规范大系出版工程工作流程，明确相关职责；通报大系首批12卷本编纂进展情况，探讨责编工作情况。

4月20日　“中国民间文学大系出版工程社会宣传推广活动——2019中国北方民间说唱交流大会”在山东省潍坊市寒亭区举办。特邀来自北京、天津、黑龙江、吉林、辽宁、陕西、山西、河北、内蒙古、山东的80多位民间说唱艺人和专家学者参与。专家学者从历史、地域、方言、风格、艺术特点、民族情感、民族精神等不同的角度对说唱作品做了深入浅出的梳理与阐释。次日，召开“《中国民间文学大系·说唱卷》编纂工作学术研讨会”。

由中国民间文艺家协会和山东教育出版社共同主办的“《美在乡村》新书发布暨学术研讨会”在中国文联会议中心举办。中国文学艺术界联合会党组成员、副主席、书记处书记陈建文，中国文学艺术界联合会副主席、中国民协主席、山东工艺美术学院院长潘鲁生，中共中央宣传部文艺局联络处处长杨玉飞，中国民协分党组书记、驻会副主席邱运华，中国民协副主席、中央美术学院教授乔晓光，中国民协副秘书长侯仰军出席会议。

4月22日至5月2日　由中国民协主办，山东省、黑龙江省、辽宁省、吉林省民协共同承办的“一带一路”民间文化探源工程——闯关东文化的溯源与民间文化生态考察调研活动在四省展开。

5月9日至10日　“冰河·凌汛·激流·漩涡——冯骥才记述文化五十年”国际学术研讨会在天津大学冯骥才文学艺术研究院召开。“冯骥才记述文化五十年”精装套书由人民文学出版社同步推出。海内外120余位作家、艺术家、评论家、学者齐聚津门，共同研讨冯骥才的这套作品和他50年的文化人生。

5月9日至12日　“庆祝新中国成立70周年——大美民间中国花馍艺术节”在陕西省渭南市临渭区桃花源民俗文化园举办。

5月12日　大系出版工程编纂出版工作委员会在中国文联出版社召开专题会议。陈建文、潘鲁生、邱运华、黄涛、王锦强、刘晓翔出席会议，12个专家组的组长，12个首发示范卷的主编，中国文联出版社主要领导、责任编辑及有关工作人员共同参加会议。本次会议高效沟通了专家组、编委会、出版社及装帧设计三方面的意见、思路，充分统一了思想认识，确定了首批示范卷出版卷本，有效推进了各方面工作的进展。

5月14日　“《中国民间文学大系·说唱·安徽卷》编纂工作推进会”在安庆市召开。

5月21日　中国文联党组书记、副主席李屹，中国文联党组成员、副主席、书记处书记陈建文带队到中国民协调研，邱运华代表中国民协分党组就中国民协党的政治建设情况做了专题汇报。

6月初　民协分党组拟定了《中国民协“不忘初心、牢记使命”主题教育实施方案》，成立了以邱运华为组长的领导小组和以吕军为领导小组办公室负责人的组织架构，配齐配强工作班子，加强对主题教育全过程的指导。

6月3日　大系出版工程编纂出版工作委员会第七次会议在中国文联出版社召开。潘鲁生、邱运华、刘晓翔与出版社有关领导、工作人员参会。本次会议决定了《大系》封面和内文设计的若干问题，讨论了文本编辑与专家审读中出现的一些问题的解决办法。会议由潘鲁生主持。

6月17日至18日　“《中国民间文学大系·谜语·河南卷》编纂工作推进会”在安阳市召开。

6月19日至20日　“2019中国黄石西塞山区端午节民俗考察及高峰论坛”在湖北黄石举办。本次活动围绕世界非物质文化遗产西塞神州会的系列活动进行，包括由民众自发组织的盛大隆重的西塞神舟会祭祀、神舟踩街、神舟登江、送神舟等传统仪式。

6月21日　“《中国民间文学大系》民间故事卷全国编纂工作会”在辽宁省沈阳市召开。万建中、漆凌云出席会议，江帆、隋丽、乔台山、臧云翔、徐娟梅、郭伟宁、石随欣、石圆圆等其他省份故事卷主编、副主编，中国文联出版社责任编辑等40多位同志参加会议。会议特别邀请了国家级非遗项目“古渔雁故事”传承人刘则亭、辽东满族故事家黄振华进行现场讲述，江帆教授结合故事家的讲述情况进行了具体的“案例分析”，指导大家实际演练如何记录故事、如何写附记。

6月24日　中国文联党组成员、副主席、书记处书记陈建文带领文联机关有关部室领导对中国民协党的政治建设情况进行专题调研。分党组书记邱运华做了协会党建工作情况全面汇报。

中国民协分党组召开扩大会议专题研究党的政治建设整改工作情况，各处室负责人对照《中国文联对中央和国家机关工委党的政治建设重点督查情况的整改台账》中的18个方面，对涉及协会67个子项逐一进行了对标对表，查找问题和不足，剖析原因，提出整改措施。

6月28日　纪念西藏自治区民主改革60周年——《中国唐卡文化档案》第一次编辑工作会暨藏学出版青岛研讨会在青岛举行。

6月至9月　按照党中央的总体部署，根据中国文联的具体安排，民协分党组以处级以上领导干部为重点，组织协会全体党员开展了“不忘初心、牢记使命”主题教育。

7月　《2018中国艺术发展报告·民间文艺篇》在中国文联出版社出版发行。《中国艺术发展报告·民间文艺篇》已经连续编写了七年，在社会上具有了一定的影响力。本年度中国民协成立了新的编撰工作组，潘鲁生、邱运华任首席专家，由专家和中国民协共同撰写，受到业界广泛好评。

7月14日　“《中国民间文学大系·俗语·山东卷》编纂工作启动会”在枣庄市召开。

7月15日　冯元蔚逝世。

7月17日　“国家社科基金特别委托项目《中国唐卡文化档案》2019年工作推进会”在四川省甘孜州康定市召开。

7月19日至28日　由中国民协主办，河北省、内蒙古自治区民协共同承办的“一带一路”民间文化探源工程·草原丝绸之路考察调研活动在河北省张家口市、内蒙古自治区多伦县、正蓝旗、阿巴嘎旗、二连浩特市等地实施。

8月1日至3日　“我们的节日·乞巧节”在甘肃省西和县举行。2006年10月，西和县被中国民间文艺家协会命名为“中国乞巧文化之乡”。从2006年起，西和县已举办了十届乞巧节会，对传承、保护、发展这一优秀民俗节庆起到很好的作用。

8月5日至8日　2019中国古村落保护论坛暨玉树州第三届古村落保护学术研讨会在青海省玉树藏族自治州召开。

8月12日至25日　“2019年耶路撒冷国际艺术和手工艺博览会”在千年古城耶路撒冷成功举办，博览会由以色列旅游部和耶路撒冷市政府主办，以色列外交部协办，迄今已举办44届。博览会上展出了包括中国在内32个国家的300余名顶级手工艺术家的优秀作品。中国民协组织了来自陕西、四川、河南、北京的8名民间工艺家组成中国代表团参展，项目包括内画、凤翔泥塑、皮影、马勺脸谱、雀金绣、刻纸、扎染。

8月20日　大系出版工程编纂出版工作委员会第八次会议在中国民协召开。会议研究向中国文联党组报送《大系》设计方案、《大系·总序》定稿和大系出版工程领导小组及办公室、学术委员会、编纂出版工作委员会名单事宜，并对近期重点工作进行部署。潘鲁生、邱运华、吕军、侯仰军，中国文联出版社有关领导及工作人员等出席会议。潘鲁生强调，要从政治高度审读稿件，特别注意涉及民族、宗教、信仰等方面的作品更要严格把关。

8月21日至25日　2019年中国民协第一期深入学习贯彻习近平新时代中国特色

社会主义思想和党的十九大精神研讨班在大连市成功举办。

8月25日　潘鲁生、侯仰军应邀出席《光明日报》组织的深入学习贯彻落实习近平总书记考察甘肃、内蒙古重要讲话精神专题座谈会，并做了专题发言，与会专家共同探讨中国文化的传承与发展，深入交流中华文明的底气与精神。

8月30日　大系出版工程编纂出版工作委员会专题会议在中国民协召开。邱运华、万建中、黄涛、王锦强，中国文联出版社主要领导和相关工作人员参加会议。邱运华传达了文联党组会议的指示和意见。会议讨论确定了每个卷本的体量、原稿版权的处理、示范卷印量、分卷本排序规则、普及读本编撰等具体事宜。

9月11日至16日　中国（象山）开渔节暨"渔村振兴与海丝文化建设研究"主题论坛等活动在浙江省象山县举办。活动期间，在江苏省启东市、浙江省宁海县、象山县等沿海地区围绕滨海渔村现状、渔俗文化、民间信仰等主题开展了为期三天的考察调研活动。

9月13日　"中秋文化与家国情怀"大讲堂在河南郑州举行。

9月20日　大系出版工程编纂出版工作委员会专题会议在中国文联出版社召开。邱运华、暴淑艳、王锦强与中国文联出版社有关领导和责任编辑等参加会议。王锦强介绍了来稿情况和编撰进度，姚莲瑞介绍了示范卷编辑进度，尹兴助理介绍了示范卷设计和印刷工作进度，周劲松提出《谚语·河北卷》编辑过程中的问题等具体事宜，会议讨论了解决方案。

9月21日　"民歌之乡文化生态保护与乡村振兴"——中国吕家河民歌文化座谈会在湖北省十堰市丹江口市官山镇召开。

9月22日　"中国民间文学大系出版工程社会宣传推广活动——'武当大明峰杯'《山歌越唱越快活》——中国·吕家河民歌会"在湖北省十堰市丹江口市官山镇举行。

"《中国民间文学大系·传说·福建卷》编纂工作推进会"在福州市召开。

9月24至25日　"乡关何处·传统村落'空心化'问题及其对策"国际学术研讨会在天津大学冯骥才文学艺术研究院召开。

9月28日　"《中国民间文学大系·湖北卷》编纂工作者培训班"在武汉举办，承担《大系·湖北卷》编纂工作的各卷本主编、编委等60多人参加了培训。

10月15至17日　第三届中国木版年画国际会议在天津大学冯骥才文学艺术研究院召开。由著名作家、文化学者冯骥才先生牵头，来自国内外的专家学者、国家级非遗传承人、各地年画博物馆负责人等相关人员共计110余人参会。

11月2日　《中国民间工艺集成》示范卷编辑出版工作推进会在北京召开。中国文联副主席、中国民协主席潘鲁生，中国民协分党组书记、驻会副主席邱运华，中国民协副主席、河南省民协主席程建君，《中国民间工艺集成》总编审、中国艺术研究院研究员孙建君，青岛出版社总编辑刘咏，首批示范卷山东卷、江苏卷、广东卷、浙江卷、福建卷和拓展示范卷湖北卷、湖南卷、吉林卷、辽宁卷、河南卷的负责人参加了会议。

11月12日至22日　中国民协在北京举办我们的节日——“壮丽70年·阔步新时代”全国农民画创作展巡展。

11月13日至17日　中国民协分党组书记、驻会副主席、秘书长邱运华率团赴日本广岛进行访问。

11月24日至12月1日　应台湾创意游学协会邀请，中国民协办公室主任刘慧为团长的民间文艺小分队赴台，分别在新北、宜兰、新竹、台中、高雄、云林、苗栗等地的中、小学进行展演并与台湾当地民间艺术家进行专业交流。

11月28日　“2019全国民间文化进校园工作经验交流会”在广东汕头举行，来自全国各地的专家学者、民协负责人、学校校长、相关机构代表齐聚一堂，通过大会交流、分组讨论、实地考察等方式，共话文教融合的昨天、今天和明天。中国民协“民间文化进校园”活动自2015年底启动以来，至今已在北京、山东、四川、新疆、河南、辽宁、陕西、江西、河北、浙江等地举办12次，与一百多个学校建立起了常态的直接联系，对于全面提升青少年的文化素养、维护国家文化安全、增强国家文化软实力、推进国家治理体系和治理能力现代化、进一步增强文化自信具有不可估量的作用。

11月29日至12月2日　中国民协副秘书长周燕屏和对外联络处副处长李刚赴波兰参加我会在波兰华沙举办的“同一盏灯点亮丝路”中华彩灯主题灯展波兰站开幕式。此次灯展展出了包括大美中国、自然、假日等主题的36组彩灯作品，展期覆盖圣诞假期和中国新年，预计观众数量将在10万以上，是中国民协2019年至2020年一带一路沿线的重点活动。12月2日至12月5日赴德国进行访问，访问团拜访了德国哈瑙音乐家协会，与公司主要领导座谈，考察了法兰克福罗姆博格老城区室外演出场地、法兰克福布伦塔诺公园场地、考察法兰克福斯德海姆音乐教育基地展厅、德国哈瑙音乐家协会教育机构，与项目负责人了解场地情况、商讨灯彩展览细节和中国民间文化走进德国课堂有关事宜。

12月9日　“中国民间文学大系出版工程海南省故事卷、歌谣卷审稿会”在海口市召开。

12月9日至12日　中国民协在海南昌江黎族自治县举办“中国民协专委会培训暨2019年工作会议”。

12 月 22 日　第十四届中国民间文艺山花奖颁奖盛典在深圳举行。本届共评出优秀民间艺术表演作品 5 部，优秀民间文艺学术著作 4 部，优秀民间文学作品 3 部，优秀民间工艺美术作品 8 件。刘锡诚、刘魁立获得“中国文联终身成就民间文艺家”称号。

12 月 25 日上午　“中国民间文学大系出版工程首批成果出版座谈会”在中国文联报告厅召开。潘鲁生、邱运华、万建中、苑利、程建军、黄涛、王锦强等出席会议，大系出版工程学术委员会代表，编纂出版工作委员会各编辑专家组组长、首批示范卷主编、相关省民协负责人、中国文联出版社有关领导及工作人员参加座谈。

12 月 25 日下午　“中国民间文学大系出版工程首批成果发布会”在人民大会堂举行。李屹、冯骥才、陈建文、彭云、潘鲁生、邱运华、韩新安出席会议，大系出版工程学术委员会代表，编纂出版工作委员会各编辑专家组组长、首批示范卷主编，相关省民协负责人，中国文联相关部门负责人和中国文联出版社有关领导、责任编辑及工作人员、新闻媒体参加发布会。李屹、潘鲁生共同为首批图书成果揭幕，向国家图书馆及北京大学、清华大学、中国人民大学、北京师范大学、上海交通大学等高校图书馆赠送《中国民间文学大系》首批成果图书。与会领导向为编纂《中国民间文学大系》首批成果做出突出贡献的专家颁发了荣誉证书。冯骥才、李屹先后发表讲话。

第五部分

附录

中国民间文艺家协会山花奖历届获奖名单

第一届中国民间文艺山花奖

首届中华舞龙大赛（1999年）		
序号	省份	表演单位
1	湖北	武汉红金龙代表队
2	山东	济南槐荫区闫千户村舞龙队
3	江苏	南京栖霞舞龙队
4	江苏	徐州市鼓楼区“汉魂”舞龙队
5	湖南	湘西花垣县边城巨龙代表队
6	河南	周口地区项城市锣龙队
7	辽宁	大连市金州区女子舞龙队
8	浙江	浦江檀溪寺前村龙灯队

第二届中国民间文艺山花奖

首届中国民间文艺家成就奖评奖结果（成都·2000年）		
序号	奖项	姓名
1	终身成就奖	钟敬文
2	成就奖	董均伦
3	成就奖	贾　芝
4	成就奖	姜　彬
5	成就奖	肖崇素
6	成就奖	袁　珂
7	成就奖	康朗甩
8	成就奖	居素普·玛玛依

续表

9	成就奖	刘德培
首届民间广场歌舞大赛评奖结果（杭州·2000年）		
序号	节目名称	表演单位
1	《黄阁麒麟舞》	广东省番禺代表队
2	《盘鼓舞》	河南省开封市代表队
3	《板鞋抢亲》	广西壮族自治区贺州代表队
4	《淳安竹马》	浙江省淳安县代表队
5	《板凳龙》	浙江省浦江县代表队
6	《南宋街市》	浙江省杭州市上城代表队
7	《鼓舞太平》	甘肃省兰州市代表队
8	《海安花鼓》	江苏省海安代表队
首届影视民俗片评奖结果（成都·2000年）		
序号	影片名称	出品单位
1	《美从民间来》	北京电视台
2	《温都根查干》	内蒙古电视台
3	《汉江踏歌》	湖北襄樊电视台
4	《山神后人》	吉林省民协
5	《民间风》	北京电视台
6	《美哉，川北狮灯》	四川省绵阳电视台
7	《江海风》	江苏南通电视台 南通市民协
8	《掌心里的艺术世界》	河北省衡水市

第三届中国民间文艺山花奖

中华鼓舞大赛评奖结果（北京·2001年）		
序号	省份	作品名称
1	河南	《中州大咚鼓》
2	云南	《哈尼族芒鼓舞》
3	云南	《傣族象角鼓舞》
4	北京	《花钹大鼓》
5	浙江	《镇海龙鼓》

续表

6	安徽	《春到鼓乡》
首届学术著作奖评奖结果（北京·2001 年）		
序号	姓名	作品名称
◆最高荣誉奖		
1	钟敬文	《民间文艺学及其历史》
2	贾　芝	《播谷集》
3	姜　彬	《稻作文化与江南民俗》
◆特别奖		
1	刘魁立	《刘魁立民俗学论集》
2	宋兆麟	《中国生育信仰》
3	乌丙安	《中国民俗学》
4	刘锡诚	《中国原始艺术》
5	吕胜中	《意匠文字》
6	段宝林	《笑话——人间的喜剧艺术》
◆一等奖		
1	张振犁	《中原古典深化流变论考》
2	刘守华	《比较故事学》
3	郎　樱	《玛纳斯论》
4	仁钦道尔吉	《江格尔论》
5	降边嘉措	《格萨尔论》
6	潜明兹	《中国神源》
7	杨利慧	《女娲的神话与信仰》
8	左汉中	《中国民间美术造型》
9	周凯模	《云南民族音乐论》
10	马昌仪	《中国灵魂信仰》
11	汪玢玲	《中国虎文化研究》
12	萧　放	《〈荆楚岁时记〉研究》
13	高国藩	《敦煌民俗学》
14	张　晓	《西江苗族妇女口述史研究》
15	邓启耀	《中国巫蛊考察》

续表

序号	姓名	作品名称
16	陶　阳 牟钟秀	《中国创世神话》
◆二等奖		
1	巫瑞书	《荆湘民间文学与楚文化》
2	刘城淮	《中国上古神话通论》
3	富育光	《萨满教与神话》
4	郗慧民	《西北花儿学》
5	陈建宪	《神话解读》
6	过　伟	《中国女神》
7	徐华龙	《中国神话文化》
8	顾希佳	《祭坛古歌与中国文化》
9	斯钦巴图	《江格尔与蒙古族宗教文化》
10	吴一文 覃东平	《苗族古歌与苗族历史文化研究》
11	钱舜娟	《江南民间叙述事诗及故事》
12	陈泳超	《尧舜传说研究》
13	贺学君	《中国四大传说》
14	李树江	《回族民间文学史纲》
15	刘亚虎	《中华民族文学关系史》
16	杨　源	《中国民族服饰文化图典》
17	王纯信 尹国有	《吉林民间美术》
18	董晓萍	《乡村戏剧表演与中国现代民众》
19	郑土有 王贤森	《中国城隍信仰》
20	程　蔷 董乃斌	《唐帝国的精神文明》
21	叶大兵	《俗海探微》
22	陈　烈	《东巴祭天文化》
23	高有鹏	《中国庙会文化》
24	邢　莉	《观音——神圣与世俗》
25	曲彦斌	《民俗语言学》
26	王文宝	《中国民俗学发展史》

续表

序号	姓名	作品名称
27	江　帆	《民俗学田野作业研究》
28	罗汉田	《庇荫》
29	王正伟	《回族民俗学概论》
30	叶春生	《岭南民间文学》
31	山　曼 叶　涛 李万鹏 姜文华 王殿基	《山东民俗》
32	曹保明	《乌拉手记——东北民俗田野考察》
33	徐国琼	《格萨尔——考察纪实》
34	郭永明	《郭氏蒙古通》
35	韩雪峰	《红高粱：辽北习俗》
36	王　光	《寂寞的山神》
37	王建章	《中国南楚民俗学》
38	任　骋	《中国民间禁忌》
39	杨　琳	《中国传统节日文化》
40	李惠芳	《中国民间文学》
41	麻国钧 麻淑云	《中国传统游戏大全》
◆三等奖		
1	袁学骏	《耿村民间文学论稿》
2	覃桂清	《刘三姐纵横》
3	黄任远	《通古斯——满语族神话研究》
4	农学冠	《岭南神话解读》
5	许辉勋	《朝鲜民俗文化研究》
6	程健君	《民间神话》
7	赵志忠	《中国少数民族民间文学概论》
8	韩致中	《伍家沟村民俗与研究》
9	陈连山	《结构神话学》
10	李　扬	《中国民间故事形态研究》
11	刘介民	《从民间文学到比较文学》
12	武　文	《甘肃民间文学概论》

续表

序号	姓名	作品名称
13	黄永林	《郑振铎与民间文艺》
14	臧继骅	《民间工艺习俗》
15	张士闪	《艺术民俗学》
16	王　静 霍清廉	《民间百工》
17	韦兴儒	《艺术的功能》
18	刘　凯	《藏戏及乡人傩新识》
19	钱　茀	《傩俗史》
20	韩德英	《民间戏曲》
21	张凤岐 车　才	《朝阳秧歌大观》
22	蒙光朝	《壮师剧概论》
23	蔡丰明	《江南民间社戏》
24	段　伶	《白族曲词格律通论》
25	周国茂	《摩教与摩文化》
26	吴裕成	《中国的门文化》
27	陈华文	《丧葬史》
28	常人春	《红白喜事》
29	刘志文	《广州民俗》
30	蔡利民	《苏州民俗》
31	齐守成	《都市里的杂巴地》
32	宋德胤	《文艺民俗学》
33	邱国珍	《樟树药俗》
34	王明达 张锡禄	《马帮文化》
35	索晓霞	《无形的链接》
36	黄　挺	《潮汕文化源流》
37	金　涛	《舟山海洋龙文化》
38	李路阳 吴　浩	《广西傩文化探幽》
39	唐楚臣	《从图腾到图案》
40	朵藏才旦 格桑本	《天葬》

续表

序号	姓名	作品名称
41	阿布都克里木 热合满	《丝路民族文化视野》
42	张劲松	《中国鬼信仰》
43	罗义群	《中国苗族巫术透视》
44	山　民	《狐狸信仰之谜》
45	苑　利	《韩民族文化源流》
46	夏　敏	《红头巾下的村落之谜》
47	田传江	《红山峪村民俗志》
48	李福蔚	《西府民俗》
49	傅安辉 余达忠	《九寨民俗》
50	彭金山	《陇东风俗》
51	王定翔	《民间称谓》
52	魏　敏	《民间食俗》
53	孟宪明	《民间礼俗》
54	尉迟从泰	《民间禁忌》
55	马铁鹰	《梅山文化概论》
56	田发刚 谭　笑	《鄂西土家族传统文化概观》
57	马自祥 马兆熙	《东乡族文化形态与古籍文存》
58	郭泮溪	《中国民间游戏与竞技》
59	王亚南	《口承文化论》

民间工艺奖评奖结果（北京·2001年）

序号	姓名	类别	作品名称
◆金奖			
1	张宝林	面塑	《中国历代文化名人群像》
2	滕　腾	布糊画	《大威德怖畏金刚》
3	于庆成	泥塑	《王老五》
4	王　玲	陶艺	《九龙回归砚》
5	姚建萍	苏绣	《蒙娜丽莎》
6	刘丽敏 袁桂延	麦秆画	《五牛图》

续表

序号	姓名	类别	作品名称
7	曹燕波	惠山泥人	《琴、棋、书、画》
8	刘静兰	剪纸	《草原吉祥》
9	徐燕丰	高粱秆扎刻	《黄鹤楼》
10	阎夫立	钧艺	《石榴瓶》
◆银奖			
1	韩志耀	桃刻	《核舟记》
2	孙春峰	木刻	《蠢疯记忆中的三奶奶》
3	林炳生	寿山石雕刻	《镂空三链环》
4	张荣达	泥塑	《老来乐》
5	翟孟义	树皮雕	《东北农家小景》
6	陆洪章	木圆雕	《盆景》
7	漆林生	根艺	《喜玛拉雅之神》
8	伏兆娥	剪纸	《老鼠偷油》
9	王洪雁	编织	《手工编织套装》
10	王华平	瓜子壳粘贴画	《九龙壁》
11	薛大卫	琳琅镶嵌	《草原儿童》
12	刘　勇	根雕	《随风涅槃》
13	恭开华	根雕	《逆风飞扬》
14	青林海	蜡染	《瓦当四象方巾》
15	李海英	羽毛画	《金色满园》
16	张宪法	木板烙画	《清明上河图》
17	王中富	泥塑	《春播》
18	朱文立	汝官瓷	《荷花碗》
19	刘修绰	瓷刻	《迈克尔·乔丹》
20	杜松涛	瓷刻	《唐卡“净遍天”》
21	沅和平	手工制作	《九连环》
22	李　倩	小制作	《袖珍布鞋》
23	李鹏钧	木雕	《纳西之家》
24	和丽春	木雕	《马蹄踏出的文明》
25	王绣荣	绢人	《杨门女将》

续表

序号	姓名	类别	作品名称
26	张存世	紫砂砖雕	《西游记》局部
27	刘家鹏	根书	《虎王（上、中、下联）》
28	杨玉栋	脸谱	《国粹共弘扬》
29	王建华	墨鼓铜画	《唐女赏蕉图》
30	郭海龙 郭海博	铁画	《丰收后的喜悦》
31	蔡云弟	石壶	《寿桃套盒》

第四届中国民间文艺山花奖

首届剪纸艺术作品评奖结果（北京·2002年）			
序号	省份	姓名	作品名称
◆金奖			
1	北京市	赵炳诚	《统一大业》
2	陕西省	刘洁琼	《黄土高坡的歌》
3	内蒙古自治区	要红霞	《十二生肖》
4	江苏省	周　冰	《狂欢》
5	内蒙古自治区	郑胡蝶	《九鱼团花》
6	浙江省	林邦栋	《鱼跃龙门》《天女散花》（二幅）
7	辽宁省	王　力	《奥运世纪情》
8	广东省	张　拔	《舞龙》《舞狮》（二幅）
9	河北省	潘保琦 任玉德	《中华龙》
10	上海市	林曦明	《麦收时节》
◆银奖			
1	贵州省	王少丰	《傩之二》
2	内蒙古自治区	刘静兰	《望月》
3	天津市	王玉清	《国泰民安》
4	北京市	赵玉亮	《同根》
5	福建省	余忠惠	《一国两制》《和平统一》（四幅）
6	河北省	陈越新	《民族大团圆》
7	河北省	李宝峰	《团圆》

续表

序号	省份	姓名	作品名称
8	北京市	徐　阳	《赛龙舟》
9	福建省	朱学舜	《庆团圆》
10	河北省	石俊凤	《中国心》
11	江苏省	张　勤	《庭院》
12	辽宁省	蔡雅新	《藏书票》（二幅）
13	广东省	谭伯潮	《金桥连四海》
14	内蒙古自治区	段建君	《草原雄鹰》（二幅）
15	黑龙江省	毕再生等	《京剧脸谱》（四幅）
16	云南省	勾　弦	《版纳风情》
17	贵州省	陈文洪	《苗家拦路酒》
18	内蒙古自治区	王红川	《龙源福喜》
19	浙江省	刘启武	《清明上河图》
20	山西省	曹秀云	《八十七神仙卷》
◆铜奖			
1	浙江省	陈巨中	《庆团圆》（四幅）
2	山东省	耿延桢	《丹凤朝阳》
3	内蒙古自治区	荣凤敏	《欢庆》
4	山西省	郭梅花	《举国同庆》
5	内蒙古自治区	苏　梅	《幸福门》《团圆》（二幅）
6	山东省	王言昌	《一团和气》
7	天津市	李　强	《狮舞和平》
8	天津市	黄卫东	《团圆》
9	河北省	周淑英	《大吉大利》
10	河北省	焦新德	《中华大团结》
11	内蒙古自治区	王瑞兰	《草原恋》
12	陕西省	余泽玲	《兄妹植树》（团花）
13	黑龙江省	刘卫士等	《鄂伦春风情》
14	上海市	沈育林	《如意戏水》
15	上海市	吴祖德	民俗《剃满月头》
16	上海市	姚延林	《龙的传人》

续表

序号	省份	姓名	作品名称
17	江苏省	周蕴华等	《祖国万岁》
18	辽宁省	吴德新	《盼》
19	辽宁省	翟文慧 冯元平	《归来兮》
20	上海市	陈南君	《同里退思园》
21	湖北省	刘士标	《国泰民安》
22	重庆市	黄　钢	《我的中国心》
23	宁夏回族 自治区	胡希曾	《中华民族大团圆》
24	吉林省	倪友芝	《人参姑娘搭车》
25	山东省	郝　伟	《月神》
26	江西省	谷中和	《傩面》
27	河北省	石俊风 贾永玲	《和平有缘》
28	湖北省	何红一	《中华大家园》
29	河南省	许　煦	《和平景象》
30	云南省	沐正戈	《同心庆有余》

第二届民俗影视音像奖评选结果（北京·2002年）

序号	作品名称	出品单位
◆金奖		
1	《西南风情》	北京枫丹白露企划有限公司
2	《杨洛书的木版年画》	中国农业电影电视中心
3	《搬家—高原上的民族》	云南民族电视制作中心、山茶影视制作中心
4	《草原人家》	黄小源（个人）
5	《赫哲族的鱼皮衣》	北京服装学院
◆银奖		
1	《新疆少数民族习俗》	新疆哈密电视台
2	《寸跷传人》	河北电视台
3	《岜沙——一个苗族村寨的故事》	贵州省民协、贵州电视台
4	《卖钢针》	山西晋城电视台
5	《白族工匠村》	云南民族电视制作中心、山茶影视制作中心
6	《赫哲绝唱—伊玛堪》	黑龙江省民办、黑龙江电视台

续表

序号	作品名称	出品单位
7	《梦幻之神》	江西省萍乡市文联
8	《淮阳泥泥狗》	中国农业电影电视中心
9	《满汉全席》	辽宁省民协、沈阳市民协
10	《家在独龙江》	云南民族电视制作中心、山茶影视制作中心
◆铜奖（18名）		
1	《侗族大歌—人与山水的和声》	贵州电视台、贵州省政协、贵州省民协
2	《核桃园里闹红火》	河北电视台
3	《羌葬》	四川绵阳广播电视中心
4	《阔克麦西来甫》	新疆哈密电视台
5	《沧州落子》	河北电视台
6	《嘿肘阁》	河南开封电视台
7	《人龙》	湖南衡阳电视台
8	《正月里赛大猪》	广东汕头广播电视节目中心
9	《森林杂音的文化》	云南民族博物馆
10	《龙乡绝艺》	河南省民协、河南省电视台文体频道
11	《烧龙》	广东汕头广播电视节目中心
12	《阳城道情》	山西晋城电视台
13	《把根留住》	青海电视台、青海省文联民协
14	《陇东道情皮影》	甘肃庆阳电视台、甘肃省民协
15	《看天津》	天津市民协 天津电视台
16	《未被遗忘的声音》	北京图云影视策划有限公司
17	《神秘的邑沙》	中国农业电影电视中心
18	《阳城鼓书》	山西晋城电视台
◆提名奖		
1	《武安傩戏捉黄鬼》	中国农业电影电视中心
2	《剪》	江苏徐州电视台
3	《小脚女人》	山西晋城电视台
4	《蒿城金钹战鼓》	中央电视台海外中心
5	《潮汕工夫茶》	广东汕头广播电视节目中心
6	《庆阳民间刺绣》	甘肃庆阳电视台、甘肃省民协

续表

序号	作品名称	出品单位
7	《武安沟的打铜人家》	中国农业电影电视中心
8	《新疆少数民族风味小吃》	新疆哈密电视台
9	《八旗阵鼓舞》	黑龙江省民协

第五届中国民间文艺山花奖

民间工艺奖金奖			
序号	作者	类别	作品名称
1	滕　腾	布糊画	《密宗佛祖系列》
2	卢云山	皮革烙画	《鄂尔多斯婚礼》
3	刘　升	鱼皮画	《赫哲族鱼皮服饰》
4	沈锦丽	漆线雕	《九龙呈瑞》
5	张殿英	木版年画	《保护木版年画三大件》
6	李凤强	木雕	《侯门多福寿》
7	增他加	堆绣	《释加牟尼》
8	卢山义	陶瓷	《三彩刻画酒坛》
9	吴元新	服饰	《蓝印花布工艺品系列》
10	陈天春 林玉麟	寿山石雕	《夜宴桃李园》
11	袁洪滨	绵丝画	《白石老人》
12	倪秀梅	剪纸	《东北大豆香》

第六届中国民间文艺山花奖

民间工艺奖金奖			
序号	作者	类别	作品名称
1	尔宝瑞	蜡像	《齐白石》
2	郭海龙 郭海博	铁板浮雕	《丑娃》
3	王树元	木雕	《田园秋色》
4	庄长华	石雕	《皆大欢喜》
5	李凤强及研究所设计小组	木雕	《瑶池集庆》

续表

序号	作者	类别	作品名称
6	姚建萍 赵采芹	刺绣	《世纪和平——百鸽图》
7	张爱光	石雕	《秋色可餐》
8	高兆华	玉雕	《仿古鸳鸯三链瓶》
9	常　诚	布雕	《百子长卷》
10	张荣达	泥塑	《喜脉》

第七届中国民间文艺山花奖

民间文艺成就奖（个人成就奖）			
序号	省份	作者	作品及成就
1	江苏	吴元新	著有《中国蓝印花布纹样大全》
2	河北	张汝财	作品多次荣获省部级奖项和中国民间文艺山花奖
3	安徽	袁洪滨	《萨马兰奇肖像》
4	河南	阎夫立	著有《中国钧瓷》
5	河北	滕　腾	多次荣获省部级奖项和中国民间文艺山花奖
民间艺术（灯彩）奖			
序号	省份	作者、制作单位	作品名称
金奖			
1	广东	张金培、尹全 东莞市城区文化服务中心 东莞市勤上灯饰工程有限公司	《千角灯》
2	江苏	陈柏华 南京市句容市彩灯厂	《金鸡吉祥》
3	辽宁	沈阳市文化局 海天文化传播有限公司	《金鸡报晓》
4	浙江	胡金龙 海宁市硖石镇灯彩社	《采莲船》
5	四川	自贡灯会展出有限公司	《瓷器宫灯王》
银奖			
1	辽宁	海天文化传播有限公司	《山花烂熳》
2	辽宁	方振生、石立梅 沈阳市民间文艺家协会	《龙腾盛京》

续表

序号	省份	作者、制作单位	作品名称
3	江苏	顾业亮 南京夫子庙秦淮彩灯艺术中心	《秦淮娃娃闹春乐》
4	辽宁	张志武、赵宝田等 沈阳东祥灯业公司	《大清渊起》
5	甘肃	张树兴	《黄帝问道》
6	山西	高鑫玺、马锦林、候旭光 山西榆次老城	《宝珠麒麟灯》
7	广东	杜烈生	《鸿运富贵灯》
8	广西	潘铁明	《七彩花灯》
9	辽宁	海天文化传播有限公司	《西洋灯树》
铜奖			
1	浙江	俞进飞	《宝塔灯》
2	辽宁	张志武、赵宝田等	《荷花仙子》
3	辽宁	沈阳万胜灯会	《大秧歌》
4	辽宁	灯之城彩灯产业有限公司	《百福祈愿灯》
5	重庆	申永畅	《秀山花灯》
6	天津	天津市兴津工艺彩灯厂 陈向立	《莲年有鱼》
7	山西	李俊英	《布艺龙灯》
8	山西	焦培斌	《中国宫灯》
9	山西	郭二牛	《金鸡啼鸣》
10	山西	常嗣新、郑爱武	《中国结灯》
11	辽宁	沈阳飞机工业集团 有限公司	《长空利剑》
12	辽宁	沈阳市东祥艺术灯饰厂	《普天如意 · 人生多彩》
优秀奖			
1	浙江	俞进飞	《花篮灯》
2	浙江	海宁市硖石镇灯彩社 胡金龙	《品字亭灯》
3	甘肃	燕　刚	《敦煌飞天》
4	四川	自贡灯会展出有限公司	《玻璃试管恐龙》
5	吉林	赵　波	《鸡年大吉》
6	广西	潘庆权	《斗牛彩灯》
7	江苏	陈柏华 句容市彩灯厂陈柏华 工作室	《金鸡报晓》

续表

序号	省份	作者、制作单位	作品名称
8	天津	陈向立 天津市兴津工艺彩灯厂	《钟馗戏蝠》
9	山西	常嗣新、郑爱武	《大八仙过海灯》
组织奖			
序号	单位名称		
1	重庆市民间文艺家协会		
2	沈阳市文学艺术界联合会		
3	沈阳市民间文艺家协会		
4	江苏省民间文艺家协会		
5	浙江省民间文艺家协会		
6	广东省民间文艺家协会		
7	广西壮族自治区民间文艺家协会		
8	四川省民间文艺家协会		
9	甘肃省民间文艺家协会		
民间艺术表演奖（民间鼓舞鼓乐）			
序号	表演单位	推荐单位	作品名称
1	云南省昆明市东川区彝族神鼓舞队	云南省民协	《彝族神鼓舞》
2	山西省临汾市尧都区群众艺术馆	山西省临汾市尧都区政府	威风锣鼓《黄河雄风》
3	广东省汕头市濠江潮州音乐团	广东省民协	潮州大锣鼓《六国封相》
4	西藏自治区山南地区艺术团	西藏自治区民协	《卓舞》
5	山西省平遥国际金融家俱乐部	山西省民协	《边关鼓韵》
民间艺术表演奖（民间广场歌舞）			
序号	表演单位	推荐单位	作品名称
1	云南大理南涧彝族跳菜舞表演队	云南省民协	《跳菜舞》
2	广东省湛江文车醒狮艺术团	广东省民协	《雷州雄狮展英姿》
3	广东省东莞市樟木头文化站	广东省民协	《麒麟戏钱鼓》
4	贵州省毕节地区赫章县歌舞团	贵州省民协	《彝族铃铛舞》
5	福建闽西客家艺术团 福建龙岩山歌剧团	福建省民协	《绿蓑衣》

续表

民间艺术表演奖（民俗礼仪表演）			
序号	表演单位	推荐单位	作品名称
1	河北省抚宁县文联代表队	河北省民协	《四美容》
2	山西省忻州八音艺术团	山西省民协	《山水关豪情》
3	陕西省子长县文体局	陕西省民协	《翻身道情、兰花花、大摆队》
4	青海省民协	青海省民协	《大鹏翱翔》（夏格雪金）
5	辽宁省辽阳市黄家鼓乐班	辽宁省民协	《月上佳人》

第八届中国民间文艺山花奖

民间工艺美术作品奖（2006—2007年）			
序号	省份	作者	作品名称
1	湖南	邬建美	《人与自然》
2	西藏	旦　巴	《千手观音》
3	江苏	段炳臣	《同里退思园》
4	江苏	吴元新	《桌旗系列》
5	贵州	苗　艺	《苗族的传说》
6	河南	邵波、刘保青	《图腾系列》
7	湖南	彭若君	《荷塘鹭色》
8	河南	阎夫立	《金镶玉工艺壶》
9	福建	林福星	《千工拔步床》
10	福建	沈锦丽	《九龙献瑞》
11	江苏	苏州市苏绣文化艺术研究中心	《毛泽东在北戴河》
12	天津	王　玓	《八仙过海》
13	河北	金一鸣	《情》
14	浙江	王笃芳	《大唐马球竞技》
15	山东	张　冰	《千福》
16	山西	梁峻维	《农家出勤》
17	江西	孙同鑫、孙立新	《十里春风满长安》
18	河南	王　玲	《黄河岸边是我家》

续表

序号	省份	作者	作品名称
19	福建	郑则评	《玺印春秋》
20	江苏	姚建萍	《父亲》
21	江苏	徐海林	《郑和宝船》
22	山西	李斌杰	《山西民歌系列》
23	陕西	高金爱	《爱虎》
24	浙江	林邦栋	《西部开发新路》
25	江苏	张秀芳	《鹤舞云霄》
26	甘肃	金香莲	《农耕生活》
27	河北	张冬阁	《戏曲人物集锦》
28	河南	秦竹林	《蝈蝈白菜》
29	江苏	江苏爱涛艺术精品有限公司	《剔红九龙海水纹天球瓶》
30	青海	才让当周	《释迦牟尼本生传》
31	河北	河北省乐亭县文化体育局	《乐亭皮影雕刻》
32	江西	周信兴	《奥运微雕象牙笔》
33	浙江	张德和	《茅屋·秋风》
34	北京	齐聪颖	《京剧绢人》
35	吉林	彭祖述	《牡丹颂》
民间艺术表演奖			
序号	省份	节目名称	表演单位
1	四川	《白蛇传》《穆柯寨》	四川省江油市高抬戏表演艺术团
2	广东	《争荣弃耻》《七姐下禺山》	广东省广州市番禺区化龙潭山飘色队
3	山西	《穆桂英挂帅》	山西省民间抬阁艺术团
4	山东	《王小赶脚》《三打白骨精》	山东省章丘市芯子代表队
5	广东	《欢乐神州》《龙马精神》	广东省茂名市信宜镇隆明珠飘色团
民间文艺学术著作奖			
序号	省份	作者	著作名称
1	河北	郑一民、田永翔、薄松年	《中国民间剪纸集成·蔚县卷》
2	河南	吴效群	《妙峰山：北京民间社会的历史变迁》
3	上海	郑土有	《吴歌叙事山歌演唱传统研究》
4	浙江	姜彬、金涛	《东海岛屿文化与民俗》

续表

序号	省份	作者	著作名称
5	北京	阿地里·居玛吐尔地	《玛纳斯》史诗歌手研究
6	北京	王　静	《中国的吉普赛人——慈城堕民田野调查》
7	北京	曲六乙、钱茀	《东方傩文化概论》
8	山西	朱景义、朱文	《孝义皮影戏史话》
9	北京	刘　建	《宗教与舞蹈》
10	浙江	张　琴	《中国蓝夹缬》
11	广西	王甲辉、过伟	《台湾民间文学》
12	山东	张士闪	《乡民艺术的文化解读》
13	辽宁	吉国秀	《婚姻仪礼变迁与社会网络重建》
14	吉林	郭淑云	《多维学术视野中的萨满文化》
民间文学奖			
序号	省份	作者	作品名称
1	广西	宾　炜	《升旗升旗》
2	湖北	尹全生	《舔血的狼》
3	山东	孙高群	《草原上的情人节》
4	吉林	张国心	《好媳妇千里挑一》
5	上海	郁林兴	《墙壁为谁留》
6	新疆	罗蜀疆	《巴特，乔龙和白隼》
7	江苏	徐风清	《背着老娘游黄山》
8	黑龙江	赵守玉	《死也不换娘》
9	辽宁	江　帆	《谭振山故事精选》
10	云南	陶贵学	《中国云南花腰傣民间文学作品集》
11	江苏	殷召义	《徐州民间歌谣集》（三册）
12	浙江	张长弓	《古歌悠扬》
13	新疆	马雄福	《西域民间故事》
民间文艺终身成就奖			
序号	省份	姓名	
1	北京	贾　芝	
2	新疆	居素普·玛玛依	
3	四川	冯元蔚	
4	河南	张振犁	

续表

民间文艺成就奖		
序号	省份	姓名
1	北京	刘锡诚
2	北京	刘魁立
3	北京	陶　阳
4	北京	段宝林
5	天津	张　仲
6	辽宁	乌丙安
7	湖北	刘守华
8	广西	过　伟
9	河北	宋孟寅
10	湖南	林　河
11	甘肃	柯　杨
12	甘肃	郝苏民
13	福建	陈炜萍
14	贵州	范　禹
15	山西	刘　琦
16	内蒙古	胡尔查
17	云南	王　松
18	江苏	周正良
19	吉林	富育光
20	上海	罗永麟

特别贡献奖	
序号	获奖单位
1	苏州市文学艺术界联合会
2	相城区人民政府

组织工作奖	
序号	获奖单位
1	中共苏州市相城区委宣传部
2	苏州市相城区文学艺术界联合会

第九届中国民间文艺山花奖

民间艺术表演奖（2008—2009年）		
民俗礼仪表演奖		
序号	作品名称	代表队
1	《赛龙夺锦》	广东省广州市番禺区沙湾镇文化体育服务中心
2	《蝶恋梁祝》	浙江省宁波市鄞州区咸祥镇抬阁队
3	《吉祥土默川》	内蒙古自治区呼和浩特市土默特左旗民间艺术团
4	《一举夺冠》	广东省广州市番禺南村镇文联
5	《小二姐游春》	安徽省寿县正阳关民间艺术团

民间文艺学术著作奖			
序号	作者	类别	作品名称
1	钟敬文 萧放等	民俗学	《中国民俗史》
2	张振犁 陈江风 任　骋	民俗志	《中原文化大典·民俗典》
3	顾希佳	民间文学	《浙江民间故事史》
4	武宇林	民间文学	《中国花儿通论》
5	徐艺乙	民俗学	《中国民俗文物概论》
6	段友文	民俗学	《黄河中下游家族村落民俗与社会现代化》
7	朱恒夫	民间艺术	《滩簧考论》
8	周来达	民间艺术	《百年越剧音乐新论》
9	曲彦斌	民俗学	《中国典当史》
10	张敏杰	田野调查	《赫哲族渔猎文化遗存》
11	李云峰 李子贤 杨甫旺	民间文学	《梅葛的文化学解读》
12	岳永逸	民俗学	《空间、自我与社会：天桥街头艺人的生成与系谱》
13	刘晓峰	民俗学	《东亚的时间》
14	田　明	民间艺术	《土家织锦》
15	刘亚虎	民间文学	《神话与诗的“演述”》
16	刘铁梁	民俗志	《中国民俗文化志·北京门头沟区卷》
17	林继富	民间文学	《民间叙事传统与故事传承——以湖北长阳都镇湾土家族故事传承人为例》
18	何克俭 杨继国	民俗志	《宁夏民俗大观》

续表

民间文学作品奖			
序号	作者	类别	作品名称
1	靳宏琴 佟　涛	故事	《喀左·东蒙民间故事》(全套)
2	周静书	歌谣	《梁祝文库》(民间歌谣上、下卷)
3	朱海容	长诗	《华抱山》全集
4	殷召义 宜昌文联	故事	《中国民间故事全书·徐州卷》 《中国民间故事全书·宜昌卷》
5	袁学骏 刘　寒	故事	《耿村一千零一夜》(全套)
6	龙殿宝等	歌谣	《仫佬族古歌》
7	陆瑞英 周正良 陈泳超	故事 歌谣	《陆瑞英民间故事歌谣集》
8	傅英仁 张爱云 朱佳新	故事	《傅英仁满族故事》
9	白　琅	新故事	《60年后的握手》
10	吴林森	新故事	《糖心山芋》
11	丰国需	新故事	《看一眼一百万》
12	范大宇	新故事	《迪珍姑娘》
13	钱　岩	新故事	《有一条路叫幸福》

民间工艺美术作品奖				
序号	省份	作者	类别	作品名称
1	福建	沈锦丽	漆线雕	《九龙球》
2	河北	承德市龙腾艺术馆	布糊画	《龙凤宝相瓶》
3	福建	王宝生	木雕	《腾飞》
4	浙江	郑宝根	竹根雕	《点睛》
5	江苏	万亚钧	紫砂壶	《华诞提梁壶》
6	江西	孙立新	传统薄胎瓷	《江南春晓瓷灯》
7	吉林	冯宇平	偶人	《琼楼清韵》
8	浙江	朱炳仁	铜雕	《桥》
9	江苏	宋水官	橄榄核雕	《乘风破浪》
10	江苏	姚建萍刺绣艺术馆	苏绣	《江山如此多娇》

续表

序号	省份	作者	类别	作品名称
11	浙江	吴松江	石雕	《江南民居系列》
12	辽宁	刘吉程	面塑	《金陵十二钗》
13	浙江	陈盖洪	木雕	《万工轿》
14	天津	陈毅谦	彩塑	《弘一法师》
15	江苏	孙林泉 周　平	玉雕	《吉祥三宝·和》
16	河南	韩玉琴	刺绣	《忠孝图》
17	河北	张增楼	内画	《十二生肖》
18	青海	官却扎西	唐卡	《无量光佛 极乐世界》
19	江西	张小红	夏布	《清明上河图》
20	黑龙江	付清泉	鱼皮工艺	《远古的回声》
21	湖南	彭若君	湘绣	《百鸟朝凤》
22	陕西	胡新明	泥塑	《坐虎》
23	江苏	鲍峰岩	紫砂壶	《怡烛提梁壶》
24	新疆生产建设兵团	杨新平	烙画	《军垦情系列》
25	河南	高水旺	唐三彩	《三彩啃蹄马》
26	江苏	韩荣庆	邮票 拼贴画	《温总理情系汶川灾区》
27	湖南	漆林生	根雕艺术	《伊甸园》
28	浙江	孟永国	彩色发绣	《温家宝》
29	江苏	吕俊杰	紫砂壶	《追古提梁壶》
30	福建	连铁杞 徐元宝 林友华	木雕	《宝塔》
31	浙江	赵秀林	铜雕	《兰亭序》
32	广东	何永麟	雕刻	《金易宝》
33	宁夏	李五奎	黑陶	《刻岩画罐》
34	湖南	柳建新	湘绣	《荷塘清趣》
35	湖北	黄春萍	刺绣	《屹立的国旗》

续表

民间文艺成就奖		
序号	省份	姓名
1	吉林	曹保明
2	黑龙江	王士媛
3	河北	郑一民
4	北京	段宝林
5	广西	农冠品（壮族）
6	广东	罗学光
7	重庆	陈帮贵
8	江苏	吕尧臣
9	甘肃	马自祥（东乡族）
民俗影像作品奖		
序号	作品名称	选送单位
1	《京族－哈节》	广西民间文艺家协会
2	《贵州屯堡文化》	天津电视台
3	《寻吟“东巴”》	四川宜宾电视台
4	《大地吹歌》	秦皇岛电视台
5	《川江绝响》	北京科学教育电影制片厂
6	《天边的部落》	新疆兵团电视台
鼓舞鼓乐奖		
序号	省份	作品名称
1	新疆	《庆丰收》
2	河南	《开封盘鼓舞》
3	云南	《德昂族水鼓舞》
4	河北	《鼓舞尧乡》
5	浙江	《红妆鼓乐》
6	湖南	《湘西苗族鼓舞》
7	贵州	《鼓之源》
8	江西	《得胜鼓》

第十届中国民间文艺山花奖

民间工艺美术作品奖（2010—2011年）				
序号	省份	作者	类别	作品名称
1	江苏	张红华	紫砂陶	《大双竹提梁壶》
2	江苏	凌锡苟	紫砂陶	《日月同辉壶》
3	浙江	裘群珠	金银彩绣	《甬城风情图》
4	江苏	薛金娣	刺绣	《捣练图》
5	北京	张宝珍	面塑	《霸王别姬》
6	河南	阎夫立	钧瓷	《大团结》
7	江苏	吴灵姝　吴元新 宋晓鑫　陈正飞	民间印染	《夹缬系列·喜鹊登梅》
8	山东	周志娟	绒绣	《贤明带来丰收与和平》
9	福建	林　鹤	寿山石雕	《西岳云台歌》
10	山东	郭万祥	剪纸	《花开芙蓉》
11	江西	刘滨鸿	陶瓷	《金秋》
12	江西	陆　岩	陶瓷	《映日荷花》
13	广东	广东省广州市番禺区化龙镇潭山村代表队	贡案	《长生殿》
14	广东	广东省东莞市望牛墩镇文广中心代表队	贡案	《仙凡缘》
15	河北	周　广	剪纸	《八仙》
16	山西	杨　毅	剪纸	《河东婚俗》
17	辽宁	韩月琴	剪纸	《双龙汇》（四幅一组）
18	福建	林　东	寿山石	《孙悟空过火焰山》
19	浙江	周体灵	昌化石	《龙宫取宝》
20	江苏	苏州五昌堂刺绣艺术馆	苏绣	《维摩演教图》
21	浙江	季劭聪	宝剑	《明剑》
22	安徽	俞　青	砚雕	《大江东去》
23	吉林	彭祖述	石雕	《论语》
24	江西	熊国辉	陶瓷	《江南情》
25	河北	刘佳文	皮影	《乐亭皮影－五虎上将》

续表

序号	省份	作者	类别	作品名称
26	安徽	卢群山　卢涛	彩陶	《蒜头罐》
27	河南	王　玲	文房四宝	《八仙如意砚》
28	浙江	金龙法	木雕	《大叶紫檀多宝阁》
29	广东	李定宁　李斌成	雕塑	《盛世乾坤》(57 层象牙球)
30	陕西	刘洁琼	布堆画	《沃土灵花》
31	湖南	邬建美	湘绣	《雄狮》
32	山东	张运祥	木版年画	《山东潍县年画》
33	青海	赛志·东智才旦	唐卡	《大圆满》
34	福建	潘惊石	玉石	《五毒辟邪图》
35	河北	张汝财	内画	《天然水晶内画烟壶四代伟人肖像》一套(8件)
36	浙江	朱军岷	熔铜	《沃若》
37	浙江	陈明伟	木雕	沉香木雕《人参如意》
38	江苏	蔡梅英	苏绣	《姑苏繁华图》(长卷)

民间艺术表演奖(民俗礼仪表演)

序号	省份	节目名称	表演单位
1	湖北	土家族穿号子《细碗莲花》	王爱民、王爱华(土家族)
2	贵州	侗族大歌《蝉之歌》	贵州省黔东南苗族侗族自治州黎平县岩洞农民大歌艺术团(侗族)
3	内蒙	漫瀚调《大河畔上栽柳树》	奇附林(蒙古族)
4	云南	《嫁女调》(纳西族民歌)	和金花(纳西族)
5	陕西	信天游《老祖先留下个人爱人》	雒胜军、雒翠莲(汉族)

民间艺术表演奖(民间广场歌舞)

序号	省份	节目名称	表演单位/表演者
1	辽宁省	《海城高跷秧歌》	海城市民间高跷秧歌艺术团
2	吉林省	《象帽舞》	延边汪清象帽舞表演艺术团
3	河北省	《井陉拉花》	河北省井陉县教育局
4	贵州省	《给拖裹》	贵州省纳雍县滚山珠艺术团
5	青海省	《幸福欢歌》	青海省玉树州土风歌舞团

续表

民间艺术表演奖（民间鼓舞鼓乐）			
序号	省份	节目名称	表演单位
1	青海	《高原鼓韵》	青海海北州民族歌舞团
2	广西	《鼓动瑶山》	广西贺州市八步区瑶族长鼓表演队
3	江苏	《留左大鼓——普天乐》	南京留左大鼓表演团
民间艺术表演奖（舞龙）			
序号	省份	节目名称	表演单位
1	重庆	《二龙戏珠》	重庆市铜梁县文化馆
2	四川	《四川泸州雨坛彩龙》	四川省泸县文化体育广播电影电视局
3	浙江	《东海长龙》	宁波市鄞州区东海长龙队
4	湖南	《城步吊龙舞》	湖南城步下团苗乡飞龙组委会
5	广东	《滚地金龙》	广东省陆丰市大安镇南溪滚地金龙队
民间艺术表演奖（民间绝技绝艺）			
序号	省份	节目名称	表演单位
1	广东	《越涧穿火展英姿》（高桩醒狮）	广东湛江文车醒狮艺术团
2	贵州	《武陵神功》	贵州松桃苗族自治县
3	浙江	《宁海平调“耍牙”》	宁海平调剧团耍牙代表队
4	北京	《弓、刀绝技表演》	周全盛
5	福建	《欢庆》	福建建瓯挑幡艺术团

民间文艺学术著作奖				
序号	省份	作者	类别	作品名称
1	北京	车锡伦	民间文学	《中国宝卷研究》
2	北京	王宪昭	民间文学	《中国各民族人类起源神话母题概览》
3	北京	杨利慧	民间文学	《神话与神话学》
4	辽宁	詹　娜	民俗学	《农耕技术民俗的传承与变迁研究》
5	浙江	王　静	民俗学	《慈城年糕的文化记忆》
6	广西	黄桂秋	民俗学	《壮族社会民间信仰研究》
7	内蒙	郭雨桥（永明）	民俗学	《细说蒙古包》
8	北京	孟慧英	民俗学	《中国原始信仰研究》
9	北京	巫允明	民间艺术	《中国原生态舞蹈文化》
10	浙江	周静书　施孝峰	民间文学	《梁祝文化论》

续表

序号	省份	作者	类别	作品名称
11	内蒙	何秀芝 杜拉尔·梅	民俗学	《我的先人是萨满》
12	甘肃	王贵生	民间艺术	《剪纸民俗的文化阐释》
13	天津	中国木版年画研究基地（丛书整体申报）	田野调查	《中国木版年画传承人口述史丛书》
14	湖北	向柏松	民间文学	《神话与民间信仰研究》
15	北京	毛巧晖	民间文学	《20世纪下半叶中国民间文艺学思想史论》
16	北京	岳永逸	民俗学	《灵验·磕头·传说—民众信仰的阴面与阳面》
17	江苏	长北（张燕）	民间艺术	《中国手工艺·漆艺》
18	北京	董晓萍等	民俗学	《北京民间水治》
民间文学作品奖				
序号	省份	作者	类别	作品名称
1	辽宁	夏秋等	民间文学作品	《满族民间故事·辽东卷》上中下
2	广西	韦苏文等	民间文学作品	《中国民间创世史诗集成·广西卷》
3	四川	冀文正	民间文学作品	《珞巴族民间故事》
4	浙江	刘尚才等	民间文学作品	《十里红妆婚嫁传说》
5	江苏	王宇明等	民间文学作品	《中国民间故事全书江苏·南通市（区）卷》
6	上海	毛一昌	新故事创作	《搭上世博的航船》
7	河北	邢　东	新故事创作	《五分钟事件》
8	浙江	方赛群	新故事创作	《钓鱼场上的奇遇》
9	河北	周宝忠	新故事创作	《小偷还钱》
10	河北	刘六良	新故事创作	《惊心的子弹壳》
11	江西	吴帮国	新故事创作	《为了一个约定》
12	河北	杨辉素	新故事创作	《亲不亲，一家人》
13	江苏	叶林生	新故事创作	《茅山兵魂》

第十一届中国民间文艺山花奖

民间艺术表演奖（民间绝技绝艺）			
序号	省份	节目名称	表演单位
1	河南	孙氏“十六挂转秋”	河南省洛阳市白马寺镇孙村秋艺社
2	青海	土族轮子秋表演	青海省互助土族自治县轮子秋表演队

民间艺术表演奖（民间广场歌舞）			
序号	省份	节目名称	表演单位
1	辽宁	《高跷秧歌“庆丰收”》	辽宁省大洼县西安镇上口子民间高跷秧歌艺术团
2	贵州	《革家踩亲舞》	贵州黔东南凯里市龙场镇革家歌舞队
3	河北	火火的秧歌扭起来	昌黎县艺术团
4	湖北	土家族撒叶儿嗬	湖北长阳土家族自治县民间艺术团
5	陕西	腰鼓《欢天喜地》	绥德县文化馆

民间艺术表演奖（民俗礼仪表演）			
序号	省份	节目名称	表演单位
1	陕西	《地台社火》	陇县文化馆
2	江苏	《跳幡神》	江苏省溧阳市社渚镇嵩里村
3	广西	《大酬雷》	广西西乡塘区陈东村师公团
4	山西	《庙前高跷》	山西省太原市民协庙前高跷表演队
5	河北	《桃林坪花脸社火》	河北井陉桃林坪花脸社火表演队

民间艺术表演奖（舞龙）			
序号	省份	节目名称	表演单位
1	广西	《平安芭蕉龙》	广西长塘镇定西村楞仲坡
2	福建	《集美弄龙阵头》	厦门市集美区宣传部集美大学
3	江西	《龙腾鱼跃》	青云谱城南龙灯表演队
4	浙江	《百叶龙》	长兴百叶龙艺术团
5	广东	《湛江人龙舞》	湛江人龙舞艺术团

续表

民间艺术表演奖（民间灯彩）			
序号	省份	节目名称	表演单位
1	福建	《荷塘月色》	陈达增
2	广东	《国色天香刨花灯》	林燕华、陈棣桢
3	山东	《年年有余》	淄博凤舞花灯有限公司
4	浙江	《高照马》	陈益民等
5	江西	《人物香灯》	婺源县文化馆、婺源县岩前村

民间文艺学术著作奖				
序号	省份	作者	类别	作品名称
1	北京	万建中	民间文学	《20 世纪中国民间故事研究史》
2	湖北	刘守华	民间文学	《佛经故事与中国民间故事演变》
3	北京	陈连山	民间文学	《山海经》学术史考论
4	贵州	吴秋林 王金元 郎丽娜	民间文学	《“蒙恰”古歌研究》
5	浙江	何晓道	民间艺术	《江南明清建筑木雕》
6	重庆	余继平	民间艺术	《乌江流域民族民间美术》
7	北京	张　锠	民间艺术	《中国泥人张彩塑艺术》
8	甘肃	牛　乐	民间艺术	《素壁清晖——临夏砖雕艺术研究》
9	江西	于清华	民间艺术	《香炉造物艺术研究·战国至宋代的香炉》
10	北京	张　勃	民俗学	《明代岁时民俗文献研究》
11	浙江	陈华文 陈淑君	民俗学	《浙江民间丧俗信仰研究》
12	天津	吴　真	民俗学	《为神性加注——唐宋叶法善崇拜的造成史》
13	湖南	李跃忠	民俗学	《演剧、仪式与信仰——民俗学视野下的例戏研究》
14	北京	林继富	民俗学	《清江流域土家族始祖信仰现代表述研究》
15	贵州	刘　锋 吴小花	调查报告	《刻道》
16	广东	储冬爱	调查报告	《城中村的民俗记忆——广州珠村调查》
17	吉林	曹保明	调查报告	《闯关东年画》

续表

民间工艺美术作品				
序号	省份	类别	作者	作品名称
1	江苏	紫砂	冯群星 徐　芳	《吴经提梁》
2	福建	石雕	林邵川	《风吹芦花鱼满篓》
3	安徽	砚雕	俞　青	《飞流直下三千尺》
4	江苏	紫砂	季益顺	《国色天香壶》
5	江苏	石雕	蔡云娣	《人生三忆》一组三件
6	河南	汝瓷	朱钰峰	《如意尊》
7	浙江	雕刻	吴圣东	《船鼓》
8	广东	泥塑	吴闻鑫 吴宏城 吴光让	《出花园》
9	福建	木偶	庄宴红	《布袋木偶》
10	福建	木偶	陈成科	《百福如意》
11	北京	风筝	哈亦琦	《五龙燕》
12	广东	骨雕	张民辉	《和谐之城》
13	河南	刺绣	王素华	《百鸟朝凤》全卷
14	北京	陶艺	高学花	《墙头》
15	江苏	核雕	陆小琴	《二十四孝》
16	吉林	满族剪纸	关云德	《天宫大战》
17	安徽	竹根雕	洪建华	《十八罗汉》
18	吉林	剪工木艺	郭玉华	《威振长白》
19	浙江	木雕	刘小平	《人间万象》
20	福建	寿山石	郑幼林	《其乐融融》
21	北京	内画壶	刘江华	《〈红楼梦〉内画全集》
22	四川	传统技艺类	陈云华	《苦乐清凉》
23	江西	陶瓷	屠丽青	《花语芬芳》
24	青海	唐卡	陈玉秀	《释迦牟尼》
25	辽宁	桃核微雕	韩志耀	《上河图》
26	浙江	刺绣	林　霞	《原·衍生》
27	湖南	湘绣	周艳群	《八月》
28	天津	木雕	王树元	《人物纹屏风》

续表

序号	省份	类别	作者	作品名称
29	福建	寿山石雕	刘爱珠	《和谐（荷叶）文房四宝》
30	宁夏	剪纸	郑飞雁	《窗花映彩塞上天》
31	浙江	木雕	陈明伟	《骨木镶嵌万工床》
32	山东	黑陶	苏兆起 苏日华	《蛋壳陶系列》
33	江苏	云锦	金　文	《万里长城》
34	浙江	木雕	吴尧辉	《赏乐》
35	河北	珀晶	张雅军	《大闹天宫》
36	江苏	丝毯	李玉坤丝毯研制组	《北京千年风景图》
37	广东	陶塑	王增丰	《画坛之光》
38	江西	陶瓷	岑　艳	《飞舞的思绪》
39	福建	陶瓷	陈明良	《志在书中》
民间文学作品奖				
1	贵州	民间文学作品	余未人 杨正江	《苗族英雄史诗（亚鲁王）》
2	四川	民间文学作品	阿牛木支 吉则利布 孙正华	《彝族克智译注》
3	浙江	民间文学作品	周静书 施孝峰	《中华龙传说》
4	内蒙	民间文学作品	铁木尔布和	《内蒙古民间故事全书·阿拉善右旗卷》
5	广东	民间文学作品	林朝虹 林伦伦	《全本潮汕方言歌谣评注》
6	广西	民间文学作品	韩家权 潘其旭等	《布洛陀史诗》
7	湖北	民间文学作品	刘　民	《再世嫦娥钱六姐研究文集》
8	天津	新故事创作	柴兴志	《追到姑娘就有房》
9	安徽	新故事创作	江永年	《老师你好》
10	河北	新故事创作	於全军	《血仍未冷》
11	浙江	新故事创作	陈效平	《挖出来的风波》
12	江苏	新故事创作	徐树建	《开店情缘》
13	安徽	新故事创作	章川封	《谁是过河卒》
14	湖北	新故事创作	方光晴	《巧女节》

续表

民俗影像作品奖			
序号	省份	作品名称	参评者
1	甘肃	《冬季牧场》	赵国鹏、陈莉、张三奎
2	甘肃	《窑洞人家过大年》	丁如玮、王光达、陈雯惠、田冰
3	内蒙	《阿拉善烤全羊》	赛仁、黄志伟、吉日木图、塔娜
4	浙江	《我们的节日一端午温州》	潘一钢、管红艳、黄碧红、周骏
5	四川	《坚守》	赵军、张涛、张泽松、林渤
6	新疆	《家在云端》	纪林、阿布来提、托乎提、玉克赛克、西加艾提

第十二届中国民间文艺山花奖

民间工艺美术作品奖				
序号	省份	类别	作者	作品名称
1	天津	彩塑	王润莱	《私塾》
2	福建	石雕	叶　子	《琴瑟和鸣》
3	安徽	砚台	程礼辉	《徽州无梦·套砚》
4	北京	牙雕	张　贺	《梁红玉》
5	江苏	紫砂陶	刘军华	《凌竹壶》
6	山东	面塑	王晓燕（延凤）	《金陵十二钗》
7	广东	砖雕	何世良	《六国大封相》
8	河南	刺绣	王丽敏	《释迦牟尼佛》
9	浙江	漆艺	黄才良、陈龙	《十里红妆系列》
10	广东	农民画	王汉池	《客家山歌农民画组画》
11	上海	文房四宝	吴笠谷	《歙石达摩面壁砚》
12	江苏	刺绣	姚惠芬	《生态之殇》
13	江苏	玉雕	马洪伟	《象尊》
14	福建	陶瓷	林鸿福	《民族风·中国梦》
15	河北	漆　器	许晓芳	《脱胎金漆镶嵌千秋瓶》
16	江苏	核雕	许忠英	《十二月花神》
17	浙江	竹根雕	周秉益	《福贵齐芳》
18	江苏	砖雕	钱建春	《移动砖雕门楼》

续表

序号	省份	类别	作者	作品名称
19	浙江	木雕	吴尧辉	《〈大唐盛世〉系列组雕》
20	安徽	歙砚	钱胜东	《兰亭雅集》
21	吉林	剪纸	闫雪玲	《萨满九女神》
22	浙江	石雕	钱高潮	《紫气东来》
23	江苏	扎染立屏	焦宝林	《水浒一百零八人物图》
24	福建	陶瓷	连紫华	《仿宋木雕观音》
25	广东	手工刺绣	朱斌辉	《五伦图》
26	福建	漆线雕	蔡超荣	《虎踞龙盘》
27	广东	石雕	陈学农	《秋硕图》

民间艺术表演奖（舞龙）

序号	省份	节目名称	表演单位
1	福建	《五龙呈祥庆太平》	上杭县艺术中心五龙民俗表演队
2	江苏	《龙舞稻花香》	苏州市民协、苏州科技学院舞龙表演队
3	广西	《壮族板鞋龙》	广西贺州市八步区壮族板鞋龙队
4	湖南	《烟花龙舞》	浏阳市强盛龙狮艺术团
5	浙江	《拼字龙》	温州市龙湾区民协拼字龙表演队

民间艺术表演奖（民间广场歌舞）

序号	省份	节目名称	表演单位
1	河北	《老摽嘎妈闹花灯》	滦县铁牡丹农民秧歌队
2	广西	《金锣舞》	广西田东民间歌舞表演队
3	西藏	《欢快锅庄》	西藏那曲地区群众艺术馆
4	云南	《老虎笙》	云南楚雄双柏彝族老虎笙表演队
5	广东	《鹰雄相斗竞风流》	广东廉江市舞鹰雄艺术团

民间艺术表演奖（民俗礼仪表演）

序号	省份	节目名称	表演单位
1	河北	《安头屯中幡》	香河县安头屯中幡表演队
2	广东	《南国麒麟舞吉祥》	东莞市清溪镇 文化广播电视服务中心
3	河南	《新东兴武狮图》	浚县伾山街道东关村
4	山西	《稷山高跷走兽》	稷山高跷走兽艺术团
5	江西	《南丰傩舞》	南丰县市山镇流坊大傩班、琴城镇水北大傩班

续表

民间艺术表演奖（民间绝技绝艺）			
序号	省份	节目名称	表演单位
1	河北省	《火焰山》	乐亭县文化遗产传承中心
2	山东省	《泰山石敢当为民除害保平安》	泰安市泰山皮影艺术研究院
3	浙江省	《水漫金山》	海宁皮影艺术团有限公司

民间文艺学术著作奖				
序号	省份	类别	作者	作品名称
1	北京	民间文学	刘锡诚	《二十世纪中国民间文学学术史》上下卷
2	天津	田野考察报告	天津大学冯骥才文学艺术研究院	《天津皇会文化遗产档案丛书》
3	北京	民间文学	杨利慧 张成福	《中国神话母题索引》
4	湖北	田野考察报告	宜昌市文联	《中国民俗志·湖北省宜昌市卷》
5	甘肃	民俗学	满　珂	《神圣、世俗与性别关系：中国甘肃省东乡族的民族志考察》
6	上海	民间艺术	郑土有 奚吉平	《中国农民画考察》
7	北京	民间文化	邢　莉	《内蒙古区域游牧文化的变迁》
8	上海	民间文学	黄景春 程　蔷	《中国古代小说与民间信仰》

民俗影像作品奖评选结果				
序号	省份	作者	作品名称	单位
1	四川	钱路劼 晓　雪 尹向东等	《金沙江飞排》	峨眉电影集团有限公司
2	北京	巫允明	《土族传统仪式〈跳於菟〉》	中国艺术研究院舞蹈研究所
3	广西	黄秋源 凌日胜 郑　栋	《孙头坡抢花炮》	广西南宁市邕宁区人民政府
4	新疆	叶尔肯	《摇床仪式》	青河县广播电视局
5	内蒙	单乌兰其其格 敖云达来 包玲玲	《鄂尔多斯祝赞词精品集》	内蒙古民间文艺家协会
6	甘肃	李　克	《布格勒萨伊》	甘肃中融视觉文化传播有限公司

续表

民间文学作品奖评奖结果				
序号	省份	作者	类别	作品名称
1	辽宁	陈维彪	民间文学作品类	《何钧佑锡伯族长篇故事》
2	江西	甘少华 方树成 龚顺荣等	民间文学作品类	《中国民间故事全书·江西抚州县卷本》
3	贵州	吴一文等	民间文学作品类	《苗族史诗通解》
4	山东	黄　胜	新故事创作	《大雁的眼泪》
5	河北	孙瑞林	新故事创作	《牡丹乡的百年梦》

第十三届中国民间文艺山花奖

优秀民间艺术表演			
序号	省份	节目名称	表演单位
1	河北	《放驴》	河北省定州市子位吹歌民间艺术学校
2	湖北	《幺姑筛茶来》	湖北省恩施市非物质文化遗产保护传承展演中心
3	西藏	《山南鼓舞》	西藏自治区山南市琼结县久河村卓舞表演队
4	广东	《禾楼舞》	广东省云浮市郁南县“禾楼舞”表演队
5	贵州	《布依族火龙》	贵州省册亨县者楼村火龙表演队
优秀民间文艺学术著作			
序号	省份	作者	作品名称
1	中直	陈泳超	《背过身去的大娘娘：地方民间传说生息的动力学研究》
2	浙江	顾希佳	《运河记忆——嘉兴船民生活口述实录》
3	中直	贺学君	《中国民间叙事诗史》
4	中直	林继富	《中国民间游戏总汇》

优秀民间文学作品				
序号	省份	作者	类别	作品名称
1	黑龙江	李海生	民间文学	《东北民间故事》（上、下）
2	广西	廖明君 韦丽忠	民间文学	《刘三姐歌谣·风俗歌卷》
3	河南	甘桂芬	新故事	《不为天子为良匠》

续表

优秀民间工艺美术作品				
序号	省份	作者	类别	作品名称
1	广东	范安琪	陶瓷	《戏曲人物》
2	江苏	施冬妹 任建华 王杨春等	红木雕刻	《姑苏繁华图》
3	浙江	陈彩平	仙居花灯	《和颜悦色》
4	山东	付绍相	陶艺雕塑	《一带一路》
5	河南	苗　炜	刺绣	《美人记》
6	福建	陈礼忠	石雕	《秋荷听雨》
7	福建	郑春辉	木雕	《桃花源》
8	四川	着　着	农民画	《南丝路一带缘，藏汉人一家亲》

第十四届中国民间文艺山花奖

优秀民间文艺学术著作		
序号	作者	作品名称
1	王宪昭	《中国创世神话母题实例与索引》(全三册)
2	黄景春	《中国宗教性随葬文书研究：以买地券、镇墓文、衣物疏为主》
3	杨先让 杨　阳	《黄河十四走》(上、中、下)
4	阿木尔巴图 苗　瑞	《蒙古族传统美术——图案》(上、下)

优秀民间文学作品			
序号	作者	类别	作品名称
1	黄志林 周功清	民间文学	《苍南童谣》
2	申法海	民间文学	《中原民间经歌》
3	李　燕	新故事	《卧底鱼》

优秀民间艺术表演作品			
序号	作品	类别	表演单位
1	《泸州雨坛彩龙》	舞龙	四川省泸县文体新广局
2	《雪热巴传奇》	鼓舞鼓乐	西藏索县攒丹雪热巴队
3	《欢欢乐乐唱起来》	民歌	李成刚　余金松
4	《淝水流韵》	鼓舞鼓乐	安徽省寿县文广新局
5	《娇阿依》	民歌	重庆市彭水苗族土家族 自治县文化馆

续表

优秀民间工艺美术作品			
序号	作者	类别	作品名称
1	王金祥	木雕家具	《通作文人书房小架子床》
2	薛宏权	皮影	《番王》
3	佘可燕 康惠芳 佘远彧	刺绣	《岁朝清供》
4	李守白	剪纸	《上海童谣》
5	鲍明沛	紫檀镶嵌	《箍桶记》(一组10件)
6	张　硕	砚雕	《万佛朝宗》
7	冯　伟 冯久和	石雕	《惠风和畅》
8	胡堂山 钟秀琴	核雕	《深圳之春》(一组15颗)

中国民间文艺家协会编纂、出版成果目录

序号	年份	出版物名称	作者 / 主编	出版单位	备注
1	1950	民间文艺集刊（第一册）	中国民间文艺研究会 编	新华书店	
2	1950.12	民间音乐丛书（6本）	中国民间文艺研究会 编；安波 整理	海燕书店	新文艺出版社1954.5再版
3	1951.03	陕北民歌选	中国民间文艺研究会 主编；何其芳、张松如 选辑	新文艺出版社	民间文学丛书
4	1951.04	嘎达梅林（蒙古民间故事诗集）	中国民间文艺研究会 主编；陈清漳等 编译	海燕书店	民间文学丛书；新文艺出版社1954.11再版
5	1951.05	民间文艺集刊（第二册）	中国民间文艺研究会 编	人民文学出版社	
6	1951.06	信天游选	中国民间文艺研究会 主编；严辰 编	海燕书店	民间文学丛书；新文艺出版社1954.12再版，上海文艺出版社1959.6三版
7	1951.07	河北民间歌曲选	中央音乐学院研究部 收集整理；中国民间文艺研究会 编辑	上海万叶书店	
8	1951.09	民间文艺集刊（第三册）	中国民间文艺研究会 编	人民文学出版社	
9	1951.10	中国出了个毛泽东（歌谣集）	中国民间文艺研究会 编	人民出版社	
10	1952.01	东蒙民歌选	中国民间文艺研究会 主编；安波、许直 合编	新文艺出版社	民间文学丛书
11	1952.03	传麦种	中国民间文艺研究会 主编；董均伦 采录	人民文学出版社	
12	1953	阿细民歌及其语言	袁家骅 著	科学出版社	
13	1953.05	阿细人的歌	中国民间文艺研究会 主编；光未然 整理	人民文学出版社	民间文学丛书；1958.11再版；1959.5第3版
14	1953.05	爬山歌选（一、二、三集）	中国民间文艺研究会 主编；韩燕如 编	人民文学出版社	民间文学丛书
15	1953.06	婚姻问题的歌谣	中国民间文艺研究会 整理	北京宝文堂书店	
16	1953.07	陕甘宁老根据地民歌选	中国民间文艺研究会 编；中央音乐学院民族音乐研究所 整理	新音乐出版社	音乐出版社1957.5第2次印
17	1954.01	毛泽东的故事和传说	中国民间文艺研究会 整理	工人出版社	

续表

序号	年份	出版物名称	作者 / 主编	出版单位	备注
18	1954.09	青海民歌选	中国民间文艺研究会 主编； 纪叶 编	人民文学出版社	民间文学丛书
19	1955.01	东北民间歌曲选	中国民间文艺研究会 编； 前东北鲁迅文艺学院音乐部暨东北音乐专科学校 收集整理	音乐出版社	
20	1956.01	三件宝器	董均伦、江源 著； 刘继卣 插图	中国少年儿童出版社	
21	1956.03	隐身草（民间故事集）	中国民间文艺研究会 编	中国少年儿童出版社	
22	1956.04	青蛙骑手（少数民族民间故事集）	中国民间文艺研究会 编	中国少年儿童出版社	
23	1956.05	一棵石榴树的国王（维吾尔民间故事集）	中国民间文艺研究会 编	作家出版社	
24	1956.07	逃婚调（傈僳族长歌）	中国民间文艺研究会 编； 徐琳、木玉璋 搜集； 徐琳、木玉璋、曾芪 整理	作家出版社	
25	1957.01	凤凰和金豆子（民间故事）	中国民间文艺研究会 主编； 邢伯夫等 整理； 王叔晖等 插图	通俗文艺出版社	
26	1957.05	茅山歌	中国民间文艺研究会 主编； 高泽 编	作家出版社	民间文学丛书
27	1957.12	大别山老根据地歌谣选	中国民间文艺研究会 主编； 冬池 采辑	作家出版社	
28	1958.01	人民公社好	中国民间文艺研究会 编	作家出版社	
29	1958.03	英雄艾里 · 库尔班	中国民间文艺研究会 主编； 沙比托夫、乌受尔 · 穆罕默德 讲述； 新疆维吾尔自治区文联 搜集整理	通俗文艺出版社	
30	1958.03	内蒙古民歌	中国民间文艺研究会 主编； 奥其、松来 合译	通俗文艺出版社	
31	1958.05	柳州宜山山歌选	中国民间文艺研究会 主编； 宜山农民报编辑部 选辑	通俗文艺出版社	
32	1958.05	农村大跃进歌谣选	中国民间文艺研究会 编	作家出版社	
33	1958.06	民间文学工作者必读	中国民间文艺研究会 主编； 克鲁宾斯卡亚、希捷里尼可夫 著； 马昌仪 译	作家出版社	
34	1958.06	康藏人民的声音（藏族民歌集）	中国民间文艺研究会 主编； 李刚夫 整理	作家出版社	民间文学丛书
35	1958.07	向民歌学习	中国民间文艺研究会 编	作家出版社	民间文学论丛之二

续表

序号	年份	出版物名称	作者 / 主编	出版单位	备注
36	1958.07	大规模地收集全国民歌	中国民间文艺研究会 编	作家出版社	民间文学论丛之一
37	1958.07	苏联民间文学论文集	中国民间文艺研究会 编	作家出版社	
38	1958.07	工矿大跃进歌谣选	中国民间文艺研究会 编	作家出版社	
39	1958.08	十三陵水库歌谣	中国民间文艺研究会 编	作家出版社	
40	1958.08	玉仙园	中国民间文艺研究会 主编； 董均伦、江源 记	作家出版社	1959.3 再版
41	1958.08	召树屯（附：嘎龙）	中国民间文艺研究会 主编； 岩叠、陈贵培、刘绮、王松 翻译整理	作家出版社	民间文学丛书
42	1958.09	跃进爬山歌选	中国民间文艺研究会 主编； 北京大学中文系 56 级 4 班毛泽东文艺社 编	作家出版社	
43	1958.09	洪古尔	中国民间文艺研究会 主编； 边垣 编写	作家出版社	
44	1958.09	哈迈（大苗山苗族民歌集）	莫清总、梁老岩、贾老绍等 唱； 肖甘牛、覃桂清 整理	作家出版社	
45	1958.12	民歌与诗风	中国民间文艺研究会 编	作家出版社	民间文学论丛之三
46	1958.12	中国民间故事选（两卷集）	中国社会科学院文学研究所、中国民间文艺研究会 主编； 贾芝、孙剑冰 编	人民文学出版社	
47	1959.02	什么是口头文学	中国民间文艺研究会 主编； 梭柯洛夫 著； 连树声、崔立滨 译； 冯南江 校	作家出版社	
48	1959.03	中国民间故事集	贾芝、孙剑冰 编	作家出版社	中国科学院文学研究所中国各民族民间文学丛刊之一
49	1959.03	少数民族大跃进歌谣选	中国民间文艺研究会 编	作家出版社	
50	1959.04	革命歌谣选集（青年实话丛书之一）	中国民间文艺研究会资料室	中国民间文艺研究会资料室 1959 年翻印	根据中央革命根据地 1934 年版翻印
51	1959.04	二郎捉太阳	贾芝 编	人民文学出版社	文学小丛书
52	1959.08	阿凡提的故事（维吾尔族民间故事）	中国民间文艺研究会 编	作家出版社	
53	1959.09	福建歌谣	中国民间文艺研究会 主编； 《热风》编辑部 编	人民文学出版社	中国各地歌谣集丛书

续表

序号	年份	出版物名称	作者 / 主编	出版单位	备注
54	1959.10	西藏歌谣	中国民间文艺研究会 主编； 中共西藏工委宣传部 编	人民文学出版社	中国各地歌谣集丛书
55	1959.11	辽宁歌谣	中国民间文艺研究会 主编； 辽宁民间文艺研究会 编	人民文学出版社	中国各地歌谣集丛书
56	1959.11	安徽歌谣	中国民间文艺研究会 主编； 安徽省文化局 编	人民文学出版社	中国各地歌谣集丛书
57	1959.12	广东歌谣	中国民间文艺研究会 主编； “广东歌谣”编委会 编	人民文学出版社	中国各地歌谣集丛书
58	1959.12	四川歌谣	中国民间文艺研究会 主编； 中共四川省委宣传部 编	人民文学出版社	中国各地歌谣集丛书
59	1960	湖南民间故事	中国民间文艺研究会 主编； 中国作家协会湖南分会 编	人民文学出版社	中国各地民间故事集丛书
60	1960	吉林民间故事	中国民间文艺研究会 主编	人民文学出版社	中国各地民间故事集丛书
61	1960.04	山西歌谣	中国民间文艺研究会 主编； 山西省民间文艺研究会筹备委员会 编	人民文学出版社	中国各地歌谣集丛书
62	1960.04	义和团故事	中国民间文艺研究会 主编； 河北省民间文艺研究会 编	人民文学出版社	中国各地民间故事集丛书
63	1960.04	河北歌谣	中国民间文艺研究会 主编； 河北省民间文艺研究会 编	人民文学出版社	中国各地歌谣集丛书
64	1960.04	甘肃歌谣	中国民间文艺研究会 主编； 甘肃省文化局 编	人民文学出版社	中国各地歌谣集丛书
65	1960.04	娥并与桑洛	中国民间文艺研究会 主编； 云南省民族民间文学德宏调查队搜集翻译整理	人民文学出版社	中国民间叙事诗丛书
66	1960.04	梅葛	中国民间文艺研究会 主编； 云南省民族民间文学楚雄调查队 搜集翻译整理	人民文学出版社	中国民间叙事诗丛书
67	1960.04	民歌作者谈民歌创作	中国民间文艺研究会研究部 编	作家出版社	
68	1960.05	阿细的先基	中国民间文艺研究会 主编； 云南省民族民间文学红河调查队 搜集整理	人民文学出版社	中国民间叙事诗丛书
69	1960.05	阿诗玛	中国民间文艺研究会 主编； 云南省人民文工团圭山工作组等 搜集整理	人民文学出版社	中国民间叙事诗丛书
70	1960.06	安徽民间故事	中国民间文艺研究会 主编； 安徽文学艺术工作者联合会 编	人民文学出版社	中国各地民间故事集丛书
71	1960.06	上海歌谣	中国民间文艺研究会 主编； 中共上海市委宣传部 编	人民文学出版社	中国各地歌谣集丛书

续表

序号	年份	出版物名称	作者 / 主编	出版单位	备注
72	1960.06	陕西歌谣	中国民间文艺研究会 主编； 中共陕西省委宣传部 编	人民文学出版社	中国各地歌谣集丛书
73	1960.06	青海歌谣	中国民间文艺研究会 主编； 中共青海省委民族民歌搜集整理办公室编	人民文学出版社	中国各地歌谣集丛书
74	1960.07	新疆歌谣	中国民间文艺研究会 主编； 中国作家协会新疆维吾尔自治区分会编	人民文学出版社	中国各地歌谣集丛书
75	1960.07	内蒙古歌谣	中国民间文艺研究会 主编； 中国作家协会内蒙古分会等 合编	人民文学出版社	中国各地歌谣集丛书
76	1960.07	葫芦信	中国民间文艺研究会 主编； 云南省民族民间文学西双版纳调查队搜集翻译整理	人民文学出版社	中国民间叙事诗丛书
77	1960.08	云南歌谣	中国民间文艺研究会 主编； 中共云南省委宣传部 编	人民文学出版社	中国各地歌谣集丛书
78	1961.12	中国谚语资料（上、中、下）	中国民间文艺研究会资料室 主编； 兰州艺术学院文学系55级民间文学小组 编	上海文艺出版社	
79	1962	苗族民间故事选	中国民间文艺研究会 主编； 贵州省民间文学工作组 编	人民文学出版社	民间文学丛书
80	1962	云南各族民间故事选	中国民间文艺研究会 主编； 中国作家协会昆明分会 编	人民文学出版社	民间文学丛书
81	1962.12	民间文学搜集整理问题（第一集）	中国民间文艺研究会 编	上海文艺出版社	
82	1978.11	中国歌谣选（第一集 近代歌谣）	中国民间文艺研究会、中国社会科学院文学研究所各民族民间文学组 编	上海文艺出版社	中国各民族民间文学丛刊之二
83	1979	青海民族民间文学资料——传统《花儿》专集	中国民间文艺研究会青海分会 编	中国民间文艺研究会青海分会印	
84	1979	青海民族民间文学资料——土族文学专辑（一）（二）（三）	中国民间文艺研究会青海分会 编； 青海师范学院中文系等 整理	中国民间文艺研究会青海分会印	
85	1979	青海民族民间文学资料——撒拉族专集	中国民间文艺研究会青海分会 编； 青海师范学院中文专科等 搜集、翻译	中国民间文艺研究会青海分会印	
86	1980	青海民族民间文学资料——谚语、歇后语专集	中国民间文艺研究会青海分会 编	中国民间文艺研究会青海分会印	
87	1980	青海民族民间文学资料——回族专集	中国民间文艺研究会青海分会 编	中国民间文艺研究会青海分会印	
88	1980.04	中国歌谣选（第二集 新中国歌谣）	中国民间文艺研究会、中国社会科学院文学研究所各民族民间文学组 编	上海文艺出版社	中国各民族民间文学丛刊之二

续表

序号	年份	出版物名称	作者 / 主编	出版单位	备注
89	1980.05	中国民间文学论文选（1949—1979）上册	中国民间文艺研究会上海分会、上海文艺出版社 编	上海文艺出版社	
90	1980.05	中国民间文学论文选（1949—1979）中册	中国民间文艺研究会上海分会、上海文艺出版社 编	上海文艺出版社	
91	1980.05	中国民间文学论文选（1949—1979）下册	中国民间文艺研究会上海分会、上海文艺出版社 编	上海文艺出版社	
92	1980.06	吉林民间故事选（1949—1979）	中国民间文艺研究会吉林分会 编	吉林人民出版社	
93	1980.07	中国民间故事选（第一、二集）	中国社会科学院文学研究所、中国民间文艺研究会 主编； 贾芝、孙剑冰 编	人民文学出版社	2 版 2 次印；中国各民族民间文学丛刊之一
94	1981	东乡族民间故事集	郝苏民、马自祥 编	中国民间文艺出版社	
95	1981.01	岳阳楼的传说（湖南地方风物传说）	中国民间文艺研究会湖南分会 主编； 童咏芹 搜集整理	湖南人民出版社	
96	1981.01	浙江风物传说	中国民间文艺研究会浙江分会 编	浙江人民出版社	浙江民间文学丛书
97	1981.01	田螺少年（日本民间故事）	[日]坪田让治 著； 季颖译； 秦龙 插图	中国民间文艺出版社	民间文学小丛书
98	1981.01	蛇神（非洲民间故事）	任泉、刘芝田、张志明 译	中国民间文艺出版社	民间文学小丛书
99	1981.04	新园集	贾芝 著	中国民间文艺出版社	民间文学理论研究丛刊
100	1981.04	看花楼	中国民间文艺研究会河南分会、河南人民出版社少年儿童读物编辑室、河南省群众艺术馆 合编	河南人民出版社	河南民间故事丛书之一
101	1981.05	高尔基与民间文学	[苏]尼·皮克萨诺夫 著； 林陵、水夫、刘锡诚 译； 磊然 校	中国民间文艺出版社	民间文学理论研究丛书
102	1981.05	论傣族诗歌	祜巴勐 著； 岩温扁 译	中国民间文艺出版社（云南版）	云南少数民族文学丛书
103	1981.06	民间文学论丛	中国民间文艺研究会研究部 编	中国民间文艺出版社	
104	1981.06	中草药传说故事	缪文渭 搜集整理； 金全昌 插图	中国民间文艺出版社	民间文学小丛书
105	1981.06	苗族民间故事选	中国民间文艺研究会贵州分会 主编； 燕宝 编	上海文艺出版社	少数民族民间文学丛书
106	1981.06	川陕苏区红色歌谣选	川陕革命根据地历史研究会 编	中国民间文艺出版社	
107	1981.06	德国民间滑稽故事	[德]英格里德·埃希勒等 选编； 刘建设、蒋仁祥 译	中国民间文艺出版社	民间文学小丛书

续表

序号	年份	出版物名称	作者 / 主编	出版单位	备注
108	1981.07	郑板桥的故事	许凤仪 搜集整理	中国民间文艺出版社	民间文学小丛书
109	1981.07	三门峡的故事	中国民间文艺研究会河南分会、河南人民出版社少年儿童读物编辑室、河南省群众艺术馆 合编； 顾丰年 搜集整理； 高撼 插图	河南人民出版社	河南民间故事丛书之二
110	1981.07	他就是陈司令	许邦 搜集整理	中国民间文艺出版社	
111	1981.08	镜泊湖民间故事选	中国民间文艺研究会黑龙江分会编	黑龙江人民出版社	
112	1981.08	民间情歌	董森 编	中国民间文艺出版社	
113	1981.08	密洛陀（布努瑶创世史诗）	蓝怀昌、蓝书京、蒙通顺 搜集整理翻译	中国民间文艺出版社	
114	1981.09	傣族古歌谣	云南少数民族文学丛书编委会 编； 岩温扁、岩林 译	中国民间文艺出版社	云南少数民族文学丛书
115	1981.09	金湖之神（傣族文学资料之一）	中国社会科学院少数民族文学研究所云南分所、云南省社会科学院民族民间文学研究所、中国民间文艺研究会云南分会 编； 岩林 翻译	中国民间文艺出版社（云南版）	
116	1981.10	满族民间故事选	中国民间文艺研究会辽宁、吉林、黑龙江三省分会 编	春风文艺出版社	
117	1981.10	南岳的传说	中国民间文艺研究会湖南分会 主编； 衡山县文化局 编	湖南人民出版社	
118	1981.11	带刀的人（柬埔寨民间故事）	陈彻 译	中国民间文艺出版社	民间文学小丛书
119	1981.11	民间文艺集刊（第一集）	中国民间文艺研究会上海分会 编	上海文艺出版社	
120	1981.11	西南少数民族风俗志	《思想战线》编辑部 编	中国民间文艺出版社（云南版）	云南少数民族文学丛书
121	1981.12	泰山的传说	中国民间文艺研究会山东分会、山东泰安地区文化局、山东泰安县文化局 编	中国民间文艺出版社	
122	1981.12	桂林山水的传说	李肇隆、郭金良、秦焕艺 搜集整理	中国民间文艺出版社	
123	1981.12	泰山传说故事	中国民间文艺研究会山东分会、山东泰安地区文化局、山东泰安县文化局 编	中国民间文艺出版社	
124	1981.12	阿凡提的故事	戈宝权 主编	中国民间文艺出版社	
125	1981.12	云南少数民族机智人物故事选	云南少数民族文学丛书编辑委员会 编	中国民间文艺出版社（云南版）	云南少数民族文学丛书
126	1981.12	巴克依家的老三（维吾尔族民间故事）	袁丁 搜集整理	中国民间文艺出版社	

续表

序号	年份	出版物名称	作者 / 主编	出版单位	备注
127	1981.12	中国少数民族民间故事选（上册）	中国少数民族文学学会 编	中国民间文艺出版社	
128	1981.12	阿拉伯民间笑话	万曰林、刘谦、徐平 译	中国民间文艺出版社	民间文学小丛书
129	1982	黄山的传说	黎邦农 编	中国民间文艺出版社	
130	1982	缅甸民间故事选	貌阵昂 编著； 殷涵 译	中国民间文艺出版社	
131	1982	朝鲜族民间故事选	中国民间文艺研究会延边分会 主编	上海文艺出版社	少数民族民间文学丛书
132	1982	布依族民间故事集	汛河 搜集整理	中国民间文艺出版社	
133	1982	苏州的传说	苏州市文学艺术界联合会 编	上海文艺出版社	中国各地风物传说之二
134	1982.01	武当山的传说	湖北省民间文艺研究会、湖北省群众艺术馆、武当山风景区管理处 编	中国民间文艺出版社	地方风物传说故事
135	1982.02	中国地方风物传说选（第一集）	中国民间文艺出版社 编	中国民间文艺出版社	中国民间故事传说丛书
136	1982.02	骆驼泉（撒拉族民间故事集）	中国民间文艺研究会青海分会 主编； 马学义 搜集整理	青海人民出版社	
137	1982.03	阿布·纳瓦斯的故事	N.st 伊斯干达尔 编； 许友年 翻译	中国民间文艺出版社	
138	1982.03	嵩山的传说	《中岳》编辑部 编	中国民间文艺出版社	
139	1982.03	金苹果引起的战争（希腊神话故事）	[苏]柯恩 著； 卉青 译	中国民间文艺出版社	民间文学小丛书
140	1982.04	白族民间故事传说集（中国民间故事传说丛书）	中国民间文艺研究会 主编； 李星华 记录整理	中国民间文艺出版社	再版
141	1982.04	民间文艺集刊（第二集）	中国民间文艺研究会上海分会 编	上海文艺出版社	
142	1982.04	云南少数民族文学论集（第一集）	中国少数民族文学学会云南分会 编	中国民间文艺出版社（云南版）	
143	1982.05	凤凰鸟（菲律宾民间故事）	[菲]马克沁慕·拉乌柯斯等 著； 锡锟 译述	中国民间文艺出版社	民间文学小丛书
144	1982.05	太湖传说故事	江苏省民间文学工作者协会苏州市分会 编	中国民间文艺出版社	
145	1982.05	中国少数民族民间故事选（下册）	中国少数民族文学学会 编	中国民间文艺出版社	
146	1982.06	儿歌	中国民间文艺出版社 编	中国民间文艺出版社	民间文学小丛书
147	1982.06	谜语	中国民间文艺出版社 编	中国民间文艺出版社	民间文学小丛书

续表

序号	年份	出版物名称	作者 / 主编	出版单位	备注
148	1982.06	马其顿民歌	邹海仑 译	中国民间文艺出版社	
149	1982.06	樱桃树（阿拉伯民间故事）	任泉、万曰林、刘谦、徐平 译	中国民间文艺出版社	
150	1982.08	镇江民间故事	镇江市民间文艺研究会 编	中国民间文艺出版社	
151	1982.08	鲁班与老君	甄茂枢 搜集整理	中国民间文艺出版社	
152	1982.08	峨眉山的传说	张承业 搜集整理	中国民间文艺出版社	1983.2 第二次印刷
153	1982.08	兰竹荔枝	中国民间文艺研究会福建分会 主编；李乡浏等 整理	福建人民出版社	福建民间文学丛书
154	1982.09	人参姑娘（人参故事）	中国民间文艺研究会吉林分会 编	吉林人民出版社	
155	1982.09	突尼斯民间故事	韩宝光 译	中国民间文艺出版社	
156	1982.10	民间文学研究文集	中国民间文艺研究会浙江分会 编	中国民间文艺研究会浙江分会 印	
157	1982.10	百花点将台	中国民间文艺研究会吉林分会 编	吉林人民出版社	吉林民间文学丛书
158	1982.10	日本民间故事选	［日］关敬吾 编；金道权、朴敬植、耿金声等 译	中国民间文艺出版社	世界民间文学丛书
159	1982.10	朱哈趣闻轶事（阿拉伯民间笑话）	戈宝权 主编；刘谦、万曰林、徐平 译	中国民间文艺出版社	
160	1982.10	泽玛姬（藏族民间故事）	中央民族歌舞团创作研究室 编；陈石峻 搜集整理	中国民间文艺出版社	中国民间故事传说丛书
161	1982.11	扬州会（传统评书《兴唐传》）	陈荫荣 讲述；戴宏森 整理	中国民间文艺出版社	
162	1982.11	民间文艺集刊（第三集）	中国民间文艺研究会上海分会 编	上海文艺出版社	
163	1982.12	民间文学论文选	中国民间文艺研究会研究部 编	湖南人民出版社	
164	1982.12	中国文人故事传说	王一奇 编	中国民间文艺出版社	中国民间故事传说丛书
165	1982.12	昆明的传说	军超、朝真 搜集整理	中国民间文艺出版社（云南版）	
166	1982.12	南宁的传说	温松生 编	中国民间文艺出版社	
167	1982.12	太姥山民间传说	中国民间文艺研究会福建分会 主编；《太姥山民间传说》采风组 采编	福建人民出版社	福建民间文学丛书
168	1982.12	杜老幺（民间机智人物故事集）	湖北省民间文艺研究会 编	长江文艺出版社	长江民间文学丛书

续表

序号	年份	出版物名称	作者 / 主编	出版单位	备注
169	1982.12	长生果	中国民间文艺研究会河南分会、河南省群众艺术馆、河南人民出版社 合编	河南人民出版社	河南民间故事丛书之六
170	1982.12	广东民间故事选	中国民间文艺研究会广东分会 编	花城出版社	
171	1982.12	聊斋汉子	董均伦、江源 记	中国民间文艺出版社	
172	1982.12	傣族文学讨论会论文集	《山茶》编辑部 编	中国民间文艺出版社（云南版）	
173	1983	民间文学论集 1	中国民间文艺家协会辽宁分会 编	中国民间文艺家协会辽宁分会 印	
174	1983.01	苗族史诗	马学良、今旦 译注	中国民间文艺出版社	中国民间史诗叙事诗丛书
175	1983.01	崂山的传说	青岛市文学艺术界联合会 编	中国民间文艺出版社	
176	1983.02	少数民族文学论集（第一集）	中国少数民族文学学会 编	中国民间文艺出版社	
177	1983.03	采风的脚印	黄勇刹 著	中国民间文艺出版社	
178	1983.03	白鹭的传说	中国民间文艺研究会福建分会 主编；章义泓等 搜集整理	福建人民出版社	福建民间文学丛书
179	1983.04	七十二仙螺（洞庭湖民间故事）	童咏芹 搜集整理	中国民间文艺出版社	
180	1983.04	贺龙传奇	黄鹤逸 搜集整理	中国民间文艺出版社	民间文学小丛书
181	1983.04	花儿论集	中国民间文艺研究会甘肃分会 编	甘肃人民出版社	
182	1983.05	中国地方风物传说选（第二集）	中国民间文艺出版社 编	中国民间文艺出版社	中国民间故事传说丛书
183	1983.05	童话（一、二）	贺卓 编	中国民间文艺出版社	民间文学小丛书
184	1983.05	笑话（一）	贺卓 编	中国民间文艺出版社	民间文学小丛书
185	1983.05	蒙古族婚礼歌	特木尔巴根泽 翻译；苏赫巴鲁 整理	中国民间文艺出版社	
186	1983.05	民间文艺集刊（第四集）	中国民间文艺研究会上海分会 编	上海文艺出版社	
187	1983.05	印度尼西亚民间故事	许友年 译	中国民间文艺出版社	世界民间文学丛书
188	1983.05	傣族诗歌发展初探	王松 著	中国民间文艺出版社（云南版）	
189	1983.06	论白族神话与密教	赵橹 著	中国民间文艺出版社（云南版）	云南少数民族文学丛书
190	1983.06	十只金鸡的故事	左玉堂、王志方 编	中国民间文艺出版社（云南版）	云南民族民间童话选

续表

序号	年份	出版物名称	作者 / 主编	出版单位	备注
191	1983.06	绕口令	吴超 编	中国民间文艺出版社	民间文学小丛书
192	1983.06	美国俄勒冈州印第安神话传说	[美]杰罗尔德·拉姆齐 编； 史昆、李务生 译	中国民间文艺出版社	
193	1983.07	三峡的传说	中国民间文艺研究会湖北分会、湖北省群众艺术馆 编	上海文艺出版社	中国地方风物传说之五
194	1983.07	乌塔和白塔	中国民间文艺研究会福建分会 主编； 福建省文学艺术界联合会 征集	福建人民出版社	福建民间文学丛书
195	1983.08	岳麓山的传说	中国民间文艺研究会湖南分会 主编； 长沙市民间文艺研究会 编	湖南人民出版社	湖南地方风物传说丛书
196	1983.08	云南少数民族文学论集（第二集）	中国少数民族文学学会云南分会 编	中国民间文艺出版社（云南版）	云南少数民族文学丛书
197	1983.08	大连风物传说	中国民间文艺研究会辽宁分会 主编	春风文艺出版社	民间文学丛书
198	1983.09	孟姜女故事论文集	顾颉刚、钟敬文等 著	中国民间文艺出版社	
199	1983.09	纳斯列丁的笑话（土耳其的阿凡提的故事）	戈宝权 译	中国民间文艺出版社	世界民间文学丛书
200	1983.09	鄂尔多斯的婚礼	策·哈斯毕力格图 采录； 郭永明 翻译	中国民间文艺出版社	民俗学丛刊
201	1983.09	北京风物传说	中国民间文艺研究会北京分会 编	中国民间文艺出版社	
202	1983.11	黑龙江民间故事选	中国民间文艺研究会黑龙江分会 编	黑龙江人民出版社	
203	1983.11	满族民间故事选（第二集）	中国民间文艺研究会辽宁、吉林、黑龙江三省分会 编	春风文艺出版社	
204	1983.12	爬山歌选（上、下）	韩燕如 编	中国民间文艺出版社	
205	1983.12	俗谚（中国谚语总汇·汉族卷）（上、中、下）	中国民间文艺出版社 编	中国民间文艺出版社	
206	1984	民间文学论集 2	中国民间文艺家协会辽宁分会 编	中国民间文艺家协会辽宁分会 印	
207	1984.02	陶都宜兴的传说	江苏省宜兴县文化局 编	中国民间文艺出版社	
208	1984.02	青海藏族民间故事	中国民间文艺研究会青海分会 编； 乔永福等 搜集； 董邵宣等 整理	青海人民出版社	青海民族民间文学丛书
209	1984.02	民间文艺集刊（第五集）	中国民间文艺研究会上海分会 编	上海文艺出版社	
210	1984.03	麒麟山民间故事	中国民间文艺研究会福建分会 主编； 福建省三明市文化局、市文联 编辑	福建人民出版社	福建民间文学丛书
211	1984.03	白族文学史略	李缵绪 著	中国民间文艺出版社	云南少数民族文学丛书

续表

序号	年份	出版物名称	作者 / 主编	出版单位	备注
212	1984.04	民族民间文学论文集	中国民间文艺研究会贵州分会 编	贵州人民出版社	
213	1984.04	印度神话	刘靖华、任泉 译	中国民间文艺出版社	民间文学小丛书
214	1984.05	人参故事	中国民间文艺研究会吉林分会 编	中国民间文艺出版社	中国民间故事丛书
215	1984.05	布里亚特蒙古民间故事集	郝苏民、薛守邦 译编	中国民间文艺出版社	
216	1984.05	九鲤湖的故事	中国民间文艺研究会福建分会 主编；原莆田地区文化局 征集	福建人民出版社	福建民间文学丛书
217	1984.05	一个女歌手的歌	姜秀珍 著	中国民间文艺出版社	
218	1984.05	霍岭大战（上、下册）	中国民间文艺研究会青海分会 编	青海人民出版社	
219	1984.05	马骨胡之歌（壮族民间勒脚叙事长歌）	黄勇刹、蒙光朝、韦文俊 翻译整理	中国民间文艺出版社	
220	1984.06	蒙古族动物故事	胡尔查 译	中国民间文艺出版社	民间文学小丛书
221	1984.06	甘基王（瑶族民间故事选）	中国民间文艺研究会广东分会 主编；许文清、张景祥 辑	花城出版社	
222	1984.06	新娘鸟（白马藏族民间故事）	中国民间文艺研究会四川分会 编；周贤中 搜集整理	重庆出版社	
223	1984.06	白雪公主（格林童话选）		中国民间文艺出版社	民间文学小丛书
224	1984.06	民俗学入门	[日]后滕兴善等 著；王汝澜 译	中国民间文艺出版社	民俗学丛书
225	1984.07	五指山风（传统黎歌汉译 111 首）	中国民间文艺研究会广东分会 主编；张跃虎 译注	花城出版社	
226	1984.08	承德的传说	承德地区民研分会 编	中国民间文艺出版社	
227	1984.08	虎哥哥（朝鲜民间故事集）	林乡 编译	中国民间文艺出版社	民间文学小丛书
228	1984.08	白族民间叙事诗集	杨亮才、李缵绪 选编	中国民间文艺出版社	中国民间史诗叙事诗丛书
229	1984.09	中国神话传说（上、下册）	袁珂 著	中国民间文艺出版社	
230	1984.09	南海诸岛的传说	叶春生、许和达 搜集整理	中国民间文艺出版社	地方风物传说故事
231	1984.09	京族民间故事选	苏润光等 编	中国民间文艺出版社	
232	1984.09	毛南族民间故事集	袁凤辰等 编选	中国民间文艺出版社	
233	1984.09	俄罗斯民间故事	任溶溶 译	中国民间文艺出版社	
234	1984.10	三王子与大鹏鸟（伊朗民间故事选）	元文琪 编译	中国民间文艺出版社	

续表

序号	年份	出版物名称	作者/主编	出版单位	备注
235	1984.10	铁金刚（张士杰民间故事·一）	张士杰 搜集整理	中国民间文艺出版社	
236	1984.10	成吉思汗的故事	苏赫巴鲁 搜集整理	中国民间文艺出版社	
237	1984.10	十三陵的传说	谢明江 搜集整理	中国民间文艺出版社	地方风物传说故事
238	1984.10	天台山遇仙记——浙江山的传说故事	陈玮君 编	中国民间文艺出版社	
239	1984.10	鸭绿江的传说	吉林吉安县文化馆 编	中国民间文艺出版社	
240	1984.10	笑话研究资料选	中国民间文艺研究会湖北分会 编	中国民间文艺研究会湖北分会 印	民间文学研究资料之一
241	1984.10	箭射山门（张士杰民间故事集·二）	张士杰 搜集整理	中国民间文艺出版社	
242	1984.10	仙女青竹华（山东民间故事集）	吕书谦 搜集整理	中国民间文艺出版社	
243	1984.10	印度民间故事集（第一辑）	季羡林 主编； 刘安武 选编	中国民间文艺出版社	
244	1984.10	东非民间故事选	高秋福、戴惠坤 译	中国民间文艺出版社	外国民间故事小丛书
245	1984.10	中国水生动物故事集	王一奇、凉汀 编	中国民间文艺出版社	
246	1984.10	强盗的未婚妻（捷克民间故事）	吴元亮 译	中国民间文艺出版社	外国民间故事小丛书
247	1984.11	吴歌	苏州市文学艺术界联合会、江苏省民间文学工作者协会苏州市分会 编	中国民间文艺出版社	中国歌谣丛书
248	1984.11	魔狼和依梁娜（罗马尼亚民间故事）	王志冲 译	中国民间文艺出版社	外国民间故事小丛书
249	1984.11	杭州湾的传说	顾希佳搜集整理	中国民间文艺出版社	
250	1984.11	民间文艺集刊（第六集）	中国民间文艺研究会上海分会 编	上海文艺出版社	
251	1984.12	郑板桥传说	江苏省民间文学工作者协会、江苏省扬州市文学艺术界联合会 编	中国民间文艺出版社	
252	1984.12	瑶山里的传说	李肇隆、红波 搜集整理	中国民间文艺出版社	
253	1984.12	河蚌姑娘	茆文斗 搜集整理	中国民间文艺出版社	
254	1984.12	格顿王子（甘肃藏族民间故事）	陈石峻 搜集整理	中国民间文艺出版社	
255	1984.12	1979—1982全国民间文学作品评奖获奖作品选（故事传说部分）	全国民间文学作品评奖委员会 编	中国民间文艺出版社	
256	1984.12	莲花山情歌	雪犁 编	中国民间文艺出版社	

续表

序号	年份	出版物名称	作者 / 主编	出版单位	备注
257	1984.12	保加利亚民间故事	忻俭忠、王维正 选译	中国民间文艺出版社	外国民间故事小丛书
258	1984.12	亚瑟国王	邓保中、陈素莲 译	中国民间文艺出版社	
259	1984.12	白鸟姑娘（冲绳民间故事）	王汝澜 译	中国民间文艺出版社	
260	1985	民间文学论集 3	中国民间文艺家协会辽宁分会 编	中国民间文艺家协会辽宁分会	
261	1985	故事园（一、二、三）	《故事园》编辑组 编	中国民间文艺出版社	
262	1985.01	红军在贵州的故事	中国民间文艺研究会贵州分会、田兵、王治新 主编； 沈耘、燕宝 编	中国民间文艺出版社	
263	1985.01	李汝珍的传说（中国文人传说故事）	曹晋杰、朱步楼 整理	中国民间文艺出版社	
264	1985.01	格萨尔王（霍岭战争 · 上）	王歌行、左可国、刘宏亮等 编	中国民间文艺出版社	
265	1985.03	孟姜女资料选集（第二辑 · 故事）	中国民间文艺研究会上海分会 编	中国民间文艺家协会上海分会 印	
266	1985.03	孟姜女资料选集（第一辑 · 歌谣）	中国民间文艺研究会上海分会 编	中国民间文艺研究会上海分会 印	
267	1985.03	浪哨歌（布依族情歌）	汛河 搜集整理	中国民间文艺出版社	
268	1985.03	中国民俗传说	吉星 编	中国民间文艺出版社	
269	1985.04	闾山风物传说	中国民间文艺研究会辽宁分会 编	春风文艺出版社	民间文学丛书
270	1985.04	民族文谈	云南省民族文学研究所研究室 编	中国民间文艺出版社	云南少数民族文学丛书
271	1985.05	笑话百出	刘巽达、毕尔刚 编	中国民间文艺出版社	采风丛书
272	1985.05	杨靖宇的故事	中国民间文艺研究会吉林分会 编	中国民间文艺出版社	民间文学小丛书
273	1985.05	洛阳的传说	林野、顾丰年、张楚北 编	中国民间文艺出版社	
274	1985.05	三峡土特产的传说	万县地区商业局 主编； 阎洪章 编选	中国民间文艺出版社	
275	1985.05	水泊梁山的传说	王太捷、朱希江 主编	中国民间文艺出版社	
276	1985.05	武汉的传说	中国民间文艺研究会湖北分会、武汉市群众艺术馆 主编； 陈秀华 选编	长江文艺出版社	
277	1985.05	尼苏情歌	戈隆阿弘 搜集整理	中国民间文艺出版社	
278	1985.05	世界各国神话与传说	卡洛斯 · 纳达尔 · 加亚 编； 齐明山 译	中国民间文艺出版社	

续表

序号	年份	出版物名称	作者 / 主编	出版单位	备注
279	1985.05	南通的传说	张自强、杨问春 编	中国民间文艺出版社	
280	1985.05	土族民间故事选	中国民间文艺研究会青海分会 编	中国民间文艺出版社	
281	1985.06	八达岭景物故事	孟广臣、徐红年、高寅生 编写	中国民间文艺出版社	
282	1985.06	新四军的传说——苏中地区抗日战争时期民间传说	南通市文学艺术界联合会 编	中国民间文艺出版社	
283	1985.06	冯玉祥传说故事	冯桂荣 编	中国民间文艺出版社	
284	1985.06	民间文艺集刊（第七集）	中国民间文艺研究会上海分会 编	上海文艺出版社	
285	1985.06	印第安神话和传说	阿平 译	中国民间文艺出版社	
286	1985.06	少数民族文学论集（第二集）	中国少数民族文学学会 编	中国民间文艺出版社	
287	1985.06	楚雄彝族文学简史	杨继中、芮增瑞、左玉堂 编著	中国民间文艺出版社	
288	1985.07	英国寓言和童话	詹姆斯·里维兹 著； 殷涵 译	中国民间文艺出版社	
289	1985.08	河北武林故事	曹广志 著	中国民间文艺出版社	
290	1985.08	九龙江的传说	中国民间文艺研究会福建分会 主编； 福建省龙溪地区文化局 征集	海峡文艺出版社	福建民间文学丛书
291	1985.08	格萨尔研究集刊（第一集）	中国社会科学院少数民族文学研究所 主编	中国民间文艺出版社	
292	1985.09	台湾名胜楹联	常江、苏民生 编著	中国民间文艺出版社	中国名胜楹联丛书
293	1985.09	洞庭湖的传说	中国民间文艺研究会湖南分会 主编	湖南人民出版社	湖南地方风物传说丛书
294	1985.09	都江堰青城山的传说（民间文学丛书）	中国民间文艺研究会四川分会、四川文艺出版社 编	四川文艺出版社	
295	1985.09	银针姑娘（福建民间文学丛书）	中国民间文艺研究会福建分会 主编	海峡文艺出版社	
296	1985.09	阿诗玛（彝汉对照）	中国社会科学院少数民族文学研究所 主编； 马学良、罗希吾戈、金国库、范慧娟 编辑	中国民间文艺出版社	
297	1985.09	北京名胜楹联	顾平旦、常江、曾保泉 主编	中国民间文艺出版社	中国名胜楹联丛书
298	1985.09	格萨尔王本事	王沂暖、上官剑壁 编	中国民间文艺出版社	
299	1985.09	民间文学实习手册	[苏]尤·科鲁格洛夫 著； 夏宇继 译	中国民间文艺出版社	
300	1985.09	穆桂英大战桃花漫	赵云雁 搜集整理	中国民间文艺出版社	

续表

序号	年份	出版物名称	作者 / 主编	出版单位	备注
301	1985.10	神弓宝剑	蓝鸿恩 搜集整理	中国民间文艺出版社	
302	1985.11	习久兰诗歌选	长阳文化馆 编	中国民间文艺出版社	
303	1985.12	东方大侠张策	中国民间文艺研究会河北分会 选编	中国民间文艺出版社	
304	1985.12	长城楹联荟萃	中央电视台《文化生活》、中国楹联学会《楹联丛书》编辑部 编	中国民间文艺出版社	
305	1985.12	九华山的传说	施玉清 搜集整理	中国民间文艺出版社	地方风物传说故事
306	1986	神话与神话学	[日]松村武雄 著； 林相泰 译	中国民间文艺出版社	
307	1986	民间文艺季刊（1-4）	中国民间文艺研究会上海分会 编	上海文艺出版社	
308	1986.01	民间文艺集刊（第八集）	中国民间文艺研究会上海分会 编	上海文艺出版社	
309	1986.02	康熙的传说	王宏刚、于又燕、富玉光、李国梁 编	中国民间文艺出版社	中国历代名人传说丛书
310	1986.02	阿诗玛原始资料集	李缵绪 编	中国民间文艺出版社	
311	1986.02	梦的解析	[奥]弗洛伊德 著； 赖其万、符传孝 译	中国民间文艺出版社	根据志文出版社本编印
312	1986.02	龙的传说	顾希佳 编	中国民间文艺出版社	
313	1986.03	巴山情歌	朱仕珍 编	中国民间文艺出版社	
314	1986.03	珞瑜情歌	冀文正、杨惠临 搜集整理	中国民间文艺出版社	
315	1986.04	颐和园景物传说	北京民间文学丛书编辑部 编	中国民间文艺出版社	北京民间文学丛书
316	1986.05	朱元璋的传说	姬树明、余凤斌、吴腾凰 编	中国民间文艺出版社	中国历代名人传说丛书
317	1986.05	格萨尔研究（第二集）	中国社科院少数民族文学研究所 主编	中国民间文艺出版社	
318	1986.05	陕北民歌艺术新探	王克文 著	中国民间文艺出版社	
319	1986.05	巫术科学宗教与神话	[苏]马林诺夫斯基 著； 李安宅 译	中国民间文艺出版社	
320	1986.06	中国历代谜语故事	赵濂 编	中国民间文艺出版社	
321	1986.06	赵圣关（记录稿）（长篇叙事吴歌）	苏州市民间文学分会、苏州市郊区文化馆 搜集； 钱杏珍 记录	中国民间文艺出版社	
322	1986.07	庐山名胜传说	熊侣琴、肖士太 搜集整理	中国民间文艺出版社	
323	1986.07	中国民间故事类型索引	[美]丁乃通 著	中国民间文艺出版社	

续表

序号	年份	出版物名称	作者/主编	出版单位	备注
324	1986.07	赵树理与民间文艺	中国民间文艺研究会山西分会 选编	中国民间文艺研究会山西分会 印	
325	1986.07	俄国作家论民间文学	刘锡诚 编	中国民间文艺出版社	
326	1986.07	煤矿歌谣	薛世孝、薛毅 搜集整理	中国民间文艺出版社	
327	1986.07	日本民间笑话	[日]今西祐行等 著；兰谷、王勉等 译	中国民间文艺出版社	
328	1986.07	金山岭（长城的传说）	封瑞功 搜集整理	中国民间文艺出版社	
329	1986.08	民间文学理论译丛（一）	中国民间文艺研究会研究部 编	中国民间文艺出版社	
330	1986.08	论中国四大民间故事	罗永麟 著	中国民间文艺出版社	
331	1986.08	蛮儿谣	杨昌鑫 搜集整理	中国民间文艺出版社	
332	1986.08	磁州窑的传说	郑一民、孙万宝 主编	中国民间文艺出版社	
333	1986.08	悬棺之谜	晓帆、范仲成 搜集整理	中国民间文艺出版社	
334	1986.09	赵树理的故事	中国民间文艺研究会山西分会 编	中国文联出版公司	
335	1986.09	自我的挣扎	[德]卡伦·荷妮 著；李明宾 译	中国民间文艺出版社	根据志文出版社本编印
336	1986.10	民间故事的比较研究	刘守华 著	中国民间文艺出版社	
337	1986.10	无独有偶——世界幽默画选	缪印堂、吴祖望 编	中国民间文艺出版社	
338	1986.12	格萨尔王（霍岭战争·下）	王歌行、左可国、刘宏亮等 编	中国民间文艺出版社	
339	1986.12	史诗探幽	潜明兹 著	中国民间文艺出版社	
340	1986.12	图腾与禁忌	[奥]弗洛伊德 著；杨庸一 译	中国民间文艺出版社	根据志文出版社本编印
341	1986.12	两性社会学	[英]马林诺夫斯基 著；李安宅 译	中国民间文艺出版社	根据台湾商务印书馆版本影印
342	1987	歇后语大全（全四册）	中国民间文艺出版社资料室、北京大学中文系资料室 编	中国民间文艺出版社	
343	1987	民间文艺季刊（1-4）	中国民间文艺研究会上海分会 编	上海文艺出版社	
344	1987.01	中芬民间文学搜集保管学术研讨会文集	中芬民间文学联合考察及学术交流秘书处 编	中国民间文艺出版社	
345	1987.02	民间文艺资料（第一集）	中国民间文艺研究会四川分会、四川省民间文学集成办 编	中国民间文艺研究会四川分会、四川省民间文学集成办 印	
346	1987.03	九江名胜传说	吴清汀 编	中国民间文艺出版社	

续表

序号	年份	出版物名称	作者／主编	出版单位	备注
347	1987.03	传说论	［日］柳田国男 著； 连湘 译	中国民间文艺出版社	外国民间文学理论著作翻译丛书
348	1987.04	民间文艺资料（第二集）	中国民间文艺研究会四川分会、四川省民间文学集成办 编	中国民间文艺研究会四川分会、四川省民间文学集成办 印	
349	1987.05	少数民族文学论集（第三集）	中国少数民族文学学会 编	中国民间文艺出版社	
350	1987.05	避暑山庄楹联	白鹤龄、罗星明 选注	中国民间文艺出版社	
351	1987.05	民间文艺资料（第三集）	中国民间文艺研究会四川分会、四川省民间文学集成办 编	中国民间文艺研究会四川分会、四川省民间文学集成办 印	
352	1987.06	中国神话（第一集）	中国神话学会 主办； 袁珂 主编	中国民间文艺出版社	
353	1987.06	金枝（上、下）	［英］詹·乔·弗雷泽 著； 徐育新、汪培基、张泽石 译	中国民间文艺出版社	
354	1987.10	新的驿程	钟敬文 著	中国民间文艺出版社	中国民间文学理论建设丛书
355	1987.10	刘罗锅子传奇	刘正祥、耿保仓、张今慧、石林、赵忠义 编	中国民间文艺出版社	
356	1988	民间文艺季刊（1–4）	中国民间文艺研究会上海分会 编	上海文艺出版社	
357	1988.01	格萨尔研究（第三集）	中国社科院少数民族文学所、全国《格萨尔》领导工作小组 主编	中国民间文艺出版社	
358	1988.01	扛起梭标跟贺龙	古源 搜集整理	中国民间文艺出版社	
359	1988.02	《江格尔》论文集	中国民间文艺家协会新疆维吾尔自治区分会 编	中国民间文艺出版社	
360	1988.04	中国民间故事选（第三集）	中国社会科学院文学研究所、中国民间文艺研究会 主编； 贾芝 编	人民文学出版社	中国各民族民间文学丛刊之一
361	1988.06	中国神话故事论集	［苏］李福清 著； 马昌仪 编	中国民间文艺出版社	
362	1988.06	新编拍案惊奇	刘秉荣 著	中国民间文艺出版社	中国通俗文学丛书
363	1988.08	原始艺术与民间文化	刘锡诚 著	中国民间文艺出版社	
364	1988.11	现代笑话	南子仲、吕仪 选编	中国民间文艺出版社	
365	1988.12	国风与民俗研究	徐华龙 著	中国民间文艺出版社	
366	1988.12	中国历代诗歌鉴赏辞典	刘亚玲、田军、王洪 主编	中国民间文艺出版社	

续表

序号	年份	出版物名称	作者 / 主编	出版单位	备注
367	1989	民间文艺季刊（1-4）	中国民间文艺研究会上海分会 编	上海文艺出版社	
368	1989.01	神话学入门	[日]大林太良 著； 林相泰、贾福水 译	中国民间文艺出版社	外国民间文学理论著作翻译丛书
369	1989.05	神奇的八卦文化与游戏	王红旗 著	中国民间文艺出版社	
370	1989.07	奇门遁甲（明朝真本注释本）	刘秉荣 点校	中国民间文艺出版社	
371	1989.08	中国民间文艺辞典	杨亮才 主编	甘肃人民出版社	
372	1989.09	耿村民间文学论稿	袁学骏 著	中国民间文艺出版社	
373	1989.11	清东陵的掌故和传说	祁人、张文戈、孙伟 主编	中国民间文艺出版社	
374	1989.11	土家族仪式歌漫议	金述富、彭荣德 编著	中国民间文艺出版社	
375	1990.09	中华风情大观（全五集）	王锡龄 编著	中国民间文艺出版社	
376	1990.12	区域文化与民间文艺学——区域民间文艺学发凡	姜彬 著	中国民间文艺出版社	中国民间文学理论建设丛书
377	1991.05	烽火英豪（衡水地区革命故事卷）	孙木良、郭永攻、傅新友 编	中国民间文艺出版社	
378	1994.05	播谷集	贾芝 著	人民文学出版社	
379	1997.04	走马镇民间故事	联合国教科文组织、中国民间文艺家协会、四川省民间文艺家协会 编	四川省民间文艺协会印	
380	2002.08	守望民间	冯骥才 主编	西苑出版社	中国民间文化遗产抢救工程
381	2003.01	开封论艺——首届中国木版年画国际学术研讨会论文集	中国民间文艺家协会、河南省民间文艺家协会 编	大众文艺出版社	
382	2003.02	中国民间文化遗产抢救工程普查手册	冯骥才 主编	高等教育出版社；高等教育电子音像出版社	
383	2003.10	中国民间文艺学年鉴 2001 年卷	刘守华、白庚胜 主编	华中师范大学出版社	
384	2004.01	武强秘藏古画版发掘记	冯骥才 著	西苑出版社	
385	2004.06	中国民间文艺家大辞典	白庚胜、向云驹 主编	中国文联出版社	
386	2004.09	民间皮影	冯骥才 主编； 吴薇 编著	河北少年儿童出版社	中国结丛书
387	2004.09	民间年画	冯骥才 主编； 谢桂华 编著	河北少年儿童出版社	中国结丛书
388	2004.09	民间面具	冯骥才 主编； 杨吉星、伍仁 编著	河北少年儿童出版社	中国结丛书

续表

序号	年份	出版物名称	作者 / 主编	出版单位	备注
389	2004.09	民间传说	冯骥才 主编； 刘晓路 编著	河北少年儿童出版社	中国结丛书
390	2004.09	民间神话	冯骥才 主编； 肖乡 编著	河北少年儿童出版社	中国结丛书
391	2004.09	民间寓言	冯骥才 主编； 毕兹 编著	河北少年儿童出版社	中国结丛书
392	2004.09	民间故事	冯骥才 主编； 陆尧 编著	河北少年儿童出版社	中国结丛书
393	2004.09	民间笑话	冯骥才 主编； 马天 编著	河北少年儿童出版社	中国结丛书
394	2004.09	民间风筝	冯骥才 主编； 刘慧、古易前 编著	河北少年儿童出版社	中国结丛书
395	2004.10	远去的文明——中国萨满文化艺术	王松林 编著	黑龙江人民出版社	中国民间口头与非物质文化遗产推介丛书
396	2004.12	中国民间文艺学年鉴 2002 年卷	刘守华、白庚胜 主编	华中师范大学出版社	
397	2005.02	中国木版年画集成·杨家埠卷	冯骥才 总主编； 李世光、张小梅 分卷主编	中华书局	
398	2005.03	民间文化大风歌——钟敬文百年华诞纪念文集	白庚胜、向云驹 主编	宁夏人民出版社	
399	2005.03	域外民俗学鉴要	王汝澜等 编译	宁夏人民出版社	中国民间文艺家协会学术丛书
400	2005.04	闺中奇迹——中国女书	刘忠华 主编	黑龙江人民出版社	中国民间口头与非物质文化遗产推介丛书
401	2005.06	文明的圣树——哈尼梯田	史军超 主编	黑龙江人民出版社	中国民间口头与非物质文化遗产推介丛书
402	2005.07	新春吉祥画——中国木版年画	冯敏 著	黑龙江人民出版社	中国民间口头与非物质文化遗产推介丛书
403	2005.08	中国民间文化杰出传承人调查、认定、命名工作手册	中国民间文艺家协会 编	中国民间文艺家协会印	
404	2005.08	苗人的灵魂——台江苗族文化空间	余未人 主编	黑龙江人民出版社	中国民间口头与非物质文化遗产推介丛书
405	2005.09	天籁之音——侗族大歌	刘亚虎 著	黑龙江人民出版社	中国民间口头与非物质文化遗产推介丛书

续表

序号	年份	出版物名称	作者 / 主编	出版单位	备注
406	2005.09	东方的罗密欧与朱丽叶——梁祝口头遗产文化空间	陈勤建 主编	黑龙江人民出版社	中国民间口头与非物质文化遗产推介丛书
407	2005.10	中国民间故事全书 · 云南 · 剑川卷	段忠民 主编	知识产权出版社	
408	2005.10	中国民间故事全书 · 云南 · 大理卷	施珍华、何显耀 主编	知识产权出版社	
409	2005.10	中国民间故事全书 · 云南 · 漾濞卷	李洪文 主编	知识产权出版社	
410	2005.10	中国民间故事全书 · 云南 · 永平卷	字绍军 主编	知识产权出版社	
411	2005.10	中国民间故事全书 · 云南 · 云龙卷	李勇 主编	知识产权出版社	
412	2005.10	中国民间故事全书 · 云南 · 洱源卷	杨义龙 主编	知识产权出版社	
413	2005.10	中国民间故事全书 · 云南 · 鹤庆卷	杨诚森 主编	知识产权出版社	
414	2005.10	中国民间故事全书 · 云南 · 宾川卷	王正林 主编	知识产权出版社	
415	2005.10	中国民间故事全书 · 云南 · 南涧卷	吴家良 主编	知识产权出版社	
416	2005.10	中国民间故事全书 · 云南 · 巍山卷	王丽珠 主编	知识产权出版社	
417	2005.10	中国民间故事全书 · 云南 · 祥云卷	菡芳 主编	知识产权出版社	
418	2005.10	中国民间故事全书 · 云南 · 弥渡卷	张彪、杨红琼 主编	知识产权出版社	
419	2005.10	戴着面具起舞——中国傩文化	刘芝凤 著	黑龙江人民出版社	中国民间口头与非物质文化遗产推介丛书
420	2006.01	鉴别草根：中国民间美术分类研究	冯骥才 主编	中州古籍出版社	
421	2006.01	中国民间文艺学年鉴2003年卷	刘守华、白庚胜 主编	华中师范大学出版社	
422	2006.03	赫哲绝唱——中国伊玛堪	黄任远 主编	黑龙江人民出版社	中国民间口头与非物质文化遗产推介丛书
423	2006.04	文化产业 兰州论剑——中国民间文化艺术产业建设研讨会文集	白庚胜、许柏林 主编	民族出版社	

续表

序号	年份	出版物名称	作者/主编	出版单位	备注
424	2006.06	中国民间剪纸集成·蔚县卷	冯骥才、郑一民、田永翔、薄松年 主编	河北教育出版社	
425	2006.06	中国民间故事全书·浙江·鹿城卷	金文平 主编	知识产权出版社	
426	2006.06	和谐的社会——中国白族本主文化	杨亮才、赵寅松 主编	黑龙江人民出版社	中国民间口头与非物质文化遗产推介丛书
427	2006.06	中国民间文化守望者	冯骥才 主编	学苑出版社	
428	2006.07	大西北之魂——中国花儿	王沛 著	黑龙江人民出版社	中国民间口头与非物质文化遗产推介丛书
429	2006.07	源自喜马拉雅南麓的声音——丽江古乐	桑德诺瓦 著	黑龙江人民出版社	中国民间口头与非物质文化遗产推介丛书
430	2006.10	中国木版年画集成·朱仙镇卷	冯骥才 总主编； 何白欧 分卷主篇	中华书局	
431	2006.10	萨满文化辩证——国际萨满学会第七次学术讨论会论文集	白庚胜、米哈伊·霍帕尔主编	大众文艺出版社	
432	2006.10	萨满文化辩证——国际萨满学会第七次学术讨论会论文集（英文版）	白庚胜、米哈伊·霍帕尔主编	大众文艺出版社	
433	2006.11	中国民俗文化志·北京民俗文化普查与研究手册	刘铁梁 主编	中央编译出版社	
434	2006.11	中国民俗文化志·北京宣武区卷	刘铁梁 主编	中央编译出版社	
435	2006.11	中国民俗文化志·北京门头沟区卷	刘铁梁 主编	中央编译出版社	
436	2006.11	灯影里舞动的精灵——中国皮影	李跃忠 著	黑龙江人民出版社	中国民间口头与非物质文化遗产推介丛书
437	2006.12	中华瑰宝——维吾尔木卡姆	阎建国 著	黑龙江人民出版社	中国民间口头与非物质文化遗产推介丛书
438	2006.12	中国民间文艺学年鉴 2004 年卷	刘守华、白庚胜 主编	华中师范大学出版社	
439	2007.02	豫北古画乡发现记	冯骥才 著	中州古籍出版社	
440	2007.03	中国木版年画集成·潍头卷	冯骥才 总主编； 罗海波 分卷主编	中华书局	
441	2007.04	中国民间故事全书·湖北·远安卷	彭善良 主编	知识产权出版社	

续表

序号	年份	出版物名称	作者 / 主编	出版单位	备注
442	2007.04	中国民间故事全书 · 湖北 · 当阳卷	蔡建国、王友宾 主编	知识产权出版社	
443	2007.04	中国民间故事全书 · 湖北 · 五峰卷	王永红 主编	知识产权出版社	
444	2007.04	中国民间故事全书 · 湖北 · 枝江卷	蒋杏 主编	知识产权出版社	
445	2007.04	中国民间故事全书 · 湖北 · 兴山卷	蔡长明 主编	知识产权出版社	
446	2007.04	中国民间故事全书 · 湖北 · 秭归卷	周凌云 主编	知识产权出版社	
447	2007.04	中国民间故事全书 · 湖北 · 宜都卷	徐荣耀 主编	知识产权出版社	
448	2007.04	中国民间故事全书 · 湖北 · 伍家岗卷	李军、唐培红 主编	知识产权出版社	
449	2007.04	中国民间故事全书 · 湖北 · 夷陵卷	杨建章 主编	知识产权出版社	
450	2007.04	中国民间故事全书 · 湖北 · 西陵点军卷	王金碧、席群英、刘复军 主编	知识产权出版社	
451	2007.04	中国民间故事全书 · 湖北 · 猇亭卷	杨君 主编	知识产权出版社	
452	2007.04	中国民间故事全书 · 湖北 · 长阳卷	萧国松 主编	知识产权出版社	
453	2007.04	民间玩具	王连海 主编	河北少年儿童出版社	中国结丛书
454	2007.04	民间彩塑	张宏岳、张锟 主编	河北少年儿童出版社	中国结丛书
455	2007.04	民间木雕	刘晓路 主编	河北少年儿童出版社	中国结丛书
456	2007.04	民间石雕	谢桂华 主编	河北少年儿童出版社	中国结丛书
457	2007.04	民间刺绣	田顺新 主编	河北少年儿童出版社	中国结丛书
458	2007.04	民间服饰	袁仄、蒋玉秋 主编	河北少年儿童出版社	中国结丛书
459	2007.04	守护夕阳暖青山——中国摩梭母系文化	陈烈 著	黑龙江人民出版社	中国民间口头与非物质文化遗产推介丛书
460	2007.06	中国唐卡艺术集成 · 吾屯卷	白庚胜 主编； 马有义 分卷主编	宁夏人民出版社	
461	2007.06	中国民间故事全书 · 江苏 · 沛县卷	殷召义、朱迅翎 主编	知识产权出版社	

续表

序号	年份	出版物名称	作者 / 主编	出版单位	备注
462	2007.06	中国民间故事全书 · 江苏 · 丰县卷	殷召义、邓贞兰、孙兴龙 主编	知识产权出版社	
463	2007.06	中国民间故事全书 · 江苏 · 邳州卷	周伯之、殷延明、殷召义 主编	知识产权出版社	
464	2007.06	中国民间故事全书 · 江苏 · 睢宁卷	殷召义、李文金、张甫文 主编	知识产权出版社	
465	2007.06	中国民间故事全书 · 江苏 · 铜山卷	殷召义、李伯龙、杨权业 主编	知识产权出版社	
466	2007.06	中国民间故事全书 · 江苏 · 徐州市区卷	殷召义、王超立、甘信昌 主编	知识产权出版社	
467	2007.06	中国民间故事全书 · 江苏 · 新沂卷	殷召义、陈祖忻 主编	知识产权出版社	
468	2007.06	中国民间文化杰出传承人名录（一）	冯骥才 主编	民族出版社	
469	2007.06	东巴舞蹈传人——习阿牛 阿明东奇	冯莉 著	民族出版社	中国民间文化杰出传承人丛书
470	2007.06	浚县泥咕咕——王学锋世家	左汉中 著	民族出版社	中国民间文化杰出传承人丛书
471	2007.06	东北鹰猎——赵氏家族	曹保明 著	民族出版社	中国民间文化杰出传承人丛书
472	2007.06	古村落的沉思——中国古村落保护（西塘）国际高峰论坛论文集	王恬 主编	上海辞书出版社	
473	2007.06	追根问傩——国际傩文化学术研讨会论文集	白庚胜、俞向党、钟健华 主编	江西人民出版社	
474	2007.09	中国民间故事全书 · 河北 · 青龙卷	佟云超 主编	知识产权出版社	
475	2007.09	中国民间故事全书 · 河北 · 卢龙卷	王淑玲 主编	知识产权出版社	
476	2007.09	中国民间故事全书 · 河北 · 山海关卷	李冬 主编	知识产权出版社	
477	2007.09	中国民间故事全书 · 河北 · 抚宁卷	李景林、陈劲草 主编	知识产权出版社	
478	2007.09	中国民间故事全书 · 河北 · 昌黎卷	董宝瑞 主编	知识产权出版社	
479	2007.10	中国木版年画集成 · 杨柳青卷（全二册）	冯骥才 总主编； 张国庆 周家彪 分卷主编	中华书局	

续表

序号	年份	出版物名称	作者 / 主编	出版单位	备注
480	2007.10	中国民间美术遗产普查集成 · 贵州卷（全二册）	余未人 主编	华夏出版社	
481	2007.11	中国木版年画集成 · 云南甲马卷	冯骥才 总主编；赵寅松 分卷主编	中华书局	
482	2007.11	空中大舞台——广东飘色	王维娜 编著	黑龙江人民出版社	中国民间口头与非物质文化遗产推介丛书
483	2007.12	中国民间文艺学年鉴 2005 年卷	刘守华、白庚胜 主编	华中师范大学出版社	
484	2008.01	姹紫嫣红——中国昆曲遗产	高福民 主编	黑龙江人民出版社	中国民间口头与非物质文化遗产推介丛书
485	2008.02	千年流韵——中国壮族歌圩	韦苏文、周燕屏 著	黑龙江人民出版社	中国民间口头与非物质文化遗产推介丛书
486	2008.03	我们的节日 · 清明	冯骥才 主编	宁夏人民出版社	
487	2008.04	神话中原——2006 中国神话学国际学术研讨会论文集	白庚胜、叶舒宪 主编	大象出版社	
488	2008.06	我们的节日 · 端午	冯骥才 主编	宁夏人民出版社	
489	2008.08	羌去何处——紧急保护羌族文化遗产专家建言录	冯骥才 主编	中国文联出版社	
490	2008.08	守卫与弘扬——第二届江南民间文化保护与发展（嘉兴海盐）论坛论文集	王恬 主编	大众文艺出版社	
491	2008.09	我们的节日 · 中秋	冯骥才 主编	宁夏人民出版社	
492	2008.09	羌族文化学生读本	冯骥才、向云驹 合著	中华书局	
493	2008.09	渔家绝技——赫哲族鱼皮制作技艺	张敏杰、王益章 著	黑龙江人民出版社	中国民间口头与非物质文化遗产推介丛书
494	2008.09	东方艺术的一颗明珠——中国古典家具	连铁杞、林友华 主编	黑龙江人民出版社	中国民间口头与非物质文化遗产推介丛书
495	2008.10	红色采风录	白庚胜、向云驹 主编	民族出版社	
496	2008.12	中国木版年画集成 · 绵竹卷	冯骥才 总主编；蒋国华 李友成 分卷主编	中华书局	
497	2008.12	松花江河灯——侯氏家族	曹保明 著	宁夏人民出版社	中国民间文化杰出传承人丛书
498	2008.12	高密剪纸传承人——范祚信	王雪 著	宁夏人民出版社	中国民间文化杰出传承人丛书

续表

序号	年份	出版物名称	作者 / 主编	出版单位	备注
499	2009.01	以画过年——天津年画史图录	冯骥才 主编	河南美术出版社	
500	2009.01	高密泥彩塑传承人——聂希蔚	李琳琳、唐娜 著	宁夏人民出版社	中国民间文化杰出传承人丛书
501	2009.01	宜昌民间故事家——刘德方	王丹 著	宁夏人民出版社	中国民间文化杰出传承人丛书
502	2009.01	宜昌民间故事家——孙家香	林继富 著	宁夏人民出版社	中国民间文化杰出传承人丛书
503	2009.01	我们的节日·春节	冯骥才 主编	宁夏人民出版社	
504	2009.01	文化血脉与精神纽带——中国传统节日（清明·寒食）论坛文集	冯骥才 主编	中国文联出版社	
505	2009.01	端午的节日精神——中国传统节日（端午节）论坛文集	冯骥才 主编	中国文联出版社	
506	2009.01	丝路明珠——哈萨克阿依特斯	吾哈南·努拉合买提 主编	黑龙江人民出版社	中国民间口头与非物质文化遗产推介丛书
507	2009.02	中国民间故事全书·浙江·瑞安卷	朱友好 主编	知识产权出版社	
508	2009.02	中国民间故事全书·河南·卢氏卷	闫建明 主编	知识产权出版社	
509	2009.02	中国民间故事全书·河南·渑池卷	张宝星 主编	知识产权出版社	
510	2009.02	中国民间故事全书·河南·灵宝卷	张建华 主编	知识产权出版社	
511	2009.02	中国民间故事全书·河南·陕县卷	尚根荣 主编	知识产权出版社	
512	2009.02	中国民间故事全书·河南·义马卷	李纪从 主编	知识产权出版社	
513	2009.03	绵山文化遗产·绵山神佛造像上品	冯骥才 主编	中华书局	
514	2009.03	中国民间故事全书·吉林·四平卷	陈明宏、韩昆辉 主编	知识产权出版社	
515	2009.03	中国民间故事全书·吉林·前郭尔罗斯卷	王讯、孙国军 主编	知识产权出版社	
516	2009.03	中国民间故事全书·吉林·东丰卷	刘丰年 主编	知识产权出版社	
517	2009.04	中国民间文艺学年鉴 2006 年卷	刘守华、白庚胜 主编	华中师范大学出版社	

续表

序号	年份	出版物名称	作者 / 主编	出版单位	备注
518	2009.05	凤翔年画邰立平	冯骥才 主编； 郭平 著	天津大学出版社	中国木版年画传承人口述史丛书
519	2009.05	滑县年画韩清亮 韩建峰	冯骥才 主编； 王坤 著	天津大学出版社	中国木版年画传承人口述史丛书
520	2009.05	濒危羌文化——5.12 灾后羌族村寨传统文化与文化传承人生存现状调查研究	中国民间文艺家协会 编； 贾银忠 主编	中国文联出版社	
521	2009.05	羌族口头遗产集成 · 民间故事卷	冯骥才 主编	中国文联出版社	
522	2009.05	羌族口头遗产集成 · 民间歌谣卷	冯骥才 主编	中国文联出版社	
523	2009.05	羌族口头遗产集成 · 史诗长诗卷	冯骥才 主编	中国文联出版社	
524	2009.05	羌族口头遗产集成 · 神话传说卷	冯骥才 主编	中国文联出版社	
525	2009.06	中国木版年画集成 · 滑县卷	冯骥才 主编	中华书局	
526	2009.07	中国木版年画集成 · 武强卷	冯骥才 总主编； 张春峰 郭书荣 分卷主编	中华书局	
527	2009.07	中国木版年画集成 · 内丘神码卷	冯骥才 总主编； 韩秋长 和莲芳 分卷主编	中华书局	
528	2009.07	曲阳石雕传承人 —— 甄彦苍	黄龙光 著	宁夏人民出版社	中国民间文化杰出传承人丛书
529	2009.08	流淌在生命里的歌 —— 蒙古长调艺术	李建军、红梅 主编	黑龙江人民出版社	中国民间口头与非物质文化遗产推介丛书
530	2009.09	中国民间泥彩塑集成 · 泥人张卷	张锠 主编	中央编译出版社	
531	2009.10	中国木版年画集成 · 高密卷	冯骥才 总主编； 吴建民 范福生 分卷主编	中华书局	
532	2009.10	中国木版年画集成 · 俄罗斯藏品卷	冯骥才 总主编； [俄] 李福清 分卷主编	中华书局	
533	2009.12	中国民间剪纸集成 · 豫西卷	冯骥才、倪宝诚 主编	河北教育出版社	
534	2010.01	中国木版年画集成 · 佛山卷	冯骥才 总主编； 冯少行 分卷主编	中华书局	
535	2010.01	千年流音 —— 中国铜鼓文化	韦苏文 著	黑龙江人民出版社	中国民间口头与非物质文化遗产推介丛书
536	2010.05	中国唐卡艺术集成 · 玉树藏娘卷	冯骥才 总主编； 马有义 分卷主编； 索南多杰 执行主编	阳光出版社	

续表

序号	年份	出版物名称	作者／主编	出版单位	备注
537	2010.06	中国木版年画集成 · 平度 东昌府卷	冯骥才 总主编；潘鲁生 赵屹 分卷主编	中华书局	
538	2010.06	吉林满族剪纸——关云德	曹保明 著	民族出版社	中国民间文化杰出传承人丛书
539	2010.06	田野的经验——中日韩非物质文化遗产保护方法论坛论文集	冯骥才 主编	中华书局	
540	2010.07	中国木版年画集成 · 绛州卷	冯骥才 总主编；赵顺太 分卷主编	中华书局	
541	2010.07	观念与方式——中国非物质文化遗产保护（鄞州）论坛论文集	王恬 主编	中国文联出版社	
542	2010.08	中国木版年画集成 · 梁平卷	冯骥才 总主编；罗中福主编；吴本新 执行主编	中华书局	
543	2010.08	中国木版年画集成 · 凤翔卷	冯骥才 总主编；修剑桥 分卷主编	中华书局	
544	2010.10	中国木版年画集成 · 漳州卷	冯骥才 总主编；李豫闽 王晓戈 分卷主编	中华书局	
545	2010.12	草原剪花人——刘静兰	王红川 著	民族出版社	中国民间文化杰出传承人丛书
546	2010.12	蓝白人生——吴元新	黄步千 著	民族出版社	中国民间文化杰出传承人丛书
547	2010.12	中国民间文艺学年鉴 2007 年卷	刘守华、白庚胜 主编	华中师范大学出版社	
548	2011.01	中国木版年画集成 · 上海小校场卷	冯骥才 总主编；张伟 分卷主编	中华书局	
549	2011.01	杨家埠年画 杨洛书 杨福源	冯骥才 主编；刘晓琰 著	天津大学出版社	中国木版年画传承人口述史丛书
550	2011.01	桃花坞年画 房志达	冯骥才 主编；史静、蒲娇 著	天津大学出版社	中国木版年画传承人口述史丛书
551	2011.01	高密年画 王树花 吕蓁立	冯骥才 主编；郭平、刘晓琰 著	天津大学出版社	中国木版年画传承人口述史丛书
552	2011.01	绵竹年画 陈兴才 李芳福 陈学彰	冯骥才 主编；郭平、刘晓琰 著	天津大学出版社	中国木版年画传承人口述史丛书
553	2011.01	佛山年画 冯炳棠 漳州年画颜仕国	冯骥才 主编；唐娜、王小明 著	天津大学出版社	中国木版年画传承人口述史丛书
554	2011.01	新绛年画 郭全生 临汾年画宁积贤	冯骥才 主编；王小明、祝昇慧 著	天津大学出版社	中国木版年画传承人口述史丛书

续表

序号	年份	出版物名称	作者 / 主编	出版单位	备注
555	2011.01	朱仙镇年画 郭泰运 尹国全	冯骥才 主编；王小明 著	天津大学出版社	中国木版年画传承人口述史丛书
556	2011.01	滩头年画 钟海仙 梁平年画徐家辉	冯骥才 主编；毛瑞珩、王小明、蒲娇 著	天津大学出版社	中国木版年画传承人口述史丛书
557	2011.01	武强年画 马习钦	冯骥才 主编；刘晓琰、郭平 著	天津大学出版社	中国木版年画传承人口述史丛书
558	2011.01	杨柳青年画 霍氏家族 王学勤	冯骥才 主编；郭平、蒲娇 著	天津大学出版社	中国木版年画传承人口述史丛书
559	2011.01	平度年画 宗成云 宗绪珍 东昌府年画 赵善成	冯骥才 主编；毛瑞珩、唐娜 著	天津大学出版社	中国木版年画传承人口述史丛书
560	2011.01	内丘神码 魏进军 焦凯 云南甲马 张元文等	冯骥才 主编；毛瑞珩、唐娜、冯莉 著	天津大学出版社	中国木版年画传承人口述史丛书
561	2011.01	年画行动——2001—2011年木版年画抢救实录	冯骥才 著	中华书局	
562	2011.01	《亚鲁王》文论集：口述史 · 田野报告 · 论文	余未人 主编	中国文史出版社	
563	2011.01	雪域奇葩——中国藏区唐卡艺术	达洛、白果 主编	黑龙江人民出版社	中国民间口头与非物质文化遗产推介丛书
564	2011.01	刮浆印染之魂——中国蓝印花布	吴元新、吴灵姝 著	黑龙江人民出版社	中国民间口头与非物质文化遗产推介丛书
565	2011.02	中国木版年画集成 · 桃花坞卷	冯骥才 总主编；高福民 分卷主编	中华书局	
566	2011.02	居落文化的明珠——中国耿村故事	杨荣国、毕波、杨清华 主编	黑龙江人民出版社	中国民间口头与非物质文化遗产推介丛书
567	2011.02	千古奇唱——中国史诗《格萨尔》	索南吉、索南多杰 主编	黑龙江人民出版社	中国民间口头与非物质文化遗产推介丛书
568	2011.02	白桦遗韵——中国北方桦皮文化	王铁峰 编著	黑龙江人民出版社	中国民间口头与非物质文化遗产推介丛书
569	2011.03	中国木版年画集成 · 日本藏品卷	冯骥才 总主编；［日］三山陵 分卷主编	中华书局	
570	2011.03	中国木版年画集成 · 拾零卷	冯骥才 主编	中华书局	
571	2011.03	桦树皮船制作技艺传承人——郭宝林	那敏 著	民族出版社	中国民间文化杰出传承人丛书

续表

序号	年份	出版物名称	作者 / 主编	出版单位	备注
572	2011.03	医巫闾山满族剪纸传承人——汪秀霞	王光 著	民族出版社	中国民间文化杰出传承人丛书
573	2011.03	民间故事家——靳景祥	杨荣国 著	民族出版社	中国民间文化杰出传承人丛书
574	2011.03	清明（寒食）文化的多样与保护——中国传统节日（清明·寒食）论坛文集续编	冯骥才 主编	中华书局	
575	2011.03	舞动的瑞麟——广东麒麟舞	於芳 著	黑龙江人民出版社	中国民间口头与非物质文化遗产推介丛书
576	2011.04	中国木版年画集成·平阳卷	冯骥才 总主编； 黄翠莲 常嗣新 分卷主编	中华书局	
577	2011.04	千年流波——中国布洛陀文化	韦苏文 著	黑龙江人民出版社	中国民间口头与非物质文化遗产推介丛书
578	2011.04	猎民绝艺——鄂伦春族狍皮制作技艺	张敏杰 著	黑龙江人民出版社	中国民间口头与非物质文化遗产推介丛书
579	2011.04	泥土灵气——东北二人转	曹保明、张洪江 著	黑龙江人民出版社	中国民间口头与非物质文化遗产推介丛书
580	2011.04	草原圣歌——中国史诗《江格尔》	中子 著	黑龙江人民出版社	中国民间口头与非物质文化遗产推介丛书
581	2011.06	活态的纸文明——作为世界非物质文化遗产的中国剪纸传统	乔晓光 著	黑龙江人民出版社	中国民间口头与非物质文化遗产推介丛书
582	2011.08	中国唐卡艺术集成·德格八邦卷	冯骥才 主编； 孟燕 分卷主编； 杨嘉铭 执行主编	阳光出版社	
583	2011.10	中国民间剪纸集成·医巫闾山卷	冯骥才 总主编； 王光 分卷主编	河北教育出版社	
584	2011.10	民间撷英——中国民协机关“走转改”调研文集	中国民间文艺家协会 组织编写	中国文史出版社	
585	2011.10	《亚鲁王》文论集	中国民间文艺家协会 主编； 余未人 执行主编	中国文史出版社	
586	2011.11	《亚鲁王》（全二册）	中国民间文艺家协会 主编； 余未人 执行主编	中华书局	
587	2011.12	侗族芦笙传承人——张海	潘琼阁 著	民族出版社	中国民间文化杰出传承人丛书

续表

序号	年份	出版物名称	作者 / 主编	出版单位	备注
588	2012	民间艺术的当代传承	罗杨 主编	中国文联出版社	
589	2012.01	守望古村落	罗杨 主编	中国文联出版社	
590	2012.03	中国名村 · 广东前美村	中国民间文艺家协会 组织编写；罗杨 总主编	知识产权出版社	中国历史文化名城 · 名镇 · 名村全书
591	2012.03	中国名村 · 广东茶山村	中国民间文艺家协会 组织编写；罗杨 总主编	知识产权出版社	中国历史文化名城 · 名镇 · 名村全书
592	2012.03	侗族文化的标帜 —— 鼓楼	余学军 著	黑龙江人民出版社	中国民间口头与非物质文化遗产推介丛书
593	2012.03	藏在山坳里的神秘家园 —— 中国客家土楼文化	何志溪、张胜本 编著	黑龙江人民出版社	中国民间口头与非物质文化遗产推介丛书
594	2012.04	中国民间文艺权益保护	中国民间文艺家协会 组织编写；罗杨、侯仰军 主编	中国文史出版社	
595	2012.08	中国名镇 · 云南凤羽镇	中国民间文艺家协会 组织编写；罗杨 总主编；赵寅松 撰稿	知识产权出版社	中国历史文化名城 · 名镇 · 名村全书
596	2012.09	中国民间泥彩塑集成 · 惠山泥人卷	沈大授 主编	陕西师范大学出版社	
597	2013	中国当代民间工艺名家名作选粹	中国民间文艺家协会 主编	中国文联出版社	
598	2013	呵护传承人，关注守望者 —— 非遗后时代民间文化传承的实践与思考	中国民间文艺研究会 编；冯骥才、罗杨 主编	中国文史出版社	
599	2013.01	中国民间泥彩塑集成 · 浚县泥咕咕卷	程建军 主编	陕西师范大学出版社	
600	2013.02	中国民间文艺学年鉴 2008 年卷	刘守华、罗杨 主编	华中师范大学出版社	
601	2013.05	中国最美古村落：江西吉安渼陂村	中国民间文艺家协会 组织编写；罗杨 总主编；李梦星 撰稿	中国文史出版社	中国古村落丛书
602	2013.08	中国名城 · 云南漾濞	中国民间文艺家协会 组织编写；罗杨 总主编；左中美、杨纯柱 撰稿	知识产权出版社	中国历史文化名城 · 名镇 · 名村全书
603	2013.08	中国名村 · 云南诺邓	中国民间文艺家协会 组织编写；罗杨 总主编	知识产权出版社	中国历史文化名城 · 名镇 · 名村全书
604	2013.08	中国名镇 · 云南州城	中国民间文艺家协会 组织编写；罗杨 总主编；孙蕊、张云霞 撰稿	知识产权出版社	中国历史文化名城 · 名镇 · 名村全书

续表

序号	年份	出版物名称	作者 / 主编	出版单位	备注
605	2013.08	中国名城 · 云南大理	中国民间文艺家协会 组织编写； 罗杨 总主编	知识产权出版社	中国历史文化名城 · 名镇 · 名村全书
606	2013.09	中国名村 · 云南东莲花	中国民间文艺家协会 组织编写； 罗杨 总主编； 马克伟 撰稿	知识产权出版社	中国历史文化名城 · 名镇 · 名村全书
607	2013.09	中国名城 · 云南剑川	中国民间文艺家协会 组织编写； 罗杨 总主编； 张笑 撰稿	知识产权出版社	中国历史文化名城 · 名镇 · 名村全书
608	2013.09	中国名镇 · 云南沙溪	中国民间文艺家协会 组织编写； 罗杨 总主编； 张建平、杨湖彪 撰稿	知识产权出版社	中国历史文化名城 · 名镇 · 名村全书
609	2013.09	中国名城 · 云南巍山	中国民间文艺家协会 组织编写； 罗杨 总主编； 彭丽芬 撰稿	知识产权出版社	中国历史文化名城 · 名镇 · 名村全书
610	2013.09	太行奇葩 —— 井陉拉花	蔡玉霞 主编	黑龙江人民出版社	中国民间口头与非物质文化遗产推介丛书
611	2013.11	守望中国节 —— 中国民协 2012 年传统节日系列活动回眸	中国民间文艺家协会 编； 罗杨 主编	中国文联出版社	“我们的节日”系列丛书
612	2013.11	中国名村 · 云南大波那	中国民间文艺家协会 组织编写； 罗杨 总主编； 施立卓 撰稿	知识产权出版社	中国历史文化名城 · 名镇 · 名村全书
613	2013.12	中国唐卡文化档案田野普查工作手册	冯骥才 主编	黄河出版传媒集团、阳光出版社	
614	2013.12	民间文化的忠诚守望者 —— 钟敬文先生诞辰 110 周年纪念文集	中国民间文艺家协会 编	中国文史出版社	
615	2013.12	中国民间文艺学年鉴 2009 年卷	刘守华、罗杨 主编	华中师范大学出版社	
616	2014	浙江 · 平阳顺溪镇	中国民间文艺家协会 组织编写； 罗杨 总主编； 李炜 撰稿	民族出版社	中国名村名镇丛书
617	2014.01	中国口头文学遗产数字化工程全记录	冯骥才 主编	中国文史出版社	
618	2014.01	正是山花烂漫时 —— 第十届中国民间文艺山花奖集锦	罗杨 主编	中国文联出版社	
619	2014.01	中国最美古村落：吉林漫江木屋村	中国民间文艺家协会 组织编写； 罗杨 总主编； 曹保明 撰稿	中国文史出版社	中国古村落丛书
620	2014.03	中国名镇 · 云南喜洲	中国民间文艺家协会 组织编写； 罗杨 总主编； 寸云激 撰稿	知识产权出版社	中国历史文化名城 · 名镇 · 名村全书

续表

序号	年份	出版物名称	作者 / 主编	出版单位	备注
621	2014.03	2013 中国民间文艺发展报告	中国民间文艺家协会 组织编写； 冯骥才、罗杨 主持编写	中国文联出版社	
622	2014.03	中国名村 · 云南云南驿	中国民间文艺家协会 组织编写； 罗杨 总主编； 杨建伟 撰稿	知识产权出版社	中国历史文化名城 · 名镇 · 名村全书
623	2014.05	中国传统村落立档调查田野手册	冯骥才 主编	文化艺术出版社	
624	2014.06	风从民间来——追寻中国梦 采风文论集	罗杨 主编	中国文史出版社	
625	2014.06	中国民间故事丛书 · 河北承德 · 隆化卷	罗杨 总主编； 李坚、王振平 编	知识产权出版社	
626	2014.07	《亚鲁王》文论集 Ⅱ	中国民间文艺家协会 主编； 余未人 执行主编	中国文史出版社	
627	2014.07	中国最美古村落：江西吉安钓源村	中国民间文艺家协会 组织编写； 罗杨 总主编； 李梦星 撰稿	中国文史出版社	中国古村落丛书
628	2014.08	中国传统村落立档调查范本	冯骥才 主编	文化艺术出版社	
629	2014.10	中国民间文化杰出传承人名录（二）	冯骥才、罗杨 主编	民族出版社	
630	2014.11	中国民间剪纸集成 · 和林格尔卷	冯骥才总主编； 段建珺 分卷主编	河北教育出版社	
631	2014.12	中国民间泥彩塑集成 · 凤翔泥塑卷	窦项东 主编	陕西师范大学出版社	
632	2014.12	中国民间泥彩塑集成 · 山东泥彩塑卷	顾浩、贺万里 主编	陕西师范大学出版社	
633	2014.12	中国民间泥彩塑集成 · 北京泥彩塑卷	张崴、张宏艺 主编	陕西师范大学出版社	
634	2014.12	中国民间泥彩塑集成 · 河北泥彩塑卷	赵建磊 主编	陕西师范大学出版社	
635	2014.12	颐和园长廊画故事	中国民间文艺家协会、 北京市颐和园管理处研究室 编	中国文联出版社	
636	2014.12	永远的手艺——市场经济环境下的民间艺术	罗杨 主编	中国文联出版社	
637	2015	中国民间文化遗产抢救工程档案（2001—2011）	中国民间文艺家协会 编； 冯骥才 主编	宁夏人民教育出版社	
638	2015.01	中国民间故事丛书 · 云南玉溪（9卷）	中国民间文艺家协会 组织编写； 罗杨 总主编	知识产权出版社	
639	2015.02	中国传统故事百篇	中国民间文艺家协会 编	人民出版社	

续表

序号	年份	出版物名称	作者 / 主编	出版单位	备注
640	2015.03	中国扑灰年画之乡——山东高密	罗杨 总主编； 徐明 主编	中国文联出版社	
641	2015.04	2014 中国民间文艺发展报告	中国民间文艺家协会 组织编写； 冯骥才、罗杨 主持编写	中国文联出版社	
642	2015.04	中国钱棍舞之乡——重庆城口	罗杨 总主编； 陈国心、王代军 主编	中国文联出版社	
643	2015.05	《中国民间剪纸集成》田野调查与编撰工作手册	乔晓光 主编； 朱芹勤 副主编	河北教育出版社	
644	2015.07	中国民间文艺麒麟之乡——广东樟木头	罗杨 总主编； 赖业伟 主编	中国文联出版社	
645	2015.08	中国民间故事丛书 · 浙江宁波（11 卷）	中国民间文艺家协会 组织编写； 罗杨 总主编	知识产权出版社	
646	2015.08	节日文化纵横	罗杨 主编	民族出版社	
647	2015.08	中国黄河文化之乡——河南武陟	罗杨 总主编； 薛新生 主编	中国文联出版社	
648	2015.08	中国象棋文化之乡——河南荥阳	罗杨 总主编； 陈玮、韩露 主编	中国文联出版社	
649	2015.09	中国嫘祖文化之乡——河南西平	罗杨 总主编； 高沛、高蔚 主编	中国文联出版社	
650	2015.09	中国庄子文化之乡——河南民权	罗杨 总主编； 杨淑华、尚中兴 主编	中国文联出版社	
651	2015.11	大美村寨 · 连南瑶寨	罗杨 总主编； 唐孝祥 著	中国社会出版社	
652	2015.12	中国民间文化遗产抢救工程巡礼论文集	中国民间文艺家协会 组织编写； 冯骥才 主编	中国文史出版社	
653	2015.12	大美村寨 · 培田古村	罗杨 总主编； 杨永松、陈碧珍 著	中国社会出版社	
654	2015.12	正是山花烂漫时——第十一届中国民间文艺山花奖集锦	罗杨 主编	中国社会出版社	
655	2015.5	中国民间文学三套集成 · 新疆兵团卷	薛洁 主编	新疆生产建设兵团出版社	
656	2016.01	真情呼唤 共铸辉煌——庆贺贾芝百岁文集	中国民间文艺家协会 编	中国文联出版社	
657	2016.01	中国口头文学遗产数据库总目 · 河北卷（上、下）	中国民间文艺家协会 编； 冯骥才 主编	文化艺术出版社	
658	2016.01	中国唐卡文化档案 · 昌都卷	冯骥才 总主编； 康 · 格桑益西 分卷主编	青岛出版社	

续表

序号	年份	出版物名称	作者 / 主编	出版单位	备注
659	2016.01	口头上的丰碑——抗战歌谣研究论文集	中国文联理论研究室、中国民间文艺家协会 编	学苑出版社	
660	2016.01	中国民间故事丛书·云南丽江（4卷）	中国民间文艺家协会 组织编写；罗杨 总主编	知识产权出版社	
661	2016.01	中国民间故事丛书·河南三门峡（5卷）	中国民间文艺家协会 组织编写；潘鲁生、罗杨 总主编	知识产权出版社	
662	2016.03	中国民间故事丛书·河北廊坊（7卷）	中国民间文艺家协会 组织编写；罗杨 总主编	知识产权出版社	
663	2016.03	中国古村落丛书·中国最美古村落：吉林白城牛心套保村	中国民间文艺家协会 组织编写；罗杨 总主编；曹保明 撰稿	中国文史出版社	
664	2016.03	中国民间故事丛书·河北保定（18卷）	中国民间文艺家协会 组织编写；罗杨 总主编	知识产权出版社	
665	2016.04	2015中国民间文艺发展报告	中国民间文艺家协会 组织编写；冯骥才、罗杨 主持编写	中国文联出版社	
666	2016.05	中国唐卡精品集	中国民间文艺家协会、中国文联国际联络部 编	中国文联出版社	中国当代文艺名家名作译介工程
667	2016.05	中国木版年画精品集	中国民间文艺家协会、中国文联国际联络部 编	中国文联出版社	中国当代文艺名家名作译介工程
668	2016.05	中国剪纸精品集	中国民间文艺家协会、中国文联国际联络部 编	中国文联出版社	中国当代文艺名家名作译介工程
669	2016.05	中国民间故事丛书·江苏徐州（7卷）	中国民间文艺家协会 组织编写；罗杨 总主编	知识产权出版社	
670	2016.05	中国民间故事丛书·浙江温州（8卷）	中国民间文艺家协会 组织编写；罗杨 总主编	知识产权出版社	
671	2016.06	中国民间故事丛书·江苏南通（7卷）	中国民间文艺家协会 组织编写；罗杨 总主编	知识产权出版社	
672	2016.07	中国民间故事丛书·上海（17卷）	中国民间文艺家协会 组织编写；潘鲁生、邱运华 总主编	知识产权出版社	
673	2016.07	中国民间故事丛书·河南南阳（13卷）	中国民间文艺家协会 组织编写；潘鲁生、邱运华 总主编	知识产权出版社	
674	2016.08	中国民间故事丛书·云南大理（12卷）	中国民间文艺家协会 组织编写；潘鲁生、邱运华 总主编	知识产权出版社	
675	2016.08	中国民间故事丛书·湖北宜昌（12卷）	中国民间文艺家协会 组织编写；潘鲁生、邱运华 总主编	知识产权出版社	
676	2016.08	中国民间故事丛书·山东枣庄（6卷）	中国民间文艺家协会 组织编写；潘鲁生、邱运华 总主编	知识产权出版社	

续表

序号	年份	出版物名称	作者 / 主编	出版单位	备注
677	2016.08	中国民间故事丛书 · 江西抚州（10 卷）	中国民间文艺家协会 组织编写；潘鲁生、邱运华 总主编	知识产权出版社	
678	2016.12	大美村寨 · 凤岗古村	罗杨 总主编；赵琛 著	中国社会出版社	
679	2017.01	中国民间故事丛书 · 云南昆明（15 卷）	中国民间文艺家协会 组织编写；潘鲁生、邱运华 总主编	知识产权出版社	
680	2017.01	中国最美古村落：江西赣州栗园围	中国民间文艺家协会 组织编写；罗杨 总主编；廖小凤、赖一捷 撰稿	中国文史出版社	中国古村落丛书
681	2017.02	大美手艺：当代名家名作（一）	罗杨 主编；王锦强、覃奕 编著	中国社会出版社	
682	2017.03	中国历史文化名村 · 河北神头	中国民间文艺家协会 组织编写；潘鲁生、邱运华 总主编；和莲芬、张贵生 分卷主编	知识产权出版社	中国历史文化名城 · 名镇 · 名村全书
683	2017.03	中国民间剪纸集成 · 陕北卷	冯骥才总主编；陈山桥　分卷主编	河北教育出版社	
684	2017.05	中国天河七夕文化之乡 —— 湖北郧西	潘鲁生、邱运华 总主编；林继富、钟建华 主编	中国文联出版社	
685	2017.10	正是山花烂漫时 —— 第十二届中国民间文艺山花奖集锦	罗杨 主编	中国美术学院出版社	
686	2018.04	“一带一路” 民间文化探源丛书 · 中国定州缂丝故事	潘鲁生、邱运华 总主编；郭福彬、郭文英 编著	中国社会科学出版	“一带一路” 民间文化探源工程
687	2018.04	中国农民画之乡 —— 江西万安	潘鲁生、邱运华 总主编；谢清明、伊红梅 主编	中国文联出版社	
688	2018.05	大美手艺：当代名家名作（二）	邱运华 主编；王锦强、覃奕 编著	中国社会出版社	
689	2018.05	追本溯源 —— 凤舟竞渡暨端午文化学术研讨会论文集	中国民间文艺家协会、湖北省非物质文化遗产研究中心（长江大学）组织编写；田兆元、桑俊 主编	武汉大学出版社	
690	2018.05	中国历史文化名村 · 江苏利国	中国民间文艺家协会 组织编写；潘鲁生、邱运华 总主编；王振君、张甫文 分卷主编	知识产权出版社	中国历史文化名城 · 名镇 · 名村全书
691	2018.06	薪火相传 —— 中国乐清木雕精品选	潘一刚、虞维克 主编	四川美术出版社	
692	2018.07	重拾黑水魂 —— 黑龙江 “海丝文化” 调研文集	邱运华 总主编；蒋丽丽 主编	学苑出版社	“一带一路” 民间文化探源工程
693	2018.08	中华节日名典	李耀宗 编著	陕西师范大学出版社	

续表

序号	年份	出版物名称	作者 / 主编	出版单位	备注
694	2018.09	劲吹岭南风——广东“海丝文化”调研文集	邱运华 总主编； 李丽娜 主编	学苑出版社	“一带一路”民间文化探源工程
695	2018.10	2017民间文艺研究论丛年选佳作·民间工艺	潘鲁生、邱运华 总主编； 王锦强 执行主编； 赵屹 分卷主编； 张长征、孔宏图 分卷副主编	社会科学文献出版社	
696	2018.11	2017民间文艺研究论丛年选佳作·民俗文化	潘鲁生、邱运华 总主编； 王锦强 执行主编； 安德明 分卷主编； 张礼敏、祝鹏程、黄若然 分卷副主编	社会科学文献出版社	
697	2018.12	中国红粬黄酒文化之乡——福建屏南	潘鲁生、邱运华 总主编； 陆则起 主编	中国文联出版社	
698	2018.12	中国民间剪纸集成·豫北卷	冯骥才总主编； 程健君 分卷主编	河北教育出版社	
699	2019.01	穿越古夜郎——南方丝绸之路与夜郎文化调研文集	邱运华 总主编； 余学军 主编	学苑出版社	“一带一路”民间文化探源工程
700	2019.01	中国千年古县·河北内丘	中国民间文艺家协会 组织编写； 潘鲁生、邱运华 总主编； 和莲芬、秦凤英、张贵生 分卷主编	知识产权出版社	
701	2019.01	中国历史文化名村·河南吴垭	中国民间文艺家协会 组织编写； 潘鲁生、邱运华 总主编； 田晓 分卷主编	知识产权出版社	中国历史文化名城·名镇·名村全书
702	2019.01	大风起兮云飞扬——苏北汉文化调研文集	邱运华 总主编；刘照建 主编	学苑出版社	“一带一路”民间文化探源工程
703	2019.03	“一带一路”民间文化探源丛书·嫘祖传说	潘鲁生、邱运华 总主编； 韩露、夏雪 编著	中国社会科学出版	“一带一路”民间文化探源工程
704	2019.03	2017民间文艺研究论丛年选佳作·民间文学	潘鲁生、邱运华 总主编； 王锦强 执行主编； 万建中 分卷主编； 覃奕 分卷副主编	社会科学文献出版社	
705	2019.04	中国民间剪纸集成·湖湘卷	冯骥才 总主编；左汉中 分卷主编	河北教育出版社	
706	2019.05	中国历史文化名村·河南一斗水	中国民间文艺家协会 组织编写； 潘鲁生、邱运华 总主编； 孙军 分卷主编	知识产权出版社	中国历史文化名城·名镇·名村全书
707	2019.06	2018我们的节日调研论文集	中国民间文艺家协会 组织编写； 邱运华 主编	文化艺术出版社	
708	2019.06	大海和声——浙江“海丝文化”调研文集	邱运华 总主编； 郑蓉 主编	学苑出版社	“一带一路”民间文化探源工程
709	2019.07	2018中国民间文艺发展报告	中国民间文艺家协会 组织编写； 潘鲁生、邱运华 主持编写	中国文联出版社	

序号	年份	出版物名称	作者 / 主编	出版单位	备注
710	2019.07	2018 民间文艺研究论丛年选佳作 · 民间工艺	潘鲁生、邱运华 总主编； 王锦强 执行主编； 赵屹 分卷主编； 张传寿 分卷副主编	社会科学文献出版社	
711	2019.08	“一带一路”民间文化探源丛书 · 话说二十四节气	潘鲁生、邱运华 总主编； 韩露、安焕章 编著	中国社会科学出版	“一带一路”民间文化探源工程
712	2019.10	中国民间剪纸集成 · 乐清卷	冯骥才总主编； 潘阳力、周是一 分卷主编	河北教育出版社	
713	2019.12	正是山花烂漫时——第十三届中国民间文艺山花奖集锦	潘鲁生、邱运华 主编	岭南美术出版社	
714	2019.12	中国民间剪纸集成 · 关中卷	冯骥才总主编； 陈山桥 分卷主编	河北教育出版社	
715	2019.12	中国民间文学大系 · 故事 · 河南卷 · 平顶山分卷	中国文学艺术界联合会、 中国民间文艺家协会 总编纂	中国文联出版社	中华优秀传统文化传承发展工程
716	2019.12	中国民间文学大系 · 小戏 · 湖南卷 · 影戏分卷	中国文学艺术界联合会、 中国民间文艺家协会 总编纂	中国文联出版社	中华优秀传统文化传承发展工程
717	2019.12	中国民间文学大系 · 史诗 · 黑龙江卷 · 伊玛堪分卷	中国文学艺术界联合会、 中国民间文艺家协会 总编纂	中国文联出版社	中华优秀传统文化传承发展工程
718	2019.12	中国民间文学大系 · 传说 · 吉林卷（一）	中国文学艺术界联合会、 中国民间文艺家协会 总编纂	中国文联出版社	中华优秀传统文化传承发展工程
719	2019.12	中国民间文学大系 · 谜语 · 河南卷（一）	中国文学艺术界联合会、 中国民间文艺家协会 总编纂	中国文联出版社	中华优秀传统文化传承发展工程
720	2019.12	中国民间文学大系 · 说唱 · 辽宁卷（一）	中国文学艺术界联合会、 中国民间文艺家协会 总编纂	中国文联出版社	中华优秀传统文化传承发展工程
721	2019.12	中国民间文学大系 · 长诗 · 云南卷（一）	中国文学艺术界联合会、 中国民间文艺家协会 总编纂	中国文联出版社	中华优秀传统文化传承发展工程
722	2019.12	中国民间文学大系 · 歌谣 · 四川卷 · 汉族分卷	中国文学艺术界联合会、 中国民间文艺家协会 总编纂	中国文联出版社	中华优秀传统文化传承发展工程
723	2019.12	中国民间文学大系 · 俗语 · 江苏卷（一）	中国文学艺术界联合会、 中国民间文艺家协会 总编纂	中国文联出版社	中华优秀传统文化传承发展工程
724	2019.12	中国民间文学大系 · 神话 · 云南卷（一）	中国文学艺术界联合会、 中国民间文艺家协会 总编纂	中国文联出版社	中华优秀传统文化传承发展工程
725	2019.12	中国民间文学大系 · 谚语 · 河北卷	中国文学艺术界联合会、 中国民间文艺家协会 总编纂	中国文联出版社	中华优秀传统文化传承发展工程
726	2019.12	中国民间文学大系 · 理论（2000—2018）· 第一卷（总论）	中国文学艺术界联合会、 中国民间文艺家协会 总编纂	中国文联出版社	中华优秀传统文化传承发展工程
727	2020.01	中国历史文化名村 · 黑龙江街津口	中国民间文艺家协会 组织编写； 潘鲁生、邱运华 总主编； 吕品 分卷主编	知识产权出版社	中国历史文化名城 · 名镇 · 名村全书

序号	年份	出版物名称	作者/主编	出版单位	备注
728	2020.01	中国历史文化名镇·四川恩阳	中国民间文艺家协会 组织编写；潘鲁生、邱运华 总主编；陈俊 分卷主编	知识产权出版社	中国历史文化名城·名镇·名村全书
729	2020.05	中国历史文化名村·福建桂峰	中国民间文艺家协会 组织编写；潘鲁生、邱运华 总主编；曾章团、张文静 分卷主编	知识产权出版社	中国历史文化名城·名镇·名村全书

编者注：

1. 本目录以书目出版时间为序，收录自1950年3月至2020年6月中国民间文艺家协会主编、参与编写、组织编写、负责出版的成果。
2. 本目录在资料收集过程中，得到中国民协办公室、理论研究处、大系出版工程编纂出版工作委员会办公室等处室的倾力配合，刘锡诚先生、杨亮才先生的鼎力相助，冯骥才文学艺术研究院的大力支持，在此一并表示诚挚的感谢。
3. 本目录在整理编辑过程中，查阅了大量文献资料，并认真甄别，但因时间久远、资料保存不全，且受编者水平所限、时间仓促，其中难免有错讹或遗漏之处，敬请各界谅解及指正。

中国民间文艺家协会会员数据

一、中国民间文艺家协会会员结构情况[1]

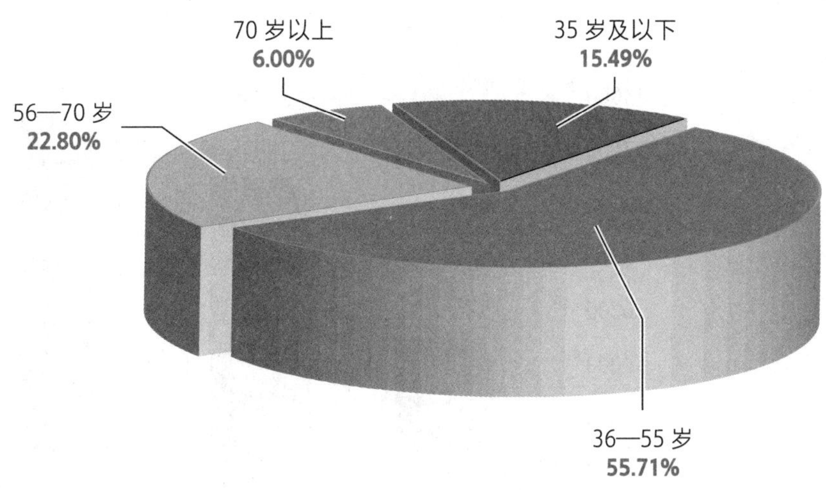

年龄结构图

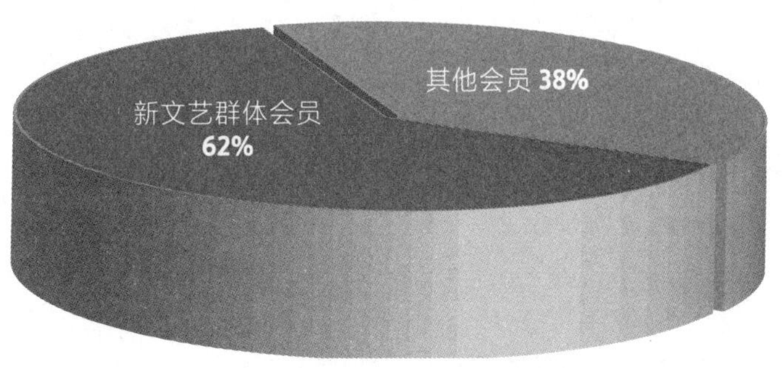

新文艺群体会员情况图

[1] 统计截至 2019 年 9 月 10 日。比例为小数点后两位，四舍五入。

二、中国民间文艺家协会会员人数统计图

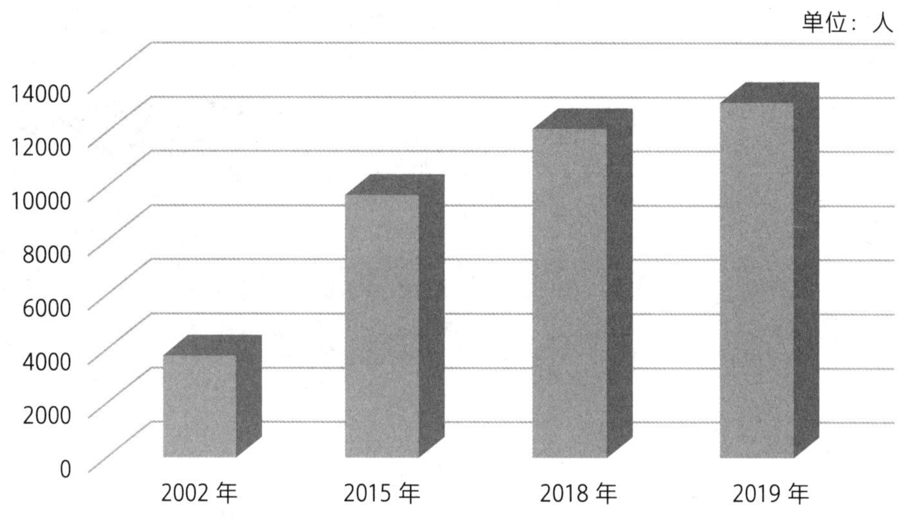

中国民间文艺家协会会员人数统计图

中国民间文艺家协会组织机构图（2020年）

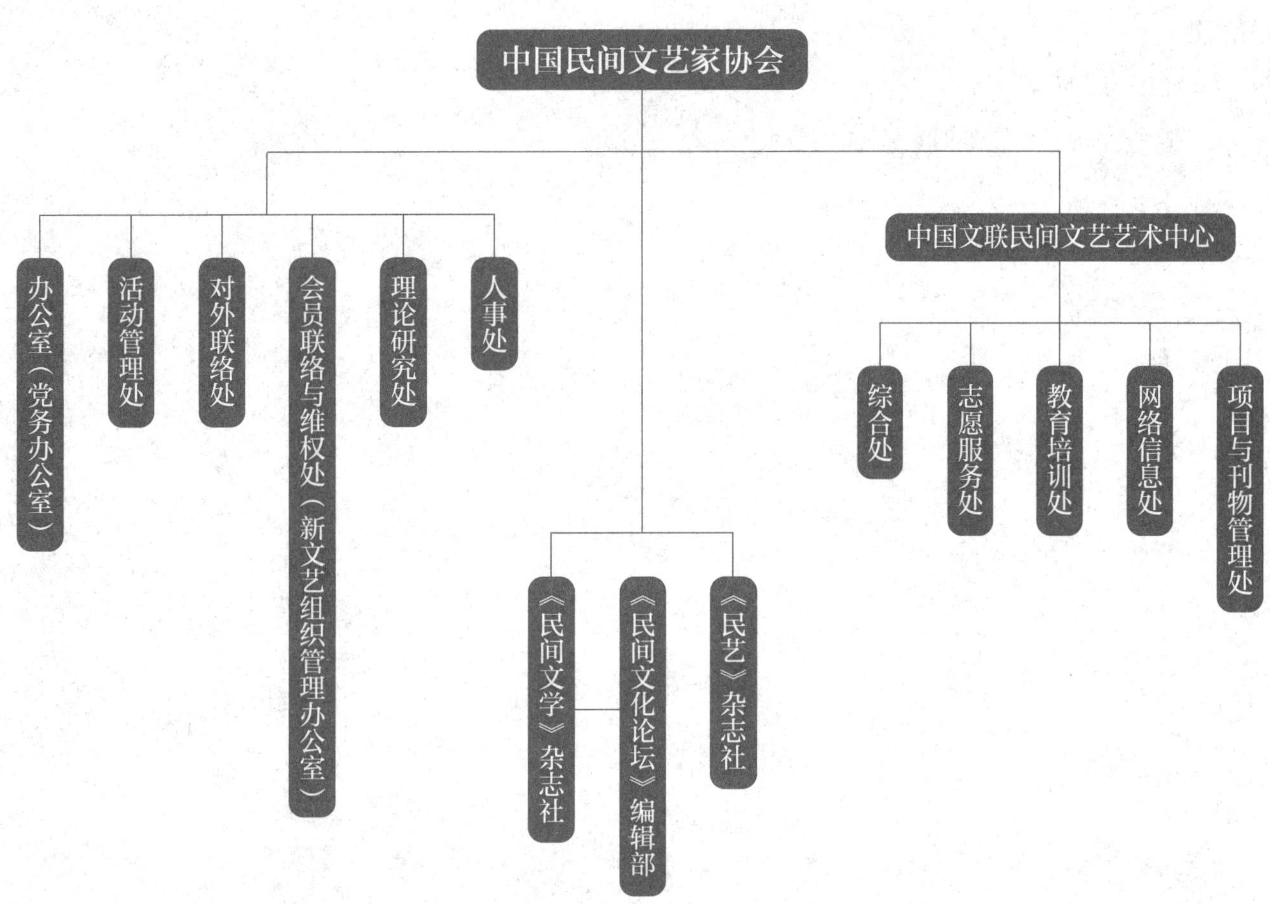

编后记

时光荏苒，岁月流星，与新中国同步的中国民间文艺家协会已经建立七十周年了。从创立到21世纪的新时代，协会走过了不同的发展阶段，为新中国文化事业的发展书写了不朽的华章。回顾梳理它不平凡的历程，为它记录编纂一部史册，对于当下和未来都具有十分重要的意义。

在中国民协的历史上，曾出过几次周年纪念文集。这本发展史则继承了四十周年、五十周年和六十周年文集汇编的经验，通过不同历史阶段的文献资料、重要人物讲话、重要文章、大事记，旨在呈现中国民间文艺家协会70年来走过的道路、发展的状况以及所取得的成就。

发展史分为五个部分。第一部分辑录了历届组织机构中领导的名单；第二部分选取了历次代表大会的主旨报告和致辞，以彰显70年的历史发展进程。为了保持历史原貌，除极少数文献略做修订，大部分文献则尽可能按照当时发表的原文刊载。第三部分遴选了对中国民协发展产生重要影响的讲话、文章、社论、倡议、通知、决定、函件等重要文献。第四部分以编年史的体例记录了中国民协70年发展中的重大事件。第五部分，附录一是十四届民间文艺山花奖全部获奖门类的名录集萃；附录二为1950年至2020年由中国民协编纂、组织出版的图书目录清单；附录三用图表形式展现了中国民协70年会员数据的动态增长曲线。

在发展史编辑过程中，我们始终得到协会分党组和艺术中心领导的鼓励和支持。各部室积极配合提供资料、勘校数据，使得发展史在短时间内集中了清晰而准确的主要内容。在此，我们特别感谢协会的马海燕、张朔、楼一宸、高寒、裴诗贇这几位年轻同志。他们不畏困难、默默承担了大部分基础材料的整理工作；同时，衷心感谢协会退休干部金茂年、刘晓路、谢桂华同志在本书编纂过程中提出建议并鼎力帮助；感谢中国文学艺术基金会将本书列入支持项目提供出版资金。特别鸣谢学苑出版社名誉社长孟白先生、洪文雄副社长、编辑郭人杰女士，设计师张亚静女士为本书出版所做出的大量细致而辛苦的工作。

因新冠疫情，本书在编纂和统稿工作的时间和节奏上颇为紧迫，难免在具体细节中有疏失之处，祈望专家和读者们批评指正。

中国民协70年的发展历程有灿烂辉煌的高峰，也有走入低谷的经验教训。70年的历史，是全国民间文艺工作者团结奋进、砥砺前行、勇于开拓、默默奉献的一部奋斗史。我们祝愿它在中国文化长河中初心不改，续积跬步，终致千里。

编者

2020年10月